紧急升空（上）

SCRAMBLE

桑甜 著
SANG TIAN

浙江文艺出版社

❊第一章

她来了，请闭眼

深夜，海上。台风过境。

呼啸的海风卷起滔天的白浪扑向海面，乌云低垂，气温骤降，给这片大海平添几分诡秘，就像是一头随时会醒来、张开血盆大口吞噬一切的巨大妖兽。

在绵延的巨浪之间，漫天的大风呼啦啦扯起三面五星红旗，红旗分别挂在白浪里颠簸的三艘渔船上。这三艘中国渔船用铁索连在一起，桅杆已经倾斜，船身摇摇欲坠，借着船头奄奄一息的灯光，能模糊地看见船身上写着“中国滨江”四个大字。

渔民靠海为生，休渔期刚刚结束便有人不顾台风警告，冒险出海。十五级台风代号“海狮”，在海面转了个弯，直扑过来……

“船长，船舱进水了，船要撑不住了。”黑暗的海面上传来声嘶力竭的叫喊，紧接着从船舱里传来绝望的咒骂：“来人啊！救命啊！救援队都他妈的死绝了吗？”然而，回应他们的只有更加凶猛的巨浪声。

“啪嚓——”云层中落下一声惊雷，豆大的雨点从天空落下，砸在船板上啪啪乱响。

海上的天气瞬息万变，此刻，对于这三艘渔船上的人来说，这台风暴雨却像死神的大手紧紧地箍在了他们的脖子上。

“不就是想多捞一网鱼嘛，谁承想台风来得这么快。”船长自责地捶着头，却又不得不假装镇定安慰众人，“大伙儿别紧张，求救信号早就发出去了，救援人员已经在路上了。”

“不要再说了。”一名年纪不大的船员情绪已经崩溃，“根本就不会有人来救我们，再等下去也只能是死，还不如跳进海里，早死早超生。”说完冲向了甲板。

船长扑上去死死地按住他：“再坚持一会儿！海警不会不管我们的，再等等，再等等就到了！”

狂风袭来，卷起巨浪扑向渔船，几乎将渔船掀翻在海里，众人骨碌碌滚向了船舱的另一边，那名年轻的船员趁机挣脱开船长的控制，精神恍惚地摇着头：“船长，不要再自欺欺人了，你看看这天气，救援队就不怕死吗？他们就算出警搜救过，也早就撤了。”说完，再次冲向了甲板。一阵狂风袭来，将他掀倒在地。他的头“哐”的一下撞在桅杆底部一块突起的甲板上，顿时血流如注。

风愈大，浪愈高，漆黑的海面如墨一般，伸手不见五指。

就在众人濒临绝望之时，一束光从天空扫过，眼尖的人立即跳起来欢呼：“是警航的救援机！我们有救了！”

众人如梦方醒，有人忍不住跪在地上，号啕大哭。

一架编号310002的救援直升机从远处飞来，飞得极低，机轮几乎紧贴着浪尖，飞行探照灯无死角地从海面上扫过。

八个小时前，滨江警务航空总队接到一项救援任务，有三艘渔船偷偷出海未归，渔船上一共有二十三人。

搜救已经持续了八个小时。雷鸣雨注，海面被黑云和雨幕笼罩，直升机打着大灯，用最低的飞行高度和最快的速度在雷电风雨中颠簸前行。

这架编号310002的救援机，由机长、副驾驶、绞车手、救生员组成救助组。二十八岁的飞行大队大队长季烈熟练地驾驶着直升机，精准地避开雷电袭击的同时，目光透过护目镜冷静地搜索着海面。然而，黑色的海面上除了翻滚的巨浪外一无所有。这时，他耳边的通话器里响起了总队队长韩东风严厉的声音：“台风眼已经形成，距离你只有一百多海里。季烈同志，你正在穿越的是雷电区，气象复杂，十分危险。再说一次，严令你立即返航。”

季烈咬了咬牙，关了通话器。

“飞行有危险区，但是救援不能有盲区。”他突然对旁边的副驾驶说。

“队长，您说什么？”执行搜索任务的副驾驶没听清楚。

“我是说，据我的判断，失联的三艘渔船很有可能就在这个区域，重点搜索东南方向二十五至三十度区域。”

“是！”

黑色海面隐约有星点的亮光，众人全都屏住了呼吸，飞行探照灯重新扫描了海面，死死锁定白浪里的三艘渔船。

“地面指挥部，我是警航01，我机组在北纬26度、东经118度15分发现三艘失联的渔船，请通知海面搜救人员及时赶赴现场救援，警航01即将返航。”季烈一边操纵直升机，一边打开通话器，向基地报告情况。

“等等，渔船上有人受伤，出血严重，情况紧急，停止返航，立刻实施救援，听我指挥，直升机悬停，绞车手准备。”

说话的人叫沈天梵，今年三十二岁，滨江警务航空总队空勤大队大队长，绰号“老鹰”，他负责此次的救生工作。

季烈立即调整正准备返航的直升机，朝渔船飞去，沉着地对地面指挥说道：“我是警航01，发现伤员，停止返航，实施救援。”

“收到。”韩东风的声音消失了，从电子通话器里传来一个冷静的女中音，“我是地面指挥部叶泉水，目前，海面即时风力最大十一级，浪高六米，气温十四摄氏度，预计五分钟后风力将达到十二级，请务必在五分钟内完成救援工作，附近的救援船将在十五分钟后抵达。”

“老鹰，季队，这种情况能行吗？十级台风海面救援已经是难度的极限，十一级台风……下面的情况又那么复杂，几乎不可能完成救援任务。”绞车手担忧地说。

“看过《西游记》吗？”季烈问。

绞车手蒙了一下，点头。

“知道斗战胜佛吗？”

“当然知道，斗战胜佛孙悟空，上天入地无所不能……”

副驾驶不紧不慢地接口："你小子又不是不知道，季大队长就是我们队里的斗战胜佛，空军某师的王牌飞行员，曾经驾驶歼-20穿过十七级台风眼执行任务的大拿，手底下硬着呢。"

绞车手瞪大了眼睛，但他还是有些怀疑："可……就算是悬停在海面上方十五米，风浪那么大，钢索放下去也很难登船……"绞车手话还没说完，飞机就悬停在了海面上方十三米。

"老鹰，下面看你的了。"季烈冲沈天梵递了个信任的眼神，随后开了舱门。沈天梵冲他点了点头，顺着钢索滑了下去。

十一级台风吹得钢索左右摇摆，幅度接近二十米，绞车手瞪着眼睛，几乎不敢眨一下。直升机下方渔船上的人也都屏住了呼吸。

季烈见沈天梵接连几次都无法成功登船，立即驾驶直升机重新调整登船的位置。就在海浪托起渔船的瞬间，绞车手果断放下钢索，沈天梵趁势踩着船帮滚到了前甲板上，三人配合得几乎天衣无缝。然而，谁都没有想到，就在这时意外发生了——钢索被渔船的桅杆缠住了。这种情况十分危险，船被风浪吹得摇晃跳跃，随时都可能将直升机拽入大海。为保护直升机和机上人员的安全，常规的处理方法是切断钢索。可一旦切断钢索，便意味着救援失败，救生员沈天梵以及船上待救的船员就将被滞留在大海上。

"再放钢索！"季烈命令道。

"是！"绞车手立即执行，可是放钢索的速度跟不上渔船漂流的速度，钢索被渔船拽得"嘣嘣"直响，直升机也被钢索拽得左右摇晃，全体机组人员处在极度危险之中。

"将绞车内的钢索全部放出，引导我操纵直升机向后退，直到能看到小船。"

"是！"绞车手快速地放出全部钢索。

当小船出现在季烈的视线之内的时候，他立刻指示绞车手引导他操纵直升机。

"向右，四十度方向……四十五度方向……"绞车手精准指挥直升机逆时针绕着小船飞行，试图解开与桅杆缠绕的钢索。

时间一分一秒地过去，风越来越大，浪越来越高……

就在钢索被解脱的一刹那，沈天梵抓住钢索，背着用安全绳跟自己捆绑在一起的那名昏迷的船员跳到了船外，迅速被直升机吊起。

“地面指挥部，我是警航01，我机组在北纬26度、东经118度15分发现一名受伤船员，目前已经救援完毕，请通知搜救人员及时赶赴现场救援其余受灾群众。警航01即将返航。”

“地面收到，救援船将在十分钟后抵达。”女中音略略停顿了一下，声音放松了许多，“诸位同事辛苦了，滨江警务航空总队全体人员等待你们的平安归来。”

救援机在乌云和闪电之间渐渐飞远，音频里传来稳稳的女中音：“据气象部门分析，台风‘海狮’有向东南方向转移的趋势，我市将有望避开‘海狮’的正面袭击……”

“那小姐您好，我是卡地亚新德街店的Rose，首先祝您生日快乐。您于一周前在我店定制的LOVE款手镯已经到货，您看什么时候方便过来试戴？”

“那那，我的寿星姐姐，再通知你一次，今天下午四点美林大厦2204室等你开场，不见不散。”

“小那，我是你陈伯伯，你回到江州已经一周了，休息好了吧？明天早上九点，准时到警务航空总队报到，我在一楼的政委办公室等你。对了，祝你生日快乐。”

下午三点，那蓝从健身房的跑步机上下来，拿起毛巾擦了擦脸上的汗珠。一个小时，做了二十组力量训练和有氧体操，但还是不满意，又上跑步机跑了二十分钟。拿起手机翻看短信，一边回复，一边朝女更衣室走去，手指一滑，无意中点开了相册，出现了一周前在航空基地拿到飞行驾照时和教官的合影。一年零七个月的学习，从理论知识到飞行训练，终于成为了滨江警方具有正式驾照的飞行员……想到这些，她抬起头，望着窗外的天空，下意识地将齐耳短发掖到耳后，走向淋浴间。

刚洗完澡，手机响了，是闺蜜如本打来的。那蓝裹着浴巾，开了免提，将手机放在一边。

“那那，出发了吗？”

“没。”回答只有一个字。

“等一下，我听见你旁边有脚步声，你是在健身房？”

“对。”回答还是一个字。

“又练了！”如本夸张地叫起来，“说好四点美林大厦 2204 室给你庆生的，你不会穿着运动服就直接杀过来吧？我提醒你一句，今晚可是有小鲜肉的，八块腹肌，宽肩窄腰……”

“我穿裙子。”那蓝说完手指轻轻一钩，钩出包里的黑色蕾丝内衣和真丝开衩长裙。裙子是如本送的，符合如本的审美：热情、大胆、性感、奔放。她从来没有穿过这样性感的长裙，但是她很满意。

“这就对了，你看好莱坞电影里的女警察，漂亮、性感、风骚、妖艳，穿上制服英姿飒爽，脱下制服迷倒男人无数，我觉得你就应该是那样的。”

那蓝打开化妆包，对着镜子开始描眉画眼，漫不经心地问：“是吗？”

“是啊！”电话那头的如本正在开车，没有要挂断的意思，“对了，上次那个内衣模特，你还记得吧？”

“哪次？哪个？”

“上次你放假回来，咱们不是一起看了一场内衣秀吗，有个男模特，压轴出场的那个，嘴唇很性感，腹肌很诱人，宽胸长腿的那个。”

“不太记得。”那蓝实话实说。

如本是那蓝的中学同学，毕业后开了一家内衣店，目前已经是四家实体连锁店和一家三冠网店的老板娘了，自己设计、生产、销售。

如本说的那个模特她其实有点印象，痞帅的斜朋克发型，有着让人惊叹的好身材，表情冷漠，眼神神秘，一看就知道自我防备心很重。她在警校学过心理学和行为学，那种人有危险倾向。

那蓝刚想到这里，如本突然压低了声音：“我跟你讲哦，我包里带了一盒安全套，十只，香草味的，至薄幻隐，空气套空气薄……”

那蓝涂好口红，对着镜子左看右看，慢悠悠地回应：“节制啊。”

“都什么年代了，女孩子要学会享受自己的身体。我一直挺纳闷，你就没有想和人发生关系的时候？”

“哪种关系？”

“当然是性关系……”

如本还在说，那蓝化完了妆：“如本，我要出发了。”停顿了一下，“我也提醒你一句，直觉告诉我，那个人很危险，你最好离他远一点。”说完挂断电话，拿起健身包，换上高跟鞋，健步如飞地走了出去。

健身房到停车场需要五分钟，她只用了三分钟，上车、发动、一脚油门，车子冲出了地下停车库。

台风“海狮”过后，城市已经恢复了秩序。初夏的风从车顶的天窗吹进来，撩起发丝贴在脸上。突然之间，她觉得心情大好，随手开大了音乐，车子一路狂驰，直奔美林大厦。

美林大厦是20世纪80年代初建成的滨江地标大厦，如今已经老旧不堪。八年前一家商场从这里搬走后，就只有零散的几家小公司还在里面办公，大部分房间被当成仓库在使用。

等电梯的时候，她观察了一下：物业管理处无人，电线老化，灯光一闪一闪，逃生通道的门关死，甚至连灭火器都没有。出于职业习惯，她对细节特别敏感，这栋建筑一旦发生火灾将是致命的。想到这里，她有些烦躁。

用了将近两分钟，老式电梯才嘎吱嘎吱地上到二十二楼。那蓝站在2204室的门口，抬手敲门。门开了，里面拉上了窗帘，黑暗中有个高大的身影突然蹿了起来，压迫性地直袭而来。那蓝的警惕性很高，本能地抓住了对方的手臂，不料对方竟顺势压了上来。她侧身用力一摔，“砰”的一下将他摔在了地上，骤然上前按住，斥道：“别动！干什么的？”

对方二十上下的年纪，飞机头，一米八左右的身高，宽肩窄腰，腹肌偾张，赤裸上身，下面穿了一条白色三角内裤，龇牙咧嘴地冲里面叫道：“还愣什么？快点帮忙啊！”

还有人？那蓝一怔，刚要回头，一只手拍在了肩膀上。她利落地伸手想要扣住对方的手腕，那只手竟迅速撤开了。

她起身抬腿便踢，那人矫捷避开；再踢，又避开。连躲了两下，那人突然出手，只见一团白色的东西迎面袭了过来，那蓝躲避不及，被按在了脸上。

“混蛋！”她愤怒地骂了一句，屏住气，烦闷地抹了好几下才抹去粘在眼睛上的奶油。睁开眼，一块健硕的古铜色胸肌近在眼前，下面只穿了一条黑色三角内裤。那蓝利落地抬起头。她一米六七的身高，还穿着七厘米的高跟鞋，在女人堆里已经是鹤立鸡群，即便在男人跟前也不输阵，可眼前的这个人，竟整整高出她一个头。

“哎哟！疼死我了！”脚边传来痛苦的呻吟，被她摔在地上的白色内裤大男孩捂着屁股龇牙咧嘴地站了起来。

那蓝意识到了什么，干咳了一声，尴尬地道歉：“不好意思，我……大概走错了……”

穿黑色内裤的男人迷人一笑：“小姐，生日快乐。”说完，双手稍稍用力握成拳头，身上的肌肉立刻紧绷了起来。

那蓝愣了一下，仔细看去：斜朋克发型，有着让人惊叹的好身材，表情冷漠，眼神神秘……是他？如本口中的内衣男模特。

这人以前到底是干什么的？身手怎么这么好！她在心底画了个问号。

刚刚健完身，又打了一架，没精力再去盘问，何况贸然询问也不合适。那蓝抬起头朝他礼貌一笑，正要问如本在哪，就听见一阵高跟鞋乱响，如本踩着让人叹为观止的小碎步从更衣间里一阵风似的飘了出来，明明瘦成了纸片人，胸部却异常丰满，一边走一边说：“我就说吧，你们两个根本就不是我姐们儿的对手，现在总该服气了吧？劝你们往后别总是摆出一副独孤求败的姿态。”

“服气！服气！身手了得，动作矫捷，不愧是警花。”白色内裤大男孩举起大拇指，咧嘴一笑，露出一口整齐的白牙，上去握住那蓝的手：“我叫小七，他是罗宾。”

如本走到跟前，用力拍开小七的手，对那蓝说：“别被这小贱货的脸给骗了，他只喜欢男人的。”叉腰踮起脚尖，鼻尖刚好碰着小七的下巴：“说，我姐们儿哪儿像男人了？”所有人都笑了起来，小七害羞地抓了抓头。

那蓝事不关己地笑笑，看向如本。如本涂了夸张的烈焰红唇，身上穿了件白色贴身短裙，上露沟下露腿，红绑带细高跟凉鞋恰好露出脚腕处文着的一只黑色蝴蝶。她此时也放开了小七，转过身来伸开双臂抱住那蓝，用力地在那蓝身上蹭了蹭，拖长了声音：“寿星姐姐，生日快乐。”

那蓝艰难地推开她，盯着她的胸口处漫不经心地问：“又隆了？”

“前任无缝衔接的那个小贱妇隆了个 36D，成天在朋友圈晒胸，所以我隆了个 E，比她的更大，有什么了不起的。”如本恶狠狠地提了一下胸部，随后打了个响指，灯光灭了，闺蜜们众星捧月地拉扯着那蓝到蛋糕跟前许愿。

如本之所以把生日会选在这里，是因为初二那年的新年晚会，几个女同学为了排一个舞蹈节目，每天放学后都到美林大厦的楼顶平台上练舞。现在楼顶上不去了，通行的大门早就落了锁，2204 室被如本租下来作为男模们的训练基地兼网店的摄影工作室和产品直播间。据如本介绍，小七和罗宾，以及另外两个男模刚被她拿下……不，签下，借着那蓝生日，叫了闺蜜们来这里相聚，同时也可以看看她新签的男模以及最新设计的男士内衣。

傍晚，微凉的风从窗口吹了进来，也吹进了楼下广场舞澎湃的音乐，如本嫌吵，关了窗户拉上窗帘。觥筹交错间，几杯酒下肚，众人都醉了。

不知几点，一声巨大的爆炸声将那蓝从睡梦中惊醒，她猛然从沙发上站了起来。停电了，房里漆黑一片，空气里充满了刺鼻的气味。其他人也都被爆炸声惊醒，剧烈地咳嗽着。

恐怖袭击？爆炸？失火？来不及做出反应，“砰”的一声，窗户的玻璃突然碎开，一个黑影破窗而入，冲进了房间。浓烟瞬间滚入，紧接着又一声惊天的爆炸声响，整栋楼摇了摇，末日般的恐慌席卷而至。

那蓝扫了一眼进来的人，三十出头，身材高大，行动迅速，身上穿着滨江警航的救生服，直觉告诉她这个人就是沈天梵。

她看过沈天梵的资料，三十二岁，滨江警务航空总队空勤大队大队长、空军某师原飞机机械师，英语和医学双学位毕业。

晚上九点整，滨江警务航空总队接到一起高楼火灾救援任务。滨江原地标美林大厦由于电线老化引发大火，大火发生在十四楼的一个仓库，迅速蔓延至十六楼，而十五楼有一个化学药品仓库。据监控资料显示，二十二楼的2204室还有人尚未撤离。

火警到达现场，多次喊话，2204室始终无人回应。据知情人士称，该房间用于直播，刚刚进行了隔音改造。由于云梯无法搭建到二十二楼，指挥部请求滨江警务航空总队实施救援。

滨江警航接到任务之后，救援机立即起飞。

“我是滨江警务航空总队救生员沈天梵，警航的救援机已经停在楼顶，我会带大家平安离开，回答我，房间一共多少人？”

“一共十二个人，有五个人提前回去了，余下七人。外头到底发生了什么事？”听到沈天梵的名字，那蓝感觉到了一丝踏实。她头还有些晕，竭力地让自己冷静了下来。

“十四楼仓库火灾，十五楼有危险品爆炸，火已经蔓延到了十六、十七楼。”

沈天梵将矿泉水快速浇在了沙发里的内裤上，那蓝上去帮忙，快速分发给众人：“气体有毒，大家捂住口鼻。”

一个动作一句话，老练的沈天梵便判断出眼前的姑娘受过训练，打量了她一眼，对着通话器说道：“目前七个受灾人员情绪稳定，房间空气重度污染，温度非常高，你那边情况怎么样？”

“顶楼的水箱打开了，通往楼顶救援机的大门也已经打开。”

话音未落，“哐”的一声，大门被踹开了，一道黑影破门而入。来人身材高大，健壮威猛，声音低沉有力：“老鹰，你快带大家走，我去关闭楼下的消防门，随后就来。”说完狂奔而去。

“我在前头探路，你殿后，能行吗？”沈天梵问那蓝。

“没问题！”

外面热浪炙烤，浓烟滚滚，众人捂着口鼻，虽然头昏脑涨，但还算轻车熟路。快到楼顶的时候，殿后的那蓝突然想起包还在里面，毫不犹豫地转身返回。恰巧此时季烈关闭了消防门正在回撤，突然看到一道身影从面前跑了过去，噌地往前一跃抓住她的手腕，嗓音不容置疑："来不及了，快走。"

"不行。"

"你有很重要的东西丢在房间里？"反问、质疑、不屑、愤怒。

"是！"笃定。

调令、驾照、身份证，最重要的是和父亲的合影。她十岁那年，身为警察的父亲因公殉职，只留下这张临出发前拍摄的唯一的合影。

"扯淡！"季烈黑着脸拉着她便走，那蓝一着急，抬起高跟鞋朝他的小腿踹去。

季烈没想到一个女孩子的力气居然这么大，下手还这么狠，手上一用力便将她摁在墙上，叱道："老实点！"

那蓝脸贴着墙，看着他。烟雾很大，他戴着头盔，看不清他的表情，不过她也不需要看清。那蓝冷笑了一声："松开！"

季烈愣了一下，意识到自己的身份，手稍微松了一点。那蓝趁机挣开他的控制，拔腿便跑。季烈伸手抓到了她的裙子，往回一拉，只听"哧啦"一声，裙子的一个肩膀被生生扯了下去。但这并没有阻止那蓝，她毫不犹疑地冲进了房间，前脚刚进门，又一声爆炸声响，巨大的气流将门轰然关闭。季烈骂了一句，冲过去想要推开门，却发现门已经变形，根本打不开。

房间内温度过高，那蓝浑身都被汗水湿透了，她举着手机捂着口鼻在房间里翻找，终于在沙发上找到了那个健身包。

"哐！"季烈用力踹门，那蓝清醒了过来，冲过去想要拉开门，门咬得严严实实，根本拉不开。她皱了皱眉，异常冷静地找来一把栽花用的铲子，用力撬了几下，门纹丝不动。

门外，狠踹了门几脚的季烈扭头看到了消火栓，用力撞碎玻璃门，取出消防斧，狠狠地将门锁剁开，又对着门缝撬了几下，随后飞踢了一脚。

巨大的撞击声后，门被弹开，季烈冲进去将那蓝从地上拎了起来。门外浓烟滚滚，那蓝被烟迷了眼，本能地抓住了季烈的手。季烈将她往肩膀上一甩，冲向了楼顶。

“啪——”舱门关上的一瞬间，救援机腾空而起，飞离了火场。

滨江警务航空总队的四个男人：执行此次飞行任务的驾驶员方杰、副驾驶季烈、救生员沈天梵及绞车手宇宏全都表情冷峻。那蓝坐在角落里，肩膀上一道深红色的掌印火辣辣地疼，一肚子的火没处发泄。她承认自己确实不该重返2204，可对方作为警务人员对受灾群众下手如此粗暴，简直不可理喻。一上救援机，她就将每个人都打量了一番，着重打量了季烈，见他身材高大，笔直地坐在副驾驶的位子上，光看背影就有一股强大的气场。

整个滨江警航队员的名单她几乎可以倒背如流，可这个人跟谁都对不上号。滨江警航都是精英，而这个人莽撞、无理、粗暴、野蛮……无论她在警校里学到的，还是在航空基地学到的，无论是警航的警务人员还是地勤人员，对于受灾群众都不应该是这种态度。

她想来想去只有一种可能，这个人跟自己一样是新来的。深吸了一口气，压了压火，心想下次必须逮个机会好好教训教训这个目中无人的家伙。

她打算休息一会儿，刚闭上眼睛，就听到直升机巨大的轰鸣声里传来的如本阴阳怪气的尖叫声：“哎哟喂，看得够认真的啊小帅哥，又白又大，没见过吧?”这场大火丝毫没有影响如本的心情，她有先见之明地买了保险，所以有闲情开玩笑。

那蓝迟疑了一下，感觉如本的话是冲着自己说的，微微睁开眼睛，一束目光从胸前快速撤走。低头一看，双手护住露出的半个胸和一道深沟，狠狠地瞪了那人一眼。

绞车手宇宏在滨江警务航空总队里年纪最小，刚刚二十岁，脸皮子薄，慌忙别过头去。

“哟，还不好意思了，看了就看了，有什么不好意思的。”

“你不要瞎说，我……我又不是故意的。”宇宏着急辩解。

“你当然不是故意的，你分明是有意的。”如本揶揄着。

“你……”宇宏一跟女孩子说话就嘴笨。

“小帅哥，别不好意思，往后还有机会看的，她是你们未来的同……”

“如本！”那蓝利落地打断了她的话。如本耸耸肩，夸张地捂住了嘴。

季烈听见对话声，抽出一条午睡毯，头也不回地往后一抛，刚好落在那蓝身上。那蓝对这种示好不屑一顾。她有洁癖，用两根手指将毛毯拎起来，扔到了一边。宇宏脸色一僵，转过头对身边闭目养神的沈天梵小声地说：“这两个女的够厉害的。”沈天梵没说话，也没睁眼，宇宏摇摇头，不作声了。

大约八分钟之后，救援机停在滨江警务航空总队的停机坪上，派出所的民警早已在此等候。

按照惯例，季烈最后一个下了飞机，脚着地刚要解开头盔，迎面就看到那蓝目光审视地望着自己。放下手，径直想要从她身边走过去，不承想那蓝脚步一跨，拦住了他的去路，只好在距离她两米的地方停住脚步，目光像跨越了障碍物，眼中根本没有她，应付地吐出两个字：“让开！”

“不！”

“请你让开！”

那蓝盯着他，还是一个字：“不！”

季烈不耐烦了，大步往前走，那蓝竟不躲闪，直直地看着他，像是一种挑衅。季烈只好贴着她收住脚步，原地盯着她看了两秒，侧目：“说吧，到底想干什么？”

“你说我想干什么？”那蓝冷笑，“你是警务人员吗？我怎么看着像暴徒？把人压在墙上、摔在地上，扯坏了受灾群众的衣服，甚至连听都不听受灾群众的控诉，可真是威猛啊。”

季烈没有辩解，可他向左那蓝向左，他向右那蓝向右，死死地被拦住了去路。

“是我的疏忽，对你下手重了。”季烈语气极淡，说完绕过她要走。

“你没有分寸吗？动手的时候一点没觉得下手重了吧？”

季烈对这种胡搅蛮缠十分反感，迟疑了一下，缓缓停住脚步：“你想要怎么样？是赔你一条裙子还是你打我一顿解气？你选一个。”

“你想得太简单了。”那蓝寸步不让，“我不是不讲道理的人，你救了我，我可以口头表达感谢，也可以送你一面锦旗。但是账一笔归一笔，你是不是把我按在了墙上、摔在了地上，是不是扯坏了我的衣服、像扛麻袋一样扛着我？还有，这里的手掌印是不是你的？我告诉你，你今天不道歉，就别想从这离开！”

季烈看了一眼她的肩膀，目光不自觉地避开胸口，看向远处：“道歉？”

“道歉！”那蓝吐出两个字。

季烈突然转过目光冷冷地盯着她，那蓝抬起头迎上他的目光，虽然看不清他的面目，却能感觉到来自他目光中的压迫感。

“你是在开玩笑吗？”

那蓝被他强大的气场所迫，往后退了一步。

“你知不知道你影响了整个救援的正常秩序，差点害得救援机不能正常起飞，甚至差点威胁到了整个机组和其余受灾群众的生命安全，你还认为我需要向你道歉？”

季烈确实不是故意的，在那种情况下，把受灾群众安全救出危险区才是他的首要任务。其实，那蓝也明白这个道理，但明白是一回事，理解又是另外一回事了。她额头疼，好像还被擦伤了，留下疤痕怎么办？况且安抚好受灾群众，也是警务工作的一部分。关键是他居然理直气壮，连个道歉都没有，这种对待群众的工作态度，是怎么进的滨江警航？

季烈步步逼近，那蓝被他一连串的质问逼得节节后退，身体抵在了救援机上。她原本只是想教训他一顿，没想到被他反将了一军，解释道：“我计算了时间，完全够我回到 2204 取东西，我只是没料到爆炸会将门关死。我有错，我承认，但是你对待受灾群众态度冷漠、粗暴……”

季烈面无表情地打断她的话：“你是成年人，你应该知道在火灾现场任何意外都有可能发生。并且，如果那道门没有及时打开的话，你现在已经死在 2204 了。你不懂消防知识，连基本的安全意识也没有，学校是怎么训练的，教练是怎么教你的？你不如去幼儿园跟小朋友一起从头学起。”

“你……”

方杰一看气氛不对，立刻跑了过来。他跟季烈共事半年，了解他的脾气，忙上去拦住了那蓝，笑眯眯地打着圆场：“女士，您别见怪，他就是这脾气，您看火灾那么严重，咱们警务人员心情都很沉重，所以态度不好，在所难免。这样吧，我替他向您道歉，对不起女士，是我们的疏忽，请您原谅。”说完深鞠了一躬，好声好气，“再说了，我们也不是故意的，方式虽然粗暴了一点，但是结果是好的嘛，您大人有大量。”

方杰是季烈的副手，也是他的学员，故意没暴露季烈的身份，免得被投诉。

季烈脚步停了一下，头也不回地下命令：“方杰，走！”

“唉，来了来了！大美女，您别生气啊！”方杰冲那蓝做了个心平气和的手势，转身追季烈去了，留下那蓝愣在了原地。

两名早已等候在侧的警察走了过来，对她说道：“女士，我们是滨江清远派出所的民警，请跟我们走一趟，配合我们的调查。”

沈天梵追上了季烈，说道：“下手确实有点重啊，我瞧那姑娘肩膀都红了，裙子也坏了。”

“是啊，队长，那俩姑娘很凶，嘴巴不饶人，浑身都长刺。”

季烈的目光里露出了不屑的神情：“知道她是谁吗？”

“谁啊？”

“明天来我们队报到的……”

“那蓝！”方杰和宇宏一同惊呼了起来，停住脚步回头望了一眼渐行渐远的身影，终于明白了季烈为何态度恶劣。

宇宏好半天才自言自语道：“传说中靠关系进来的那个美女同事啊。”

“说什么？”

“没说什么，队长。”宇宏矢口否认道。

方杰紧走两步追上去：“队长，您怎么知道那人就是那蓝？你们以前见过？”

季烈劲儿劲儿地走在前面：“我要是以前见过，她的资料就不会放在我的办公桌上了。她以为她很幽默啊，跑过来跟我要道歉？我最不屑的就是一点专业精神都没有的花瓶，明天我就找老韩退人，哪儿来回哪儿去，咱们警航不要。”

“啊？”方杰傻眼。

宇宏小声问沈天梵：“不是说她是政委家亲戚吗，总队长能退得了？”

沈天梵没说话，笑着摇了摇头。

从派出所出来已经过了零点，那蓝身上裹着一件老款的午睡毯，头上简单包扎了两下，样子很滑稽。

如本看怪物一样盯着她看了半天，突然问道："你到底是怎么想的?"

那蓝辩解道："纯属意外，本来就是想回去拿我和我爸的合影，不知道怎么突然一下楼下又爆炸了，气流还把门带上了……"

"我不是说这个，我是说今天去救我们的你那几个未来同事，一个盯着你胸看的娃娃脸，一个背后说你靠关系的假正经，还有一个摸你胸的冰山男。"

"别瞎说，他敢摸我胸我就能废了他。"

"去废了他啊，你肩膀上的手印还在呢，物证！物证！亏你还是警察。"如本戳着她的肩膀。

"你等着，君子报仇十年不晚，等进了队，慢慢再收拾他。"

"别十年啊，现在就去！算了，别去了，我看你被他收拾还差不多。"如本见那蓝脸憋得通红，又马上改口，"我说错了，总之，我看来看去，今天这四个人，就沈天梵还可以，可惜老了点。简单说，你的未来可以概括为以下四个字：前途堪忧!"

两人正说着话，如本突然看见那蓝的妈妈叶海蓝一身宝蓝色套装挎着爱马仕包包快步从派出所走了出来，连忙笑眯眯地打招呼："阿姨好。"

叶海蓝没说话，走到那蓝的面前盯着她一言不发。

叶海蓝是滨江最有名的女企业家，按照滨江网财经版的评论说就是滨江餐饮界的龙头大姐。十二年前丈夫因公殉职，她独自拉扯大女儿，多次在采访里提到丈夫是刑警，不希望家里再有警察，偏偏那蓝执意要做警察。这几年母女俩因为这件事没少争吵，可胳膊拗不过大腿，没一个为人父母的能拗得过孩子，叶海蓝也不例外。

"我早就说过，不让你做警察，你就是不听，现在你还没正式入职就差点出事了，你知不知道今天有多危险？你知不知道我的时间有多宝贵？”

“我不是没事吗？再说了，又不是我让你来的。”那蓝没好气地反驳。

母女俩水火不容多年，叶海蓝明明接到派出所的通知就立即赶了过来，可见了面，偏偏又摆出一副冷面铁心刀子嘴。

“也算是大难不死了，以后你小心点，不要再像以前那样什么危险玩什么。”叶海蓝说完，从包里取出一张卡，“拿去换辆车，再去租个离单位近点的房子，免得你穿着警服在我面前晃悠。成天提心吊胆，我的心脏会受不了。”

说完将卡塞给那蓝，黑色奔驰商务车稳稳停下，司机毕恭毕敬地拉开车门，叶海蓝头也不回地上了车。

如本看着叶海蓝远去的车子，像打了鸡血一样地挥着手，一直到车子看不见了才放下，用胳膊撞了一下那蓝，一脸仰慕地说：“阿姨气场真是足啊，不愧是我的偶像。哎，你猜这卡里有多少钱？换车加租房，少说得一百万吧？干吗不直接给你买套房？你跟她说不就行了，阿姨那么有钱，随便一出手，滨江的房子随便买，而且是面积最大户型最好的那种。”

如本不明白，但那蓝心里清楚叶海蓝不给她买房子的原因，是怕买了后她就可以名正言顺地住在外头。她早就看穿了，叶海蓝不愿意让她住在外头，要维持表面和谐的母女关系，这就是商人的虚伪。

那蓝看都没看，将卡放进了手机壳：“我才不要她的卡呢，我最受不了的就是我成年之后，每年生日她都会给我准备一张卡，一点亲情味都没有，散发着强烈的铜臭味。”

“啧啧啧！”如本咂着嘴，“你这是赤裸裸的炫耀！我做梦都想有一个这样铜臭味的妈，可去哪儿找啊？你知道吧，我妈就爱打麻将，输了钱，伸手管我拿钱。我爸倒是会塞钱给我，可他多烦啊，成天唠唠叨叨的，还逼我结婚。我是那种安于室的人吗？我的人生字典里就没有‘结婚’这俩字，所以我中学毕业后就发誓要赚钱买房，从家里搬出来了……要我说，你就是身在福中不知福。”

“你才是身在福中不知福，有一个唠唠叨叨的爸是多幸福的事啊，要是我爸还活着，他今天一定会亲手给我准备生日礼物，还会给我煮一碗鸡蛋长寿面。”那蓝说着说着便说不下去了，叹了口气，低下头，眼圈红了。

这时出租车停了过来，如本安慰地拍了拍她的肩膀："走，姐们儿给你煮一碗鸡蛋长寿面去。"说完小鹿一样地飞奔过去，拉开车门，"恭请娘娘，摆驾回宫。"那蓝深深吸了口气，笑了笑朝出租车走去。

出租车司机被逗得直笑，说："这姑娘说话有意思，是打横店来的吧？"

第二天，当韩东风看到美林大厦的受灾人员中那蓝赫然在列的时候吓了一跳，叫来方杰仔细一问，恍然大悟。原来和季烈发生冲突的人就是她，韩东风的脑袋"嗡"的一下就大了，感到事情有些棘手，想了想，决定在那蓝报到前，提前跟季烈沟通一下。

韩东风敲了敲季烈办公室的门，正在整理美林大厦火灾资料的季烈头也不抬地说了声："请进。"

韩东风进了门，先把最近两起救援工作——海上救援和美林大厦救援并在一起，夸赞了一番警航出警迅速、救援完成度高，着重夸赞了沈天梵沉稳大气，说这小子他喜欢，当初调过来的时候还担心季烈不服气。

"老鹰我服气，他专业、敬业，最重要的是对飞机非常了解，我对他心服口服，有他在，行动事半功倍，如虎添翼。"季烈从一堆资料当中抬起头，"那你再说说我，我是什么样的？"

"你啊，性格直率，军中王牌，警航的顶梁柱，我喜欢你。"

季烈皱着眉头，直摆手："别别别，你可别跟我表白，大清早的干什么啊？真肉麻，鸡皮疙瘩掉了一地。"

韩东风一笑："我当然喜欢你，不然怎么会花那么多小花招，死活也要把你要来我们队？"

说到这个，两人心照不宣地笑了。

已过不惑之年的韩东风素来严肃，可到了季烈跟前，却像一尊笑面佛。这可是他千方百计挖来的宝贝，含在嘴里怕化了，捧在手里怕摔了，生怕这位爷一松口再让别人给挖走了，好几地的警航，好几处的民航，眼睛都盯着季烈，贼心不死。所以这小子说话就算是冲了上天，他还是得惯着他。

要说韩东风跟季烈颇有些渊源，季烈服役的空军某师是韩东风的老部队，当时季烈还是空军一级飞行员，上校。父亲季国诚是空军某军军长，季烈在军中那是横行霸道，连师长都敢呛不说，凡事还要争一个最优秀：穿越台风眼、挑战飞行禁区……军中人人都夸他是将门虎子，但季烈从不承认自己有个做军长的爹，他觉得自己的一切都是自己拼出来的，一直到后来出了件事，他被记过处分，全军通报批评，季国诚跟他翻了脸，这小子的气焰才没那么嚣张。

也就是那段时间，滨江要组建警航，韩东风任总队长。他早就盯上季烈了，光跑某师就不下八十次，挖空心思才终于把这位空军王牌给弄到了滨江警航做了飞行大队大队长兼教官。

“当然了。”韩东风说，“不管用多少小花招，我都要留住你，千万不能让你小子跑了。对了，我想问问你，来到这后悔过没有？”

季烈点了点头：“后悔死我了，你当时给我灌了多少迷魂汤，我才会脑袋一热跟你来了这鬼地方？每天一到这里，面对的都是一些鸡毛蒜皮的小事，就在这些鸡毛蒜皮当中，我的青春就像马桶里的水，‘哗啦’一下就没有了。就咱们现在的这些飞行，技术难度级别是零，我的四肢和大脑都快要退化了。”

季烈说的是心里话。他最近就常常感慨，歼-20 开起来多痛快，穿越台风眼那是刺激到汗毛根根竖立，穿越人类飞行的禁区更是让心脏狂跳不止……救援机、巡逻机这些都是什么？根本就是玩具嘛。

韩东风伸手拍了拍他的肩膀，安慰道：“别委屈啦，一周前，你不还飞了一回雷电区？”

“说到这个，老韩，我可要说说你，雷电区对于开战斗机的飞行员来说是什么？是张飞吃豆芽——小菜一碟。瞧把你吓的。”

韩东风笑眯眯地说：“你小子还抱怨，那天我的这颗小心脏都跳到 180 了。咱们警务工作跟战斗员性质不同，咱们是为人民服务的行业，讲求安全第一，救援工作越简单越好，越简单被救人员的危险就越小。往后，你可以把精力多多放到带学员的事情上去嘛。”

“说到带学员……”季烈的语气突然一本正经了起来，“总队长，那我有件事可就说了。”

“说。”

“队里有个人，我不想要了。”

韩东风一愣："方杰？宇宏？还是其他人？总不会是老鹰吧？"

季烈没说话，打开抽屉拿出一份资料，往韩东风面前一放。

韩东风接过来一看，资料上赫然写着的是：那蓝！

"这位同志，我也是最近才接触到一些，没有政委对她了解多。昨天的事，我听说了一些，我想……是不是这中间有什么误会？我的意思是先让她进到队里来，你留在队里用用看。她报完到，我再详细问问情况，消除掉误会……"

季烈抬手打断："别说了，让她进我的队，门儿都没有。不管什么样的飞行员，不管什么样的警务人员，就算是一个新人，只要各项指标合格，我都能接受，但是她不行，她连警务人员的基本素质都没有，她根本不配做警务人员。"

"话说得有点重了。"韩东风笑哈哈地解释道，"她的成绩是这一届里最好的，各项指标也都是最优秀的……"

"可差点拖累所有人的也是她啊，这一点才是最重要的。"季烈语气生硬地打断，韩东风试图说服他："她不是还没进警航的队伍里来嘛，从当时的情况来看，她就是一名普通群众，我们对群众要最大限度地包容。"

季烈瞪大双眼不可思议地望着韩东风："你着魔了？怎么老向着她说话？她是你家亲戚啊？"

"别瞎说。"

"那你是不是收人家礼了？"

"没有的事。"

季烈松了口气："那不就结了。人才是可以培养的，但是人品培养不了。总之我把话撂在这，这个人我坚决不要，我不喜欢这样自私的人，自己错了还逼着别人道歉。我不喜欢这种没头没脑、莫名其妙、拿无知当自尊的人，实际也是没有自尊的人。"

"季烈，你不要把一个人全盘否定嘛。"

"我否定她了吗？"季烈愕然地看着韩东风，"是她自己做的事把自己否定掉了。并且我敢断言，如果她来了队里，会拖累整个队伍的。老韩同志，你说说咱们的队伍需要什么样的人？"

明知道季烈给自己挖了一个坑，韩东风还是跳了进去："当然是为人民服务的。”

“对啊，为人民服务！”季烈手敲着桌面，加重了语气，“我请问总队长，一个自私的人怎么可能为人民服务？”

韩东风一时间哑口无言。

季烈坐回了椅子上，手里转着笔，放松了语气：“而且……不是我说的啊，队里现在可有不少流言蜚语，说那个……那个谁，是靠关系进来的，影响非常不好。”

“这是胡扯！是不可能的事！”韩东风解释道，“能进咱们的队伍的，靠的都是自身的能力，这个你最清楚了，各项考核达标是最起码的标准。人家那蓝可是各项全优，这成绩需要走关系吗？我还想要走关系把这样的人才都弄到咱们队伍里来呢。”

“人才？”季烈玩味地重复着这个词，伸了个懒腰，走到窗子边，望着远处草坪上的直升机，“她这个‘人才’在我这已经现出了原形。老韩，你要是不好意思开口，这事交给我办，我跟上面说，我不怕得罪人。”

“我不是这个意思。我的意思是，先试用一两个月，万一你用着顺手，那就留下，不行再调去别的部门。你先放下成见，好好想想，这里有她的一些飞行视频，你可以看看，我发到你邮箱了。”

手机“叮”地响了，季烈看都不看，坚决地摇头：“不商量！我没这个习惯！我也不想！对这个人，我已经有了判定。我的决定已经说完了。”他看出来了，韩东风这是不达目的不罢休，再纠缠下去也没意思，于是速战速决地打开柜子拿出一只包，“我再说一遍啊，不要！这事没商量，我这儿的大门对她永久关闭。对了，我还有事，先出去了，下午我请假啊，假条我晚上回来补，走了啊。”季烈说完，根本不管韩东风答不答应，大步走了出去。

韩东风看着季烈的背影收起微笑，叹了口气：“这臭小子……”他说服不了季烈，只好原封不动地把这番话转达给了政委陈向琣：“……然后，那小子说完就走了，把我一个人晾在办公室里。你说这个将门虎子啊，脾气耿直得跟他爸年轻时一模一样，我是完全没辙了……要不你再亲自做做他的思想工作？”

陈向琣拿着电话，苦笑了一声：“你都劝不动他，我能劝得动吗？”话虽如此，挂了韩东风的电话，陈向琣想了一会儿，还是把电话拨给了季烈。

陈向琣跟那蓝父亲那志国是原单位的同事、好友，从小看着那蓝长大。那志国殉职之后，陈向琣把那蓝当作女儿一样看待。那蓝是他推荐进的滨江警航，这个电话他要是不打，实在没法跟那蓝交代。

季烈正带着方杰检修救援机，沈天梵从旁指导，这时手机响了起来。季烈手上全是机油，方杰帮他接了，拿起电话一看，说："政委办公室打来的。"然后按了接听键放到季烈的耳边。

季烈对陈向琣这通电话的目的太清楚了，没等陈向琣把话说完，张嘴便拒绝了，拒绝的话还非常干脆，就两个字："不要！"

陈向琣还想再说点什么，季烈以正在检修飞机为由，示意方杰挂了电话。

沈天梵听他语气生硬，从飞机底下探出脑袋看了看，问道："怎么了？是不是因为今天来报到的那个新同事？"

季烈皱着眉："一大早我刚到办公室，老韩就跑来找我谈话，现在政委又来找我谈话，我倒想知道，她还能再找谁替她说话。我把话说得很清楚，不要！坚决不要！不管谁来说，都是不要！我最反感的就是这种关系户了，自己没本事，就会靠关系走后门。她以为自己很牛掰啊？这个人我不想再见到第二次。"

"你怎么那么反感她？"

季烈说："因为昨天在救援现场，她居然跟我动手对抗，就为了一个破包。那破包里是装了国家机密还是传国玉玺啊？她把自己当女皇啊，全体人员拿生命等着她。"

沈天梵没再说话了。其实他起初对那蓝的印象还不错，但对于她重回 2204 室这件事，他也不太能理解。

※第二章

空中事件

大清早，那蓝梳洗完毕，吃了早饭，带着证件驾车来到了滨江警航，直奔一楼陈向琣办公室。陈向琣刚刚结束和季烈的通话，听着电话里传来的“嘟嘟”声叹了口气。这时耳边响起了敲门声，陈向琣调整了一下情绪，对着门外说了句：“请进。”

门推开，一脸笑容的那蓝从外面走了进来，叫了声：“陈伯伯。”

陈向琣连忙起身招呼那蓝在沙发上坐下，动手给她倒了杯水，坐到她对面，简单问了几句生活情况。那蓝跟陈向琣很熟，说起话来比较随意，没有上下级之间的礼貌客套。扯了一通闲话之后，陈向琣言归正传，委婉地说：“昨天美林大厦的火灾，你受了不小的惊吓，我跟老韩商量了一下，容许你在家多休息几天，等休息好了，再来报到。”

那蓝一听陈向琣的口气，心里咯噔了一下。昨天还催着她来报到，今天突然让她休息，事情不简单：“陈伯伯，是不是我的入职出了问题？”

既然被她看了出来，陈向琣便不再掩饰了，收起微笑，点了点头：“遇到一点麻烦。”

那蓝爽快地站起身：“那行，既然这样的话，我先回家等消息。”

“你也别着急，一有消息我马上通知你。”陈向琣说。

那蓝走到门口，慢慢停下脚步，想了想，最后还是问道：“对了，陈伯伯，昨天去美林大厦参加救援的四个人，除了救生员沈天梵、驾驶员方杰、绞车手宇宏，另外一个人叫什么名字？”

陈向琣用无奈的语气答道：“你们飞行大队的大队长，你未来的教官，季烈。”

听到这个名字，那蓝头皮一阵发麻，深吸了一口气，点了点头：“陈伯伯，那我知道是怎么回事了。”

陈向琣安抚道：“你不要着急，我和老韩再做做他的思想工作。”

那蓝望着陈向琣：“我想知道他拒绝我的理由。”

“火灾现场对抗救援人员。对了，”陈向琣走过去，心平气和地问，“你昨天为什么回去拿那只包？这不像你做事的风格，我想听听解释。”

那蓝摆了摆手：“这件事，我不想解释。陈伯伯，我先走了。”

陈向琣哭笑不得地看着那蓝头也不回地走了出去，摇头叹了口气，自言自语道：“这可怎么办？这两个人，一个不愿说，一个不愿听，两个倔强鬼碰到了一块，这往后火星恐怕是要撞地球了……”

那蓝快步上了车，狠狠地摔上车门，坐在车子里发了几分钟的呆，心有些乱。突然之间，她烦透了这种必须要面对的人际关系。她用力揉了揉头发，头发被揉得一团糟，然后发动了车子，冲出了滨江警务航空总队。

车子在宽阔的公路上漫无目的地飞驰，风从窗口吹进来，太阳渐渐地爬上了头顶。她不知道要去哪里，不想回家，不想看手机，也不想说话。苦练一年多的驾驶技术、全优的成绩……一切的一切，都在美林大厦火灾时回 2204 室的短短几分钟时间内被否定得干干净净。她突然感到无比丧气、灰心……路口等待红灯的时候，目光透过车窗看着远方，道路两旁掀起红色的波浪，仔细一看，是一眼望不到头的滨江滑翔伞大赛的广告牌，被风吹得呼啦啦作响。那蓝低头看了一眼副驾驶座上的快递，打开，里面是一张烫金的滑翔伞大赛的邀请函。

一年零七个月，她已经足足有一年零七个月没参加滑翔伞训练了。上一次得奖，还是在两年前的青海邀请赛上，那次她拿了定点联赛的季军。那时候她刚满二十岁，如果不是比赛前她疯狂训练扭伤了手腕，或许成绩会更好。也是因为那次受伤，她离开了伞圈，去了航空基地学习飞行驾驶。如果没有离开，应该有资格成为滑翔伞职业选手，进入国家队也有可能吧，她不禁想。

回过神来时，红灯已经变成了绿灯，后面的车子不耐烦地按着喇叭，一片“嘟嘟嘟”的响声。

车子刚刚越过十字路口，“嘀”的一声，手机跳出一条信息，来自滨江蓝天滑翔伞俱乐部总教练丁晟：哪天有空过来试试定点？

前方路口又是红灯，那蓝趴在方向盘上想了想，拿起手机飞快打出两个字：现在。

车子在前方掉了个头，朝城外的落霞山开去。刚上高速，手机又响了，那蓝打开蓝牙，听见如本在那头喊：“亲爱的，房子我给你租好了，赶巧遇上一个熟人的房子要出租，我过去看了，一百二十平米的大一居，装修不错，超大浴室，最主要的是离你们单位近，地址一会儿发到你手机上。”

那蓝“哦”了一声。

“听着兴致不高啊……怎么着，不会是那座冰山一见面就刁难你吧？有没有人性啊，连美女都欺负，一定是单身童男，荷尔蒙多到没地方发泄。唉，他是不是不行啊？”

“哪儿不行？”那蓝没听懂她的言外之意。

“外强中干啊，可惜！”

那蓝这才恍然大悟，咬牙切齿道：“你能不能有点正经啊？我被那座冰山拒绝入队了。”

如本哈哈大笑，那蓝隔着手机都能感觉到她笑得多么手舞足蹈，没好气道：“我挂了啊。”

“别！别挂！我不笑了，不笑了。”如本憋着笑，“真的假的啊？看不出来那座冰山这么霸气啊，够男人，我喜欢！对了，冰山不会是你们领导吧？”

见那蓝一言不发，如本笑得更欢畅了：“哎哟我去，你可真够倒霉的！还没上班就先把领导得罪了，这小鞋穿的，够酸爽。快来八一八，冰山不会就是传说中的将门虎子、军中王牌，穿越台风眼的大队长吧？”

那蓝打着方向盘，看着前方的路牌指示：“是啊，你可别笑了，再笑，真挂了啊。”

如本一副恨铁不成钢的口气："他拒绝你入队，你就这么㞞着离开了？你能不能成熟点，像个女人，拿出征服星辰大海的勇气，征服他，蹂躏他，睡了他……"

那蓝听不下去，没等她说完就烦闷地挂了电话。

她真的很生气，过了个生日，无缘无故地遇上了火灾，命差点没了，工作也给弄丢了，关键是对方理直气壮地拒绝她入队，理由还很充分。又想到回滨江那天，原本好端端的天气，突然"海狮"掉头，遇到了五十年不遇的台风，她在候机大厅等了足足二十几个小时。

最近真是背啊，做什么都不顺。

车子没开出去一里地，如本的电话又来了，催命似的一个接一个。那蓝无奈，只好又接了电话，说："我去落霞山的滑翔伞俱乐部，你有空就来。"

"来来来，等着我，我给你想一个石破天惊的大招好好治治那个将门虎子。"

那蓝摇了摇头，打开天窗，开大音乐，车子从公路上飞驰而过……

落霞山位于滨江城外，山清水秀，几十公里的范围内有三个滑翔伞训练场，分别是溪泉、清涧、老虎峰。溪泉适合小坡放飞，初级培训；清涧落差六七百米，适合中级培训；老虎峰适合定点训练。

一周前丁晟打电话给那蓝，试图说服她参加滨江滑翔伞大赛："滨江女伞员里，至今没有一个人的定点技术能赶得上你，你只不过是一年多没飞而已，只要上了天，你就是鹰，你的技术没的说，拿奖简直小菜一碟。"

那蓝知道自己几斤几两，每年有那么多的高手出现，太恐怖了。当成爱好，去挑战自我，才能够享受其中的乐趣；参加竞技比赛，就要全身心地投入，不能自私，不能炫技，不能浮夸，追求精准，连体重都要控制得当，因为你晋级了就代表有人失去资格，必须全力以赴。

俱乐部在山脚下，那蓝到了才发现丁晟不在。原来一个小时前，丁晟听说那蓝要来试飞，高兴坏了，知道她去飞行基地前卖了装备，所以立即给她准备了一套，工作人员取出来拿给她，说："丁总去了清涧训练基地，这是他留下的，德国定制，刚刚到货。"那蓝拿过来看了一眼，就知道是好东西。

工作人员说："丁总临走前交代了，说今天还有个人飞定点，技术不错，留了联系方式，您自己联系他。"

那蓝道了谢，接过便笺，上面留着手机号码，名字叫阿J，一看就不是真名。不过玩伞而已，很少有留下真实姓名的。

那蓝跟丁晟一起参加的青海邀请赛，知道他的技术不逊于自己，他说这个人飞定点不错，那一定是不错的。不过那蓝倒没有抱多大的希望，只是想要有个人一起飞而已，毕竟一年零七个月没有飞了，手生。她按照便笺上的号码拨了两次都没人接听，便放弃了，背起滑翔伞包徒步上山。走到半山腰的时候，遇到几个背着伞包下山的年轻人，打了个招呼，问道："山上还有人吗？"

一个圆脸的姑娘笑眯眯地说："有啊，有个刚到的帅哥准备飞定点。"

后面的女孩说："是阿J啦，他很高哦，一米八五，是我的偶像，飞过世界上很多地方：尼泊尔的博卡拉飞到加德满都掠过喜马拉雅山脉，瑞士的翁根掠过劳特布龙嫩河谷，新西兰奥塔哥的皇后镇，土耳其南部的费特希耶，还有意大利的多洛米蒂……"

女孩如数家珍，那蓝望着她笑了一会儿，忽然想起了昨晚，季烈将她按在墙上，好像也是这样的身高。直到女孩一口气说完，连赞了几声"男神"，那蓝才回过神来，问道："他告诉你们的？"女孩摇摇头："是丁教练讲的，阿J很高冷，不爱说话的。"眼睛里亮晶晶的，"做他的女朋友一定很幸福。"

圆脸的女孩说："你喜欢他，就约啊，反正他是单身，主动追男神又不丢脸。"又问那蓝："对不对啊？美女。"

那蓝附和地笑了笑，说："我先上山了。"

今天是工作日，老虎峰上空荡荡的，只有一个人，应该就是传说中的阿J了。他正在把滑翔伞铺平，看身影，他确实高，身材健硕，只是头上戴了头盔和防风镜，看不清面目。那蓝刚要过去打招呼，忽听一个愉快的叫声响了起来："那那！"不用回头，就知道是如本。如本出发得比那蓝迟，直接把车开上了老虎峰，所以跟她差不多时间到。

正在准备起飞的阿J抬头朝这边看了一眼。

那蓝也瞧向了他，问道："你是阿J？"

阿J点点头，很冷淡的口气："找我有事？"

那蓝放下背包，打开伞包，动手铺开伞，说："丁晟让我来找你。"

阿J瞧她半晌，说："丁晟跟我说，今天有个女中豪杰要飞定点，不会就是你吧？"他的声音很好听，像沉稳的大提琴，那蓝总觉得这个声音像是在哪里听过。

如本也是这样的感觉，打量了他好几眼。

那蓝不喜欢这种质疑的语气，飞快地将伞展开，穿戴上护具和防风镜，随便敷衍道："女中豪杰算不上，也就是马马虎虎。"

阿J不咸不淡地"嗯"了一声，目光环视，等风来，准备找准时机起飞。

站在那蓝身后的如本把阿J从头看到脚，最后停留在胸肌部位，眼睛闪闪发光，伸手拉低衣领，春风一般地走了过去："哎哟喂，帅哥，看着眼熟啊，经常去1998酒吧？"

对这种搭讪，阿J不屑一顾。

如本一拍脑门，自我解围道："噢，错了，是达英健身馆……"见他还是不动声色，撩了一下头发，"怎么着帅哥，听你刚刚的语气是瞧不上我姐们儿啊，觉得我姐们儿不行，你特行？跟你说吧，我姐们儿可是拿过奖的。"

阿J微微一笑，沉默不语。

如本认真了："不信？那今天就非得较较劲了。"

"你确定？"阿J目中无人地望着定点处的靶心位置。

"确定！不过事先声明，要是我姐们儿赢了，你就拜她为师，听她的话，顺从她，追随她；要是你赢了，她就……"

阿J看出如本的心思，打断她的话，漫不经心道："如果我赢了，你们答应我一件事，以后我来这练习的时候，请自动避开，不要来烦我。"

如本瞠目结舌："帅哥，你很猛啊！"说完，扭过头看向那蓝："他……他是不是瞧不起你？"

那蓝点点头："好像是吧。"

如本歇斯底里地大叫："今天你必须赢了他！"

那蓝毫不在意地冲阿J说："一言为定。"虽然不能确定眼前的这个人飞定点的技术到底有多好，但是她可以肯定，这样不知天高地厚目中无人的家伙，她不想见到第二次。

有风来了，那蓝准备起飞，盯着靶心的位置："如果我赢了，你不用避开我，也不用拜师，只要知道四个字就可以了——天外有天。"说完，拉伞、起伞、转身、奔跑，双脚离开地面飞了出去。那蓝开始玩滑翔伞时还在上高中，正是叛逆的年纪，纯粹是为了气叶海蓝，什么危险玩什么。可真正学会了飞行，才发现滑翔伞其实是非常安全的一项运动，她也真正地爱上了这项运动。她想要的，只是飞翔的感觉和飞行途中的有趣经历。

经过短暂的飞行，那蓝降落在山下草坪的靶区，踩在了电子压感器上——距离靶心两米的成绩。山脚下的人群发出了一片欢呼声。

那蓝自己看完成绩也愣住了。这是老天相助超常发挥了，如果再飞一次，她确信自己飞不出这样的成绩。

阿J放下望远镜，迅速拉伞飞了出去，四分钟左右的滑行之后，踩在了电子压感器的边缘，距离靶心两米，不多不少。

又是一片欢呼。

他又看了看那蓝的成绩，沉稳的脸上露出诧异的表情：两人的成绩居然毫厘不差，都是距离靶心两米。见鬼了！

那蓝也抿着嘴唇沉沉地抽出一口气。果然是高手！她快速收起了滑翔伞，转身要走，阿J冲着她的背影喊了声："喂！"

那蓝回头看着他，冲他摘下了防风镜，抬了抬下巴："跟我说话？"

阿J点点头："要不要再比一次？"

那蓝抬起眼皮，望着远处："再比一次？"

阿J说："既然比赛了，就要比出成绩。"

"是不是非要比一个输赢？以后你来这里训练的时候，我就要避开？"那蓝拧着眉头问道。

阿J冷淡地皱皱眉，说："对！"

这就是不礼貌了，那蓝想到这里，背起装备转身便走。

"站住！"

身后传来一声大喝，那蓝走了两步停了下来，没有回身，冷冷说道："我不想和你比。"

"为什么？是因为只是运气，怕输给我？"

那蓝眯着眼睛，冷笑了一声，稍微停顿了一下，说："就当作是这样吧，我输了，行吗？"

"你明明没有输，为什么要承认你输了？如果不想分出输赢，刚刚就不应该提出比赛。"

那蓝深吸一口气，忍了忍："我后悔了，行吗？你在的时候，我自会避开，这样行了吗？"

"上去！再比一次。"声音中带着命令的口气。

那蓝有刹那的失神，这个声音像极了昨晚的那个人。她突然转过身，盯着他看了几秒，将身上的滑翔伞包往地上用力一摔："你是不是有病啊，我都说了不比了，你到底想怎么样？"

阿J沉默，暗暗摇了摇头。这不是他想看到的结果，她的耐受能力真的太差了。阿J无话可说地背起滑翔伞包，转身走了。

那蓝弯腰捡起她的包，一只彩色的皮球跳了几下停在了她面前，她伸手捡了起来。一个小女孩跑过来，摔倒在那蓝的脚边，"哇"的一声大哭了起来。她连忙弯腰将孩子抱起，皮球往空中一抛稳稳地接住，小女孩眼泪还没干便笑了起来，那蓝也笑了。小女孩的妈妈走过来，从那蓝怀里接过孩子，朝她道谢，寒暄了几句后领着孩子走了。那蓝背起装备包，不一会儿便走远了。

阿J一直在看着她，直到她走远才摘下头盔，取下防风镜，露出帅气的面庞。他用力甩了甩头发，面前一只彩色的皮球蹦蹦跳跳经过，他伸手抓住。

忽然想起刚才那蓝也抓过这只皮球，他下意识地往地上一扔，皮球落在地上弹了起来，又落回了手里，似乎她的温度还在。于是又想起她在美林大厦飞起一脚踢在自己的小腿上，力度很大，疼得他打了个激灵。他伸手抓她，手指从她的皮肤上经过，柔软光滑，如同丝绸。

"叔叔！叔叔！"

季烈回过神来，弯腰将皮球还给面前仰头看着自己的小女孩，直起腰时，目光看着刚刚从老虎峰上开下来的车子稳稳地停在那蓝的身边，那蓝上了车，莲藕似的手臂伸出来拉上车门。

他走了几步，忽然想起早上韩东风发给他的视频还没看过。原以为永远不会打开的，直到她抱起小女孩之前，他对她的好感度都是零。想不到那样一个自私的人，居然也有爱心泛滥的时刻。

他从口袋里拿出手机，上面有两个未接来电。这个号码他早上在资料上看到过，虽然只看了一眼就递给了韩东风。他的记忆力非常好，尤其对数字特别敏感，堪称过目不忘。

打开视频，里面是那蓝的资料和飞行训练的片段。山里的信号不太好，断断续续的，他粗略看了一遍，中规中矩的表现，除了技术难度较低之外，没什么毛病。他犹豫了一会儿，打开通话记录，找到韩东风的电话，拨了过去。

“喂！季烈，你小子跑哪儿去了？”韩东风的声音从电话那边传了过来。

“我在山里呢，老韩，我……我跟你说个事啊，那个……那个谁……你叫她入队吧。”

“你小子不是不要人家吗？”韩东风如释重负地笑了，开了句玩笑。

“要不……那就算了吧，反正我还没下定决心。”

“别别别，说出来的话泼出去的水，我等你这句话等得头发都要白了。我这就通知她，让她明天来报到。人家来了，你态度好一点，毕竟是女孩子。”

“再说下去，真不要了啊。”这句是玩笑话。

那蓝上了如本的车，回头朝阿J的背影看了一眼。他刚打完电话，从地上捡起一块石子，用力扔了出去。

她还是觉得这个身影有点熟悉，但她觉得绝对不可能是季烈。那个将门虎子，军三代，不可能会在这种地方碰见。

如本发动车子朝山下开去，路上啰啰唆唆地埋怨那蓝：“我说姐姐，咱们就这样灰溜溜地走了？”

“不然呢？再跟他比一次？”

“我不是说的这个，我的意思是遇到帅哥要主动出击，你到现在还单身，最关键的原因你知道是什么吗？”

那蓝没说话。

如本说：“因为你太高冷了，你给人的感觉就是，想要追你，就必须得有上山打猛虎下海擒蛟龙的勇气。你知不知道，帅哥是这个世上的稀有资源，一不小心就成别人的了。”

“他戴着头盔、防风镜，你怎么判断出长得帅不帅的？”

“就凭着我阅男无数的经验，一眼看去，就知道他长得帅。”

“他太自负。”

“自负怎么了？有本事才自负嘛。”如本说，“你没瞧见他的身材有多好吗？跟昨天扛着你的那座冰山不相上下。我这么一看就知道，绝对有八块腹肌！你想想吧，那可是行走的荷尔蒙，泡了这样的男人，你赚了，给座金山都不换。”

“那你去泡他啊。”

如本目视前方叹口气：“我有猛男了啊，我在给你物色好不好？你多大年纪了？二十二了！再不恋爱的话，我担心你会爱上我。要不这样，现在咱们回去，约什么你说了算。”

“我会爱上你？你想得美。你要是想回去找他，现在就把我放下车。我知道你车里有一盒……”那蓝的话刚说到这里，手机突然响了，是韩东风打来的，她按了接听：“……哦，好，明天我按时报到。”

第二天，那蓝报到完毕，去了韩东风的办公室。她昨天夜里没怎么睡好，凌晨的时候做了一个梦，梦见自己快被大火烧死了，然后季烈出现了，将她扛出了2204……后来她就失眠了。其实那天怪不得她，她哪知道面前的人就是未来的教官，而且早就认出了自己啊，还以为也是个新人呢，这才教训了几句……算了，最近水逆，诸事不顺。

韩东风起身邀请她坐下说话，简单交代了几句，说：“走，我带你去熟悉熟悉环境，认识认识你的新同事和教官。”

那蓝礼貌地道了谢，觉得韩东风这个人和蔼可亲，丝毫没有领导的架子。

韩东风对那蓝的印象也不错：人长得漂亮，话不多，行动快，不拖泥带水，跟方杰、宇宏，尤其是季烈描述的刁蛮、骄横的形象完全不一样。要说季烈那小子，警航没有人比韩东风更了解他了，性格火暴骄傲，对待工作严谨，对待学员苛刻。当初在部队的时候，这小子脾气上来连师长都拿他没办法，用师长的话说，他是军中王牌，也是一颗不定时炸弹，不知道下一秒就把谁炸得稀烂。这不，眼前的这个姑娘就撞他枪口上了……韩东风想到这里，朝那蓝看了一眼，又抬头看了看警航教学区。这一刻，他突然感受到了山雨欲来前的宁静是多么珍贵。

两人各怀心事，一前一后朝警航教学室走去。

"喂喂，她怎么来了？"宇宏正望着窗外，远远地看见韩东风带着那蓝走了过来，连忙通报情况。季烈在给飞行大队的学员讲解一周前海上的救援案例，正在教学白板上画图，闻言扭头看了看，手敲了敲教学白板："让你作为助手来配合讲解，你看什么呢？"

宇宏指着楼下和韩东风一起走来的那蓝："队长，是，那个……那个带刺的野玫瑰来了。"

"啊？"方杰一听，噌的一下站了起来，探头朝下看去，惊呼道："真的是她！队长你看，跟你对抗的那个女队员来了，不是说不要她吗，怎么又来了？"突然恍然大悟过来，俯身在宇宏耳边小声道："看来关系户的背景很硬啊。"

宇宏会意地点点头。另外两名同事，宋智和曹文也都听说了那蓝对抗季烈的事情，全都跑到窗口朝外面看去，一边看一边议论："她就是那天的那个同事啊？原来还是个美女。"

季烈敲了敲白板："干什么？都给我回来坐好了！"

几个人立刻坐回到椅子上，一脸严肃地看着季烈。

季烈没好气地说："瞧你们一个个大惊小怪的样子，不就来了个新同事嘛，没见过女的啊？"说完，转头朝窗外看了一眼。

那蓝跟在韩东风的身后，迈着长腿走得很快。初夏的阳光照在她的脸上，她的皮肤很白，亮得发光，利落的齐耳短发掖在耳朵后面。

也许是因为制服的关系，季烈突然觉得她今天比前两次顺眼多了，多了几分英气。季烈不由自主地眯起了眼睛，习惯性地拧起了眉头。

方杰撞了一下宇宏，小声说：“你看队长。”

宇宏倒抽了一口凉气，小声道：“看这个表情，队长和总队长不会要干起来吧？”

方杰摇摇头：“不可能，队长是总队长的心肝宝贝，他才舍不得对咱们队长下手呢。”

“你的意思是，队长早就知道了？”

方杰点点头：“没有队长的同意，总队长不会把人送过来。”

“啪！”一个板擦儿扔在了方杰身上：“当我是聋子听不见？再胡说八道就滚出去！”

宇宏张大嘴巴，然后又紧紧地闭上了。

方杰扭过头，笑眯眯看着季烈，谄媚地说道：“队长，野玫瑰来了，我们俩正在商量着以后是不是要穿防护服上班呢。”

“什么防护服，那叫防化服。”季烈纠正道。

“对对对！防化服！防化服！”

“咚咚。”正说话的时候，响起了两声敲门声。

方杰“嘘”了一声，大步过去开了门，满面春风地冲韩东风说道：“总队长好，总队长请进。”说完快速退到一边让出路。

韩东风走在前面，那蓝跟在后面进了门，迎面看见一个身材高大的身影背对着众人，拿着板擦儿一下一下地擦着白板。她知道这个人就是季烈。

韩东风抬头看了看，对着季烈的背影叫了声：“季烈！”

季烈继续擦着白板，一直到擦完了，将板擦儿用力拍在白板上，这才转过身来，低着头看着脚上的皮鞋。

韩东风松了口气，说：“我给大家介绍一下，那蓝，代号 07，是你们飞行大队的新同事。”

方杰带头鼓掌，宇宏举起手拍了一下，另外两个同事忌惮季烈，象征性地拍了拍手。

方杰热情地说：“我是方杰。”

宇宏举起手，拘谨地说："宇宏。"

方杰主动介绍道："这是宋智，那是曹文。那边那位是……"

季烈突然抬起头，目光看着窗外，不咸不淡的口气："我是季烈。"

那蓝一愣，面无表情地看着他，沉默地看着他。

韩东风看了看那蓝，又看了看季烈，感觉到两个人之间有一股无形的气场，轻轻咳嗽了一声，说："季烈，这是你的学员，我把她交给你了。"

季烈依旧是不咸不淡的口气："知道了。"

"那你们继续上课，我还有事，先回去了。"

"总队长再见。"

韩东风挥手告别，等那蓝回过神来的时候，他已经走出了教学室。

韩东风一走，整个教学室瞬间一片死寂。方杰用胳膊撞了一下宇宏，示意他说话。宇宏梗着脖子，一脸不爽地拒绝。他对那晚救援机上的情形记忆犹新，这朵野玫瑰还是不惹的好。

方杰见谁都不说话，只好咧嘴一笑："那蓝你好，想不到这么快就又见面了，欢迎欢迎！"说完，夸张地拍了拍手。

那蓝拧紧了眉头，扯了扯嘴角。大家齐齐看着方杰，方杰见气氛尴尬，犹豫了一下坐了回去，闭上了嘴巴。

那蓝看着面无表情的季烈，一脸愠怒化作平静："队长，我突然想起来今天还有重要的事，我想请假。"

"你入职连两分钟都不到，就要请假？我问你，来警航就不是重要的事了？"

那蓝深吸一口气，说："对不起，我想我需要重新考虑入职的事。"

季烈看着她的眼神渐渐变得不可思议，脸色一点点地白下去，胸口剧烈起伏着。他极力压着胸口的怒气，尽量心平气和地说："如果飞行是你坚定的职业，就不要轻易说放弃的话。如果你决心做一名警务工作者，就不要随随便便耍小姐脾气。这里是警航。"说完，他大步朝门口走去，方杰连忙追了过去。

季烈快走到门口时，突然转过身，指着那蓝大吼了一声："你想走的话，现在就立刻给我滚蛋！"说完一脚踢在了门上，只听"咣"的一声，门重重地关上了。季烈拉开门，头也不回地大步走了出去，方杰没敢再追，在门口停住了脚步。那蓝抱着手站着，看着季烈的背景消失在门外。这下她也不知道该怎么办了，话一出口她就后悔了。只是突然意识到阿J就是季烈，她立刻有一种敌暗我明、被羞辱的感觉。其实她也就是说了句气话，谁知道捅了那么大的娄子啊。而且他的火气更大，字字句句击中了她的要害。现在她是骑虎难下了，而且骑的是一头斑斓猛虎。

所有人的目光都看着那蓝。方杰安慰道："你别介意，以前我们队里没有女同事，我们队长一直就这么跟我们说话的，他就这脾气，往后你就习惯了。"

那蓝对方杰记忆深刻，这小子聪明，话多，鬼精鬼精的，冲他一笑，说："我不介意，往后你们也别把我当成女的，当成女汉子就行了。"

"太谦虚了，你那么漂亮，又是我们队唯一的女的，绝对的队花啊。"

"那请好好爱护队花。"

大家一听都笑了，气氛缓和了许多，一旁小心翼翼的宇宏也暗暗松了口气。

方杰是人来疯的性格，尤其是一见到美女，这小子就格外活泼："那蓝，要不这样，你试试上天飞一圈？"

那蓝诧异地看着他："行吗？"

"行啊！"方杰说，"我们过来报到的第一天，队长都会带我们上天飞一圈，主要是看看我们的技术，顺便熟悉熟悉我们负责的这块区域。但是你刚刚把队长气得……我看他也不会带你飞了，不过没关系，我带你啊，我做你的副驾驶。"

"真的行吗？"那蓝口气很是犹豫。虽然在飞行基地学习的时候成绩优秀，但是警航的飞机和飞行基地的飞机型号不同，而且自己已经有一周多没有碰操纵杆了，手有点生。

"放心吧，一周前的海上救援，我任副驾驶。"方杰自豪地拍着胸脯，"前天美林大厦的火灾，也是我驾驶的救援机，你见过的。"

那蓝回想了一下，当天确实是方杰驾驶："那，太谢谢你了。"

"都是同事，别客气，走吧。"

此时的季烈正坐在楼顶上，点了一支烟，平息了一下内心的情绪。他有些后悔松口叫她来警航报到了，原来只是自私，现在再加上一条“任性”，简直条条都犯了他的大忌。不知怎的，突然又想起那天扯坏她衣服的瞬间，她回头时的眼神，像一把锋利的刀。他下意识地皱了皱眉。

就在这时，他突然听到一阵巡逻机发动的声音，愣了一下，看了看手表，心想，这个点还没到巡逻的时间，谁要开巡逻机上天？他刚想到这，就见巡逻机慢慢地从机库里滑了出来，突然离地，摇摇晃晃地在半空旋转了两个圈。他的心瞬间提到了嗓子眼，“嗖”一下从地上跳了起来，冲到楼边，探身看去，只见巡逻机晃晃悠悠转了两圈之后，摇摇摆摆地上了天。他回过神来，快速地摸了摸口袋，手机不在，拔腿向楼下跑去，一脚踹开教学室的门。宇宏、宋智、曹文等人正围在窗口，看着渐渐飞远的巡逻机，齐齐摸着脑门上的冷汗。

季烈的吼声振聋发聩：“你们几个给我死过来！说，巡逻机是哪个王八蛋开出去的？”

几个人回头看见季烈脸都白了，吓得连忙站好。

季烈大步走进，指着窗口：“混蛋玩意儿！是哪位少爷不想活了，喝了酒就开直升机上天的？”

几个人低着头。

“说话啊！一个个的哑巴了？”

几个人你看看我我看看你，继续沉默。

季烈气得胸口剧烈起伏着，手叉着腰，看了一圈，问道：“方杰呢？死哪儿去了？”

宇宏犹豫了一下，用手指了指天上。

季烈明白过来，恼怒地捂着脑门骂了句：“操！”

那蓝算是知道警航直升机的厉害了，比她之前在航空基地用来练习的直升机更加灵敏，滑出机库的时候毫无感觉，手碰到操纵杆，机身直接在空中打了个圈。现在晕头晕脑地上了天，总算是平稳了一些，可这架直升机诡异般难掌控。心里不禁感慨，短短一周多没碰操纵杆就生疏成了这样……还是老话说得好，“拳不离手，曲不离口”。

坐在旁边的方杰从她一发动就傻了，现在可算是回过来神了，眼睛瞪得溜圆，小心翼翼地问：“我……我想问问，资料上说你在基地的时候各项成绩都拿第一，这……这是真的吗？”

“真的！”

真个屁啊！你们基地的教官教你把直升机开成了过山车呀？你成绩单是花两块钱在路边小广告摊上买的吧？不过，方杰这些愤怒的话到了嘴边又给咽回去了，尴尬地笑了两声：“你这操纵水平也太玄幻了。”

那蓝也心虚地扯了扯嘴角，这确实不是第一名应有的水平。见天空湛蓝如海，阳光明媚，她刚想松口气，就听见耳边传来一个稳稳的女中音：“我是地面指挥部叶泉水，听到请回答。”

此时的地面指挥部气氛凝重，韩东风来回踱步，脸色铁青。叶泉水话刚说完，季烈已经以百米冲刺的速度从教学室奔进了指挥室，直奔指挥台前，对着还在等候回答的叶泉水说：“让开，我跟她通话。”

叶泉水犹豫了一下，望向韩东风，季烈毫不犹豫地一把抢过了通话器。

韩东风大步走过去，捂住通话器，盯着季烈说道：“季烈，我知道你很生气，可她现在在天上，你脾气稍微压一压，等巡逻机平安落地，什么都好说。”

季烈根本不接韩东风的话，眼睛看着电子显示屏上的位置，对着通话器明知故问：“现在是哪个王八蛋在飞？回答！”

通话器一阵沉默：“我是07，那蓝。”

“07，你给我听着，我是季烈，听我的指令，立即返航！”

那蓝未说话，方杰的声音从通话器里传了出来：“队长您放心，我会带着07安全返航的。”

“你他妈给我闭嘴！你的事回来再说！”

方杰吓得立即不说话了。

“07，我告诉你，是你把直升机开出去的，你就要平安给我开回来。回答！”

韩东风简直要跳脚。这可不仅仅是直升机，上面还有两条人命，他不相信摇摇晃晃侥幸上天的人，能平平安安地降落。他极力地克制着，按住通话器：“季烈，人命关天，还是让方杰来吧。”

“你开什么玩笑？不是你跟我说她成绩全优吗，现在又说她从天上下不来？”

“这不是赌气的时候。”

“我没有赌气，她要是下都下不来，那她那张成绩单就是假的。”

“这……”韩东风被怼得瞠目结舌。

那蓝的声音传了过来：“07 收到！我会驾驶巡逻机平安归来，只是……只是操纵杆太过灵活，我还在适应当中……”

话音未落，指挥部突然闪进来一条身影，身影一掠已经跑到了指挥台跟前。

来的人是沈天梵。他大声质问：“巡逻机 310006 的旋桨有点小问题，正准备检修，通报不是出了吗，谁开出去的？”

季烈一听，脑子“嗡”了一声。昨天被那蓝气蒙了，请假去了落霞山放飞自我，通知还没来得及下达。

韩东风读懂了季烈的表情，急得额头上的青筋直跳，但眼下不是埋怨的时候。众人的眼睛齐齐盯着显示屏上编号 310006 的巡逻机，季烈沉了一下气，不慌不忙地拿开韩东风按在话筒上的手，换上稳稳的声音，对着通话器说道：“07，告诉我，你现在飞行的状况。”

通话器的另一边没有声音，显然是被突然的温柔怔住了。

季烈又重复了一遍：“07，请你告诉我，你现在飞行的状况。”

通话器的另一边停顿了一下：“直升机难以控制，飞行高度 1500 米……我担心落下的时候，可能会有危险。”

“07，你不要紧张，你记住，你是以飞行基地第一名的成绩进入的滨江警航，没有你驾驶不了的飞机。你现在保持最低的飞行速度，五分钟后，你就能安全降落，收到请回答。”

“07 明白。”

季烈看了一下气象显示：“现在是左侧风，左侧风作用在垂尾上，直升机头向左转，蹬右舵保持方向不变。”

“是！”

“当你看到停机坪的时候，报告给我。”

通话器里死一般静，整个指挥部连根针落地都能听见。过了一会儿，通话器里传来那蓝轻轻的呼吸声，略带紧张：“看到了停机坪，报告完毕。”

季烈说：“好，现在以四十度下滑角度向停机坪下降，并逐渐减速，在接近停机坪时做小速度贴地飞行。听清楚了吗？”

“是！”

众人都快速走到窗子边，透过透明的玻璃窗看着编号310006的巡逻机从远处缓缓飞过来。

季烈指挥道：“在停机坪上空三到四米的高度时，做短时间悬停，再以每秒零点二至零点一米的下降率垂直下降，直至接地。”

“是！”

“准备着陆。”季烈说完，迅速放下通话器，走到窗子边。编号310006的巡逻机在空中颠簸了一下，悬停不稳，着陆时轻轻蹦了一下，而后重重地停在了停机坪上。所有人都长长地松了口气。

季烈大步朝停机坪走去。舱门打开，方杰率先从巡逻机上跳了下来，双腿一软，一只手连忙扶住舱门，另一只手捂着嘴“呕”了一声。

季烈知道方杰没有晕机的记录，这是被吓的。方杰看到季烈迎面走了过来，狠狠瞪着自己，马上站好，满脸堆笑，战战兢兢地叫了声：“队……队长。”

季烈脸色铁青，抬脚踹在了方杰的屁股上，吼道：“你笑什么笑？巡逻机是你让开出去的？”

“是……”

“敢承认就好，谁让你自作主张的？你脑子昏了？你不要命了？”

季烈这脚踹得真叫狠啊，疼得方杰龇牙咧嘴，手揉着屁股小声辩解道：“队长，我……我这不是……替你看看新同事的水平嘛。”

“什么替我？”季烈吼道，“谁要你替我了？你自作什么主张？出了事怎么办？直升机掉市区怎么办？你昏头了带着她去飞？我真想把你脑子扒开来，看看里面都装的是什么糨糊！”

方杰这小子早把季烈的脾气摸准了，季烈发脾气的时候只能服软，对抗只会火上浇油。他啥废话也不说，一个劲儿地认错：“队长，我错了，我真的错了，回头我……我写检查去！”

季烈“哼”了一声。

方杰一副委屈的口气：“再说了，我……我哪知道她这第一名飞得这么差啊。”

“你还说！快给我闭嘴！”

方杰抿着嘴不说话了。

那蓝因为巡逻机下降时紧张造成的浑身肌肉紧绷，站不起来，坐在直升机里埋着头，深呼吸了几下，终于慢慢放松了下来。听着外面的对话，她忽然笑了起来，根本没把这件飞行中遇见的危险小事放在心上。她最大的爱好就是冒险，玩高空跳伞她都不害怕的，这才哪儿到哪儿？

窗外阳光明媚，她拿出手机自拍了一张，发到朋友圈。

现在没什么事做了，摘下头盔，整理了一下头发。

这时手机突然响了起来，电话是如本打来的，声线抑扬顿挫：“那那，你今天飞了啊，好帅。”

“嗯，是的。”

“来跟姐们儿说说，飞你们警航的直升机是啥感觉啊？”

“嗯，非常爽的感觉。”

刚说到这，外头响起季烈炸裂般的声音：“巡逻机上的，你躲什么躲，给我滚下来！”

如本幸灾乐祸地笑出了声：“我似乎听见冰山在咆哮，保重啊那那，记住一句话，百炼钢化作绕指柔，对待这种猛虎一般的男人，就两个字——温柔。记住了，一定要温柔，温柔，还是温柔。秘诀已授，姐们儿撤了。”

那蓝按掉了手机，下意识地坐了一会儿，起身抱着头盔下了巡逻机。抬头看见草坪上站着的七八个同事，眼睛齐刷刷地盯着自己，阳光下，每个人的表情都不一样。

“你……”季烈怒目圆睁地指着她。原本以为她吓破胆了，所以才躲在巡逻机里不下来，现在看来，是他误会了，她不但没有丝毫胆怯、恐慌、害怕，还十分镇定，跟海边度假归来似的，一脸惬意。

季烈眼神突然黯淡了下去，嘴里重重呼出一口气，转身气冲冲地走了。方杰连忙追上去："队长，消消气。"

季烈走得飞快，歇斯底里地朝他吼了句："你别跟着我!"

这一声吼，吓得方杰一哆嗦，急忙停下脚步，呆呆地望着季烈的背影消失，好久才又回头望着那蓝。那蓝无所谓地耸了耸肩。

"方杰，你可别惹队长了，你小子捅娄子了。"宇宏同情地看着方杰，随后将经过说了一遍。

方杰听完脸色煞白，惊魂未定地抚了抚胸口，一脸懊恼："这么说，这么说……我差点就没命了?"

"废话!要是掉在了市区，造成的损失简直不可估量，咱们整个队都被你吓坏了。你不知道，咱们总队长都流汗了。"

方杰沉默了。那蓝也沉默了。

季烈倒是不怎么生气了，这事多少他也有责任。刚走到楼梯口，就被一脸严肃的韩东风叫住："季烈，跟我来一趟，'6·12'美林大厦火灾有重要线索。"

季烈一怔，急忙跟随韩东风进了办公室，韩东风递给他一份"6·12"美林大厦火灾报告。

韩东风说："据调查，'6·12'美林大厦火灾系人为纵火，纵火点是在十四楼的一个仓库，而监控在纵火前十分钟被人为损坏。据推测，极有可能是对美林大厦熟悉的人所为。"

季烈看完了报告，放下，拧着眉头想了想："犯罪分子的目的呢?"

"还不清楚。"韩东风略停了一下说，"目前消息尚处于封锁状态，警方得到线索之后没有轻举妄动，以免打草惊蛇。季烈，你下到过十八楼，离着火点最近，有没有发现什么可疑的线索?"

季烈没立即回答，拿起可疑物的照片认真看了一遍。突然，他在一张照片里发现了一截被硬扯下来的袖子，忽然想起了扯下袖子的瞬间，那个女人回头时如刀锋一般的眼神。他愣了一会儿，才又拿起另一张照片，照片里拍下的是一张锡纸，报告上写着，经化学分析，锡纸上有麻古残留。

季烈放下照片，手指点了点：“我在十九楼的楼梯上见过，脚从上面踩过，如果就是那一张，那这上面应该留有我的鞋印。”

韩东风沉思道：“可报告上写着，该可疑物品是在八楼发现的……”

季烈略沉默了一会儿，起身：“我去刑侦队走一趟。”

到了刑侦队之后，季烈跟随刑侦队的孙队长去了物证科，经检测，除了季烈当日所穿的四十三码鞋的鞋印外，还有另一个男式鞋印。由此可以断定，有人在火灾发生之后，偷偷上了美林大厦。

孙队长介绍说，那天的大火持续了将近三个小时才被扑灭，消防员全部撤退大约是在凌晨三点，之后一直有警察留守保护现场。由于整个美林大厦的监控系统已经遭到破坏，这人是怎么上去的，目的又是什么，不得而知。

孙队长叫人调出附近的监控，奇怪的是，附近一处的摄像头在早上五点到六点的时段也遭到了破坏。

这些证据的发现，让“6·12”美林大厦的纵火案变得扑朔迷离，整个刑侦队气氛紧张，季烈更加百思不得其解。

那蓝总算是见识到“冰山”的厉害了，回到办公室，大家个个表情严肃，连话痨方杰也皱着眉默默无言。中途那蓝接了个政委的电话，陈向琣简单询问了几句，交代她好好工作，不要分心。

那蓝原本没放在心上，可陈向琣的一个电话反倒让她心情不太好了。季烈强烈的反差感，让她感觉此人可以瞬间分裂成两个人，引导她降落时是一个人，下了飞机又是一个人……算了，两副面孔就两副面孔吧，那蓝想。

下午季烈没回办公室，大家各干各的。三点的时候，如本叫了奶茶外卖送过来，一共二十份，人人都有。

如本说：“漂亮的女人固然招人喜欢，但聪明的女人才能迅速融入团队。”

如本还说：“就你们警航，除了地面指挥中心有女的，行动部门全是男的，一个个如狼似虎，你想要在群狼中获得生存，不但要有男人的魄力，还得有女人的魅力。”

那蓝不耻下问："女人的魅力是什么？"

如本说："漂亮、自信、大气、包容，实在不行的话，你就撒娇，女人的撒娇是对付一切男人的手段。"

那蓝不得不佩服如本，当她把奶茶给大伙儿送过去时，办公室的气氛立刻缓和了许多。

季烈不在，那蓝犹豫了一下，最后将那杯奶茶给了方杰，方杰会错了意，直接放在季烈的办公桌上，让那蓝哭笑不得。

季烈从刑侦队出来之后，立即驾车去了美林大厦。大火已经将十四、十五两个楼层破坏，空气里充满了浓重的烟味。他戴上口罩穿上鞋套，仔细观察了一遍，并没有发现任何有用的线索。随后，他驾车从美林大厦离开，回警航时路上塞了会儿车，车子刚进警航的停车场就到了下班时间。他回办公室取快递，看见了桌子上放的奶茶，问正在值班的宇宏："谁买的？"

宇宏说："今天来的新同事。"

季烈眼睛都不眨一下，随手将奶茶丢进了垃圾桶。

不知道为什么，他就是讨厌她，并且越来越讨厌。

宇宏眼疾手快地从垃圾桶里拿了出来："队长你不喝给我啊，幸好刚换的垃圾袋。"

季烈瞪了他一眼，抬手就是一记脑瓜崩："都进了垃圾桶了你还给找出来，你属老鼠的啊？食堂没吃的吗？"

宇宏委屈地揉着脑门，回身笑嘻嘻地说："我这不是看着丢了浪费嘛。"

"就你知道节约，她没给你奶茶吗？"季烈抬手又要弹脑瓜崩。

宇宏一缩脖子躲了过去："一杯哪够我喝的啊？再来五杯都不够我造的。"

"迟早有一天成警航第一肥。"季烈点了点他，朝门外走去，头也不回，"好好工作，我先回去了。"

宇宏喝着奶茶挥挥手："队长再见。"

※第三章
意外成邻居

回家的路上，车子在红灯前停下，季烈的手机突然跳出一条微信，是战友丁晟发来的："佐罗击剑馆，六点钟不见不散。"他刚放下手机，突然从后视镜里看到一辆红色的mini（宝马牌小型汽车）跟在车后。红灯跳成了绿灯，他一脚踩下油门，越野车快速冲过路口，后面的mini也紧跟着冲过了路口。虽然是下班高峰期，可郊区的路面车流并不多，除了红灯时需要等待，其余时间一路畅通。可就是这种情况，mini竟然始终跟他的车子保持三米的距离紧咬不放。

季烈无意中瞥了一眼车牌号，顿时脸色就不好看了。他记得清清楚楚，车牌号是那蓝的。怒火"噌"一下就冒了起来。她想干什么？跟踪？他眼睛紧盯着后视镜，脚下猛踩油门，车子风驰电掣地越过前面的车辆，三个路口之后，mini果然被甩掉了。他松了口气，"切"了一声："就你那小mini，还追我？幼稚！"打开音乐，放慢了速度，越野车从宽阔的马路上飞驰而去。

黄昏降临，晚霞夕照，一行白鹭低低地从空中掠过。前面是丁字路口，拐个弯，就是他居住的瀚汀花园。季烈嘴里哼着歌，默默地望着白鹭消失得无影无踪的天空，莫名的惬意涌上了心头。

自从离开了部队，他就没有了那种抬头仰望天空的闲情逸致，甚至有些害怕这片熟悉的天空。到了警航之后，被各种琐事缠身，他一门心思想要做天空的卫士，可警航的飞行任务简单得他闭着眼睛都能完成。想到这，他不禁又感到一阵失落，叹了口气。

车子刚刚通过路口，不承想，迎面看见红色 mini 缓缓开了过来，季烈只觉得血气上涌，拳头砸了一下方向盘，咬牙切齿地骂了一句。接着一打方向盘，车子快速冲进了小区，谁知红色 mini 居然也紧跟着进了小区。

这是挑衅！季烈忍无可忍地停下车，“啪”一下推开了车门，朝红色 mini 做了个手势，说：“你给我下来！”

那蓝正转头打算询问门卫 12 幢怎么走，突然看见一个高大的身影从前面的悍马上下来，朝自己走了过来，再一看，嚯，居然是季烈。冤家路窄啊！

她按下车窗，探出头，心平气和地问道：“你叫我啊？”

“废话，这里还有别人吗？”

那蓝看了看左右，确实只有她一个人：“你说吧，我听着。”

说吧？你追了这么久，不就是求情来的吗？说吧？好大的口气！季烈怒极而笑，指了指自己：“我说吧？”

那蓝点点头。季烈像头狮子似的来回走了两步，说：“你到底想干什么？”

“什么？”

“从华景路跟踪到我家门口，我是不是要夸你一句，警惕性不错，行动迅速，被我发现了，就立即换了路线，时间还掐得刚刚好，把我堵在了小区门口。看来是我小看你了，想不到你挺厉害啊，就凭你这反侦查的手段，不去刑警队屈才了啊。我就纳闷了，你来警航干什么？捣乱来的吗？”

“跟踪你？”那蓝不可思议地看着他。

季烈吐出一口气，平复了一下情绪：“有话直说，我最讨厌偷偷摸摸的人。”

“我……”

季烈挥手打断：“算了，你也别解释了，你心里怎么想的我很清楚，我现在就告诉你，你的处分我给定了。没错，我这人就这脾气，一是一，二是二。现在你死心了吗？”

那蓝冷淡地看着他，“哦”了一声。

哦？季烈简直被她气得哭笑不得，挥苍蝇一样挥了挥手，示意她赶紧离开。

那蓝没动。

季烈只好又耐着性子问道："你是不是还有什么想说的？行，那你赶紧说，我听着。不过，事先声明，废话完赶紧走，别堵在我们小区门口，挡了道。"

那蓝盯着季烈，半晌，摇摇头。

她确实没什么话要跟他说，还有一点，她没想到他居然也住这个小区，除了冤家路窄，她想不出第二个更贴切的词了。

"好，那我告诉你吧。"季烈说，"之前不让你入队的事是我干的，我承认，明人不做暗事。我还可以告诉你，现在我后悔了，我后悔当时没有坚持原则，我压根儿就不应该答应让你入队。"

那蓝淡淡地接话："哦。"

季烈目光投向远处。他真的很无语。门口已经堵了好几辆车了，保安过来询问情况，就在这时，季烈的手机突然夺命般响了起来，电话是丁晟打来的，他按了接听："我说你着什么急啊，稍等，我这就过去。"挂断了电话，对保安解释道："没事了，这就挪。"

保安看向那蓝，见那蓝摊了摊手，就退到一边，奇怪地看着他们俩。

季烈转身上了车，黑色越野车掉过头，车窗落下，季烈头也不回地对那蓝说："警告你，别再跟着我，我不喜欢被人像狗皮膏药一样跟着。"

车子"唰"一下从那蓝面前开过，朝另一侧的大门开去。那蓝目送车子远去，许久才反应过来。他什么意思？难道她是狗皮膏药吗？她冲着车子消失的方向吼了一嗓子："你才是狗皮膏药呢！"

"小姐，请问您需要什么帮助吗？"保安客气地问。

那蓝回神过来："请问12幢怎么走？"

"往前左拐最后一幢就是，地下车库，G区，6号门。"

那蓝将车子停进了地下停车场，没有直接上电梯回家，而是上行到地面，看了看小区的环境。绿化率很高，杂树生花，进了电梯才发现，一梯两户，十分安静。电梯在十二层停下，出了电梯，她左右看了看，对面的邻居家大门紧闭，一丝声响都没有。她按照如本留给她的密码开了门，将房子看了一遍，确实是如本说的那样，大一居，浴室足够大。尤其让她感动的是，窗明几净，冰箱的保鲜层里放了她爱吃的车厘子和血橙，冷冻区里有速冻饺子和牛肉，床上的被褥、鞋柜里的拖鞋，一切崭新，整整齐齐。

刚才的郁闷一扫光，她一头扎在了两米宽的柔软大床上，打了个滚。

季烈到了击剑馆，丁晟在击剑馆外的低卡餐厅等他。丁晟是季烈的战友，经营着蓝天滑翔伞俱乐部、佐罗击剑馆和低卡餐厅。

从季烈进门起，丁晟就觉出不对劲：绷着一张脸，跟被人欠了两百万似的。季烈将护具包往旁边的椅子上一放，一声不吭地拿起菜单。丁晟说：“早就帮你点好了，炙烧蘑菇配嫩烤小牛排和一杯超级维生素果汁。”

季烈将菜单往桌子上一扔：“来你们餐厅顿顿吃得跟兔子似的，你们这不应该叫餐厅，应该叫宠物店。”

“不懂了吧，低卡才健康。喂，我说你小子今天是怎么了？让我猜猜，不会是夏若回来了吧？”

季烈跟摸了电门一样，全身瞬间绷了起来。

丁晟立马改口：“不像，夏若要是回来的话，你小子高兴还来不及呢，哪会是这鬼样子。”

“别哪壶不开提哪壶。”季烈瞪着丁晟。

丁晟说：“不提她可以啊，等你有了新女朋友，我保证不再提她。”

“你……”季烈气结。好在服务员送餐过来，打断了两人的谈话。

丁晟哈哈一笑，递给他一根芥末条：“对了，上次给你介绍的那个飞定点的女伞员技术不错吧。”

季烈忽然想到在老虎峰上的比拼，愣了一下说：“马马虎虎吧。”

“马马虎虎？”丁晟瞪着眼睛，“你要求也太高了吧，她已经是我们滨江技术最好的女伞员了。当然了，跟你比，可能还差了那么一点。”

“不敢当，她……跟我比了一下，跟我一模一样的成绩。”

季烈极力表现出云淡风轻的口气，丁晟一听大喜过望：“跟你一模一样的成绩？我没听错吧？”

“一模一样，距离靶心两米。”

“距离靶心两米？”丁晟激动得把筷子都扔了。

季烈不满地嘟囔：“你复读机啊？”

丁晟说：“你知道吗？她一年多没练技术了，没想到非但没有退步，反而进步了！天才，这就是天才！我跟你说啊，你们俩必须参加滨江滑翔伞大赛，就是磨我也要把你俩磨来！”

丁晟说话的时候，季烈想到了那蓝从地上捡起皮球，抱起小女孩的画面。

“想什么呢？听见我说话了吗？”丁晟敲敲桌子。

季烈回过神来，说：“那我也重复一遍，我是飞着玩的，比赛我没兴趣，你要是找我谈比赛的话，不聊。”

“好好好，不聊不聊，那聊聊别的。对了，今天看到天上飞过一架你们警航的巡逻机，我就纳闷了，怎么你们队里的飞行员现在都是喝了酒以后才飞的吗？够牛啊！”

季烈没说话，眼前突然浮起那蓝抱着头盔走下巡逻机时无所畏惧、轻松平淡的样子。真不懂她是故作轻松，还是蠢到连生死一线都不明白。

丁晟盯着他：“不会是上次你说的那个新来的女学员吧？人长得怎么样？漂亮吗？”

季烈抬起眼皮：“你问这干什么？哦，对了，忘了你还是一条黄金单身猎犬。实话告诉你，她……长得就跟夜叉一样，特别难看。”

丁晟夸张地瞪着眼睛：“那真是灾难！本来我还想撮合一下你跟那女学员。你想想，教官跟女学员，一听就是好故事。可既然长成了夜叉，那就算了！不过也是，你们队里的老韩对手下的队员要求多苛刻，而且还是第一个女飞行员，没三把刷子进不去，长得漂亮的也没心思勤学苦练，最主要是我可不希望有个夜叉一样的嫂子。”

丁晟说个没完，季烈埋头吃饭。

“对了，你说那个……谁，去美利坚都已经那么久了，你也该放下好好谈一场恋爱了，我只听说过在一棵树上吊死的女人，还没听说过在一棵树上吊死的男人……”

丁晟说得正溜，一抬头看见季烈睚眦欲裂地盯着自己，赶紧笑着解围：“不过你的眼光一向有问题，就说夏若吧……”季烈真急了，手里的叉子直接抵在了他的脖子上：“你小子再说一句试试？”

丁晟哈哈大笑，季烈抬脚在桌子下踹了他一下，丁晟迅速避开，不逗他了，举手告饶：“不说了，这下真的不说了。”

季烈收回手：“再说一次，再跟我提起她，别怪我跟你翻脸。”

丁晟做了一个封上嘴的手势。

季烈继续说：“人家都说击剑是贵族运动，要有绅士风度和骑士精神，未曾学艺先学礼，你生活中怎么一点礼节都没有？”

“咱俩什么关系？战友！校友！铁哥们儿！跟你还讲什么礼节？”

“好哥们儿怎么了？从今以后，必须跟我讲礼节！”

“行行行，听你的！”

很快，两人吃完了饭，休息了一会儿，换上击剑服和护具，比拼了几轮花剑，不出意外，季烈率先击中丁晟十五剑。随后，季烈又和另外一名击剑爱好者比拼了一场。两场比赛下来，季烈早已经汗流浃背，洗了澡，两人坐在露台上休息了一会儿。丁晟望着远方的灯火，突然感慨起了军校的生活。他是性情中人，没说两句眼睛就红了。季烈递给他一支烟，他点上烟吸了一口，呛得直咳嗽，忙将烟按灭了，扔进垃圾桶：“我差点忘了，我都已经戒烟好久了，往后你也少抽点，影响健康。”

季烈故作夸张地竖起大拇指：“了不起。”

“了不起个屁啊，就会取笑我。对了，军校时的那几本厚相册还在吧？”

“在！”

“走，到你家去。”

回到瀚汀花园，季烈将车子停进了车库，往电梯走的时候，恍惚看到一辆红色 mini 停在不远处，不由得愣了一下，可转念一想，不会这么巧吧？瀚汀花园紧临滨湖，地价高，环境好，同款车多，遇见不稀奇。想到这他松了口气，跟丁晟边走边说：“还记得吧，上军校那会儿，全班就数你训练成绩最差，总是拖后腿。不过教官对你真好，没事就给你开小灶，犯了错还替你扛雷。”

回想往事，丁晟满是感慨：“你别光说我，你犯的错难道少吗？当然了，你有你家老头子给你扛着。”

季烈走进电梯，皱着眉头盯着丁晟：“怎么连你也提他？”按下十二层的按钮，一副无可奈何的口气，“我感觉我这辈子都逃不出他的阴霾笼罩了。说吧，你们到底什么时候知道的？”

丁晟故弄玄虚地一笑，季烈作势要打，丁晟连忙告饶，道：“刚进军校的时候，大家就都知道了。”

“这怎么可能？”

“这怎么不可能？”丁晟反问，“你那会儿多嚣张啊，上怼天下怼地中间怼空气，整个军校就数你蹦得最高，谁都让你，不是因为你家老头子，谁理一个小学员。”

季烈自小便是这种性格，自己倒没觉得怎么样，不过仔细一回想，丁晟说的也不是没道理，苦笑了一声。

丁晟继续说：“你就跟那阳澄湖大闸蟹似的，连走路都是横着走的，你要是有根金箍棒，孙猴子都闹不过你。不过还好，后来总算有个人能治你了，就是咱们军校的女学员夏……”

季烈恼了：“怎么又提她了？再提她，别进我家门。”

这些年，季烈差不多已经忘记刚进军校时发生的事情了，可关于夏若，他却记得清清楚楚，分毫不差。

回想第一次见面，那天阳光明媚，学校正在举行运动会，夏若参加的是400米短跑，那是一个全身都发光的长腿短发女孩，第一个冲线的女学员组冠军。她也是第一个当上学院连长的女学员，在全连面前讲评的时候声音简直像入口即化的棉花糖，整个军校一半以上的男生都暗恋她。

她还是第一个批评他的人。有一回军事训练，他偷懒跟教官请了病假回宿舍打游戏，打得正入神，忽听身后传来棉花糖的声音：“你到底是真生病还是为了打游戏装病？”起先他以为听错了，后来才发觉身后站着一个人，慢慢回过头去，看见她的一瞬间，整个人都僵直了。

夏若见他一动不动地盯着自己，问道：“你看我干什么？”

他像着了魔一样，说：“你长得好看。”

就是这么笨拙的回答，让夏若“扑哧”一声笑了出来。一直到现在，他坚定地认为那是他见过的最好看的笑容。可是后来……后来……不敢想下去……

“哎哎哎，我说你干什么呢？开门啊！”丁晟站在季烈家门口，伸出手在季烈眼前晃了晃。季烈在失魂落魄中回过神来，用密码开了门，从书房取出相册，往沙发上坐着的丁晟面前一丢。

丁晟打开相册，一边翻看一边说：“记得咱们班长吗，现在混得不错，娃都两岁了。满月的时候，你在参加演习没去，当时可热闹了，还提起了你。”

“怎么不记得！他啊，老好人……”季烈刚说到这儿，手机突然响了起来，他拿起来看了一眼，脸色突然凝重了：“你坐着，我接个电话。”说完走进卧室，关上了门。

那蓝吃完晚饭，叫家里的保姆将收拾好的箱子送过来。刚刚整理好衣橱，忽听有人从电梯里走出来，开门看了看，见隔壁邻居刚刚回到家关上了门，她拿起点心盒，走到邻居家门口，深吸一口气，敲了敲门。

丁晟开了门，迎面看见那蓝站在门外，愣了一下，惊呼了一声：“那蓝？怎么是你？快快快，请进。”

那蓝也愣了：“老丁？怎么这么巧，我今天刚搬过来，以后多多关照。”说完，双手送上点心。

丁晟笑眯眯地接过点心盒：“你住隔壁？太巧了！快请进。”

那蓝进了门，丁晟又热情地让座：“对了，晚饭吃了吗？这儿有……”他快速拉开客厅里的冰箱，朝保鲜区扫了一眼，尴尬地笑了笑，“有一包方便面，还有……水果、饮料……”接着拉开冷冻区，眼睛亮了，“还有手工饺子！”

“别客气了，我已经吃过晚饭了。”

“吃过啦？”丁晟从冰箱里抓出两个血橙、一个苹果，“你先坐着，我给你榨一杯果汁，补充维生素C，多C多漂亮。”说完快步进了厨房，关上了厨房的门。那蓝只好笑了笑，坐到沙发上，抬头打量了一眼客厅，见设计利落、装修简洁，按理说，房子的主人应该是一个极具个性的人才是，和丁晟的气质不太符合。

那蓝跟丁晟是玩伞时认识的，丁晟技术很好，做生意也非常厉害，说得好听点叫人情练达，通俗点叫圆滑世故，不过骨子里透着一股子正气，所以两人关系一直不错。

莫非他是双重性格？正百思不得其解的时候，那蓝的目光忽然被客厅装饰柜上摆着的敬礼小兵布偶吸引了，尤其是小兵布偶后面摆放着的三架战斗机模型。帅！太帅了！

季烈的电话是小姨宋惠美打来的，宋惠美快五十了，至今未婚，如今跟季烈的父亲季国诚住在同一个屋檐下，两人的关系不好说。季烈的母亲在他七岁时去世，他算是小姨宋惠美一手带大的，跟宋惠美关系不错，直到有一天，他发现父亲跟宋惠美关系不一般之后，就不太愿意回家了。读军校的时候，寒暑假别的同学都回家了，他不愿意回去，就住在学校里。他不愿意面对父亲，跟宋惠美也渐渐疏远，每次都是宋惠美找他，给他打电话。他从来都接，但是每次接完心情都不好。尤其这一回，宋惠美又劝他回家，说他父亲甚是想他。他一冲动，差点就把话挑明了，让他们干脆光明正大地在一起，别藏着掖着，可话到嘴边又咽了下去……匆匆挂了电话，他在窗口站了一会儿，平复了一下情绪，这才打开卧室的门朝客厅走去，又“唰”地停住了脚步。客厅里静悄悄的，丁晟不见了，装饰柜前站着一个身穿白色T恤的短发女孩，看身影觉得熟悉，走近了一看，果不其然，还真是她！

一股怒火从心底猛然蹿了起来，他做了个深呼吸，叫了声：“喂！”

那蓝闻声回头，顿时也愣住了。

季烈张口斥道：“你可真行啊，堵我堵进我家门了！这行为是什么？强闯民宅，侵犯隐私！我告诉你，就你这行为，往少了说够拘你十天半个月的，往多了说，判你两三年也不为过。”

那蓝问：“这……这是你家？”

"废话！"

那蓝了然。难怪，难怪家里透着性冷淡的装修风格，跟丁晟不像，跟他倒是很配。

季烈冷嘲道："你不是早就打听好了吗？你都进门了，还问是不是我家。说吧，是不是门口保安把我家门牌号告诉你的？这小区的物业真是越来越糟糕了。"

"不是。"那蓝没好气。

季烈真火了："说吧，你到底想要干什么？今天必须把话给我说清楚了，还有，你是怎么进来的？必须说清楚。"

那蓝不想跟他扯下去了，转身要走，季烈腾地堵在了门口："今天不把话说清楚，就别想从这儿离开。我告诉你，我对这种侵犯隐私的行为极度厌恶。"

那蓝更火："我侵犯你的隐私？季大队长，我看你是有妄想症吧，你家里有没有装摄像头，要不要调出来看看我是怎么进来的？"

季烈被她怼得一愣。

"怎么着，没装摄像头啊？那我建议你立即装一个！"

她还横上了！季烈竭力保持着冷静，说："我承认我对你的过去不了解，我不知道你是不是一直有这种癖好，总之再让我遇到一次，我直接报警！"

那蓝又羞又急："你才有跟踪癖呢！"

"没跟踪癖你下了班跟踪我到小区？没跟踪癖你现在公然登堂入室？难不成还有人请你进门啊？"

那蓝有点失控了："你以为你是谁啊？实话告诉你，还真就是有人请我进门的，你好好对着镜子审视审视你自己吧，自大狂！"

季烈刚要发飙，厨房里榨汁机轰隆隆的声音消失，门开了，丁晟端着果汁走了出来，笑眯眯地看着两人，说："季烈，你接完电话了？来来来，快来坐下，我就不给你们俩介绍了，你们见过的，你俩才是邻居，我不是，你们真有缘。"对那蓝解释道："我其实是他的战友。"说着说着，丁晟发觉气氛不对，看了看二人，"你们……这是怎么了，脸红脖子粗的……都吃了枪药了？"

季烈没说话，那蓝气愤地想要推开他，季烈自动闪身避开，那蓝气冲冲地走了出去。

丁晟伸着头目送那蓝进了自己家后重重地摔上了门，吓得一缩脖子，将手里的果汁往桌子上一放，对季烈说：“我明白了，你小子把人得罪了。让我怎么说你好呢？人家是刚搬过来的邻居，给你送点心来了。你看看多漂亮的姑娘啊，你怎么还把人给惹毛了？”

季烈这才知道误会了那蓝，傻了眼。

丁晟拿起果汁：“去，跟人道个歉去。”

“不去！”

“知错能改善莫大焉，道个歉就这么难？”

季烈点点头：“你知道她是谁吗？”

“谁啊？”

“我们队里的。”

“新来的女飞行员啊？”丁晟一听来了兴趣，“那我明白你为啥这么急赤白脸了。其实我早就发现了，她跟夏若长得有那么一点像……季烈，我知道你对夏若念念不忘，可她都去美国那么久了，你觉得以她的姿色会没人追求，还是你觉得她会像你等她一样等着你？都什么年代了，通信这么发达，她要是真有心，早就联系你了，哪怕报个信也好。现在她就像凭空消失了一样，摆明就是躲你，你怎么就不明白呢？”

季烈被他这番话说得有点失控：“我就是不明白怎么了？你以为所有人都像有些人那样，无缝衔接，没有空窗期地去恋、去爱，然后美其名曰趁年轻赶紧爱，不然等老了以后要后悔。我知道她躲着我，可我就跟她杠上了，我就等，等到老。”

“你就倔吧你。”丁晟无可奈何地摇着头，“我看你能撑多久。”

季烈的情绪忽然低落，没说话，拿起酒杯倒了杯威士忌，仰头喝下。

丁晟摇摇头，随口问道：“那蓝还不错吧？”

“谁？她？你问这干什么？”

“你管我问了干什么呢，你直接回答我，你觉得她这人怎么样？”

季烈梗着脖子：“你让我来评价她？那当然只有四个字了——不怎么样！你

知道的，我最讨厌没脑子的女人，刚好她完全符合。”

丁晟问：“是不是那种莫名其妙的不喜欢？”

“对！”

“莫名其妙看见她就来气，她做什么都觉得不对、不爽，想发火？”

季烈赞成地点头，随后又犹豫了一下：“也不完全是这样，主要是因为从我认识她到现在，她就没做过一件正确的事。”

丁晟一拍巴掌：“我明白了，有戏！”

“你明白什么明白？有什么戏？”

“这你就别管了，哥们儿我现在就敢跟你打个赌，你跟那蓝，你们俩将来指定是一对欢喜冤家。”

“我跟她？”季烈不可思议地瞪着丁晟，哈哈大笑，“你就别开玩笑了，我也跟你打个赌，就算全世界只剩下我跟她两个人，那也一定是一个住在南极一个住在北极，老死不相往来的关系。”

丁晟自信一笑：“赌就赌，你要输了，就把那架歼-20的模型送给我。”

“行啊，送你，反正又不是正版的。”

“你就不会找你家老头子要个正版的啊？”

“原先找他要过，可是人家不给啊，所以我一来脾气，自己手工做了一个，花了我半年的时间。再说了，现在我离开部队了，也不会再找他要了。”季烈嘟囔了一句，“当然了，这些都不重要，重要的是你根本没有赢的机会。”

“我不管正版不正版，总之输了的话，你就抱着模型机来我面前跳舞，S形。”丁晟说着话摇了摇屁股，随后将果汁倒进一次性杯子里，推开门走了出去。

季烈一脸愕然地目送着他的背影：“喂，我说你干什么去啊？”

丁晟手压在嘴巴上“嘘”了一声。季烈说：“不是说赌输赢吗，你输了怎么办？”

“我给你跳甩胯舞。”

“切，谁要看。”

那蓝正在家里生闷气。居然被他说成是有跟踪癖，简直莫名其妙。恐怕他有妄想癖吧！她气呼呼地倒了杯水一口气喝下，在房间里来回踱步。就在这时，门外响起了敲门声，她愣了一下，立即走到门边，从猫眼里朝外看去，只见丁晟端着一杯果汁站在门外。

她对丁晟这人印象不坏，可鉴于他是季烈的战友，印象分直线下滑，不情不愿地开了门，挡在门口："有事吗？"

丁晟是多聪明的人，在社会上摸爬滚打多年，人精里的人精，打眼一看那蓝的脸色，就知道还在气头上，毕恭毕敬地朝那蓝躬身赔罪道："对不起啊那那，我是来替季烈向你诚恳道歉的，刚刚季烈说话过分了，你走了之后，我把他狠狠批评了一顿，他也深刻地意识到自己错了，可他这人脸皮子薄，不好意思直接跟你道歉，所以就派我过来了。"

那蓝也不含糊，虽然她跟季烈刚刚认识，可他是什么人，她很清楚，宁折不弯，绝不是那种会主动道歉的人。不过，俗话说得好，抬手不打笑脸人，何况丁晟平时对她不错，又这么礼貌，勉强笑了笑，刚要收下歉意，想不到丁晟不请自入，大摇大摆地进了门，那蓝只好跟进去。

丁晟将杯子往桌子上一放，打量起客厅的装修，特热情地说："这房子装修得真文艺，要是客厅再挂一幅印象派的画就更有意境了。"

这点和那蓝想到了一处。她一向对懂艺术的人有好感，既然已经进了门，也不好再赶出去，便邀请他坐下，切了西瓜端上来。

丁晟坐下之后，突然将话锋一转："其实，我这点艺术修养，都是受季烈的影响。我跟他从军校起就是同学，季烈这个人吧，挺不错的，人聪明、长得帅，读书那会儿从来没见过他学习，可回回考试都是我们班的尖子、学霸，双硕士毕业的高才生，军事训练各项成绩都是优。"

那蓝知道他是来给季烈讲情来的，也不搭茬。

丁晟继续说道："后来进了部队，就更了不得了。大概你也知道，他是开战斗机的飞行员，驾驶歼-20穿越台风眼的英雄，挑战人类极限飞行禁区的模范，敢打敢拼，技术过硬。这要是放在影视剧里，那绝对是会被一票粉丝追逐的偶像！不过，人无完人嘛，他这人也有些小缺点……"

听他要说季烈的缺点，那蓝竖起了耳朵。要说缺点，这人恐怕全身上下全是槽点，不过他想听听丁晟是怎么说的。

丁晟说："他最大的缺点就是不会跟女孩子相处，这也不能怪他，这些年他都是在军营生活，跟大老爷们儿成天混在一起，神经比腿还粗，所以入了社会，遇到姑娘就特别没辙，也不知道怎么跟姑娘相处。前些天我俩去酒吧玩儿，遇到一个特别主动热情的小姑娘，人家小姑娘漂亮，直接就扑上来了，一口一个男神叫着，他倒好，张口问人家要身份证，说人家未成年，可把人小姑娘气坏了，说他是神经病。哈哈，活该！你说他无不无聊，人成不成年的关他屁事？我原本以为他离开部队也快一年了，总该比以前强一点吧，没想到烂泥扶不上墙，今天又把你得罪了。"

那蓝不紧不慢地招呼丁晟继续吃西瓜，随即一笑："他是我的队长，工作时间，我听他的没错，可下了班，就是私人时间，我不听他的，没有问题吧？"

"完全没问题啊。"丁晟立刻附和，"工作是工作，生活是生活，不能混为一谈。其实，季烈虽然缺点不少，但是优点也很多，尤其是对战友特别关心，只要让他知道谁生活上遇到了困难，二话不说就上去帮忙，绝对热心肠的好人。我们都说，将来谁要是做了他的女朋友，那绝对幸福死了。对了，看你家里的样子，你单身吧？季烈也单身。"

那蓝听着听着隐约明白了过来，淡淡一笑，直言不讳地说："其实，我最讨厌的就是那种狂妄自大的男人，你战友刚好完全符合。"

丁晟呆住了，回想起季烈对那蓝的评价，这两人简直绝了！心有灵犀，完美默契！

而此刻隔壁的季烈已经酒至半酣，躺在阳台的沙发上，眼睛望着天空，万籁俱寂，天上繁星闪烁，不由自主地轻叹了一口气。

这份难得的宁静被一阵手机铃声打破，他回过神来，喝掉杯子里的最后一口酒，拿起手机看了看。电话还是小姨宋惠美打来的，他犹豫了一下，按下了接听："喂？"

"小烈，又是我，我想来想去，觉得还是得再给你打一个电话。我就是想劝你别跟你爸生气了，如今他都是奔六十的人了，你也是奔三十的人了，俗话说，'打仗亲兄弟，上阵父子兵'，两父子还能置什么气……你说呢？"

季烈有些不耐烦，将手机扔在了一边，宋惠美恬淡的声音从免提里传了出来：“这两年，他身体不如从前了。不管怎么说，他是你爸爸呀，你要是有空了，就回来看看他，虽然他嘴上不说，可我知道他心底念着你呢。”

一提到父亲，季烈就冒火，他尽量克制着自己，说：“我不想见他，他也不想见我，每次见面都吵架，没意思。再说了，你们非得让我回去干什么？”

“你不是好久没吃我给你做的饭了吗？你忘了，前几天还答应过我说要回来的？他听了挺高兴的。”

“我这么吊儿郎当不务正业的人，我的话能信吗？随口说说的。”季烈又倒了一杯酒。

宋惠美一时间无话可说，轻轻叹了一口气：“你这是在躲我和你爸爸。”

季烈没说话。

“小烈你不能这样，你躲我没关系，可不能躲你爸……”

“行了小姨，你们过你们自己的日子，别拉上我。还有，你不要一打电话就跟我提他，我跟他现在这样挺好的，井水不犯河水。”

“你还是在怪我……”电话那边传来幽幽的叹息。

“没怪你，我妈都去世那么久了，你们的事自己做主，不用试探我，我没意见。时间不早了，明天还要上班，挂了。”季烈挂了电话，直接关了机，将手机扔在桌子上，身体重重地倒在沙发里，手掌用力拍了拍额头。

不一会儿，丁晟回来了，见他心情不佳，便陪着他在阳台上坐了一会儿，才小心翼翼地问：“怎么了？”

季烈长叹了一口气：“生存还是毁灭，这是值得思考的问题。”

“哥们儿，能正常点吗？多大的事啊，还能上升到生存还是毁灭的高度？”

“哎！说实话，有时候觉得活着真没劲！理想渐行渐远，工作不干不行，生活里全是琐事，回到家冷冷清清，想说个话吧，连个说话的人都没有。”季烈苦笑，“我都快三十了，一事无成，了无牵挂，是不是很失败？”

丁晟诧异了一下。

季烈望着他：“真的，我有时候就特别羡慕你，活得有烟火气。”

丁晟知道他喝多了，这小子不喝多说不出这样掏心窝的话。于是坐到他对面，说："你这句话说得深刻。不过，想活得超尘脱俗很难，想活得有烟火气那就太简单了，你可以的。"

"也许吧……"季烈拖长了声音。

丁晟伸手拍了拍他的肩膀，跟他碰了杯子，仰头喝尽。

季烈躺倒在沙发上，望着遥远的天空陷入了沉思。突然，天空亮了起来，恍惚中他顺着光亮扭头看去，只见夏若站在阳台上，一袭长裙，短发飞扬。他浑身一震，酒醒了一半，揉了揉眼睛，再一看，原来是隔壁的阳台，才又想起来隔壁刚搬进来的那蓝，顿时大失所望："你看看那女的，她站那儿做什么？以为自己是月光女神啊？"

丁晟探头看了一眼，说："人站在自己家的阳台上，关你什么事？"

季烈嘟囔道："怎么不关我事，她吓我一跳！"

那蓝搬进瀚汀花园的第二天早上，跟季烈在地下车库里又见面了。两人谁都不搭理谁，很默契地自动避开朝警航出发，谁知刚进办公室就接到了一个救援任务，一名偏远山区农场的女孩突发疾病昏迷不醒，为了争取到最佳抢救时间，韩东风雷厉风行地决定启用空中救援。而由于该名患者一直就诊的安仁医院没有医用直升机也没有停机坪，只有一小块空地可供临时降落，增加了降落的难度。执行飞行任务的季烈带着副驾驶方杰、学员那蓝飞往山区救援，执行救援任务的救生员是沈天梵和宋智，绞车手是宇宏和曹文，另外同行的还有安仁医院的两名医护人员。

编号31002的救援机带着巨大的轰鸣声冲上了天空，季烈的通话器里传来叶泉水冷沉的声音："我是地面指挥中心叶泉水，01，听到请回答。"

"收到，我是01，请讲。"

"闵山地区今日黎明时分持续下了三个小时的暴雨，降雨量为八十毫米。由于过度开采，导致山体有滑坡危险，加之地面湿滑，已经通知家属指导救援机降落，请务必小心。"

"01 明白。"

紧接着，韩东风的声音从通话器里传了过来："季烈，请转告沈天梵，病人患有先天性心脏病，不久前刚刚做过手术，情况十分危险，务必将病人安全送到医院。"

"收到！"

"季烈，安仁医院不具备降落条件，但我们相信你。"

"放心，保证完成任务。"

那蓝第一次正式跟随警航的救援机执行任务，心里不免有些紧张。更让她紧张的是，昨天夜里她亲眼看见季烈和丁晟在阳台上喝酒，看样子两人喝了不少。刚刚她故意走近季烈，隐隐闻到了他身上的酒味。那蓝的眼睛紧紧地盯着季烈，看他表演空中绝技，以最快的速度朝闵山飞去。

由于遇到了乱流，救援机剧烈地颠簸起来。那蓝早上起得迟了，没来得及吃早点，只随便喝了两杯冰冻牛奶。她胃本来就不好，再加上紧张和震颤，突然一阵恶心，干呕了起来。她伸出长臂，紧紧地抓着安全带。

"没事吧？"沈天梵担忧地问。那蓝强忍胃中的翻涌，摇了摇头。

季烈脑后生眼一样地吼了一句："方杰，给她一个垃圾袋，别吐在救援机上。"

方杰赶紧递了个垃圾袋给那蓝。那蓝犹豫了一下，接在手里，紧紧地捏着。

"想吐就吐啊，千万别忍着。"季烈的声音听起来云淡风轻，可没人知道此刻他的脸黑得像闵山的天空。作为一个飞行员，上了天居然要吐，真不知道这是什么身体素质，是怎么进的飞行基地！这也就是在天上，不然他早就发火了。

刚刚的大雨造成山区出现雾气，季烈只能凭直觉朝降落点飞去："大家注意，直升机准备降落。"

由于降落地点树木多，救援机在天空盘旋了几圈，最后终于险险地停在一处低坡的平地上面。沈天梵和宋智迅速冲下飞机，早已等候的家属带着二人和两名医护人员快速朝家中跑去。

那蓝也下了救援机，脚刚一落到地面，张嘴就吐了起来。吐完抬起头，手按在胸口长长地松了口气。突然，她发觉直升机上方是一处松动的山坡，山坡已经出现了裂痕，可把她吓坏了，迅速朝季烈喊道："队长，这里危险。"

季烈正瞥着她，见她呕得肝肠寸断，不知道是同情还是生气。忽又听见她说这么没有判断力的话，直接懒得搭理她。按照他的经验，这种情况百分之百安全，扭过头嘟囔了一句："莫名其妙！"

那蓝健步冲上了飞机，手指着山坡的方向，朝季烈紧张地吼道："上面的山体要滑坡了，情况十分危险，请你赶紧把救援机开到安全的地方。"

季烈被她吵得头疼，转过头，宽厚地道："我说你能不能别一惊一乍的？我告诉你，不管在什么样的情况下，救援永远是我们的首要任务，明白吗？"

那蓝说："救援当然重要，可安全才是最重要的。"

"你说什么？"季烈不可思议地瞪着她。

"我说安全第一！"

"安全第一？你胡说八道什么呢，这里不安全吗？"

"山坡上方已经松动，并且已经形成了裂缝，万一滑坡了怎么办？这里所有的人，包括救援机全会被埋住。"

方杰终于看明白了大概，连忙劝架道："算了算了，别吵了。那蓝，其实这里挺安全的，那点裂缝不会导致滑坡的，你放心吧，咱们队长有经验，他说安全那肯定就安全。"

季烈吼道："和你没关系，你闭嘴。"

方杰求情道："队长，这不是女学员嘛，新人，给点面子。她虽然缺少经验，但是毕竟是为了大局考虑嘛，您消消气。"

季烈听他这么说，更发飙了："女的怎么了？女的我就不能说了？成天哭着喊着要求男女平等，现在怎么了，又要求男女不平等了？你别拿性别给我说事儿，在我这里，作为飞行员没有性别的差别。我还头一回遇到学了一年零七个月拿到飞行执照的飞行学员在这种安全驾驶的条件下能晕机晕到吐的，这是什么身体素质？好意思吗？还有脸扯别的！"

那蓝也怒了："季大队长，我是吐了，确实是我身体素质的问题，我以后会注意，会加强训练。可你呢？你昨天晚上喝酒了，对吧？"

季烈笑了，换作平静的语气说："对啊，我昨天半夜是喝酒了，怎么了？"

“你这是危险飞行，不符合安全飞行条例你知道不知道？”

“我危险飞行？我不符合安全飞行条例？”季烈一脸诚恳地望着她，“哎哟哟，你好像说得没错，那……要不你来执行飞行任务？”

“你……”那蓝被他怼得无言以对，深吸一口气，愤怒地转身下了救援机。

季烈鄙夷地冲着她的背影“哼”了一声，对方杰说：“看到没有，能耐不大脾气很大，经验不足底气很足，这种大小姐，就是缺少生活磨炼。”

方杰看向那蓝的背影，惊讶地问：“这怎么磨炼啊？”

季烈带着嘲讽地笑了一声。

一阵急促的脚步声传来，沈天梵和宋智抬着昏迷的女孩，医护人员举着吊瓶快速跑来，众人合力将女孩抬上了救援机。

一肚子气的那蓝一口气跑下直升机后胃里又开始难受，弯腰一阵干呕，将早上喝的两杯牛奶全部吐了出去，终于舒服了一些。回头看见病人已经上了救援机，赶忙跑过去，想不到机舱的门却突然关上了，救援机腾空升起……

“喂！等等我！”她追了两步，停住了脚步，明显感觉到这是故意抛下了她，追也没用，茫然地望着直升机渐渐远去，气得对着虚空挥舞着拳脚。

沈天梵有点看不下去了：“季烈，你过分了啊，这里距离滨江市区二百多公里，荒山野岭，天气又不好，路也不好走，把她丢在这里，要到什么时候才能回到市区？”

“老鹰，我不是针对她，按照救援紧急条例，飞行员不能无故离开直升机，我们在跟死神争分夺秒，可那位大小姐倒好，跑下直升机溜达去了，她以为自己来这儿旅游度假呢？还有，你也看到了，她在基地学习了一年零七个月，一上直升机居然就晕机了，刚刚还吐了！就她这身体素质，我都不知道怎么拿到的飞行执照。所以啊，让她好好锻炼锻炼身体吧。再说了，人家嫌我不符合安全飞行条例。”

沈天梵无话可说。救援机越飞越高，他看着地上越来越小的那蓝，同情地摇了摇头。

那蓝发泄地挥舞着拳头，过了一会儿，她找了块石头坐了下来，拿出手机看了看，发现居然没有信号。她真的绝望了，前后望了望，山里一片寂静，附近一个人影也没有。她呆坐了一会儿，平复了一下心情，再抬起头时，已经雨过天晴，山间雾气渐渐散开，阳光倾洒在小草上，草尖上的小水滴一颗颗晶莹剔透。清凉的山风吹在身上，浮躁的心情终于渐渐放松了下来，她索性摘掉了头盔，周围清脆的鸟叫声更加清晰了。她闭上眼睛，感觉到万物生长，一片生机勃勃。平常心！平常心！

“姑娘，姑娘。”

远处有人叫她，她睁开眼睛，原来刚才那位报警救援的农场员工，一名五十多岁的老伯骑着电动三轮车朝这边驶来了，到了跟前，停下来关切地问道：“姑娘，你是警航的吧？直升机都走了，你怎么没跟着走啊？”

那蓝一时找不到合适的借口。

“我明白了，是不是直升机的座位不够了？”老伯热情地说，“这里到山外还有段距离呢，刚下了雨，不好走，没三五个小时走不出去。这样吧，上车，我送你出去。”

“老伯，您这电动车安全吗？”那蓝打量着电动三轮车。

“安全啊！咋不安全呢？”老伯冲她憨厚一笑，“我每天开着它干活，安全着呢，你就放心吧姑娘。”

“哦，那谢您啦。”那蓝上了车，坐在三轮车的车斗里。

老伯驾驶着三轮车，一边跟她有一搭没一搭地说话：“姑娘，你们警航速度真快啊，从报警到救援，一共半小时的时间，搁以前那真是想都不敢想。”

“对啊。”那蓝随口应道。

“我看你们各自都有分工，姑娘，你是负责做什么工作的？”

“老伯，我是飞行员。”那蓝想了想又加了一句，“飞行学员。”

“开飞机的？了不起啊，这么年轻就会开飞机了，佩服佩服。我以前光在电视上看直升机了，国庆阅兵的时候，那直升机唰唰地从屏幕上飞过，帅啊！哎，你说开飞机跟开三轮车有啥区别不？”

那蓝笑出了声：“没区别，都一样。”

“对嘛，我觉得也是这样，反正都是驾驶员，不过就是一个在天上飞一个在地上跑，是不？”

“是。”

三轮车在高低不平的山路上飞驰，那蓝被颠得五脏六腑都要出来了，可那位老伯却谈笑风生，几次化险为夷。她不得不佩服劳动人民的智慧和身体素质，想到这里又想起了季烈，忽然不自觉地想起了那天在美林大厦，漫天的烟雾、恐怖的爆炸和凶猛的炙热中，她已经感到濒临绝望的时候，他踹开了门，抓起她扛在了肩上。她清晰地记得他身上强健的肌肉，和看向她时，愤怒而又略带紧张的眼神。不过下一瞬，就是朝她咆哮的季烈，她觉得他简直像一头非洲草原上狂躁的雄狮，随时张开血盆大口要把人生吞了。

突然，颠簸停止了，身边飞驰的景象消失了。烈日当空，四下安静。再一看，原来电动三轮车停了下来！

那蓝转头看了看，老伯正努力在发动，可几次下来还是发动不了，下车检查了一番，最后摊了摊手，抱歉地说：“电瓶坏了，从三格电量直接变成了零。”

那蓝心里过意不去，下了车，问他：“老伯，车子坏了，您怎么回去？”

老伯咧嘴一乐，说：“这才多大点事，大不了推着回去呗，可惜就是我不能送你了，你路上多小心啊姑娘。”随后他把出山的路线指给了那蓝，掉转车头，推着车往回走去。

那蓝道了谢，按照老伯的指点朝山外走去。大概走了半个小时，手机有了信号，她开了导航，按照导航的指引朝最近的公路走去，嘴里哼着歌，手插在裤袋里，虽然距离滨江市区还很远，却丝毫不担忧。经过一片旱稻田时，上方有无数的蜻蜓在飞舞，她一靠近那些蜻蜓，它们便迅速飞走了，她停下来的时候，便有蜻蜓落在她的肩膀上。她轻轻拿出手机，拍了张照片。

身后传来一阵汽车声，一个年轻人驾着改装过的越野车经过，探头朝她吹了个口哨，问她：“嘿，美女，你是要出山吗？要不要捎你一程啊？”

那蓝摆手拒绝。这么难得的经历，她不想错过。

车子开走了。她一边走一边拍照，等走出山区，走到了公路边，大约花了一个小时的时间，不算长。她在路边等了大约两分钟，一辆开往城里的大巴从面前经过，她招手上了车，大巴车往城里驶去。

她坐在窗子边，靠在座椅上，翻出照片修图，凑满九宫格发到朋友圈。

那边季烈在将她撇下后，一边操纵着直升机快速飞行，一边冷静地询问沈天梵："老鹰，病人现在的情况怎么样？"

"病人情况紧急，昏迷伴随呼吸困难，安仁医院的医生已经给她做了急救，但是危险随时可能发生，所以我们得抓住黄金一小时的救援时间。"

直升机加速朝安仁医院飞去，通话器里传来叶泉水冷沉的声音："我是地面指挥中心叶泉水，呼叫01，听到请回答。"

"01收到，请说。"

"安仁医院已经将门诊楼前的广场设置为临时停机坪，并且已经开启了绿色急救通道，急救医护人员，放射科、B超室、检验科、药剂科等值班人员，以及心血管科的专家团队，负责电梯管控、转运患者的后勤人员等，都做好了待命准备。"

"收到。"

"目前，滨江市区气温为三十摄氏度，风力二级。"

叶泉水的话刚说完，通话器里传来了韩东风的声音："季烈，此次降落难度非常大，我们安排了两个降落点，如果不能在门诊楼前的临时停机坪降落，请立刻飞往警航的停机坪，这边已经准备好了救护车和医护人员，会尽快将病人送到医院。"

季烈说："来不及耽搁那么久，就在门诊楼前的临时停机坪降落。"

"好！你务必小心，我还是那句话，不要冒险，安全第一。"

"知道了。"说完这句话，救援机已经到了滨江上空。季烈看到降落点位置确实非常狭小，并且四周高楼林立，即便对他这样的飞行员来说，依然有一定的难度。但他喜欢冒险，自上次海面救援之后就一直沉寂至今，终于感觉到心脏又复活了。

他全神贯注，找准时机，救援机缓缓落下，停在了狭小的临时停机坪上。早已待命的医护人员立刻上前将女孩抬了下来，快速将病人送进了急诊科。

回到了警航，韩东风不见随行的那蓝，一问季烈才知道是怎么回事。他一向拿季烈没办法，口头批评他这只耳朵进那只耳朵出，最后只好打了一张被方杰打烂了的女性同情牌，被季烈一声不吭地顶撞了回去。

⁘第四章

危险之行

那蓝终于知道从山区到滨江的二百多公里距离到底有多远了。她乘上大巴到了车站，才发现该城市没有火车站，而去往滨江的大巴每天只有五班，当天的车票已经全部售出，最后她只好选择“曲线救国”，去往邻市的都江，到了都江之后再转乘高铁回滨江。这一通折腾，从高铁上下来已经是晚上八点了。手机没电了，上车之后，她跟邻座的小姑娘借了充电宝充了电，下了高铁刚一开机就看到无数个未接来电，方杰的电话也在此时进来了：“谢天谢地，队花，你终于开机了，现在情况怎么样了？”

“一息尚存。”那蓝有气无力地回应。

“那就好那就好，你现在在哪里呢？”

“火车站。”那蓝刚说完，隐约听到方杰那边传来的撕心裂肺的歌声，顿时警觉起来，“你在哪呢？”

方杰略有些紧张：“我……我们在酒吧呢。”

那蓝想了想，问：“庆功啊？”

“啊……你要来吗？”

“来啊，定位给我。”

方杰吞了口口水紧张地道：“你……真要来啊？”

“当然啊，难道我不能去吗？”那蓝一扫疲惫，精神抖擞，战斗值满格，声音丝毫不似刚才那般无力。

方杰有点蒙，含糊其词道："我……我不是这个意思啊，你当然能来啊，你是我们队员啊，能来，肯定能来。"

那蓝听着电话那边突然变得安静了，估摸着方杰是找了个安静的地方。果不其然，就听他说道："你来可以，但是你千万不要跟队长发生冲突啊，今天没有带你回来，确实是他不对，不过你也知道的，按照规定，你不能无缘无故下救援机……况且队长的脾气……你们见面不会打起来吧？"

"你这么怕他呀？"那蓝问。

"不是，我不是怕他，我是怕你压不住火啊。"

"赶紧地，发定位。"

方杰没办法，只好将定位发给了那蓝。那蓝警告他："我事先声明，你千万别把我过去的消息透露给他，不然别怪我翻脸。"

"这……"方杰傻眼，干脆谁都不得罪，找个借口溜了。

那蓝警告完，打了车直奔酒吧，刚上车，如本的电话也打了进来，她简单说了句"我去乌达酒吧"后就挂了电话。正在参加晚宴的如本听她的语气不对，加上一天联系不上，直觉出事了，拿起包直奔乌达。

滨江的夜生活一向是从零点开始的，乌达酒吧是清吧，迷你的小酒吧，就在警航附近，队里的活动基本都在这里。

季烈原本不想参加，耐不住方杰纠缠。方杰说："整个警航的人都在，都是给你庆功的，你一定要去，你不去，那我们还玩个什么劲？"

季烈拗不过他，只好来了，跟老板打了个招呼，要了杯生啤。酒刚刚端上来，方杰就跑了，他一看这小子鬼鬼祟祟，就知道准有事。不过转念一想，也出不了什么事，大不了就是早上被丢在山区的那蓝杀过来了。想到那蓝，不禁又想：她现在有没有回到市里？

忽见门口人影一闪，一个熟悉的身影气势汹汹地走了进来，再一看，还真是那蓝。真是想什么来什么，就是她看起来比较狼狈，身上还穿着早上出勤的制服，手里抱着头盔，一进门，眼睛先搜索了一番。

喧闹的酒吧瞬间静了下来，整个队里的人目光都集中在了那蓝的身上。

季烈稍顿了一下，放下生啤。酒吧的灯光很暗，看不清她的表情，季烈扭过头，冲宇宏招招手，宇宏立马走了过去。

季烈问："方杰呢？"

"去洗手间了。"

"你把他给我叫来。"

原本，方杰是计划三十六计走为上计，可出了门他又后悔了。这么一场大戏不能错过了！他躲在洗手间门口往外张望，发现宇宏冲他招手，只好一溜小跑跑了过去。

季烈问："怎么回事？她怎么来了？是你告诉她的？"

方杰咧着嘴："队长，不关我的事，是她非要过来的。"

那蓝在人群中看到了季烈，刚要走过去，被沈天梵给拦住了。沈天梵冲那蓝微微一笑，给不明情况的叶泉水介绍道："老叶，这是那蓝，我们队的新成员，代号07。那蓝，这是地面指挥中心主任叶泉水，你们认识一下。"

"你好，我是叶泉水。"叶泉水笑盈盈地站起身，礼貌地伸出手，"早就听闻队里来了位美女，幸会幸会！"

原本一肚子火的那蓝遇到了温文尔雅的叶泉水，生生停住了脚步。她看过叶泉水的资料，三十一岁，海归硕士，想不到人长得也漂亮，眉清目秀，端庄大气，一袭得体的宝蓝色裙子，衬得皮肤白如羊脂玉，只不过白皙的手臂上隐约有一道狰狞的疤痕让人过目不忘。

那蓝稍愣，礼节性地伸手跟她握了一下："幸会！"

叶泉水邀请那蓝坐下，不料那蓝一扭头，直接坐在了季烈的旁边，眼睛横扫向季烈。季烈被他看得浑身不自在，不动声色地喝着酒。

两人谁都不说话，一旁的叶泉水明显感觉到了两人之间浓浓的火药味，为了打消尴尬，主动问道："那蓝，你喝点什么？饮料还是酒？"

"酒，最烈的那个，伏特加。"

叶泉水倒了很少的伏特加给那蓝，又递给她一瓶酸奶，提醒道："喝酒前，喝点酸奶才不会伤胃。"

"谢谢！"那蓝接过酒杯，眼睛却挑衅般看着季烈，一脸的来势汹汹杀气腾腾。

叶泉水起身端起酒杯朝坐在吧台边的沈天梵走去，两人肩并肩坐在一起，碰了个杯。

热闹的酒吧里，众人虽然都在喝酒，眼睛却偷偷地观察着这边。

其实那蓝进门的时候，有那么一瞬间，季烈心里生出了一丝隐隐的愧疚，但他不知道她到底想要做什么，他靠在椅背上，喝着生啤，等她先开口，可等了半晌，那蓝什么也没说，就那么目光笔直地看着自己。

他站起来招呼大家说："今天的救援非常成功，我们在黄金一小时内成功挽救了一个重病少女的生命，现在那名患者已经度过了危险期。大家干杯。"

"干杯！"众人齐声道。

季烈喝了一口放下酒杯："时间不早了，我先走一步。"说完拿起手机往门口走去，那蓝快步挡在了他面前："季大队长留步，我有一事不明，想当面请教。"

季烈及时收住脚步，站定，语气平静："讲。"

"救援时，你为什么不等我上机，就驾机离开？"

季烈没说话，目光投向远处，拧着眉头。

那蓝咄咄逼人："我想请问季大队长，难道我不是滨江警航的一员吗？"

季烈稍顿了一下，声音不容置疑地说："你是滨江警航的一员，你还是持有飞行执照的滨江警航的飞行学员。"

那蓝冷笑。

"但是，在执行紧急救援任务的时候，一名飞行学员要如何正确对待自己的工作，你并不知道。"

那蓝冷嘲："就因为我吐了？"

"不！"季烈掷地有声，"你要吐就在救援机上吐，方杰给了你垃圾袋让你吐，你不听，偏偏跑下去吐。你问了我那么多问题，我也问你一个问题，你这是不是目无组织目无纪律，违反学员条例？"

那蓝被他反将一军，点点头："我承认我这点做错了，那你敢不敢承认，你是因为我说了你停机的地方不安全，说你不符合安全飞行条例，说你昨天夜里喝了酒，所以你才报复我，把我扔在山区，是不是这样？”

季烈摇头：“救生员都已经将病人送上了救援机，你却不知道跑到哪儿去了，结果，就是让全机组人员和病人在等你。”

那蓝想到那个时候，自己正吐得翻江倒海，刚想要辩解，可季烈并不给她辩解的机会：“你还记得你是救援人员，也是警务工作者吗？你不要拿你的狼狈来博取同情，也不要咄咄逼人，好像我们多么对不起你。没人对不起你，是你自己不正视自己的工作，把自己丢在山区。”

季烈目光冷冽，那蓝不甘示弱：“季大队长，我当时就在边上，我没有走远，所有执行任务的人都可以做证。”

季烈沉默了半刻，放松了语气说：“你要是不服气，来，把这杯酒喝了，咱们再说。”快速拿起桌子上的一杯洋酒，往那蓝面前一放。他记得，那蓝的档案上有一条写得清清楚楚，中学时因误饮烈酒昏睡三天。众目睽睽之下跟她理论下去毫无意义，速战速决的最好办法就是将她喝倒，一了百了。

那蓝不知季烈葫芦里卖的什么药，犹豫了一下。她对自己的酒量甚为心虚，刚才赌着一口气才故意要了杯伏特加。

“我陪你。”季烈又拿起一杯，一口喝掉。

那蓝一狠心，举杯一口喝了下去，顿时一股辛辣直冲胸口，浑身像是有一把热火在燃烧，身体已经摇摇欲坠，硬撑着没有让自己倒下，举起手指：“我再问你一个问题，你为什么……为什么总是针对我？”

季烈不愿意回答这么无聊的问题，又倒了杯酒：“我看你是酒没喝够啊，再喝，喝完了我告诉你。”

那蓝接过酒杯，明显感觉到呼吸有些困难了。

叶泉水走过来，劝道：“季烈，算了，今天是庆功活动，别把人一姑娘给喝倒了，酒我陪你喝。”说完，端起酒杯一饮而尽。

季烈只好又喝了一杯，低头在叶泉水耳边小声说道：“这个时候，你就不要不给我面子了。”

“老季，她都已经醉了，你就别难为她了，得饶人处且饶人。”叶泉水小声劝道。

一杯酒下肚，那蓝感觉整个世界都在晃动。她又拿起来一杯酒，醉醺醺地晃了晃季烈的肩膀，一直藏在心中的那句话脱口而出："季队，为什么你总是针对我？我就不明白，我有那么让你讨厌吗？"

季烈被问得愣住，一瞬间走神。

那蓝说："你别以为我不知道，其实我早就看出来了，你就是看我不爽，我做什么你都觉得不对。"

季烈被她一言击中，忽然想起丁晟昨天说了同样的话。他烦闷地皱眉，见那蓝死死地抓住他的肩膀。她比他矮了一个头，从他的视角看去，太像了，几乎跟夏若长得一模一样。他失神了一会儿，烦躁地一甩胳膊："你说得没错，我看见你这张脸就烦。"

那蓝本来就已经站立不稳，被他甩得踉跄了一下，幸亏叶泉水眼疾手快地将她扶住。

"王八蛋，你敢欺负我姐们儿！"门口传来一声炸裂的尖叫，人影一闪，直奔季烈。

进来的人是如本，她不问三七二十一，抡起包就朝季烈打去，一边打一边骂："我打死你个王八蛋！我让你欺负我姐们儿！王八蛋！"

季烈连忙后退，一边伸手去挡："你谁啊？疯了吧？"

如本撒泼大骂："我是疯了，当着我的面欺负我姐们儿，你当是我吃素的人，好欺负啊？我告诉你，今天碰上我是你倒霉，王八蛋，欺负女人算什么男人？老娘今天就要替天行道！"

众人见状连忙上去拉架，如本连踢带咬，大吵大闹，场面混乱不堪。

一片错乱之中，如本被拉开了，她不甘心，愤愤地脱下高跟鞋朝季烈扔了过去，季烈冷着脸闪身躲开。

"怎么是你啊？你不是美林大厦的那个……"方杰突然拉住如本，众人顿时噤声。

如本看清了方杰，刚要说什么，目光一扫，在人群中发现了沈天梵和宇宏，这才意识到是一场误会，迅速低下头，用手挡住脸，一连串地否认："不是不是……你认错人了。"转过身，想要带那蓝离开是非之地，却听宇宏叫了起来：

“对对，你是那个……如本，那蓝的朋友。”

如本呼出一口气，绝望地停下脚步，转回身，一副恍然大悟的模样：“啊，原来是你们啊，沈队，娃娃脸，还有你……假正经。”捏起拳头打在方杰的胸口。众人面面相觑，各自交换着目光，然后一齐沉默地看着如本。

如本说完，随后回头打量了一番季烈，一脸僵硬的苦笑：“那这位……哈哈哈，想必就是季队了吧？”

季烈冷着脸没说话，整个酒吧安静极了。

如本笑弯了腰，一边笑一边用手撑着眼角，语无伦次地说：“不好意思啊季队，我刚打了肉毒素，不能笑，可我忍不住啊，世界真是太小了，大水冲了龙王庙，对不起对不起，不打不相识，您大人不记小人过。”

季烈盯着如本，脸很黑。如本小心翼翼地伸手要帮他整理衣服，被他避开了，无语地瞪着如本：“吃饱了撑的吧，进门不问青红皂白就动手？”

如本假装一脸认真地道歉：“都怪我，是我冲动了。主要是你长得太帅，我一下子就血脉偾张了。怪我！怪我！”

周围的人听她说话这么有意思，全都憋不住笑了。

说话间，方杰将如本的高跟鞋找了回来，递给她。如本吐了吐舌头，接过鞋子穿上：“对不起啊诸位，今天是我冲动了，我错了，就不打扰大家了。”说完走过去扶着那蓝，低声埋怨：“明知道自己不能喝还喝得烂醉，回去我好好教训你。”

周围人一听，全都看向了罪魁祸首季烈。

季烈假模假式地说：“你来了刚好，送她回去吧。”

“季队，人家送不动啊，要不你跟人家一起送吧？”如本娇滴滴地看着他，晃着肩膀，眼睛扑闪扑闪地放着电。

季烈横扫过来一个眼神，机灵的如本连忙摆了摆手，站直了身体，露出迷人的微笑：“我就是开个玩笑，你别当真啊。”

片刻后，如本走在前头，手里一抛一抛地玩着车钥匙，方杰和宇宏扶着那蓝走在后头。如本一边走一边问：“老实交代，谁灌我们家那那喝了那么多酒？没安好心！”

方杰和宇宏对视了一眼，谁都没回答。

如本停住脚步回头看着二人的表情，心里好奇得要死，立马转身走到宇宏面前，故意问道："喂，娃娃脸，我知道你不会说谎，你告诉我，是谁？"

宇宏紧闭着嘴，摇摇头。

如本的眼睛又盯上了方杰，上上下下地将他打量了一遍："假正经，你说呢？"

方杰微笑道："首先我要纠正你一下，我的名字叫方杰，不叫什么假正经。"

"假正经，你少废话，到底是怎么回事，你说不说？"如本停步转身，胸一挺，差点碰到方杰，吓得方杰连忙停住脚步，紧张地说："她……她自己喝多的。"

"不可能！我跟她那么多年的交情，我还不知道吗？她酒量不好，一杯倒，所以从来不喝酒。"顿了一下，突然冷不丁地问："是不是你们季队让她喝的？"

方杰刚要否认，如本马上打断："你不用回答我，你的眼神已经告诉我了。"

"方杰，你给她什么眼神了？"宇宏小声问方杰。他有点忌惮如本，生怕惹到她给季烈找麻烦。

方杰茫然地皱着眉，用嘴型说：冤枉！我什么眼神也没有给。

如本步伐轻快地走在前头，一副料事如神的口气："其实我早就看出来了，你们季队就是单身太久了，不会追女孩子。他一定是喜欢上那那了，可追女孩子有他这么追的吗？幼稚！"

方杰和宇宏脸色僵硬，不约而同地摇了摇头。

宇宏云淡风轻地说："那不可能，我们季队心里早就有人了。"

顷刻之间，如本脸上的笑容消失了，一脸失望地停下脚步："啊？原来他有女朋友啦。谁下手这么快啊，不会是刚刚那个穿宝蓝色裙子的女的吧？不过她长得确实挺漂亮的。"

宇宏说："你说的那是地面指挥中心的叶主任，他们是发小啦，季队的心上人比她还漂亮。"

"那完了。"如本一脸丧，"长得比她还漂亮，那就是比那那也好看多了。唉，可惜了，好端端的一棵狗尾巴草被人给掐了。"

方杰拼命忍住笑，宇宏没忍住笑出了声。

两人将那蓝送进如本的车里，目送车子离开，议论道：

"神奇的女子。""辣妹！"

如本把那蓝送回到住处，扶她到床上，脱了鞋子，折腾完一屁股坐在地板上，看了看时间，又马上从地上爬起来，冲到卫生间，对着镜子认真补妆。

微信突然跳出一条信息，是罗宾发来的，她打开看了一眼，飞快拿出口红补了一下，妆容又恢复了完美。她对着镜子做了个迷人的微笑。

收拾好化妆包，回到卧室看了看床上的那蓝，拍了拍她的脸，小声说："那那，我还有事，你继续睡觉，我要先走了。"

如本走到门口，又有些不放心，回去倒了杯水放在床头柜上："那那，我给你倒了杯水，放在床边了，你渴了就喝水，一伸手就拿到了。哦，对了，我一会儿还有个酒局，车子就停在你们小区门口，我在车上留了你的电话，你安心睡觉吧，都已经这么晚了，应该不会有人叫挪车的。"

那蓝烂醉如泥，似是而非地"噢"了一声，翻个身继续呼呼大睡。

如本关灯走了出去，轻轻地带上了门。

那蓝这一觉就睡到半夜，被一阵接一阵的手机铃声吵醒，无力地躺在床上，天旋地转，口干舌燥。她勉强开了灯，拿起床头柜上的水杯，刚喝了一口，手机又响了起来。她懒得找电话，倒在床上打算继续睡觉，不料电话却抵死不挂，最后实在没办法，只好起身，在枕头下面找到了手机，显示是陌生来电，有气无力地"喂"了一声。

是个陌生的声音："我的天啊，你终于接电话了。女士，你占我车位了，请你赶紧过来把车挪走。"

那蓝揉着发痛的太阳穴："我占你的车位？"

“一辆红色牧马人，车牌号是滨 AC6328。这到底是不是你的车？上面留的就是这个电话。”

那蓝想起来那是如本的车：“对不起啊先生，我喝多了，现在已经睡下了，要不您随便找个地方停一下，明天一早我就给您挪了行吗？”说完她把手机扔在一边，又睡着了。等她再次醒来的时候，手机还在响：“喂，女士，你必须过来把车挪走，附近都没有车位，我实在没地方停车……”

那蓝无奈，只好挣扎着爬起来，拿起如本留下来的车钥匙，踉跄着走到门口，在保安的帮助下，将牧马人开到了自己的车位上，忙活完才又摇摇晃晃地上了电梯。电梯停下好久，她才从电梯里挪出来，往左走了几步，感觉走错了方向，又退了回来往右走去……

结束了酒吧的聚会，季烈回到家之后，站在阳台上抽了两支烟。月朗星稀，一轮孤月格外皎洁。不知为何，季烈的目光却不由自主地看向了隔壁的阳台，阳台上黑漆漆的，估计她早就睡下了。

白天忙了一天，晚上又被如本一通折腾，季烈累了，洗了澡，上了床，却一直睡得不是很沉。不知夜里几点的时候，一阵奇怪的响声将季烈惊醒。他迅速睁开眼，仔细一听，原来是有人在门口按密码，一遍又一遍。莫非是小偷？不至于！瀚汀花园是高端物业，到处都是监控，素来以安全闻名。

第五遍，第六遍……第十遍……他果断起身，轻手轻脚地走到门边，忽听见外面传来低低的呢喃声：“442500，不对。442500……还是不对。442500……为什么 442500 不对呢？”

而此刻，站在门外反复输那组密码的那蓝几乎要哭了。442500，明明没有错啊！442500，她又输入了一次，门还是没开。她真是绝望了，沮丧地垂着头，手擂着门，大叫：“天啊，芝麻开门！芝麻开门啊！”想不到门竟然真的开了，她高兴坏了，长长地松了口气，闭着眼摇摇晃晃冲进了门，要不是季烈躲得快，差点就撞在他身上了。

更让他想不到的是，进门的女人穿了件真丝睡裙，把脚上穿着的拖鞋一甩就冲进了卧室，一头扎在他的床上。他稍顿了一下，怀疑这女人是不是疯了。

那蓝没疯，就是头晕得厉害，但基本感觉还是有的。她平时习惯睡软床，可身下的床突然变得特别硬，她痛苦地翻了个身。

昏昏沉沉中，她似乎感觉有个人影朝她走了过来，还没来得及做出反应，就被人从床上揪了起来，力度很大，动作粗暴。

她本来就不舒服，骤然被人扯起来，胃里一阵剧烈的翻滚，张开嘴呕了一声。下一秒，她感觉自己就像一只布偶，被人轻飘飘地塞进了卫生间。她很配合地蹲在地上，抱着马桶狂吐了起来。吐完，稍微清醒了一些，手忙脚乱地从地上爬起来，趴在卫生间的镜子前看着镜子里狼狈的自己。真的很狼狈啊，脸色苍白，两眼通红，面目浮肿，悻悻地骂了句："该死的冰山，让我喝那么多的酒，根本就是故意的，你最好求神拜佛别落我手里。"打开水龙头，捧起水洗了把脸，伸手要抓毛巾，一块毛巾就被丢在了面前。她很顺手地拿起毛巾擦了擦脸，忽然想起从山里到市里奔波一天还没洗澡，皱着眉闻了闻自己，浑身的汗味扑鼻而来，于是很理所当然地走进了淋浴房，脱去衣服，打开花洒……

季烈简直要疯了，这女人半夜三更硬闯进门，先是霸占了他的床，还差点吐在他床上，现在又冲进他的卫生间里洗澡，居然连门都不关。该说她对自己太放心，还是说，她连基本的常识都不懂？季烈在客厅里坐了两分钟，又气冲冲地去了阳台，点了一支烟，深吸了两口，心情才总算平静了下来。

卫生间里的那蓝澡洗到一半，感觉不太对劲。超大的按摩浴缸不见了，变成了普通浴缸。再一打量，不对呀，根本不是她刚租的房子嘛。受这一惊吓，酒彻底醒了。她冷静地想了想，越想越觉得后背发毛。更郁闷的是，她把脱下的睡衣塞进了洗衣机。目光一扫，发现有块折得方方正正的浴巾，迅速拿过来裹在身上，蹑手蹑脚地走出卫生间，刚走到客厅，忽地察觉到一束目光射了过来，阳台上站着的一个人正一动不动地盯着自己。阳台上黑漆漆的，看不清楚到底是男是女，不过看着身形高大，应该是个男人。她双手紧紧抱在胸前，愣怔了一下，大脑瞬间停滞了。

夜深人静，空气中充斥着一种诡异的安静。那蓝顿了一会儿，致歉道："对不起，我喝多了，如果我说是走错门的话，你会相信吗？"

季烈站在阳台上望着她，抖落烟灰，没有说话。看来她还没认出自己。

那蓝见阳台上的人没说话，心更虚了："打扰了，我走了。"说完轻手轻脚地转身想走。“啪”的一声响，两只拖鞋从阳台上扔了过来，是她进门的时候踢在阳台上的拖鞋。

“谢谢啊。”真是尴尬死了。她蹲下身子拎起拖鞋，赤着脚逃也似的冲出门去直奔电梯，按下电梯按键的时候才发现自己原来就在十二层，再一回想客厅的摆设，终于恍然大悟。她几乎绝望地回到了自己住的1201室，想到衣服还落在隔壁的洗衣机里，简直气得想一巴掌拍死自己。

无穷无尽的后悔涌上心头。她这么费尽心思地要在季烈面前争口气，从山区到滨江再到酒吧，还不要命地喝了两杯酒，可最后还是在他面前出丑了。

“他简直就是毒药啊！毒药！”她在床上痛苦地滚了滚。一整夜，她翻来覆去睡不着，到天亮时，才迷迷糊糊地睡去。

早上，她故意起得早一点，避开季烈去地下车库取车，到了车库才想起车扔在了警航，从地下车库乘着电梯上到地面一层，不料怕什么来什么，刚到门口就遇到了准备出门跑步的季烈。

季烈目不斜视地从她面前走了过去，她也目不斜视地朝外走去，刚松了口气，就听见经过的一对小情侣说：“亲爱的，周六了，今天去哪玩啊？”

那蓝“嗖”一下停住脚步。真是疏忽了，原来今天不用上班。她垂头丧气地回到家，在阳台上喝水的时候，突然看到自己的睡衣挂在季烈家的阳台上，她果断拿过晾衣杆想要把衣服取过来。

衣服挂得远，够了几次都没够上，她踩着阳台向前一蹭终于够着了，可糟就糟在窗户上冒出的一块铁皮钩住了牛仔裤，将她挂在窗台上，想动动不了。

那蓝郁闷地扯了扯，扯不动，低头看了看地面，十二层楼，够吓人了。她烦躁地扔掉了手里的晾衣杆。

季烈跑步回来，一进门，看到一根晾衣杆横在阳台上，走过去探头一看，简直哭笑不得。两人相互对视，彼此都没说话。

那蓝撑不住了：“喂，你看什么？”

季烈拿起毛巾擦着额头上的汗珠：“你说我看什么？原来你还学过杂技啊，表演得不错。”

那蓝赌气：“你讲不讲道义啊？懂不懂助人为乐啊？就算你不懂，起码你还是警务工作者吧？”

季烈走到阳台边，手臂撑着阳台护栏看着她：“那你别忘了，你自己也是警务工作者。”

那蓝猫着腰，两只手撑着窗棂俯视着他，尽量表现得很随意。他的脸迎着光，小麦色的肌肤镀上一层淡淡的金，轮廓分明，眼神深邃，一动不动地看着自己。她忽然想起了昨天晚上在他家里洗澡的情形，开始局促起来，嗫嚅道：“警务工作者怎么了？警务工作者难道就不会有遇到危险的时候？”

季烈点点头，说：“不求我帮你？”

求他？怎么可能！那蓝固执地瞪着他，双腿却不听话地抖了几下：“请你注意一下用词，你是警务工作者，帮助群众是天经地义的。”

这会儿她又变成群众了，季烈不想就这个跟她理论，拧着眉头看了她一会儿，随后取下睡衣，径直走了出去。不一会儿，那蓝听见开门声，紧接着传来开密码锁的声音。身后又有脚步声传来，她回过头，看见季烈拿着剪刀走过来，俯身靠在她的腿边，小心地剪开牛仔裤的勾连。他穿着紧身T恤，隐约能看见他身上的肌肉线条，紧实而流畅，她的喉头不由得滚动了一下。

季烈伸手将她从阳台上抱了下来，她感觉到他胸前结实的肌肉和体温。她没恋爱过，也很少跟异性靠得这么近，心飞快地跳了两下。

季烈坦荡地望着她，声线突然严肃起来：“不知道危险吗？”

“知道。”

“知道还爬窗户？”季烈往客厅一边走一边说，“不就一件破睡衣吗，有必要搞得跟做贼似的吗？”

那蓝看见他口中的“破睡衣”正躺在沙发上，警告了一句：“说一遍就可以了，别没完没了的。我还没问你呢，你怎么知道我家门上的密码？”

季烈吃软不吃硬，她态度一强硬，他的语气也就马上硬了：“你说我是怎么知道的？”

那蓝也是吃软不吃硬的性格，冷笑：“难不成是我告诉你的？”

季烈无言，半晌后点点头，态度很强势。

那蓝将头一扬：“你把话说清楚了，我什么时候把家里的密码告诉你了？”

季烈盯着她，那蓝毫不示弱地迎上他的目光。

季烈说："你不但无聊，而且记忆力还不好。"

"骂够了吗？"

"没够，因为你该骂。你想知道，那我就告诉你，昨天夜里，你在我家门口按着我家门锁，念了半小时你家的密码，我要是还记不住，那我不是跟你一样成了蠢蛋。"

"说到这个，我还没找你算账呢，要不是你让我喝那两杯酒，我也不至于烂醉如泥。"

季烈抿着嘴："不但烂醉，而且酒后无品。"

"所以正中你意，你就是存心想让我出丑。我是真没想到，你这人这么歹毒。"

"我歹毒？"季烈不咸不淡地，"反正丑你已经出了，现在要怎么办？你说个解决的办法出来，我配合你。"

那蓝深吸了一口气，索性问道："我就问你一件事。"

"说。"

那蓝有点难为情，声音低了下去，但是架势还是很唬人的："你……你是不是看到我洗澡了？"

季烈突然朝她迈近了一步，俯身牢牢地看着她，反问："我要是说我看了，依照你睚眦必报的性格，是不是会要我在你家也洗一遍，让你看回去？"

那蓝气坏了，说话结巴了："你……你无耻！"

"我无耻？"季烈冷笑，"你是不是觉得一个女人随便跑进一个陌生男人的家里脱光了不关门洗澡很光荣？我还没说你呢，你知不知道你这是故意引诱别人犯罪！"

那蓝瞪着眼睛，不可思议地看着他，胸口剧烈地起伏着："我故意引诱你犯罪？你有病啊！"

"你才有病呢，我还觉得你乘人之危呢。"

那蓝怒不可遏，突然抬起手，一记耳光打在了他的脸上。

季烈盯着她，眼神突然黯淡了："你他妈洗澡的时候，我在阳台！够了吗？"

那蓝默了，怔怔地看着他脸上的巴掌印，默默让开，季烈头也不回地走了出去。

白天，那蓝去健身房健身的时候一直在神游，私教问她是不是晚上没睡好，她尴尬地笑了笑，说不是。

一整天眼前都是季烈愤怒的眼神。其实，巴掌落到他脸上时她就后悔了。他怎么躲都不躲？哎，真是被气昏头了。冲动是魔鬼！

晚上回了家，枯坐良久，看着晒干的浴巾，突然有了主意。十点整，她听见隔壁季烈回来的关门声，五分钟之后，她走过去敲门。

“谁？”里面传来季烈的问话。

“我！”那蓝的声音显得有些犹疑。

里面沉默了一会儿：“是还浴巾吗？门没关，放在门口就行了。”

那蓝“哦”了一声，推开门，将浴巾放在门口的柜子上。

客厅里开着灯，里头一丝声响也没有，她犹豫了一下说：“早上，谢谢你啊。”

等了一会儿，里头没有回应，她深吸了一口气，说：“还有……对不起啊。”

里头还是没有回应，她转身想走，脚退出去的时候，却又鬼使神差地走进了门，刚到客厅中间，突然，一团黑影蹿了出来……

季烈正在换衣服，突然听见客厅里传来一声尖叫，他一惊，快步走了出去。只见那蓝横冲过来，一把抓住他的胳膊，蹿到他的背后，大叫：“救命啊，你家有老鼠，大老鼠！”

她从小就怕老鼠，一看到老鼠就浑身发抖。这人是疯了吗，家里怎么还会有老鼠这种可怕的生物？

季烈低头看着地上无辜的龙猫，弯腰抱了起来，头也不回地说：“你喊什么喊啊？大惊小怪的，吓着龙猫了。”

“龙……龙猫？”那蓝愣怔了一下，慢慢探出了头，只见季烈手里捧着一个小东西，萌萌的，果然是龙猫，“可是，刚刚它跑出来的时候一点都不像龙猫啊。”

季烈没好气道：“难道它还要自报家门说自己是龙猫，不是老鼠？大姐，智商余额不足，请你回去充值。”

嘴巴真恶毒！那蓝亏心地撇撇嘴，从他身后走出来，问：“这是你的宠物啊？”

季烈把龙猫放回笼子里："老叶闺女的宠物，老叶带她出去旅游，所以就把龙猫放我这过周末了。"

那蓝不明白季烈口中的"老叶"是谁，她也没问，伸手摸了摸龙猫："小家伙长得挺可爱的。"

季烈顿了一下，给龙猫喂了一茶匙龙猫粮，对那蓝说："水。"那蓝拿起矿泉水瓶递给他。

这天晚上的季烈给那蓝留下了深刻的印象，他照顾一只龙猫就像照顾一个婴儿。想不到他也有温柔的时候，并且温柔的时候看起来还挺好的。

这时季烈的手机响了，他拿起手机看了看，脸色立马充满了微笑，按了接听："喂？"声音很温柔，不用说，一定是女的打来的。并且说话的声音跟平时完全不一样，温柔和蔼，如沐春风，简直像是变了一个人。

那蓝逗着龙猫，耳朵却竖了起来。

"在给龙猫喂水呢……好了，宝贝，你该睡觉了。"

那蓝鸡皮疙瘩掉了一地，抬头诧异地看了他一眼。刚好季烈按断电话，两人的目光不经意地撞在了一起。

"看什么？"两个人同时问，又同时移开视线，一起逗龙猫了。

看起来季烈心情不错，那蓝却有些失落。原以为他天生冷血，对谁都冷冰冰的，看来只不过是因为从没把自己当作女人。

季烈突然问道："早上你在窗台上挂了多久？"

"半小时吧。"

"没喊人救你？"

"没有！"

"要是没被我发现怎么办？"

那蓝没立刻回答，过了一会儿说："不可能。"

季烈愣了一下。他突然发现这个女人其实很聪明，早上他出去跑步的时候在楼下遇到过，她没叫人是因为这个小区入住率很低，周末的早上很少有人经过。

"我要是再迟点回来，掉下去怎么办？"

那蓝理直气壮地说：“不可能。”又停顿了一下，“下面有空调外挂机，可以踩着外挂机到楼下人家的阳台上。”

季烈无语地看着她，目光特别不可思议，说：“你昨天问我为什么讨厌你，我现在可以回答你了，因为你总是故作聪明，没事找事。”

那蓝面色平静地站起身来，说：“那你知道我为什么讨厌你吗？”

季烈摇摇头：“我不想知道！”

“你必须知道！你这人自命不凡！作！”那蓝说完，看都不看他，大步走出了门。

作？季烈回味了一下这个词，撇了撇嘴，不屑地摇摇头。

一转眼，那蓝在警航度过了大半个月。一开始基本是理论知识，后期有了一些训练，可季烈对她总是一副爱搭不理的模样，真叫人憋气。

某个周日的早上，那蓝吃完早饭，背起背包去了落霞山滑翔伞基地，到了老虎峰才发现风大了起来，不适合飞定点，转而去了清涧。清涧基地冷冷清清，只有几个年轻人在远处搭帐篷，看样子应该是大学生，晚上要在这里露营。

她坐在凉亭的长条椅上休息，放下背包。不一会儿，一个长相帅气的男生从山下徒步上来，径直朝那蓝这边走来，在她旁边坐了下来，朝她打了个招呼：“嗨，美女，你要飞啊？”

“等风稍微小一些再飞。”那蓝说。

“风不会小，而且一会儿还有雨呢，今天不适合飞。”男生热情地说。

那蓝看了看他。学生模样，背着户外运动包，穿着户外运动装，戴着一顶鸭舌帽，左耳有一个耳钉。她淡淡地说：“你怎么知道一会儿有雨？”

男生故弄玄虚地掐着手指头：“我掐指一算啊。”

见那蓝没理他，男生继续说：“你这装备不错，德国货，好东西啊。”

那蓝还是没理他，男生只好实话实说：“其实，刚刚我在山脚下遇到一个帅哥，是他让我告诉你的。”

那蓝“哦”了一声，感觉远处有道目光射来，抬头一看，原来是搭帐篷的一名女孩正眼睛一眨不眨地盯着这边，问道：“那边是你同学啊？”

男生点点头：“我们是滨大登山队的，我是队长，那些都是刚进登山队的新队员，第一次登山训练，晚上我们要在这儿露营。”

“那女孩是你女朋友啊？”

“不是！她在追我，我正在考虑要不要让她得手。”

那蓝淡淡一笑，过了一会儿问道：“你上山时遇到的那个人长什么样？”

“一米八多的身高，二十七八岁，穿着迷彩T恤，背着跟你一样的滑翔伞包，长得还行啦，不过，没我帅。”说完咧嘴一笑，露出一口白牙。

那蓝心里咯噔了一下。听这描述不是丁晟，丁晟喜欢穿迷彩，可身高只有一米七五……倒很像是季烈。

“他……一个人？”

“啊，这个……”男生想了想，坏坏一笑，“还有个女的，长得特别漂亮，身材爆好，特别性感，胸大、腰细……可亲密了。”

那蓝突然失去了兴趣：“行了，不用描述了。”

男生住了嘴，眼睛闪闪发光地看着她：“美女，不会是你男朋友吧？吃醋了？”

这小子话挺多。那蓝站起身，将滑翔伞在地上铺开。风很大，呼呼地吹着，将地上的小草刮得弯向了一边。

“吃什么醋？我都不知道他是谁。”

刚才朝这边看的女孩走了过来，不乐意地挽起男生的胳膊，抱怨道：“你怎么才来啊，来了也不去帮我。我帐篷搭了好久都没搭好，快点帮帮我。”说完拖着男生朝搭了一半的帐篷走去。男孩回过头，一边走一边说：“美女，这么大的风，不适合飞，别跟你男朋友赌气了，一会儿雨就要来了。”

男生的话音还在风中飘荡，那蓝笔直地站着，抬头望了望远处，天色暗沉……但她依然起跑，转身，飞了出去。脚刚刚离开地面，就听见远处隐隐有隆隆的雷声传来，紧接着，一股妖风从山谷中直袭而来。顷刻之间，落霞山上枯草卷天，树木摇晃，天上流云疾走，一团团的云不知从何处涌了出来，雨点噼里啪啦地砸了下来。

那蓝从来没见过这么急的雨，而且诡异一般，只有落霞山这片在下。滑翔伞在狂风暴雨中颠簸，她用力拉紧，想要落地，可风的力量太大了，根本无法控制方向。原本只是二十分钟的飞行，突然就变得遥遥无期，而且风很乱，雨很急。尽管她有多年的飞行经验，却随时都有可能掉下去。她竭力维持着飞行，心里却紧张得要命。她甚至有点后悔，不该在这么糟糕的天气里破例飞的。

连那蓝自己也没想到，最后滑翔伞竟然降落在湖心的一座荒岛上。这会儿雨暂时停了，她卸下装备，拿出手机。想不到的是，经过刚才一轮暴雨的洗礼，手机居然开不了机了。她绕着荒岛走了一圈，荒岛很小，一目了然，岛上荒草丛生，地上有几处露营留下的篝火痕迹，岛中心有几株桃树，旁边有个小木屋。

那蓝坐在地上，又尝试着开了几次机，还是失败了。她突然笑了起来，抬头看着天空，乌云滚滚，估计大雨又要来了。她又眺望着城市的方向，心里说不出是什么感觉。

坐了一会儿，风又大了，吹在身上凉飕飕的，那蓝打了个冷战，起身朝小木屋走去。简陋的小木屋里阴暗潮湿，里面冷飕飕的。她推开窗户朝外头看了看，就这么一转脸的时间，外头已经飘起了细密的雨丝。斜斜的雨丝从窗口打进来，打在脸上凉凉的，一阵风吹来，“啪嗒”一下吹上了窗户。她靠在墙角，一点点地坐在地上。出不了岛，没有了手机，世界变得特别安静。

天渐渐黑了，岛上到处都是蚊子，到了夜里，无尽的寒冷袭击而来，那蓝周身打起了寒战，在小木屋里找到了一支手电，打开。朦胧中，她听见直升机经过的巨大轰鸣声，挣扎着从地上站起来，推开窗户，见一架警航救援机打着大灯飞了过来。

“前方岛上有个小木屋，里头有光。”由于沈天梵去北京参加会议了，负责此次救援任务的宋智略带紧张地通报情况。

救援机靠近了小岛，方杰指着地面上被压弯的小草：“队长你看，那是摔出来的痕迹，人应该就在小木屋里。”

宇宏也从窗口张望着，兴奋地说：“对对对，肯定在小木屋里。”

季烈冷静地看着小木屋，目光环视小岛，说：“岛上不适合降落，救援机只能采取悬停。”

救援机悬停完毕，宋智顺着钢索下到地面，紧跟着季烈也下来了，先于宋智一步冲进了小木屋。

黑暗的小木屋里，那蓝靠在墙角。看到季烈进门，她感觉一阵眩晕，呼吸有点困难，身体不由自主地往后缩了一下。她努力想要站起来，装作若无其事的样子说：“你怎么来了？”然而下一秒她就觉得浑身无力，“哐”一下摔在了地上。紧跟着冲进门的宋智就看见季烈抱起地上意识全无的那蓝朝救援机狂奔而去，宇宏快速将人拉上救援机。

季烈放下那蓝，语速极快地对通话器说：“我是01，已经找到了受伤人员，情况很严重，紧急联系滨大附属医院，快！”

通话器里传来稳稳的声音：“滨大附属医院停机坪准备完毕，急诊科已紧急启用救生通道。”

救援机朝滨大附属医院飞去，季烈回头冷冷地看了一眼昏迷的那蓝，眉头紧紧皱了起来。

那蓝醒过来的时候，周围极其安静。一名身穿粉色护士服的女护士推门走了进来，微笑着说：“你终于醒了。”取出体温计看了看，“温度降下去一些了。你知道吗？你送进来的时候发着高烧，身上都是被蚊子咬的包，你的同事都被吓坏了。”

那蓝觉得浑身痒，抬起胳膊一看，全是红肿。

“别抓，已经消毒了，抓破会留疤的，痒的话忍一忍。”

那蓝忍着痒，虚弱地问：“这是哪儿？”

“这里是滨大附属医院。”

正说话的时候，季烈拎着保温筒进了门，看了她一眼，什么也没说，倒了一碗粥放在床头。

女护士说：“我还要去别的病房，病人就交给你了。”说完交代了几句，走了出去。

季烈只好走到病床前坐下，伸手扶着那蓝坐起来。他的手臂很有力，迷彩T恤上有淡淡的男性的气息，靠近她的时候，有那么一瞬，她感觉心中莫名一阵紧张，紧张得一颗心狂跳不已。

季烈一言不发地将她额头上一缕挡在眼前的头发掖到耳后。她看起来很憔悴，一张脸苍白如纸，额头和嘴角被岛上的蚊子咬了几个大包，视线一直躲避，不敢看他。

季烈端着碗，舀了一勺粥送到那蓝嘴边。那蓝右手挂着吊瓶，伸出左手想接勺子，手伸出来才发现包着纱布。

“张嘴。”季烈皱眉。

那蓝理亏，乖乖张开嘴，粥到了嘴里，烫得她差点吐出来，下意识地皱眉，勉强吞了下去。

季烈凝视着她，又舀了一勺，放在嘴边吹了吹，吹凉了才送到那蓝的嘴边，似乎是因为紧张，手还微微抖了一下。

看到他紧张的那一刻，那蓝突然就不觉得紧张了，竟然忍不住想笑：季队居然也有紧张的时候，这是多么稀奇的事！

季烈感觉有暖暖的鼻息喷在手上，更紧张了，手一抖，勺子里的粥只有一半进了那蓝嘴里，另一半落在了她的胸前。他赶忙放下碗，拿起面纸擦拭。纸巾按到她胸上的时候，他的手僵了，脸也僵了。

两人的距离很近，都屏住呼吸，空气里静得连针落地都听得见。

那蓝咬着嘴唇，垂下眼眸，眼睛不眨地看着他的手，一把把纸巾抢过来，用包着纱布的手勉强擦完，呼出一口气。

季烈起身，冲外头喊了一声：“方杰。”

方杰应声跑进门来，看见那蓝坐在病床上，高兴地说：“那蓝醒了啊，队长啥事？”

“你……喂她吃东西。”

“好嘞。”方杰走过去，拿起碗一勺一勺地喂那蓝。

季烈像是没心思看她吃东西，交代完就走了。季烈走了之后，那蓝也跟着松了口气，问方杰：“你们是怎么找到我的？”

方杰一边喂她吃粥一边说：“是滨大登山队的学生报的警，那帮熊孩子心真大，报警的时候天都黑了，他们说还以为你是超人，能飞出去就肯定能飞回来，结果一直到了天黑你也没飞回来，最后他们研究了一下，决定报警。居然还要研究？这帮熊孩子！”

那蓝想起早上那个戴着耳钉自称滨大登山队队长的男生，问道：“他们还有没有说别的？”

“说了，说你真傻，随口跟你开了个玩笑你居然就当真了……跟你开啥玩笑了啊？”

那蓝没回答，方杰又说：“整个队都被你吓坏了，队长打电话把蓝天滑翔伞俱乐部的总教练大骂了一通，说这种天气就不该开放飞行基地。正在休假的地面指挥中心的叶主任提前结束休假，和队长还有去北京参加会议的沈队开了半小时的视频会议，根据风速、方向，最后得出的结论是你很可能掉在湖心孤岛上了。”

“那……我……是怎么晕的？”

“医生说，被风吹被雨淋，又摔了一下，加上岛上蚊子多，被毒蚊子叮咬了，所以高烧发热，就晕了。”

那蓝无言以对，低头继续吃粥。

方杰突然道：“滨大的那帮熊孩子说你是因为吃一个男人的醋才不顾天气条件硬飞的，是不是真的？你……恋爱了吗？”

那蓝憋红了脸：“胡说八道，这话也能信啊？”

方杰看着她：“我信不信不重要，反正我们队长是信了。”

那蓝吃惊地抬头看着方杰，半晌，“啊”了一声。

“真的，我从来没见队长发那么大的火。”方杰说，“虽然我们队长动不动就发火，但这一次，简直是火山爆发，骂你就跟骂……”说了一半停住口，尴尬地笑了一声。

那蓝接口道：“骂我就跟骂孙子一样是吧？”

“这可是你自己说的啊，跟我没关系。不过我们队长还是挺关心你的，救援机悬停的时候，队长是第一个冲进小木屋的，宋智都被他甩了老远，那气势，简直就是下山猛虎啊。”

那蓝愣怔地望着方杰。方杰停顿了一下说：“幸好见到你的时候你晕了，不然真担心队长压不住火揍你一顿。当然了，你是个女的，但是我们队长发起火来不分男女的。”

那蓝赞同地点点头。

方杰又说：“反正你下回看到他的时候注意一点，极端天气玩滑翔伞，警航出动救援机救自己的队员，你说荒唐不荒唐。这件事都已经上新闻了，本来好几个记者在外头等着，说要等你醒了采访你，是咱们政委挨个打电话求情，记者才走了的。”

方杰见她脸色特别难看，赶忙又安慰道：“你也别担心，事情总会过去。俗话说得好，雨过总会天晴。”

那蓝问：“记者怎么会知道这事？”

“还不是登山队的那帮熊孩子捅给媒体的，不过他们事先也不知道你是警务人员。”

那蓝心里一刻都平静不下来，完全没有想到因为自己一个冲动，竟然给警航惹了那么大的麻烦。

第五章 医院风波

季烈从病房里出来，在窗子边站了一会儿，准备回家的时候，突然看到有人在走廊里东张西望，跟护士询问那蓝的病房。

季烈打量了来人一番，不像是记者，出于警觉，还是又回到了那蓝的病房。方杰刚好拿着保温筒往外走，两人在门口遇到了。

“吃完了？”季烈低声问。

“嗯，全部吃光了，看来是真饿了。”方杰说，见季烈脸色异常，警觉地朝外面看了看，又问：“还有记者等在外头啊？”

季烈说：“也可能不是记者，自媒体时代，人人都是新闻传播者。”

“他们到底想干什么？不依不饶啊！”

季烈说：“警航刚刚成立不久，当然需要人民群众监督我们的工作。”

方杰点点头，小声说：“队长，您消消气，吃饭的时候她已经跟我忏悔过了，说特别后悔，不该这么鲁莽在极端天气里强行飞，她深感自责……”

季烈不可思议地望着他：“她跟你忏悔？”

“嗯。”方杰装模作样地点头。

季烈“哼”了声：“你小子在说谎吧，就你还能骗得到我？在我眼里，她就不是那种人。”

见被识破，方杰摸着脑袋呵呵一笑：“那她是哪种人？”

季烈说：“她是那种撞了南墙都不知道回头的人。”

方杰想了想，完全赞同季烈的说法：“队长您说得没错，她还真是那样的人，不过咱们总队长开会时说了，咱们是一个团队，咱们要团结掉队的同事。她嘴上虽然没忏悔，可她的眼神说明了一切。”

季烈的手放在门把手上，犹豫了一下，没好气地问：“眼神？”

方杰看见季烈一脸不屑的神情，意识到自己多嘴了，赶忙道：“队长，你刚刚说有记者啊，那我可应付不来。我昨天夜里一夜没睡，脑子昏昏沉沉的，我想回家睡觉。”

季烈想到他昨天在医院里守了一夜，便同意让他先走了。其实季烈自己不太愿意单独跟那蓝相处，那女人毛病太多了，一说话就吵架，想起来就头疼。

季烈进了门，头也不抬地往椅子上一坐，拿起手边的报纸看起来。

那蓝躺在床上看着他，刚好看到一个侧脸，手指不自觉地在被子上画出了轮廓。季烈一抬头，撞上那蓝的目光，两个人各自呆了两秒。

那蓝最先反应了过来，利落地转移开视线，扭头看着窗外。季烈没话找话地问道：“你什么星座的？”

“处女座。”说完心想他肯定没什么好意，警觉地反问：“你问这干什么？”

果然就听他说：“星座上说，处女座挑剔，龟毛，神经质。”

那蓝无聊地打了一个哈欠：“我才不信什么鬼星座呢。”拿起遥控器打开电视，选了电影栏的恐怖片列表。

季烈抬头看见光标在《白夜鬼影》上停了几秒，忍不住吐槽：“白夜鬼影？白天夜里都出现的鬼，满大街的鬼？僵尸啊！”

“僵尸能在白天行走吗？再说了，这能是真的鬼吗？”那蓝没好气地低声嘟囔，“有没有点想象力？”

季烈刚要反驳，又见光标一闪，停在了《狂爱霸道吸血鬼》上，简直嗤之以鼻：“狂爱霸道吸血鬼？有没有比这更无聊的恐怖片？都什么人拍的片子，一点内涵都没有。”

他这个反应那蓝一点也不奇怪，一边按着遥控器，一边慢吞吞地说：“别总这么嫌弃我喜欢看的影片，这些都是我的精神食粮，伴我度过了无数个美好的夜晚。”

“无聊就说无聊……”

“你可以怀疑我看的影片，但是不可以怀疑我的品位，经典的恐怖片我早都看完了。”

“所以就越来越低俗？”

那蓝反问：“那么请问你都看哪些高雅的电影？”

季烈头也不抬：“给你举个例子，《霸王别姬》。”

那蓝装模作样地“噢”了一声，点点头：“上个世纪的电影，我还没出生就有了，故事发生在我太奶奶那个时代。”

季烈忍不住纠正她：“这是中国电影史上最伟大的电影之一，张国荣、巩俐、张丰毅顶级的表演，国家的动荡、京剧的兴衰和人物命运的沉浮交织在一起，甚至在北美市场，至今都没有一部国产电影能够超越它的票房。”

“你都看这一类型的影片？”

“差不多。”

“《盗梦空间》也看？”那蓝手指继续在遥控器上按来按去。

“挺不错的电影。”

“那你有没有陷入过梦中梦？”

季烈突然不说话了，抿着嘴唇盯着那蓝。她靠在病床的枕头上，终于选好了一个僵尸片，看得津津有味。很显然，她只是随口一问，没有任何意味。

依照她看恐怖片的习惯，病房里只留着进门处的小灯，阴影里看不清她的表情，只听见偶尔喝水时落入喉咙轻微的“咕咚”声音。

他昨天夜里送她进医院，天快亮的时候回到家睡了一小会儿。就那一小会儿的工夫，他居然做了个梦，梦见那天她在他家里洗澡……醒来的时候，突然发现她竟然就在身边，鼻息喷在脖子上酥麻麻的，之后他彻底醒了……想到这里，他起身走出了房间，头靠在门外的墙上，拿出一支烟刚要点上，突然想起这里是医院，又将烟丢进了垃圾桶。

那蓝正看恐怖片看得津津有味，突然门开了，她以为是季烈回来了，谁知扭头一看，脸上的笑容瞬间消失。

叶海蓝一脸怒气地走进门，径直坐在椅子上，开门见山，严厉地道：“你陈伯伯打电话给我，说你在极端天气玩滑翔伞，掉在了湖心孤岛上，差点连命都没了！”

那蓝看到叶海蓝的一刹那心是虚的，可一听叶海蓝的口气，那点心虚转眼就不见了，用满不在乎的口气说：“对！我鲁莽、冲动、脑子发热、不顾生命危险，我就是这么没脑子，行了吧？”

叶海蓝暴怒：“你真是太荒唐了，从十几岁开始就是这个样子，玩极限玩得连命都不要了。我以为你长大了有工作了能稍微安分一点，可我没想到，到了现在你还是这么愚蠢。”

那蓝欠了欠身，微微一笑，平静地道：“叶女士，‘愚蠢’这个词已经跟随了我十几年，能不能换一个新鲜的？比如愚，比如蠢……”

“你……”

“既然您那么忙，时间那么珍贵，就不用来看我了。爸爸去世后，我跟保姆在一起的时间比跟你在一起的时间多得多，您要是想教育我，那应该从我生下来就教育啊，现在再来教育，迟了！叶女士！”

叶海蓝气得脸色发白，噌地站起身：“你真是太让我失望了。”

“别，千万别对我抱有希望，那样会让你加倍失望的。”那蓝说完，躺回到病床上，侧过身，背对着叶海蓝。

叶海蓝脸色惨白，僵直地坐着，嘴唇直抖，整个病房的空气一瞬凝结。

约莫一分钟之后，病房的门被轻轻推开，副院长出现在门口。叶海蓝立即收起脸上的愤怒，平复糟糕的情绪，气定神闲地拎起包走出了病房，跟副院长若无其事地聊了起来。

那蓝隐约听到副院长说：“老同学，听说你会议开了一半，接了电话就赶飞机回来了，从机场直接来了医院，连口水都没喝上就去了主治医生那了解那蓝的病情，辛苦了……”

那蓝心里一酸，眼泪顺着眼角流了下来。

一直到叶海蓝走远，季烈才走进门。原来刚刚鬼鬼祟祟的人根本不是什么自媒体人，而是叶海蓝的司机。叶海蓝是滨江的名人，季烈在电视新闻上见到过，所以她进病房的时候，他远远地看着，没一会儿她便从病房出来了，出来时表面看起来很平静，可眼神却骗不了人。

他见那蓝孤零零地躺在床上，电视里的恐怖片还在继续，扫了一眼，没话找话："这么无聊的影片，看不下去了？"

那蓝没说话。

季烈在房间里坐了一会儿，发觉她的肩膀在微微颤抖，安慰道："你也别多想，天下无不对的父母……"这句话说了一半，突然住了嘴，"算了，你还是先休息。"然后头也不回地走了出去，站在医院走廊尽头看着远处乌沉沉的天空，心像陷入了奇怪的黑洞。真奇怪啊，怎么会说出那样一句话？他用力甩甩头，想把这种莫名其妙的情绪甩掉。

沈天梵也从北京回来了，过来探望那蓝，刚好看到季烈站在窗口抽烟，走上前问："那蓝现在情况怎么样？"

季烈回过头："好多了。"

沈天梵见他表情异常，问道："你怎么了？"

季烈说："没什么。你还记得美林大厦火灾那天，我们第一次见到她的情形吗？"

"记得，火灾现场对抗救援人员……你是不是有什么新的线索发现？"

季烈说："那天你们往天台去的时候，我下到十八层，还记得吧？"

"关消防门？"

"嗯。所有的消防门都是关死的，调查的时候，大厦管理人员说，他们是故意这么干的，因为考虑到一旦发生火灾，可以最大可能地减少损失。"

沈天梵拧着眉头："可是为什么十八层竟然是开着的？这不是一个意外，是有人故意为之。"

季烈点点头："嗯，目前可以断定是人为纵火。"

沈天梵思考片刻，问："你在怀疑她？"

季烈说："她当天故意回到2204取一只毫无价值的包。她是警务人员，她知道这么做的后果是什么。"

"如果是她的话，那她的动机是什么？"

季烈想了想说："她没有作案动机。"

"所以一开始你不同意她入队，后来因为没有确凿证据，又同意她入队。"

"没错。"

沈天梵思索了一番："其实你是在怀疑她进入2204的前后有线索发现，但是她没有汇报，隐瞒下来了？"

季烈一时半会儿也说不清楚，直觉这种事，毫无证据。

沈天梵说："现在她是我们的队友，如果她真有什么发现没有说出来的话，那一定是她自己还不能确定，即便去问她，她也不一定说。"

季烈点点头，一想到她孤傲的眼神和素来顶撞的语气头就疼，也终于有点明白原来的师长对自己的感受了。

沉默了一会儿，沈天梵突然问道："你觉得她这人怎么样？入队以来，我觉得她各方面的表现都中规中矩。你觉得呢，季队？"

季烈皱皱眉，说："她啊，事儿精一个。"

"你不喜欢她？"

季烈闻言，情绪激烈地反驳："我怎么可能喜欢一个事儿精？"

沈天梵只是单纯地问季烈是不是不喜欢这个队员。他跟季烈共事大半年，对他多少也算了解，从美林大厦救援那天那蓝和他发生对抗，到山区救援患病少女强行将那蓝丢在山区，很明显，季烈跟她的矛盾即便算不上根深蒂固，起码也是相互反感。但他情绪这么强烈，大大出乎他的意料。沈天梵刚要说话，身后一个清脆的脚步声停了下来，他和季烈一起回头看去，见如本站在身后，手里拎着一个果篮，身上穿着粉色小吊带和热裤，胸前一片春光呼之欲出。

如本一双迷人的大眼睛盯着沈天梵看了一会儿，又盯着季烈看了一会儿："沈队，季队不喜欢谁啊？谁是事儿精啊？"胸往前一挺，沈天梵立刻警惕地往后退了一步避开，笑而不语。

如本一转身伸手钩住一旁目瞪口呆的季烈肩膀，季烈条件反射般地拍掉那只手，问："有事？"

如本在他耳边低声说："季队，听说你跟那那成邻居了？缘分啊。"

季烈不愿意让队里的人知道这件事，连忙扯开话题："你找那蓝？左手边第五间病房。”

如本冰雪聪明地放开他，冲季烈和沈天梵迷人一笑：“那你们聊着，我进去了。”

季烈松了口气，看着如本踩着高跟鞋，嗒嗒嗒地朝病房走去。他和沈天梵交换了一下眼神，相视一笑。

如本进门的那一刹，那蓝就察觉了出来，强撑着坐了起来，强打起精神看着如本。

“假正经跟我发消息说你出事了，吓得我魂都出窍了，立刻从澳门改签往回飞，结果落地之后又收到他的消息说你没事了。”如本放下手里的水果篮，欢呼雀跃地上去抱住那蓝的肩膀，“谢天谢地，看到你没事我就放心了。”

那蓝艰难地推开她：“怎么去澳门了？”

“自然是去赌场嗨皮。”顿了一下，甜蜜地说，“其实，我是陪我们家罗宾去的……吃苹果？”拿起一只苹果动手开始削。

那蓝按住如本的手：“真跟他在一块儿了？你了解他吗？”

“不了解啊。”

“不了解你就一头扎进去？”

“你懂什么啊？所谓恋爱，就是心里喜欢，身体冲动，一拍即合，要的就是那种看到他的时候就觉得一股气直冲小腹的感觉。”如本一边说一边手舞足蹈，“都什么年代了，先相互了解？太理性的恋爱不是恋爱。”

那蓝简直牙根痒痒：“你上回分手的时候，可是哭着跟我说下回恋爱一定要睁大眼睛的，怎么转头就忘了？”

“嗯，忘了！”如本说，“男人就喜欢我这种胸大无脑的女人。”

那蓝望天。

如本笑嘻嘻地：“那那，作为情场常败将军，屡败屡战的一员猛将，我要跟你讲一个真理：女人失恋时的眼泪都是脑子里进的水，失恋时说的话都是一时冲动，不要信！绝对不要信！对我来说，爱情是什么？”

那蓝问：“是什么啊？”

“人生的基石啊！没有了爱情，我就成了一具行尸走肉。再说了，我的确睁大眼睛了啊，你看看，这不都开了内眼角了嘛，眼睛已经足够大了。”说着，一双大眼睛冲着那蓝飞快地扑闪了一下，削下一块苹果，硬塞进那蓝的嘴里，然后举起手里的苹果咔嚓一口，一边笑一边示意她往自己的脖子上看。

那蓝早就看见她脖子上戴了一条项链，中间的一颗钻闪闪发光。她清楚这条项链价格不菲，问：“罗宾送你的？”

如本点头，眼睛也像那颗钻一样闪闪发光：“钻石代表他的心。”又压低了声音，“你绝对想不到，我是他第一个女人。”

那蓝嗤之以鼻：“这你也信？”

“换成别人我不信，但是我们家罗宾说什么我都信。”如本手托着腮，“他是这个世上最完美的男人，尤其是在床上……噢，猛男！”

那蓝听不下去了，白了她一眼。

如本笑得特别暧昧：“反正跟你说了你也不懂，总之就是给座金山老娘也不换，这回老娘是认定他了，那句诗怎么说来着？咬定青山不放松。”

那蓝斜着眼睛端详着如本，见她眼含春光，脸色红润，眼神发亮，一看就是热恋状态。那蓝不喜欢她这个状态，花痴似的，随口说道：“看来在赌场赢了不少啊。”

“本来赢了几万，但是小七输了，就全部借给小七了。”

那蓝略感震惊。如本道：“本来是罗宾想去澳门，后来小七也要去，罗宾就让他跟我们一起去了。”

“小七跟罗宾很熟？”

如本说：“他们很早就认识，现在合租一个房子。”

那蓝想了想，问道：“罗宾的身手不错，他以前是干什么的？”

“好像是在军校待过，具体什么情况就不知道了。”

“小七以前是干什么的？”

如本说：“小七比罗宾厉害多了，中学得过县散打比赛的季军，那天跟你过招的时候因为低估了你才让你侥幸赢的，其实实力在你之上。”

那蓝心里咯噔了一下。从那天来看，他根本不像是学过散打的，甚至有些笨拙。不过他身上的肌肉线条非常不错，她一直以为是健身的关系。

如本说：“他俩都很低调啦，我是无意中听他们聊天听到的这件事，你这只耳朵进那只耳朵出，假装不知道就好，我们家罗宾不愿提过去的事。”

那蓝径直打断她道：“除了小七还有谁跟你们一起去的澳门？”

“没旁人了。”

“你们在澳门的时候，有遇到别的什么人吗？”

如本不喜欢这种盘问式的聊天，直接转移开话题：“没有。哦，对了，我听说你和冰山成了邻居，有没有特别的故事发生？”

那蓝瞬间想起了那天喝醉了酒误闯进季烈家的情形，如本见状来了精神：“有故事！快给我讲讲。”

那蓝说：“你怎么知道那座冰山住在我隔壁？”

如本讪笑了一声：“其实我早就知道了。”

“早就知道了？”

“首先声明，我不是故意要安排你住他隔壁的，你们俩成邻居这件事实属巧合……你还记得咱们俩去老虎峰，那小子又欺负你吧。我就说要给你想个石破天惊的大招好好治治他，后来我回家的路上就叫人查了他的住址。”

那蓝一头雾水：“你查他住址干什么？”

“不干什么！就是在网上买了个玩具给他。”如本抱怨说，“结果，谁承想，他居然就住在你隔壁，宝宝都惊呆了。”

那蓝说：“别转移话题，你到底给他买了什么玩具？”

如本神秘一笑，声音放低，缓缓地道：“定制版充气娃娃，真人一比一！”

“你……”那蓝脸唰一下红了。

如本探过头盯住她：“你脸红什么？”

“我脸红了吗？”

“红了啊，跟猴子屁股似的。我就纳闷了，又不是按照你的样子定制的一比一充气娃娃，你脸红个啥？”

那蓝瞪了她一眼，咬牙切齿地问："他签收了？"

"还没，定制嘛，需要时间。"

"好，你现在马上取消订单。"

如本说："取消什么啊取消，我已经很仁慈了，没有写你们单位的地址。"

"你还想寄到单位去？"那蓝郁闷地拉过被子盖在头上。很多时候，她拿如本是一点办法都没有，因为她有一万个理由说服你，她做得没错。

因为这个充气娃娃，那蓝一整夜都在床上翻来覆去，还做了一个充气娃娃复活杀人的噩梦，导致大清早就心绪烦躁，让跑腿代购送了盒冰激凌过来，想败败心头怒火，谁知刚打开盒子，季烈就拎着早餐进门，迎头一声呵斥："病还没好，谁让你吃冰激凌了？"

看到季烈她就想到如本的充气娃娃，心虚得要命，低着头，罪犯似的。季烈弯腰拿走她手里的冰激凌，她不爽地抓着盒子的边缘，最后不得不松开手，季烈径直丢进了垃圾桶里。

那蓝仰面倒在了床上挺尸。她很郁闷，她打小就有个习惯，生病的时候爱吃甜食，说一声，保姆立即就买给她，吃完病就好了一半。

季烈拿出早点，面无表情地说："起来吃饭。"

那蓝没办法，只好坐起来。

"张嘴。"季烈给她喂了口粥。

那蓝张开嘴，一口吃掉勺子里的粥，眼睛瞪着季烈，嘴里狠狠地嚼了两下。

"把粥当成我脑袋是吧？"

"我乐意！"

"戏真多。"

那蓝耸耸肩："你才是戏精！"

门外一阵轻快脚步声传来，一名小护士小跑进门，看见了季烈，两眼唰唰放光，娇声娇气地叫了声："季队早。"

季烈"嗯"了声，算是打了招呼。

小护士说："季队，有个病人家属刚从云南旅游回来，送了玫瑰花饼，又香又甜，你要不要过来尝尝呀？"

花一般的女孩，花一般的声音，娇滴滴的。那蓝汗毛都竖起来了，抬眸看了一眼季烈，心说够快的啊。

季烈心不在焉地道："不用，我不吃甜食。"

小护士假模假式地："不行，你必须得去，你要是不去的话就辜负大家的一番心意了。不爱甜食没关系啊，还有云南的普洱茶呢，听说季队对茶很有研究，来嘛季队。"

季烈敷衍道："我刚刚吃完早饭，一会儿还要去上班，茶就不喝了。"

小护士一听泛起了酸气："那你大清早到我们医院来，难道就为了给女下属送早饭啊？"

季烈没说话，小护士还是不死心，嗲声嗲气地撒娇："季队，大家都等着听你讲驾驶战斗机的英雄事迹呢，不要让大家失望嘛。"

季烈眉头皱了皱，料定这些事是方杰跟护士们嘚瑟出去的，不动声色地继续喂那蓝吃饭。小护士以为说动了他，笑嘻嘻地："走嘛季队。"

这时走廊里传来护士长的叫声："赵琳琳，六号病房的病人情况你检查过了吗？又跑五号病房去干什么？"

"来了来了……"那个叫赵琳琳的小护士一溜烟地往外跑去，到门口的时候还扭头朝季烈迷人一笑。

季烈松了口气，一低头看见那蓝梗着脖子死死地盯着自己。季烈知道她误会了自己，什么也不解释，开始收拾东西，收拾完，站直了身子，说："有话就说，别这么看着我。"

那蓝最讨厌这种勾三搭四的男人，无名火冒了起来："说吧，什么时候勾搭上的？"

季烈见她语气特别不客气，来势汹汹，一万句怼她的话到了嘴边却变成："吃饱了就好好休息，别没事找事。"

"着急去喝普洱茶？我也正想喝一杯，给我也带一份呗？"

"那我要劝劝你跟这里的护士打好关系，没准她们会请你喝一杯茶。"

"那我得好好向季队学习了。"

季烈看了看时间，说："上班时间快到了，我走了。你身体还没好，不许再叫冰激凌吃了。”语气平静，声音却不容置疑。

那蓝抬眸，不可思议地看着他，见他的嘴角微微扬起，弧度特别好看，瞬间走了个神，下意识地“哦”了一声。

见鬼！她刚要说话，又听他说：“不许跑出门，好好躺着！”

“哦。”又是一句脱口而出。那蓝有点烦闷了，扯扯嘴角，就听季烈接着说：“袋子里给你买了酸奶和水果，还有小说。”

那蓝迟疑一下，看了看床头的便利袋鼓鼓囊囊的，这次发自真心地“哦”了一声。

季烈说完利落地开门走了，那蓝盯着消失在门口的人影出神了老半天，心想，真是奇怪，好好说话的时候一点也不招人烦，而且心里竟然还会有一种暖暖的感觉。又一想，莫非他就是这样勾搭上的女护士？想到这儿，不由浑身打了个寒噤。

不想了不想了。她打开便利袋，拿出酸奶和书，书名是《三体》，打开来一边喝酸奶一边看。

一上午过得特别好，不知不觉到了下午，小护士赵琳琳过来给她拆了纱布，又上了一遍药水，量了体温。一切都正常，就是脚踝还肿着。赵琳琳打量着她，她的皮肤很白，身材又好，普通的病号服穿在她身上特别有味道。

说不出为什么，赵琳琳有点嫉妒。她宁愿相信季烈来医院来得那么勤快是为了来见她，而不是因为这个漂亮的女下属。她想了想，一口一个姐地叫着显得特别亲热，跟那蓝商量：“姐，那个……你可不可以多住几天院？”

那蓝拿着小说，探头看着她问道：“按你的意思，我的身体已经没事了，可以出院了？”

“嗯。”赵琳琳翻了翻手里的病人资料，“不过最好还是留院观察几天。姐，就当作放假休息嘛。”

那蓝二话不说放下书，坐到床边，双脚在地上试了试，左脚酸疼不得力，说：“把医生给我叫来。”

赵琳琳欢天喜地地道：“医生来的时候，你就这么说就行了。”

那蓝冷淡地道：“我是警务人员，我休息的时候，违法犯罪的那些人可不会休息。”

赵琳琳不甘心，嗲声嗲气地哀求道：“不耽误这一两天，后天出院好不好？姐姐，求求你了。”

那蓝特别坚决：“不行，多一分钟都不行，我现在就要办理出院手续。”

赵琳琳被她拒人于千里之外的冷漠给打击了，闷闷不乐地叫来了医生。很快，那蓝便办理了出院手续，收拾好简单的物品，离开了病房。一瘸一拐地刚走到医院门口，迎面看到方杰拎着几盒冰激凌，哼着歌，迈着轻快的步子走了过来。那蓝叫住了她，说：“你怎么来了？”

方杰前后左右看了看，说：“队长让我来看看你，给你送冰激凌来了。”

“不可能！”

方杰问：“为什么不可能？”

“首先，他不可能让你来看我，因为他就不是这样的人。其次，他不可能让你给我送冰激凌来。”

被拆穿，方杰嘿嘿一笑，说：“你真聪明，什么都瞒不了你。其实是总队长让我来的，冰激凌这个事是护士赵琳琳告诉我的，说你早上偷吃冰激凌让队长给没收了，她怕你生气，而她又是护士，不能给买。”

那蓝一听来火了：“队长没收我的冰激凌，凭什么她怕我生气？再说了，我就算生气，又不是生她的气。”其实，她也不是不生气，只不过气早就消了。他送了早点，买了酸奶和水果，还带了本好看的小说，而且，她很清楚，作为一名住院的病人，确实不该吃冰激凌。

方杰松了口气，说：“那就好那就好，我就说嘛，你不是那种小肚鸡肠的人。这么热的天，你怎么从病房里出来了？”

“我出院了，躺了三天腰酸背痛，再躺下去，没病也躺出病了。”

方杰有些失望：“这么快出院啊，怎么不多住几天？就当作在医院疗养了。”

那蓝简直哭笑不得：“你是不是喜欢那个小护士，所以巴不得我一直住院？”

方杰口是心非地摆着手：“没没没，没有这个事，你住院这几天吧，队里忙坏了，尤其是我们队长，他提了你好多次。”

“他提起我？那一定是以我为鉴，警示大家。”

方杰挠了挠头，嘿嘿一笑。

那蓝郁闷坏了，自从回到滨江，一件顺心的事都没有，尤其进了警航之后，三番五次出差错，这下彻底成了反面教材了。她抬头望了望头顶的太阳，突然心里生出一种出师未捷身先死的悲怆。

方杰见她一脸忧愁，说：“要不我送你回家？”

“不用，我叫了车，马上就到了。”

“哦，那好，路上注意安全。”

说话间车子停了下来，方杰给那蓝拉开车门，送她上了车，之后望着住院部的大楼，拿出手机给护士赵琳琳发了条信息，然后整理了一下衣服，大步朝护士站走去。当他第一天送那蓝来医院就诊，第一眼看到赵琳琳时，就被这个小护士吸引了，想方设法要了联系方式。不过赵琳琳这小护士也很聪明，加了方杰的微信，找他聊的都是季烈的事。尽管这样，也丝毫没有打击到方杰的信心，他是志在必得。不过让方杰怎么也没想到的是，赵琳琳一见到他就跑了过来，甜甜地叫了声：“方杰，你来了。”

“喏！”方杰将冰激凌递给赵琳琳，“请你和同事的。”

“谢谢你啊。”赵琳琳眼睛都笑弯了，拿出玫瑰花饼，“我也给你准备了东西。”

方杰心都醉了，伸手刚接过来，就听赵琳琳说：“不过不白吃的，你帮我把你们队长约出来吧，我想跟他看个电影。”

方杰瞬间希望落空：“啊？”

赵琳琳问：“干什么啊？不愿意啊？不愿意就算了。”

“没没没，十分乐意。”

赵琳琳又笑了，问道：“你们队长不会有女朋友了吧？”

方杰想了想，模棱两可地“嗯”了一声。

赵琳琳急了：“那我不管，反正玫瑰花饼你已经收下了，你就要帮我约到他。有女朋友又怎么样？公平竞争！”

方杰没说话。赵琳琳拉着方杰的胳膊：“我知道你最厉害了，你就帮我约约他嘛，求求你了。”

方杰很为难：“帮你约他可以，但是看电影就算了，约个饭吧，而且你得答应我，陪我看一场电影。”

赵琳琳想都没想就满口答应了下来。

方杰赶在下班前回到了警航，季烈刚上了车，突然看见一个身影蹿了过来，直接趴在车头上，面孔狰狞，呼呼直喘气。季烈吓了一跳，探出头，吼道：“方杰你干什么？找死啊？”

方杰上气不接下气地说：“队长，我有事和你说……”

季烈听完方杰的描述，皱着眉头问：“说完了？”

方杰点头：“说完了。”

季烈说：“那姑娘是挺不错的。”

方杰连连点头：“对啊，所以队长，你就帮我这一次吧，我真的喜欢她，一见钟情，你信吗？就看一眼浑身都舒服了。”

季烈说：“那你直接跟她表白啊，你拉着我跟我说有什么用？我发现你这人做事磨磨叽叽的，赶紧给我从车头前滚开！”

方杰急了：“队长，我求求你了。你总不想看着咱们队里全是光棍吧？你要是这样想，那你告诉我，让我死心。”

季烈简直无语，盯着他，半晌没话说。

“队长……”

“你给我闭嘴！”季烈吼了一嗓子。

“队长……”

“你行啊方杰，翅膀硬了，都威胁到我头上了。我告诉你，能威胁到我的人还没出生呢，哪儿凉快滚哪儿去，我数三声，你要是再不滚的话，我捶死你信不信？”

方杰失望了，默默地退到了一旁。

季烈发动车，悍马的引擎发出响声之后扬长而去。

方杰呆呆地转过身，一咧嘴差点哭了，垂头丧气刚要离开，就见悍马又退了回来，立刻精神焕发：“队长！”

季烈看着他，没好气："愣什么，上车啊。以后别因为自己是单身狗就把责任归在我身上。"

"不会不会。"方杰谄媚。

"哪家餐厅？"

"这家。"方杰拿出手机大手一指。

季烈和方杰到了餐厅等了半小时之后，浓妆艳抹的赵琳琳才姗姗来迟，袅袅婷婷径直坐在了季烈的旁边，弄得季烈浑身不自在。吃饭的时候，季烈借口去卫生间，招手叫服务员买了单之后便离开了餐厅。

从餐厅出来，季烈开着车子在高架上绕了一圈又一圈。他也不知道为什么要答应方杰去吃这顿莫名其妙的饭，他厌烦透了这种无聊的方式，厌烦透了人与人之间必须处理的帮忙与被帮忙的关系。自从那年之后，他厌烦亲密关系，厌烦情侣牵手约会，甚至厌烦参加婚礼。他早就失去了追逐爱情的动力……这空洞乏味的人生！他的拳头重重地砸在方向盘上。

他也不知道怎么回事，车子开着开着就开到了学校门口，门口遒劲有力的大字写着军校的名字。他坐在车里抽了一支烟，突然看到门口的餐厅还开着，掐了烟走了进去。餐厅不大，墙上贴满了花花绿绿的便笺。

老板认得季烈，亲热地上去打招呼："一转眼好多年没见到你了，以前你总是带着女朋友过来，现在你们应该结婚了吧？你女朋友长得真漂亮，校花啊！"

季烈闻言色变，假装翻着墙上的便笺。老板一看他的表情，就知道说错话了，马上转移话题："今天怎么有空来了？"

"顺道。老板，你这便笺以前的还在吗？"

"都在，我记得你们以前也贴过，你找找看，反正我没拆过。你想吃点什么？我还记得你喜欢吃酱爆牛舌和清炒莲藕，再来一份？"

季烈点点头。清炒莲藕是夏若的最爱，一整盘咔嚓咔嚓就吃完了，她吃莲藕的样子特别淑女，一小口一小口细嚼慢咽……

老板问："还要点别的吗？"

季烈犹豫了一下说："再给我来一份同样的，打包。"

"好嘞。"

"我不爱吃小葱，你怎么又忘了叫老板不要放葱了！"角落传来一个气鼓鼓娇滴滴的说话声，季烈怔了一下，心中狂跳不已。他触电般，慢慢地转过头，眼前是一对学生情侣，女孩子噘着嘴，不满地看着男孩。女孩的声音太像夏若了，他差点以为是时光倒流。

男孩低声哄着女孩："宝贝对不起，那这份我吃，重新给你点一份好不好？原谅我吧宝贝。"

女孩"扑哧"一声笑了，假模假式地抿着嘴，一副撒娇的口气，说："不用啦，太浪费了，我要你把小葱一节节挑出来。"

"好！"男孩拿着筷子忙不迭地在碗里挑葱，女孩突然低头在他脸上亲了一下，男孩立刻回亲过去，两人又亲密地聊了起来。

"酱爆牛舌来了，尝尝是不是还是以前的味道。"老板端着盘子过来，放在季烈面前。

季烈收回目光，拿起筷子尝了尝，味蕾瞬间回到了过去，心里一瞬哽了起来。以前每次都是和夏若一起来这里吃饭，就连这个小餐厅也是夏若带他过来的，最后成了两人的定点食堂。夏若和角落里的那个女孩一样，不爱吃小葱，刚开始季烈会忘记交代老板不要放，菜上来之后，他再一节节地挑出来……

"饭菜打包好了，送了一份红烧茭白。"老板把餐袋放在季烈的面前，看着碟子里一口没动的莲藕，问道："味道不好？"

季烈摇摇头说："吃饱了。"又苦笑了一声。其实也不是吃饱了，而是不敢吃，怕每一口都会想起她。

季烈拿着打包袋准备出门的时候，餐厅的门突然被推开了，带着一股热浪冲进门来。来人跟季烈差不多高，深色背心，戴着鸭舌帽，帽檐压得很低，看不清长相。

"请进请进，好些天没见到你了。"老板上去招呼着，紧跟着又一个同样身材高大的男人走进了餐厅的门，同样戴着鸭舌帽，穿着深色背心，老板瞧了瞧，拿着菜单过来问道："你们俩点的还跟以前一样，少油少盐？"

季烈出门的时候，朝两个人看了一眼，后进门的男人左耳朵上戴着一个黄水晶耳钉。先进门的男人似乎发现有人看他，微微抬头，鸭舌帽底下一道犀利的目光射了过来，眼睛深邃。

老板看了看两个人，说道："今天除了你们，还有好几个毕业的学生来店里吃饭。"

季烈和先进门的男人对视一眼，朝他微微点了点头，然后跟老板示意了一下，走了出去。车就停在餐厅的门口，车子发动的时候，他看见那两个人一齐回头看了一眼，表情很严肃，似乎在讨论什么。

季烈皱皱眉，直觉这两个人应该是模特或者健身教练。回到瀚汀花园，电梯上到十二楼停下，突然听见1201室传来一声尖叫，他毫不犹豫地朝那蓝家跑了过去。

下午，那蓝从医院回到家中，开着空调，拿了《三体》就躺在沙发上津津有味地继续看，一直到如本发视频通话过来，问她晚饭吃了没有，才发觉自己一直饿着肚子。她一瘸一瘸地打开冰箱，取了个苹果，又想起在医院这两天都没有洗澡，闻了闻身上都臭了，进到卫生间给浴缸注入水，一边泡澡一边看书。一直到看完了，合上书，才发觉腰酸背痛，龇牙咧嘴地揉着脖子，从浴缸里出来，伸手去取浴巾，脚下一滑摔在了地上，头撞在浴缸边上，疼得"嗷"地惨叫了一声。正在这时，浴室的门被撞开了，她猛地抬起头，只见一个人影破门而入，"唰"一下停在了自己面前。来人愣了一秒，扭头扯过一块浴巾，快速裹在她身上。她挣扎了一下，季烈低斥一声："别动。"

那蓝果真不动了，手紧紧地抓着浴巾。她很清楚自己的处境，不管出于什么原因都不能动，一动就会走光。

季烈伸手将她从地上抱了起来，放到了客厅的沙发上。浴巾在她身上有点短，露出肩膀和两条光洁的长腿。季烈半跪在她面前，抓起她受伤的脚。她疼得嘴里"咝"了一声，腿抖了一下，张嘴打了个喷嚏。

季烈抬头看了她一眼，见她脸色苍白，额头冒着虚汗，皱了皱眉，抬手朝她额头探去。那蓝不自觉地避开，忍不住又打了一个喷嚏。

季烈什么也没说，冷冷地看着她，伸手再次探向她额头，这次那蓝没动。

季烈的眉头紧紧拧着，问："在浴缸里泡了多久？"

"一两个小时吧。"

"你疯了？你刚刚从医院出来不知道吗？泡一个多小时的冷水澡，不要命了？我就没见过你这么作的女人。"

那蓝无话可说。这个形容词是她送给他的，现在他原封不动地送还给了自己，自己还找不到反驳的理由。

季烈顿了一会儿，忽然看她肩膀收了一下。雪白的肩膀，完美的锁骨，胸前一道深沟，下面是两条长腿……他突然喉咙一干，心跳得飞快。他参与过无数次救援，有时需要剪开伤员的衣服，全裸的女人也不是没见过，在责任面前从来没有感觉尴尬过。这次，真是见了鬼了。

此刻那蓝的心里更乱。她一直低着头，眼睛盯着他。他始终半跪在她面前，脊背笔直，浓眉之下双眸冷静，这个角度看过去，比以前哪次见他都要吸引人。

季烈收了收心，从地上站起来，不容置疑地说："穿上衣服，送你去医院。"

那蓝试图站起来，被季烈伸手制止："别动，衣服在哪？我拿给你。"

那蓝指了指房间，季烈走进去，见床上放着一套黑色蕾丝内衣，一件长T恤。他蹙蹙眉，开了衣柜，随便拿出一条裤子，突然看见衣架上挂着一条黑色长裙，是那晚她在美林大厦穿的那条，被他扯下的袖子已经缝上了。

季烈走出门，见那蓝正用手一下一下地揉着脚踝，冷冷地问她："说吧，衣柜里的那条裙子是怎么回事？"

那蓝诧异了一下，明白了他的意思，用更冷的声音问："你是来搜查证据的吗？"

季烈从口袋里摸出烟点上，什么话也没说，冷冷地看着她。

那蓝不爽地道："谁容许你在我家抽烟的？"

季烈唇间的烟亮了一下，用力吸完一口之后才将烟拿下来，丢进卫生间的马桶里冲掉。现在他的怒气消了，可以心平气和地和她说话了，于是转身将衣服扔给她："穿上！"

那蓝看见他扔过来的衣服里多了一条牛仔裤，明白了。原来他开衣橱是为了取牛仔裤给她，是她自己误会了，可她不想道歉。

季烈扔完衣服，默不作声地转身进了卫生间关上门，又点了一支烟，抽完，见外面毫无动静，说了句：“我出来了。”说完又等了一会儿才走出来，看见那蓝坐在沙发上，身上只穿了一件宽大的T恤。

季烈皱眉：“把裤子穿上。”

那蓝说：“天热，不穿。”说完将两条白皙的腿交叠在一起，脚上穿着一双黑色拖鞋，一颗颗粉嫩嫩的指甲近在季烈的眼前。

季烈转移开目光，知道说不动她，也懒得再说，直接冷嘲：“你就作吧。”

那蓝简单粗暴地说：“你看着我，我怎么穿啊？还有，别在我卫生间里抽烟。”

季烈不爽，直接走到了阳台上，抬头望着夜空。身后传来一阵窸窸窣窣的穿裤子的声音，过了一会儿，窸窸窣窣的声音停了，他便转过身，站在阳台上看了她一眼，走过去伸手抱起她。

那蓝挣扎了一下，季烈看也不看，直接说：“别动，送你去医院。”

夸张！她只是脚踝肿了而已！那蓝心道。不过，当她的头贴在他的胸口，一听到他的心跳声时，她突然就真的不想动了。

电梯在十楼停下，一对七十来岁、头发花白的老夫妻进了电梯，冲着那蓝和季烈会意一笑。老奶奶以为是新婚小两口，加上那蓝穿着宽松的T恤，以为是怀孕了，盯着那蓝看了一会儿说：“你们刚结婚吧？怀了孩子就不能再穿牛仔裤了，会勒着孩子。”

老爷爷说：“我老伴刚怀大女儿的时候，也经常这不舒服那不舒服的，去医院也都是我抱着她去。”

那蓝想要解释，就见两个老人家相视一笑，电梯停在了一楼，老爷爷牵着老奶奶的手走了出去。季烈感觉到她想要解释，连话都没说，关上电梯的门，电梯下到了负一层的地下车库。

一路上两人谁都没说话，到了医院，那蓝刚下了车就被季烈抱起来，直奔急诊科。走廊里灯光明亮，那蓝看到两名护士经过的时候，相互递了一个眼色。那蓝见过那两个护士，知道她们跟赵琳琳熟。

医生很快过来给那蓝量了体温，做了检查，最后开了吊瓶，继续挂水。

护士站护士看着季烈和那蓝窃窃私语，季烈坐在一边静静地等候，很安静，过了一会儿问："渴吗？"

那蓝点点头，季烈给她倒了杯热水，刚回到病房，就见门被推开了，赵琳琳怀里抱了束红玫瑰小跑了进来，后面跟着一脸惊悚的方杰。

赵琳琳进门就问道："季队，你怎么不接我电话？还吃着饭呢，一眨眼人就不见了。要不是你离开的时候想起来订了这束花给我，我就真的生你的气了。"说完假模假式地一跺脚，低下头，嘴角一扬，笑了。

季烈沉默地看了一眼方杰，方杰见露了馅，手舞足蹈地示意季烈千万不要说出真相。然而季烈直言不讳："赵护士，你可能搞错了，花不是我送的，我们不合适，你别总是盯着我。"

赵琳琳愣了，回头看了一眼方杰，转过头指着那蓝："是不是因为她？她叫你离开，你就马上走了？"

正在看热闹的那蓝秒变脸，季烈忙说："不是，我跟她认识还不到半个月。"

赵琳琳不甘心："那为什么？"

季烈指了指方杰："其实喜欢你的人是他，约你吃饭的人也是他，花当然也是他送的。"

赵琳琳明显有些乱了，回头看了一眼方杰。方杰手足无措地东拉西扯了半天，说得赵琳琳一头雾水。最后方杰索性说："对！我喜欢你！"

赵琳琳看了看季烈，又看了看方杰，声音带着哭腔："你们到底在说什么？"

方杰明显有点慌了，解释不清楚，干脆表白："我……其实第一次见你就喜欢上你了，我想约你，又怕你不答应，我就找我们队长……"

赵琳琳摇摇欲坠："找他约我，然后再让我看着他们在所有人面前秀恩爱？"

堵在门口的两名女护士进门劝赵琳琳，其中一个用一副打抱不平的口气说："你们知不知道你们这是在利用琳琳！她住院的时候，琳琳跑里跑外地伺候，一出院你们就过河拆桥，还偷换概念，现在又在我们面前秀恩爱，你们太欺负人了吧。"

“什么利用人？根本不是这样，琳琳你不要听她胡说。”方杰解释道。

门口看热闹的几个病人终于明白了个大概，一起给赵琳琳撑腰：“琳琳，别难过，为这种渣男不值得。”

“赵护士你瞎了吗？你长得这么好看，心地又善良，怎么会喜欢上这种大骗子？还有你们，两个大老爷们儿合伙骗一个女孩，你们还要不要脸？”一个年纪四五十岁的大姐义愤填膺地添乱。

方杰急了：“你胡说八道什么？和你们没关系，和他也没关系。”朝季烈看了一眼，“要说错，这件事都是我的错。”

“哟，你还有理了！我告诉你，你说话给我注意点，你个骗子还不让人说了？我就说了怎么着？骗子！骗子！大骗子！你们俩没一个好东西，一对骗子！”大姐叉着腰做茶壶状。

季烈的脸色很难看，赵琳琳的眼泪唰唰直流。

方杰平时油腔滑调，可他是真心喜欢赵琳琳，赵琳琳一哭，他真的急了：“琳琳，我花那么大的功夫就是为了追你，我真的不是骗子！”

赵琳琳羞愧难当，愤怒地将花摔在了地上，扭头哭着跑了出去。方杰想追，被那个大姐伸手抓住，鄙夷地朝他吼了句：“骗子！”

“我送花给她只是想要哄她开心，我怎么就变成骗子了？我到底做错什么了？”方杰气得手直哆嗦，手指点了点，“你……”

“我？我怎么了？你还想动手啊？来啊来啊，有本事你动我一下试试！来啊来啊，你打啊你打啊！”

方杰往后退了一步，大姐立即往前一步，逼得方杰步步后退。

那蓝放下水杯，斥了一声：“方杰，你还不快去追赵琳琳！”

“啊？”方杰有点怵，回头朝那蓝看了一眼。

“让你去你就赶紧去。”

“哦！”方杰愣头愣脑地追了出去。

那个大姐转而开始盯着穿着长T恤、牛仔裤和拖鞋，靠在椅背上的那蓝看，义愤填膺地说：“我说姑娘，你可别跟赵护士似的给这俩骗子骗了，大姐告诉你，看男人千万不要看他们的脸，脸好看屁用没有！”

那蓝冷漠地看了一圈，最后在那个大姐的脸上停了一下，冷冷地“哦”了一声。

“姑娘，我说的话你没听见吗？”

那蓝没理她，拿起手机，脸色很不好。

“你这姑娘是不是脑子不好使啊，你什么态度啊，我跟你说话呢！”

那蓝抬起头，冷淡地说：“那孩子是你家的吗？”

大姐回头一看，叫了起来：“哎哟，我的小祖宗，你怎么把吊瓶给拔了啊，赶紧给我回去……”一溜烟地跑了。

大家见没热闹看了，渐渐地也都散了。那蓝靠在椅背上，眼睛斜斜地盯着季烈，似笑非笑。

季烈预感她要说些难听的话：“有话快说。”

那蓝脸上的笑意淡了下去，淡淡地道：“对不起啊。”

季烈皱了皱眉，问：“你到底想要说什么？”

那蓝抿了一下嘴，淡淡地说：“陪我来了一趟医院，让你在大家面前丢脸了。”

她的眼睛直直地看着他，眼神很柔，是以前从来没有过的。刹那间，季烈有点失神，这是她第一次这么认真地跟他说话，他竟然不知道该怎么接她的话。

两人目光撞在了一起，彼此都默不出声，都在等对方说话。恰好这时，护士走过来给那蓝换吊瓶，冷淡地说：“还有一瓶，挂完就可以回去了。”又愤愤地瞪了一眼季烈：“医生叫你过去一趟。”

季烈的耳畔都是那蓝刚才的说话声，没动，也没回应。

“这位病人家属，医生叫你过去一趟，没听见吗？”护士酸溜溜的。

季烈站起身，朝医生办公室走去。病人家属？怎么会有这么奇怪的叫法。

医生简单交代了那蓝的病情，让回去之后按照医嘱按时吃药。

※第六章

暧昧

从医院出来，季烈抱着那蓝回到家，打开门就愣住了。如本大大咧咧地坐在客厅里，正在吃季烈晚上打包回来的外卖。两人一进门，如本直接从沙发上跳了起来：“你们俩要不要脸，跑我面前秀恩爱？”

那蓝感觉自己头皮炸了一下：“你给我闭嘴。”

如本指着自己，想说点什么，张了张嘴，最后老老实实地闭上。

季烈看了看桌子上吃了一半的外卖，什么也没说，转身走到门口停下来，头也不回地说：“记得吃药，别明天又去医院。”

那蓝“噢”了一声，心想，明明是一句关心的话，怎么从他嘴里说出来却总是这么让人不爽！

如本目瞪口呆地指着季烈的背影说：“他……他一直都是这样的吗？”

那蓝坐到沙发上，转移话题：“怎么这么晚跑我这点夜宵？”

如本说：“这不是你点的吗？我进门见到放在桌子上，热了一下就吃了。你别说，味道真不错，哪家快餐店？”

那蓝听她这么一说，突然想到季烈进来过，看来是给自己点的。如本看见她嘴角浮起的微笑，问道：“你笑什么？”

那蓝没说话，如本继续吃饭，“哼”了一声说：“冰山真是太讨厌了，我这辈子就没见过这么冷酷的男人。我好歹是个美女吧，每次跟他说话他都把我当空气。遇到他，我都开始怀疑我的个人魅力了。”

那蓝说：“在你眼里他是一块石头，在我眼里简直就是炮仗，易燃易爆，我这辈子都没见过这么脾气火暴的男人。”

“看来他只是不喜欢我，但是对你，分明就是讨厌！”

那蓝说：“别那么绝对啊。”

如本说：“以我过来人的经验告诉你，我的判断完全正确。如果一个男人喜欢你，哪怕只是喜欢那么一点点，他恨不得天天贴着你，把所有甜言蜜语都说给你听。可你和冰山呢，一见面就吵架，我猜……你们要么八字相克，五行相冲，要么是星相不配，气场不对。”

那蓝说：“就算是这样，那也并不能说明什么啊。”

如本惊呼：“说明你们俩极有可能是前世的仇家今世的对头！你想想，第一次见面，美林大厦火灾，你差点丢了小命；到了警航第一次开飞机又遇上故障差点没命；还有这次，玩伞玩得从天上掉孤岛去了，现在连腿都瘸了，这不是克你是什么？我真后悔给你租了这么一套房子。要不这样，明天我给你找个大师弄个桃木剑挂在家里辟邪，三个月后我给你重新找个房子，我就不信还压不住他了。”

那蓝说：“如本，你什么时候变得这么迷信了？”

如本道：“这叫宁可信其有，不可信其无。”

“你以前可不是这样的。”

“那是因为以前你没出事啊。”换了个语调，“尽管我现在还是觉得他除了克你之外，各方面都很好，尤其是身材……”

提到这个，那蓝突然想起了一件事：“网上定制的充气娃娃，取消了吗？”

如本拿过手机看了看，说：“取消不了，除非退货。”

如本是给那蓝送药过来的，吃完了外卖，休息了一会儿，就走了。如本走了之后，那蓝翻来覆去睡不着，郁闷地对着黑暗大叫了一声。

季烈也睡不着，在床上躺了一会儿，刚要睡着，被隔壁的号叫声给惊得瞌睡全无，坐在床上拿起书看了起来。看了几页感觉有点口渴，起床倒了杯水，站到阳台上，一扭头就看到隔壁的阳台上也站着一个人。

那蓝穿了条小短裤，上面是一件小吊带，青春、干净，正举着双手伸懒腰。原来，她怎么也睡不着，就跑阳台上透透气。深更半夜，原以为没人会发现，结果无意中一扭头，两人的目光隔空撞在了一起。那蓝有些尴尬，刚要回房间，没想到季烈先走了。那蓝刚刚松了口气，不料，过了一会儿，季烈又回到了阳台上，语气跟以往一样，十分平淡地说："三点了，你还不睡？"

那蓝一时间不知道答什么。

季烈说："熬夜对身体不好。"

那蓝尴尬地笑笑："哦。"

季烈转过头，斜睨着她，冷淡地问："只会说'哦'吗？"

那蓝说："你不也没睡嘛，我休病假，你还要上班。"

季烈懒得跟她辩："再不睡，天就亮了。"

那蓝沉默了一下，鬼使神差地说了句："共君今夜不须睡。"

季烈愣了一会儿，说："未到晓钟犹是春。睡吧。"

那蓝心里悚了一下，这么冷门的诗，他居然也知道。

季烈点了一支烟，那蓝倚在阳台上看着黑暗中的烟头。又过了一会儿，季烈扭过头看了看她，问道："有事？"

那蓝晚上没吃饭，冰箱里什么都没有，肚子饿得咕咕叫，问："你那有吃的吗？方便面，或者速冻饺子。"

季烈想了想，什么也没说进门去了。片刻后，那蓝听到有人在按自家大门的密码，季烈拿着一包速冻饺子走了进来。

那蓝脸上的笑瞬间就消失了，眼睛直直地看着他，说："就算你知道门上的密码，但是进门之前能不能敲个门？"

季烈径直朝厨房走去，那蓝站在阳台上愣了几秒，一瘸一拐地走到厨房门口，身体斜靠在门上，望着厨房里煮饺子的季烈，他侧着身子，光打在他的侧脸上，轮廓分明。过了一会儿，季烈说："别站在这儿。"

"哦。"那蓝说，"好。"转过身子，坐到餐桌前，手指一下一下地敲着桌面。厨房里传来饺子的香气，那蓝想，等会儿端上来的不会是一碗面片肉汤吧？

可惜季烈让那蓝失望了，他端上来的饺子个个完整。那蓝夹起一个尝了尝，跟超市卖的速冻饺子味道不一样，皮很有弹性，馅是虾仁香菇的，很新鲜，里面的虾仁很多，应该是手工做的。抬头朝季烈看去，见季烈转身要走，连忙叫住他："能不能帮我把醋拿一下？"

季烈无奈，但又无法拒绝，转身进了厨房，将醋倒在碗里端给她。

季烈想起了夏若。夏若也爱吃虾仁香菇馅的饺子，但从来不蘸醋，她不喜欢醋的味道。但是那蓝似乎喜欢，饺子浸在醋里，吃得那么满足。

那蓝见他盯着自己，端起盘子微微一笑，说："吃一个？"

季烈转过身便走。

"等等。"

季烈只好又转过头。

那蓝一瞬间词穷，干巴巴地说："谢谢啊，大半夜麻烦你过来给我煮饺子，你家的饺子很好吃。"

季烈没说话，转身要开门，过了几秒说："只此一次，我不希望还有下回。"

那蓝点头。季烈想了想，回过头，平静地叫了句："那蓝。"

"嗯？"那蓝一愣，停下筷子望着他。第一次听到他叫自己名字，有点吃惊。

季烈说："现在我们成了邻居，有几句话，必须要事先说明。第一，我不希望队里任何人知道我和你是邻居。"

"和我想的一样。"那蓝说。

"第二，把门上的密码换了。"

那蓝没回答，问道："第三呢？"

季烈冷着脸："第三，禁止在我面前穿得那么少。"说完，拉开门走了出去，"砰"一下带上了门。

那蓝尴尬地望着他离去的方向，低头看了看自己："我穿得少吗？你进门的时候连门都不敲，这是我的家，我爱怎么穿怎么穿。"低头吃了两个饺子，突然想起如本说过的话："看来他只是不喜欢我，但是对你，分明就是讨厌！"

那蓝郁闷地一摔筷子，愤愤地自言自语道："他凭什么讨厌我？明明是我先讨厌的他!"

第二天，生物钟按时叫醒了季烈，也叫醒了那蓝。

那蓝睁开眼睛，看了看时间，刚好早上七点。心里的郁闷难以言喻，她正打算再补个觉，就听见门口传来一阵轻微的敲门声。

那蓝迅速睁开眼睛，犹豫了一下，接着听到了按密码的声音。过了一会儿，有脚步声进门，季烈的声音从客厅里传来："那蓝，你醒了吗?"声音很轻。

确定是季烈，那蓝松了口气，懒洋洋地不想起身，伸了个懒腰，没好气地问："醒了，你干吗?"夜里刚跟她划清界限，自行颁布了三条禁令，其中一条就是让她改门上的密码，结果一大早他就自毁禁令。

客厅里的季烈将手上的牛奶、三明治放在餐桌上，拉开冰箱的门，将刚刚从超市买的食物一样一样放到冰箱里。

客厅里窸窸窣窣的声音让那蓝感到好奇，但她还是不想出门。又过了一会儿，听见季烈说："今天的食物给你买好了，早饭放在餐桌上，记得起来吃。"

那蓝冷笑。不是说不会再给她弄吃的吗?又自毁了一条禁令："我夜里三点吃的夜宵，不饿。"

季烈沉默了一会儿，交代说："你脚上的伤还没好，记得按时起床吃药。"他似乎要走，脚步又停了下来，"给你放一周的假，养好身体。"

"一周假期?真的吗?"那蓝噌一下从床上坐了起来，差点冲出卧室。

季烈简直无语。那是给她养病的假期，她不会以为是真的放假吧?道："你老实在家待着，哪里也不许去，听到了吗?"

那蓝敷衍道："嗯，知道了。"

季烈一听她的语气，马上又加了一句："每天下班之后我都会过来检查，你最好待在家里。"

那蓝失望地倒回床上："那这到底算不算假期?"

季烈没说话，开门走了。

那蓝痛苦地在床上打了个滚，起身，一瘸一瘸地来到餐厅，看到阳光透过玻璃窗照在餐桌上，牛奶在杯子里，三明治在盘子中，旁边还有洗好的水果，全都沐浴在阳光下，像一幅静物摄影作品。她拿起手机拍了张照片，然后坐到餐桌前吃了起来。阳光真好！世界真美啊！

吃完了早饭，那蓝又睡了个回笼觉，到中午起床叫了个外卖吃完，躺在客厅的沙发上吃着季烈买的薯片看电视。不知道为什么，她感觉今天过得特别漫长，特别坐立难安，最后在这种坐立不安中又睡着了。

季烈今天一整天都有点心不在焉，下班回到瀚汀花园，出了电梯，鬼使神差地向左拐去，熟悉的密码点开，进了门才发现是那蓝家。好在那蓝躺在沙发上睡着了，连他进门的声音都没将她吵醒。电视还开着，正在放她参加滑翔伞大赛的视频资料。于是那蓝睡醒睁开眼时，就看见季烈坐在一旁的沙发上看电视，正好放到她拿季军时的画面，举着奖杯，稚嫩的脸上是阳光般的微笑。

季烈说："这场比赛让你受伤了？"

那蓝问："你怎么知道？"

季烈答："我看了你比赛的过程。"

那蓝没吭声，拿起遥控器快速关掉。

季烈分析道："这么高强度高难度的训练，不受伤才怪。"

那蓝说："作为运动员，受伤是必须面对的。不过最后还是得奖了，虽然只是季军。"

"值得吗？"季烈问。

那蓝说："很多人说我那么辛苦地训练不值得，如果不受伤，我很可能会入选国家队。参加比赛之前，我和队友有个约定：不管谁进入决赛，都要全力以赴。其实那时候我的成绩比她差好多，可是比赛前，她训练的时候伞出了事故，直接摔下去，再也不能飞了。我是带着她的梦想参加的比赛，我想鼓励她，就拼命练习，结果就受伤了。所以……这个是我最好的成绩，视频我一直留着。"

季烈盯着她看了几秒，道："我到今天才发现，原来你这么拼。"

那蓝说："就是因为你自大，才会把我当成娇气的女孩。"

季烈无言，那蓝继续说："为了拿到前三的成绩，我花了一年多时间训练，最后三个月每天都在训练场上，醒了飞，困了睡。为了保持体重，多一点点的东西都不能吃。为了保持力量，又要增加很多的体能训练。每次撑不下去的时候，只要一想到能带着队友的梦想登上领奖台，就不觉得辛苦了。"

季烈听完，说："让我告诉你吧，所谓天才是百分之九十九的天分和百分之一的努力。"

那蓝说："你说的是你自己吧？你的平衡性和各项素质都很好，飞定点的成绩也好，但这并不代表你是天才，而应归功于你当飞行员时积攒的飞行经验。那时你一定也付出了很多努力，吃了很多苦吧？你总是想表现得轻轻松松的，其实是因为没人心疼你吧？"

季烈听到这忍不住反唇相讥："你练到受伤就有很多人心疼吗？离开伞圈一年多了，你的粉丝也都忘了你吧？你住院的时候，不还是孤孤单单的。"

那蓝淡淡地看他一眼："谁说的，你不是一直在照顾我吗？"

季烈觉得这话可笑，但也没有反驳。

那蓝从沙发上站起来，一只脚跳到餐桌边，问："对了，我们晚饭吃什么？"

我们？季烈说："谁说要跟你一起吃晚饭了？没有晚饭。"

那蓝失望了，一只脚往沙发跟前跳，不料被拖鞋绊了一下，身体一歪。幸好季烈眼疾手快将她扶住，吼道："你兔子啊，蹦什么蹦！能不能小心一点？"

那蓝倒在季烈的怀里，直直地看着他。他动怒的样子简直就是非洲草原上的狮子。季烈也看着她，一刹那空气格外安静。几秒之后，门外传来了轻轻的敲门声，一个温和的声音在问："季烈，你在里面吗？"

季烈手微微一抖，放开了那蓝，犹豫了一下，最后走过去拉开了门。

那蓝纳了个闷，探头看见外面站着一个打扮精致的女人，年纪看起来四十上下，手里拎着一个竹编的篮子。

门外的人看见屋子里的那蓝，很显然吃了一惊，迟疑了一下，温柔地跟季烈解释道："我出了电梯听到这边有你说话的声音，就过来敲了敲门，没想到你真在这里。"

那蓝见是季烈的熟人，问道："阿姨您好，您是？"

季烈微微侧身，淡淡地道："这是我小姨。"

那蓝连忙笑眯眯地问候："小姨好，我是季烈的……"她刚想说自己是季烈的同事，可话到嘴边，忽然又想起了那几条禁令，赶紧改口，"我是季烈的邻居，我叫那蓝。"话音刚落，就听季烈头也不回地说："她是我同事。"

那蓝愕然了一下。不是说好不让别人知道是同事关系的吗？三条禁令是他提出的，朝令夕改啊！

宋惠美看了看那蓝的脚，恍然：“小烈说有个同事脚受伤了，就是你吧？”

那蓝看了一眼季烈的背影：“是我！小姨，快请进。”

季烈的眉头皱得更深了。昨天晚上宋惠美给他打电话，说好久没见他了，想给他做他爱吃的食物送过来。他就随口说煲个猪脚汤吧，同事受伤了。于是宋惠美忙碌了一天，做了季烈爱吃的红烧肉、蟹煲，再煲了猪脚汤给他送过来。

季烈从门口让开，让宋惠美进门。

那蓝问：“小姨，您带了什么？我都闻着香味了。”

宋惠美说：“我给小烈做的他爱吃的东西，可以放到你的餐桌上吗？”

“可以可以！”那蓝一瘸一拐地过去帮忙，被季烈瞪了一眼：“别动，坐下。”

季烈忍着一口气。要不是这女人跳来跳去差点摔倒，他也不会发怒训她，才让小姨知道他在这里，真是个事儿精。还特意一口一个“小姨”叫得那么亲热，她一定是故意的吧。早知道会被发现，绝对不会下班就先来她这儿。他身边从来没有异性，被小姨抓住把柄，以后不定有多麻烦。

那蓝看出季烈不高兴了，但是她不太明白季烈到底在不高兴什么。这么温柔漂亮的小姨给他送亲手做的食物过来，凭什么要生闷气？

季烈回家拿了饮料过来，宋惠美已经一样一样地将食物摆到桌子上了。

那蓝脸上露出欣喜的表情，拿着筷子尝了尝，竖起了大拇指：“哇，小姨，您做的这红烧肉真好吃啊。”

宋惠美很意外：“你也喜欢吃红烧肉？现在的女孩子都在说减肥，很多人荤腥不沾。”

那蓝又吃了一块红烧肉，说：“我跟她们不一样，我打小就爱吃红烧肉。我祖籍上海，我爸在世的时候最爱给我做红烧肉了，放上百叶结和卤蛋，可好吃了。小姨，您做的这道红烧肉跟我爸爸做的一模一样，但不油腻，更入味。您是上海人？”

宋惠美点点头，说：“我自小就在上海生活，十六岁离开上海，进了文工团工作。这种做法是上海最家常的做法，季烈打小就喜欢吃我做的红烧肉，他跟他父亲一样口味重一些，我就在里面加了一颗辣椒。你既然也喜欢吃，下回我多做一些。”

季烈忍不住轻轻咳嗽了一声。那蓝发现了，宋惠美说到他父亲的时候，他的脸色明显暗淡了一下，筷子也顿了一下，但很快又放松了下来。

宋惠美的脸色有些尴尬，那蓝假装没看见，说：“小姨您真好，既然您是上海人，那一定也喜欢吃酒酿吧？我跟着我爸别的没学会，就学会了做酒酿，下回我做些给您尝尝……”

季烈默不作声地端着碗吃饭，宋惠美暗暗松了口气，道：“那太好了，做酒酿可不简单。想不到你年纪轻轻，不但长得漂亮，还这么心灵手巧，真是难得的好姑娘。”说完，盯了一眼季烈。

那蓝指着另一道菜问：“这道菜叫什么？”

“腌笃鲜。”

“太好吃了，小姨，您开个私房菜馆吧，以后我天天来吃。”

季烈听了，扭头看了她一眼，随后又低下头继续吃饭，淡淡地说：“我外公以前是上海有名的厨师，外国元首去上海访问，外公就做的这道红烧肉，小姨得自外公真传。”

那蓝回味了一下，竖起大拇指。

饭桌上的气氛温馨了起来，宋惠美往那蓝碗里夹了块笋：“我倒是想开个菜馆，让你们天天回来吃饭。”

季烈说：“那蓝，你已经比刚进队的时候胖了，敢天天这么吃？”

“健身呗，健身就是为了想吃什么吃什么。”

宋惠美借着饭桌上的氛围跟季烈说道：“下回有空了，带着那蓝回家里吃饭，我多做一些上海菜，让她好好尝尝。”

季烈没应声，神情尴尬地瞥了一眼那蓝。那蓝低头吃饭，假装没看见。

宋惠美以为他答应了，脸上的笑容多了起来：“那蓝，你有什么想吃的就跟我说，方便加一下微信吗？”

季烈眼睛瞪圆了，想要阻止却又显得苍白。

那蓝爽快地加了宋惠美的微信，举起杯子敬宋惠美：“小姨，感谢您给我做的猪脚汤。”

宋惠美说：“你性格好，又会说话，还是季烈的同事和邻居，我巴不得以后能经常给你们做吃的，以后要跟季烈一起来家里。”说罢，见季烈低头吃饭，说：“来，季烈，一起碰个杯。”

季烈听出了宋惠美话里的意思，有些心烦意乱，应付地举起杯子碰了一下。

从宋惠美进门时季烈的反应那蓝就已经看出来了，这家人的关系有些复杂。宋惠美温柔体贴，知书达理，话不多但每一句都说得小心翼翼；而季烈始终言语冷淡，刻意和她保持距离。

那蓝问：“小姨，您做这样的一桌菜得花不少时间吧？我爸炖这个红烧肉就得两个小时。”

“季烈喜欢吃，花多少时间也乐意。”

“做好再送过来，不怕凉了？”

“不怕，篮子里面可以保温，我叫人按照外卖保温箱定做的。”

那蓝笑了，望了一眼季烈，说：“小姨，您对季烈真好。”

季烈这个人最大的特点就是心软。他基本都在食堂吃饭，平时在家顶多煮个速冻饺子、方便面，没想过做一桌子的菜要这么费时费力，反倒不好意思了，夹了一块红烧肉悄悄放进宋惠美的碗里。

宋惠美不说话，低着眼眸，一刹那鼻子酸了一下，赶忙吃了一口，平复情绪，别有深意地对那蓝说：“这还是季烈第一次带我跟他认识的女孩子一起吃饭呢，你真是个天使。”

天使？季烈看了一眼那蓝。事儿精又在搞事啊！

吃完饭收拾了一下，季烈送宋惠美下楼。宋惠美看着身边的季烈，说：“那蓝这姑娘，人挺不错的。”

季烈应付道：“就那么回事吧。”

“我是说，你和她挺配的。”

是啊，挺配的，天生冤家嘛。季烈说：“你多想了，我跟她只是普通同事。”

宋惠美望着他，没说话，过了一会儿，笑着摇摇头。

快到小区门口的时候，季烈的手机响了。他拿起手机看了眼来电显示，宋惠美挨着他一眼就看到了，是那蓝打来的。

“喂？”电话的声音很小，宋惠美听不清。

“什么？化妆棉？那是什么……你又不出门化什么妆？”

宋惠美听他语气尽是不耐烦，刚要说他，季烈已经打完了电话，抬头看见宋惠美望着自己，说：“要买什么化妆棉，莫名其妙。”

宋惠美说：“女人都会用到，那边的便利店就有。”

季烈扭头望了一眼，指着远处的便利店问：“那儿？”

宋惠美点点头。好多年没见过他跟女孩这么亲密了。

季烈将宋惠美送到小区门口，车已经在门口等候，他拉开门送宋惠美上了车，宋惠美探出头来，说：“小烈，下回带那蓝来家里。”

季烈说：“今晚你说了多少次了？被她给弄魔怔了？”示意司机开车。

车子缓缓发动，宋惠美欲言又止。她已经很久没跟季烈这么好好吃一顿饭了，不能在这个时候提到他的父亲，破坏了难得的好氛围。

季烈想了一下，弯腰，对车子里的宋惠美说：“小姨，下回……我回去吃饭，别往这送了。”

宋惠美愣了一下，连忙点头，连声地：“哎，好，好。”

车子渐渐消失了，小区门口只剩下季烈孤零零的一个人。他仰头长长舒了口气，像这样气氛和谐地吃着小姨做的饭，好多年没有过了。又想起宋惠美饭桌上说那蓝就像是天使，季烈忍不住嘴角扬起，笑了。

季烈买了化妆棉回到那蓝家，见那蓝正趴在地上，抬着受伤的脚做平板支撑，讽道：“样子真难看。”

那蓝一下摔在了地上，绝望地躺在地上望着天花板：“我本来就想吃两块红烧肉，不知不觉吃了半碗。”

季烈倒了杯水给她：“还有油炸的香酥鱼、高盐分的腌笃鲜、高热量的猪脚汤。”

“我要死了。”那蓝在地板上滚了几滚。

季烈无语地看着她。这女人是不是没脑子？吃的时候很有底气，吃完一脸生不如死。他说："本来就很丑，以后更丑了。"

真是毒舌啊。那蓝扭头看着他，说："看我不顺眼呗？"

季烈没说话，将手里的方便袋往她面前一扔。

"什么？"

季烈看都不看她，径直往外走。

那蓝看到里面有零食还有化妆棉和一盒面膜，说："给我买的面膜啊？"

季烈说："是超市送的。"带上了门，扬长而去。

那蓝嘿嘿一笑："谎话都不会说，给我买就给我买呗。"拿出里面的零食，有些困惑了：不是说又胖又丑吗，怎么还买那么多零食，居心何在！

那蓝的脚只是一点扭伤，出院第三天时，已经好得差不多了。周末中午，还没起床的她被一阵连续的电话声叫醒。接起电话"喂"了一声，季烈的声音从电话那边传了过来："帮我带一会儿孩子，小男孩，五岁，名字叫小蛋蛋，他马上到你家门口了，开门。"

那蓝一头雾水，问道："谁家的孩子？"还没问完，电话挂了。

她最怕孩子这种生物，哭闹起来简直就是洪水猛兽，她可没有好耐心。最重要的是，到底是谁家的孩子？那蓝一个念头还没转完，"叮咚"，门铃声响了起来。

说曹操曹操到！她快速翻身下床，直奔门口，从猫眼里往外一看，只见一个五岁的卷毛小男孩雄赳赳气昂昂地站在门口，椭圆的小脸蛋，圆圆的大眼睛，粉嘟嘟的嘴唇，上面穿着迷彩T恤，下面穿着迷彩短裤和凉鞋，脖子上挂着一只手机。

这娃穿的也是迷彩服？跟季烈平时穿的迷彩还是同款……亲子装?！那蓝脑子里唰地闪过无数个念头，最后停在了最可能的一个念头上：私生子?！她整理了一下睡衣，拉开了门，尽量扮演天真的口气："你是小蛋蛋吗？欢迎光临，请进。"拍了拍手。

小孩仰着头审视了她两眼，那眼神就好像在说：你是白痴吗？

那蓝愕然，看见他将手机镜头对着她，问视频那边："是她吗？"

季烈的声音从视频的另一边传了过来："嗯，是她，你别欺负她啊，我一会儿过去接你。”

“唉，我不欺负女生啦。”小蛋蛋一副少年老成的口气，说完，手指一按挂断了视频，大摇大摆地进了门。

那蓝措手不及，眼睁睁地看着他反客为主地坐在自家的沙发上，想了想，拿了一支季烈昨天给他买的棒棒糖，弯腰递给他：“弟弟，吃糖。”

小蛋蛋双手抱胸，带着不爽：“我又不是小孩，不吃这么幼稚的东西。”

他的意思是，她很幼稚?！那蓝直起身。

小蛋蛋抬眼，从上到下将她打量了一遍，看到她身上的小短裤和吊带，冷淡地说：“去，换一件衣服。”

“啊?”那蓝问，“为什么换衣服?”

这个语气和眼神跟季烈简直是一个模子里刻出来的，她摆了个姿势，说：“这样穿不好看吗?”

小蛋蛋一字一句地吐出几个字：“丑死了。”

这小屁孩跟冰山真是一模一样啊！“再说一遍。”

小蛋蛋一字一字地说：“丑死了。”

那蓝气结，从来没见过这么调皮的小孩！

一大一小两个人，大眼瞪小眼地看着对方，谁都不说话，仿佛彼此都在等对方先开口，谁先开口谁就输了似的。过了一会儿，那蓝败下阵来，老实回房间换了件长衬衫，又回到客厅，高高在上地俯视着小孩，问道：“小朋友，你的真名叫什么?”

小蛋蛋瞧着她不说话，那蓝被他瞧得心里发毛，低头看了看自己，衣服没什么问题啊。拿起手机看了看脸，也没有问题。又问道：“小孩儿，你跟季烈是什么关系?”

“季烈让我找你，你跟他什么关系啊?”

那蓝想了想，微笑道：“我是他的女神啊。”

小蛋蛋望着她半晌，说：“看着我的眼睛，你认为我会信你的话吗?”

这下那蓝真的无语了：“嘿，你这小屁孩，我怎么就不可能是他的女神?”

小蛋蛋冷淡地说：“因为你不是他喜欢的那一款。”

凭他也会知道季烈喜欢哪一款？那蓝不屑，问："我怎么就不是他喜欢的那一款了？你知道他喜欢哪一款吗？"

小蛋蛋没说话，拿出手机翻出一张照片，在那蓝面前晃了晃："有图有真相，他喜欢的是这一款。"

那蓝恍惚看到图片上是个身着军装的齐耳短发女孩，十八九岁的样子，远远一看，跟自己分明有点相像嘛，"呵"地笑了一声，摇摇头说："在哪儿找的图片啊小屁孩？跟我长得有点像。"说罢，从小蛋蛋手里拿走手机，对着镜头自拍了一张，保存了下来。

全程小蛋蛋就那么冷静地看着她，安静得像个小大人。

那蓝将手机还给他："以后再有别人问你季烈的女神是谁，你就把我的这张照片给他看，就像你刚刚给我看那张图片那样，记住了吗？"

小蛋蛋无奈地摇摇头："强扭的瓜不甜，他会生气的。"

那蓝问："你怎么知道他会生气？"

小蛋蛋说："因为他跟我说过你。"

那蓝顿时来了兴趣："他说我什么啊？"

小蛋蛋说："他说你长得难看，让我不要泡你。其实他想多了，你长得根本就不是我喜欢的那一款。不过你也不要太伤心，说不定有别人会喜欢你。"

呵呵！现在的小孩都这么早熟吗？那蓝尴尬地笑了一下，说："那我谢谢你的安慰。"

两人又不说话了，小蛋蛋拿起手机开始打游戏。那蓝探头看了一眼，忍不住又问："小孩儿，季烈到底跟你什么关系啊？"

小蛋蛋抬头看了她一眼，想了想，神神秘秘地说："他是我爸爸。"

爸爸？真是他私生子啊！那蓝愣了大约两秒，突然斜着眼睛瞧着他，嗤笑了一声，手指指着自己的眼睛，说："小屁孩，你也看看我的眼睛，看我相信你说的话吗？"

小蛋蛋不说谎了，笑了笑："呵呵，看来你虽然长得丑，但是脑子还不笨，还有救。"

那蓝莫名觉得心中一块大石头落了地，也就不再说话，拿起手机跟他一起打游戏。

季烈从击剑馆回来接小蛋蛋回家，开门见两人正肩对肩挨着打游戏，无声地笑了。那蓝一看见季烈就马上坐直身子，小蛋蛋也从沙发上站起身。

“回家吧。”一大一小两个迷彩的身影走出了门，季烈带上了房门。

那蓝站在客厅中间，拿着手机，还在游戏里，外面传来小蛋蛋的说话声：“老季，她是你女朋友吧？”

“你说呢？”

“她喜欢你。”

那蓝耳朵贴在门上，隐约听见季烈说：“那是因为我有魅力啊。”

他有魅力？这男人真是天生的自大狂啊！这时季烈的手机响了起来，那蓝听见他说：“快递？我在家，送上来吧。”

那蓝汗毛炸了一下，第六感告诉她，这个快递是如本发来的。她听到季烈开门的声音，探头看了看，季烈家的门开着，门口没人，她咬咬牙腾地冲出去，手撑在电梯口。

“你在干什么？”

那蓝一低头，看到小蛋蛋站在身后，“嘘”了一声说：“我准备下楼。”

“撒谎！”小蛋蛋说，“你都没按电梯。”

那蓝顿住，蹲下身子，笑眯眯地说：“姐姐在家憋坏了，出来透透气。”转过他的身子，往季烈家推去，“快回家，小屁孩。”

小蛋蛋说：“我不回去，我也要透透气。”

这小屁孩鬼机灵，有他在这准坏事。那蓝低声哀求道：“老季在干什么？”

小蛋蛋道：“他在换衣服。”

“去数数他有几块腹肌。”

“你们女生真幼稚！”他的话中全是不屑，让那蓝很无语。就在这时，电梯“叮”一声停下了，快递员抱着快递走了出来。

那蓝瞥了一眼包装盒，伸手拦住："1202 的？"

快递员点点头，那蓝抢过快递迅速签收，快递员转身进了电梯，那蓝也转身迅速往家里走去。

小蛋蛋叫了声："站住。"那蓝没有理会，快速进门，门刚关上就听到小蛋蛋在告状："老季，她收了你的快递。"

那蓝快速拆开快递盒，刚把里面的东西拿出来，就听见季烈在敲门，冷冷地叫她："开门。"

那蓝没听见似的，将包装袋里的充气娃娃扔在床上，急中生智抓起一件刚买的大 T 恤塞进盒子里，抱着盒子刚走到客厅，门就开了。季烈脸色阴沉得可怕，大步朝她走过来。那蓝看见季烈的一刹那，脸微微有些发白，脚不由自主地往后退了一步。

季烈走过来，抓过她手里的快递盒看了看收件人的名字，手一伸将里面的 T 恤扯了出来，见是粉色的女装，忍无可忍地抖了抖："这是你的衣服，我的快递呢？"

那蓝没说话。

"那蓝！听到没有？你把我的快递放哪儿去了？"季烈的脸很黑，眼里喷着火。直觉告诉他，这里面有事。

突然，站在季烈身后的小蛋蛋飞快地往那蓝房间跑去。那蓝吓得脸都白了，急忙追了过去，季烈也跟着快步走了过去。

小蛋蛋一头冲进那蓝的房间，抓起床上的充气娃娃举在手里："老季，你的快递在这儿。"

那蓝想抢，但是已经来不及了，季烈已经站在了房间门口，不可思议地看着眼前的东西。那蓝感觉自己的大脑一瞬间空白一片，如果这时地上有个洞就好了，她会毫不犹豫地钻进去。

季烈盯着她，狠狠地骂了句："你他妈有病！"

那蓝条件反射地回了句："你才有病！"

小蛋蛋感觉到了气氛的紧张，手一松，手里的东西掉在了地上。那蓝伸手去抢，季烈脸色铁青，拉着小蛋蛋走了出去。

那蓝全身无力，靠着床慢慢地坐到了地板上。她明白，自己在他眼里的形象又一次毁了。

季烈拉着小蛋蛋出门，脸色很难看。这女人不但无聊，还恶俗。

小蛋蛋直到进了季烈家的门才问：“老季，你为什么要对你的女神发火？”

季烈气呼呼地坐在沙发上，抽出烟，突然想到孩子在跟前，又扔在了一边，手里玩着打火机：“什么女神？”他竭力克制着自己的怒气，尽量用平淡的语气说话。

小蛋蛋说：“那东西不是她寄给你的。”

季烈冷冷道：“不是她，她会拆我的快递？”

小蛋蛋分析道：“如果是她寄的，既然不想让你收到，追回快递就行了。”

季烈听完分析，竟然无法反驳。他真是气糊涂了，这么简单的道理自己怎么没想到。如果不是她干的，那必定就是如本干的了。

隔壁的那蓝心灰意冷地坐在床边的地上，感觉自己比旁边没充气的娃娃还要没气力，头一仰，无力地瘫在地上。她不怪如本，如本也只是恶作剧而已，她能承担。

季烈一下一下地按着打火机，火光在他脸上一亮一亮的。小蛋蛋走到他的身边，伸手摸了摸他的头，说：“老季，要不要我替你去给你的女神道歉？”

“你给我站住。”季烈说，“道什么歉啊？还有，谁说……谁说她是我的女神？”

“她自己说的。还拍了照片。”小蛋蛋翻出照片给季烈看了一眼，回头对着电视打游戏去了，“对了，你的女神还没吃午饭。”

季烈说：“活该她饿着。”说完站起身，从冰箱里拿出速冻饺子进了厨房，做好端着碗过去敲门，那蓝没理，他便直接开了门进去。客厅里静悄悄的，那蓝躺在沙发上，脸上贴着面膜，呼吸均匀，看样子是睡着了。

季烈低头看着她，房间里空调的温度很低，她穿着大大的白衬衫，整个人显得特别柔弱。白衬衫的下角露出平坦的小腹，季烈担心她着凉，拿过薄毛毯想给她盖上，又鬼使神差地伸出手，拉下衬衫盖在她肚子上，冷不丁看见她睁着眼睛，定定地看着自己，平静，冷淡，还有一丝诧异。

季烈的心有点乱，跟她对视了一会儿，起身说："我以为你睡着了。"

那蓝扯下面膜，坐起身，理了理头发，一言不发地看着他。

季烈指了指桌子上的饺子说："小蛋蛋说你没吃午饭，磨着让我给你煮了碗饺子。"

那蓝默默起身坐到餐桌前，刚刚拿起筷子，就看见季烈转身进了厨房，倒了一小碗醋放到她面前。感觉到她的目光一直盯着自己，便问："你看我干什么？"

那蓝说："你不生气了？"

季烈反问："生什么气？"

"快递的事。"

"是如本干的吧？"

那蓝皱眉，说："她就是恶作剧了一下。"

季烈突然问："听说你们是多年的朋友。"

"嗯，打小就认识了。"

"美林大厦火灾当天，你们在她租的仓库里办 party，救援的时候，你裙子的袖子被我扯坏了，什么时候又缝好了？"

"那条裙子是如本去年送我的生日礼物，限量款，她见我心疼，就找服装师补救了一下。"

季烈冷淡地问："哪个服装师？"

那蓝盯着他，放下筷子："你什么意思？美林大厦的火灾，你总不会怀疑如本参与了吧？季大队长，我提醒你，她从事的是服装行业，修补一条裙子很难吗？"

季烈看着她，她的眼睛漆黑，眼底里有怒火在燃烧。他抿着嘴唇没说话，这么解释合情合理，他没有反驳的理由，但是丑话必须说在前头，明知道要激怒她，他也必须要讲出来，只是语气缓和了很多："在没有调查出真相之前，任何一个人都是可疑对象。"

"那我呢？美林大厦火灾当天我也在现场，你们是不是也怀疑过我？"

季烈说："你是警务人员，任何时候都要保持头脑冷静。"

“也对，任何人都可以被怀疑，你也去过现场，你也是可疑人员。但是如本，我可以用我的生命担保，她绝不会做犯法的事。当天在场一共十二个人，除去她，包括我的十一个人，你怀疑谁都可以。”

季烈顿了一下，叹了口气。他什么都没问出来，倒被她反驳一通。这事不能操之过急。

季烈问：“那天你返回2204，有没有发现可疑之处？”

那蓝想起那时她发现沙发上有一个手机，刚好有陌生电话呼入，手机的壁纸是小七和一个男人相拥的图片，可以断定手机是小七的。电话一个接一个，门打不开，她顺手按了接听，电话那头是个哑沉的嗓音，只说了两句话就挂了：“钱凑齐了吗？还有五天。”而第五天，刚好如本和小七、罗宾去了澳门。但是从理论上来说，这不能作为线索，因为小七和罗宾从美林大厦离开时有监控做证。最终那蓝极其冷淡地说：“没有发现任何可疑之处。”

季烈眯着眼盯着她，显然对这个回答不满意。他没说话，给她坦白的机会。

一股强烈的压迫感瞬间袭来，那蓝慌忙低下头，佯装吃饺子，避开他的目光。她一口气吃了两个饺子，感觉到他还是眼睛一瞬不眨地盯着自己，有点不自在了，眼皮低垂着问道：“你这么看着我干什么？”

“我再给你一次回答的机会，那天你返回2204，有没有发现可疑之处？”

“没有！”

“你在撒谎！”

那蓝筷子顿住，抬起眼皮，问：“有证据吗？”很明显的底气不足。

“有！你在回答我这个问题的时候，声音不自觉地拔高来掩饰你虚弱的内心，同时你的眼睛朝向右上方看，并摸了一下鼻子。”

季烈回答得斩钉截铁，那蓝暗自吃了一惊，微微一笑，说：“想不到，原来你还是微表情专家呀！”

“专家算不上，顶多只是个爱好者，我劝你最好把你知道的事情原原本本地告诉我。”

那蓝想了想，抬头看了看季烈。他的面色极其平静，嘴角紧紧抿着，眼睛黑白分明，牢牢地盯着自己。那种强烈的压迫感再一次袭来，那蓝不动声色地轻轻呼出一口气，决定还是不告诉他。

季烈失望了：“既然你不想说，我不也想强人所难。但是……”季烈的眼神充满了警告，“如果因为你的原因影响到案件的侦破，甚至影响到其他人员的人身安全和财产安全的话，我不会原谅你。”说完转身就走。如果不是为了案件，他早就发火了。这女人大概脑子被枪打过，即便是普通群众也有配合公安机关调查案件的责任，何况是警务人员，真不知道她在想什么！

那蓝望着他的背影即将消失在门口，端起杯子喝了口水，突然看见他又转过头来，便歪着头望着他：“还有事？”

“不要随便拿小孩子的手机拍照，谎称你是我的女神。”季烈说。

“你不觉得小蛋蛋手机里那张照片上的人跟我很像吗？”那蓝反问。

“不像！”季烈说，“一点也不像！”

“撒谎！”那蓝冷笑，“你在回答我这个问题的时候，声音不自觉地拔高来掩饰你虚弱的内心，同时你的眼睛朝向右上方看，并摸了一下鼻子。”

季烈盯了她一眼，懒得解释，在她说话的时候，便已经很不礼貌地转过身，头也不回地走了。

那蓝在后面大声问道：“喂，照片上的那个人是谁啊？”回答她的，是隔壁“砰”一声的关门声。

那蓝嘴里的水差点乐得喷出来，心里暗自高兴，原来这个看起来刀枪不入的男人也有软肋啊。表面上冷冰冰，骨子里却闷骚得很，有点意思！不过那照片上的女人到底是谁？他的初恋，又或者是某个女明星年轻时候的照片？

※第七章
往事

季烈刚到家就接到了一个电话，对方的声音是稳稳的女中音。这个声音他再熟悉不过了，每次在天上执行任务的时候，都会听到她的指示。

季烈刚“喂”了一声，就听电话那边的叶泉水问：“老季，小蛋蛋在干什么？”

季烈抬头看了一眼全神贯注打游戏的小蛋蛋，小蛋蛋似乎感觉到了电话那边的人在问她，马上回过头，胖乎乎的小手压在粉嘟嘟的嘴唇上，轻轻“嘘”了一声，然后指了指一旁龙猫的笼子。季烈脚步停了一下，按照小蛋蛋的指示回答道：“他很乖……在喂龙猫呢。”

对方轻笑了一笑：“怎么你也帮他说谎，他肯定在玩游戏。”季烈无奈地朝小蛋蛋耸了耸肩，传达谎话被拆穿的消息，小蛋蛋痛苦地噘着嘴，做了个哭脸。

季烈淡淡地笑了笑，轻描淡写地转移话题，对电话那边说：“呵，你刚刚用了个‘也’字，还有谁帮他说过谎？”

“怎么？你吃醋了啊……”

季烈刚要说话，突然听电话那边说：“我有电话进来，先挂了。”

“哎，等一下再挂，你什么时候过来接臭小子？”

“晚上吧。”话刚说完，那边的电话就断了，季烈收起手机，假装随意地问小蛋蛋：“臭小子，说，你还让谁帮你说过谎？”

“一个……男人。”

“一个男人？谁？”季烈好奇。

“一个很帅的男人。”

“有我帅吗？”季烈不服气。

“唉！这个问题，我很难回答你啊。”小蛋蛋叹了口气，“老季，我想问你一个问题。”

季烈敷衍地“哦”了一声：“关于打游戏的问题你就不用问了，我很难回答你啊。”

“那关于女人的问题呢？”小蛋蛋一副很糟心的样子。

季烈好奇了一下，认真地回道：“这个比游戏更难啊，不过，你可以说说看。”说完在小蛋蛋对面坐下来，“臭小子，你该不会是早恋了吧？来，说说看，你喜欢上你们幼儿园的哪个小女生了？漂亮吗？”

小蛋蛋歪着头，轻轻摇了摇，一脸嫌弃的表情：“我是我们园的高冷男神，怎么可能喜欢那些小孩呢。”

“说得也是，你是你们幼儿园的园草。”季烈忍住笑，一边捡起小蛋蛋的手机放在桌子上，不小心点开了相册，那蓝的照片突然跳了出来。

照片上的那蓝微微侧头，微笑地望着他。他赶紧关掉，过了一会儿又不由自主地再次打开，怕被小蛋蛋发现，悄悄竖起手机，一边心不在焉地跟小蛋蛋聊天：“不过……你自己也是小孩，虽然你智商 146，比绝大多数的成年人都高，但还没达到门萨会员的标准，门萨年纪最小的会员才三岁，智商 171，超越了爱因斯坦……”

小蛋蛋冷不丁地打断：“老季，你要看你的女神就正大光明地看，我又不会取笑你。”

季烈尴尬地按了退出键，将手机扔在桌子上，马上又抓过手机，打开游戏界面，言不由衷地说：“看什么啊，我明明是在看你游戏上的资料。”

小蛋蛋直直地看着他：“那我假装信了。”

季烈一时无语，顿了一会儿，问：“你到底想聊哪个女人？”

“当然是我家里的那个。”

“她？”季烈瞪大了眼睛，马上摇头，拒绝谈下去，“她的问题太大，我帮不了你，不聊。”

小蛋蛋很无奈地转过身，过了半晌又叹了口气，回头看着季烈说：“老季，你跟她是发小，你们是青梅竹马一起长大的对吧？”

“嗯。”季烈点头，“然后呢？”

“你要关心她。”

“我当然关心她，不过跟你比起来，可能要差一些。”季烈拿着小蛋蛋的手机，又点开了那蓝的照片。

小蛋蛋伸手想要拿走他手里的手机，特忧愁地说：“老季，你能不能认真点听我说话？”

“我在听呢。”季烈避开他的手，心不在焉地敷衍，还在看着那蓝的照片，她脖子上有一颗颜色很淡的痣。

“老季，回答我几个问题……”

“好了好了。”季烈放下手机，正襟危坐，“我洗耳恭听。”

“你和她，你们有没有谈过恋爱？”

“我跟她谈恋爱？那我不是找事吗！”突然发觉小蛋蛋并不是在问他和那蓝，连忙停住，“你是问我和你家里的那个吧？没有，从来没有过。”

小蛋蛋不死心：“那你们总该牵过手吧？”

“没有。”

“你撒谎。”

“你怎么知道我说谎？”季烈反问。

“你在回答我这个问题的时候，声音不自觉地拔高来掩饰你虚弱的内心，同时你的眼睛朝向右上方看，并摸了一下鼻子。”

嘿，这小屁孩，敢情刚刚他和那蓝谈话的时候，他躲在门外偷听啊。季烈一时无语，过了一会儿辩解道：“小时候手拉手过马路也能算吗？”

“当然算了！”小蛋蛋的脸上总算露出了一点喜色，“继续回答，你有没有对她心动过？”

“没有。”

“一点点也没有？”

“没有。”

“你又撒谎了。”

“某一个瞬间觉得她长得还可以，怦然心动了一下，但我声明啊，只是一下下，纯属欣赏，没有别的意思。”季烈连忙撇清。现在的小孩太聪明了，何况他面对的还是一个智商146的儿童，什么都逃不过他的眼睛。可小蛋蛋家里的那个她，是他小姨，地面指挥中心叶泉水，季烈的同事兼发小，熟到可怕的程度。叶泉水大他两岁，据说他出生当天，叶泉水就在她妈妈的怀里跟季烈见了面。

小蛋蛋询问完，开始跟他聊天：“老季，前天我看了一个电视剧，剧情挺有意思的，男一号和女一号从小青梅竹马一起长大，二十岁的时候他们许愿，如果到了三十岁彼此还未婚嫁，就去民政局领证。”

季烈心想，这臭小子是真看过这么狗血的剧，还是临时编的？

“一转眼十年过去了，这两个人依然单身，于是他们依照约定结婚了。”

季烈双手向后撑在地板上，慢悠悠地应了句：“嗯，然后呢？王子和公主幸福地生活在一起，抚养一个叫小蛋蛋的小男孩是吧？”

“你觉得这个故事怎么样？”小蛋蛋扑闪着机灵的眼睛。

季烈从地上站起来：“小屁孩，居然学会逼婚了。”他的心情很好，终于逮着机会教训这个高智商的臭小子了，不过还没讲两句，门铃突然响了，季烈起身开了门。

门外的人抬起头，同样是贴身的迷彩T恤，牛仔裤，浑身散发出成熟男人的魅力，他冲季烈微微一笑。

“稀客啊，你怎么来了？请进！”季烈连忙将他让进门。

“沈叔叔。”小蛋蛋叫起来。

“沈叔叔？”季烈念了一句，眼睁睁地看着小蛋蛋兴高采烈地拉着刚进门的沈天梵从他身边走过去，不满地抗议道：“喂，我说臭小子，你几个意思啊？为什么叫他叔叔，叫我老季？你给我一个完美的解释。”

小蛋蛋拉着沈天梵坐下，回头瞧了季烈一眼，无奈地摊了摊手：“我也不明白为什么，小姨一定要我喊他沈叔叔，我本来还挺想叫他老鹰的。”

季烈又将目光锁向沈天梵。沈天梵说：“可能是因为我比较成熟有魅力。”

季烈拧着眉，打量了几眼沈天梵，手摸着下巴："这我就不明白了，老叶到底是怎么想的呀？"

沈天梵没说话，坐到了沙发上。小蛋蛋熟悉地坐在沈天梵脚边的地板上，头靠在他的腿上，手指滑开游戏，说："沈叔叔，来吧，我们打一局，开始。"

"好。"沈天梵拿出手机。

他们是在约游戏？连饭都不吃？他们俩到底什么时候这么熟了？季烈不可思议地看了看两人，心里纳闷了一下。那么沈天梵上门，是小蛋蛋叫来的了？

"老季，我渴了。"小蛋蛋边打游戏边道。

"你要喝什么？"季烈问。

"我要喝可乐，沈叔叔只喝纯净水。"

连沈天梵只喝纯净水他都知道？季烈又看了看他俩，午后的阳光照在一大一小的两个身影上，突然觉得眼前的画面很温馨。他还发现，小蛋蛋对沈天梵的眼神里有崇拜还有依赖。忽然，他又想到刚刚小蛋蛋说的那句"我也不明白为什么，小姨一定要我喊他沈叔叔"，心里一个念头闪过，缓缓应道："知道了。"

季烈在冰箱里拿了可乐和水给了两人，客厅里响着游戏里的声音，大家谁都没说话。过了一会儿，画面上跳出"胜利"字样，小蛋蛋从地上蹦起来，跟沈天梵击掌，季烈抱着胳膊看着两人。

趁小蛋蛋去卫生间的空当，季烈扭头望着沈天梵，问道："说吧，你跟老叶是怎么回事，赶紧给我交代。"

沈天梵说："没怎么回事，就是偶尔帮她带带小蛋蛋，她一个人带孩子挺不容易的……你吃醋了？"

季烈嗤笑："我吃什么醋啊，我巴不得你们好。老叶跟我是哥们儿，发小，她要是跟你恋爱的话，我举两只手赞成。"

"真心话？"

"绝对的真心。"季烈发誓完毕，道，"既然喜欢她就赶紧娶回家呗，别磨叽了，拿出你征服飞机所有故障的能力，保证追到。再说了，以后你跟小蛋蛋打游戏都不用约了，直接回到家就开打。"

说到“娶回家”这三个字时，沈天梵的眼神突然暗淡了。季烈发现他垂下了头，手不自觉地捏紧，心里疑惑了一下，盯着他看了一会儿，突然意识到自己说错了话，劝道：“老鹰，过去的事，该放下的就要放下。”

沈天梵没说话，脑海中浮现出一个人影。季烈叹了口气，将话题转移回叶泉水身上，淡淡道：“其实老叶这些年也不容易。对了，你见到过老叶手臂上有道疤吧，你猜是怎么回事？”

沈天梵回过神来，愣了一下，想起叶泉水穿裙子时露出过疤痕，说：“听说是因为一场车祸。具体是怎么回事？”

季烈缓缓道：“四年前，京滨高速公路发生了一起重大交通事故，十五车连撞，你记得吧？”

沈天梵蹙眉：“记得，本市最大的交通事故，当时正值春运期间，早上九点，京滨高速公路出现异常团雾，导致十五车连环撞击。”

季烈至今记得当时的情景，高速公路上满目惨状。刚刚从美国读完硕士回国的叶泉水，和父母、姐姐、姐夫及当时刚刚一岁的小蛋蛋按计划去巴厘岛过年，在去往机场的途中遭遇团雾发生车祸。那天极其古怪，临出发时叶泉水突然发现护照不见了，怎么找也找不到，眼看距离起飞时间只剩两个小时，父母、姐姐、姐夫便带着小蛋蛋乘车先行前往机场。他们前脚刚走，叶泉水转过身发现护照就放在包包的夹层里，于是赶紧打车追过去，就在快要追上的时候，团雾出现了，车祸发生了，距离她只有不到五十米远，她从出租车里狂奔出去，跑到自家的车前，看到的是满车的血。她从变形的车窗里抱出浑身是血嗷嗷大哭的小蛋蛋，手臂被车窗玻璃的碎片划伤。

想到这，季烈眼睛有点酸，轻描淡写地说了句：“嗯，当时老叶和小蛋蛋就在车祸现场。”说完移开视线，身体微微抖动了一下，呼出一口气，忍住情绪，“她一个人给四个亲人举办葬礼，几天几夜没有合眼。就算是这样，我也从来没有见她掉过一滴眼泪。后来葬礼结束了，天忽然下起了大雨，大家都走了，只有她站在雨里一动不动，不肯走。我拉她拉不动，再拉她，她整个人就倒在了地上，晕了过去。”

沈天梵好半天没说话，靠着沙发点了一支烟，过了好一会儿才问：“他呢？”问完望了一眼走廊尽头紧闭的卫生间门。

“他当时还小，车里装了婴儿安全座椅。但是车祸太惨烈了，他还是受了伤，住在医院里。那段日子老叶两头跑，人熬得跟鹰似的……”

沈天梵能够想象，当时叶泉水是多么绝望和无助，他一想到季烈说她一滴眼泪都没掉直接晕了过去，喉咙就不由自主地动了一下，捏着烟的手也抖了一下。

两人不约而同地沉默了好一会儿。季烈抬起头，靠在墙上抽完一支烟，说：“老叶在美国读研究生的时候选修过心理学，这么多年她独自把小蛋蛋养大，还养得这么天真活泼，一点不像缺失家庭温暖的孩子，很了不起。”真正了不起的，是这些年她始终坚强乐观，不但抚养大了小蛋蛋，而且工作上追求精准，从未出现过任何差错。

季烈拍了拍沈天梵的肩膀，沈天梵一时间心绪烦乱，竟不知道该说些什么。这时，门外传来一阵急促的脚步声，紧接着门被人推开了，季烈、沈天梵一起扭头看去，一个身影闪过，叶泉水快步冲进了屋子里。季烈这才发现，刚才门忘记关了。

叶泉水头上戴着棒球帽，身上穿着运动套装，脸色苍白，慌慌张张地冲进门来。季烈诧异了一下，问：“老叶你怎么来了？不是说晚上……”

叶泉水充耳不闻，直接打断，问道：“小蛋蛋呢？”

“他……在卫生间呢。”季烈话没说完，叶泉水已经快步冲进了卫生间，一把推开了卫生间的门，“哐”的一声，吓得坐在马桶上打游戏的小蛋蛋把手机掉在了地上。

叶泉水双眼通红，大步走过去将他从马桶上扯起来，扬起手要打他。

季烈和沈天梵一起追了过来，季烈抓住她的手腕，拉住她，问道：“你干什么？”

小蛋蛋趁机躲到了季烈的身后，大叫：“老季快管管你的发小啊，她要当着你的面揍娃啦。”

叶泉水一言不发地挣开季烈的手，又去抓小蛋蛋，不料小蛋蛋溜得飞快，兔子一样飞奔到了客厅。

叶泉水追上去，沈天梵上去抓她的手臂，可她速度太快了，带着他冲向了客厅，小蛋蛋吓得整个人贴在了墙壁上。

“老叶你冷静点!”沈天梵忍无可忍。

叶泉水回头望着沈天梵，沈天梵猛然发现她的手心全是指甲掐出来的一个一个的血痕，瞬间呆了。叶泉水趁机甩开沈天梵的手朝小蛋蛋追去，小蛋蛋深知躲不掉了，扑通往地上一躺，被叶泉水一把从地上拉起来，手攥着手机，几乎是一字一字地问：“说，这条新闻是谁发给你的?”

“什么新闻?你不要这么吓唬小孩子。”季烈拿过叶泉水攥得紧紧的手机，页面上豁然出现四年前京滨高速公路十五车连环撞击车祸的新闻。季烈感觉脑袋炸了一下。刚刚他和沈天梵聊这个事的时候声音很小，卫生间又在走廊尽头，加上平时小蛋蛋上厕所的时候总是会打游戏，没有理由听见。

叶泉水吼道：“我再问你一次，这新闻是怎么来的?”

小蛋蛋求助地看着季烈，小嘴一扁，眼泪掉了下来。

季烈和沈天梵几乎同时出声说：“是我们……”季烈停住，让沈天梵说：“是我们俩聊天的时候没注意，大概被他听到了。”

叶泉水不敢相信地看着他们两个，眼神一点点地变冷，随后猛然抓住小蛋蛋的肩膀径直往外走。

小蛋蛋真的吓到了，经过沈天梵身边时，双手牢牢抱住了沈天梵的大腿。叶泉水想要掰开他的手，他用尽全身力气抱得死死地大叫：“沈叔叔救我!”

“老叶。”沈天梵叫了一句，叶泉水充耳不闻，埋头拉扯小蛋蛋，小蛋蛋激烈地反抗着。沈天梵又叫了声：“老叶。”叶泉水依然充耳不闻，沈天梵直接抓住叶泉水的肩膀，一个擒拿手想要反扣住她的手臂，不料叶泉水抬起胳膊撞向他的下巴颏，沈天梵躲开，直接将她按在了沙发上。

叶泉水练过跆拳道，沈天梵是知道的，可按住她的时候，还是手下留情了，真心不舍得对她用力。可叶泉水却没留情面，抬脚朝他裆部踢去，幸亏沈天梵躲得快，不然准报废了。抓着她衣领的手没来得及松开，往后一带，将叶泉水的上衣给扯了下去。叶泉水胳膊上的疤痕露了出来，旁边肿了老高，都瘀青了，上面还破了皮，血肉模糊，看样子是被撞了加上擦伤。

沈天梵震惊了，眼瞳猛然一缩，忘记了刚刚叶泉水对他下过狠手，上前一步，抓住她的手臂，厉声问道："怎么受的伤？"

"放开我。"

"我问你怎么受的伤！"

叶泉水想要挣开，不承想他这次用了很大的力气，死死地抓住她，根本就挣脱不了，吼道："我叫你放开我！"

沈天梵没放，眼神复杂。

"放手！"叶泉水怒火中烧，脸色特别难看，双眼充血，像一头发怒的狮子，简直要将他吃了。

沈天梵死死地盯着她："告诉我，到底是怎么受伤的？"

两秒钟的停顿，叶泉水说："你他妈给我放手。"

小蛋蛋都吓傻了，季烈也傻了眼。一瞬间，屋里特别安静。

过了一会儿，叶泉水道："放手！"语气隐忍，极冷极冷。沈天梵的手稍稍松开一点，她迅速将手撤出，去抓小蛋蛋。不料小蛋蛋动作特别灵活，撒开了季烈，冲进了卧室，将门从里面反锁上了。

叶泉水追到门口，敲了两下，说："开门，跟我回家。"她努力克制着自己，可声音还是听得出带着一丝颤抖。

里面静悄悄的，不说话。叶泉水竭力保持平静："我们好好谈谈。"

里面还是静悄悄的，什么声音都没有。叶泉水抑制着怒气："小蛋蛋，你听见我说话了吗？"

里面依旧静悄悄的。

"小蛋蛋我告诉你，你要是再不出来的话，就永远都别回去了。"叶泉水下了最后通牒，房间里隐约传来了抽泣声，可就是不吭声。叶泉水顿时就急了，没等季烈把钥匙拿来，直接踹门而入。只见小蛋蛋趴在床上，头上蒙着被子，屁股和腿露在外面，小身子一抽一抽的，特别无助。叶泉水的心一下子软了，小心翼翼地掀开被子，看到小蛋蛋埋着头，哭得特别伤心。他虽然智商高、人小鬼大，可毕竟才五岁，看到叶泉水发了那么大的火，还受了伤，一下子就崩溃了，抽抽噎噎地说："老季和沈叔叔他们说的事情，其实我早就知道了，上幼儿园的第一天，老师和别的小朋友家长聊天被我听到了……那时候我觉得很害怕，后来班里的小朋友背着我聊天我也听到了……”

门外的季烈难过地托住额头，沈天梵轻轻地叹了一口气。

叶泉水的眼泪在眼眶里打转，说：“为什么你从来没有跟我说过？”

“我怕你伤心，老叶，打小你就跟我说，我是骑士，要保护淑女，所以，我要保护你……可是现在你变了，以前你从来不发脾气，你刚刚却发了那么大的脾气，你变了……”

叶泉水哽咽了一下：“你应该早点告诉我。”

“你也应该早点告诉我。”

“你还小，我想等你长大一些再告诉你，我以为那样的话，会减少对你的伤害，我就只有你了，你明不明白？”

小蛋蛋懂事地点了点头，叶泉水顿了一下，抹去他小脸上的泪珠，问：“那你今天又为什么突然给我发那则新闻链接？”

小蛋蛋说：“因为我想，我们都不是三岁的孩子了，我们应该去勇敢地面对这件事，而不是逃避。老叶，你记不记得你曾经跟我讲过一个传说……”

叶泉水当然记得，那是一年前的一个夜里，自小就一个人睡一个房间的小蛋蛋突然抱着枕头要跟她一起睡，现在想来他应该就是在那个时候知道的真相。那天夜里，小蛋蛋一直紧紧地搂着她，凌晨一点了还瞪着眼睛不睡觉，问她人死了之后会去哪里，于是她就给他讲了《西藏度亡经》里的一个传说：人在死亡之后会在一片黑暗中醒来，睁开眼睛的时候，会有一个令人恐惧的魔鬼突然出现在面前，这个时候你有两个选择——面对或者逃走。如果逃走的话，会经过一段坎坷的逃亡之路，之后又会迷失在黑暗之中，这时第二个魔鬼出现了，仍然给你两个选择：面对或者逃走。如果总是选择逃走，那么就总是会在成功后再次迷失在黑暗之中，遇见下一个魔鬼……虽然魔鬼的恐怖程度会依次减轻，但也只能转世为最低等的生命。相反，如果你选择面对，你面对的魔鬼越可怕，转世之后的生命就越高级。如果第一次就选择面对，那么你会发现，魔鬼只是幻觉，只会让你产生强烈的恐惧，并不会对你造成实质性的伤害……当时她给小蛋蛋讲这个传说的时候，只是想告诉他无论遇见什么样的事情都要选择面对，逃避永远是最容易的，但是不是解决问题的方法。

原来始终不愿面对的人竟是自己。

沈天梵沉默地听着，看着叶泉水抱着扑进怀里的小蛋蛋，哽咽着说：“我错了，以后我们一起面对好不好？”便从心底深处突然涌出一股难以言说的感觉，有苦涩，也有心疼，很复杂。这个女人，他第一次见到她就觉得特立独行。远远看着她时，是一个理智又冷静的女强人，就像一台精准的计算机，从未出过任何差错；可走近了才发现其实她很脆弱，她也有恐惧，也有焦虑，也会逃避，她根本不是一个女强人，她有软肋，只是把自己伪装得很好。她之所以这么暴躁，只是想保护小蛋蛋，她其实很隐忍，隐忍了四年。

季烈松了口气，转身想去客厅拿医药箱给叶泉水手臂上的伤口消毒包扎，鬼知道她从棒球场着急赶回来的途中发生了什么。转过身，突然愣住了。不知道从什么时候起，那蓝神不知鬼不觉地站在了身后。

那蓝本来还在隔壁想着照片中的女人是谁的问题，突然听见小蛋蛋恐惧的尖叫声，愣了一秒，立刻起身冲过来，没想到季烈家的门没关，她推门进来之后，就看见季烈和沈天梵站在卧室门口，里面传来小蛋蛋和叶泉水的说话声。她记得四年前的连环车祸事故，但她不知道叶泉水和小蛋蛋就是受害人之一。屋子里的气氛很压抑，季烈和沈天梵谁都没发现她进门，季烈背靠着墙低着头，沈天梵笔直地站着。直到季烈转过身，那蓝才回过神来，突然想起她跟他之间的约定：不能让同事知道他们的邻居关系，腾地转过身，大步往外走去。

“站住。”身后传来了沈天梵的叫声，“你是怎么进来的？”

那蓝身子一僵，整个人顿住了。她要是知道沈天梵和叶泉水都在这儿，就绝不会进这个门。咬了咬嘴唇，极其不情愿地转过身望着沈天梵，扯了扯嘴角：“沈队，怎么是你？”

沈天梵也愣了。他完全没想到那蓝会在这个时候出现在季烈家里，在他眼里，不，应该说，在整个警航的人眼里，季烈和那蓝简直就是死对头。

季烈更蒙了，飞快地挡在沈天梵的面前，朝那蓝使了个眼色，没头没脑地说了句：“你先回去吧。”这句话一出口，沈天梵便下意识地以为，是季烈把她叫过来安慰叶泉水的，毕竟队里就这一个女同事，连忙扯了一下季烈，冲那蓝说："别着急走，坐。"

"不不，我还是先回去吧。"那蓝恨不得立即消失才好。

沈天梵怎么可能放她走，低声道："老叶情绪还是不太对，你先别走。"

这下那蓝真的走不了了，无可奈何地走到客厅里坐下来。

季烈从客厅的柜子里拿出医药箱递给沈天梵，沈天梵拿着纱布和消毒药水进了卧室。卧室里很安静，小蛋蛋到底还是个孩子，折腾一通之后就累了，躺在叶泉水的怀里睡着了，长长的睫毛扇子似的盖在眼睛上。叶泉水低头温柔地看着怀里的小蛋蛋，光线从窗口洒进来，照在她身上，像极了油画里圣洁的玛利亚。他走过去，弯腰看着她的胳膊，是擦伤，应该是撞在水泥墙上了，极有可能是在地下停车库，足见她是在看见小蛋蛋发给她的新闻页面那一刻就立即冲向了停车场。她本来在体育中心打棒球，距离这里十公里，几乎是飞车而来才会那么快到达。

胳膊上巴掌大的一块地方血迹斑斑，他伸手触碰了一下，叶泉水立即转过头望着他，眼神很冷，随后爱搭不理地扭过头。沈天梵想起刚才有些后悔，不该不问青红皂白就对她下手。他小心翼翼地用镊子夹出酒精棉，刚碰到她的胳膊，她便疼得抖了一下，竭力克制着自己。

沈天梵消毒完毕，利落地包扎上纱布，抬头看见她目光笔直地看着自己，很平静，很冷淡，一点情绪的波澜也没有。沈天梵直视着她的眼睛，轻声嘱托道："晚上洗澡的时候注意点，别沾上水。"

叶泉水沉默了一会儿，点了点头，目光转向胳膊上的纱布，声音稳稳地问："是同情我吗？"半晌没听见沈天梵回答，抬起头，却看见他牢牢地盯着自己，眼神里满是关心和怜惜。她本来很生他和季烈的气，那么严重的事竟然让小蛋蛋听去了，可转念想来，逃避确实不是办法，面对才是唯一的解决途径，不能全怪他们。

沈天梵说："我不是同情你，我没有资格同情你，我只是很自责。"

"自责什么？"

"自责为什么不早点出现在你身边。"

叶泉水竟无言以对。她发现他说这句话的时候语气特别坚定，就像在警航出任务那样，冷静、坚定，让人放心，并且她相信他是发自真心的。她将目光转移到他的脸上，他的脸很近，眉目清晰，比任何时候都要清晰。

客厅里的季烈同样低着头盯着坐在沙发上的那蓝，她的脸很近，眼神却慌张得像被猎人追赶的小白兔，一再试图避开他。

“看着我。”季烈说。

那蓝勉强稳定住视线，问道：“看你干什么？”

“你说呢？”

“你要是问我火灾那天的事情，那对不起，没什么好聊的。”

季烈心想，是没什么好聊，还是不知道该怎么聊？这傻狍子难道想这样糊弄过去？他闭着嘴唇不说话，视线往下移，盯着她的脚踝，有了主意，故作关心地问道：“你脚踝的伤现在怎么样了？”

“已经不疼了，只是还有一点肿。”

季烈望着她，特解气地道：“该！这就是你作的下场，傻狍子！”

那蓝非但没生气，反而笑了起来，特轻松的口气：“你说等会儿万一沈队和叶主任问我为什么会出现在你家里，我该怎么答呢？我这么一只傻狍子又不会撒谎，看来……只能实话实说了。”

季烈也用轻松的口气回她：“请便啊！如果他们问起来，跟你做邻居有没有发生过特别的事情，那我也只好实话实说了，反正喝醉了跑到别人家里来洗澡的人又不是我。”

那蓝咬咬牙，看样子他是打算拿这件糗事吃定她了：“季队，我想请问你，你有没有想过这样做会引发什么样的后果？”

“后果就是我没被诱惑，净化了社会空气。”

那蓝由衷感叹道：“对于你这种不要脸的回答，我已经无话可说。”

季烈得意地晃了晃肩膀，那蓝翻了个白眼：“局面都已经如此不堪了，你又何必逞口舌之快？”

季烈附和道：“是啊！所以你现在就要想好，万一他们问起这件事来你要怎么回答。关于你酒后无德这件事，我可以保持缄默，那样的话还不至于砸了你淑女的牌子！”

“我不是淑女，我是傻狍子。”

季烈看了她一会儿，说：“哦，我忘了。哎，想不到你现在对自己的认识是越来越深刻了。”

那蓝靠在沙发上，用很寻常的口气说：“那当然了，谁让我面前站着一只老狐狸呢。”

四目相对，客厅里很安静，她的目光清澈，紧紧地抿着嘴，嘴唇的颜色是淡淡的粉色，光线下特别柔和粉嫩。有那么一瞬间，季烈感觉自己的心怦怦跳了两下，从心底深处升起一股想要吻住它的冲动。不过很快他就回过神来，淡淡一笑，不再说什么了。

那蓝纳闷了一下，心想，这个笑是几个意思？她还没想明白，就听沈天梵的声音传了过来：“你俩在干什么？季烈你笑什么？”

原来沈天梵安慰完叶泉水，刚从卧室里出来，迎面就看见季烈和那蓝四目相对的场景，听两人的口气是在吵架，可从他的角度看去，却相当暧昧。

季烈马上扭过头来，一脸认真地反问：“我笑了吗？”

沈天梵转向那蓝，问：“那蓝，你说他笑没笑？”

那蓝说：“笑了。”

“哦。”季烈揉了揉脑袋，手在脸上拍了拍，“我怎么不记得我笑过，可能脸刚刚抽筋了。”

那蓝几乎要笑场。眼前这两位都是警航之星，两人一起出任务的时候堪称黄金拍档，从未出现过任何差错，第一次见季烈这么一本正经地跟沈天梵胡说八道。

沈天梵刚要说话，突然一阵手机铃声炸裂般响了起来。季烈最先按了接听，沈天梵和叶泉水先后都接了电话：“收到！”“立刻回去。”

※第八章

迷雾重重

滨江警航接到一起救援任务。昨天夜里，滨大登山队一共十八人相约夜爬，翻越滨江南部的栖云山。栖云山海拔三千米，因惊险陡峭而出名，被称作登山者的天堂。

滨大登山队此次的路线极为凶险，清晨时分，队长发现有两名登山队员掉队，下落不明。由于栖云山山上没有信号，其余十六人在队长柳时云的带领下刚刚出了峡谷，到了信号区后立即拨打了救援电话。

失踪的两名学生一男一女，男生叫朴凡，有一年的登山经验，女生叫江夏，是刚刚进入登山队的新队员。江夏原本没有此次登山的资格，是其男友朴凡一再保证其安全，队长柳时云才勉强同意让她参加，不承想还是走丢了。

滨江警航接到任务之后，一分钟内根据气象云图显示，分析出两个小时之后，栖云山地区将有雷雨大风。韩东风命令地面指挥中心联系正在休息的季烈、沈天梵和叶泉水立即回警航指挥中心。

通过电话之后，叶泉水快速走到客厅，三个人互看了一眼，快速朝门外走去，火速按下电梯。在电梯门就要关上的一瞬间，那蓝突然追了上来，冲进了电梯。季烈冷静地看着她，脸色紧绷叱道：“你脚伤还没好，还在病假期，你跟来做什么？”

那蓝说：“我的脚伤没问题，而且我应该见过那两个人。”

三人相互看了一眼，不说话了。

那蓝猜得没错，朴凡正是她上次在落霞山飞行出事前遇见的带话给她的男生，当时他自称是登山队队长，实际上是副队长，这小子靠着殷实的家境给登山队捐了登山工具，勉强做了副队长。而江夏就是那名远远盯着她和朴凡聊天的搭帐篷的女孩。

滨江警务航空指挥中心的地面工作人员正在紧张地进行栖云山一周天气数据资料以及山体数据资料的汇总，总队长韩东风站在电子大屏前，屏幕上显示的是栖云山山体纵深图。而此刻，通往警航指挥中心的公路上，一辆悍马风驰电掣般狂驰而来，驾驶座上的季烈面色严肃，双手灵活地打着方向盘。

沈天梵和叶泉水一上车便打开了电脑，通过工作人员发来的资料汇总，紧张地配合地面工作人员进行数据分析。叶泉水在纵深图上标注出六个危险区域，这六个区域是两名登山队员极有可能掉队或者遇到危险的地方。大约经过五分钟的数据罗列之后，沈天梵和叶泉水达成一致，在纵深图上画去两个标注区域，并将数据立即传回了指挥中心。指挥中心的工作人员对剩下的四个标注区域进行第三次分析，用排除法得出最有可能的区域。

这个时候那蓝帮不上什么忙，她心里很急，紧紧地攥着拳头，目光透过车窗看着外面。路两旁的树影嗖嗖地往后退去，目光远眺栖云山方向，只见天色灰暗雾气沉沉，第六感告诉她，大雨极有可能提前到来。

其实，她对朴凡的印象并不好，油嘴滑舌，行为浮夸，一看就不靠谱。但是作为警务人员，对待生命一视同仁。老天保佑，希望他们没事！想到这，那蓝深吸了一口气。突然，车子后方传来一阵警报声，一辆交警的巡逻车快速追了上来，示意前方超速车辆立即停车。那蓝刚一扭头看向季烈，就听季烈充耳不闻地命令道：“立刻给指挥中心打电话。”

那蓝刚拿出手机，季烈便催促道：“快，别让交警前堵后截，耽误了救援时间。”

“是！”说完，迅速拨通指挥中心的电话，简要说明了情况。

警航指挥中心将电话打给了交通指挥中心，不一会儿，后面的警车不见了，火速赶来的另一辆警车拉起警报，在前方开道。

季烈将车子开得更快了，不一会儿便到了滨江警务航空指挥中心门口，全速冲了进去，“唰”一下在广场上停住。不等车子停稳，三扇车门便已经同时打开，沈天梵、那蓝、叶泉水一同下车，朝大楼狂奔而去，季烈快步追上。

季烈、沈天梵、那蓝迅速整装完毕，早已等候在编号310002救援机前的方杰、宇宏以及宋智随同季烈等人上了救援机。

此次山地搜救任务，由季烈担任驾驶员，那蓝任副驾驶员。

通话器里传来叶泉水稳稳的声音：“动力?”

季烈一边快速检查救援机情况，一边应道：“正常。”

“油路?”

“正常!”

“通信?”

“正常!”

“雷达正常。”

季烈不回头，冷沉地问沈天梵：“绞盘?”

沈天梵检查完毕：“正常!”

季烈对着通话器说道：“副驾驶员那蓝、方杰，救生员沈天梵、宋智已经到位，绞盘手宇宏到位，请求搭载人员起飞。”

“准许起飞!”话音刚落，救援机便迅速冲出了机库，直上云霄。

五分钟后，叶泉水递交给韩东风一份山体地质资料完全分析，和栖云山未来两个小时内完整的天气情况，韩东风低头快速扫了一眼。电子大屏已经切到了天气云图，叶泉水指着栖云山东南部区域的一块黑色云团对韩东风说道：“韩队，现在情况十分紧急。您看，这是一块突然出现的雷雨云，目前距离栖云山地区一百五十公里，以每小时一百二十公里的速度朝栖云山快速移动，这跟我们之前分析的两个小时后栖云山到来的大雨相比，情况更加紧迫。”

韩东风点点头：“救援机到达栖云山最快需要二十五分钟，也就是说，总共给救援人员的时间只有四十五分钟左右。”

叶泉水点了点头，指着云图：“您看，这块雷雨云的云量很大，可使局部地区降雨量达到十五至二十毫升，并伴有短时的大风天气。”

韩东风闻言倒吸了口凉气。

叶泉水又道："另外，根据栖云山的地质资料分析得出的结论，此次大雨极有可能造成山体的少量滑坡，对搜索救援工作造成极大的影响。"

韩东风的眉头紧锁了起来。

叶泉水继续道："我们根据滨大登山队队员们提供的当时夜爬时的信息进行了最后的分析汇总，得出的结论是两名失踪人员应该就在这块区域。"大屏切换到栖云山纵深图，放大标注区域。

"据相关资料显示，这块区域的地形十分复杂，有天然溶洞和暗河通向大海。而此块区域处于山腰，海拔五百米，若采取最近距离降落，救援机就需要穿越这片峡谷，峡谷较窄，危险系数非常高。"

"我对01有信心。"韩东风说。话虽如此，可韩东风的眉头还是越皱越紧，打开通话器接通季烈简单描述了一遍情况，说道："01，此次救援的难度非常大。"顿了一下，"如果在大风穿过峡谷时没有离开，那我们的救援机将难以承受，会造成不可估量的损失，甚至是生命安全受到威胁。万不可意气用事，救援机不是歼-20，所以你务必赶在雷雨到达前离开栖云山，听到没有?"

"是!"季烈声线很缓。

"另外，告诉救生员沈天梵和宋智，由于此块区域有天然溶洞，溶洞里面的情况复杂，两名走失的登山队员很有可能已经受伤，要小心处理。"

"是!"

韩东风的话刚说完，救援机已经进入了峡谷，遭遇空中乱流，引起一阵剧烈的颠簸。

那蓝第一次乘直升机穿越这么狭窄的峡谷，手紧紧地握着，手心冒着汗。

季烈娴熟地驾驶着救援机，目不转睛地说："告诉你啊，这次你可别再吐了啊，你要是再吐的话，明天我就把你退回飞行基地去。"

那蓝倒是没吐，可听他这话，心里就有些不服气，郁闷地白了他一眼。但是，这么危险的飞行他还有空开玩笑，看来对他来说难度还是太小。虽然他这个人毒舌又霸道，但那蓝对他的飞行技术真的是无话可说，佩服得五体投地。

飞行了二十五分钟后，为了节省时间，季烈大胆地将直升机单轮悬停在一处山丘上，机舱门打开，沈天梵、宋智、宇宏一起冲了出去。

那蓝低头看了一眼，一侧是悬崖，另一侧是山丘，而这里就是离两名登山队员失踪点最近的地方，心里不禁又佩服了一下。直升机单轮悬停的技术只在军方新闻上看到过，靠的不仅仅是技术还有胆量，敢采取这种悬停方式的称得上是艺高人胆大。万万没想到竟然体验到了。

季烈脱下头盔，对那蓝和方杰说："你们两个守着救援机，方杰暂时任驾驶员。"

"队长，我技术不行，还是你留下，我去找人吧。"方杰说。

"少废话，你的体能能跟我比吗？"季烈说完已经下了飞机。

方杰闭上嘴，扭头看见那蓝脱下头盔，伸手将她抓住："你要干吗去？"

"他们人手不够，我去帮忙。"那蓝说完，拿开方杰的手，从舱门跳到山丘上，脚刚一落地，眼前一花，身体晃了一下，急急收住脚步，缓缓地吸了一口气。怎么也想不到山丘竟然这么陡峭，再看对面的山壁上不止一处有溶洞，并且山腰上只有一条古栈道，贴近悬崖的一侧连护栏都没有。

季烈回头看了她一眼，说："当心点。"

前面的沈天梵已经利用滑索顺利登上了古栈道，那蓝看着刚刚布置的滑索，又深吸了一口气。

季烈转过身帮她扣好保险栓，嘱咐："注意安全，上去之后跟着我。"

"嗯？"

"嗯什么嗯，跟着我，走！"

季烈推了她一下，那蓝身体临空，顺着滑索滑到了古栈道上，季烈紧跟而来。

众人分头行动，那蓝跟着季烈进了溶洞。里面光线很暗，季烈喊了声："朴凡、江夏？"等了等，只有滴水声传来，并没有回应。

季烈根据水声迅速作出判断，对那蓝道："这个溶洞很大，我们分头行动，遇到危险就喊我。还有，进去之后尽量不要开手电，开的话千万不要照山壁。"

那蓝着急找人，没听完便往里走去，走了五十米，光线亮了一些，原来溶洞中还有个圆洞，光从圆洞外照了进来。走到圆洞的下方，那蓝抬头看了天空，有风吹过，天上的云层流过。转目看向山洞，里面是一个个形态各异的钟乳石，溶洞墙壁上布满了钟乳层，像天上的云层铺满了溶洞。继续往里走，那蓝看到了一潭碧蓝的潭水，可再往里走就越来越黑了，她心里着急，一瞬间便忘记了季烈的嘱咐，随手打开了手电。光一照进去，就听里面传来了一阵古怪的吱吱声。手电一抬，只见一团黑影突然从溶洞壁上扑了过来。

黑暗中传来季烈紧张的叫声："蹲下，关手电!"

那蓝应声关了手电，刚蹲下就见那团黑影贴着头顶飞了过去。黑影飞过水潭，在光线明亮的地方盘旋，仔细一看竟是一群蝙蝠，这些蝙蝠身形巨大，翅膀展开足有五六十厘米长。看到这，那蓝不由得浑身惊出一层冷汗，抬头再朝岩壁看去，发现那里挂满了一只只身形巨大的蝙蝠。她想到过溶洞里很危险，但没想到会有长着獠牙的蝙蝠，而且还这么多。

平静了一下，将手电的光调至最弱，那蓝继续往里走去。里面很安静，地上布满了蝙蝠的粪便，她心想：这种地方不像是会有人进来的。她一边想一边走，渐渐地，里面又有了光线，光从山壁的缝隙里透进来。越往里走她心里越没底，时间那么紧迫，不知道到底该不该在这个地方继续找下去，便叫了声："朴凡、江夏?"等了等，还是没有听到回应。忽然，经过一段坑坑洼洼的路面时，那蓝脚下一滑，身子往前滚去，掉进了河里。

"啊!"她惨叫了一声，身体一落进水里便觉得冰凉透骨，她还没反应过来，就被水流冲进了山洞。

这是一条暗河，暗河的水流不算太急，很快便将她冲上了岸。她躺在河边的草地上，光线很好，她发现这里的地貌特别奇特，是一处山坳，山坳里枯木参天，天空虽然灰暗，但是四周草木葳蕤、枝繁叶茂、杂花生树、蝴蝶飞舞，说不出的安静美丽。

"那蓝，你怎么了?"身后的溶洞里传来季烈急切的说话声和疯狂的跑动声。

过了两分钟，山壁的另一边传来了那蓝隐隐的说话声："队长，我没事，这里有条暗河。"

那蓝不知道自己算是运气好还是不好，在救援登山队员的紧要关头，竟然被暗河带到了一处世外仙境一般的地方，时机不对！她刚要起身，忽听身后传来一阵微弱的呻吟声。她吓了一跳，立即翻身坐起，胸口剧烈地起伏着，目光一转，看见不远处的草地上躺着一个人，似乎浑身是血。

那蓝爬起来跑过去，叫了声："江夏！"到了跟前才发现她头发很脏，脸颊上、脖子上好几处伤口，血糊糊的，肿得很高，胳膊和腿上亦有多处伤口，从伤口情况分析，是被动物咬伤的。

那蓝一阵心惊肉跳，目光再一扫，发现山壁上有个洞口，洞口周围落着一地的蝙蝠。看到这，她猛地愣住了：一、江夏是从另一个溶洞进入这里的。二、她是被蝙蝠咬伤的。回想起刚才自己打开手电的一瞬间，十数只蝙蝠袭来的情景，那蓝后背一阵发凉，幸亏躲得快。

"我是滨江警务航空总队的那蓝。"她一边说一边伸手拉江夏，试图将她扶起来，不料手刚碰到她，就听江夏惨叫了一声，再一看她的腿已经断了。地上的江夏嗓子嘶哑地喊出一个字："疼。"

"别怕，救生员就在附近，朴凡呢？"

"在那……那边。"

那蓝顺着江夏手指的方向往里走，看到地上的血迹，大步往小树林跑去，大叫："朴凡，你在哪儿？"

里面没有回应。

"朴凡！"那蓝又叫了一声，再往里走，血迹消失了，抬头看见浑身是血的朴凡坐在大树下一动不动，急忙上前抓住他的肩膀，伸手触摸了一下脉搏，还在跳动，看样子是昏过去了。

她松了口气，刚想要背他出去，忽然从身后传来一阵奇怪的响动，她迅速扭头，只见一只松鼠"嗖"一下跳开了，一条胳膊粗的蟒蛇吐着芯子从树上蜿蜒而下，朝她爬了过来。她浑身汗毛都竖了起来。这是一条黑白相间的毒蛇，毒性极强，她很怕，但是不能躲，一旦躲开，蟒蛇的袭击对象将会是朴凡。身为警务人员，保护市民是她的责任，她强自镇定，准备跟毒蛇搏斗。毒蛇攻击性很强，突然竖起头朝她直袭而来，那蓝快速避开，千钧一发之际，突然眼前人影一闪，来人抓住毒蛇的尾巴，蛇被凌空吊起。

原来季烈听见那蓝说掉进暗河，立即顺着暗河游了过来，还没上岸就看见她冲进了小树林，急忙追过来，刚好遇到眼前的场景。蛇身不断挣扎，蛇头昂起呈攻击姿态，季烈灵活地移动步伐，娴熟地避开毒蛇的攻击。那蓝低头看见朴凡的脚边有根登山杖，抓起来猛击蛇的七寸，连续数次，终将毒蛇击毙。

另一边，沈天梵和宋智、宇宏收到呼叫迅速赶了过来，对朴凡和江夏做了急救和简单的包扎。几个人商量之后，按照那蓝和季烈的路线返回，而此刻，峡谷的风渐渐大了起来。

通话器里传来韩东风严肃的说话声："我是总队长韩东风，三分钟后山谷大风将达到九级以上，空气乱流十分严重，严令你们立即带着两名受伤人员在三分钟内离开。"

空气乱流对编号 310002 救援机来说危险系数极高，季烈冷沉地应了声："是!"说完，和那蓝率先顺着滑索滑到对面，沈天梵、宋智等人快速给江夏和朴凡扣上保险栓，滑了过去。就在救援机离开地面、舱门关闭的一瞬间，最后一个登上救援机的沈天梵跳了进来。

通话器里传来叶泉水稳稳的声音："我是地面指挥中心叶泉水，呼叫 01，听到请回答。"

"01 收到。"

"滨大附属医院的停机坪已经准备好，医生进入待命状态，为受伤人员准备的狂犬疫苗和破伤风抗毒血清已经到位。"

"收到。"

"目前，市区地面实时气温二十九摄氏度，风力五级……"

编号 310002 救援机从峡谷中刚一冲出，大风和暴雨便一起袭来。救援机飞快地朝市区方向飞去，稳稳地停在了滨大附属医院的停机坪上，早已等候在侧的医护人员将朴凡和江夏抬上担架快速推走。

远处，住院部的赵琳琳手里拿着病人资料快步朝停机坪走来，就像一阵轻盈的风。方杰一看见她，立刻眉开眼笑地挥了挥手，双手比了个心。赵琳琳接到了信号，抿嘴一笑，也单手比了个心。这时医院广播传来了声音："住院部的赵琳琳，请赶紧回到病区。"赵琳琳马上转身小跑着离开了。

季烈看了眼痴汉模样的方杰，一脸嫌弃地道："你注意点形象啊，哈喇子都要掉地上了。”闻言，方杰梦游一般擦了擦嘴。

“什么时候开始的？”

“啊？”

“啊什么啊，问你话呢，跟赵琳琳什么时候开始的？”

目送着赵琳琳走远，方杰收回了视线，回答说：“就是那次那蓝发烧深夜去医院，不是闹了点小小的不愉快嘛，然后你们让我去追她，我就去追了，我这一追吧，还真就让我追到了，就是从那天开始，她成了我的女朋友。”说完挠了挠头，一个劲地傻笑。

季烈抬手拍了拍他的后脑勺：“行啊，你小子是我们队第一个脱单的，改天记得请大家喝酒。”

“没问题啊，酒我一定请。我请客，队长买单。”

季烈眼睛一瞪：“你还得寸进尺了，凭什么你脱单了，我给你买单啊？你给我一个完美的解释。”

方杰笑呵呵地说：“我们队好不容易有人脱单了，这是一个好的开头，所以要给我们庆祝一下。”

“你还一套一套的。”季烈伸手要拍他的脑袋。

方杰连忙躲闪：“大不了以后你脱单了，我也给你买单。”

季烈噎住，掩饰尴尬地咳嗽了一声，不再跟他废话，对着通话器说：“地面指挥部，我是警航 01，现已将受伤人员送进滨大附属医院，本次救援任务完毕，警航 01 即将返航。”

“地面收到，同意返航。”

救援机缓缓地从滨大附属医院的停机坪上起飞，此刻栖云山正下着暴雨，而市区的天气越发沉闷……

叶泉水从座位上站起身，宣布救援任务结束，走到办公桌前取出手机开机。她得赶紧给小蛋蛋打个电话，从季烈家离开到现在将近两个小时，按照小蛋蛋平时午休的习惯，顶多一个小时就醒了，不知道这家伙现在在干吗，应该多半是在打游戏。回想起在季烈家里发生的事，叶泉水百感交集。她后悔没早点把真相告诉小蛋蛋，她低估了他的承受力。现在回想起当时小蛋蛋说的话，就像一根针，一下一下地扎着她的心。要是早点告诉他就好了，早点告诉他，总比他从别人的议论声中知道要好。

她拨了小蛋蛋的手机号，手机另一端传来的是忙音。过了一会儿，她又拨了一次，还是忙音。当一连拨了三次都没法接通的时候，叶泉水再也坐不住了。刚好这时，季烈他们回来了。

救援机刚刚停稳，季烈正在摘头盔，就见叶泉水慌慌张张地跑了过来，急切地问："老季，你家里有没有装监控？"

"没啊，我家里又没有传国玉玺，装什么监控……"季烈跟叶泉水打小就熟，开玩笑毫无压力，不过他很快发觉叶泉水脸色不对，整个人很慌张，连身体都在颤抖，忙问道："发生什么事了？"

叶泉水道："小蛋蛋不知道去哪了，联系不上他，我也定位不到他的手机。"

"别着急，小区里到处都是监控，我现在就给物业打电话。"

季烈安慰着叶泉水，并立即给小区物业打了电话。物业调出监控，查出当天下午二时五十六分，小蛋蛋独自乘电梯下楼，往小区外走去。

叶泉水更加慌了："他一个人要去哪？他平时都会跟我报备，今天是怎么了？"

所有人的心都揪了起来。

季烈紧紧皱着眉，问道："同学、老师的电话都打了吗？"

"都打过了。"

"网咖呢？"

"他是未成年人，不能进入网咖。"

"他是普通未成年人吗？他的智商比绝大多数的成年人都要高。"

始终沉默的沈天梵突然接口道："打过了，他今天没去。"

叶泉水惊愕了一下，她突然发觉自己竟然并不是最了解小蛋蛋的人。

沈天梵说："今天是他常打的那款游戏的线下见面会，如果他去了，应该有上线记录才是，但记录上显示的是，一点二十分之后，也就是他从卫生间里出来之后，再没有上线过。"

这个消息让众人的心里蒙上了一层阴影，不约而同地想到了本市两年前曾经发生过的两起儿童失踪案，至今未被侦破。

很快，叶泉水便报了警。随后，季烈、沈天梵和那蓝陪同叶泉水在刑侦支队孙队长的带领下来到监控中心。

城市公共监控系统显示下午三时整小蛋蛋乘坐网约车离开瀚汀花园。三时三十五分，车子在松鹤墓园门口停下，小蛋蛋下车，步行进入墓园。四时十分，小蛋蛋再次出现在墓园门口。

由于松鹤墓园地处郊区极其偏僻，极少有车辆经过，打车非常难，小蛋蛋在门口徘徊逗留了十分钟之后，再次进入墓园，此后，再没出来过。

孙队长解释道："墓园是监控的盲区，背靠凤凰山。"

季烈着急道："也就是说，如果从后山离开便不得而知了？"

孙队长点点头。大家都没吭声，叶泉水忍了很久的眼泪唰一下流了下来。松鹤墓园埋着父母、姐姐、姐夫，她每年清明都会带小蛋蛋去扫墓，却从不敢告诉他，外公外婆坟墓的旁边埋着的就是他的亲生父母。不过，现在想来，他应该早就知道了。他那么聪明，智商那么高，没道理不知道的。

叶泉水抹了把眼泪，撒腿便往外跑，被孙队长拉住："你去哪儿？"

"我去找他。"

孙队长说："你别着急，我已经通知附近的民警去搜查墓地了。"

叶泉水说："那我也要去找！"嘶吼声将所有人都吓住了。就在这时，有人推开门快步走了出来，众人回头看去，是监控中心的警务人员："队长，监控里发现了小蛋蛋……"叶泉水不等他把话说完，咬着牙冲回了监控中心。

从回放的监控画面上看，小蛋蛋刚刚上了一辆右侧车窗上贴了一个"福"字，车牌号为闵 C6666 的金杯车，并且可以肯定的是，小蛋蛋是自己走上的车。可让众人感到揪心的是，小蛋蛋上车之前，脚步停顿了一会儿，似乎在和车主说话，以及校对车牌，不过短暂的停顿之后，他便上了车。监控回到实时画面，此刻，这辆金杯车正在松林路上行驶，往竹元路方向驶去。

孙队长盯着车牌和行驶路线，脸色阴沉得可怕，对身旁的警务人员大声道："立刻给附近的巡逻车打电话，告诉他们这辆车的特征，马上将这辆车拦下。"

“是！”

叶泉水的眼睛死死地盯着金杯车在画面上消失，双手紧紧地捏着拳头，脸色特别吓人，声线极冷，问：“孙队，这辆车是套牌车吧？”

孙队长点点头，略停顿了一下说：“我担心的是，竹元路里面有很多分岔小路通向凤凰山，那些路几乎都没有监控，车子一旦进入了盲区，那就麻烦了。”

叶泉水有点失控：“为什么不装监控？”

“老叶，你先冷静一点，也许这辆车是抄近道回市区。”

“不可能，凤凰山方向只会离市区越来越远。”

孙队长的表情略感焦虑，没有搭话。

“队长，附近的兄弟最快也要十分钟到达。”

“怎么回事？”

“两个农村妇女因为鸡鹅鸭的事在打架，一个妇女扯着巡逻车的警务人员不让走，所以只好从凤凰山派出所重新调人过去。”

“小蛋蛋到底什么时候才能平安回来？！”叶泉水的拳头重重地捶在墙上，声线颤抖。

季烈安慰道：“老叶，你别担心，小蛋蛋我打小看着长大，我相信他不会有事的。”

那蓝附和道：“是啊，小蛋蛋那么聪明，古灵精怪的，老天爷也会保佑他平安无事的，咱们再等等消息，没准一会儿就有消息了。”

一名年轻的警务人员拿着资料快步走了进来，冲孙队长使了个眼色。两人走到一旁，避开众人，低声道：“队长，资料已经拿回来了，两年前的两起儿童失踪案，确实都发生在凤凰山附近。”

孙队长瞪了他一眼：“要你废话？当初这两起案子就是我和江队负责的。妈的，一点线索都没有，江队因为这事耿耿于怀到退休，现在他都无法释怀。”

沈天梵离他俩最近，听到了对话，一直皱着眉沉默寡言的他走到叶泉水身边，轻轻拍了拍她的肩膀，将肩膀给了她。

叶泉水稍微有些抗拒和不适，不过两秒之后，就将头靠在沈天梵的肩膀上，忍了好久的眼泪夺眶而出。过了不知道多久，叶泉水渐渐不哭了，可小蛋蛋还是全无消息，天色已晚，谁都没有离开，都等在监控室里。

孙队长叫了外卖，可谁都吃不下。前方消息是：金杯车一进凤凰山就凭空蒸发了。凌晨四点，一行人从刑侦队出来，叶泉水已经筋疲力尽，沈天梵扶着她进了车子，送她回家。

季烈跟那蓝一道。夏日的天，四点一刻，东方已经隐隐发白。一路上，两个人谁都没说话，车子在空无一人的马路上飞驰。

季烈从昨日到现在都没有吃东西，精神稍微松懈了一点便觉得饿得难受，经过军校附近的时候，径直停在了以前经常去的那家餐厅门口，随便点了份粥和爽口的小菜，走到桌子边坐下。

店里的电视正在重播昨天的新闻，主持人一脸沉痛的表情："两年前两起儿童失踪案悬而未决，今日又有一名儿童在松鹤墓园附近走失……"那蓝的心情瞬间又沉入了谷底，拎起桌子上的茶壶，倒了杯热水推给季烈，犹豫了一下，说："小蛋蛋……"

季烈低着头打断："他不会有事的。"

那蓝说："我也是这么想的。"

接下来是一阵沉默，电视画面开始播报另一起碎尸案的进展。

"滨江市刑侦支队接到一起群众举报，称自己是一名电台工作人员，清晨五点去滨湖南岸对鸟雀叫声进行收音时，在湖边发现了一具疑似人类的碎尸。同一时间，警方接到另一通报警电话，报案人称自己是一名摄影师，清晨爬落霞山准备拍摄日出，在随手拍的两张半山腰照片中发现了断肢。三个小时之后，尸体的头部在一个废弃场被发现。经法医鉴定，与断肢的DNA相同，属于同一个人，但是死者的肾、肝、心脏、肺连同眼角膜全部失踪，怀疑被犯罪分子活体取走，极有可能流入非法买卖的黑市。最新调查结果显示，死者名叫陈雅琪，女，十八岁，是一名卫校在读学生……"

老板刚好送菜过来，顺着电视画面扯开话题："最近治安这么差，弄得人心惶惶的，街面上人都少了，我这个店刚好在酒吧街和学校中间位置，平时这个点，店里起码有两三桌客人，可自打陈雅琪碎尸案发生以后，你们看，这个点就只有你们一桌了。"

季烈直接问："碎尸案的死者陈雅琪你见过？"

老板往收银台走去，一边走一边说："当然见过，我在这开了二十几年的店，附近几个学校的尖头学生我都认识。那个姑娘是卫校的，长得漂亮，大高个儿，脾气泼辣，说话声音特别大，她一来这儿吃饭，整个店就光听到她的说话声了。她还喜欢泡吧，酒量应该挺好的，从酒吧出来到我店里还能再喝一瓶白酒，没几个男的能喝过她。好几次，都是差不多这个点过来吃饭，跟一群小男孩……"

季烈打断："跟的都是谁？你认识吗？"

老板说："每回都不一样。"

"见过她男朋友吗？"

"每次跟她一起过来的小男孩都自称是她男朋友，不过她不承认。"

季烈见问不出什么，便不再问了。

老板忽然想起了一件事，说："哦，对了，一周前的一个晚上，大概凌晨两点，她穿着个睡衣过来打包夜宵，两份葱爆肥肠和一份水煮腰花，说是她男朋友爱吃。"

季烈问："那她口中的男朋友有没有跟她一起来过？"

"没有，那是她唯一一次单独一个人来，后来就再没在我这店里出现过。"老板絮叨道，"再后来就听说她死了，还是挺可惜的。十八岁，多好的年纪啊，死得那么惨，这万恶的凶手……我记得她胳膊上有个文身，你们肯定想不到她文的什么，是一只小乌龟！你们说奇怪不奇怪？"

这个文身确实奇特。季烈把这家店的地址和情况发给了孙队长，停顿了一秒说："给我也来一份葱爆肥肠。"

老板冲后厨喊了声："三号桌一份葱爆肥肠。"转头冲季烈说："你可算愿意尝尝我这儿的葱爆肥肠了，这可是店里的招牌菜，我以前也给你推荐过，可你不吃啊。噢，是你女朋友不……"话说了一半猛然收住，呵呵笑了声，"那都是很久以前的事了。"

那蓝盯着刚刚端上来的粥，假装没在意。季烈瞪了老板一眼，老板故意画蛇添足道："姑娘，别吃醋啊，都十来年了。不过，他这人非常好，人称宠女朋友狂魔，抓住机会，主动出击。"

季烈伸脚要踹，老板早已经闪开，笑哈哈地做了个封口的动作。

那蓝没心情开玩笑，季烈更没心情，满脑子都是老板刚才的那番话。昨天深夜，他跟孙队长在楼顶透气的时候一边抽烟一边聊天，聊到了碎尸案，孙队长无意中透了几句有关死者陈雅琪的情况。

死者生前私生活非常混乱，没有固定男友，对外宣称自己是单身，在其出事前两周，有四个男生因为她在酒吧里打架斗殴，被带回派出所，各拘留十五日，到案发前，那四个男生还在拘留所。这几个男生交代的内容，大致都是他们在酒吧相识，有过一夜情，女方曾索要贵重首饰，其人非常自私，唯利是图。想不到的是，这么一个自私的女孩子，居然能为男朋友半夜出门打包夜宵，那个男人到底是谁？季烈思索了一会儿，习惯性地拿起碗盛好粥，放在那蓝面前。

扇贝粥和清炒莲藕都是夏若爱吃的，偏偏这两样那蓝都不爱，勉强吃了两口便放下筷子，这时老板端上来了葱爆肥肠。那蓝没心思吃饭，如果不是跟案子有关，她绝不会吃肥肠，结果没想到，这儿的肥肠味道十分独特，吃完一口，根本停不下来。

季烈微微眯着眼睛看那蓝，见她一块一块地吃着肥肠，说不出是什么感觉。他跟夏若第一次来这家饭馆时老板就推荐了这道菜，夏若一脸惊悚地摆手。后来她看着邻桌的女生正在吃肥肠，当时的表情简直是目瞪口呆，在回军校的路上忍不住跟他吐槽，说吃肥肠的女人是世界上最恐怖的生物。现在，世界上最恐怖的生物就坐在面前。

那蓝见他愣怔地看着自己，抬头问："不试试？"

季烈没说话。几秒后，那蓝夹了一块放在他碗里。他犹豫了一会儿，用筷子夹起来丢进嘴里，不由愣住。肥肠的味道比想象中好很多，葱香浓郁，入口即化，难怪陈雅琪会打包两份。

两人没什么胃口，很快吃完了饭，季烈起身去结账。结完了账，两人一起往外走，刚拉开门，就听身后"叮"的一声响，老板低头看了一眼，电脑桌面上跳出来一份外卖订单，转脸朝后厨喊道："两份肥肠、一份水煮腰花外卖。"

那蓝惊愕地停住脚步。季烈马上走回去，对老板说："把订单的资料给我。"

老板直摇头："不行不行，我们有规定，不能把客户资料泄露出去。"

季烈眼神极其冷厉："这份订单和死者陈雅琪生前给男友打包的夜宵一模一样，我怀疑这个人就是死者生前口中提到的男友，必须给我！"

"没这么巧吧，这两道菜，一道是我们这儿的招牌菜，另一道水煮腰花客人也很愿意点。"

"订单资料给我。"

老板犹豫了一下，将订单资料给了季烈。季烈用手机拍了照，随后跟那蓝快步出门。

还不到五点，天已经亮了。订单上的地址离餐厅很近，在一个名叫"金色阳光"的公寓里，十八层1811室。两人上了车，不一会儿外卖小哥来取餐，季烈开着车紧紧跟随着外卖小哥的电动车。

那蓝快速在系统内查询有关金色阳光公寓的信息。资料显示，这栋楼大部分用于出租，但是1811室的承租人已经于上个月退租，该房目前处于待租状态。那蓝顿时紧张了，房子如果是空的，怎么会有人订餐？

季烈也咯噔了一下，隔了一会儿，说："查订餐人的手机号码。"

查完了手机号，那蓝的脸色都变了——手机号处于注销状态。这些信息太不合常理，推测道："订餐人会不会就是杀害陈雅琪的犯罪分子？现在他们又打算对外卖小哥下手？"

季烈沉默不语。很快便到了金色阳光楼下，两人下了车，跟随外卖小哥一同上楼。电梯里，季烈终于说话了："把你的衣服换给我。"边说边拿出证件给外卖小哥看。

外卖小哥诧异了一下，低声道："警察同志，这不好吧？"

"少废……""话"字没说出口，季烈变了个温和的语调："这是为了保证你的人身安全。"

外卖小哥只好把衣服换给他，气氛一下子更紧张了。

出电梯前，那蓝小声对季烈说："注意安全。"

季烈说："你们俩在电梯里别出来。"

"你一个人更不安全，我得跟你一起去。"

"少废话，你必须待在电梯里。如果他们人多，立刻给孙队打电话。还有，别让犯罪嫌疑人跑了。”

那蓝点了点头，季烈迈步走出了电梯，那蓝趁他不注意，立即闪了出来，藏在楼道里，电梯门“叮”一声关了。

季烈站在1811门口，屏住呼吸，抬手敲了敲门。三十秒后，有人拉开了门。那蓝从楼道里探出头，万万没想到竟然是如本从房间里走了出来，她穿了件宽大的T恤，脚上穿着夹趾拖鞋。

那蓝惊叫了一声：“如本！”

“那那！你怎么在这？”如本一下子乐开了花，一阵风似的上去给了那蓝一个大大的拥抱，然后凑到季烈旁边，打量了一眼季烈，“扑哧”一声笑了，身体往门上一靠，特风情万种地说：“哎哟喂，这不是季队嘛，怎么着，您不在警航干了啊，现在送外卖了啊？工号是多少？为了支持你的新工作，我决定将本店的外卖全部包给你。”

那蓝扯了她一下。

“你扯我干吗？季队，不对，季小哥，送外卖多辛苦，要么来我这儿做模特呗？”

季烈没想到开门的人是如本，完全出乎意料，目光往屋子里扫了一眼，里面装饰成了摄影棚，四名工作人员正在整理一地的内衣。他没说话，将手里的外卖递给了如本：“如本女士，请回答我几个问题。”

“OK！进来慢慢问。”

季烈进了门，如本指着对面的位子：“坐。”

季烈坐下，如本一屁股坐在他的旁边，托着腮眨巴着眼睛，迷人地道：“你喝点什么？我给你倒啊。你要开车的吧，那……喝点果汁吧？”

季烈不自在地往旁边让了一下，问：“为什么用已注销的手机号叫外卖？”

如本一听就乐了：“真的？这号码注销了？那真是太好了。我跟你说，这号码是我前前前前任的手机号，那王八蛋，跟我还没分手就跟一个五十几岁的富婆好上了，都被我捉奸在床了还睁眼说瞎话，说他俩是在按摩。不穿衣服按摩？姿势还很有创意，了不起啊……”

那蓝看她越扯越远，咳了一声。如本笑起来，说：“不过现在回想起来，我还是挺佩服他的，五十几岁的女人，胸都下垂到肚皮上了。”又马上坐到那蓝旁边：“姐们儿，你怎么这个点来了？我好像没告诉过你这儿的地址吧，难道你也失业了？哦，还是你半夜陪他送外卖，夫唱妇随？”

那蓝迫不得已，以迅雷不及掩耳之势掐了她一把，疼得她“嗷”地叫了一嗓子，龇牙咧嘴地说：“你真掐啊？”

季烈顿了顿，又问了一遍：“请重新回答，为什么使用已注销的手机号码叫外卖？”

如本说：“因为跟他分手之后，我就很少在这个软件上订外卖了，今天这不是赶拍摄嘛，忙到这个点才收工，大家都饿了，餐馆也都打烊了，点到这个软件的时候，没想到遇到一家评价还不错的店，既然手机号码不影响订餐，我就继续使用啰。”

“为什么单单点这两个菜？”

“招牌啊我的冰山大哥。”

季烈无语，过了一会儿才接着问：“房子是什么时候租的，为什么没有登记信息？”

“刚租的，美林大厦火灾后大楼被封了，房间不能用，我只能重新租一个。我四冠店铺每周都要上新货，每天都要直播，不能耽误赚钱啊。至于为什么没有登记信息，那是中介公司的事，你应该去问他们。”

那蓝跟季烈对视了一眼，原来是一场误会。公事办完，随便扯了几句，两人起身出门。

如本送他们下楼，在电梯口点了支烟，缓缓吐出一口烟雾，说道：“你们不是送外卖，是在查案子吧，陈雅琪的案子怎么到你们手上了？”

季烈凭直觉，出其不意地问：“你认识陈雅琪？”

如本皱着眉：“不认识。”

那蓝对如本了如指掌，一看她的表情就知道她话中有话，示意季烈先下去等她。季烈一走开，如本便幸福地挽着那蓝的手臂：“亲爱的，你跟冰山恋爱了？”

“没！”

“那你们大清早跑我这秀恩爱？”

“我们一起办公事！”

“你们负责陈雅琪的案子？”

“你跟她认识？”

如本停顿了几秒，将手里的烟头扔在地上，用脚踩灭，用力踱了踱：“当然认识。她就是我跟你说过的我前任无缝衔接的那个隆了36D成天在朋友圈晒胸的小贱妇，提起她真是牙根子发痒。不过我又挺同情她的，听说她死得挺惨的，身首异处，36D被割了，找都找不到。”

如本后面的话那蓝没太留意，但这个消息还是让她感到震惊，转念又一想，如本的前任张鲁劈腿陈雅琪，是在一个多月以前被发现的。

“张鲁现在人在哪？”

“拘留所呢。那王八蛋就是一个缺心眼儿，我早就跟他说过，陈雅琪跟谁都睡，他不信，还骂我，说我诬陷陈雅琪……我诬陷她？”如本指着自己的鼻子，做无语状，“我一个姐们儿是雅莱酒店的经理，陈雅琪的开房记录都赶上全年无休了。张鲁以前什么样的人你知道吧？”

那蓝点点头。张鲁跟如本是一年前开始交往的，开了个健身房，也做教练，两年前拿过健美大赛的优秀奖。公道地说，身材特别好，就算是在健美圈子里也是不可多得的帅哥。即便是那蓝这样对帅哥视若浮云的人，看到张鲁也会觉得眼前一亮。不过张鲁这人目的性很强，自从认识如本之后，就看中了她的赚钱能力，不断让她投资自己快倒闭的健身房。如本先后投了三十几万，健身房是救活了，可他的魂却被陈雅琪给勾走了，因为这件事，如本一直闷闷不乐。

“他不会真的喜欢陈雅琪吧？”那蓝问。

如本苦笑一声：“虽然我恨死陈雅琪了，但我必须承认，那王八蛋对她是真心的。王八蛋！他跟我在一起张口闭口都是谈钱，跟陈雅琪在一起就想方设法哄她开心，借钱也要给她买奢侈品买包包，借的还是我的钱，你说气人不气人！我算是明白爱情是什么了，就是他妈的一物降一物。陈雅琪那么个骚浪贱，他居然脑补成了纯洁圣女，王八蛋！”

如本顿了一会儿，平复了一下情绪，继续说道：“直到两周前，他在酒吧里遇见陈雅琪的几个相好，那几个男的更贱，凑在一起评论陈雅琪，王八蛋急眼了，跟人家打了起来。他身手是不错，可对方三个人呢，直接让人一酒瓶拍头上去了，脸都花了，最后全被警察带走了。王八蛋，出了事还有脸打电话给我，求我救他出去，我直接告诉他，好好在里头待着吧……”

如本说着说着情绪又上来了，那蓝理解地伸手拍了拍她。

“可是那那……”如本抬头看着她，“虽然我恨她得到了张鲁的心，恨不得她去死，但我没想到她真的就死了，而且……而且还死得那么惨……”如本说到这又点了支烟，手指微微有些颤抖，将烟送到嘴边。那蓝站在电梯口，静静地看着她。如本吸了半支烟，抬起头的时候眼睛都红了。那蓝一个字都没有说，抬手擦了擦她眼角的泪珠。她太了解如本了，表面上她什么都不在乎，什么都敢说，甚至叛逆，但实际上也只不过二十二岁，从中学毕业开始创业，独自承担了很多事情。

“人各有命，你也别太难过。”那蓝安慰道。

如本点点头：“据说一个人要是死得特别惨，就会阴魂不散，变成厉鬼！陈雅琪不会来找我吧？妈的，我以前嘴贱，当她的面咒她赶紧死。”如本后悔莫及地扇了自己一个嘴巴，“我骂她干什么，嘴真贱！”

楼下，季烈坐在车子里。天已经大亮，路上的行人、车辆渐渐多了起来。一夜没合眼，眼皮子有点重，他给孙队长打了个电话，依然没有小蛋蛋的任何消息。挂断电话，点了支烟，准备醒醒神。烟刚点上，就见一辆警车贴着他的车停下，从车上走下来两名警察，快步朝大楼走去……

那蓝还想安慰如本几句，就见电梯里走出两名刑侦队的警务人员，其中一名警员那蓝认识。他朝那蓝点头示意了一下，随后目光转向如本：“如本女士，你涉嫌一起重要的刑事案件，请跟我们走一趟。”

如本面不改色道：“我配合调查，但是得让我先回去换件衣服。”

那蓝不方便询问案情，伸手抓住如本，安慰道：“如本，这只是例行调查，你别紧张。”

如本说：“我一个手无缚鸡之力的弱女子，怎么看也不会是凶手，所以我一点也不紧张。而且你知道的，我长这么大什么车都坐过，就是没坐过警车，这下如愿以偿了。”

如本的调查在两个小时后结束。案发时，她正在和网店的员工通宵庆祝网店升四冠，活动的主题是化装舞会，举办地是在一个租来的别墅内，该别墅面积五百多平方米，上下共三层，还有一个地下储藏室。网店的所有员工，以及别墅门口的进出监控可以做证。

警方也只是例行询问，因有人举报，说如本曾经指着陈雅琪的鼻子破口大骂，让她去死。

如本出来的时候，那蓝打着瞌睡，猛然从椅子上站了起来：“问完了？”

如本点点头，松了松筋骨，走过去往她肩膀上一扑，整个人挂在她身上：“困！累！背我！”

能开玩笑，说明没问题。那蓝拉起如本往外走：“给我好好走路。”

“你的小宝贝如本恐怕已经是个废宝贝了。”

那蓝没搭理她，半拖半抱着她往门口走。一辆出租车从门口经过，她伸手拦住。出租车司机见状，下车拉开车门，那蓝像塞行李一样将如本塞进后座。如本往前一扑，趴在后座上睡着了。

那蓝看着她，无奈地叹了口气，坐到副驾驶座位上，给司机报了地址。

第九章 失踪的小蛋蛋

叶泉水一整夜几乎没有合眼，到天亮时才勉强睡着，生物钟在早上八点将她叫醒，迷迷糊糊地走到餐厅，将四片面包放进微型烤箱，牛奶倒进两只杯子，然后睡眼惺忪地去敲小蛋蛋的门。推开门的一瞬间她还有一丝恍惚，觉得小蛋蛋还是跟以前一样卷着毛毯躺在床上，可眼前整齐的床铺一下子就将她拉回了现实——没有小蛋蛋。

叶泉水突然清醒了，失魂落魄地坐在床上，抱着他睡过的枕头，浑身冰凉。这是自姐姐出事以来，小蛋蛋第一次不在家里过夜。她早就后悔了，明知道他当时情绪不对，就不该把他一个人留在季烈家里。她拿出手机，给孙队长去了电话，孙队长说，小蛋蛋还是没有任何消息，金杯车进山之后再没出现过，凤凰山派出所派出了全部警力，但……毫无进展。叶泉水六神无主地挂了电话，决定再去刑侦队一趟。换了衣服下楼，恍恍惚惚开着车，车子在马路上走走停停。风从窗口吹进来，她忽然被一种无可奈何的苍凉感和不知道从何处下手的无力感淹没，眼泪唰一下砸在了方向盘上。就在这时，车窗外响起了一阵惨绝的呼救声："救命，救救我……"

叶泉水从一片纷乱的思绪中回过神来，扭头看去。车子正在经过一片面临拆迁的老小区，路边围着一群人，当中一名三十上下的穿着衬衫、打着领带、戴着金丝边眼镜的男人正拉扯着一名六七岁的小男孩往路边停着的一辆面包车走。小男孩拼命挣扎求救，周围的人指指点点，一个居委会人员打扮的大妈正在询问情况。

男人解释道："对不起，这是我儿子，吵到大家了，请大家见谅啊。我跟他妈妈工作忙，平时都是他外婆管着他，想不到这熊孩子竟然学会了打游戏，打上了瘾，学习成绩班里倒数第一，班主任找上门，他还抵赖，说班里平时倒数第一的学生考试没来，所以他才考了倒数第一，你们说气人不气人？我只好没收了他的手机，打算把他送去戒网瘾中心，想不到这熊孩子竟然离家出走……子不教父之过，都是我的错……"

"他不是我爸爸，我也不是他儿子，我不认识他……"小男孩躺在地上又哭又闹。

男人打了他一巴掌："兔崽子，号什么号，不长脸的东西，我也没你这样的儿子！"

周围的人摇着头，议论纷纷。叶泉水看了眼男子，又看了眼停在路边的面包车。那是一辆老旧的面包车，车窗上贴着反光膜，她隐约感觉到车里至少有两名黑壮的年轻男子。

旧面包车、车窗做了伪装和掩饰、壮年男子……太像小蛋蛋失踪时的场景了，她迅速意识到，这是一个犯罪团伙。她浑身都紧绷了起来，急忙刹车，推开车门，快步走过去。

"让开让开，有警察来了。"围观的人群里有人看到了她，连忙说了一句。

人群一齐扭头，自动让开一条路，叶泉水径直朝男子走去。男子警惕地抬起头，见身穿制服的叶泉水大步朝自己走来，脸上的表情瞬间僵硬，果断放开手，后退了两步，突然转身加速朝面包车跑去。

眼瞅着男子就要冲进车里，叶泉水速度快如箭矢追至跟前，伸手抓住了他的肩膀，膝盖用力撞向他的膝弯，"咚"一声，男子跪在地上，叶泉水往前一跟，反剪住他的胳膊将他按住。

面包车里的同伙见她只身一人，人影一闪，拎着铁棍走了下来。

叶泉水赤手空拳，目光如鹰隼般盯着朝她走过来的歹徒。与此同时，一辆出租车经过，车没停稳，便从车子上跳下一人，一边跑一边脱下外套，喊了声：

“住手!”

叶泉水一看，见来的人是那蓝。

眨眼之间，那蓝已经狂奔至跟前，手中的衣服朝歹徒的头抽去。她抽得太狠，速度太快，歹徒被她抽得晕头转向，一头撞在了路边的大树上，脑袋“嗡”了一下，拄着铁棍弯着腰慌神了两秒。

面包车司机见又来了一名警察，以为有人报警，吓得连车门都来不及关上，开着车就跑。歹徒回过神来，捂着脑袋扫视了一圈，见同伙被抓，群情激愤，深知不妙，扔了铁棍撒腿就跑。那蓝狂追而去。

出租车后座上的如本刚睁开眼就看见了眼前的一幕，吓得脸色都白了，许久才反应过来，对着发愣的司机说：“她……她……是不是打算赤手空拳抓一个体重是她一倍多的歹徒?”

“嗯，看样子是。”司机瞪着眼。

“那怎么行啊，追呀!”如本指着歹徒，歇斯底里地大叫。

司机显得有些为难：“追不了啊，里面的路太窄了。”

如本拍出一个钱包：“我相信你，人定胜天，追!”

司机犹如打了鸡血，车头一掉，一脚油门追了上去。

那蓝追着歹徒，一拐弯冲进了胡同，七拐八拐，眼瞅着他跑进了一条死胡同。前方无路可逃，歹徒急了，想要翻墙而过，试了两次都失败了。那蓝追到了跟前，大喝：“你给我站住!”

歹徒气闷地转过身面对那蓝，大口大口喘着气，手伸进裤兜摸出一把匕首握在手里，悻悻然骂道：“妈的，你追着老子不放干什么?”

那蓝收住脚步：“你违法了知道吗?放下你手里的匕首，跟我回派出所，现在还来得及。”

“我违法?”歹徒狰狞地冷笑，“我也告诉你，现在放我走的话，你也来得及活着从这儿出去。”

那蓝毫无畏惧地朝歹徒走了过去，歹徒挥着匕首嘶吼道：“站住，我让你站住听没听见?我告诉你，老子手里的刀子可不长眼睛，花了你这张漂亮的小脸蛋，你这辈子可就完了。”

那蓝一言不发，一拳打了过去，两人打了起来。

歹徒手里的刀子呼呼生风，那蓝只觉得刀子贴着头皮蹭了过去。

紧追而来的出租车“唰”地停在了胡同口，如本跳下车，左右一看，见地上放着一堆砖头，摸起一块就冲了过去，没头没脸地拍在了背对她的歹徒身上。闻讯赶来的治安巡逻队员上去帮忙，不一会儿便将歹徒制伏，铐上了手铐。

那蓝亮出身份，简单交涉了几句，两名治安巡逻队员将歹徒押走了。

那蓝倒在地上呼哧呼哧喘着气，如本一瘸一拐地走过来，紧张地在她身上翻找受伤的地方，一边唠叨：“现在我可算知道阿姨为什么不让你当警察了，太危险了！你不知道，我刚刚都吓蒙了，光听见刀子唰唰唰……我心想，刀子要是挂在了你的脸上，冰山还能被你的美色迷惑吗？绝对不能啊刀疤姐……”如本正说着，就听那蓝叫了声：“坏了，你的小腿流血了。”

“啊？不会吧！哪儿呢？”如本盯着自己的小腿，终于发现腿弯下方被匕首划伤了，血呼呼直冒，顿时花容失色，一屁股坐在地上，哭丧着脸双手捶着地惨叫，“完了完了，我的美腿又留疤了，天啊，不想活啦。”如本用了个“又”字，瞬间勾起了那蓝的回忆。

高一那年暑假，那蓝和如本报了个户外群的峡谷探险活动，徒步加漂流。一队人玩爽了，不料返回的途中，被一条溪水拦住了去路。河面上的桥梁被水冲毁，一行人见水流湍急，原不打算冒险，但天色已晚，又没带过夜的帐篷，研究之后，众人决定手挽手涉水而过。

那蓝跟如本站一起，两人手挽着手，走到河中心的时候，一个漩涡顺流而下，刚好经过那蓝所站的地方，险些将她卷走，是如本死死地挽着她，才将她拖了出去。因为这个，如本的脚卡在了石头缝里，脚踝处被石头磨伤，好了之后就留下了疤痕，于是她就在留疤的地方文了一只蝴蝶。

两次，她救了自己两次。那蓝掩饰不住内心的悸动，抱了抱如本，被如本嫌弃地推开：“脏死了，身上全是灰。”说完，两人相视一笑。

那蓝没有流血，她摔倒的时候，胳膊和膝盖有点小擦伤，不算严重。她帮如本简单地冲洗了伤口，送她去了医院，一听说要缝针，如本坚持要去美容医院用美容针缝，免得留下疤痕。

处理完如本的伤口，两人这才去了派出所，详细述说了事发经过。驾车逃走的那名歹徒也已经归案，没费多大周章，三个人很快就交代了。

原来这三个人是高利贷公司的打手，因为小男孩的父亲欠下高利贷无力偿还，于是这三个人就想了个损招：绑架孩子。其中一人假冒小男孩的父亲去幼儿园接孩子，谎称中午出去办点事。平时接孩子的是孩子的外公外婆，幼儿园老师没见过孩子的父亲，随便问了几个问题，见对方应对自如，便信以为真，把孩子叫出去了。他们曾经尾随过孩子几次，知道孩子喜欢玩小汽车，特意买了，连哄带骗地把孩子弄出了幼儿园，可没走多远便想赶紧收回小汽车把孩子弄走，孩子又哭又闹，这就遇上了叶泉水和那蓝。

从派出所出来，叶泉水说不出地失落。还以为会从那几名歹徒身上发现小蛋蛋的线索，现在希望又一次破灭了。她拖着沉重的双腿站在日头下，仰着头，紧紧地闭着眼睛，似乎只有这样眼泪才不会掉下来。

那蓝出了门，远远地望见叶泉水站在大树下的瘦削的身影，一时间心里百感交集，想要走过去安慰她几句，却又发现任何安慰的话在这一刻都变得苍白无力。她让如本先回去休息，如本理解地点点头，打车先走了。

那蓝走到叶泉水身后，陪着她静静地站了一会儿。叶泉水也受了伤，手上裹着纱布，情绪很低落。那蓝小声地说："老叶，要不我陪你再去一趟刑侦队问问消息吧。没准我们到了那儿，小蛋蛋也就有消息了。"

叶泉水忽然转过头来定定地望着她，嘴唇动了好几下，才说道："那万一还是没有消息，我该怎么办？"

那蓝的心抽了一下："不会的，肯定会有消息，他肯定会平安回来。老叶，你忘了吗？他是超智商小孩，不是普通的孩子，我们要相信他。也许他现在正在努力尽快地回到你的身边，我们是大人，不能自乱阵脚。"

叶泉水想了想，点了点头，然后又痛苦地低下头，说："我应该相信他，我应该相信我们的队伍，相信我们的人民警察，会把小蛋蛋安全带回到我眼前，可是我……可是我控制不住担心控制不住害怕，我不知道该怎么办才好……"叶泉水说不下去了，拳头重重地砸在了大树上。

那蓝紧张道："你手受伤了，别让伤口再裂开了。"

叶泉水强忍着收回手，却再次控制不住情绪，朝树上连续捶打了十几拳，拼命发泄心中的愤懑，似乎只有肉体的疼痛才能缓解心里的疼痛。

“老叶！”闻讯赶来的沈天梵一下车就看到了眼前的情景。

叶泉水收住拳头，没回头。沈天梵站在不远处的路边望着她，一步一步走到她跟前，停住脚步，站好。正午的光线穿过树叶，打在他的脸上。叶泉水望着他竟有片刻的迟疑，手上的伤口被撕裂，血一丝丝地渗出了纱布，但是她毫无感觉。

沈天梵说：“老叶，你别着急，听我的话，放松自己。我相信小蛋蛋一定会回来的，你也要相信，相信他已经在回来的路上了。”

叶泉水的表情有些复杂，犹豫了一会儿点点头。

沈天梵注视着她的眼睛，深刻而又暗沉：“现在跟着我数到八。”

叶泉水照做了。

“再试一次，慢慢放松自己，什么都不要想。听我数到八……”

叶泉水集中了注意力，微微闭上眼睛，再次慢慢吸入一口空气。渐渐地，叶泉水终于放松了下来。

“嘀嘀”，远处传来两声喇叭响，叶泉水睁开眼睛，就见一辆金杯车从他们身边经过，缓缓开进了派出所的停车场。

“小蛋蛋！”看到金杯车的一瞬间，叶泉水的眼睛一下子亮了，她一眼看见了车窗里的小蛋蛋，飞速朝车子狂奔过去。

跟小蛋蛋并排坐在后座上打游戏的人穿着一身小丑的衣服，见车子停了，抬头望了一眼，发觉进了派出所，噌一下跳起来，推开车门飞奔出去。刚好路边一辆摩托车停下，那人抢了摩托车，拧足油门以最快的速度冲入车流，狂驰而去。沈天梵大叫了一声：“站住！”也快速冲进车子，开车追了上去。

那蓝立即拿出手机联系交管部门，锁定车牌号和那人的特点追踪拦截。而叶泉水已经跑到了金杯车跟前，一把抱住了刚下车的小蛋蛋。

小蛋蛋撇着小嘴一脸丧气的表情，趴在叶泉水的肩膀上，说：“老叶，我好气啊，这一局打了四十五分钟，眼瞅着就要打赢了，结果小丑跑了。”

叶泉水气得一把推开他，伸手要揍：“你就知道打游戏，你差点儿就把自己弄丢了你知不知道?"

这时，派出所的民警已经将金杯车的司机押下来制伏了，司机大喊："你们抓错人了，我只是网约代驾，我什么都不知道，跟我一点关系都没有。"

"走！一会儿问你什么，老老实实交代。"

"我一定配合。"

民警押着司机走了。

"确实跟他没关系，他是冤枉的。"小蛋蛋说完耸耸肩，抬头看着叶泉水。

叶泉水根本没听小蛋蛋在说什么，一双眼睛通红："二十一个小时！你失踪了二十一个小时知不知道?"

小蛋蛋看见叶泉水这副模样，不说话了，低下头，甚至有些委屈。

叶泉水盯着他，手有些颤抖地从口袋里摸出钱包，从底层抽出一张照片，递到小蛋蛋面前，手指指着照片："这是你的亲妈，这是你的亲爸，这两个是你的外公和外婆，你好好看看。"

小蛋蛋接过照片，盯着上面的人不说话。

叶泉水嘶吼："你要是走丢了，将来你让我怎么跟他们交代?"吼完，愤愤地推了一下小蛋蛋。这一用力，手上的伤口又裂开，纱布上的血迹更深了。

小蛋蛋扁着小嘴，倔强地低着头站着。

那蓝看着心疼，连忙走过来道："老叶，算了，别这样，小蛋蛋好不容易回来，你就别责备他了，你看你手上伤口又裂开了。"

叶泉水起先是紧张、担心，后来是害怕，好不容易盼到他回来，开口第一句话说的又是游戏，越想越生气，狠狠地一巴掌打在了他的屁股上："你就知道打游戏，有没有想过我?"这一巴掌很重，打得小蛋蛋眼泪在眼眶里打转，扁了扁嘴，想说话又不敢说，忽又看到叶泉水受伤的手，小脸立刻垮了，小手拉起她没受伤的那只手，转过身，撅起小屁股，道："老叶，我错了，你用这只手打我吧。"

叶泉水扬起手，却落不下去，慢慢地放了下来。本来就舍不得打他，现在更舍不得了，蹲下身子紧紧地抱着他："别以为这样，我就不揍你。"说完拍了他屁股两下，是那种很轻很轻的拍。

小蛋蛋搂住她的脖子，惨叫："哎哟哟，痛！痛啊！"

叶泉水心疼坏了，以为他受了伤，马上要脱下他的裤子检查。吓得小蛋蛋拎着裤子跳开了，不忿地叫着："老叶，你要干什么？我是男生，你是女生，而且我都五岁了，别动不动就扯我裤子。"

叶泉水没好气："等你五十岁八十岁了，不管你到什么年纪，在我眼里，你都是个小孩！我可以不看，但你告诉我，你受没受伤？他们有没有打你，有没有虐待你，有没有对你做什么？"

小蛋蛋疯狂摇头："没有没有，我没受伤，他们也没打我。"

"那你屁股痛什么？"叶泉水抖着眉毛。

"因为坐车时间太长了，车子里的座椅又太硬了，所以……我屁股痛。"

"你……"叶泉水真是气到无言。

那蓝手搭着额头，抬头望了望头顶的太阳，对叶泉水说："老叶，还是进去再说吧，别把小蛋蛋热坏了。"

进了大厅，有警务人员给小蛋蛋拿来了冰镇的可乐。季烈也收到消息赶了过来，看到小蛋蛋回来，激动地上去给了他一个巨大的拥抱，伸出拳头击了一下："臭小子你终于回来了。"转头对叶泉水说："我就说吧，这鬼灵精不会有事的。"又蹲下身子，望回小蛋蛋："不管怎么说，臭小子，老季我还是挺担心你的。"

小蛋蛋淡淡吐出几个字："你们真是杞……人……忧……天。"

"没错，尤其你家老叶，哭哭啼啼的，跟你们幼儿园第一天去上学的小朋友似的，还好有我……"季烈打住，低声道，"还好有你沈叔叔那么一个大家长无微不至地照顾着她，唉，你说这是什么情况？"

"他们……恋爱了！女大不中留。"

那蓝没忍住笑了。叶泉水脸涨得通红，不舍得骂小蛋蛋，只能狠狠地瞪季烈一眼。季烈视而不见，随后坐下来，开始引导小蛋蛋讲述事件的经过："你昨天进入了墓园之后，遇到了谁？"

小蛋蛋想都没想，说道："一个大哥哥。"

"他在干什么？"

小蛋蛋摇摇头："他已经祭拜完了，坐在墓地中间的一棵大树下。"

"长什么样？高矮胖瘦？多大年纪？"

"他身上穿着宽大的衣服，看不出是胖子还是瘦子。戴着帽子，帽檐压得很低，还戴着墨镜，只能看到一个下巴，下巴上还戴着口罩。"说罢，从季烈的上衣口袋里取出墨镜，戴在自己的小脸上，"就像……这样。"

季烈问："你们聊天了？聊了些什么？"

小蛋蛋说："当时我的手机没电了，出去的时候才发现路上一个人都没有，门口打不到车，管理处的人也不在，于是我就回去找他了，问他能不能借手机给我叫一辆车回家，他就把手机给我了。"

季烈问："然后呢？"

小蛋蛋说："我手机上各个应用的账号和密码都是我们家老叶设定的，她怕我破解，还故意设定了超长的密码，每周换一次。我输进去才发现，她昨天夜里又偷偷换了密码，没办法，只好问那个哥哥，能不能用他的账号打车，然后他就答应了。"

季烈望了一眼叶泉水，叶泉水解释道："刚开始的时候，他要两个月才能破解我设定的密码，后来缩短到一个月。再后来，我设定十位数以上的密码他半月就破译了。现在更是，十六位密码不到一天就破译，我能有什么办法？你们也都知道，咱们单位的任务来得都特别急，我不能去接他放学，就给他预约网约车。我们俩用的是同一个账号，这样是方便我监督他的行程，他可好，动不动就去跟游戏里的网友见面。所以，他到了小区门口，我就换密码。"

这……季烈按了按自己额头。从最近两年和小蛋蛋的斗智斗勇来看，不得不承认，家中有个超智商的小孩，生活很可能会演变成谍战剧。随后又问小蛋蛋："你用他的账号打车，那你有没有看清楚网约车的车牌号、车型和车主姓名？"

小蛋蛋摇摇头："我输入目的地的地址之后他就把手机拿回去了，车牌号是他告诉我的。"说到这，小蛋蛋叹了口气，整个人都不好了。现在他意识到自己犯下了致命的错误。他想起老叶平时对自己的谆谆教诲，教他在陌生的地方不要轻易跟陌生人说话。这回，不但说话了，还轻易相信了别人，差点再也回不了家，见不着老叶，难怪老叶要生气。

季烈继续问道："车上的人，你还记得他长什么样吗？"

小蛋蛋呼呼喝了两口可乐："就是刚刚跟我打游戏的人，他叫小丑。"

季烈愣了一下，望向叶泉水，叶泉水简单述说了经过。

季烈脸色更阴沉了，接着问道："在你上车之后，又发生了哪些事？"

小蛋蛋说："我上了车之后不久，就看见车子开进了大山里，山里的路面坑坑洼洼的，颠得我好不舒服。我跟小丑说话，可他不理我，我说我要下车，他还是不理我。后来天越来越黑，我好饿，就睡着了，醒过来的时候，在一个黑房子里面，我听见外面有两个人在说话，其中一个人说：等那小孩醒了之后，按照老方法给他喝糖水，然后你把他送去老地方。"

老方法、喝糖水、老地方……莫非跟之前的两起儿童失踪案有关？季烈蹙着眉，紧张地问："另外一个人的脸，你看清了吗？"

小蛋蛋摇摇头。

"什么样的糖水？谁拿给你的？"

"糖水就是一罐饮料，是小丑拿给我的，不过我没喝，偷偷换给他了，他喝了一口，然后就晕了，我就学他的样子假装也晕过去了，大概十分钟之后，另外一个人进来把他背走了。后来天亮了，小丑又进来把我扛进车库，扔在车子上，然后他就关上车库的门走了。我想跑，又怕被他们发现，听见他们的脚步声朝这边走来，就把导航仪的接线给弄断了。"小蛋蛋抓了抓头上的小卷毛，一脸羞涩，"我不是故意的，我本来只是想看看定位，结果一不小心把线给扯断了。"

"后来呢？"季烈问。

"后来我听见他们的脚步声已经到了门口，就把自己又裹进了被单。"

三个人都不说话了，定定地看着小蛋蛋，不知道是该夸奖他的勇敢，还是该安慰他的遭遇。即便是成年人遇到这种事也会手足无措，何况他一个五岁的小孩，竟能有如此超出常人的冷静。

那蓝伸手揉了揉他的小卷毛："没想到你这么厉害啊。"

小蛋蛋晃了晃小脑袋："其实也没多厉害啦，当时我就一个想法，我要是再不回家的话，老叶肯定急坏了，她又是个胆小鬼，肯定怕死了。”其实真正害怕的是他自己，后来车子换了车牌，撕下伪装的画皮，开出了凤凰山之后，那种离家越来越远的恐惧感深深包围着他。

叶泉水心疼到无言以对。季烈若有所思，过了一会儿，问：“臭小子，你到底是怎么回来的，为什么车子会开进派出所？”

根据小蛋蛋的描述，车子开出凤凰山后，在一个十字路口停了下来，开车的大个子接了个电话，随后就离开了，车子里只剩下他和小丑两个人。起先小丑很紧张，后来见他不哭不闹，还跟自己一起打游戏，就放松了警惕。这时候网约的代驾到了，小丑跟他说去鹿镇。代驾是外地人，既没去过鹿镇，也没听说过，设置导航的时候，发现导航坏了，只好开了手机导航。车子刚开出去，就因为路面颠簸得厉害，手机掉在了副驾驶的座位下。小丑打游戏打得正入迷，无暇分心，小蛋蛋灵机一动，趁着趴在地上找手机的工夫，悄悄关闭了声音，神不知鬼不觉地将导航的目的地修改成了居住区的派出所，然后恢复了声音，将手机放在副驾驶座位上，继续跟小丑愉快地打游戏，于是就有了开头的一幕。

小蛋蛋讲完没过多久，沈天梵回来了，他的脸色阴沉得就如同此刻滨江上空风雨欲来的天气。

“老沈！情况怎么样？”季烈站起来问道。

“让他跑了！”沈天梵有些沮丧，憋着气，一声不吭地坐在椅子上，拿起茶几上的饮料一口气喝完。

原来，他追着小丑进了一个即将拆迁的小区，随后赶到的警方立即展开了全力搜捕，发现他竟然早已经从一处下水道逃了出去。

叶泉水听了这话，一下子有点急了：“怎么能让他跑了？他的行踪已经暴露，很可能离开滨江躲到别的地方，如果他又对别的孩子下手该怎么办？”

“妈的！”季烈气得站了起来，来回走了几步，“我大概明白了，起码可以说明，小丑对小区环境非常了解，很有可能就在该小区住过。”

沈天梵说：“孙队已经按这条线索在查了，但是就目前的情况来说，调查的难度很大。光明小区是20世纪80年代建的老小区，2000年之后房屋大多用于出租，人员流动性很大，情况非常复杂，现在又面临拆迁，拆迁户已经在一周前全部搬走了。”

大家听完都沉默了，一个个表情严肃。小蛋蛋趴在茶几上，望着叶泉水手上的纱布沉思了老半天，又把目光落在沈天梵的身上，随后又看了看季烈，望了望那蓝，从茶几上直起腰，说：“那个黑房子的墙上有串数字。”

“是什么？你还记得吗？”

“866100……后面的看不清了。”

众人想了半天，并不能联系出任何有效线索，不过还是将情况报给了孙队长。此时，派出所方面也已经从代驾那里了解了事情的全部经过，并且根据线索进行了侦查，发现与他联系的电话号码主人是滨大的一名学生，可是当联系到该学生的时候，他称自己三天前陪女友去落霞山的一个寺庙吃素斋，从山上下来的时候，不小心将背包滚落山涧，而由于这几天他忙于备考，没来得及将号码注销。

警方调出该号码的通话记录，发现该号码此后只使用过一次，便一直处于关机状态，而最后一次通话地点，显示是在代驾上车的地方。随后，警方根据该大学生弄丢背包的地点，发现和落霞山发现碎尸的地点前后相距不到五百米。这个发现令众人大为震惊。

据负责案件的孙队长介绍，无论是两年前的儿童失踪案，还是最近的碎尸案，歹徒行事都十分谨慎，没有留下任何线索。该凶手具有很强的反侦查能力，如果不是因为小蛋蛋不是普通儿童，凶手不会找代驾送人去鹿镇。而该代驾也极其敏锐，上车之后发现小丑身份诡异，与联系人并非同一个人，并且从小蛋蛋在打游戏时的几次自言自语中得到了暗示，所以当他发现目的地被修改成派出所时，并未打草惊蛇。不过当这三个案件合并到了一起，孙队长显得十分懊恼。他追查了儿童失踪案两年，跑了全国无数个地方，行程上万里，没想到，歹徒居然一直就藏在滨江。

从刑侦队出来，天空电闪雷鸣，风雨欲来。季烈上了车，那蓝看他脸色很黑，脚步一顿，拉开了后座的车门，坐到了离他最远的地方。

季烈脑后生眼般说了句："坐前面。"声音很硬，不容拒绝。

不知道为什么，他一用这种语气说话，那蓝就条件反射地想要疏远，冷淡地回了一句："我习惯坐后面。"

"让你坐前面你就坐前面，怎么听不懂话呢？"季烈扭头瞪着她，说完，又转过头没好气地嘟囔，"你以为你是谁啊，还拿我当专车司机呢？"

"砰"一声，那蓝关上了后座的车门，双手抱胸气咻咻地坐在了副驾的位子上。车子刚一发动，大雨便倾盆而至。电台正在播报："目前，由于晟江上游地区持续暴雨，造成晟江水位上涨，滨江气象台发布橙色暴雨警报，滨江市政府要求相关部门按照职责做好防暴雨工作，对受灾严重的鹿镇地区，政府部门已经安排了当地渔民紧急撤离……"

听到"鹿镇"两个字，季烈瞬间集中了注意力，微微侧身靠近了电台。长期以来，由于职业习惯，他对自然灾害有一种天生的直觉。况且鹿镇这个地方，正是歹徒计划将小蛋蛋送去的地方。那蓝的神经也紧绷了起来。

电台："鹿镇濒临晟江，渔民多以捕鱼养殖为生，人口十余万……"

听到这里，季烈烦闷地皱起了眉头。那蓝暗暗叹了口气，想不到小小的鹿镇居然有十余万人口，想要找到线索，简直无异于大海捞针。

大雨很快便造成了路面交通瘫痪，车流缓慢，最后，塞住不动了。

一分钟，五分钟，十分钟……那蓝扯了扯嘴角，刚想要说话，就听季烈拿出打火机，"啪"地打着了火焰，又迅速盖上，而后一直重复这个动作。

那蓝想了想，声音不大，说："你想抽烟就抽吧。"

下一瞬，"啪"的一声，打火机被扔在了一边。

那蓝简直无语死了，脸憋得通红，转过头看着季烈，就见他笔直地坐着，冷着脸目视前方。

好半天，那蓝才平复了情绪，问道："季队，我想问问，我到底做错什么了？"

季烈没听见似的又拿起了打火机重复刚才的动作，火光明明灭灭照在脸上，他的表情很严肃，是那种拒人于千里之外的严肃，不过，他始终没说一个字。

那蓝气炸了，转过眼眸，伸手去推车门。车门落了锁，打不开，只好对季烈说：“请你把车门打开。”

“不行！”淡淡两个字。

“请你把车门打开，拜托了。”

季烈盯着她看了几秒，加重了语气：“不行！”

话音没落，那蓝伸手去开锁。季烈伸手抓住了她的手腕：“你想干什么？”

“我要下车。”

“下车？”

“对！现在，立刻，马上！”那蓝说着挣了两下，没挣动，气得火冒三丈。

季烈望着她：“大雨天，你搭我的车，想就这么走了？”

不然呢？看你脸色吗？那蓝压了压怒火，说：“对不起！谢谢你好心让我搭车，但我现在不想搭了，可以让我下车吗？需要多少车费，我给你。”

“付钱就行了？”

那蓝无语，又挣了两下，还是挣不开，火终于压不住了：“季大队长，我不知道我今天哪里惹到你了，从我一上车你就低气压，我受够了，我不想忍了，你的车我不搭了，这样行了吗？”

季烈松开手，指着那蓝的鼻子：“我还受够你了呢！我告诉你，你别在我面前耍你的大小姐脾气！”说着将手里的打火机重重一扔，“外面正下着大雨，你想出去？行啊，你今天要是不出去的话，你……你就是个孙子！”季烈说完，开了车门的锁。那蓝骑虎难下，推开车门。

“等等！”季烈大喝一声。那蓝犹豫了一下，还是下了车，没有回头，说了句：“你才是孙子呢！”

季烈说：“我警告你，你要是就这么走了，出了事，跟我没关系。”

那蓝“哐”一声甩上了车门，季烈盯着暴雨中她的背影，脸色很暗很暗，突然扬起拳头一拳砸在了方向盘上。

那蓝听着身后狂鸣的喇叭声，脚步顿了一下，头也不回地冲进了大雨里。

雨很大，风也大，吹得人几乎站不住脚。她挤在公交站台上，经过的出租车没有一辆是空的，打开手机应用，网约车狂涨了三倍价格却依然约不到。她想换成地铁，手机跳出一条消息：因雨势太大，地铁中段出现倒灌，现已停运。

她突然感到了一丝绝望，等了将近一个小时，好不容易挤上一辆人满为患的公交。五公里，十站路，平时顶多二十分钟的车程，现在竟然开了四个小时。

四个小时之后，那蓝筋疲力尽地挤下车，冒着大雨跑进了小区，走进电梯的时候，整个人像从水里捞出来一样。出了电梯，她扭头愤怒地望了一眼1202，对方大门紧闭。

她回到家冲了个澡，发现膝盖和胳膊两处不但瘀青了，还有感染的倾向，找了半天医药箱，才想起搬家的时候把它留在了以前的房子里。她懊恼地倒在沙发上，肚子饿得咕咕叫，打开冰箱，里面空空如也。打开外卖 App，全部歇业。打开朋友圈，盯着别人的夜宵，感觉自己就快要饿死了。

“砰砰”，有人在敲门，那蓝愣了一下。

“来了。”她垂死挣扎地走到门口，密码锁已经被打开，外面的人走了进来，干净的白 T 恤，素雅的裤子，手里拎着保温桶和医药箱。

看到他的一瞬间，那蓝的心情简直无法形容。五个小时之前把她从车上赶了下去，现在她历经磨难终于回到家中，他又赶紧跑来献爱心。

那蓝脸色很难看，语气冷极了：“站住！我警告你，不经过我的容许就进了我家，根据我国《刑法》规定，我可以告你非法侵入住宅罪。”

季烈没搭理她，将保温桶和医药箱放在桌子上，问道：“还没吃饭吧？”声音很温和。

那蓝梗着脖子：“饿死不吃嗟来之食。”

季烈从厨房拿了一个碗，打开保温桶，倒出里面的饺子，表情冷淡到冷漠，说：“不白吃，一碗饺子五十块。”

“五十块？”那蓝简直目瞪口呆，“你怎么不干脆去打劫啊？”

季烈停止了倒饺子的动作，扭头望着她：“吃还是不吃？”

那蓝想了想：“最多二十块！”

季烈摆上筷子，说道：“2016 年武汉特大洪水，多个地区内涝，我部参与救灾，救灾人员只有馒头和水，战士们连续奋战，困的时候站着都能睡着，醒了继续抢险救灾。1998 年特大洪水，我们家老季参与了那次抗洪救灾，据他讲，一些受灾严重的地区，一百块都吃不到一碗饺子。”

那蓝一时无言。她突然明白了，季烈刚刚在车上脸色那么难看，并不是针对自己。她拿出钱包，翻了翻，拿出一张百元钞票，递给了季烈。

季烈没接，说：“不找零，只支持微信红包。”

那蓝二话不说，打开微信的添加好友功能，然后将手机递给季烈。季烈迅速接过手机，输入自己的微信号，发送请求，又拿出自己的手机通过验证。

那蓝拿回手机，翻开季烈的朋友圈，什么都没有，对方设置了仅三天可见，不免有点失望，道：“我现在就给你发红包。”

季烈没再说话了，红包也没点开。

那蓝坐到餐桌边开始吃饺子，还是熟悉的味道。季烈给她倒了醋，看她吃得狼吞虎咽，说了句：“吃慢点儿。”话没说完，那蓝就让饺子噎住了，打了个嗝。季烈弓着腰，带着点不爽地顺了顺她的背，走到阳台上去了。

连续五个小时，大雨丝毫没有退去的趋势，反而越下越大。雨点砸在玻璃窗上噼啪作响，季烈的眉头又一次皱了起来。

那蓝吃完了饺子走到阳台上，跟他并肩站着，望着窗外的大雨，过了一会儿问道：“你怎么知道我回来了？”

季烈斜着眼瞧着她，瞧了好一会儿。说他已经过来敲门几次了？不！肯定不能这么说！

“碰巧我来的时候，碰巧你在。”

那蓝心里的石头落地了，隐隐伴随着一丝失落。这个人啊，他分明可以说是因为听见她回来的脚步声才过来敲门的，可他偏不，只会故意气她。

季烈说完，见她眼睛一眨不眨地盯着自己，被她盯得无语，视线堪堪落在了她的膝盖和胳膊处。这两个地方磨破了，又被雨水冲泡得发白，有感染的趋势。他走回屋里，打开医药箱。

那蓝坐在沙发上，伸出胳膊在他面前，发觉季烈拿着酒精棉没动，只是盯着自己的脸看，抬起头，问道：“怎么了？”

季烈说：“有时候，真觉得你有点傻。”

那蓝反问：“真要是傻的话，警航能要我？”

季烈说："老叶是个傻子，想不到你也是个傻子，单枪匹马追一个五大三粗、体形是自己一倍以上的歹徒，并且对方手里还有凶器。你有没有想过，万一受伤会是什么样的后果？"

那蓝反问："如果真的受伤了，不能做飞行员了，警航还要我吗？"

季烈斩钉截铁地回答："不要！滨江警航不要没脑子逞匹夫之勇的鲁莽之人，所以以后你干任何事情之前都要想清楚后果，做任何事情都要在安全的前提下，不要以身涉险。"

那蓝说："后面这句话，是韩队对你说的吧？"

季烈望着她，一字一句地说："所以，现在，转——送——给——你。"

那蓝发现他说这句话时的眼神特别纯粹，不知道为什么，突然很想笑，想象着总队长韩东风每次特别无奈地重复这句话时，季烈敷衍的表情，很像现在的他和她。她说："韩总这句话，你还是自己留着吧。"低头看着他小心翼翼地给自己的手臂消毒，心头一暖，"不过，当时歹徒确实很凶猛，最后正义还是战胜了邪恶。"

季烈又道："你朋友如本，挺让我意外的。"虽然从理智上来说，如本性格泼辣、举止外放，可见她几次维护那蓝，尤其是这次，可以说奋不顾身地保护那蓝，令他对她刮目相看。

那蓝说："其实她一直就是个有正义感的人，表面上大大咧咧，什么都不在乎，其实剥开她坚硬的外壳，会发现她是一个特别柔软的女人。"

季烈说："你挺了解她的。"

"那当然，就像……你了解老叶那样。"

季烈下意识地笑了一声，看着她，问："如果是她遇到危险……"

那蓝打断："舍命我也要救她。"

季烈深深看了她一眼，理解地笑了笑。

那蓝忽然想起一个问题："如果我遇到危险，你会救我吗？"

就像你刚才说的：舍命。季烈心道，但嘴上并没有这么说，而是冷淡地表示："你最好别遇到危险。"

"我说的是万一。"

“那就最好不要有万一。”季烈语气笃定。

“哦。”那蓝抿着嘴，看了他两秒钟，又用很平常的语气说，“我想，你肯定会救我的。”

客厅一下子变得很安静，她的声音格外清晰。

季烈淡淡地“嗯”了一声。

那蓝没有什么再想问的了，安静了一会儿，看他一点一点地擦着药水，咬了咬嘴唇，说：“今天在车上，我以为你是故意给我脸色，所以我才跑出去……对不起啊。”

季烈的心猛然一紧，手微微有些发抖，药水顿时涂到了膝盖外面。他本来是生气的，可左等右等不见那蓝回来，越来越担心，越来越着急，拿着手机几次想打她的电话，最后忍住了，现在听她这么一说，心都软了。

那蓝试探地问：“我回来之前，你来了我家几次吧？”

季烈下意识地“嗯”了一声，又马上抬起头否认：“怎么可能？我这是第一次过来，我发现你这女的……特别自恋。”

那蓝瞥着他：“说得没错，你怎么可能担心我。”

“不是，我不是这个意思，就是没你说的那么夸张。”季烈解释。可他还没说完，那蓝已经心满意足地笑了。

季烈起身从医药箱里拿出一包板蓝根，去厨房烧了水，冲好，将杯子端给她，说：“趁热喝下，别感冒了。”

那蓝问：“那你喝了吗？”

季烈挑挑眉：“我又没淋雨。”

那蓝突然也从医药箱里抽出一包板蓝根，起身走到厨房给季烈冲上，放到他面前，说：“虽然你没有淋雨，但是你跟我近距离接触过，我要是感冒了的话，想必现在也已经传染给你了。”

季烈不想跟她就这个事纠缠下去，端起杯子一口气喝完。那蓝觉得很有意思，拿起手机打开相机，季烈连忙摆手制止。“咔嚓”一声，画面定格，季烈放下杯子一脸不满地指责：“准你拍我了吗？赶紧删了啊。”

那蓝当作没听见，按了保存，然后放下手机，同样一口气喝完板蓝根，放下杯子，抹了把嘴，目光澄澈地望着他。

空气突然就变得安静了下来，气氛有些暧昧，顷刻间，那蓝的手心就冒汗了。她慌忙移开视线，转身佯装去收拾桌子上的碗筷，季烈刚好也有此意，两双手一起抓住了碗筷，又一起放开。这一来，气氛更紧张了。

季烈低低咳嗽了一声，说："我来吧。"

"不，还是我来。"那蓝微微直着身体，她迎着光站着，皮肤好似透明。季烈低着头，逆光站着，五官更显得深邃。她突然发自内心地赞同了如本的观点：冰山长得真是好看。她有点心不在焉，不小心抓住了他的手。刚一碰到，便触电般立即放开。

七月的天，他的手竟凉得像冰。她鬼使神差地问了句："你很紧张？"

"瞎扯！我怎么会紧张？"季烈矢口否认。

那蓝说："不是因为紧张，那你的手怎么那么冰？"

季烈狡辩道："那是因为你家空调的温度打得太低了。"

那蓝目光笔直地望着他，季烈同样目光笔直地望着她，不过明显底气不足。过了一会儿，季烈突然移开视线，叫了她一声："那蓝。"

如果她没记错的话，这是他第一次正式喊她的名字，那蓝竟然愣住了，好一会儿才应了一声："啊？"

恰好此时，天空一道闪电掠过，随后惊雷炸开，整栋楼都似乎跟着震了震，把人的耳朵都震聋了。紧接着，电停了，房间里一片漆黑。

那蓝急忙打开家里的备用灯，季烈快步走到阳台上，观察外面的天气。

外面大雨瓢泼，狂风肆虐，一道接一道的闪电划过天际，炸雷笼罩着整个滨江的上空。

大雨已经持续了快六个小时，那蓝从来没见过这么狂暴的雨，豆子大的雨点砸在窗子上，噼啪作响。

季烈的脸色很暗，眉头紧紧皱起。他打开手机照明，大步往外走去，一边走一边头也不回地说道："换衣服，马上跟我回警航。"

"是！"那蓝说完，快速冲进房间。

第十章
孤岛救援

季烈的车刚冲进警航的大门，电话就响了，是韩东风打来的：“季烈，我是韩东风，你现在在哪？鹿镇告急，我命令你马上回到指挥中心。”

“两分钟后到达。”季烈挂了电话冲那蓝说了句：“去指挥中心。”

“砰砰——”车门关闭，两人一起飞奔向指挥中心。

所有人已经到位，韩东风面色沉重，看了一眼刚进门的季烈和那蓝，似乎明白了一向对灾难天气具有敏锐洞察力的季烈为何最后才归队的原因。

电子大屏切到了鹿镇。

韩东风说：“由于晟江上游地区大雨造成晟江水位猛涨，鹿镇方面，当地政府联合民间救援机构在两天前就已经着手撤离当地居民，截至今天晚上六点，大部分居民已经撤出。但是，今天早上，鹿岛地区有人举报，有小部分的渔民偷偷回到了鹿岛。”

电子大屏随着韩东风的介绍切到了鹿岛。黑暗中，一座孤岛被大水四面包围，岌岌可危。

韩东风道：“鹿岛渔民大都以养殖螃蟹为生，现在是夏季，再有两三个月，螃蟹就要上市了，这些渔民靠天吃饭，他们想减少损失，想把放入塘里的蟹苗收回去，不顾政府方面警告偷偷回去收回蟹箱。今日大雨，造成水位再次猛涨，现在的鹿岛已经被大水隔离成了孤岛，周围水流湍急。”他敲了敲大屏，“官兵正在组织其余地方的居民转移，一支民间救援队主动请求前往鹿岛救援，救援船已经到达。但是由于岛上的人员情况复杂，救援船搭载人员有限，我们刚刚接到鹿镇方面的电话，请求救援。我们分析了鹿岛的情况，上游洪峰将会在一个小时后抵达，所以，要求救援人员乘坐编号 310003 救援机迅速赶往鹿岛，将剩余渔民全部救出。对了，其中有一户人家，一个妇女带着一个小孩不愿撤离，请你们无论如何也要让他们安全撤离鹿岛。”

“是！”众人齐声应道。

方杰跃跃欲试，那蓝目光紧盯着季烈。

季烈看了他俩一眼，说道：“07，由你担任此次救援的副驾驶。”

“是！”

沈天梵道：“宋智、宇宏，跟我走。”

“是！”“是！”

韩东风命令：“出发。”

编号 310003 直升机为运输型直升机，可搭载十三名乘客与两名驾驶员。因大雨影响，能见度极低，加上目前鹿岛的地形情况复杂，救生员沈天梵同时担任此次飞行任务观察员。

直升机腾空而起，在暴风雨中朝着鹿岛快速飞去，二十分钟后，直升机抵达鹿岛附近，叶泉水的声音稳稳响起：“鹿岛，风向东南，风速二十二节，降雨量最大每小时六十毫米。”

季烈：“观察员准备，高空侦察。”

沈天梵：“高空侦察，确认目标，无危险。”

季烈：“07，直升机功率检查。”

那蓝：“功率正常，发动机正常。”

季烈：“老鹰，低空侦察。”

沈天梵：“到达位置，已提供管理所平房屋顶供直升机降落，可以降落，存在危险，房屋遭到雨水浸泡，可能导致地基坍塌。”

直升机降落。沈天梵、宋智、宇宏、那蓝一起冲出了直升机。

四个人一身风雨，从平房屋顶下到地面，立即被齐膝深的大水包围，跋涉前行。

救援船打着大灯，岸上一处高地上还有六名等待救援的渔民，负责人快步走来跟沈天梵握了握手："是警航的人吗？季烈来了吗？"

那蓝听声音觉得耳熟，再一看来人，不由一惊，竟然是丁晟。丁晟自转业之后一直致力于民间救援工作，是滨江民间救援队——蓝空救援队的发起人之一，负责救援队的日常训练工作。

"季队任此次救援任务的驾驶员，我是此次救援任务的救生员沈天梵。"

"久闻大名。"丁晟并不赘言，"岛上的渔民，除了一户叫丁彩香的一家两口拒绝救援之外，其余六十六人全部都在这儿，我们的救援船地方有限，这六个人就交给你们了。"

沈天梵点点头。

宇宏冲那六个人道："你们跟我来。"说完，朝直升机快速走去。

丁晟继续对沈天梵道："丁彩香的情况十分复杂，我简单说一下。四年前，她的丈夫因车祸去世，她受到严重打击，精神一度出现状况，靠政府资助抚养着两个五岁的孩子。半个月前，她的一个孩子在岛上走丢至今未归，丁彩香再次遭受打击，精神恍惚，眼下她说什么也不愿带孩子从这里离开。另外，我们还有两名援救人员滞留在岛上，他们分别是阿一和小五，他们坚持留下，说一定要劝丁彩香带着孩子离开这儿，现在我就把这两个人一并交给你们。"

沈天梵点头："放心，所有滞留人员由我们负责将他们送到安全的地方。"

救援船开始鸣笛，催丁晟上船。丁晟指着远处大雨中焦急徘徊的身影对沈天梵道："那就是参与此次救援的队员小五，他会带你们去丁彩香家。我先撤了。"丁晟说罢快速上船，救援船驶离了鹿岛。

沈天梵带着那蓝和宋智在救援队员小五的带领下朝丁彩香家飞奔而去。那蓝远远地就听见"砰砰"的砸门声，阿一的声音隐隐约约传进了耳朵里："阿香婶，求你必须带着小熊离开这里，洪峰马上就到了，再不走大家都会死在这儿……阿香婶，你听见我说话了吗？开门啊……"

那蓝的心咯噔了一下。这声音听着似乎有点耳熟……不容她多想，几人转眼已经到了房子跟前。里面黑灯瞎火的，传来女人低闷的说话声："我不要你们救我，你们走吧，我和小熊要在这儿等大熊回来。大熊走的时候说，他去村口的小卖部给小熊买袋辣条，买完了他就回来，可是到现在他都还没回来。这里啊，还是老熊的家，老熊虽然死了，可他的魂还在这儿呢，我们不能走，一家人就得待在一块儿，你说是不是啊？”

那蓝听着这说话声有些瘆人，问身旁被雨衣裹得严严实实的小五：“她这情况根本不可能走，你们为什么不破门强行带走？”

小五道：“丁队反复强调不能破门。”

沈天梵给了正确的解释：“如果对方不愿意离开，民间救援队无权强制将人带走。”

那蓝问：“那我们呢？万一她还是不愿离开怎么办？”

沈天梵冷静地道：“里面有未成年人，尽量以劝说为主，必要的时候，强行破门救人。”

那蓝稍稍松了口气，自告奋勇道：“沈队，让我去劝她吧。”

宋智和驰援的宇宏对视了一眼，一齐将目光投向了沈天梵。沈天梵略略沉思，点头同意了那蓝的请求。那蓝作为这里唯一的女性，确实最为合适。

宋智转身望着那蓝，指了指头部，又指了指屋子。那蓝会意。

宇宏说：“姐，你小心点，别刺激到她。”那蓝点头。

周身包裹雨衣的阿一闻言，扭头打量了那蓝一眼，黑暗中面色微微一变，很快退至了一旁。

那蓝蹚着齐膝深的水走到门前，抬手敲了敲门，大声说道：“阿香婶，我们是滨江警务航空总队的队员，我叫那蓝……”不料，她刚一报出身份，刚才里面还絮絮叨叨的说话声便突然止住了。

众人不由一愣，那蓝与沈天梵对视了一眼，沈天梵迅速在她耳边低声道：“小心，不要再次暴露身份。”

那蓝心里咯噔了一下，随后小心翼翼地对屋子里的人说道：“阿香婶，你能听见我说话吗？请你把门打开。我也是女人，请对我们放心，我们会把你和小熊送到安全的地方……”

里面静悄悄的，依旧一丝声音也没有。那蓝心里没了底，抬手又敲了敲门，尽量用和蔼的口气叫道："阿香婶……阿香婶……"

突然，站在后方的阿一冲到了窗子前，手里的手电透过窗子朝里面照去，房间里黑黢黢的，根本看不见人在什么地方。

沈天梵机警地从一侧探头过去望了一眼，说道："人没事，她跟孩子坐在柜子上。"又担心阿一惊了丁彩香，刚要叫他从窗前离开，通话器里便传来了季烈的说话声："老鹰，最新消息，洪峰将提前到达，速战速决！"

"收到！"沈天梵说完，看了看手表，跟那蓝说："时间不多了，只能给你三分钟劝说的时间。"

那蓝郑重点头，深吸一口气刚要说话，岂料阿一却突然气势汹汹地朝里面吼道："阿香婶，你再不带着孩子出来，警察就要冲进去了！"

沈天梵闻言脸色微变，缩在柜子上的丁彩香听到"警察"两个字，早已经面色惨白。

那蓝慌忙解释道："阿香婶，我们进去也是要救你和孩子……洪峰马上就到了，届时整个鹿岛将被淹没。你是小熊的妈妈，母亲都是深爱孩子的，所以请放心把门打开，我们会保证你和小熊的安全。"

丁彩香浑身发抖，死死地搂着怀里的小熊，手捂着他的嘴生怕他发出一丝声响。小熊似乎早就习惯了这种方式，乖乖地缩在她的怀里，茫然地望着外面。

一道闪电撕裂夜空，将沈天梵等人照得清清楚楚。黑暗之中，阿香婶的眼睛突然瞪得巨大，直直地从柜子上掉了下去。伴随着"咚——"的一声巨响，屋子里传来了孩子撕心裂肺的哭喊声。

那蓝只觉得脑袋"嗡"了一声。沈天梵深知不妙，随即朝宋智、宇宏一使眼色，三人合力破门而入。

那蓝跟随众人冲了进去，闪烁的灯光下，就见一个蓬头垢面的中年妇女身体靠在柜子上，身下的积水里，鲜血正在向外扩散。在中年妇女身边不远处，一个身形瘦小，光溜溜只穿着条裤衩的小男孩正在水里扑腾着，一边哭一边喊："妈妈——妈妈——"

那蓝噌一下收住脚步，只觉得浑身都麻木了，她站在门口，双眼无神地盯着房子里的景象，想起刚刚沈天梵提醒自己：不要再次暴露身份。

她很无力。她明明学过心理学的，考试成绩一直是优，可为什么真正遇到了事情，就一败涂地了呢？是她错了，不该冒失，不然丁彩香也不会受伤。

屋子里气氛紧张，众人都被吓到了，注意力全都放在丁彩香身上。

原来，她从柜子上掉下来的时候，头撞到了柜子的大铁锁上。那大铁锁已经坏了，拿一根粗铁丝缠住，钢丝的尖从她的后背划过，扎在了后颈处。

那蓝恍惚中听见沈天梵低吼了一声："07，你干什么呢？别让孩子跑了！"

那蓝醒过神来，只见小熊游了过来。她想要拦住他，不承想，孩子一见她靠过来，小脸立即惊吓得扭曲，唰一下弹开了身体，泥鳅一样滑走了。

"跑……跑……"丁彩香模糊地叫着，小熊得了指令，在水里扑腾着。

那蓝的头皮都是麻木的，凭着毅力扑上去，伸手抓住了小熊的腿，往前一步，想要将他抱起来，不承想他挣了两下，见挣不开，便对着那蓝的胳膊一口咬了下去。那蓝似乎没有知觉，感觉不到疼，双手死死地抓着小熊。

宋智见状吓了一跳，快速过去，像拎小鸡子似的将小熊从水里拎了出来。小熊松开嘴，对着宋智拳打脚踢，宋智捡起水里漂过来的一只麻袋套在了他的身上，斥道："老实点啊，别动！"

小熊挣扎了几下，真就没动了。宋智这才发觉，那蓝的手臂在流血，叫了声："07，你受伤了，怎么样？"

那蓝低头一看，发现胳膊上有一排牙印，正往外冒着鲜血。

那边，沈天梵已经快速给丁彩香检查完毕，扯过一块毛巾缠在伤口处，示意宇宏捂住，随后背起丁彩香狂奔出门，回头对那蓝道："07，快走。"

那蓝机械地跑了几步，忽见阿一和小五没跟上来，回头见他们站在原地一动不动，没有要跟他们离开的打算似的，喊了声："快走啊，再不走就来不及了。"

小五盯着她看了几秒，说："我们有船……"

沈天梵停住脚步，回头大声说道："来不及了，洪峰提前到达，你们必须跟我们的直升机离开这里。"

小五朝阿一看去。阿一没有动。

沈天梵简直怀疑他们的冷静："你们到底在磨蹭什么？"

那蓝还是有些恍惚，但她有种隐约的感觉：阿一和小五这两人，从身形到说话声，她都像是在哪里见到过。可因为看不清面目，一时半会儿也想不起到底是在哪里见过。

半晌后，阿一配合地点了点头，示意小五跟上去。一行人刚走出两百米，走在最前面的沈天梵突然发现来时走过的浮桥被大水冲走了。

走在后面的阿一沉声说了句："向东直行三百米有座木桥。"话音未落，他已经冲在了前头，带着众人朝木桥走去。

来的时候沈天梵留意过那座木桥，见它年代久远，几乎处于废弃状态，所以并未考虑过。果不其然，到了跟前众人再次傻眼，木桥上的木板多处破损，摇摇欲坠。沈天梵的眉头拧成了"川"字，回头问那蓝："能行吗?"

那蓝恍惚地点点头。

沈天梵对众人说道："大家注意脚下，小心过桥。"

沈天梵和宇宏走在最前面，桥下水流湍急，桥上的木板没有破损的也已经松动，踩在脚下嘎吱嘎吱作响。两人动作十分娴熟，敏捷地走到了对岸。接着是宋智，他背着小熊健步如飞。小五快了那蓝一步，紧跟上他。

木桥的中段是最凶险的，两米距离只有两块木板幸存，并且每块木板只有不到二十厘米宽。

小五突然抢了一步，跟宋智同时踩在同一块木板上。而他的脚不慎踩在了木板边沿，即使迅速撤开，木板也还是翻了，宋智身体朝桥下掉下去。

那蓝只觉得脑子"嗡"了一声，失声大叫："宋智——"

宋智是部队刚转业的通信兵，在部队是模范兵，身体素质好，千钧一发之际，他腾出一只手抓住了另一块木板，另一只手紧紧地揽住背上的小熊。那蓝迅速扑倒在桥面上，双手抓住小熊，将他捞起。

惊觉后面出了事，沈天梵迅速放下丁彩香，宇宏眨眼间到了跟前，伸手握住宋智的手臂，宋智借力跃了上来。

"怎么回事?"宇宏问道。

"没事，不小心踏翻了木板。"宋智一笔带过。

后面的小五好似刚刚回过神来，连忙道歉："对不起，是我着急过河，不小心踩翻了木板，真是对不起……"

宋智扫了他一眼，拍了拍他的肩膀："没事。"然后从那蓝怀里接过小熊，快速过了桥。

那蓝松了口气，一瞬间，她觉察到小五和阿一一同看了她一眼，目光异常深沉，可当她看向他们的时候，却发现两个人根本没有看自己。就在她疑惑的工夫，小五已经从她身边走过去，到了桥对岸。

"走啊，怎么不走了？"身形颀长的阿一经过她的侧面，低低问了一句。

声音太熟悉了，那蓝抬头看去，天空刚好划过一道闪电，就那么一瞬间，她看清了他的侧脸。怎么也没有想到，竟然是在美林大厦遇到的如本网店的男模，如本口中的猛男——罗宾。她再看对岸的小五，正是另一个模特小七。她愣住了，心想：怎么会是他们？

罗宾发觉那蓝认出了自己，脸色一僵，说了句："你先走。"

那蓝没说话，看见他的手伸进兜里，心里突然紧张了一下，第六感告诉她：危险。她没有动，目光紧盯着罗宾放在口袋里的那只手。几秒之后，她的注意力又被远处传来的一阵可怕的雷鸣般的声音给吸引了。她从未听过如此恐怖的声音，"轰隆隆——"大地在颤抖，木桥嘎吱嘎吱地响。

宋智回过头，叫了声："你们别再磨蹭了，快走，洪峰来了。"话音未落，人已经等不及冲了过来，一只手护住小熊，伸出另一只手去拉着那蓝过桥。

罗宾见那蓝过了桥，手从兜里伸了出来，脸色淡定地跟了上去。众人朝平房顶上的直升机跑去。

季烈淡定地坐在驾驶舱里，借着撕裂天幕的闪电，看见远处狂奔而来的洪峰，排山倒海，巨浪滔天，转瞬就到了跟前。

那蓝脚上的伤并没完全好，加上连日疲劳，很快落在了后头，一个浪头打来，几乎将她掀翻在地。

机舱里所有人的目光都紧盯着那蓝，季烈默默计算着洪峰到达和起飞的时间，倒数：三，二，一……直升机渐渐离开地面。

"抓住我。"宋智狂吼了声，和宇宏同时伸出手。那蓝往前一跃，抓住两只手臂，伴随着直升机腾空而起，被拉进了机舱。直升机载着众人离开了屋顶，顷刻之间，洪峰达到，瞬间将平房摧毁，无踪无迹。惊魂未定的那蓝喘着气，从直升机里向下看去，只见刚才还在风雨中飘摇的鹿岛已是一片汪洋。

直升机冲上高空，季烈稍稍松了口气，就听通话器里传来韩东风冷静的说话声："01，我是韩东风，受灾人员情况如何？立即向我通报。"

"我是01，全部受灾人员已经安全撤离鹿岛，目前有一名受灾人员颈部被金属划伤，出血情况严重，请求立即联系医疗中心。"

此刻，坐镇滨江警航指挥中心的韩东风面色凝重，指示联系附近医院，然而得到的回复是：几大三甲医院均人满为患，没有空余的紧急医疗室可供使用。

韩东风踱着步子，冷着脸下命令："立即联系民营医院。"

"总队长，金锐医院可以腾出一间医疗室供使用，楼顶停机坪及绿色通道可以立刻开启。但是医院方面表示，由于暴雨造成的受伤人员较多，整个滨江AB型血紧缺，而根据丁彩香资料显示，她正是AB型血。"

韩东风感觉到了棘手，手按在通话器上，缓缓说道："查，直升机里有没有人是AB型血？"

工作人员立即调出资料："只有一个人，那蓝。"

韩东风皱眉："她不行，她刚刚出院没多久，又连续执行任务，身体应该很疲劳。号召地面指挥中心AB型血的工作人员立刻前去献血。"又打开通话器对季烈说："我们已联系好了金锐医院，立刻将受伤人员送去该院。停机坪已准备完毕，绿色通道已经打开。"

二十分钟之后，直升机停在了金锐医院的停机坪上，整个直升机上的人个个表情严肃。丁彩香出血很严重，虽然在直升机上沈天梵再次对她做了紧急处理，但还是流了一摊血。

外面雨势渐小，早已等候在此的医护人员抬着丁彩香下了直升机。匆匆赶来的医生看了看丁彩香的伤势，扫了一眼众人，问道："你们这里有没有人是AB型血？"

"我。"那蓝举手。

医生看了她一眼："有献血证吗？"

"有！"

"还需要别的血型吗？我是A型。"宋智说。

“还有我，O 型。”宇宏接口。

沈天梵说：“我也是 O 型。”

季烈举举手：“B 型。”

医生说：“暂时不要别的血型，只需要 AB 型。”

那蓝犹记得之前不经容许私自下飞机，被季烈留在山区的事，吃一堑长一智，对他道：“队长，我想留下来献血，我一个月前刚做的健康检查，并且我还有献血证。”

季烈望着她，点点头，说：“那你留下吧。”

那蓝快要出舱门的时候，季烈又叫住她：“07。”

那蓝回头望着他，没说话。

季烈说：“那什么……采完血之后，吃点东西。”他说话的语调很平静，但那蓝还是有一种不一样的感觉，迟疑了一下，“嗯”了一声。

“哦，还有……”

“什么?”

“我一会儿会过来看病人的受伤情况。”加重了语气，“太晚了，你一个人不安全，这里又打不着车，你不要乱跑。”

那蓝慢慢地“哦”了一声，说：“我走了。”心里一甜，转过身，嘴角微微扬起。虽然是很简单的一句话，但这感觉特别好。

季烈冲着她的背影挥挥手。宋智和宇宏对视了一眼，心领神会。

沈天梵领着小熊也下了直升机，他要带小熊去做检查。刚才在直升机上，他发现小熊比一般的孩子身形瘦小，并且身上有几处溃烂，怀疑是先天性糖尿病所致。

那蓝去了临时采血处，医生根据她的身体情况建议采二百毫升，但在她的坚持下，采了四百毫升。献完血，感觉全身疲惫，坐在采血处的椅子上，护士给了她一块面包和一盒牛奶。吃完之后，她感觉有点冷，问护士有没有毯子。护士让她稍等。趁着这个空当，她拿出手机，拍下各个角度狼狈的自己。选照片的时候，手指一张张滑过。突然，季烈的照片出现在了屏幕上：他仰着头喝板蓝根，伸手制止她拍照。她的目光停在了照片上，看了一会儿，笑了。

送毯子过来的护士瞥见她手机上的照片，笑眯眯地问道："你男朋友啊？长得真帅。"

"不不不……不是。"那蓝慌忙解释，"普通同事。"

"普通同事？"护士说，"那你肯定喜欢他。"

那蓝觉得这个判断太过草率，问道："为什么？"

护士说："因为你刚才笑得特别甜蜜，只有喜欢一个人的时候，看着他的照片才会有那样的表情。"

那蓝瞪大了眼睛，伸手摸摸自己的脸，问："我笑了吗？"

护士耿直地说："笑了。"

那蓝说："我怎么不记得我笑过，可能脸刚刚抽筋了。"说完这句，她突然想起了季烈曾经说过一模一样的话，意识到了什么，脸唰一下红了。

护士笑了笑，帮她把毯子盖好，她就这样蜷缩在椅子上睡了一觉，醒来的时候，看了看时间，已经是凌晨两点，采血处只留了一盏灯，刚才跟她聊天的护士坐在那儿打瞌睡。听见那蓝起身的声音，护士抬起头，揉了揉眼睛，说："你醒了？刚刚你手机里那个帅哥来过，见你睡着了，就没叫醒你，说等你醒了之后让我再给你一盒牛奶，喏，还泡在热水里温着呢。"

那蓝接过牛奶，插上吸管喝了一口，问："什么时候来的？"

"十分钟前。"

那蓝又问："你什么时候下班？"

护士说："最近这种情况都要通宵值班了，各个平台都发布了血液紧缺的消息，像有些部队就会组织士兵过来献血。"

"夜里也会有人来？"那蓝问。

"嗯。"护士点点头。

那蓝喝完了牛奶起身要走，护士拦住她，说："你男朋友说了，让你不要乱跑，就在这里等他，他一会儿就回来了。"

那蓝见她一口咬定季烈是自己的男朋友，也不想再解释什么，说："我不走远，就去外面看看。"

"真羡慕你，要是我有个那么帅的男朋友就好了。"护士忽又问道，"对了，你们都在滨江警航工作？”

那蓝点点头。

“你们送来的那名受伤的鹿岛灾民听说伤势很严重，你献的四百毫升血不够用，幸好有别的人执意献了六百毫升。”

那蓝心里一紧，忙问：“现在那名受伤人员的情况怎么样了？”

“听说很严重，手术刚刚结束。”

那蓝又问：“给她献血的另外一个人是谁？”

“也是一个帅哥，很高，身材特别好，要么是健身教练，要么是模特。”

那蓝一愣，听她的描述，倒是有点像罗宾。夜已深，医院里到处都是病人，她离开采血室，问值班护士警航送来的受伤灾民的主治医生是哪一位，护士见她穿着制服，二话不说，带她朝医生办公室走去。

季烈和沈天梵正在向主治医生询问丁彩香的病情。主治医生刚从手术台上下来，脸色略显疲惫，介绍道：“丁彩香的脑部扫描图有阴影，确诊为恶性肿瘤，这才是影响到她生命的关键因素。另外，她心脏也不太好，曾经做过支架手术。至于金属刺伤造成出血较多，这种情况并不算特别严重，刚刚的手术只是做了伤口缝合和受伤脑组织的处理。”

季烈沉默了。很快，护士送来了小熊的检查结果，医生拿过来看了一眼，眉头突然皱了起来。

“怎么了？”沈天梵问。

医生抬头：“这孩子是丁彩香亲生的还是领养的？”

大家都没有吭声，沈天梵低声说：“亲生的吧，户籍资料上没有注明她领养过孩子。”

“你们看，小熊是 O 型血，而根据丁彩香的血型遗传规律，不管丁彩香的丈夫是什么血型，小熊都不可能是 O 型血。”

季烈说：“那有没有可能是化验单拿错了？”

“不可能，至少在我们医院，到目前为止，从来没出现过这种情况。”

沈天梵道：“那有没有可能是孩子出生时在医院被弄错了？”

医生说：“不排除这个可能，但是这个概率是非常小的。我认为这种情况很复杂，应该立即报警，并且进行亲子鉴定。”

沈天梵和季烈一同点头。就在这时，敲门声响起，护士领着那蓝走了进来。

医生说，小熊确实患有先天性糖尿病，已经在医院住了下来。大家的心情一下子都变得沉重了。十分钟之后，三个人从主治医生的办公室出来，站在门口沉默了一会儿，沈天梵要求留下来照顾小熊，让季烈和那蓝先回去休息。

沈天梵轻手轻脚地走进病房，小熊已经睡着了。他坐在床头看着他，孩子的小手放在脸边，手腕很细，皮包着骨头，瘦得连手腕上的血管都看得真真切切。他越看心里越不是滋味，不知道这可怜的孩子到底是什么身份，到底是不是丁彩香亲生的？如果不是，那他为什么会跟丁彩香生活在一起？正想着，忽听见睡梦中的小熊呢喃了一句：“妈妈……”沈天梵的心不禁一阵抽疼。可以肯定的是，不管小熊是不是丁彩香亲生的，孩子对丁彩香的感情都是真的。他轻轻掖了掖被角，然后坐在椅子上，微微闭上了眼睛。

这一夜，太辛苦了。

季烈和那蓝从医院里出来，两人一前一后走着，谁都没有说话，从听到丁彩香的伤情到现在，那蓝整个人都是蒙的。

季烈上了车，见她一动不动地站着，落下车窗，说了句：“上车。”

那蓝没动。季烈的脸色冷沉得可怕，又说了句：“上车。”

那蓝还是没动，好似没有听见，季烈火了，吼道：“上车，听见没有？”

那蓝脑子里一片纷乱，突然抬头，问道：“为什么？”

“你他妈的说为什么？上车！”季烈忍无可忍地吼起来，憋了好久的怒火一股脑地释放了出来。

那蓝有些烦躁，突然转身便跑，季烈迅速跳下车追了过去。

那蓝跑得很快，季烈快追到停车场的出口才将她追上，抓住了她的手臂。可那蓝的犟脾气上来，用力一甩将他甩开，冷冷地说道：“警告你别跟着我。”说完又拔腿就跑。季烈怒了。警告他？恐怕他长这么大还没人用过这种语气跟他说话。箭一般追上去，抓住她的肩膀：“站住。”

那蓝身子往回一撤，抬脚就踢，季烈侧身让开，双手抓住她的肩膀，毫不客气地将她按在了墙上，斥道：“你给我老实点！”

这个场景，一下子将那蓝带回到他们第一次见面的场景，也是这样的夜晚，也是这样的口气。她挣了一下："放开我。"

"最好给我老实点！"季烈说完，慢慢地放开手。

这几个字激怒了那蓝，她转身，甩手就是一记耳光。季烈没动，那蓝的手贴着他的脸停了下来，咬着牙撤回，语气很冷："别跟着我。"

季烈的火腾的一下冒了起来，猛地抓住她的手腕，用力一甩："你他妈的闹够了吗？"

那蓝没站稳，摔在了地上，头也撞在了墙上。她捂着额头弯着腰，好半天才慢慢地坐了起来，蜷缩起双腿，将头埋在膝盖上。

季烈刚甩出去就后悔了，想起她刚献了四百毫升的血，懊恼地敲了一下额头，平复了一下情绪，弯腰问道："你怎么样？"

那蓝没说话，季烈想要扶起她，被她推开了。

"是不是受伤了？让我看看。"季烈耐着性子，那蓝再次将他推开，头深深地埋在膝盖里。季烈只好抓住她的手，一用力，将她的双手压在墙上。额头露了出来，已经瘀青了。

那蓝抬起眼眸。季烈停了两秒，道歉："对不起。"

"放手！"

"刚刚下手重了。"

那蓝抬脚就去踹他胸口，他没躲，直接被踹到了地上，手捂着胸口，一连咳了几声，几秒后盯着她说道："我摔了你，你踢了我，可以扯平了吗？"

那蓝没说话，季烈伸手去扶她，那蓝躲开他的手站了起来。

季烈："对不起。"

"请让开。"

"我错了。"

"请你让开。"

"好了，别生气了。"

那蓝一把推开他，扭头便走。

季烈追上去："那蓝。"

那蓝充耳不闻，走得飞快。

“你给我站住！”

那蓝走得更快了，季烈上去抓住她：“这么晚了，你去哪？”

那蓝还是不说话，想要甩开他，没想到季烈一弯腰，竟然抱住了她的双腿，将她扛在了肩上，大步朝车子走去。

那蓝开始挣扎，对着他的后背一顿猛捶，被他塞行李一样塞进了车子里，迅速上车锁上车门。那蓝不挣扎了，哐地一脚踹在了车门上，车门纹丝不动。

季烈刚刚因为愧疚下去的火噌一下又冒了上来，抓住她的手腕：“你他妈来劲了是不是？”

那蓝狠狠地甩开他。

季烈气得不行：“行，你了不起。那我问你，在鹿岛的时候，你明知道丁彩香精神上受过刺激，为什么还要三番五次表露自己的身份？”

那蓝惊慌地抬起头。这是她的死穴，她后悔得要死，恨不得受伤的人是自己。现在他赤裸裸地把问题摆了出来，这就像拼命藏着的伤口被无情地揭开。她的眼泪出来了，迅速低下了头，缩在了角落里。

季烈冷冷道：“我告诉你，你别想躲，躲也没用。”

那蓝伸手捂住耳朵，季烈猛地一扯她的手腕：“你他妈别跟我作，你给我一个解释。”

那蓝迅速往后躲去，惊慌失措地看着他，手指掐着另一只手的手腕，好半天才低声道：“我只是想告诉她，我们会保护她。”

“保护她？你把她吓得从柜子上摔了下去，差点要了她的命！你还保护她？你保护个屁！学过心理学，考试成绩还不错就了不起了是吧？我告诉你那蓝，我最讨厌的就是你那副自以为是的样子！”

那蓝不想听，把头埋在膝盖里。季烈见她半天没说话，扭过头问：“没话可说了？当时时间紧迫，来不及叫谈判专家，出发之前就已经分析过丁彩香的情况，从你第一句亮出自己的身份她突然沉默时起，你就应该有所警觉，可是你却一而再地表露身份，最后导致她受到惊吓，现在住在医院。我告诉你，别一出事就跟只鸵鸟似的把头埋起来，屁用没有，必须面对，写书面检查。”季烈忍着一口气，见她没吱声，隔了一会儿补充：“不少于三千字。”

见那蓝还是没有回应，又扭头看了她一眼，突然发现她在用力掐自己。他隐约看见她胳膊上的血迹，撸起了她的袖子。她的胳膊肿了很高，上面血肉模糊，有一排牙齿印。

季烈愣住了，问：“那小孩咬的？”

那蓝什么也不想说：“放手。”

季烈：“能不能好好说话？”

“我他妈活该行了吧？”她歇斯底里地吼了一声。

季烈的手一下子就松了，那蓝趁机抹了把脸上的眼泪，头转向了窗外。

季烈突然意识到，刚刚的话说重了。他只是恨铁不成钢。他从刚刚和沈天梵的谈话细节中已经得知，真正关键的人是丁晟队里的阿一，那蓝后来的谈话都是受他的牵制。季烈从后备厢里拿出医药箱，简单地给那蓝的伤口做了处理。在这过程中，两个人谁都没有说话。

大雨过后，路上的积水很深，车子风驰电掣般在城市里穿行。那蓝的眼睛一直看着窗外，突然间，她怀疑自己是不是真的能胜任现在的工作。她将车窗打开了一些，风从窗外灌进来。她开始感到迷茫，无尽的迷茫……

从美林大厦火灾对抗救援人员，到救援机上的呕吐，再到警航出动救援机搜救自己，尤其是这一次，竟险些将丁彩香害死……她忽然意识到，自己根本没有救援别人的能力，根本不是一名称职的警务人员，这几年所有的努力，所有获得的奖项、拿到的证书，实际上不过是纸上谈兵，毫无意义和价值。她的心好乱，她望着遥远的夜空，像无尽的深渊，没有一颗星，也没有一丝光，只有无边无际的黑暗……

凌晨三点多的滨江，暴风雨过后，弥漫着一地的狼藉。转瞬间，天空又飘起了绵绵细雨，天地一片苍茫。细雨从窗外飘进来，打在了那蓝的脸上，很凉。

不知不觉，车子开到了小区门口，因地下车库进了水，路边已经停满了车，季烈开着车兜了好几圈才勉强挤进了一个能停车的地方。这里本来就偏僻，地面上积水相对也深。他先下了车，水立刻没过了脚面。

那蓝丝毫没有意识到车子已经停下，她的脑子里一片空白，恍惚中听见季烈在叫她下车，轻轻地叹了口气，木然地转过头。车门已经打开，季烈站在车门口望着她，昏黄的路灯照在他的身上，细雨绵绵密密洒了他一身。

“到了，下车吧。”季烈又说了一遍。

那蓝起身，刚要下车，季烈不由分说地伸手将她抱起，蹚着水走到了干燥的地方才放下。

雨，还在下，路上静悄悄的。季烈没话找话地解释了一句：“水深。”

那蓝没说话，低着头。两个人一前一后走进单元楼，出了电梯，季烈看着她头也不回地打开 1201 的门，连客厅的灯都没开，身影便没入了屋子。

那蓝进屋后，关上门，一动不动地站了几分钟，才凭着感觉走到沙发旁，和衣倒在了沙发上。她睁着眼睛，目不转睛地望着黑暗的最深处。

季烈回到家，站在阳台上点了支烟，将救援过程中的细枝末节重新整理了一遍。那个阿一到底是什么人？直升机在金锐医院停下时，他和小五就不见了踪影。季烈想了想，决定问清楚这两人的情况。

丁晟忙碌了一天，刚刚躺下就被季烈的连番电话轰醒，疲惫地问：“兄弟，发生什么事了？”

季烈单刀直入地问：“你队里的阿一和小五到底什么身份？”

丁晟昏昏沉沉地问：“哪个阿一，哪个小五？”

“就是你们队留下来救援丁彩香的两个大高个儿。”

丁晟沉默了一会儿，说：“那两个人我不熟啊，不是我们队的。”

季烈生气了：“不是你自己说他俩是你们救援队的吗，怎么又不是了？他俩什么身份，你到底知不知道？”

丁晟说：“我们救援队到达鹿岛的时候他们俩刚刚到，后来一直在帮忙撤离岛上的渔民，连口水都来不及喝，我私心就把他们当成了自己人。”

“那两人有问题，救援丁彩香的时候情况不对。”季烈把事情经过讲了一遍，丁晟顿时睡意全无。他沉默了一会儿，说：“我们到岛上的时候他们俩就直奔丁彩香家，中间多次提出破门救人，但是都被我拒绝了。”

季烈想了一会儿，说：“也就是说，他俩去鹿岛很有可能就是为了救丁彩香。”

“那倒不一定，鹿岛的居民有人认识他们，我猜他们俩很有可能就是鹿岛人。”

季烈听完陷入了沉思。现在他可以确定，不是那蓝故意提醒丁彩香自己警务人员的身份，也不是莽撞，而是没料到半路杀出来个阿一。她学过心理学，她从母亲的角度设定了丁彩香的母性心理，她在引导丁彩香主动带小熊出门。她很严谨，也很小心了，却没料到丁彩香对警务人员的反应那么大。

季烈洗漱完毕，躺在床上，拿起手机，打开微信，找到跟那蓝的聊天界面，输入、删除，再输入、再删除……反复了好几次，始终组织不好语句，最后只好放弃。而那蓝此刻仍旧瞪着无神的双眼一动不动地望着黑暗深处，她早已经疲惫不堪，却毫无睡意。眼前反复闪现着破门而入的瞬间，看到丁彩香倒在积水里，血洇散开来的情形……

那蓝的眼泪终于流了下来。她想过一万次，作为警务人员，在遇到危险的时候应该挺身而出，保护人民的生命和财产安全，为什么却因为她导致灾民生命垂危？是她错了！她不是合格的警务人员！

尽管睡得很晚，但生物钟还是准时将季烈叫醒。洗漱完毕，早餐做好，季烈端着牛奶和餐盘敲了敲 1201 的房门，然后，很熟悉地输入密码，推开门。

屋子里很安静，那蓝躺在沙发上，身上还穿着昨天的衣服。季烈将手里的东西放在餐桌上，走过去，低头看着她。她回来之后没有清理自己，身上头发上都很脏。她睁着眼睛望着天花板，一动不动。她的脸色很不好，眼周一圈黑，整个人特别疲惫。季烈第一次见她这么脆弱，仿佛被什么东西吸走了魂一般。

她胳膊上的齿痕很深，足见小熊咬她的时候下了很大的力气。昨晚他给她处理过，但是伤口又有了干枯的血迹。说不清为什么，突然有些心疼，还有一丝愧疚，想起昨晚从医院出来后自己的暴躁，实在是不应该。

季烈蹲下去，手指轻轻碰了碰那蓝：“喂。”

那蓝没有动，连眼珠子都没转一下。

季烈意识到她一夜没睡，一时也不知该说些什么，将餐桌上的牛奶端给她，说："喝点牛奶，今天好好在家休息，不用上班了。"

那蓝没有接牛奶，坐了起来，双手抱着膝盖，紧紧地抱着。

季烈忽然觉得心里堵得慌。如果是以前，他这么不请自进，她早就张牙舞爪地发火了。可是今天，她什么都没说，特别脆弱。他心疼地伸手碰了碰她，低声叫了句："那蓝。"

她慢慢抬起眼眸，眼泪唰一下流了出来，然后低下头，头埋在膝盖里，一边哭一边说："都是我害了她，都是我的错。"

季烈的手放在她的肩膀上，特别用力地抓着："你别哭，不要哭！"不知道为什么，他一见她哭，心就像被什么东西抓了似的难受。他面无表情地拿起衣架上的外套，裹在那蓝的身上。

那蓝突然抬起头，说："你给我一巴掌，狠狠地打我吧，如果不是我，丁彩香就不会受伤，如果不是我，或许她就不会躺在ICU（重症监护室）里，都是因为我，你打我吧……"她真的希望他给她一记耳光，狠狠地打，那样的话，她的心里才能稍微好过一些，才不至于压得她透不过气来。

季烈看着她，什么也没说。他真的很想如她所愿地抽她，但他抬起手却又放下了，说："什么都不要想，现在去洗个澡，然后把牛奶喝了，好好睡一觉。"

那蓝忽然想起丁彩香还在医院里，连忙站了起来，赤着脚往门外走去。

季烈以为她要去卫生间，没想到一转眼她已经走到了门口，连忙过去抓住她的手臂，问："你去哪？"

"医院，丁彩香还在住院呢，万一她又要做手术需要血，我有……需要多少，我都可以给她……"

季烈看见她的眼里全是熬夜的红血丝，安慰道："她今天不需要手术，你不用去医院。"

那蓝倔强地想要开门，季烈用力抓住她的双手。那蓝望着他，眼泪在眼圈里打转，低哑着嗓音，道："你就让我去吧，求你了。"

季烈眼睛一瞬不眨地看着她，慢慢变得温和，默了几秒，压抑着说："就算你要献血，那也要先养好身体，养得白白胖胖的，医院才能同意你献血。现在，你先把牛奶喝了，再把早餐吃了，然后，好好地睡一觉，养足了精神，再去医院。”

那蓝眼神黯淡，走到餐桌前坐下，拿起牛奶一口气喝完，然后大口大口地吃着早餐。

季烈站在旁边望着她，过了一会儿，问：“丁彩香受伤你心里很自责？”

那蓝停止了咀嚼，少顷，点点头。

季烈说：“我也很自责……我应该把你留在警航。”

那蓝抬头望着他，闻言又低下头继续啃面包。

季烈倒了杯水给她，道：“老鹰昨天晚上也很自责，他说他应该第一时间破门救人，而不是把渺茫的希望用在劝说上。”

“是我害了她。”那蓝的声音很低。

“你……”季烈见道理讲不通，有点生气，不过这股怒火最后被生生压了下来，“什么都别说了，好好吃饭，吃完了好好睡觉，一切都等睡醒了以后再说。”

“真的是我害了她。”

“你……”季烈刚说到这，手机响了起来，手点了点她又放下，拿起手机。电话是沈天梵打来的，他看了一眼立刻按了接通键。

“老鹰，什么事？”季烈问。

“大事。”电话那边传来一声叹息，“丁彩香……没了。”

季烈心头一紧，不动声色地看了一眼那蓝，随后快速走到阳台上，关上阳台的门，压低声音问道：“她怎么没了？怎么就……没了呢？昨天晚上不是还好好的吗，怎么说没就没了？”

沈天梵说：“据悉，今天清晨五点十分，ICU病房突然断电，水电班的值班人员接到通知后立刻赶到科室检查维修，并且启用了备用电源。可想不到的是，备用电源竟然也出现了故障，最后断电长达二十分钟才修好。虽然医生对病人进行了人工心肺复苏，但是……抢救无效，医生还是宣布了病人死亡。”

“怎么回事？”季烈低吼了一声，“这到底是人为的还是故障？”

"刑侦已经介入，暂时还没有结论。"

"病人家属什么反应?"

"通知了丁彩香的亲属，她丈夫去世，亲生父母年迈，还有个哥哥没有正当工作，是个泼皮无赖，据说十分难缠。"

气氛瞬间压抑了。通话结束，季烈挂了电话，颓然地站在阳台上，点上烟刚抽了一口，韩东风的电话打了进来："事情的经过你都了解了，那蓝是你的队员，你想办法安抚她。"

"老韩……"季烈想要插话，但是韩东风并不给他说话的机会："记住了，千万不要发脾气，你的脾气我清楚，但你也要明白，她毕竟才二十二岁。"

"我……"

"季烈，丁彩香死了，这对那蓝来说无疑是巨大的打击，这个难关你要帮她渡过……我想过，只有你能够帮到她。"

季烈愣了一下。韩东风对他了如指掌，他一时无言。

电话挂断了之后，季烈回头望了一眼那蓝，见她开了冰箱拿了几个血橙出来吃。那是补血的水果，看样子是听进了他刚刚的话。

季烈在阳台上站了一会儿。根据沈天梵的描述，ICU 病房突然断电，应急电源同时出故障，这种情况很不正常。并且金锐医院作为滨江首屈一指的民营医院，理论上来讲绝不会发生这种事。一切都太不对劲了。

转眼间，那蓝吃完了早餐。她信了季烈的话，吃饱，进了房间，躺下，睡觉，睡够了，去医院照顾丁彩香赎罪。

季烈没有走，坐在客厅里苦思冥想。手机"嘀"了一声，有微信跳出，是丁晟发来的：阿一和小五的身份查到了，两人都是在鹿岛长大的，几年前离开鹿岛在滨江工作，这次回来是为了救乡亲。

季烈又开始烦躁了，一切都回到了毫无头绪的状态。

隔壁卧室的那蓝疲惫不堪，躺下来闭上眼，不一会儿就睡着了。她做了一个梦，梦里丁彩香周身都是血，眼睛狰狞地瞪着她。她惊叫了一声从床上坐起来，睁开眼，大口大口地喘着气，才意识到自己做了个梦。

门外传来急促的脚步声，跟着房门被推开了，季烈出现在门口。

房间里很暗，季烈收住脚步，紧张地望着她，似乎明白了过来，松了口气，问道："做噩梦了？"

到了中午，季烈决定去趟金锐医院。刚走进住院部的大门，就听见有人在大吵大闹，跟护士一打听才知道来人是丁彩香的哥哥丁冒。紧跟着他就听见一声大叫："别打人！"原来是丁冒动手殴打了丁彩香的主治医生，季烈立刻跑过去拉架，到了跟前发现丁冒此人身材魁梧，五大三粗，揪着医生的衣襟打得医生鼻血直流。季烈拉了两下，见拉不开，一把将他按在了墙上："我警告你，别对医生动粗！"

丁冒发泄着："你他妈谁啊？放开老子！"

"我是滨江警航……"还没报出名号就被丁冒粗暴地打断："我他妈管你是谁，他害死了老子的妹妹，谁害死老子妹妹老子就跟谁没完！"

季烈道："现在事情还在调查中，请相信警方一定会给你一个满意的交代。"

"满意的交代？等多久？屁！"丁冒甩开季烈的控制，扭头打量着他，"你刚刚说什么？你小子是警航的人是吧？老子想起来了，害死老子妹妹的凶手就是你们警航的一个女的，那女的人呢？把她给我交出来，不然老子跟你们没完！"

季烈警告道："你不要造谣。"

"我造谣？你倒是来说说，是不是因为你们跑去救援才让老子的妹妹受伤，她要是不受伤能死在这儿吗？归根结底都是你们害的。我告诉你们，别让我见到那女的，见到她老子一定杀了她为我妹妹报仇！"

"你这是恐吓！"季烈大喝了一声，忽听身后响起了一个声音："季队，让我跟他说。"

听声音是那蓝，季烈心里一阵紧张。那蓝穿了件白色的衬衫，面色苍白地看着丁冒，说："你说的那个人是我，我来了，你想怎么报仇就请动手吧。"

丁冒一听，猛地跳起来扑向了那蓝，挥舞着拳头，嘴里骂骂咧咧道："妈的，你还敢出来，老子非打死你不可。"

季烈吓了一跳，伸手去拉那蓝，丁冒一拳打在了季烈的脸上。

季烈护着那蓝，喝道：“住手！听见没有？立刻住手！”

丁冒火冒三丈，毫不手软：“住手个屁，老子打的就是她，害死我妹妹，血债血偿！”

正在病房里照顾小熊的沈天梵和叶泉水听闻外面大乱，连忙跑出来，只见丁冒拼命地打着季烈，季烈只是遮挡，紧紧地将那蓝挡在身后，可那蓝却不领情，一次次地想要推开季烈。

“季队你让开，让他打我吧，打了我或许我会好受一点。”

“闭嘴！”季烈头也不回地吼了一句。

“季队，求你。”

“让你闭嘴！”季烈低吼。

场面混乱不堪，沈天梵和叶泉水冲过去，奋力拉住丁冒。这时保安跑了过来，一边跑一边大喊：“住手，我们已经报警了。”

几个人压住丁冒，将他拉走。丁冒一路大骂，声音渐渐远去了。

季烈拉那蓝的时候脸上被拳头打了，嘴角挂着血丝，他胡乱地用手擦了一下。沈天梵问：“要不要看看医生？”

“不用。”

“你跟那蓝一块儿来的？”

季烈看了一眼休息室。叶泉水扶着那蓝在休息室的椅子上坐下，给她倒了杯水。那蓝像个木偶般一动不动地坐着，眼神空洞。透过玻璃窗，季烈看见她眼里滚动的泪珠，叶泉水拿着纸巾给她擦眼泪。

季烈心里很不是滋味，眯着眼睛回过神来时，烟头差点烧到了手指，连忙将它丢进了垃圾桶，想起当初和那蓝的约定，琢磨了一下，模棱两可地说了句：“只是碰巧。”

沈天梵半眯着眼睛看着天上的云朵，道：“老季，上次我就发现了。如果我判断得没错的话，她应该跟你住同一个小区，而从她出现的速度来判断，她很可能就住在你的……隔壁。”

季烈咳嗽了两声，说：“你福尔摩斯探案呢？”

“看来被我猜中了。老季，我还想问你一件事……”

季烈马上意识到沈天梵是想问他跟那蓝的事情，马上打断道："别，你刚刚已经问了我一个问题了，现在轮到我了，我也想问你一个问题。"

"问。"

"你是不是喜欢……哦不，你是不是爱上老叶了？给我个明白的回答。"

沈天梵没料到季烈会突然问这个问题，顿住了，不知如何回答。

季烈如释重负地拍了拍他的肩膀："行了，你不用回答了，自己心里清楚就行。"说完，他发现沈天梵的脸色有异，又问："你怎么了？脸色这么难看，出什么事了？"

沈天梵没说话。季烈说："你不会心里有人了吧？"

沈天梵还是没有搭话，转身想走，季烈伸手拉住他："到底怎么回事？老沈，按理说这事跟我没关系，可老叶从小跟我一起长大，在我心里她就是我姐，而且她家里发生过的事，你跟我心里都清楚……"

沈天梵突然打断，叫了声："老季。"

"嗯？"

"我不问你的过去，你也别问我的过去，行吗？"

季烈愣住，不由自主地松开手，愣怔地望着沈天梵渐渐走远的身影。

沈天梵走得很快，直奔病房。他故意没有乘电梯，推开楼梯间的门，关上门的一瞬间，重重地靠在门上，沉重地呼吸着，慢慢把眼泪逼回眼眶。过了一会儿，用力揉了揉发红的眼睛，强打起精神，继续往上走去。

季烈的话言犹在耳。喜欢老叶吗？当然是喜欢的。但是爱老叶吗？他没办法回答。他这一生，到今天为止，只对一个人说过爱，而那个人……早已不在人世。

叶泉水隔着玻璃窗看着沈天梵消失的身影，一转头看见季烈走了过来，冷静地问："你跟老沈说什么了？"

季烈敷衍了一句："没什么。"

"不跟我说实话是吧，那我问老沈。"叶泉水说着拿出手机要拨沈天梵的电话。

季烈有点烦躁："我说你能不能别打这个电话？"

叶泉水望着他："那你告诉我到底发生什么事了？"

季烈说："没事。"

叶泉水果断将电话拨了出去。电话中传来了忙音，让她略略感到一丝不安，想了想，点开微信开始输入信息。

季烈一把从她手里抢走了手机，快速删除掉信息。

"手机还我。"

"你能不能别闹？"

"手机还我。"叶泉水重复了一遍。

季烈叹了口气，只好把手机还给她。

叶泉水问："你到底跟老沈说什么了？"

季烈见叶泉水目光笔直地望着自己，顿了一下，说："我就问他是不是爱上你了。"

叶泉水无言以对，怔住不说话了。而此刻，沈天梵看着手机屏幕上的未接来电，心绪纷乱。他慢慢地关上手机，痛苦地靠在墙上，闭上了眼睛。不是不爱，是不敢爱，害怕面对，也不知道该如何面对。如果不是季烈把话挑明，他便不必面对内心。太难了！

过了一会儿，沈天梵把手机放进口袋，振作精神，走进了病房。而休息室里的叶泉水，平静地看着远处。平静，极其平静！

她的平静让季烈感到一丝不安，想起当年连环车祸案发生过后，她也是很平静："老叶……"

叶泉水打断："老季，你不用安慰我，我没事。"

"真没事？有需要的话，我的肩膀随时借你。"

叶泉水说："你就不怕那蓝误会，错把我当成是你的心上人？"

季烈满不在乎地道："我才不在乎被误会呢，好不容易逮着一个表现的机会，你可不能剥夺了。"说着，目光一转看向了旁边的那蓝，才发现刚才那蓝坐的椅子上坐着一个年纪五十上下的大姐，那蓝却不见了踪影。他目光快速地在大厅里搜索，然后冲出去。来来往往的人群，哪还有她的身影？突然，他看见医院门口停着一辆出租车，那蓝的背影上了车子。

“那蓝。”他叫了声，冲了过去。等他跑到跟前时，出租车已经缓缓开了出去，他追了两步，恰好看见一辆出租车经过，招手叫停，快速上车，对司机道：“师傅，跟上前面那辆车。”司机应了声，追了上去。

前一辆出租车里的那蓝表情木然地坐着，司机从后视镜里看了她一眼，头也不回地问道：“姑娘，上哪儿？”

那蓝幽幽道：“德清墓园。”

德清墓园位于风景秀丽的凤凰山山谷里，车子开了约莫半个小时，在德清墓园门口停下。那蓝从车里探出头，对守门保安说了句话，不一会儿，大门徐徐打开，车子缓缓驶入了山谷，又行驶了一公里左右才停下，那蓝下了车，顺着台阶拾级而上。

这个墓园很大，山谷中错落着一些墓地，而越往上走，越是气派。

山顶向阳处有一座巨大的墓碑，四周一圈松柏环绕。走到这儿，那蓝停住了脚步，默默地站在墓碑前，静静地看着照片上的人。那个人是她最爱的爸爸。

尾随而来的季烈跟到台阶下停住脚步，远远地看着那蓝的背影，稍稍沉思了片刻，拿出电话打给了韩东风。韩东风一接到电话就迫不及待地问：“你们队那蓝现在什么情况？”

“老韩，正想问你呢，她怎么跑德清墓园来了？”

“她没事就好。”韩东风松了口气，“她父亲那志国同志的墓地就在那儿。”

“怎么回事？”

韩东风说：“十年前，滨江一起特大跨境案追捕过程中，那志国同志殉职了。”

季烈咯噔了一下，问：“你说的是十年前滨江最大的那起走私贩毒团伙案？”

韩东风道：“就是那个案子，缴获海洛因二十公斤，收网时，那志国同志中弹身亡。”

季烈不再说话了，望着山顶处冷冷清清的墓地，心中肃然起敬。不过，更让他想不到的是，他心中仰慕的英雄，竟是那蓝的父亲。他走上前去，深深地鞠了一躬，然后跟那蓝并肩站着。西边的太阳渐渐坠入山峦，落日的余晖笼罩着墓地，一股森冷的凉意漫了过来。

季烈见她还是一动不动地站着，说：“你父亲是个英雄。”

那蓝没回应，也没有动。

季烈说：“丁彩香的事让你心里很自责，但是事情既然已经发生了，就应该勇敢去面对。”

那蓝还是没动，眼圈微微红了。

“我想你的父亲也不希望看到你现在这个样子，他想看到的是坚强独立、勇于面对的你，你说对吗？”

当季烈说完这句话时，那蓝终于抬头望向了他，然后又望向了墓碑上的父亲，父亲正温和地望着自己。

从小父亲就告诉她，面对任何挫折都不要气馁。她似乎在父亲的笑容中找到了勇敢。

那蓝深吸一口气，目光渐渐坚定了，对着父亲鞠了一躬，直起身对季烈说：“不早了，走吧，回去吧。”

季烈微微松了口气，两人一前一后，身影慢慢消失在墓园中……

第十一章 走出低谷

那蓝的心情依然沉重，回到家，关上门，后背靠在门上，心神黯然。猛然，她发现家里亮着灯，厨房里传来饭菜的香气。正愣神的工夫，就听厨房里传来欢脱的说话声：“我亲爱的那那，你终于回来啦，饭已经好了，菜也快好了，去洗手，准备开饭。”

是如本。那蓝松了口气，没说话。不一会儿，如本系着围裙，一阵风似的从厨房里飘了出来：“哟，这是怎么了？状态不佳啊。该不会是隔壁那位王牌冰山又欺负你了吧？跟姐们儿说，姐们儿给你报仇雪恨！”

那蓝勉强挤出一丝微笑，说：“你怎么有空来了？”

如本得意地挥着手里的铲子：“你姐们儿我今天心情好啊，店里新款出样了，效果非常棒！我跟你说，穿上我们店设计的新款内衣，A 杯直接变 C 杯，厉不厉害？”说完像一棵海草似的扭了扭小腰，然后快速飘进厨房，铲子飞快地在锅里娴熟地炒菜，“以后，就请叫我拯救飞机场的英雄。”

那蓝靠在厨房门边看着她。

如本说：“别用这么仰慕的目光看着我，崇拜我就成。嘿，你是不是觉得我现在又美又贤惠？”

那蓝“嗯”了一声。如本快速装盘完毕，端着盘子从她身边走过时停了下来，迷人一笑，一副抒情的口气说道：“小妞儿，等你真正爱上了一个男人以后，你就会发现，爱，是多么美妙的一件事。它会彻底改变你，改变你的世界观。”说罢换了副口气，“你快猜猜我今天给你做了什么菜。”

那蓝瞟了一眼：“清蒸鲈鱼，油焖茄子。”

“还有牛尾汤和你爱吃的西芹炒牛肉，有没有感觉到自己很幸福？”如本开心地笑着，拉了拉她的手，“赶紧洗手去，开饭啦。”

就在那蓝洗手的时候，如本已经一样样地将菜摆到了桌子上，整理完毕，开了瓶红酒倒上。那蓝走到餐桌边还没坐下，如本已经将筷子递到了她面前：“快尝尝，看我的手艺进步没有。”那蓝每样吃了口，强颜欢笑地点点头。

如本见她心情不佳，举杯跟她碰了一下，换上一本正经的口气：“那那，鹿岛的新闻我看了。”那蓝手里的筷子轻轻抖了一下。

如本义愤填膺地道：“看完把我都气坏了，明明是姓丁那女人有问题，救援队去救，她不愿走，警航去了，还是不愿走，一看她就有问题，根本自己找死，网上一些键盘侠凭什么怪你们救援不力？最让我气愤的就是，听说今天在医院，居然有个王八蛋要打你！”如本一拍桌子站了起来，“王八蛋，还给他脸了，居然对女人动手，还有天理吗？简直畜生不如！我跟你说，当时我没在场，我要是在场，非灭了他不可！对女人动手，我揍得他连回娘胎的路都找不着！”

如本骂完，歇了口气，坐回到餐椅上，心疼地盯着那蓝，问：“他打你哪儿了？你有没有受伤？”

那蓝摇摇头，如本松了口气：“那还好。臭流氓！”

那蓝见她怒发冲冠的模样，心中漾起了一丝感动。从小到大，不管遇到什么事情，她都立场鲜明地站在自己这边，维护自己。

“来，吃鱼。”如本夹了块鱼肉放在她碗里，好声好气地道，“这鲈鱼是野生的，我知道你爱吃，所以，今天跑了半个滨江的菜市场才给你买到。”

那蓝感动地看了如本一眼，然后低下头吃完，忽然想起了一件事来，问道：“如本，你知道你签的模特罗宾和小七就是鹿岛人吗？”

如本摇摇头说：“不知道啊，这些是公司人事部门在负责嘛，我才不管他们是哪儿的人呢，我只在乎罗宾爱不爱我，有没有勾三搭四。事实证明，他的心里只有我一个人。怎么样，我的魅力大吧？”

“那罗宾跟小七是什么关系你知道吗？”

“好像是同学还是校友来着，我不记得了，他们是什么关系我可不管，我只担心小七那小贱货会不会爱上罗宾，事实证明也没有。”

那蓝无心再问，埋头开始吃东西，但不太有胃口，勉强吃了几口就放下了筷子。如本知道她一时半会儿走不出来，也没说什么，收拾完碗筷陪她在小区花园的椅子上坐着。坐了约莫半个钟头，那蓝幽幽地道：“如本，你先回去吧，我一个人待着没事的。”

如本说：“不急，我愿意在这陪着你。”

那蓝听完，抬头望着夜空，又过了一会儿，说：“你知道吗？我小的时候，每次遇到不开心的事，爸爸都会牵着我的手带我坐在小区花园的椅子上，跟我讲道理，鼓励我。我爸是世界上最温柔的人，每次听他说完之后，我就能豁然开朗，从花园离开，立即卸下负担……”

如本说：“中学的时候你跟我说过同样的话。我说，以后不管是你遇到烦恼、困难还是不开心，只要让我知道了，不论我在哪里，我都会立刻过来陪你。”

那蓝当然记得，她转头望着如本，说：“谢谢你。”

如本淡淡一笑：“别谢我，为你做什么我都是心甘情愿的。你还记得吗，上中学的时候，我可不是个好学生，那时候家境不好，我爸妈只爱打麻将，不思进取，家里天天都是麻将声。他们也不管我，除了校服，我连件像样的衣服都没有。那时候我特别自卑，总觉得别人看不起我，我心里不服气，就想着赶紧出人头地，于是我就跟社会上的人混，泡吧、打游戏、抽烟、喝酒……”如本说到这儿苦笑了一声，“那时候真傻，觉得这样做很了不起。后来有一回得罪了一个社会上的痞子，深更半夜被一群流氓堵在胡同里，那条胡同周围是工地，晚上一个人都没有，直到那个时候我才明白，那帮人根本都是畜生。他们欺负我，我哭，哀求，怎么样都没用，衣服都被他们撕破了，当时我就觉得我完了，彻底完了。就在那一刻，我好后悔，无比后悔，我缩在角落里，心里默默祈祷，如果有人救我，我发誓以后一定做个好人……谢天谢地，我祈祷灵验了，就在我觉得我彻底完了的时候，你出现了，带着警察来救我……从那时候起，你在我心里就是天使。”

如本说得很平静，那蓝却有些动容，想起那晚的事，至今心有余悸。那天下了晚自习，她忽然心血来潮想要买画笔，于是拐道去很远的一家书画店，因为太晚了，抄近路回家，才会经过那条胡同。没想到刚走到胡同口，就听见如本的声音从胡同里传出来，先是大声骂，后来是小声哭泣和哀求。她只觉得浑身的血液都沸腾了，果断拿出手机，冷静地打了报警电话，然后冲进胡同喊“警察来了”。警察还没赶到，小混混们却被招了过来。她当时害怕极了，他们足足有六七个人，她知道跑不掉，也没打算跑了，紧紧地捏着拳头，咬着嘴唇，她当时只有一个念头：像父亲那样做一个正义的化身，不管里面的人是谁，她都要救，不然她不配做父亲的女儿。千钧一发之际，警察及时赶到，将那几个小混混抓了。她看见如本缩在角落里紧紧地抱着腿，第一反应就是如本被那些人玷污了，她以为是自己来迟了，彻底崩溃大哭。如本都被她哭呆了，最后扯了扯她的衣袖，跟她说她并没有被那些王八蛋糟蹋。她停了一会儿，然后抱住如本，两个人一起抱头痛哭。警察就站在一旁哭笑不得地看着她们。

回想起那一晚……那一晚，真是安静啊，就像今天晚上这样，安静得周围连一丝声响都没有。想到这，那蓝轻轻将头靠在如本的肩膀上。

如本说：“怎么样，是不是觉得很有安全感？中学的时候我就爱这么靠着你，后来你到了叛逆期，成天跟阿姨斗天斗地，从那时候开始，你就爱靠在我的肩膀上了，你说这样会带给你平静。你平不平静的我没办法知道，但是我知道，挨着你的时候我心里特别踏实。所以这些年，我就像你的跟屁虫一样，就爱跟着你，给你扫地做饭，我这个小跟屁虫心里也是美滋滋的，因为在我心里，你跟我的老爸老妈在同一个位置上。”说到爸妈，如本情不自禁地摇摇头，“虽然从我内心的感觉来说，他们两个是天底下最不靠谱的爹妈，但我也只能把你和他们放在同一个位置，因为……那里是最高的位置。”

那蓝被她说得动容，微微闭上眼睛。

如本道：“你也别太感动了啊，其实，没你们在的时候，罗宾才是最重要的。”那蓝扯了扯嘴角。

如本又慢条斯理地道：“不过，人和人之间的情分真是奇怪，就拿我来说吧，我能拿你当亲人，却不能拿罗宾当作亲人，我虽然挺爱他的，可我跟他中间总是缺了点什么，你说奇怪不奇怪？”

那蓝表示认同。就跟如本对她的感觉一样，在心理上，她早已经把如本当成了亲人。

“对了，听说你被那孩子咬了，伤得怎么样？”

那蓝说：“没事，小伤。”

“没事就好……不行，让我看看。”

那蓝抬起胳膊，如本卷起她的衣袖，寂静的花园里突然爆发出一声大叫：“哇！那么深的齿痕……”

“嘘，小点声，别吵到了人家。”

“知道了，知道了。”

夜风微拂，吹来阵阵花香。夜幕中，两个人静静地坐在花园里，夏虫唧唧，万籁俱寂。

远处，1202的阳台上，季烈静静地站着，看得入了神。

“咚咚”，他忽然听见有人敲门，方回过神来。

门拉开，丁晟大步走了进来，边走边道：“刚好路过你们小区门口，想起来你让我给你搜集的参与救援的那两个人的资料，所以，亲自给你送来了。喏，都在这儿。”说罢晃了晃手里的资料袋，往客厅的茶几上一丢。

季烈拿起资料袋，说：“我就知道你小子准行，我可早就听说了，你们蓝空救援队有个计算机达人，据说是黑客水平。”

丁晟惊叫：“喂喂，声明一下啊，达人不假，可不是什么黑客，不做违法的事儿。不过我就纳闷了，我们队里的这点老底都让你们警方知道了，还有什么事是你们警方不知道的？”

季烈说：“还真没有。”

丁晟自行打开冰箱拿了瓶矿泉水，喝了口，说：“老季，我要批评你，你现在是越来越鸡贼了，既然你们警方什么资料都有，你怎么还找我要资料？你直接找孙队要不就得了？”

“说得轻巧，我要是能拿到，还跟你要啊？不是一个部门，不能越界了。”

"找我要就不算越界？"

"闭嘴！不算！"季烈说罢，抽出资料随手翻了翻，目光被职业一栏的"内衣模特"几个字给吸引了，眉头皱了起来。

丁晟问道："怎么了？有什么发现？"

季烈马上摇头。

"吓我一跳。对了，给你透露个消息，我听我们队里的人说，那两个小子长得很帅，那些小姑娘一看见他们，就跟疯了一样。"

"帅吗？"季烈问。

"主要是身材好，八块腹肌，宽肩窄臀。"

季烈撇嘴道："说得好像你跟我不是似的。"

丁晟哈哈大笑："咱们不跟他们比，人家小鲜肉，我们是成熟有魅力的男人。不过，我听说那个小的有点问题。"

"什么问题？"

"据说对女人没有兴趣。"

季烈愣了一下："你的意思是，怀疑他俩是恋人关系？"

丁晟连连摆手："这我可不知道。不过听说，大的那个有女朋友，是他供职的那家内衣店的女老板，在我们滨江有点小名气，挺年轻漂亮的一个小姑娘，自己创业，有点本事，就是人有点儿……花痴。而且你也认识，就是那蓝的闺蜜，如本。"

季烈挑挑眉，想起了几次见如本的情景，觉得丁晟这个评价没什么问题。他道："老丁，我发现你怎么谁都认识？交际花啊你。"

丁晟顺理成章当成了对他的夸赞，笑得合不拢嘴。

季烈继续翻着资料，一边问道："你跟如本是怎么认识的？"

"这还不简单嘛，她经常跟那蓝一道去落霞山基地玩滑翔伞。不过，她不玩，据说是因为在天上平衡感不太好。"

"看不出来，光见着她踩着恨天高到处蹦跶，平衡感好得不能再好。"季烈低着头翻着资料，眉头越皱越紧。内容虽然不多，但是关键点出现了，美林大厦纵火案案发时两人曾在现场出现过。再联想到鹿岛上两人的怪异举动，季烈陷入了沉思。

丁晟喝完水，接了个电话便走了。季烈走到阳台上，发觉楼下长椅上的那蓝和如本已经不见了，他站了一会儿，然后出门，坐在那蓝和如本刚刚坐过的长椅上，抬头仰望1201。卧室里透出暖色的灯光，看来她还没睡。

那蓝躺在床上辗转反侧，一闭上眼，黑暗中还是会出现丁彩香绝望恐惧的脸，背后是慢慢洇开的血迹……

第二天，季烈一大早就过来敲门，发现门锁的密码换了，心里不觉有些郁闷，抬手想敲门，碰到门的一瞬间，又放下了。看样子，她是真的不希望他打扰。那就不打扰吧，让她冷静一下也好。

吃完早饭，到了警航，一进办公室的门，方杰便小心翼翼地走过来，说："队长，韩总叫你。"

季烈见他表情严肃，平静地望了他一眼，说："知道了。"抬脚刚要走，就听方杰又叫了他一声："队长。"

"干吗？"季烈问。

"鹿岛的事，被个别营销号故意带节奏，闹得沸沸扬扬，上头很重视……你小心一点，韩总发火了。"

季烈感觉到了，因为办公室里异常安静，大家都用一种奇怪的目光看着他。他没说话，迈步刚走到门口，就听方杰又叫他："队长……"

季烈回身瞪了他一眼："我都知道了行不行？我说你怎么婆婆妈妈的，赶紧给我滚回去工作。"

韩东风的办公室距离季烈的办公室有一百米，进门的时候才发现沈天梵也在，表情很严肃。韩东风正在踱步，紧皱眉头，一见季烈进门，直接问道："那蓝现在情况怎么样了？今天是不是又没来上班？"

"嗯，我替她请假。"季烈说。

"请假？又是请假。我就不明白了，怎么会弄成这样？你们俩说说看，这到底是怎么回事？"

沈天梵抢先道："那蓝同志变成现在这样，主要责任在我。救援的时候没考虑到她来队里的时间还短，年纪还小，各方面都还不够成熟，还不能够理智地面对死亡和流血。”

韩东风伸手制止：“老鹰，你别急着担责任，她是警务工作者，这是她必须要面对和承担的，她应该要有这个心理准备。况且她在警校学习过，在航空基地待过，学过心理学，考试成绩还非常好，怎么一实践就不行了？”

沈天梵没说话，轻轻叹了口气。

韩东风眉头皱成了“川”字：“救援守则的第一条是什么？以人为本，安全第一。她连这个都不懂吗？就目前的资料分析，丁彩香是因为她的儿子小熊非亲生的关系才会对警方产生恐惧。虽说她受伤跟那蓝的交流方式有一定关系，但是就责任认定来说，并不完全在她。我就不明白了，她怎么就走不出来？现在个别营销号带节奏，说是我们队员的心理素质不行，达不到救援的水平，我希望她能勇敢面对，打破谣言，可今天她又没来单位。”

季烈说：“她跟别人的情况不太一样，她在未成年的时候就经历过痛失亲人的苦楚，她更能了解那种切肤之痛，所以丁彩香的死才会对她造成重大的打击。”

韩东风皱眉走到窗边，眺望远处，过了一会儿，才缓缓转过身，问：“她到底什么时候能走出来？”

“至少目前还不能。”

韩东风叹了口气，敲了敲桌面：“季烈，当天那么危险，并且事先已经了解了情况，你干吗不带方杰去？方杰来队里的时间比那蓝久，经验也比那蓝丰富。”

季烈说：“从理智上来说，我应该带方杰去，可我考虑到方杰的成绩和各项指标都不如那蓝，尤其是从之前驾驶故障飞机顺利降落的情况来看，那蓝可以说是一名非常出色非常难得的女飞行员。所以，我才会急于让她成长，急于让她进步。老韩，你要相信我的判断，她确实是我见过的非常优秀的女飞行员。”

季烈的这番话着实让韩东风吃了一惊，他对季烈非常了解，这小子是刺儿头，谁都不服，现在竟能说出这样的话，他感到诧异，同时也无力反驳，语气不由自主地缓和了下来：“要不这样，安排她去看心理医生。眼下确实有个别媒体在刻意渲染这件事，我顶着很大的压力，我希望她能尽快走出来。”

季烈说："还是先让我再试试劝劝她。"

"也好。"韩东风坐下来，推心置腹地道，"同志们，咱们滨江警航成立的时间不长，我想你们和我一样，都不希望出现任何问题。"

从韩东风的办公室出来，季烈迎面看见叶泉水站在走廊的尽头，目光笔直地望着他和沈天梵。沈天梵不由停住了脚步，想起昨天季烈问他爱不爱老叶的问题，有些尴尬。为了避免尴尬，他故意朝反方向的楼梯走去。

叶泉水从背后望着他，一直到他的背影消失才转过身，嗓音淡淡地对季烈说："跟你说个事儿。"

"你说。"季烈心有不忍，但又不知道怎么劝她。

叶泉水说："小蛋蛋有个特殊技能，昨天晚上，我和他一起给龙猫喂苜蓿叶，他居然从一堆叶子里面找到了我拍照过的那片叶子。"

季烈眼睛噌地亮了一下，不过很快便黯淡了下来，不可思议地摇着头："他能分辨出苜蓿叶的不同？这怎么可能嘛，碰巧了吧？"

叶泉水说："开始我也是这么以为的，为了证实他到底是不是有这个特殊能力，我从网上下载了一百个化了妆的女性图片，我将图片给他看了一遍，然后截取了一百只右眼，让他找出其中一张图片上人的眼睛，我没想到他只用了两分钟就找出来了。"

这次，季烈真的愣住了。如果说苜蓿叶是碰巧，那这次再说碰巧完全说不过去。

"他怎么做到的？"

"我问了他，他只跟我说了四个字——一目了然。"叶泉水跟着季烈往楼上走，"昨天晚上我正好跟孙队在聊有关案情的进展情况，随口跟他说了小蛋蛋的事儿，他听完非常激动，说刑侦那边有一起肇事逃逸案，案件发生在半年前，司机撞人后逃逸，但是由于沿途监控均为民用监控，画面的清晰度极低，所以一直未能破案。孙队当时就有个想法，想让小蛋蛋试试，我就带他过去了，结果他竟然能在那么模糊的画面里发现肇事车辆的几个特征，并且锁定了车型和车牌号。刚刚孙队给我打来电话，说肇事嫌疑人已经被抓获，并当场供认不讳。"

季烈语无伦次地道："这……这小子可以啊，总能给我惊喜，不愧是我的大侄子，厉害啊！我以前只知道他智商高，普通成年人玩不过他，没想到……唉，那句话怎么说来着？骨骼清奇、天赋异禀！以后是不是得叫他一声'蛋哥'？"

叶泉水说："别开玩笑，我现在担心他的眼睛是不是出了什么问题。"

"要我说，你就是庸人自扰！"季烈想了一会儿，神情严肃了起来，"我想到了一件事：小蛋蛋走失的时候，他见到的嫌疑人，其中一个戴着口罩和帽子，另一个穿着小丑的衣服。也就是说，戴着口罩和帽子的那个人实际上对于小蛋蛋来说是没有障碍的，如果有一天他遇见了那名嫌疑人，或者说看见了那名嫌疑人的照片，他就能立即判断出是不是当日的那名嫌疑人，对吗？"

叶泉水听完，道："对，我就是这个意思。不过目前所有的嫌疑人孙队都已经给他看过一遍了，他说，那个人不在里面。"

季烈吐出一口气。叶泉水淡淡地看着他，表情并不乐观。

季烈看出了她对此不抱太大希望的样子，拍了拍她的肩膀，以示安慰。

叶泉水勉强笑了笑，沉默了两秒，问道："那蓝现在好点了吗？"

"一时半会儿好不了。"季烈说。

叶泉水不动声色地盯了他半秒，季烈觉得叶泉水似乎怀疑他和那蓝的关系，忙解释道："怪了，怎么你也来问我？我跟她……不太熟。"

叶泉水笑了一声，说："老季你怎么了？我并没有问你们熟不熟啊，你这么回答，分明是此地无银三百两。"

季烈无力反驳。叶泉水说："我听小蛋蛋说，她住你隔壁？"

季烈后悔莫及地按住脑袋。当初就不应该把小蛋蛋托付给那蓝。

"老叶，事情是这样的，事先我并不知道她会住到我隔壁，我怎么跟你解释呢……就是……有一天隔壁搬来了新邻居，那个新邻居突然来我家，开门一看，简直有一种老天在玩我的感觉，你知道那种感觉吗？"

叶泉水见他这样，突然想皮一下，绘声绘色地道："那种感觉啊……我当然明白了，大概就叫'近水楼台先得月''有缘千里做邻居'，又或者'买个娃娃送给你'……"

季烈差点一口血喷出去，恨不得抓小蛋蛋过来胖揍一顿，留下了一句话，挥了挥手，大步便走：“懒得跟你解释。”

叶泉水追上去：“跟你开玩笑的。”

季烈毫不理会，叶泉水跟上他的步伐：“你们住得近，多帮帮她。”

季烈嗖一下停住脚步，说：“我跟她怎么相处你别管，但你跟老沈是怎么回事？怎么他一见你就跟见鬼似的？”

叶泉水顿了一下，反问：“有吗？”

季烈没搭话，走到她面前，道：“老沈这人，我不太了解他。三十二岁了，按理说年纪不小了，但是从来没听说过他有女朋友，你知道是怎么回事吗？”

叶泉水皱了皱眉。共事那么久，他从来都是只身来去，洁身自爱，就连跟女同事说话都是礼貌而疏远。这个人毫无缺点，但怪就怪在毫无缺点上。

季烈看着她：“老叶，我觉得呢，你要是真对他有感觉，就主动一点，去了解他的过去，这样才能走进他的内心。有句话送给你：全力以赴去爱。但也要保护好自己。”

叶泉水不是矫情的女人，内心承认自己是爱上沈天梵了，可沈天梵始终表现得若即若离，让人捉摸不透。沉默了片刻，她问道：“你呢？心里放下夏若了吗？”

季烈受了一击，低着头，挥了挥手，走了。

世界又恢复了安静。叶泉水望着他的背影走进了办公室，才转身离开。

早上那蓝没忍住，看了网上有关鹿岛救援的新闻。网上留言纷纷，正面的评论她没太留意，却被几条暴力的控诉给吸引了，都是在说她救援不专业，害死丁彩香等等。一击即中，她浑浑噩噩地躺在床上一整天，一直到如本进门，强行将她从床上拖起来才缓过神来，只见客厅沙发前的茶几上放着一排甜点，是各式各样的小蛋糕。

如本举着一块巧克力蛋糕在她面前道：“据说吃甜食会让人产生幸福感。看，这些都是给你买的。你不用担心吃胖了，因为这些蛋糕里的糖用的是木糖醇，你可以随便吃任性吃。”

那蓝木然地盯着蛋糕。

如本哄孩子似的说：“吃一口，就吃一口，你试试就知道了，特别好吃，你真不用担心会胖，要不我吃给你看？我最怕胖了你知道的吧，因为我胸大啊，胖起来就得奔F去了，对吧？你看着啊，我吃了。”如本演示似的啃了口蛋糕，一脸享受的模样，夸张地叫了起来，“真好吃！太好吃了！奶油特别新鲜，巧克力是歌帝梵的，水果是美味的树莓……来，尝一口，保证你会爱死它的。”一边将没有吃的那一面放到那蓝的嘴边。

那蓝靠着沙发，无动于衷地望着天花板，有气无力地说：“如本，我不饿，你吃吧。”

“什么话，哪有人不饿的？要不咱不吃东西了，我陪你说说话吧，你想聊点什么？”

那蓝的眼圈渐渐红了：“你说，小熊有没有蛋糕吃？”

“谁？”如本问完忽然想了起来，“咬你的那个小孩啊？他不能吃这些，他先天糖尿病。我忘了告诉你了，早上我替你看过他了，真可怜，那孩子瘦得跟火柴棒似的，但是脾气跟他名字很配，真是很‘熊’。对了，告诉你个好消息，小熊的亲生父母找到了。”

那蓝的眼睛里飘起一丝生机：“真的？”

“当然是真的，孙队做证还能有假？你猜怎么着，小熊就是两年前儿童失踪案里的其中一个。”

那蓝眼神里流露出诧异：“真的？”

“嗯！所以那那，丁彩香的死不关你的事。是因为她知道自己干了违法的事才不敢面对警方，而且她精神又不太正常。你见过小熊，你看他被她养成什么样了！”

那蓝说：“你别劝我了，她做了违法的事，那也应该是法律来审判她。”

如本有点急了，说：“这不是法律没来得及审判她，上天就先审判她了嘛。我这辈子最痛恨的就是人贩子，反人道没人性。据说后来调查了鹿岛的当地渔民，大家都说不知道是怎么回事，都说俩孩子是被人遗弃让丁彩香捡了。现在她一死了之，小熊是怎么来的，大熊是怎么丢的，统统没了线索。”

那蓝垂着眼皮，哽咽了一下：“都是因为我，如果丁彩香没死，事情就水落石出了。”

“这怎么能怪你呢？”如本耐心地安慰道，“你明明是做了一件好事啊。丁彩香如果不出事，谁也不会留意到小熊不是她亲生的对吧？那那，有句话叫作‘因祸得福’，因为丁彩香死了，小熊才有机会见到自己的亲生父母，你想想他们多可怜，要不是因为这个，可能一辈子都不知道自己苦苦寻觅的孩子就在滨江。”

那蓝轻轻叹了口气，如本见不得她这么伤心难过，扯起她的手，说：“你是没看见，小熊亲生父母见到小熊时有多激动，就连我这么个铁石心肠的人看了都要飙泪。他们俩为了找孩子，工作不干了，房子也卖了，每天就开着车到处找孩子，整个南方都要找遍了，没昼没夜地找了两年。两年啊，七百多天，两人每天就睡不到五个小时，还都不到三十岁的人，头发都花白了，小熊的亲妈，眼睛也哭坏了。两人找孩子的途中还遇到过泥石流，车子差点被卷走，差点没命。”如本说不下去，抽了面巾纸擦了擦眼泪，“所以那那，你做了好事，你明白吗？”

那蓝没有动，几秒钟后，喃喃地道：“如本，你不用劝我，其实我也想这么安慰我自己，我也想赶紧好起来，可我做不到，我过不了我心里的那一道坎。”

她过不了那道坎，她始终绕不开一个想法，认为丁彩香是自己间接害死的。她感到窒息，感到透不过气。她在警校里学的，在基地里学的，都是教她怎么救人，怎么保护人，都是让她成为一个对人民有用，为人民服务的警务人员。可她从来没想到过，自己一句话就会害死一个人，她是失败者。短短两天，她想了好多好多的事情，想起以前天真任性的自己，想起母亲不同意她做警察时她的抵抗和坚持，想起刚进入警校的时候因为身体素质不够好，她一遍一遍地在训练场上训练，想起第一次被教官称赞，想起最后以优异的成绩毕业，想起在航空基地时的拼搏……如今，一切一切恍如隔世般遥远。原来，她根本做不了爸爸那样的警务人员，她从小到大以他为榜样，可现在距离他却越来越远……

叶泉水站在门外，平静地听着里面的谈话声，举着已经举了半天的手敲了敲门。如本开了门，打量了她一眼，想起之前去乌达酒吧找那蓝时见过她，方杰说她是地面指挥中心主任。

如本将她让进门，示意她去劝劝那蓝。她会意，走过去，蹲在那蓝面前，伸手摸了摸她的头发，问："那蓝，你还好吗？"

不好。这分明在嘴边的两个字却怎么也说不出来。她来不及去想叶泉水怎么会知道自己的住址，也无暇顾及当初和季烈的约定，不让同事知道他们住隔壁这件事。

叶泉水说："那蓝，我能理解你。"

"真的吗？"她终于说出了一句话。

"真的！我知道你现在很迷茫，你感到恐惧，你认为是你没有做得足够完美才致使丁彩香去世，你没办法面对一个失败的自己。是不是这样？"

那蓝点点头："我也不想这样，可我控制不住我自己。"

叶泉水在她旁边的沙发上坐下来，说："我明白这种感觉，一瞬间一切都变了，翻天覆地。突然间掉入了黑暗，无边无际。昨日种种恍如隔世，未来渺茫，看不到希望。"

见那蓝点点头，叶泉水又说："那你有没有想过，没有一个人的人生是完美无缺的，每一个人都带着遗憾在往前走。你无法面对丁彩香的死，其实你恐惧的是你自己的感受，你想象中她死了，她的家庭便破碎了，亲人便离散了，小熊变成了孤儿，无依无靠，所有人都怨恨你，所有人都指责你，这和你做一名优秀的警务人员的初心相背离，所以，你无法面对，你深感愧疚。"

那蓝抬起头望着叶泉水，眼泪在眼眶里打转。客厅里静悄悄的，她感觉自己的心在一次次地遭受重击。

叶泉水说："逃避很容易，就像现在这样躲在家里，像只鸵鸟把头埋在沙子里。可你能逃避一辈子吗？你要一直维持这样一个虚弱无能、毫无生机、毫无意义的自我多久？"

是啊，要多久？她茫然地将视线移向了墙上的时钟，顷刻间她恍惚觉得时钟的指针飞速转动了起来，日期不停地变化，时光如白驹过隙般流走，日升月落、日夜交替，眼前出现了白发苍苍的自己……忽觉心口一阵凄凉，泪珠唰一下落在地上，她哽咽了数声，无法抑制地痛哭起来。她捂着脸哭得很大声，宣泄着心中的压抑。

如本被她撕心裂肺的哭声惊呆了，愣怔地望着叶泉水，低声埋怨道："姐姐，不是说好了劝劝她的嘛，怎么把她劝哭了？"

叶泉水没看她，也没回答，只是沉默地看着那蓝。

如本急坏了，搂住那蓝的肩膀，一个劲儿地说着："那那，你别哭，你别哭了啊。"她越劝那蓝哭得越伤心，眼泪跟断了线的珠子似的，吧嗒吧嗒地往下掉。

叶泉水起身把如本拉到一边，说："没事，让她哭一会儿吧。"

"哭坏了怎么办？"

"可这就是人生啊！"

如本认同了这句话，抬头说："好！"

季烈从电梯里出来，徐徐地走到1201的门口，门没关，屋子里那蓝坐在沙发上号啕大哭，手接连不断地抽着面巾纸擦眼泪。对面站着的如本呆呆地看着她。另一边站着的叶泉水双手抱胸，冷静地望着那蓝。

忽觉门口站着一个人，叶泉水转过目光，看见了季烈。他的眼神很复杂，从来没有这样笃定。叶泉水明白了，是该他出手的时候了。她做了个手势让他进门，然后平静地拉了拉如本的衣袖，低声道："如本，我们先到外面走走。"

如本一愣，扭头望见了季烈，点点头，说："好。"经过他身边时，小声警告了一句："你不要再批评她了。"

季烈皱着眉，没吱声，脸一直紧绷着。叶泉水出了门，顺手将门带上了。

季烈朝那蓝走过去，坐到她旁边的沙发上。他见不得女人在她面前哭，很压抑，想抽烟，又忍住了。转眼间，茶几上的面巾纸盒空了，季烈起身将餐桌上的拿过来，一声不响地放到她面前，然后坐回沙发上，手肘放在膝盖上，双手抵在下巴上，没看她，也没说话，沉默地望着窗外。

他们就这样静静地坐着，落日余晖从窗口洒进来，金灿灿得晃人眼睛。

一直到落日渐渐西坠，那蓝终于止住了哭声。季烈听她不哭了，转过目光，说："哭完了？"

那蓝没回应。落日在季烈脸上塑上淡淡的金色，窗口的风吹皱远方的湖面，他有些出神，语气淡淡道："夕阳无限好，只是近黄昏。"

那蓝抬起肿得跟桃子似的双眼望了望季烈。他的眼睛很黑，冷静中带着一丝恍惚，转眸望向她说："我给你讲一个故事吧。"

那蓝抿着嘴唇，季烈眯着眼睛，道："曾经有一个飞行员……是战斗机的飞行员，他服役的是中国人民解放军空军'霸天狼'中队。哦，对了，你听说过'霸天狼'吗？"

那蓝当然听说过，这支队伍在历次演习中常扮演蓝军的角色，以检验各种新战法新装备的实战效果，"霸天狼"的队员个个是万里挑一的强者。她点点头。

季烈说："在一次演习结束的时候，这个飞行员突然发现有外敌侦察机入侵我国领空……"

那蓝见他停了下来，忙问："后来呢？"

"后来，由于情况紧急，这个飞行员来不及等上级回复就驾机追了过去，双方还交了火，最后，他把敌机驱逐出我国领空。"季烈说到这儿笑了一声，望着怔怔看着自己的那蓝，"你猜这名飞行员回去之后，是会受到嘉奖还是遭到批评？"

那蓝说："当然是嘉奖，他是一名优秀的军人，也是一名优秀的飞行员。"

季烈淡淡地道："他因为反应迅速受到了嘉奖，但也因为擅自行动受到了处分，还被关了禁闭……就像他父亲说的：不够冷静、盲目冲动、不顾后果、鲁莽。"

那蓝说："可在我看来，他保卫了我们的领空不受外敌入侵，是保卫领空安全的空中卫士，我佩服这样的人。"

季烈点点头，微微一笑，停顿了一会儿，说："谢谢啊，难得被你夸，这种感觉很好。"

那蓝没想到他说的是自己，一瞬间万般感觉涌上心头。

季烈松了口气，盯着窗外，风摇晃着树叶沙沙地响，脸上充满了回忆的神情："这是两年前的事了。"转过头，对上她的视线，"那蓝，如果当时是你，你会怎么做？是等命令，还是主动出击？"

"我吗？我……"那蓝晃了个神，不知道如何回答。

季烈换了个语气道："你不用回答我。我讲这个故事，只是想告诉你，这个世上的事，有时候并没有对和错之分，只是换个角度看问题。"

那蓝想了想，觉得这句话有些道理。

季烈道："后来没过多久，我就被老韩弄到了这里。现在想起来，做那个决定的时候我是有些冲动了，很大程度上来说，是因为跟我父亲赌气，才做了这样的选择。"

"你后悔吗？"

"说不后悔那是假的，但是人生没有后悔药，做了选择，就要对自己的选择负责。这件事让我彻底明白了一个道理，那就是世事难料。"

那蓝不知道该说些什么。过了一会儿，季烈又道："你到滨江警航这段时间以来，我们从来没有像这样聊过天，韩队希望我们快速成长，但我不知道如何把我们这个集体变成像一个人那样。你们每个人都有自己的个性，我生在军人家庭，自小我父亲就以军人的标准来要求我，而我也希望我们这个集体像军人一样雷厉风行，所以我才会看不惯你的不称职。不过，后来我明白了，我们是警航，不是军队，我不能像军人一样要求你们，我也在调整心态。"

一番推心置腹的话，说得那蓝无言了，气氛又压抑起来。季烈笑了笑，轻松地道："那蓝，我希望你尽快好起来，我们都希望你尽快好起来，赶紧归队。我们还有很多的训练需要去做，还有很多的工作需要完成。顺便告诉你，你没去单位这两天，方杰、宇宏他们几个天天念叨你，要不是我不让他们过来打扰你，他们会把你家门槛踩破的。"

那蓝低着头，沉默了半晌，低声叫了句："队长……"

"嗯？"季烈将身体微微前倾，示意她说下去。

那蓝鼓足了勇气，抬起头："我想调到文职部门，我觉得我……"视线落到季烈的身上，突然停止了，说不下去了。

季烈看她的样子就懂了，不过，他破天荒地没有发脾气，低下头缓缓吐出胸中积压的郁气，再抬起头时，脸上又挂上了淡淡的笑意：“你先别着急调部门，就算调部门，也不是一天两天的事。这样吧，明天早上你到警航，我带你看一些东西。”

“队长……”

季烈不想再说话了，抬手拍了拍她的后背，撤回时，手贴着她的脸掠过，依旧是淡淡的口气：“好了，什么也不用说，从现在开始，你什么都不要想，洗漱、吃饭、按时睡觉，明天早上见。”

季烈不再说什么，果断站起身朝大门走去。转过身时，他的脸色已经变了。她是他钟爱的女飞行员，他想过一万种不好的结果，但是绝对没想到她竟然提出换部门。不！他不同意！

那蓝脑子里一片空白，“换部门”这几个字是她以前想都不敢想的，可是这两天，这个念头却一直在她脑海中萦绕。她原本以为把这个想法说出来或许自己就会轻松一些，可话说出口的那一瞬，她发现自己不但没有轻松，反而更加郁闷了。如果时间可以倒回到两分钟之前，她会收起那句话。可须臾间她又垂下了头，她想起了自己曾经也深爱过滑翔伞运动，最后因伤放弃，离开伞圈，当时做那个决定的时候，也曾痛不欲生。放弃很难，但也不是离不开，纵是遗憾，也比整日忐忑不安要好。时间是个好东西，可以治愈一切。

季烈停在门口，看着她脸上变幻莫测的表情，一切尽在不言中。最后他用一种异常平静的语调说道：“明天早上九点你一定要来，我在巡逻机上等你。”

那蓝点点头，说：“好。”

许是因为卸下了心头的重担，这一夜那蓝睡得很踏实。不过隔壁的季烈却辗转反侧难以入眠，他在想，如果那蓝调到别的部门，那么，对于飞行大队来说是多大的损失？后来他索性起床，开了电视，选了一部相对无聊的 BBC（英国广播公司）纪录片，在一片星河闪耀中睡着了。

第二天早上起来，他吃完早餐，开车去警航的路上，发现天气异常好，天空碧蓝，万里无云，路边的小草叶子上闪耀着露珠，加上连日大雨造成降温，气温非常舒适。他落下车窗吹着风，忽然想到，那蓝去单位的时候也会从这里经过，也会看见这些，不禁微微一笑。

到了警航，季烈直接去了机库，沈天梵正带着几名学员检修直升机。队里的几个人正在议论那蓝今天会不会来单位，昨天他们几个本来想去那蓝家探望，最后被季烈给拦住了，说这件事交给他。

方杰自打追到赵琳琳之后更是对季烈佩服得五体投地，唯他马首是瞻。在他看来，只要季烈出马，就没有解决不了的难题，昨天季烈当着大家的面说那蓝的事交给他，他就觉得这事儿稳了，所以几个人还打起了赌。

季烈进了门，宇宏离着老远便问："队长，那蓝怎么样了？今天来单位吗？"

方杰从直升机里探出脑袋："我说娃娃脸，你怎么比我还担心咱们的队花？"

宇宏急赤白脸地敲了敲机身："警告你啊，不许再叫我娃娃脸，不然我就叫你假正经。"

众人哄然大笑，方杰噎住，转移开话题，冲季烈笑眯眯地说："队长，那蓝今天来单位吧？琳琳做了蜂蜜柚子茶，一会儿她来了我就拿给她。"

季烈没回答，而是问："什么娃娃脸，什么假正经？"

宋智指了指宇宏和方杰："这是他俩的绰号，那蓝的闺蜜给起的，宇宏叫娃娃脸，方杰叫假正经，队长叫……"

"我？"季烈有些好奇，"哟，我也有啊，我叫什么呀？"

方杰笑嘻嘻地扯了扯宋智，说："队长，你还是不要知道的好。"

"给我取的我当然要知道，来来来，说说，反正我知道那姑娘嘴里没什么好话，我承受得住，说来听听。"

季烈见没人说话，眼睛齐刷刷地看着自己，问："怎么了？不说啊？"

方杰挠着头："如本叫你冰……冰山……我估摸着，是说你冷冰冰的意思。"

季烈苦笑："什么冷冰冰？这明明就是说我不近人情。对了，方杰，你刚刚说什么，什么队花？谁是队花？”

方杰屁颠屁颠地：“当然是我们队的那蓝啊，她是咱们队里唯一的女队员，可不就是咱们队的队花嘛。”

季烈想起那蓝刚进队的时候一群人还叫她带刺的野玫瑰，只不过经过了短短的相处，大家就已经认可了她，心里有些欣慰，又有点不是滋味。

几名队员并未发觉季烈的情绪变化，方杰话音刚落，宇宏就蹦了起来，说：“方杰，你小子可注意点吧，别让你家女护士赵琳琳知道你还关心别的女人，那样你可就惨喽。”

方杰一副满不在乎的神态：“我们家琳琳知书达理，乖得跟只小猫似的。”

宇宏说：“是你乖得跟只小猫似的吧？”

宋智道：“要说方杰现在在家里那真是想干什么就干什么，想做饭就做饭，想拖地就拖地，地位仅次于家里的哈士奇。”

众人闻言哈哈大笑，方杰脱下手套朝宋智扔了过去：“滚滚滚，我告诉你们，你们单身狗没有资格嘲笑我。”

“兄弟们，他嘲笑我们，哥儿几个说怎么办？”

众人一拥而上按住方杰，抓手的抓手，抓脚的抓脚，将方杰抬起来，朝天空抛去……季烈忽然想起刚进部队时的情形，训练结束之后，大家也是这样打打闹闹，不由笑了笑。

沈天梵看出他情绪不太对，走过去，低声问：“她……不好劝？”

季烈点了点头。沈天梵抿着嘴，拍了拍他的肩膀：“慢慢来。”

那蓝吃好早餐，想着昨天季烈劝她的话，还是出了门。路上她发现天气异常好，草尖上闪着露珠，微风从窗口吹进来，忽觉心情舒适很多，深深吸了口气。到了警航之后，车子停下，那蓝直奔机库。远远地望着并排停着的直升机，她的脚步突然顿住了。

宇宏望见了她，跑过来迎接，说：“那蓝姐，你终于回来了，你就站在这儿，什么也不用干。”

方杰从机舱里蹦了下来：“欢迎那蓝归队。”

一阵热烈的掌声响了起来，那蓝尴尬地咧着嘴，苦笑。

方杰见她脸色苍白，顶着大大的黑眼圈，人也没什么精神，忙道："宋智，快搬凳子，给那蓝坐下。"

"快快，请坐。"宋智还没找到凳子，宇宏已经搬着凳子放在那蓝跟前，"姐，你别郁闷，我们都知道你做得没错，以后要是再遇到丁冒那种蛮不讲理的人，我们替你收拾他。"

那蓝没坐，低着头站着。

宋智说："还好你没事，不然，我们几个，还有沈队和季队，一定会难受死的。"

那蓝的头更低了，她想起昨天跟季烈提出调部门的事，一时间心中百感交集，不知道如何面对他们。

"那蓝。"是季烈在叫她。那蓝抬起头，见季烈穿戴整齐，怀里抱着头盔，站在巡逻机旁望着她，他的眼神很深。

"队长。"

"你上来。"

"哦。"那蓝朝巡逻机走去。她走得有些缓慢，到巡逻机跟前足足用了两分钟，所有人都看着她，刚才欢脱的气氛瞬间就变得紧张了。

她抬头看了看，然后深吸一口气，上了直升机，戴上头盔。季烈的眼睛一瞬不眨地盯着她，头盔和制服让她看起来英姿飒爽。

季烈说："我带你飞一次。"她刚入队的时候，他未曾带她飞，这次算是弥补，"我只做一次，你看好了。"

"哦！"那蓝先前还心不在焉的，这会儿眼神突然散发出欣喜的光彩，整个人瞬间精神抖擞。

季烈意味深长地扬了扬嘴角，操纵巡逻机缓缓滑出了机库，稳稳上了天。

天空原本万里无云，不知从何处飘来了一团团棉花似的云朵，遮住了耀眼的阳光。季烈一边操作着巡逻机，一边冷沉地问："你在基地学习了哪些飞行技巧？"

那蓝答："直升机外载荷飞行，山区飞行，人口稠密地区及其以外区域飞行，水面上空飞行，搜救飞行。"

季烈问："还有吗？"

那蓝答："没有了。"

季烈说："这些只是普通的飞行。"

那蓝知道他是大拿，赞同地点头。

季烈目视前方："我的表演要开始了，如果你一会儿想吐的话，那边有垃圾袋。"

那蓝沉默了，想起曾经有一次跟他出任务，因喝了冰牛奶，吐得翻天覆地，最后被他丢在山区的情景。她一个念头还没转完，就听季烈道："受限于该机的性能，我只做几个简单的动作。"话音未落，巡逻机突然呈钟摆飞行。

此刻，地面指挥部一片寂静，韩东风皱着眉望着电子大屏，屏幕上的直升机一会儿左摆三十度，一会儿右摆三十度，一会儿前摆三十度，一会儿后摆三十度。

叶泉水冷沉地跟韩东风汇报："巡逻机上一共两个人，01 带着 07 在飞。"

"我就知道是他，他这是在干什么，玩特技吗？"

叶泉水问："总队长，是否要通知 01 返航？"

韩东风刚要说话，忽地想起昨天跟季烈谈话时，季烈要求由他负责处置那蓝，压了压怒气，说："先看看再说，我看他到底要干什么。"

天上的云朵厚了一些。那蓝看着季烈利落地操作着直升机，每一个节点上的动作都十分干净漂亮。她明白，这个动作对直升机和飞行员来说都是考验。

这一套表演结束，巡逻机进入平缓飞行。那蓝抿着嘴，认真回忆了一遍刚才的飞行操控，思考了片刻。在钟摆顶点处的停顿和转向需要直升机有足够的功率作为支撑，在摆动中，飞行员不仅要能够准确地判断两个顶点的高度是否一致，还要能够平缓地同时做垂直和水平位移以保证飞行曲线圆滑，这些都需要具备娴熟的操作技能。因为这个时候，飞行员看不到地面，全凭感觉在飞，一旦判断出现偏差就很可能坠落触地。她想通了，轻轻松了口气，唇角露出浅浅的微笑。

季烈说："看清楚了？"

"嗯。"那蓝的手轻轻抬起配合动作，"左摆三十度，右摆三十度，前摆三十度，后摆三十度……对吗？”

季烈点点头，目视前方，眼中有光。他没看错，她真的是难得的女飞行员。

那蓝渐渐收敛了笑容，她发觉直升机的机头突然开始向上拉升……

韩东风站在窗口，拿着望远镜看着远处滨湖上空的巡逻机，机头拉升，直到机翼向下、机腹朝天，与此同时，直升机“翻身”做一百八十度滚转之后，恢复成正飞姿态。

放下望远镜，手心里全是汗。韩东风明白，对固定翼战机来说，这个动作半滚倒转是空战时常用的战术动作，但是对于直升机来说难度很大。他竟然用巡逻机这么飞，艺高人胆大是不假，可他的胆子也太大了。

有同样想法的还有那蓝，她的呼吸和心跳几乎都停止了，脑子都是蒙的。

季烈扭头看了她一眼，问：“害怕吗？”

她终于听到了自己心跳的声音和巡逻机巨大的轰鸣声，扭过头淡淡一笑，说：“不怕。”

季烈看见她眼里流动的光芒，嘴角一弯也笑了，说：“首先，做这个动作的时候，向上拉升至最高点时，时速不能低于六十公里，否则会造成坠机。作为飞行员，必须准确掌握稍纵即逝的翻转时机。翻早了，直升机可能失速跌落；翻晚了，飞行员有可能失去方向感。记住了吗？”

那蓝说：“记住了。”

季烈操纵着巡逻机开始缓缓下坠，贴着滨湖飞行。

“季队。”

“嗯？”

“我服了。”

“别服得那么早，再看最后这个动作。”

那蓝一个“好”字没说完就噎在了嗓子里。只见短短数秒，巡逻机打着转冲上了百米高空，而后落得又稳又准——慢悠悠螺旋降落后，直升机准确悬停在起飞位的正上方。

季烈的动作太快，看得她眼花缭乱，但她还是记住了全套动作：升的时候，直升机功率全开，旋转而上冲上云霄；降的时候，紧握操纵杆匀速旋转，下落。

季烈道："下降速度不能超过三米每秒，否则容易进入导致机毁人亡的'涡环'，必须小心翼翼。记住了吗？"

"记住了。"

季烈问："你想不想试试？"

"想！"那蓝脱口而出，跃跃欲试。

季烈放松了语气说："可惜你要去别的部门了。"

那蓝吃瘪，季烈的嘴唇微微扬起，露出一个大大的微笑，目光定在她的脸上："07，你看，你这么热爱飞行，怎么可能甘心调去别的部门呢？"

那蓝说不出话来。是啊，太不甘心了。她深吸了一口气，看着巡逻机缓缓从城市的上空掠过。巡逻机飞得很低，几乎能看清地面上的行人和经过的车辆。高楼耸立、人流如织、车流滚滚……

季烈说："看到了吗？这就是需要我们保护的地方，城市繁荣美好，人民安居乐业。我曾经在网上看到过这样一句话：'哪有什么岁月静好，是有人替你负重前行。'我们就是那些负重前行的人，我们的责任是维护国家安全，维护社会治安秩序，保护公民的人身安全、人身自由和合法财产，保护公共财产，预防、制止和惩治违法犯罪活动，保障改革开放和社会主义现代化建设的顺利进行。"

空气中只有螺旋桨巨大的声音，那蓝却觉得，那是最美妙的音乐。那一刻，云破日出，阳光洒向大地，也照进了她的心里。

巡逻机缓缓退入机库，季烈下了巡逻机，那蓝快步追上去叫他："季队。"

"嗯？"季烈望了她一眼。

那蓝说："谢谢你。"

季烈眼睛眯了起来，盯着她看了一会儿，问："拿什么谢我？"

那蓝哽住不说话了，季烈迈步要走，那蓝又叫了声："季队。"

"说。"

"我要留下来，不调部门了。"

目的达成，季烈突然放慢了脚步，不由自主地笑了。不过，他很快就绷住了脸，头也不回地问："想好了？"

"想好了！"

季烈故意冷着脸回身走到她面前，居高临下地望着她："我告诉你，下回再有这样的情况，我可不客气。"说完，盯着她看了几秒，转身便走。那蓝连忙追上去，说："以后再也不会了。"

季烈不看她，脚步走得飞快，声音也高了起来："这可是你说的，再有下一次，不用跟我请示，爱去哪个部门去哪个部门，我可不要。"

"我发誓，没有下一次。"

"希望你说话算话。"

那蓝终于松了口气，步伐轻快地跟上季烈，问："队长，你还会哪些技能？"

"多了。"

"能不能教教我？"

季烈扭头看了她一眼，没说话。

那蓝快步走到他面前，后退着往前走："教我呗。"

季烈瞥着她："就你这身体素质？"

"我可以练啊。"

"等你练好了再说吧。"

季烈快走几步越过她，那蓝走在后头，激动地蹦了起来，挥着拳头："Yes!"

众人站在机库外面，兴高采烈地等着那蓝归队，见那蓝走过来，立刻众星捧月地围了上去。

紧急升空

下

SCRAMBLE

桑甜 著

SANG TIAN

浙江文艺出版社

第十二章

相亲插曲

韩东风站在办公室的窗子边望着楼下，轻轻松了口气，对助手说：“把季烈给我叫来。”

季烈一进门就看见韩东风沉着脸坐在办公桌后的椅子上，头也不抬地冲着自己道：“飞爽了？”

季烈哈哈一笑：“爽！不过，就是这直升机的性能……不能跟武直-10比。”

韩东风抬手点了点他的脑门，气咻咻地道：“你小子还想要武直-10，你怎么不要歼-20呢？这儿是警航，不是中国人民解放军主力部队。”

季烈抽出一支烟递了过去：“哟，老同志，生气了啊？来来来，抽支烟，消消气。”

韩东风手指敲了敲桌面：“你给我收起来，我办公室是无烟区。”

“是！”

“我说季烈，你小子到底想干什么？你也知道咱们队里直升机的性能不能跟武直-10比，那你还做一些武直-10的技术动作，你要气死我啊？季烈，我告诉你，这也就是你……”

季烈贼贼地笑着：“对对对，这也就是我，你的爱将。”

“你给我严肃点，别嬉皮笑脸的。”

“是！”

韩东风从来没见他态度这么好过，不想再说下去了，聪明人点到即止。

“告诉你，不容许有下一次。”

季烈笑嘻嘻的：“得嘞，听您的。”

韩东风说完，脸色又严肃了下来，拿出一份资料丢给了他：“看看这个，刑侦队传过来的资料。美林大厦纵火案和丁彩香意外死亡案案发现场发现的可疑足迹，经足迹专家分析，为同一个人的……事情棘手啊！”

季烈眉头皱起来，抽出一支烟塞进嘴里才想起来韩东风刚才说的话，又取了下来。韩东风没说话，打开抽屉，拿了个东西砸了过去。季烈伸手接住，原来是一个打火机。

韩东风说：“也就只有你能破这个例。”说完，推了个烟灰缸过去。

季烈点上烟，看完资料，眉头皱得老高。

韩东风在办公室里踱着步，一边走一边道：“这两起案件都与警航有关，孙队那边希望咱们能提供更多的线索。不过就目前发现的线索来说，嫌疑人有很强的反侦查能力，两起案件做得可谓滴水不漏。不过魔高一尺道高一丈，迟早会露出马脚。”

季烈轻轻点了下烟灰，问：“丁彩香的哥哥丁冒那儿有什么线索吗？”

韩东风摇摇头说：“丁冒跟丁彩香平时基本不来往，那小子身上一堆的事：2009年聚众赌博被关过一次，2011年在酒吧兜售摇头丸，又进去了一次，念其量小又是初犯关了两年，出来之后没多久又因为盗窃再次进去。半年前酒后驾车肇事逃逸，今天早上破的案，听说叶主任的外甥小蛋蛋功不可没。丁冒最近靠给贷款公司催贷为生，听说丁彩香死了，以为逮着机会可以讹金锐医院一笔，于是气势汹汹跑去医闹。”

季烈跟韩东风聊完，决定去刑侦队走一趟，仔细了解案情的经过，然而由于案件线索极少，孙队长也是焦头烂额。

从刑侦队出来，天已经快黑了，季烈回到家，刚换上T恤就听见有人在敲门，是那蓝站在门外。

自从决定留下之后，那蓝心情豁然开朗，简直像是换了一个人。

季烈开了门，拦在门口打量她。她穿了件白衬衫，浅蓝色牛仔裤，一侧的短发掖在耳朵后面，清清爽爽的，看起来像个大一新生，气色比之前好多了。

季烈问："你怎么来了？"

那蓝答："请你吃饭啊。"

季烈靠在门口，斜着眼睛打量她老半天："请我吃饭？"

"嗯，我请客，你可以点遍天下美食。你想吃什么？中餐还是西餐？清淡的还是油腻的？"

季烈质疑地打量着那蓝："到底想干什么？无事献殷勤！我怎么觉得你有什么阴谋……"

那蓝夸张地笑了两声："我能有什么阴谋，不就是想感谢你今天帮了我嘛。"

季烈说："那你就当作领导对下属的关怀，不用感谢了，我不想出门吃饭。"

那蓝见季烈要关门，眼疾手快地拦住："那咱们在家吃火锅怎么样？"

"火锅？谁做啊？"

"外卖啊。就这么定了，我点了啊。"那蓝说完，拿出手机，快速走进季烈家里。

季烈抱着肩膀看着她，问："真想请我吃饭的话就别点外卖，自己煮饭。"

那蓝想了想，转身往外走，头也不回地说："我去买菜，等着我大显身手。"

季烈嗤之以鼻："别逞能，你做的菜能吃吗？"

那蓝已经走进了电梯，季烈隐约听见声音从下行的电梯里飘出来："我也不知道，听天由命吧。"

半个小时之后，那蓝拎着两大方便袋的食材从社区菜场回来了，敲开季烈家的门，走进厨房，关上了厨房的门。

季烈坐在客厅的沙发上吃着西瓜，探头看了看，摇了摇头。她会做饭？他季烈绝不相信！但是，光看架势，估计可以做一桌满汉全席。

厨房里的那蓝一面看着手机菜谱一面切土豆丝，就听"啪"的一声，鱼从袋子里蹦了出来，袋子掉在地上，基围虾和皮皮虾跳得满屋都是。她手忙脚乱地去捡，手被皮皮虾的刺扎到，惨叫了一声。

客厅里，季烈在问："怎么了？"跟着，厨房的门被推开，只见那蓝手里抓着皮皮虾，手指正在冒血。季烈皱皱眉看了一眼砧板上手指粗的土豆条，又看了看一地活蹦乱跳的鱼虾，哭笑不得地望着她说："你真笨，还做饭呢？"

那蓝龇牙咧嘴地："你别管我，快帮忙捉虾，别让它们跳客厅去。"

季烈看她还在收拾，拉了她一下说："我来收拾，你赶紧用水冲一下伤口。"

那蓝冲伤口的时候，季烈收拾完了一地的活物，抬头冲拿着菜刀准备继续干活的那蓝说："过来，给你把伤口包上，不行就别逞能，你现在这样算什么？刚到战场就挂了彩。"

那蓝被季烈扯到客厅，季烈取出创可贴撕开，贴在那蓝的手指上。

他离她很近，他低头时，她从领口能看见他性感的锁骨。

季烈说："还好伤口不大。"

那蓝目不转睛地凝视着季烈："所以我还可以继续做饭，我今天一定要把这顿拜师宴做好。"

季烈包扎完毕，没听清楚，问："什么玩意儿？"

那蓝端详了一下包扎好的手指，笑笑说："没什么，你就耐心等着吃饭吧。"

"你这样还能做饭吗？"

"没问题啊。俗话说得好，'轻伤不下火线，重伤不进医院'，只要一息尚存，这顿饭我就必须做出来。"

季烈无可奈何地望着她："懒得管你。不过你到底会不会做饭？"

"试试吧。"那蓝说完进了厨房，关上门，在手机上翻了半天菜谱，最后决定打电话给如本。

如本正在加班，听完之后，愤愤不平地一拍桌子，义愤填膺地吼起来："那那，我想不到你是这种人，你居然把第一次给了他，你都没给我做过饭！"

那蓝头皮直发麻："你怎么说得那么难听……"

"重色轻友。"如本说完，贱兮兮地一笑，"欸，你们发展到哪步了？"

那蓝急了："没有的事，他是我的领导。"

"嗯，对啊，办公室恋情嘛，恋上霸道飞行员，恭喜你成为了言情小说女主角。"如本说得意味深长，"教你一招。吃饭时，调整光线，涂上漂亮的斩男色口红，然后开一瓶酒，等着他自己扑上来……完美！"

"你……真色情！"

"我是在教你！对了，你自己别喝啊，就你那酒量，一喝就倒。"

"挂了！我按菜谱做去。"那蓝说完挂断了电话。

两个小时之后，季烈坐在餐桌边，看着面前几道黑乎乎的菜，举着筷子，不知道从何处下手，抬眸看了看坐在他对面一脸"求表扬"神情的那蓝，犹豫了一下，还是放下了筷子。

那蓝说："别这样啊，你别看它们样子难看，其实味道很不错的。"

季烈勉强用筷子扒拉了一下碟子里黑乎乎的食物："这是什么？薯条还是青椒？茄子还是胡萝卜？"

"别管是什么，先尝尝。"

"你确定这黑暗料理能吃？"

"当然能吃啊。"为了表示自己的话不假，那蓝拿起筷子夹了一块放进嘴里。

季烈盯着她，等她把嘴里的菜吐出来，然后他会立即拿起手机叫外卖。可万万没想到，她居然吃得津津有味，还一脸认真地劝他："真的挺好吃的，这是咕咾肉，要不你试试？"

咕咾肉？从来没见过黑色的咕咾肉！出于好奇，季烈夹起一块，小心翼翼地放进嘴里，没想到味道确实还可以。他每样都尝了一遍，点评道："虽然样子惨不忍睹了点，但是味道还可以。我想请问，到今天为止，你一共下过几次厨？"

那蓝说："这是第一次。不过要说做菜，你家小姨做得真好，色香味俱全。"又想起家里还有瓶红酒，是上回如本买的，便起身回家去拿。再闻到自己那浑身的油烟味，赶紧换了件衣服，在卫生间照镜子的时候，目光被化妆台上的斩男色口红吸引了，拿起口红对着镜子涂抹，涂着涂着突然想，那蓝你在干什么？又马上丢下口红，拿起卸妆巾擦掉，只拿了红酒和高脚杯。

季烈见她拿着酒进门，还换了衣服，嘴唇的颜色又跟之前有些不同，疑惑地看了她一眼。那蓝赶紧倒上酒，举起杯，说："季队，我敬你一杯。"

季烈狐疑地望着她："不能喝就别逞强。"还没说话，她已经喝下去了，放下酒杯，然后拿起一只基围虾剥开，放进他碗里，说："季队多吃点，以后我就靠你了。"

季烈没听懂什么意思，喝了酒杯里的酒，然后吃了那只虾，总觉得哪里不对，不过来不及细想，就听"咚"一声，那蓝扎在了桌子上，嘴里嘟嘟囔囔地说："虾，你吃了；酒，你也喝了……你不能再反悔了。"

季烈没明白啥意思，推了推她："到底行不行啊？起码吃点饭再睡吧，喂……喂喂……"推了她两下，见她一动不动，再一看，睡着了。

季烈放下筷子叹了口气："早就跟你说了，不能喝别逞强，醉了吧。"猛然想起上一次她喝醉冲进他家里的情形，呼吸一紧。动手扛起她往沙发上一丢，说："声明一下，不是我不送你回家，是你换了密码。"

那蓝垂死挣扎地仰起头，迷迷糊糊地说："换……换回来了，还是……以前的……密码……"

"什么玩意儿？"季烈看着她，忍不住笑了一声，手指愤愤地点点她，"你闲的是吧？作！"

季烈将那蓝放到她的床上，见她睡得很熟，肌肤雪白细腻，面色因为酒精的关系微微有些红润。嘴角有点红色，应该是抹了口红又擦掉后残留的痕迹，他盯了一会儿，忽然用手轻轻擦了一下，没擦掉，手触到皮肤才发现比想象中还要柔软。

他有一瞬间的慌神，迅速拉了夏凉被给她盖上，顺道打量了一下她的卧室。以前也进来过，但是从来没有仔细看过。卧室很大，米色的窗帘，灰色的布艺床，浅粉色的四件套，床头柜上放着相框，里面是张合影，稍微有些褪色，他拿起来看了看，是她十来岁时和父亲那志国的合影。他猛然间明白了过来，原来美林大厦火灾那天她重回 2204 不是因为作，而是为了取回与父亲的合影。原来是他误会她了……

季烈放下照片，转身看见衣柜开着，里面挂着的黑色长裙是美林大厦火灾当天她穿过的那件。他取出来看了看，见被他扯下的袖子已经缝好，他想了想，关上了衣柜的门，拿着裙子走到门口，回身看了她一眼，将门带上，拿出手机拨了孙队长的号码。孙队长还在研究案子，接到季烈打来的电话说他有件衣服，想检测一下两个地方的面料是否相同。

那蓝这一觉睡到了凌晨四点半，醒来发现在自己的房间，天已经隐隐发亮。她躺在床上回忆了一下昨晚发生的事情，从她喝下杯子里的红酒之后就断片了。不过好在她喝得少，又是品质上乘的酒，醒来丝毫不觉得头疼，相反神清气爽。起身去卫生间冲了个澡，换上运动套装，去敲隔壁季烈的门。

正在熟睡的季烈被门铃声惊醒，一看时间才五点，打着哈欠开了门，见那蓝身着运动装站在门外，愣了愣："你干什么？"

那蓝说："跑步，加健身。"

跑步？健身？跟他有什么关系？他什么也没说，伸手要关门，他真不想大清早就怒发冲冠。那蓝一个箭步挡在了门口。

"干吗？"季烈的不耐烦在等着她。

那蓝没说话，笑眯眯地望着他，只当他是起床气，说："五点了。"

是啊！他看过时间了。不过她的声音很温和，态度非常好，他便也温和了下来，问："要我干什么？"

"你昨天说让我提高身体素质，所以，我们一起跑步，一起锻炼，你来监督我，指导我。"

季烈有些无奈："以前你在基地学习的时候也不认识我，那时候谁陪你一起锻炼？"

那蓝说："走吧，早晨滨湖的空气特别新鲜，我等你。"说完走进了门。

季烈抓住她的肩膀，扳转过她的身子，面朝门口，推着她往外走。那蓝还没明白他要干什么就已经被推出门外，身后的门"砰"一声关闭，季烈的声音从门里传出来，警告她："陈雅琪碎尸案你忘了吗？单身女性最好不要这么早单独出门。"

那蓝无语地站在门口，抬手捶了捶门："所以，你跟我一起。"

里面没有回答，脚步声朝卧室走去。

季烈躺回到床上，闭上眼睛，这时门铃又响了，他拿过耳塞塞进耳朵里，换了个姿势，继续睡觉。睡了一会儿睡不着，起身推开窗子往外看去。嚯！楼下站着几个老人，冲着楼上指指点点。季烈取下耳塞，开了门。好家伙，门口站着一对老夫妻，再一看，原来是有一次那蓝脚受伤，他抱着她去医院时在电梯里遇到的那对。

老奶奶见季烈开了门，说："小伙子，小两口吵架算不上什么，俗话说床头吵架床尾和，快让你媳妇进门。"

季烈一头雾水，说："她不是我媳妇。"

同时，那蓝也矢口否认："我不是他媳妇。"

两位老人相视一笑，老爷爷说："好了，小两口吵架都这样，我跟老太婆年轻的时候也这样，吵架的时候都不认对方。年轻人，好好磨合，感情都是这么过来的。"

老奶奶点点头："有什么事好好说，别动气，多想想当初相爱的时候。我帮你们把门关上，姑娘快进去吧。"老奶奶说完，推了那蓝一把，然后笑眯眯地将门关上了。

两人面面相觑，季烈突然拉门，发现两位老人还在等电梯，马上又关上，转过身时，正巧那蓝站在身后，差点撞在一起。

那蓝本能地往后仰着身子，跟他保持着距离。

季烈望着她，在她眼眸里看到了发怒的自己，压了压翻涌的怒气，说："那蓝，我告诉你，你这是骚扰邻居，你要再这么干，我对你不客气。"

那蓝闷了一会儿，说："我也没干什么，就按了几下门铃，谁知道老人起得都那么早。"

"你别找借口。"

"行，我不找借口，那我问你，你昨天是不是吃了我做的菜？"

季烈眯着眼望着她。

“是不是？是不是还喝了我敬的酒？”

季烈明白了她的意思，朝她逼近了一步，低头牢牢地盯着她的眸子：“你是想要讹上我是不是？我还真小看你了。就是嘛，你怎么会那么好心给我做饭，原来是给我下了套啊！”

那蓝在他眼神里看到了危险，不过确实有事求他，低头笑眯眯地说：“也没你说的那么严重，反正你也已经醒了，咱们去跑步吧。”

她真当他没脾气是吧，一步步地欺负上门了！

那蓝毫无意识地活动着关节，对他说：“我等你啊，你去换衣服。”

季烈没动，问：“想让我教你？”

那蓝抬头眼神都变了，感觉到那股熊熊燃烧的怒气，有点后悔了，说：“既然你不想教我，那算了，改天吧。”

那蓝往外走，季烈猛地拉住她：“你要去哪儿？你不是说想要健身想要跑步吗？”

那蓝挣了一下，抬起头，说：“我现在不想了。”

“不想了？你把整栋楼的人都吵醒了，让我莫名其妙有了个媳妇，现在你说不想就不想了？”

那蓝紧紧抿着嘴唇，尽量抬起头看着他，说：“那你想怎么样？”

季烈说：“两百个俯卧撑，一小时跑步，十五分钟器械，左手边的健身房，自行进去，自行完成。”

那蓝没动，望着季烈。季烈居高临下地望着她，眼神里透着警示：“没听见？要我再说一遍吗？”

因为距离太近，从他身上散发出的独特的男性气息让那蓝有点恍惚，不由得往后退了一步。因为紧张，咕咚吞了口口水，来不及说话，季烈已经跟进：“两百个俯卧撑，一小时跑步，十五分钟器械，左手边的健身房，自行进去，自行完成。”

那蓝有点郁闷了，深吸一口气，故作镇静地朝健身房走去。

季烈目送她进门，转身回卧室去了。早已经睡意全无，不过他还是闭着眼在床上躺了一会儿，严格按照日常作息的六点起床，这是他在部队多年养成的习惯，不管睡得多晚，六点一到，翻身下床。

跟以前一样，他洗漱完毕，换上了运动装。他喜欢在外面跑步，除非下雨天才会上跑步机。

那蓝做完了两百个俯卧撑，正在练器械，忽听见门响，满头大汗地探头朝外面看了一眼，目光停在了季烈的运动装上，问："出门跑步吗？"

季烈回头瞧了她一眼，没说话。

"我跟你一起去吧。"

季烈面无表情："你的训练任务完成了？"

"没有……"

"继续练。"季烈说完，拉开门走了。那蓝追到门口，门"砰"一声关上，幸亏她撤得快，不然准撞到头上。她郁闷地呼出一口气，双手揉了揉头发，扯过脖子上的毛巾用力擦了擦脸上的汗珠。

练完了十五分钟器械，起身打开窗户。天已经大亮，清凉的晨风从窗口吹进来，顿时觉得身心舒畅了不少。这时，她的目光落在窗边的一个玻璃柜上，柜子上遮着白色的羊毛毯子，她轻轻拉开一角望了望，想不到里面放着各式各样的勋章。她一个个地看过去，中间是一块空军功勋飞行人员金质荣誉奖章，看完她彻底呆住了，缓缓吁出一口气，刚刚的郁闷、烦恼、愤怒一下子全消失了，忽然就不那么气了。她想：他确实有傲慢的资本。

盖上羊毛毯子，神清气爽地打开跑步机。过了一会儿，手机响了起来，是如本要视频通话。她愣了一下，如本是夜猫子，很少早上找她。拉起毛巾擦了擦额头上的汗珠，按了接通键。如本穿着真丝睡衣，头上裹着速干帽，看样子是刚洗完澡，对着镜头灿烂一笑。

"你今天怎么起得那么早，不陪你的男神再睡会儿？"

如本顿时一脸丧气，双手用力拍着爽肤水，自顾自道："别提了，我已经好几天没看见罗宾了，他要是在的话，我才不会起得这么早呢。那句话怎么说来着？哦，对了，从此君王不早朝。"

那蓝不太相信如本的话："你不会告诉我，一日不见如隔三秋吧？"

如本纠正道："是十日不见如隔千年。"

"你确定是十天没见？"

"当然。"如本捏着嗓子唱了句，"可怜我王宝钏苦守寒窑……"

那蓝吃了一惊，将跑步机调成快走的模式，问："他去哪儿了，你知道吗？"

如本说："自驾，和小七去了青海。"

"就他们两个？"

"对。我店里要上新款，没空。不过，那那，我竟然担心小七勾走了罗宾，你说有可能吗？"

如本还在说，那蓝却已经陷入了沉思。很明显罗宾说谎了，可他为什么要和如本说谎？目的又是什么？这时传来了门响声，季烈跑步归来，那蓝挂掉了视频，又跑了一会儿，从跑步机上下来，擦了擦汗，出门了。刚走到客厅就又听见一声门响，季烈从卫生间里走了出来，腰间系着白色的浴巾，肌肉线条完美，头发湿漉漉的，周身古铜色的肌肤，散发着男人的魅力。

他看见那蓝盯着自己，没说话，径直走进了厨房。

全麦面包、牛奶、水果沙拉和南瓜小米粥一样样放在餐桌上，转身问经过的那蓝："看什么？"

那蓝目光从他腹肌上撤开，移向他的脸，老老实实地说："看你。"

季烈稍微一用力，绷起身上的肌肉："在别的地方，你不会有机会看到这么好的身材，但是，小姐，请收回你的口水。"

那蓝情不自禁地摸了一下嘴角，季烈笑了，露出整齐好看的牙齿。

"比你身材好的又不是没有。"

"嗯！但是你没有机会那么近距离看到。"他笑，"过来吃早饭，我多做了你的一份。"

那蓝发觉季烈今天心情不错，似乎已经忘了一个多小时前两人差点翻脸的事。等她回家冲完澡回来，季烈已经换好衣服，坐在餐桌前等她了。客厅的电视里正在播滨江今日新闻，最后是一则滨江警航的报道，镜头停留在季烈的脸部特写上。他拿起遥控器转了台，冲那蓝说了句："吃饭。"

那蓝没应声，拿过遥控器又换了回去，但是画面已经变成了天气播报。她有点失望，走到餐桌前，看着晨光中他的脸，说："什么时候拍的？"

"什么？"他漫不经心地问。

"电视新闻。"

"前天，在队里拍了几个训练镜头。"

那蓝盛了碗南瓜小米粥，吃了一口，非常清甜，颇感意外："原来你做饭这么好吃。"

"你以为我像你。"

那蓝想起昨天晚上做的黑乎乎的几道菜，颇觉难为情，说："也许我以后也能做得那么好。"

"做给谁吃？"

那蓝无法回答，因为她想的居然是做给他吃。她脸色红了一下，拿着勺子埋头吃粥。

季烈喝着牛奶，目光盯着她。晨光中，她的头低着，黑色的头发，雪白的肌肤，脖子上一圈绒毛，像婴儿那么可爱。那蓝刚好抬头，与他的目光对上，两人顿时僵住了。好在这时，季烈的手机突然响了，但是他并没有迅速接起，等喝完牛奶，放下杯子，才拿起手机走了。那蓝看见屏幕上跳出宋惠美的名字，故意放慢了吃饭的速度，探头望了一眼。

季烈拿着电话走上阳台，关玻璃门的时候，门框弹了一下，没关严实，隐约的说话声传了过来："什么？相亲？"

那蓝还想听下去，但门又弹了回去，关得严严实实。

电话那头，宋惠美显得难为情："小烈，你先听我说完。对方是个不错的女孩，长得很漂亮，又是文艺工作者，演戏、唱歌，各方面发展得都不错，而且家世清白，知根知底，她爸爸是你爸刚入伍时的老班长，以后要是在一起了……"

"没有以后，你应该清楚，我对相亲没兴趣。小姨，你跟他说，别给我整这些事，我小时候是谁跟我说的大丈夫何患无妻？我还不到三十呢，现在又来逼婚了，他自己打自己脸我不管，反正我不同意。"

宋惠美稍愣，问：“你要是心里有人了，我就跟他说，推了这次相亲。”

见季烈没回，宋惠美又问：“是那蓝吗？”

“啊？”季烈矢口否认，“当然不是，我不喜欢她，她也不喜欢我。”

“那就去见见曼莉，也好给你爸一个交代。老班长特别看好你，这两天天天跟你爸通话。”

季烈听她声音尽是无奈，料到她应是迫于父亲季国诚的压力。他虽然跟父亲关系紧张，却深知父亲为人真诚，特别念旧。

季烈停顿了一会儿，说：“我事先声明啊，这是第一次，也是最后一次，别搞得我跟相亲专业户一样。”

“知道了，照片我一会儿发给你，她今年二十八岁，刚好跟你同年，是正经八百的好女孩。这样吧，今天晚上你有空吗？一早她爸爸就打电话过来说她刚好最近在滨江拍戏，都是白天的景。”

“有吧。”

“那晚上六点，你们美兰中餐厅见？”

“知道了。”季烈挂了电话，走到餐桌前，刚吃了口沙拉，微信跳出一条消息，他随便用手滑开，跳出一张照片，直长发，白色长裙，回眸一笑。

那蓝瞪着照片：“这不是曼莉吗，你喜欢这一款啊？”

季烈问：“你认识？”

那蓝摇摇头：“明星嘛，听说过。”

季烈没说话。

那蓝说：“我以为你喜欢那种短发干练的女孩。”

“你怎么知道我喜欢什么样的？”

“我见过啊，小蛋蛋手机里的那个就不错。”

季烈想起小蛋蛋手机里那蓝的自拍，以为她说的是自己，笑了。

“笑什么？”

季烈说：“你不会是想告诉我，你吃醋了吧？”

那蓝愕然地指着自己：“我吃醋？我凭什么吃你的醋啊？”

季烈看着她：“你说得对。”

那蓝几秒之后才反应过来，起身：“我吃饱了。”端起餐盘进了厨房。

季烈听见厨房间传来的哗哗流水声，拿起手机删掉了曼莉的照片。烦死这种不得不面对的琐事了。

今天是一些简单的训练，晚上下班的时候突然刮起了大风，那蓝等风停了才驾车回家。路过菜场时，她精心买了几个菜，有了昨天的做饭经历，底气也足了，在电梯里给季烈发了个微信：晚上一起吃饭。

季烈坐在美兰中餐厅的包间里，约定的时间已经过去了整整一个小时，服务员第三次进门添茶，但是那位曼莉小姐还是不见身影。他是严格守时的人，对没有时间观念的人深恶痛绝，他在默默倒计时，再过五分钟，还不出现，就不再等下去。

五、四、三、二、一……起身，迈步要走，这时门忽然开了，曼莉小姐踩着十厘米的细高跟快步走进门来，黑色防晒服，帽子把脸遮得严严实实，大墨镜遮住了眼睛，背着一只爱马仕包包。

跟在她旁边的是一个体形丰满的女人，像是助理，走到包间门口，探头朝外瞧了瞧，确定没人跟踪才关上门，招呼进门的经理：“赶紧赶紧，窗帘拉上，门关好了，保护好曼莉小姐的隐私，要是在你们店被狗仔偷拍了，我可是要投诉的。不过事先说明啊，不许拍照，不许合影，不给签名，不能在朋友圈、微博发曼莉小姐的坐标。”

季烈慢慢坐下来，静静地看着对面的那位曼莉小姐。

曼莉环视一下包间，显得满意，随后摘下帽子，脱去防晒服，取下墨镜，打扮得珠光宝气，迈步走到了桌子边，小心翼翼地放下手里的包。

季烈瞪着她。见过作的，但是没见过这么作的，迟到一个多小时，一点歉疚都没有。他开门见山道：“自我介绍一下，我是季烈，你今天的相亲对象。”

曼莉扯了扯嘴角，显然是对“相亲”这个词感到不满，但她表情管理得很好，优雅一笑：“常听家父提起你。”

季烈见她说话还算礼貌，将经理递过来的菜单往曼莉面前一推，说："这里菜不错。"

曼莉将菜单推了回去："我过午不食，给我一杯鲜榨的番茄汁就好。"

助理解释说："我们曼莉小姐是大明星，体重要严格控制的，少盐无油，这些油腻腻的食物，我们曼莉小姐从来都不吃的。"说完从随身的包里拿出一个餐盒，取出里面的苹果，削好之后，分成一小块一小块的，插上牙签递给她。

季烈冷着脸看着，曼莉笑盈盈地望着他，说："季先生，你可以回答我几个问题吗？"

"什么样的问题？"季烈烦闷地皱着眉头。

"当然是跟相亲有关的问题。"

季烈想了想，说："那你问吧。"

"你从部队离开是因为受了处分？"

"是！"

"你为什么一直单身？"

"你不也单身？"

曼莉说："据我掌握的资料，你读军校时有过一个女朋友，叫夏若，后来她去了美国，你一直单身是因为她吗？"

季烈的脸色变了，他万万没想到这个女人居然调查他，沉默了一会儿，手重重地放在了桌子上，冷沉道："小姐，你迟到了一个小时零五分钟，却一点歉意都没有。你找人打探我的隐私，还在这儿夸夸其谈，你觉得有意思吗？你以为这是在拍谍战剧吗？你侵犯了我的隐私你知道吗？"

助理白了他一眼："季先生，你曾经是一名军人，怎么一点绅士风度都没有啊？你刚刚也说了这是相亲，就跟面试差不多，所有的事不都是要放在明面上讲的嘛，我们曼莉小姐调查你，那是因为她对自己负责。"

季烈扯起嘴角："曼莉小姐，我跟你一样是奉家父之命来相亲，咱俩道不同不相为谋。"说到这站起身刚要走，服务员就端着番茄汁进门，放到了曼莉的面前。

曼莉气咻咻地转身拿包包，想先发制人快他一步离开，没想到不小心撞在了杯子上，杯子倒了，番茄汁全都洒在了包包上，她顿时就尖叫起来："哎哟，你要死了啊，你把杯子放在这儿干什么？你眼睛瞎了呀！你弄脏我的包包了，你知不知道呀？"说完又惊觉失态，马上一本正经地抱着胸坐好，一副你们看着办的神态。

服务员吓坏了，连声道歉。助理冲过去，不依不饶地扯着服务员，吼道："把你们经理给我叫来，马上给我叫来！"

服务员吓坏了，小声道："求你们别叫经理行吗？我还没过试用期，要不这样，大不了我赔一只给你。"

助理瞪着眼睛："你赔？你赔得起吗你！这是爱马仕，要定制的，我告诉你，你在这儿端一辈子的盘子都不够买这一只包的！"

服务员一听，吓得哭了。

季烈有点听不下去了，声音不大，很冷："不就一只包吗，你们想要干什么？"

助理不乐意了："不就一只包？这可是几十万一只的包，必须赔，全价赔，这事不能就这么完了！"

"不管怎么说，也只是一只包而已，你们不至于让人家一个服务员走投无路吧？"

助理说："这我们可不管，她没钱，可饭店有钱啊，她可以让饭店替她付钱，然后她一辈子在这打工偿还啊。哼，欠债还钱天经地义。"

季烈盯着她看了看，又看了看坐在一旁一言不发的曼莉。

曼莉在影视圈摸爬滚打多年，练就了一身看人下菜碟的本事，她一进门就把季烈打量了一番，全身上下没看见一个她熟悉的品牌标志。

季烈冷冷地道："曼莉小姐难不成就只有这一只爱马仕？"

顿时，气氛有点尴尬。助理的脸憋红了，辩解道："我们曼莉小姐有好几只这样的包。"

"几只？"

"八只。"

"曼莉小姐的片酬够买这么多只爱马仕？"

助理冷笑："我们曼莉小姐一集电视剧的片酬是四十万，四十集就是一千六百万，怎么会不够？"

季烈拿起电话，拨了个号码："老张，明天上班的时候查一下曼莉小姐的个税申报情况，她的助理亲口跟我说她一集的片酬是四十万……"

空气突然安静了，众人全都看着季烈。

曼莉站起身，穿上防晒服，戴上帽子和眼镜，拿起沾满了番茄汁的包包，气呼呼地走了。助理不甘心地瞪了季烈一眼，跟着曼莉走了。

服务员眼泪还没干，站在原地望着季烈。季烈起身要走，服务员连忙追过去，鞠躬道谢，季烈摆了摆手，然后头也不回地走了出去。他脚步飞快，很快追上了走在前头的曼莉，与她一前一后出了餐厅，巧的是，他的车和曼莉的座驾刚好并排停在一起。

曼莉气呼呼地坐在车上咬牙切齿，看着季烈的悍马从面前开过去，那只让她丢脸的爱马仕包抱在助理的怀里。助理替她打抱不平："他不过就是个普通公务员，居然让人查你的税，太过分了吧！"

曼莉赌气地打断道："你给我闭嘴！"

"我是替你不值，你可是未来的一线大明星，要是真的查起账来，那就麻烦了。"

曼莉心急如焚，她想了一会儿，拿起手机拨通电话，换上委屈的口气："爸，你在哪儿？"

季烈开着车在马路上狂驰，等红灯时，拿起手机回复了那蓝一个微笑的表情。回到小区，季烈直奔那蓝家，轻轻敲门。见没人回应，便自行开门进屋。灯亮着，电视里在播着综艺节目，餐桌上放着四菜一汤，那蓝靠在沙发上睡着了。

季烈的脚步停在沙发前，屋子里静悄悄的，灯光静静地打在那蓝的脸上，她侧着身体，怀里抱了只抱枕，嘴微微嘟起。

适才浮躁的心情忽然静了下来，客厅里的空调温度打得低，他担心她着凉，拿起沙发上的毯子给她盖上。这一动，那蓝醒了，睁着眼睛冲他微微一笑，声音不大，懒懒地："你回来多久了？"

季烈说："刚进门。"

那蓝掀开身上的毯子，起身："饭好了，吃饭吧。"

"饭好了，吃饭吧。"这句话听着就像很多很多生活剧中的台词，也像小时候，母亲无数次对父亲说过的话。他心里一软，声音也就软了，说："你坐着，我去盛饭。"

那蓝从未听过他用这么轻柔的语气说话，不由屏住呼吸，望着他进了厨房。她不想和他抢，甚至有种这一刻很珍贵的想法。

不一会儿，季烈端着两碗米饭走出来，一碗给她，一碗给自己。拿起筷子刚吃了两口，手机突然响了，打破了温馨吃饭的画面。季烈看了一眼，表情突然严肃起来。电话是父亲季国诚打来的，父亲极少主动给他打电话，尤其母亲去世之后，更是少之又少，这个时候找他，一定是因为曼莉把状告了过去。那女人，真不是省油的灯。

季烈没有接，铃声响了很久，一直到自动挂断。然后，他拿起手机按了个关机。那蓝隐约猜到了电话是季烈的父亲打来的，虽然在吃饭，眼睛却盯着季烈，见他抬头看向自己，马上将头低了下去。

季烈拿起筷子继续吃饭，全程没再说一句话。一个小时后，那蓝正躺在沙发上一边看书一边敷面膜，杯子里的水喝完了，她去厨房倒水的时候，听见外面电梯停了，有人从里面走出来，接着按响了季烈家的门铃。

出于好奇心，那蓝开了门，脸上的笑容顿时凝住。那是一个身穿军装的高大身影，体形健硕，身材魁梧，头发有些花白，看年纪五十上下。

门开了，季烈站在门口。两个人一个屋里一个屋外地站着，互相看着对方，表情都很严肃。

季国诚一脸怒容地望着季烈，寂静的走廊里响起季烈的说话声："大晚上的，您怎么有空大驾光临？"

季国诚瞪着他径直走进门："不接我电话，你是越来越能耐了。"

季烈苦笑："首长同志，首先您要明白一点，您现在已经不是我的领导了，所以请您跟我说话的时候，不要总拿出首长的架势。"

季国诚怒道："那我还是不是你的老子？"

季烈没说话，过了一会儿说：“您来我这儿的目的是什么，直说吧，我洗耳恭听。”

季国诚怒气冲冲地吼：“你还要胡闹多久？”

“我怎么了？”

“我在跟曼莉的父亲、我的老班长方博新同志吃饭的时候，曼莉打来电话哭着说你派人调查她，你还当着店里所有人的面给她难堪！”

季烈满不在乎：“对！我是让她难堪了，但我并没有让人调查她啊，她倒是倒打了我一耙。我看她在今年的三大电影节上必定能拿到影后，她要是不拿影后，我都替她感到委屈。”

季国诚暴怒：“好好好，你对你老子有意见，那你冲着我来，你欺负人家曼莉做什么？”

“我欺负她？”季烈哭笑不得，“我想问问首长同志，您了解她多少就说我欺负她？”

季国诚确实不太了解曼莉，但他说：“她是你方伯伯的女儿，你小时候有一次掉池塘里去了，要不是你方伯伯救了你，你小子早就没命了。”

说到这个事，季烈想起来了。当时他三岁，春寒料峭，大早上他去家属区的池塘边玩耍，看见结着冰的水面上有成群的小蝌蚪，他高兴坏了，脚踩在薄薄的冰上，去捉池塘里的小蝌蚪，薄冰一踩就裂，人滑进了池塘里。刚好方博新来看望季国诚，经过池塘听到哭声，二话不说，跳下去将他捞了起来。季国诚感激方博新，要让季烈认方博新做干爹，方博新就开了句玩笑，说不做干爹，要做岳父，他捞的可是自己未来的亲女婿。想不到，多年之后，方博新突然给季国诚打电话，问起了季烈的婚事，季国诚实话实说。于是方博新提起了往事，要把自己的女儿方曼莉介绍给季烈做媳妇。

方博新很喜欢季烈，尤其是季烈在部队里的表现，让他赞不绝口。方博新自己当了五年的兵，复员之后，对部队一直情有独钟，念念不忘。加上女儿曼莉一直单身，便很想做成这门亲事。这事要是搁以前，他想都不敢想，可现在季烈从部队出来了，曼莉也成了大明星，他觉得可以提了，想不到弄巧成拙。

曼莉打来电话的时候，听他说正在和季国诚吃饭，就故意在电话里哭得特别委屈……季国诚见方博新的脸色不对，主动要过电话，于是曼莉跟季国诚添油加醋地控诉了季烈，说吃饭时让自己出丑，还派人调查自己，还要查税，季国诚气得脸都绿了。

季烈懒得解释，听完不怒反笑："我知道你和方伯伯是多年的交情，但是事情不是她说的那样。我可以再打个电话给老张，但也一定是让他抓紧去查，因为我觉得像她那么缺少教养又嚣张跋扈的女明星，根本没有正视过自己，刚好让她知道知道什么是法律，让她学习学习怎么做人。"

季国诚气得嗓子冒烟，拿起桌子上的水杯正在喝水，听完又气得把水杯一摔："你以为你是谁？你整天除了瞎胡闹，还能干点什么？"

季烈问："我都干什么了？"

"曼莉的事情暂且不提，就说昨天，你开着警航的巡逻机干什么了你自己清楚。"

季烈冷笑："怎么着，你还打算关我禁闭啊？"

"你……"季国诚被他一句话哽住了，想起他驾机追击敌机，回来之后，是自己下的关禁闭的命令。

季烈说："你应该庆幸我是你的亲儿子，所以才没有在中央首长那里说你对自己的亲儿子多么苛刻。还有，别动不动给我介绍对象，如果你不想家中再有一个像我妈那样常年独守空房的女人，就别强塞一个女人给我。"

季国诚完全呆了，眼里的愤怒渐渐转化为歉疚，他落寞地站在客厅里，怔怔地望着季烈。两个人谁都不说话，过了一会儿，季国诚说："你现在来怪我？我告诉你，你多亏有我这个父亲，如果没有我，你在部队的时候，顶多也就是一名普通飞行员。"

"是！多亏有你，我才这么快离开部队，我还得谢谢你给了我一个不幸福的家庭，让我打小看着独守空房以泪洗面日日夜夜盼你回家的母亲。别跟我说做军人的妻子就要奉献，你想想，从我出生到母亲去世，你回过几次家？不过母亲去世之后，小姨来照顾我了，你回家确实勤快多了。"

"你……"

季烈毫不示弱："我那时候虽然年纪小，可你们别当我是傻子。"

季国诚一巴掌打在季烈的脸上："你胡说什么？我不容许你诋毁你小姨，你给我滚！给我滚！"

"我也不容许你欺负我妈！我妈为什么那么早去世？就是被你气死的！"

季国诚的脸色铁青，嘴唇剧烈颤抖着，手捂着胸口，慢慢坐在椅子上。他想要解释，却发不出声音。

季烈平复了一下情绪，回过头，慌了。站在门口的宋惠美，不知所措地看着眼前的一切。

季国诚"咚"一声倒在了地上，宋惠美呆了两秒，快步冲到季国诚身边，从口袋里摸出药瓶，才发现药瓶空了，眼泪哗哗直掉。

季烈冷汗下来了，手忙脚乱地拿起手机拨打120。

那蓝正在看书，突然听见隔壁传来宋惠美带着哭腔的叫声，吓了一跳，连忙开门朝季烈家跑去，刚到门口就看见季国诚倒在地上，她迅速过去，发觉他的心跳骤停、呼吸也停止了。

额头上的汗珠唰一下就下来了，心脏骤停的前四分钟是关键时间，被称为"黄金四分钟"，必须马上进行心肺复苏。

"怎么样？"季烈急促地问。他记得她的资料上写过有红十字会的紧急救援证，学过CPR（心肺复苏术）。

那蓝没说话，用双手叠压按在季国诚胸部的中央、胸骨下半部上，帮助他做胸外按压，同时让他的头部略向后仰，配合做人工呼吸。

渐渐地，季国诚心跳恢复，有了呼吸。满头大汗的那蓝示意季烈抱起他，让他靠在季烈的身上。很快，医护人员到达，抬着季国诚上了救护车，季烈和宋惠美跟着上了救护车。

那蓝回家换衣服的时候才发现周身都被冷汗湿透了，她对着镜子发现自己的脸和嘴唇因为紧张全是白的，手也在微微发抖。她学过心肺复苏术不假，可这是第一次遇到真正的病人。她捧起水泼在脸上，让自己稍微清醒下来，她不敢想如果救援失败会是怎样的后果。

换完了衣服，那蓝驾车前往医院。远远地看着季烈孤零零地垂着头坐在手术室门口，手术室的灯亮着，显示正在手术。

那蓝走过去，问："情况怎么样了？"

"还在手术，医生说，幸亏心肺复苏及时，多亏你……谢谢……"

那蓝打断，说："救援是我的工作。对了，小姨呢？"

季烈说："她低血糖发作，被医生强制在挂水。"

那蓝"哦"了一声，安慰道："你别太担心，肯定都会没事的。"

季烈没说话，点了点头，过了一会儿，说："我都不知道他有心脏病史，从来没人跟我说过……"

那蓝想要说点什么，就听季烈说："你不用安慰我，我真的不是一个合格的儿子，在救护车上的时候，医生问我什么我都不知道，我才发现，原来我对他竟一无所知。"

那蓝点点头，伸手捋了捋他的背。

手术长达五个小时，季国诚从手术室出来便被安排进了特护病房，宋惠美挂完吊瓶也过来照顾了。折腾完毕，天快要亮了，那蓝出去在早点店里买了吃的过来，进门时看见宋惠美坐在季国诚旁边，季烈望着他们，眼神复杂。

那蓝走过去对宋惠美说："小姨，吃点东西吧？"

吃早餐的时候，宋惠美告诉季烈，季国诚前阵子身体就不太好，已经内退了。季烈不知道该说些什么，回头一想自己似乎从来没有关心过自己的父亲。他看着病床上昏睡的父亲，忽然鼻子有些发酸。

鉴于宋惠美的身体情况，季烈打电话叫保姆来接宋惠美回去，让她休息好了再过来，不然要是她也病倒了就麻烦了。可宋惠美说，她要是不在这儿盯着，回家也是坐立不安。季烈无奈，只好同意她留下来，让那蓝先回去。

上午十点多的时候，季国诚醒了。医护人员给他做完了检查之后，季烈让宋惠美先回家休息，宋惠美拗不过他，只好答应下来，临走前小声交代季烈："你爸爸刚醒，你不要让他又情绪波动好不好？"季烈点点头。

宋惠美一走，整个病房便安静了下来，父子俩谁都不说话，季烈低头坐着，季国诚望着窗外。最后，季烈鼓起勇气打破了沉默："要不要喝点水？"

季国诚没说话，季烈又问："要不我去买点东西给你吃？"

季国诚还是没说话，于是季烈也不再说话了，过了一会儿，忍不住道："对不起，是我不对，我不该说那些话。”

季国诚缓缓移过目光看着季烈，季烈不敢看她，移开视线看着别处。

季国诚叹了口气，问道：“你是从什么时候开始恨我的？我以前一直以为是因为你叛逆，我们父子关系才疏远了，但我始终是你的爸爸，我对你比对别人严厉，那是因为我希望你更快进步，更快成长……”季国诚说到这儿停顿了下来，心酸地将目光投向窗外。

季烈的眼睛也红了，他起身走了出去。中午的时候，那蓝抽了个空带着食物过来探望，见季国诚已经醒了，简单寒暄了几句。

季国诚只能吃一些简单的流食，季烈喂粥的时候，因为紧张，将粥落在了季国诚的衣服上。正在旁边削苹果的那蓝有些着急，一把将削好的苹果塞进季烈的手里，埋怨道：“怎么笨手笨脚的，让开，我来。”

“就你能？”

“闭嘴！吃你的苹果！叔叔衣服都被你弄脏了。”一边说一边快速擦掉季国诚衣襟上的食物。

季烈看她动作麻利，只好让开，接过苹果咔嚓咬了一口。

季国诚看着两人，会意地笑了笑。他这个儿子谁都不服，没想到一物降一物。转念又想到昨天给他安排的相亲一事，不禁心生悔意。他不得不承认自己确实对儿子关心得太少，太不了解他了。

吃完了苹果，季烈见那蓝有一搭没一搭地跟季国诚说话，便去抽烟了。季烈走了之后，那蓝才说：“季叔叔，其实我能看出来，季队心里一直都深爱着您。”

季国诚问：“你怎么看出来的？”

那蓝说：“他这个人天不怕地不怕，可昨天晚上您病倒的时候，他整个人都慌了，我从来没见他这么慌过。”

季国诚无言以对。那蓝一口一口地喂他吃粥，过了好久，他才说：“现在他长大了，得有个像你这样的姑娘在他身边替他排忧解难才好。”

那蓝不知道该说些什么，恰好这时季烈抽完了烟，走进门。

那蓝在病房里待了一会儿，起身告别回警航。季烈送那蓝出去，回来的时候经过护士站，忽听一个小护士正抱怨："烦死了，就没见过那样的熊孩子，让他打吊瓶，结果刚一走开就拔掉，扎到玩偶身上去了。让他吃药也不吃，一转身他就将药丢进垃圾桶里了。不配合医生，还总欺负我们护士，怎么会有这样的熊孩子啊？最可气的是他爸妈也不管他，真是应了那句话，有熊孩子就有熊家长。"

"你说404号床的那个病人啊？他还不到五岁，得的是遗传性糖尿病，就是在我们医院出生的，后来也在我们医院治疗过，前天刚从金锐医院转过来。你不知道吧？那两个人不是他亲生父母，是那对夫妻领养的，他们两口子是不能生育的。"

季烈闻言陡然停住了脚步，就听那护士继续说道："其实那孩子的亲生父母早就死了。你还记得四年前滨京高速公路的十五车连环车祸案吧？孩子的亲生父母就是在那起车祸中去世的……"这时季烈的手机响了，两名护士扭头看见有病人家属在，闭上嘴不再聊天了。

这个电话是孙队长打来的，告诉季烈上次拿来的那件衣服化验结果出来了，属于同一块面料。季烈变了脸色，匆匆挂了电话，回到病房对刚进门的宋惠美说："我得去一下刑侦队，有急事得立即处理。"走到门口的时候，又补了一句："辛苦你了，小姨。"

"不辛苦，你有事就放心去吧，你爸这儿有我照顾着。"

季烈笑了笑带上了门，万种情绪涌上心头。

出租车半个小时之后停在了刑侦队门口，季烈拉开车门，快速跑进门去。

孙队长已经连续加了三天班，一双眼睛熬得通红，一看见季烈进门便道："你怎么来了？"

季烈说："刚刚得到的线索，小熊的亲生父母是滨京高速公路连环车祸案的受害者。"

孙队长点点头："我们也是刚刚得到的这条线索，小熊的养父母说，他们之前不愿透露这个信息是因为希望隐瞒这件事，不给小熊造成心理阴影。并且我们还得到了一个消息，碎尸案的死者陈雅琪的父母也是连环车祸案的受害人。两年前的儿童失踪案、陈雅琪碎尸案，还有小蛋蛋的走失案以及丁彩香意外死亡案，都与四年前的连环车祸案有关，我们初步认为这就是犯罪嫌疑人的目标选取标准。另外，我们对美林大厦纵火案、陈雅琪碎尸案以及丁彩香意外死亡现场遗留的所有物证进行了化学分析，根据洛卡德交换原理，发现凶手为同一个人……不，是两个人，就是小蛋蛋见过的那两个人。”

季烈问：“侧写师的犯罪心理画像出来了吗？”

“两名男性，两个人年纪都在二十到三十岁之间，自由职业，收入不错，长相英俊。表面上看来，很可能是一个非常温和好相处的人，有洁癖，亲人有非正常因素死亡者。两人的关系亲密，可能是家人、同学或者发小。”

季烈紧张地思索着：“也就是说，他们还会再次犯案。”

孙队长点点头：“很有可能继续选择跟连环车祸案有关的人。犯罪嫌疑人行踪十分诡秘，思维缜密几乎滴水不漏，完全想不出他们下一次犯罪的时间和地点。”

这时助理拿着资料快步走了过来：“孙队，有新发现。”

孙队长接过资料，看完倒吸了一口凉气，点燃一支烟，走到窗边深深吸了一口，思考了一会儿，问道：“老季，上次拿来的衣服是谁的？”

季烈一惊，问：“衣服有什么问题？”

“你自己看。”

季烈疑惑地接过资料，看完愣住了。上面显示，经化学分析，在裙子上发现了与几起案件案发现场相同的物质。

第十三章 ⁘

锥心之痛

孙队长亲自带人前往警航。季烈在车上冷静了两秒，然后发动车子，抄近路往警航赶去。一路上，他拨了几次那蓝的电话，一直显示无人接听。队里的几个人都不在，直到拨通了宋智的电话，宋智告诉他，队员们正在训练室锻炼体能。

到了警航，季烈快速朝训练室跑去，接近训练室的时候喊了句："那蓝。"

那蓝听见季烈喊她，立即从活动转轮上下来，脚刚着地，就见季烈黑着脸停在了自己面前。

周围人不知道出了什么事，全都望着季烈，方杰以为那蓝又惹了季烈，小心翼翼地上前劝阻："队长……"

季烈低沉着嗓音命令："都给我出去，把门关上。"

"噢。"方杰冲大家使了个眼色，又朝那蓝看了一眼，众人默不作声地走了出去。

那蓝也往外走，被季烈一把抓住了肩膀，说："你留下。"

他抓得很用力，那蓝被抓得皱起了眉头，想要抖却抖不开，只好放弃挣扎，问："怎么了？"

"裙子是怎么回事？"

"什么裙子？"那蓝一头雾水地反问。

“美林大厦火灾现场被我扯坏的裙子布料，为什么又出现在了你衣柜里的衣服上？”

那蓝想了起来，反问：“你搜我的衣柜啊？”

季烈的脸沉得可怕：“回答我，什么时候回的美林大厦？怎么进入的现场？怎么取回的被扯下的布料？你跟谁一起去的？说！”

那蓝气了，说：“你没有权利让我回答你的问题。”

季烈掐住她的手腕，一字一顿地道：“孙队马上就到了，同样的问题他会再问一遍，你一样要回答。我再问你一次，被我扯坏的裙子布料，为什么，又、出、现、在、了、你、衣、柜、里、的、衣、服、上？”

那蓝不明白季烈为什么把这件小事说得这么严重，沉了下气说：“我不是说过吗？如本找了个服装师帮我把衣服补了……”

季烈打断：“就是这后面补上去的布料，已经检测过了，跟你裙子上的布料一模一样。”

季烈的话刚说到这儿，随后赶来的孙队长进得门来，接口道：“并且我们在你那件衣服的布料上发现了跟几起案件相关的物质，所以，请你务必配合我们的调查，说清楚到底发生了什么。”

那蓝紧张了，理了一下事情的经过。她清楚地记得，在美林大厦火灾发生后的第二天，如本就把她的裙子拿走了。因为是限量款，她又特别喜欢，所以如本找了知名的服装师把衣服修补一下。但她从来没有想过是同一块布料，更没想到这裙子居然会跟案件有关。

她冷静了一下，把经过详细说了一遍。

孙队长说：“没有任何记录显示如本曾经回过美林大厦。”

那蓝辩解道：“也许她回去的时候刚好没被人注意到。”

“这不可能，监控第二天早上就修好了，火灾发生后到监控修好这段时间，夜里现场一直有人。”

那蓝瞠目结舌，不可思议地问：“你的意思是……她是疑犯？”

孙队长点点头补充道：“并且跟几起案件均有关系。”

那蓝急了：“这不可能，她这个人虽然有时候说话很直接，容易得罪人，脾气火暴，可她是我最好的朋友，我跟她从中学起就认识，她心眼特别好，人又善良，不可能做违法犯罪的事，中间一定有什么误会。”

“那蓝，你冷静一下。”

正说话的时候，孙队长的助手快步走了进来，语气急切地说道：“队长，又出事了。鹿岛方面的消息，早上渔民去晟江边收网时，打捞上来一块女尸碎片……”

训练室里的气氛顿时压抑了起来，所有人都皱起了眉头。助手继续道：“碎片的尸检报告出来了。死者为女性，被捞的碎片为死者的胸部。该死者热衷于整形，胸部有填充物，根据其上的假体序列号，我们查到了该整形医院的记录。死者二十二岁，是一家名叫‘亭亭玉立’的内衣公司的法定代表人，名字叫如本。”

那蓝愕然地抬起头看着孙队长的助手，当助手说出如本名字的时候，这句话就像一颗子弹，瞬间击中了她。她只觉得天旋地转，浑身无力，透不过气来。她努力呼吸，一双眼血红血红的，双手抓住助手的肩膀，一耳光打在了助手的脸上。“啪”的一声响，众人都惊呆了。那蓝双唇颤抖，只说了三个字：“不可能。”她拿出手机，手指颤抖地找出如本的电话拨过去，语音提示对方已关机。她又翻出微信发送视频通话，一遍又一遍。

季烈看她手抖得拿不住手机，抓住她的手腕：“那蓝。”

那蓝回过神来，疯了般甩开他，朝门外冲去。

“那蓝!”季烈追上去，抱住她，“那蓝，你冷静点。”

她挣脱不开，张嘴咬住了他的手腕，用力地咬着，咬得嘴角发咸才松开，跌跌撞撞地往外走。

季烈按着她的肩膀，问：“你去哪儿?”

“我去找她。”

季烈的手腕被她咬伤了，正在流血，他顾不得疼痛，说：“那蓝，别去了，她死了。”

那蓝呆了两分钟，然后狠狠推开了他，可是没走到门口，她就蹲在地上哭了起来，哀求孙队长：“我要看看。”

孙队长怕她见了更伤心，说：“只有一部分……”

那蓝抬起头，哭着说：“那我也要看看她啊。”

那蓝在尸检间看到了如本的尸体碎片，其余的部分还没有找到，很有可能已经顺着晟江被冲入大海了。

孙队长跟如本父母解释的时候，两位老人哭得泣不成声，几近昏厥。那蓝反倒不哭了，她望着法医将白布盖到尸体的碎片上，完完整整地盖上，有很长时间回不过神来。她甚至觉得，可能下一秒钟如本的电话就会打过来，欢快地喊她的名字。她从尸检间里出来，愣怔地望着远处，有点恍惚。

季烈和孙队长在门外等她，季烈靠在墙边抽烟，过了一会儿，掐掉烟头，走过去停下来，说：“那蓝，你要是想哭的话，就哭吧。”

那蓝静默了许久，摇摇头，说：“前些天丁彩香的事让我哭够了，现在我一点都不想哭。队长，你说人死了之后，会有灵魂吗？”

“也许有吧。”

“那我就更不能哭了。我听说，人死了之后，一旦亲人哭泣，死者就会回头去看，阻碍她往生净土。如本要是看到我哭了，她一定会回头看，我不想她难受。”

“嗯，不哭。你想干什么？我陪你。”

“我想尽快查清楚凶手是谁。”

“我们也在查。”孙队长说，“你这里有什么线索吗？”刚刚得出几起案件都跟四年前的连环车祸案有关，眼下如本的案子一出，又扑朔迷离了。

季烈说：“上次我问你重返2204时有没有发现什么可疑之处，你说没有。如果你不想回答，改天……”

“那天我回2204，看到了一只手机，是如本公司的模特小七的。有人打电话给他，说还有五天就要还钱。另外，昨天早上，如本跟我通话时透露，她已经很久没见到罗宾了，罗宾告诉她，他和小七去了青海，实际上他们俩一直都在滨江，并且还出现在了鹿岛的救援人员里。”

孙队长说：“案发之后我们第一时间找到了罗宾，他亲口承认最近跟一名平面女模特拍摄内衣广告时，因为动作亲昵导致如本误会，如本当众扇了该模特一记耳光，让两人关系恶化。罗宾想要结束这段恋情，他觉得如本太爱他了，简直让他窒息，所以谎称去了青海自驾游，实际是想给两人的感情降降温，顺其自然地分手。”

那蓝沉默了几秒，她的眼神很平静，没有任何的情绪，声音很淡地说：“直觉告诉我他们两个一定有问题。”走廊里静悄悄的，谁都没有说话，过了一会儿，孙队长问：“为什么有这个判断？”

“我跟小七和罗宾在美林大厦第一次见面时就交过手，他们的身手都不错。如本说小七曾经拿过散打比赛的奖，而罗宾也在军校待过。”

孙队长点点头：“你说得没错，罗宾曾经上过军校，不过入学没多久就因为跟社会上的人打架被开除了。另外，根据我们的调查结果推断，丁彩香意外死亡案案发时间为凌晨两点左右，而这段时间罗宾和小七正在直播平台做游戏直播，当时最高在线人数为12352人，而他们的下线时间是凌晨四点五十一分，所以从时间上完全排除两人的作案可能。”

那蓝没吱声，靠在墙边站了一会儿，说：“我要见一见罗宾。”

“站住。”季烈说，“既然他早就想分手了，他那里也不会有你想要的结果，你现在的状态应该回家好好休息……”

孙队长回想了一下，说：“等等，罗宾的反应确实不太对劲。他能清楚地说出自己打游戏的上下线时间，而正常情况下，人习惯于记忆模糊时间，比如四点左右，三点半左右，而不会记得具体数字。”

季烈情绪有些激动，道：“你的意思是，罗宾有刻意记住时间的嫌疑？”

孙队长说：“有这个可能。”他马上叫助手去查罗宾的详细资料。

季烈和孙队长说完话，回头发现那蓝不见了。

那蓝心中只有一个执念——她要见罗宾。她平静地出了刑侦队的大门，平静地上了出租车，告诉司机去市中心的商贸广场。

罗宾刚刚从秀场上下来，此刻正在化妆间里补妆。今天他是主秀，主办方单独给了他一个小小的私人化妆间。

那蓝向门口的工作人员出示了证件，拧开了化妆间的门。推开门，里面很安静，只有罗宾和小七两个人，都赤裸着上身，下面穿了一条性感的三角内裤。

罗宾的那条很特别，肉色，前面重点部位用一块豹纹的皮毛遮挡，猛一看像是没穿。小七正用粉刷细心地扫着罗宾的脸，动作很轻柔。罗宾闭着眼。

那蓝站在门口，从化妆镜里看着罗宾。他化了妆，眼线很深，头发向后梳去，脖子上画着一个黑十字。

小七看见她进门，扫粉的动作稍微迟疑了一下，对罗宾轻声说："有人来了。"

罗宾睁开眼睛，从镜子里望着那蓝。他看上去很平静，脸上没有任何的情绪波澜，而那蓝则更为平静，两个人都从镜子里望着对方，谁都没说话。过了一会儿，罗宾低下头，拿起手机输入解锁手势，头也不回地说："警花小姐，请坐。"

那蓝没坐，走到化妆镜旁，低头望着他。

小七拿了条羽毛项链走过来戴在他的脖子上，左看右看，眯着眼睛对着他微微一笑，手暧昧地拍了拍他的胸口："这条项链真衬你。"

罗宾放下手机，整理了一下项链，淡淡地对那蓝说："我还有五分钟上场，你来这里，有什么想问我的，趁着我还有时间，问吧。"

那蓝没说话。罗宾感觉她看着自己，抬头迷人微笑，问："你怎么不说话，看着我干什么？"

小七说："当然是看你身材好啊，像我们这样的身材，所有女人看见了都是一样的。"

那蓝静默了两秒，问："如本刚刚去世，你不难过吗？"

罗宾说："如果换作是我死了，你说……她会难过吗？"

那蓝反问："你觉得呢？"

罗宾说："她会难过几天，然后投入新欢的怀抱。"

那蓝说："这就是你此刻在秀场上享受掌声的理由？"

罗宾没说话，盯着镜子里的自己。

小七白了她一眼，说："你懂什么？罗宾身上这些，从内衣到饰品都是如本设计的。这是给白血病儿童募捐的义演，如本花了很长时间、很多心血才设计出了这些，如果我们因为她死了就拒绝了这场秀，那才是对她的不尊重。"

那蓝一时无言。

小七夸张地瞪大眼睛："警花小姐，原来你不知道啊？啧啧啧，你真是对你的闺蜜一点都不关心。"

这次，那蓝无话可说，顿了一下："我……"

小七鄙夷地望着她："我什么我？可惜如本成天念着你这个闺蜜，我还以为真的情深义重，原来是塑料姐妹花。你看看你，如本尸骨未寒，你一进门不问青红皂白就先质问罗宾为什么不难过……我想请问，你怎么知道我们不难过？难道我们要把'难过'两个字写在脸上？又或者把自己关在家里，不吃不喝什么都不干，那才叫难过？"

"你……"

小七打断："你什么你？你一定是以为罗宾曾经动过和如本分手的念头，说了个善意的谎言，目的是为了冷处理一下感情危机，就觉得他犯了不可饶恕的罪。"

那蓝被他一通抢白，无言以对。

罗宾始终没有解释，定定地望着那蓝，目光似一把利剑，让那蓝微微感觉有些窒息。

小七继续问："你知道如本喜欢吃什么吗？"

那蓝确实不知道，如本跟她在一起的时候，点的都是她爱吃的。

小七又问："你知道她的生日是哪天吗？每次都是她通知你的吧？"

小七说得很对，每次生日前一周，如本就会提示她买礼物。

小七再道："其实你连你妈妈的生日都不知道，但是如本知道。半个月前，你妈妈生日，如本以你的名义给她订了生日蛋糕和鲜花……据说每年都是这样。"

那蓝突然觉得很窒息了，胸口像是被一拳击中，透不过气来。她脑子里很乱，原本质问罗宾的勇气，被小七三言两语给打散了。

一直沉默的罗宾突然咳嗽了一声，示意小七别再说下去："你没看她很难过吗？她觉得自己很失败。"

那蓝竭力维持着冷静，抬头看向罗宾。罗宾也正看着她，目光就像是 X 光，把她的五脏六腑都扫描了一遍。莫名，她觉得心里一怵，忽听罗宾问道："小姐，最近半年有没有做过体检？"

那蓝一愣，反问："你问这个干什么？"

罗宾道："如本的健康状况不太好，她是乙肝病毒携带者，你知道吗？"

那蓝轻轻摇了摇头。

小七嗤之以鼻："就知道她不知道。不过她应该身体健康，因为如本说过她热爱运动，又是飞行员，作息规律。而且她才入职，入职前一定做过全面的体检。警花小姐，我说得对不对？"

那蓝点点头，刚要问别的问题，一名工作人员就匆匆走进门来，拍了拍手，说："我说你们怎么还在磨叽？赶紧赶紧，马上就轮到你们登场了。"

小七应了声："马上好。"说完，拿起一旁的羽毛眼罩给罗宾戴上，两人随工作人员快步走了出去。

房间里只剩下了那蓝一个人，她觉得有些疲惫，慢慢坐在了刚刚罗宾坐过的椅子上，心里堵得慌。小七的话一遍遍地在耳边响起，进门时的勇气在此刻烟消云散。她看着镜子里狼狈的自己问：你到底是来干什么的？对了，她原本是来这里兴师问罪的，她想从罗宾身上找到线索，因为这个人太古怪了。可为什么进门不到五分钟，就被他们几个问题给打败了？她痛苦地抓了抓头，细思了一会儿，抬起头时，目光被罗宾放在化妆台上的手机吸引了，毫不犹豫地拿过手机，按照刚才看见的手势解锁。

手机壁纸是点燃的蜡烛，看到这，她的手指不由顿了一下，快速跳过。点开微信，背景同样是点燃的蜡烛，手指再次顿了一下，心绪有些复杂。想起刚才的质问，自己确实是不太礼貌。

跟如本的微信聊天记录已经被清空，相册里没有照片，手机页面上只有外卖和网约车软件，什么收获都没有。她感到失望，放下手机，走出了化妆间，顺着通道走到秀场的后台，站在后台的角落里，刚好看到罗宾正在走秀：古铜色的肌肤，性感的内衣，原始的羽毛饰品，完美地展现了他野性的魅力。小七曾说这些都是如本花了心血的设计，想到这里，那蓝心里又有些堵得慌。就在她转身打算从这里离开的时候，手机突然响了，季烈正发送视频通话请求。她接了。

视频的另一边出现了小蛋蛋的脸，戴着圆圆的复古太阳镜，坐在安全座椅上。季烈的声音传了过来："问她在哪。"

小蛋蛋看了看那蓝，直接回答季烈的问题："她在看秀。"

那蓝长话短说："我刚刚找过罗宾了，不是他。"

季烈问："你在哪儿？凭什么这么说？"

那蓝说："凭直觉。"

季烈无力吐槽。刚刚凭直觉说罗宾有问题，现在又凭直觉说罗宾没有问题。

小蛋蛋似乎发现了什么，抬起头对季烈道："她在看裸男。"

"什么？"

那蓝说："我在秀场，罗宾的主秀，内衣是如本设计的。"

季烈微微松了口气。从发现她走了之后，他就一直很紧张。

后台的那蓝觉得很疲惫，身体靠在墙上，望着秀场上的表演，想起上一次跟如本来秀场看秀的场景：

"怎么是男性内衣秀？"

"女性内衣秀跟咱们有什么关系？"

她的眼睛有点酸，抬眸望着秀场上往回走的罗宾。以后再也不会有人跟她一起看秀了，以后再也没有人在她耳边评论男人的胸肌、腹肌、内裤了……以前她觉得不厌其烦，以后却再也不会有了。她忍住眼泪，将视频的镜头调整成后置，对着T台。

小蛋蛋歪着脑袋盯着视频，突然叫起来："我看见那个人了！"

"坐好了，别乱动。"

小蛋蛋捧着手机，对着视频上的人仔细甄别："我真的看见他了。"

季烈问："你说什么？你看到谁了？"

"就是在山里遇到的那个人，戴着帽子和墨镜的那个人。"

车子刚刚开出停车场，"嘎"一声停在了路边，季烈问："你看清楚了吗？"

"看清楚了。"

"哪一个？"

“他。”小蛋蛋转过手机视频，视频画面上出现的是戴着眼罩从T台另一端走来的罗宾。

“确定?”

小蛋蛋点头。

季烈拿过手机对那蓝说：“你先留在那，看住那个人，我马上到。”

秀场响起了热烈的掌声，盖住了季烈的声音。那蓝没听清楚，往外走去，打算离开。季烈急急地喊道：“那蓝，那蓝……”

掌声太热烈，她根本听不见。

季烈见视频断了，将电话拨了过去，只听到一句“您拨打的电话已关机”……

那蓝发现手机没电自动关了机，只好放进外衣口袋往外走去。

掌声渐渐远离，世界安静了，她清晰地听见了自己的脚步声。

经过门口时，她看见两个十七八岁的男孩坐在门口的椅子上打游戏，其中一个打输了，气咻咻地骂了句，另一个男孩子安慰道：“别生气啦，又不是自己的账号，代练而已嘛。”

那蓝停住脚步，猛然想起罗宾的手机里并没有游戏App。她马上转身朝化妆间跑去，推开门，拿起手机，快速解锁，翻找，确实没有。

罗宾从秀场上下来，还未进门就看见那蓝拿着他的手机，他和小七对视了一眼。

那蓝找不到，点击了下载。按照常理，如果曾经在该手机上下载过该游戏，则不需要输入密码。

网速很慢，才下了一半，身后便传来脚步声，刚要回头，就发现被人强行扣住了手腕、捂住了口鼻，一股奇怪的气味过后，意识渐渐变得模糊……

不知多久之后，朦胧中她闻见医院里特有的消毒药水的味道，过了一会儿，她听见有人进门，声音很轻。她缓缓睁开眼睛，四周都是白色，来人的身影渐渐清晰，是季烈。她想坐起来，但浑身无力，挣扎着问："我怎么会在这？"

"我进到后台的化妆间，发现你倒在化妆间里。"

"罗宾和小七呢？"

"跑了。"

那蓝听到这两个字，胸口急剧地起伏。

季烈坐过去问："到底发生了什么？"

那蓝说："罗宾的手机里根本没有游戏软件，那天晚上直播打游戏的人不是他和小七，是代练。"

季烈沉默了一会儿，说："孙队已经知道了。"

那蓝咬牙："他们就是害死如本的凶手，对不对？"

季烈点点头："他们两个用的是别人的身份证，身份证上的人跟他们很像，但那两人都是普通渔民，他们每年给那两个人一万块，借走了他们的身份证。"

"他们的目的是冒用身份杀人？"

"也有可能是因为他们非常憎恨自己的真实身份。"季烈顿了一下，说，"他们的真实身份是一对异父异母的兄弟。罗宾三岁的时候母亲病故，十岁那年，父亲罗阚再婚，娶了第二任妻子陈琼音，陈琼音带着七岁的儿子小七改嫁给了罗阚。"

那蓝想起来了，四年前的京滨高速公路连环车祸案，死者里就有罗阚。

季烈说："当时十五车连环事故，第四辆车里坐着罗宾、小七还有罗阚，以及丁彩香一家四口。事故发生后，警方认为是由于该车突然加速导致其余事故车辆惊慌，引发了十五车连环撞击的惨案。但由于车主，也就是罗宾和小七的父亲罗阚在车祸中抢救无效死亡，无法追究事故责任。"

那蓝冷静地问："你是在怀疑罗阚的死跟罗宾他们有关系？"

季烈再次点头："陈琼音这个人非常懦弱，心地善良，前夫死于尘肺病。而罗阚此人是个长途大货车司机，心胸狭隘，嗜酒成性。罗阚不在家的时候，邻居老熊，也就是丁彩香的丈夫熊柏明经常会帮陈琼音干点活，于是，罗阚就怀疑陈琼音跟老熊有染，所以每次回家喝醉之后，便对陈琼音施行家暴，罗宾和小七想要保护母亲，他就三个一起打。日积月累，罗宾和小七对罗阚产生了深深的仇恨，所以四年前，他俩决定制造车祸杀害罗阚，逃离魔爪。不幸的是，由于团雾，导致后方八辆车接连撞在了一起，罗阚死了，熊柏明以及他的两个孩子也在车祸中死亡，因此，丁彩香精神出现异常，深感愧疚的罗宾和小七对后面的八辆事故车心生怨恨。”

那蓝心里一惊。所以最近几起案件，以及两年前的儿童走失案，都与连环车祸案有关？

“你等等，我们再来梳理一遍案情。”

季烈点点头：“第一起案件，两年前的两名儿童走失案，地点都在凤凰山的松鹤墓园附近，年纪都为两岁左右的儿童，他们都是被父母带去松鹤墓园的时候失踪的。连环车祸案发生以后，有关部门将所有在事故中死亡的人员全部安置在了松鹤墓园。”

那蓝稍作沉思：“凶手因为对熊柏明以及他的两个孩子心生愧疚，所以经常去墓地探望，加之丁彩香痛失亲人之后精神出现问题，于是他们趁机拐走了两名儿童给丁彩香抚养。”

季烈点头：“第二起案件，陈雅琪碎尸案，死者为女性，十八岁，卫校在读学生。”

那蓝道：“陈雅琪的父母均死于车祸案，她跟奶奶相依为命。车祸案发生之后，娇生惯养的陈雅琪承受不住沉重打击，曾经试图自杀，获救之后为逃避现实，终日泡吧，并与多名男子发生不正当关系，其中不乏有妇之夫。”

季烈没料到那蓝对案件了解得如此清楚，暗暗吃惊：“陈雅琪每个月七号都会去松鹤墓园祭拜父母，这个规律被凶手发现之后，开始暗中跟踪并接近。并且两人故意在陈雅琪被害当晚制造时间证据，扰乱警方视线，故意怂恿如本租下别墅举办化装舞会。”

那蓝说：“根据门前的监控可知，两人于当天晚上八点进入别墅，第二天中午十一点五十分离开现场，并没有什么问题。”

季烈道：“你说得没错，起初调出监控时警方并未怀疑，直到三天前，该别墅发生了一起盗窃案，警察在侦查时，从隐蔽角落发现了一处足迹，而这处足迹与美林大厦纵火案、丁彩香意外死亡案案发现场留下的足迹相同，凶手才渐渐浮出水面。”

他稍顿了一下，接着道：“第三起案件，小蛋蛋失踪案，事件同样是发生在凤凰山松鹤墓园。”

“也就是说，凶手是把松鹤墓园当成了狩猎场。”

季烈点头：“你说得对。”

“如果说，凶手针对的都是跟京滨高速连环车祸案有关的人，那美林大厦纵火案又怎么解释？”

季烈说：“这起案件同样跟连环车祸案有关。当时在场的人员里，其中有一个叫江蜜的女性，今年二十四岁，应该是你的同学。江蜜的未婚夫左亮是连环车祸案的受害者。”

那蓝一愣。江蜜确实是她的中学同学，年纪比她大两岁，四年前也确实听说过江蜜未婚夫去世的消息，但并不了解详情。

“凶手仅仅是想制造火灾烧死江蜜吗？”

“不完全是！更主要的原因是，2204是以罗宾的名义租下来的，并且投保了巨额赔偿，大火一旦蔓延，2204里面的人全部难逃火海。但他们千算万算也没料到救援会如此迅速及时……”

“另外就是丁彩香意外死亡案，这起案件更加明显，丁彩香已经露出马脚，很快将牵连至他们二人，所以二人痛下杀手。”

那蓝思考了一会儿，将问题拉回到了如本：“即便那几起案件都与连环车祸案有关，可是如本跟它们毫无关系。”

“你说得没错，以往这几起案件都是固定的逻辑，但是，你忘了吗？凶手在杀死陈雅琪之后，取走了陈雅琪的内脏。”

那蓝痛苦地皱起眉头：“他们并没有取走如本的内脏。”

季烈说：“凶手取走陈雅琪的内脏是要救陈琼音。陈琼音跟罗阚的婚姻是第二次婚姻，她是一个非常传统的女人，有根深蒂固的嫁鸡随鸡嫁狗随狗的观念，认为这一切都是命，所以即便是遭受家暴，她也不会提出离婚。罗阚下手极狠，多次将陈琼音打到吐血，导致脏器受到损伤，曾经几度去医院检查，但因家中贫困，拒绝住院治疗。”

“人渣！”那蓝愤愤不平地骂了一句。

季烈道：“的确是人渣。四年前罗阚在车祸中死亡后，陈琼音被罗宾和小七从鹿岛带走了，至今下落不明，很有可能被安置在小蛋蛋走失案中提到的山里的某个地方。四年了，据推断，陈琼音的器官很可能已经衰竭，而凶手是活体取走了陈雅琪的内脏，但是，他们没有保存器官的有效方法……”

那蓝恍然大悟：“我想起来了，在化妆间的时候他们跟我说过，如本是乙肝病毒携带者，所以你的意思是……因为这个原因，他们才没有取走如本的器官。”

季烈点头：“并且，他们很可能还会对下一个人下手。”

那蓝一把抓起手机，季烈按住她的手，问：“你要干什么？”

“让孙队抓人。”

“滨江那么大，七百万人口，去哪里抓？”

“调出所有的监控，我不信找不到他们。”

“你想得太简单，他们两个都不是一般人。你也知道小七身手了得，而罗宾曾经以第一名的成绩进入军校，精通反侦查手段。监控有死角，我想罗宾早就熟悉了城市所有的监控，所以他犯案那么久，我们一直束手无策。”

那蓝懊恼地将手机重重地摔在床上。凶手已经明晰，却不知道去哪里抓人……她不甘心，不甘心近在眼前的凶手却逍遥法外，并且凶手还有可能再次犯案。她愤怒地吼了一声，拳头重重地砸在墙壁上。

季烈明白她的痛苦，抓住她的手腕，安慰道：“那蓝，你听我说。我们都没想到我们的对手这么狡猾。”

那蓝望着他：“我不想听这些，我只想知道什么时候能抓住凶手？如果早一点抓到的话，如本就不会出事。”说到如本，她再也控制不住了，声音里带着哭腔，“可是现在，如本已经出事了，我最好的朋友，我唯一的闺蜜，她再也回不来了，你明白吗？我失去了我最亲密的朋友，你懂吗？”那蓝懊恼地靠在床上，嘴里喃喃，“我是警务人员，可我连唯一的好朋友都保护不了！哪怕现在已经锁定了凶手，可我还是不能立刻将他抓捕归案。我觉得自己特别无能，特别特别无能……”一瞬间，小声的饮泣变成了失声痛哭。

季烈有点手足无措："那蓝，这不怪你，这不是你的错，你不必这么自责……"

那蓝冷笑了一声，眼泪顺着面颊流了下来："现在说这些还有什么意义呢？我已经失去她了，她再也回不来了，甚至连尸体都找不全了，你不会明白那种痛。"

季烈无法回答，他深吸一口气，迎上那蓝的目光："没错，我没有你那种切肤之痛，但是从两名儿童失踪到现在凶手浮出水面，经历了漫长的两年时间。警方花费了两年时间，无数警力，说得简单点，我们从不希望任何一起案件发生，我们希望永远都太太平平的！"他伸手抓住她的肩膀，逼视着她，"那蓝你看着我，你要相信，凶手一定会被绳之以法的。"

那蓝看着季烈："多久？一天，十天，还是一百天？"

季烈的目光没有退缩："所有人都在努力。"

那蓝摇着头："难道我们还要眼睁睁地看着他们对下一个人下手吗？"

季烈将心一横："你冷静一点，你以为就你痛苦吗？孙队已经好几天没有合眼了，队里没有人休息过。你失去了朋友，可对于警务工作者来说，保护市民是我们的责任，失去任何一个人我们都很难过。"

那蓝一时无言，哭得更伤心了。

季烈走过去，将手搭在她的肩膀上："好了，别哭了。其实我们所有人都很难过，孙队甚至都无法面对你。所以，你别再哭了，你再哭的话，我们都要害怕面对你了。"

那蓝被他这么一说，渐渐停止了抽泣："如本是我最好的朋友，我们计划等我们退休了之后，她儿孙满堂，我也儿孙满堂，我们买个院子，两家人住到一起。可我没有想到……"她抹了抹眼泪，"我担心下一个被凶手盯上的人，我不希望再有任何人受到伤害。"

季烈抽出面巾纸给她擦泪，顺势将肩膀给了她。

那蓝小心翼翼地将头靠在他的肩膀上："其实，我现在很无助，我带着梦想成了一名警务工作者，可我越来越发现自己很无能，救人反倒成了害人，身边的朋友也保护不了，我怎么这么无能？我在警校四年，在航空基地一年零七个月，我努力学习，成绩优秀，可自从到了警航之后，才发现学的东西都是纸上谈兵，一用在现实生活中就被打败了。”

季烈心里一阵难受，不由自主地抱紧了她，鼻子沉沉地呼出一口气：“07，你从六月十四号那天正式进入滨江警航起，就是我生命中最重要的人了。”他稍停了一下，补充道：“是滨江警务航空总队飞行大队的重要一员。无论发生什么，无论怎么样，我都会陪你一起度过，除非你离开警航，除非……”除非你说你不需要我。不知道为什么，说到这儿的时候他犹豫了一下，等他决定把这句冲动的话说出口的时候，“咚咚”，门外传来了两声敲门声，紧接着病房的门被推开了，有人快步走进门来，季烈立刻松开手抬起头。

叶海蓝穿着深灰色的套裙，手里拎着包，猛地停住脚步，站在门口望着两人。

季烈见过一次叶海蓝，站起身来叫了声“伯母”，叶海蓝冲他点头致意。

那蓝迅速低头抹干眼泪，抬起头时，脸上挂着平静的表情。

季烈看了一眼那蓝，冲叶海蓝说：“你们聊，我先出去。”

他经过叶海蓝身边的时候，叶海蓝深深地打量了他一眼。虽然这是叶海蓝第一次近距离面对季烈，但是叶海蓝对他却不陌生。具体说来，叶海蓝对警航飞行大队里的所有人都刻意做过了解，不过刚才进门时的一幕，确实让她暗暗吃了一惊。

叶海蓝径直坐到那蓝病床前的椅子上，目光停留在她的脸上，问：“身体怎么样了？”

那蓝没说话，气氛微微有些压抑，好在司机送果篮进门，稍微缓解了一些。司机走了之后，叶海蓝拿了个苹果一声不吭地削好，递给她，说：“吃个苹果吧。”

那蓝没接。她不习惯叶海蓝这么平和的谈话方式。自从父亲去世之后，她们从来没有好好地说过一句话。这些年，她总是忙，忙不完的工作，忙不完的应酬，对自己从无耐心。叶海蓝是她妈妈，法律意义上的，但是心理上很疏远。

叶海蓝将苹果放在那蓝的手边，想要触摸她的手，却又停住了，过了一会儿，低声说：“对不起，以前是妈妈对你关心太少了。”

那蓝缓缓抬起头，看了一眼叶海蓝，发现叶海蓝的眼睛牢牢地盯着自己，又将目光移开了。

叶海蓝说："如本出事之后，妈妈心里也不是滋味。她是个好孩子，也是你最好的朋友……她还是妈妈特别器重的人。"

叶海蓝独自在商场打拼多年，见到的社会上的精英大多做事雷厉风行，公事公办，说一是一，缺少了人情味和烟火气。但如本却不，如本周身上下都是烟火气，嘴甜，干事麻利，聪明伶俐，叶海蓝非常喜欢她。如本事业发展顺利，跟叶海蓝分不开，是叶海蓝借给了她启动资金，才有了"亭亭玉立"。那蓝不知道这些，叶海蓝不让如本告诉她。

叶海蓝见那蓝不像以前那么抗拒，开始了正常的母女聊天："其实，从七年前开始，每年我生日如本都会给我买礼物，她还骗我说礼物是你买的。可你是我生的，我了解你，你心里恨我，因为你爸去世前几个月我经常跟他吵架，甚至还提过离婚……"

那蓝沉默着，十年往事快速在脑海中过了一遍。她在想，到底从什么时候开始，她们母女关系开始恶化了？

"可是，即便我跟你爸爸有矛盾，但你终究是我的女儿。我不同意你做警察，是因为我担心有一天你会像你爸爸那样，突然传来一个噩耗……我承受不了再一次的打击……"叶海蓝的声音很平缓，说到这儿眼眶红了，"但是如本的事让我明白，你的选择是对的。"

那蓝的眼眶也红了，迅速垂下头。

叶海蓝说完这些，站起身往外走。那蓝怔怔地望着她的背影，张了张嘴想说话，最后什么也没说出口。

叶海蓝走到门口处停下，回头望着她，四目相对。这一次，那蓝没有躲开。

叶海蓝说："我先回去了，你好好休息。我今天过来就是想跟你说这些，往后你安心工作，妈妈以后不会再阻止你了。"

母亲的到访让那蓝心情有些复杂，叶海蓝走了之后，她慢吞吞地拿起手边的苹果，想起小时候的夏天，吃完了晚饭之后，一家三口坐在沙发上看电视，爸爸喝着茶，妈妈给她削苹果……她觉得，那是她生命中最美好的时光。她把目光投向窗外，窗口燥热的晚风吹了进来，让她的心境稍微平缓了一些。

她穿上鞋子下楼，经过心电图室时有点疲惫，坐下来休息。门虚掩着，两名医生正在里面说话，声音不大却很清晰：

“把特护病房102号那位最新的心电图给我……晚上有个会诊会议要开，夏博士明天来我们医院接诊。”

“鼎鼎有名的夏博士，国内心胸外科的顶级心脏移植专家，论文在国际上都拿过无数次大奖，我们科都想报名去现场观摩学习，虽然现场也会有教学录像，但是机会太难得了。”

“我的第一台手术就是他带的。”

“羡慕。欸，对了，听说他这次过来，是给一个老首长看病。”

“嗯，特护病房的那位首长，他们是老朋友。”

那蓝从虚掩的门外往里望，发现里面身着白大褂，一只手拿着资料、另一只手端着纸杯正在喝水的就是季国诚的主治医生周医生，与她对话的另一名医生坐在椅子上。

傍晚，这一块区域很安静，安静得能听见自己的心跳。

坐在椅子上的医生说话了：“那位老首长的儿子长得不错，近水楼台先得月，你要不要发展一下，结束单身生活？”

“没戏！我打听过了，那位是警航飞行大队的大队长，有能力有傲气，但是人家心里早就有人了……”

“科里都在说他是单身啊。”

“我理解的单身，是身体上心理上都是自由状态，但是他心里有人了，听说是读军校时谈的，那女孩子长得挺漂亮的，是他们学校的校花，不过后来去了美国，临走的头一天晚上把他给睡了，之后他就念念不忘，至今单身，到现在有将近十年了吧。”

“十年都没有忘记一个人，够专一的。不过我挺佩服那个女生，不愧是军校的，说扑就扑，生猛！”

那蓝有些发愣。她对这些八卦真的没兴趣，站起来走了。

住院部的楼下是一个花园，前方有一个池塘，那蓝走到这儿的时候，发现脚上的鞋带散了，正蹲下来系着，季烈送宋惠美出门刚好经过这里。

“明天晚上七点，你夏伯伯从北京飞滨江，专程为你爸爸的病而来，你能不能跟我去机场接一下？”

季烈没有立即回答。

宋惠美说：“你要是没空的话，我让司机送我。”

季烈说：“还是我陪你吧。”

宋惠美踌躇了一会儿，问道：“小烈，你心里对她……已经放下了吗？”

季烈目光看向远处，表情平静，拿出一支烟，点了几下才点燃了，吸了一口，吐出一口烟雾。

宋惠美说：“要是放不下的话，我帮你问问你夏伯伯，她在美国那边的情况？”

季烈没说话，沉沉吐出一口气。

果然还是放不下！宋惠美抿着嘴，转身要走，季烈突然叫住她，问道：“她……现在在哪？她现在……怎么样？”

“她还在美国，也还单身。”

季烈狠狠抽了口烟，问：“这些年，她没有回过国吗？”

“回过。”

“什么时候？待了多久？”

“三年前回来了一次，待了一周就走了。”

季烈不再说话，透过烟雾看着宋惠美走远的身影。

那蓝系好鞋带站起身。她懂了，他确实是放不下那个人。十年等待，十年深情！刚转身准备离开，有人叫她：“那蓝、季队，原来你们在这儿！”

路边方杰和队里的几个人在打招呼，他们听说季烈的父亲病了，下了班就过来看望。

那蓝点了个头，算是打招呼。季烈望了那蓝一眼，眼里闪过一丝紧张，但很快就消失了，朝几个人走了过去，一边问：“你们怎么过来了？”

方杰说：“我们听说季伯伯病了，特意过来探望，正要发消息问病房怎么走，就遇见了你们。”

季烈甩了甩头："走吧，我带你们过去。"

天已经暗沉，花园里的人渐渐散了，那蓝也准备离开，一阵噼里啪啦的脚步声又传进了耳朵里，紧接着是稚嫩的对话声：

"我求求你了，你不要再喜欢我了，你一开始就知道，读完这学期我就要去洛杉矶上学了，我们没缘分的，我求你了，你喜欢别人吧。"

"不就是去洛杉矶吗，又不是去外太空。"

"异地恋太不现实了。"

"我们可以视频，可以通话，我可以天天晚睡陪你，怎么不现实了？总之，不管你去多远，我都可以等你。"

"好，就算是这样，可你能等我十年吗？"

"我能等你一辈子！"

那蓝抬起头，面前站着一个男孩和一个女孩，都是十八九岁的年纪，女孩穿着白色裙子，扎着马尾辫，背对着男孩站着。男孩穿着白衬衫牛仔裤，紧紧抓住女孩的手，嘴角因为紧张而微微颤抖。

男孩说完，女孩不说话了，慢慢转过身，扑进男孩的怀里。月色当空，树影斑驳，男孩子站得笔直，紧紧地抱着女孩。

"你真的能等我十年吗？"女孩问。

"我真的能等你一辈子！"男孩说。

那蓝望着他们，心想：到底是年轻啊，还不懂十年会发生多少变化，才会轻许诺言。

那蓝没有谈过恋爱，更没有经历过校园恋爱，所以这股冲动和勇气她只能佩服，她的恋爱经验都来自如本。想到如本，她心里有点堵，离开的时候，接到了个电话，是孙队长打来的："那蓝，你现在过来一趟。"

那蓝心里咯噔了一下。到了刑侦队，见到了孙队长，才得知让她过来是因为又找到了如本的一个尸块。

尸块部分是腿部，脚腕处文着一只黑色蝴蝶，只一眼那蓝就认出来了。只是原本的那只栩栩如生的黑蝴蝶现在却肿胀发白，精美的蝴蝶已经飞走了，留下的是一个青蓝的阴影。

她平静地问：“哪里发现的？”

“晟江岸边的入海处，被大水冲到了岸上，当地居民发现的。”孙队长低着头，说话声音不大，“其余的部分，恐怕很难再找到了。”

那蓝点点头，平静地道：“她从小就喜欢大海，也喜欢游泳，她总说自己前世是美人鱼，大海是她的故乡，现在果真去了大海，也好。”

孙队长没说话。那蓝又问：“凶手……”

孙队长发出一声叹息：“还在寻找，两个魔鬼像是人间蒸发了！”

那蓝说：“他们一定还在滨江。”

孙队长点点头。

那蓝在门外看见了如本的父母，两人坐在门口的地上，都在抹眼泪。

如本的父亲看见那蓝走出来，连忙站了起来，有些拘谨地打了个招呼，说：“今天整理如本房间的时候，发现了一本日记，你看……”

那蓝接过，上面是借款记录，叶海蓝借给如本的每一笔款项都清清楚楚地列在上头，前前后后共四十几万。看到这里，那蓝眼眶有些红。

如本爸爸低下头，满是愧疚：“请你代为转告叶总，感谢她这些年对我们如本的照顾。”

那蓝心中很沉重，“嗯”了一声。

如本妈妈抹着眼泪：“我们这些年没关心过她照顾过她，亏欠她的实在太多太多了，要是她还活着多好……”

如本爸爸说：“你以前总说她的钱来路不正，现在知道是错怪她了吧。”

那蓝离开的时候，如本的父母正互相埋怨，抱头痛哭。

在如本妈妈声嘶力竭的哭泣声中，那蓝意识到如本真的走了，就像文身上的蝴蝶，飞走了。她默默地乘上车，头靠在车窗上，望着天空，恍惚中似乎真的看见天空中有一只渐渐飞远的蝴蝶。她想，那就是如本吧。现在，她要回一趟医院，还有出院手续要办，还有很多事等着她去做。

进了医院大门，离着老远就看到人群朝一个方向拥去，住院部楼下人声嘈杂，路边站满了病人以及家属，全都伸着脖子观望。保安在楼下拉起了警戒线，医生和护士全都严阵以待。

那蓝愣了一下，抬头看去，只见医院楼顶上站着一个身穿病号服的女孩，二十上下的年纪，脚踩在大楼的边缘，摇摇欲坠。

“这是怎么回事？”她问边上的一名老阿姨。

“哦哟，还能是怎么回事呀，女人嘛为了感情呀。这个女的怀孕了呀，还是宫外孕，可是男方攀了高枝，追了公司董事长的千金准备订婚，不要她了呀，于是她就想不开……”

老阿姨的话还没说完，那蓝已经快步冲进了电梯，打开手机迅速浏览了一遍网上的评论，将事情大概了解了一下。

刚一出电梯就被顶楼的保安拦住了，打量了她一眼说：“小姐，您不能上去。”

“我是滨江警务航空中心的那蓝，这是我的证件。”

保安接过证件看了看：“飞行学员？”

那蓝急了：“你拦着我干什么？我要去救人。”

另外一名保安盯着她，忽然说道：“我想起来了，你是那个……鹿岛救援的那个。我看过你的报道，你不能上去。”

那蓝被点到了死穴，不由自主地往后退了一步。她原本只是想救人，可是现在，连靠近都不让她靠近，而且是义正词严地拒绝。

“啊——”女病人突然歇斯底里地大叫了一声，将手里的手机朝楼下摔去。一瞬间，那蓝脑海中迸裂出丁彩香从柜子上掉下去的场景，这刺激到了她，她飞快地抬起头，表情已经镇定了下来，沉声说道：“请你们让开。”

保安不可思议地望着她：“都跟你说了，你不能上去。”

那蓝想往旁边走，又被保安拦住。她紧贴着保安站定，冷静地说道：“这是八楼，如果她掉下去的话，一定会没命，而我有把握救她。”

保安冷笑：“小姐，您别开玩笑了。”

那蓝吸了口气：“你到底要怎样才能让我过去？”

“怎样都不能让你过去，要是出了事，你能负责吗？”

那蓝盯着他看了一会儿，突然抬手抓住他的手腕，猛地将他按在了墙上。另一个保安想要帮忙，被她一个眼神杀退。等她松开手，两人便默默让开了路。

那蓝快步朝女病人走去，季烈和方杰他们已经到了，表情都十分严肃。

女病人烦躁地在楼顶边沿走动着，松散的头发被风吹乱。

季烈望见那蓝走上来，眼神闪过一丝光，说："你当心点，她情绪很激动，尽量拖延时间，消防人员已经到场，正在给气垫充气。"

那蓝点点头，悄悄往前走了一步。女病人发觉有人靠近，大吼了一声："你站住，别再往前了！"

那蓝在距离她几米远的地方停下，劝道："我知道你现在心里很难过，你和他好了四年，可是他却在你最需要他的时候离开了你，我明白那种感受。"

女病人问："我只是想见见他，你知道他在哪吗？"

"我不知道，可你认识了他四年，他是什么样的人你早就知道。两年前你们分手的时候，你闹过一次自杀，现在你觉得他还会来吗？"

女病人被刺激了，吼道："你根本就不懂！"

"我确实不懂你现在想的是什么。既然他伤害了你，你就用死来报复他，让他一辈子活在痛苦和自责里吗？"

女病人的神情僵了一下。那蓝捕捉到这个信号，接着说道："我告诉你，他不会！你从这跳下去，你死了，跟他一点关系都没有，他顶多过来看一眼，掉几滴眼泪，然后拍拍屁股走人。说得难听点，他还会嫌弃你弄脏了路面。"

"他不是那样的人，他说过他爱我。"

那蓝劝道："他爱你的话，就不会背着你追求别人。听说他都快订婚了，现在说不定就在陪女朋友看婚纱、订蜜月旅行，可你却在这里哭哭啼啼闹自杀。"

女病人紧张了："他们什么时候结婚？订的什么日子？"

"你现在明白了？他照样结婚生子，不会耽误任何事。"

女病人歇斯底里地大叫："我都快要死了，你跟我讲这些大道理有什么用？我不想听，我只想知道他哪天结婚！"

那蓝慢慢往前走去："你想知道吗？你想知道的话，就把手给我，我告诉你。"

身后的季烈紧张地看着她的背影。

女病人焦虑地走动着："原来他不是订婚，是要结婚了，为什么没有人告诉我？”

“给我手，我告诉你。”

“你往后！”女病人突然望着她嘶吼，“你不是来劝我的吗？你把他叫过来，我现在要见他。”

那蓝停住脚步，冲她苦笑了一声：“其实，我能理解你，真的，我比你惨，最爱我的爸爸十年前去世了，妈妈跟我除了吵架还是吵架。昨天，我最最好的朋友被人杀了，尸体都找不全。我比你惨。你不想活？我其实更不想活了……”那蓝说到这说不下去了，声音哽住，然后一步步往女病人走去，女病人吓到了，大叫：“你给我站住，你再往前一步，我就跳下去了！”

“那蓝！”方杰揣摩着那蓝的意图，低吼了一声，季烈立刻拉了他一把。

那蓝惨淡地望着女病人：“跳下去吧，别犹豫了，你要是害怕的话，来，我们手拉手一起跳。”

女病人望着她，有些茫然。那蓝痛苦地流着眼泪：“活着真没意思，你那么爱他，而他却要跟别的女人结婚了。很快他们还会有孩子，以后还会有子子孙孙叫他们爷爷奶奶、太爷爷太奶奶。这世界真孤独啊，跳下去就解脱了，一切痛苦都结束了，他们跟你就再没关系了。来吧，我们一起跳啊。”

季烈冷静地望着她，颇觉安慰。看样子她已经克服了恐惧，从丁彩香事件里走了出来。她很聪明，并且将形势扭转得很好，演技足以乱真，但是还需要有个人帮她一下：“你神经病啊？你不是来劝她的吗，现在又劝她跟你一起死？”

那蓝接过季烈的话，斩钉截铁地道：“你说对了，我就是不想活了，我要向世界证明我唾弃这个世界。”

“你放屁！你就是在演戏。别以为我不知道你喜欢我，你每次看我的眼神早说明了一切。来，向我证明你中意我。”季烈说着，往那蓝跟前走去。

那蓝“哈”地笑了：“我中意你？你还真是自恋！就算我当初对你有那么一点点中意的话，现在也早就没有了！我对这个世界一点留恋都没有，我现在只想死，你别拦着我！”

“这么快就放弃我了？女人啊，变心真快！可我告诉你，我现在已经喜欢上你了，你必须跟我说清楚，当初是不是你先主动的？”

“你想干什么？”

“陪你殉情！”

那蓝叫起来：“你有病啊！谁要你跟我一起死啊！”

“我就是有病，我愿意跟你一起死。”

女病人一会儿看看季烈，一会儿看看那蓝，双手一挥，大叫：“你们俩给我闭嘴！”

两人见这招起了作用，装作浑然不觉，一齐冲女病人吼道：“你给我闭嘴！”

女病人呆住。

季烈问那蓝：“跳不跳？你先跳还是我先跳？”

“跳！一起跳！”

女病人烦躁了，歇斯底里地大叫：“你们两个神经病啊！现在是我想自杀，你们演什么梁山伯与祝英台？走错片场了吧？神经病！”

两人走到了跟前，对了眼色，突然一起扑向了女病人，各自抓住了她一只手臂，用力一拉。女病人手脚挥舞，拼命抵抗，挣扎中，一脚踹在了那蓝的膝盖上，那蓝被踹得后退了一步，脚下一滑，身子晃了一下，朝楼下坠去。

天旋地转之间，她听见季烈在叫她：“保持清醒！”

顷刻间，她快速做好了防御姿势。

“砰——”伴随着一声巨响，整个人掉进了救生气垫里，深深地陷了进去。

第十四章

心结难解

天，是黑色的，月色朦胧。那蓝躺在救生气垫上眨了眨眼睛，四周的嘈杂声鼓进了耳朵里。医生迅速上前，将她抬上担架，送进了急诊室。

那蓝感觉自己就像个木偶，被送去做各项检查，折腾完，又被送进了病房留院观察，等待检测结果。晚上十点，季烈询问完医生那蓝的情况之后，拿着诊断书朝病房走去。

方杰等人围着那蓝站成一个圈，一个个表情沉闷。那蓝坐在病床上，手里端着纸杯，喝了口水，将他们逐一看了一圈，问："你们这么看着我干什么？我没事。"

方杰说："我们都要被你吓死了，那可是八楼啊，即使有救生气垫也是很危险的。"

宋智问："你现在感觉怎么样？头晕不晕？恶心吗？有没有哪里不舒服？"

那蓝连连摇头，宋智还要问，被宇宏拦住："你别问了，等你问完检查结果都出来了。"

季烈在病房门口略微停顿了一下才走进去，众人一齐将目光投向了他，七嘴八舌地问起那蓝的情况。

季烈没说话，双手抱胸站在病床前，皱着眉头望着那蓝，沉沉地叹出一口气："全身检查过了，没有受伤。"

众人齐齐松了口气，方杰抢过诊断书，几个人凑在一起看了，神情放松了下来。

方杰最机灵，悄悄扯了扯其余几人的衣角，示意了一下。几个人会意，找了个借口，识趣地退了出去，并且带上了门。刚才楼顶上那蓝掉下去的瞬间，所有人都目睹了一向冷静的队长是怎样的紧张。

几个人出了门，齐齐停步，互相看了看，然后一起将耳朵贴在了门上。

季烈拉了凳子坐到床前，望着病床上的那蓝："幸亏落到救生气垫上的姿势标准，不然你这回肯定要受伤了。"

那蓝同意季烈的说法，但她没说话，低头喝水。

季烈说："以后再遇到这样的事情，切记不要把自己放到跟被救援人员同等危险的处境上。"

那蓝说："这次是个意外，但是我想，幸亏是我掉下去了，如果是她一定会受伤。"二十米是救生气垫的极限，幸亏这是医院住院部，不是普通居民楼，没有铁窗林立，没有到处充满着下降空间的障碍物，所以她才能准确地落到气垫上。并且她很庆幸，在高速下坠的同时，谨慎地保持着屁股朝下的姿势。是那个姿势保护了她，也是因为他的提醒。

季烈望了她半晌。那蓝掉下去的瞬间，他才明白了自己。如果不是因为要抓住那名女病人，他会毫不犹豫地跟着跳下去。他知道那样不容许，他也清楚那是高楼救援的大忌，但是他还是会控制不住自己，但她好像一点都不懂。

他想了一会儿，说："那蓝，你是我的队员。"他着重了"你是我的"这四个字。

那蓝皱皱眉："我知道，我们都是你的队员。"

季烈说："我不容许你以后再做这么冒险的事。"

那蓝答："警务人员做的就是危险的工作。"

季烈说："你还记得救援滨大登山队员的时候我对你说的话吗？"

她当然记得，当时进山洞的时候，他对她说："跟着我。"

那蓝说："记得。"

他就是要跟她说这些？她也没有受伤，她想回家，明天还要工作。

她从病床上下来，整理了一下衣服，忽然想起还有一件事需要交代。刚才方杰他们的眼神她不是不懂，她不想他们误会，更不想让季烈误会。她转过身望着季烈，说："刚刚楼顶上说的那些逢场作戏的话，请你不要误会。"好了，该说的说完了，下逐客令："请你出去，我要换衣服。"

她收拾完病床，发现季烈没有走，皱着眉，眼神很冷地望着自己。

她的眼神更冷，重复了一遍："对不起，我要换衣服。"

那蓝的态度很清晰。季烈有些气，他简直想把这女人的脑子扒开来看看里面到底装了些什么东西！逢场作戏？对他说的一切都是逢场作戏？他懒得跟她较这个真。

季烈只字不言地朝门口走去，快走到门口的时候，突然收住脚步，转过头刚好对上她的视线，随后想了想，转身朝她走了过来，停在她的面前，居高临下地望着她。

他背对着光，脸在阴影里，表情看不清，隐约带着一丝危险的气息。那蓝咯噔了一下，皱眉，非常不情愿地望着他。

"你刚刚说什么？逢场作戏？"

那蓝说："你不也是在演吗？"

"演？你拿我当演员吗，随时开演？我没有演，那就是我的真实想法，听清了吗？"他的眼神深深地盯着她。

那蓝受到了压迫，问："你什么意思？"

季烈看着她，用一种特别平淡的口气说道："我确实在你的眼神里看到过，你中意我。"

如果换作以前他说这样的话，她不知道自己会怎么样，但是现在，她很平静，甚至有点厌烦："你误会了。"

"你再说一遍？"

那蓝很冷很冷地说："你误会了，我从来没有中意过你。"她很烦躁，说完，随手推了一把，刚好推在了季烈硬实的胸肌上，没推动，自己反倒往后退了一步，身体"咚"的一声顶在了墙上。

他往前一步将她堵在了角落里，他的眼眸漆黑，牢牢地锁住她。

她无路可退，更加烦躁，抬起头死死地望着他："你想干什么？如本尸骨未寒，我没有心情……"

季烈打断："你还有我，今天把话说清楚。"

"没什么好说的，请你让开。"她推他，推不动。

"你让开，听到没有？"她推得很用力，可还是推不动。她挥起拳头，捶在了他的胸口，用了很大的力。可被捶的人却知道，根本不疼。

季烈迅速抓住了她的手腕："别动。"

"放开我。"她挣扎。

他干脆抓着她的手腕举过她的头顶按在了墙上，两人的身体贴得很近，这样一来，那蓝动弹不得了，只好仰着头望着他。他比她高了一个头，她清晰地看到他的喉结处滚动了一下。

走廊里，电梯的门开了，韩东风带着沈天梵、叶泉水走了出来，离着老远就看到方杰几个人贴在门上一动不动。韩东风站在几个人身后，没说话，抬手拍了拍方杰的肩膀。

方杰甩了甩肩膀，头也不回地小声抗议："关键时刻，别动我啊！"

韩东风皱皱眉，又拍了拍他的肩膀。

"哎呀，跟你说了别动我，你听不出来吗？马上就要亲上了。"

韩东风第三次拍了拍他的肩膀。

"我倒数三下，肯定亲，三……"方杰说着，冷不丁地转过头，猛然发现韩东风站在身后，吓得立刻立正站好，顺道用脚踢了踢另外几个人。

那几个也正听得入神，齐齐回头，发现了韩东风，也都纷纷站好。

韩东风问："你们在干什么？里面到底发生了什么情况？"

"总队长，您还是自己看吧。"方杰说完，手一伸拧开了门。

韩东风望了望他们，大步走了进去，其余几人都跟着他走了进去。

季烈将那蓝的双手固定在墙上，低头看着她："那蓝，你听好了，我……"话刚说了一半，忽听见门开了，一阵脚步声传来，他马上收住声，跟那蓝同时扭头朝门口看去。只见，几乎整个队的人都走了进来。

韩东风清了清嗓子，说："看来我们来得不是时候啊，要不你们继续，我们先出去等会儿再进来？”

季烈触电般松开手，眼神有些躲闪。

那蓝整理好衣服，尴尬地理了理头发。

大家都明白是怎么回事，全都笑着看着季烈和那蓝。

那蓝有些沮丧。现在就算浑身是嘴也解释不清了，可实际上她跟他什么情况都没有。

季烈却没有想要解释，一副无所谓的神情看着大伙儿。

韩东风云淡风轻地说：“看来，那蓝的情况比我想象的要好。”

那蓝马上表态：“总队长，我没事，明天一早就能去上班。”

韩东风笑眯眯地道：“不着急，可以多给你两天假，好好休息。”说罢将目光投向了季烈，俨然是在询问季烈的意见。

那蓝有些郁闷了。

季烈说：“她既然不想休息，那就回去好好工作。”

那蓝更郁闷了。

韩东风来医院主要是看望季国诚，顺道过来看看那蓝，见那蓝一切良好，坐了一会儿就起身走了。季烈送韩东风下楼，韩东风上车离开之后，方杰才小心翼翼地靠上去，笑嘻嘻地问：“队长，以后咱们是不是得管队花叫嫂子了？”

季烈一脚踹了过去：“收起你的后槽牙，我告诉你们，在单位里，谁都不许胡说八道。”

方杰嬉皮笑脸地避开：“知道了知道了，在单位我们不乱说。”

季烈收起脚，瞪了他一眼。方杰又凑了上去：“但是，队长，为了表示你的诚意，要不就请我们吃一顿小龙虾吧？”

“你说什么？”

方杰说：“哎呀，我想想，刚刚你们俩的距离那么近，我还拍了照片你要不要看看？这个角度看上去，是……”他亮出照片，众人齐齐看去。

宇宏接口道：“亲——上——了。”

众人大笑：“大实话。”

季烈瞪了他们一眼：“你们别给我胡说八道，这是角度的问题，赶紧给我删了。”

“删了可以，小龙虾伺候。”

“对啊，小龙虾伺候。”众人附议。

季烈手指点了点他们，表情突然冷了下来，说：“你们给我闭嘴，等抓到凶手之后，你们想吃什么随便点，但是现在不是说这个的时候。”

说起这件事，大家都不笑了，鸦雀无声。这件事是所有人心里的一道疤，一提起来就揪着心地难受。所有人心里也都很明白，凶手太狡猾，不知道什么时候才能抓到，也不知道还会不会有人落入魔爪，一天抓不到凶手，一天的心就落不到实处，凶手挑衅了治安的底线，也挑衅了警方的底线。可他们藏在哪儿？无从知晓！

季烈说：“从明天开始，加强空中巡逻，确保不再有人落入魔爪。”

“是！”

那蓝收拾完病房，去交了费用，取回了医保卡，随后朝季国诚的病房走去。站在门口敲了敲门，不一会儿，门开了。开门的是叶泉水，看到那蓝，嘴角浮起一个好看的微笑。病房里光线很亮，季烈坐在病床边的凳子上，手里端着白粥配着咸菜，正在喂季国诚吃饭。

季国诚望见那蓝进门，打了个招呼：“小那来了。”

季烈一听那蓝的名字，一紧张，手抖了一下，勺子里的饭又落在季国诚的衣襟上了。叶泉水赶紧走过去收拾：“还是我来吧。”

季国诚笑眯眯地说：“不用你，小烈照顾我足够了。”

叶泉水说：“季伯伯，您不担心那饭全弄您衣服上啊？”

季国诚笑了笑：“他现在越来越顺手了。”

季烈瞪了叶泉水一眼：“这都几点了，你还不回去哄小蛋蛋睡觉？我告诉你，你不在的时候，他成天就打游戏，还学人家直播，一场游戏观众几十万，现在已经有电竞队盯上他了。”

叶泉水说：“孩子大了不由娘，管不住。”

季烈尴尬地笑了笑，认真喂饭去了。

看他们父子关系缓和，那蓝心里很欣慰，可听了叶泉水的话，脸色微微一变，心里涌起一丝苦涩。

季国诚看着季烈，犹豫了一下，说：“你方伯伯刚刚来了一会儿……”

季烈说：“他来干什么？替他那掌上明珠、大明星女儿求情吗？”

季国诚道：“那你也太小看你方伯伯了，他年轻时可是一名优秀军人，曼莉偷税漏税的事他一直不清楚，他很感谢你，不然曼莉往后会越来越危险。”

季烈“嗯”了一声。

季国诚说：“现在曼莉是焦头烂额，你方伯伯气坏了。”

季烈淡淡道：“老同志，你这是变相求情吗？”

季国诚反问：“你老子是那样的人吗？”

季烈不耐烦：“那你怎么老提他？”

季国诚原本想借着这件事主动承认错误，说不应该稀里糊涂地逼着他跟曼莉相亲，再趁机撮合他和那蓝。可看他这态度，忍住不再说下去。

季烈想的跟季国诚不一样，他不愿当着那蓝的面说相亲的事。病房刹那陷入了沉寂。叶泉水一眼识破，机灵地打破了僵局，对那蓝说：“那蓝，明天咱们还要上班，要不咱们先回去吧？”

那蓝点点头：“季伯伯，我先回去了，改天再来看您。”

季国诚点点头。叶泉水拿起包，随那蓝一起走出了病房。

空气燥热，马路上行人匆忙，叶泉水驾驶着车子在马路上狂驰，那蓝望着窗外一言不发。

一路绿灯，车子停到了瀚汀花园门口，叶泉水看了看时间，说：“我陪你上去坐一会儿。”径直下了车，从后备厢取了瓶红酒，“走吧，上去。”

那蓝直接问：“你知道我跟……”

叶泉水答：“你跟老季住在隔壁。”

“你什么时候知道的？”

“第一次在老季家看见你的时候就知道了，以你出现的速度和时间判断，一定是住在隔壁。”

那蓝点点头，不知道该说什么了。

上电梯的时候，叶泉水打开外卖软件，问那蓝：“想吃点什么？”

“随便。”

“那我就随便点一些小龙虾，咱们吃点东西，喝喝酒，聊聊人生……你不用担心，这个酒是不含酒精的零度干红。”说完快速选了一家最近的龙虾馆，点了椒盐和十三香口味的各十只。点完，刚好那蓝开了门，叶泉水很自然地脱了鞋子，光着脚踩在地板上。

那蓝从冰箱里取出果汁，倒了杯放到她面前，然后拿起酒架上的高脚杯进了厨房。洗杯子的时候，想起杯子是如本买的，心里一酸，眼泪掉了下来。

叶泉水喝了几口果汁，环视一圈。茶几上放着各种易拉罐和食品包装袋，沙发上堆着衣服，地板上有了浮尘，应该好几天没有认真打扫了。她将茶几和沙发收拾好之后，去阳台上拿来拖把快速拖地。

当那蓝拿着杯子走进客厅的时候，猛然愣住了，三分钟前还凌乱不堪的客厅已经被收拾得干干净净，叶泉水坐在地板上，拿着遥控器正在选台，听见脚步声，回头冲她淡淡一笑：“别感动了，举手之劳，不足挂齿。”

那蓝走过去，放下杯子，打量着一尘不染的茶几和干净如新的地板感叹：“天啊！老叶，你是在变魔术吗？真的太让我吃惊了。”

叶泉水问：“你以为我不会做家务，或者说从来不做家务？”

那蓝点点头，跟她并肩靠着沙发坐在地板上。

叶泉水开了酒，倒进杯子里，举杯：“Cheers！”

那蓝喝了一小口，发觉这个酒味道很好，又喝了一口。然后，又想起了如本。叶泉水发觉她情绪低落，已经料想到原因，将面巾纸盒递给了她。

那蓝抽了张面巾纸，拭了拭眼泪，勉强笑了笑：“对不起，我最近……”她说不下去了。

叶泉水说：“我能理解，我知道你最近的心情很不好，所以过来陪你说说话。”她放下酒杯，望着那蓝，“跟你说说我吧。四年前，我什么都不会做，跟你现在一样，独立生活能力很差，需要人照顾。当然了，那时候我不会这么以为，那时候觉得自己什么都能处理好。”

说到这，她自嘲地笑了笑。那蓝也跟着苦笑。

叶泉水喝了口酒，眼睛出神地望着电视，继续说道：“我出生在一个特别幸福的家庭，父母很相爱，他们都是大学教授。听外婆说，爸爸妈妈是在中学时候恋爱的，大学一毕业就结了婚，一年之后生下了姐姐和我。其实很多人不知道，我跟姐姐是孪生姐妹，我们两个相差了两个小时。但我们是异卵双胞胎，性格和长相完全不同。她很温柔，也很善良，跟爸妈一样，大学一毕业就跟初恋男友结了婚，她的理想就是做一个全职太太、贤妻良母。而我呢，我从小就爱读书，我想做科学家，大学在美国读的，读了硕士还想读博士。”

叶泉水说话的时候，那蓝想起查阅连环车祸案资料时看到过叶泉水姐姐叶真水的照片，两个人确实长得完全不一样。叶真水是那种传统意义上的美女，长发及腰，柳叶眉，圆圆的眼睛，鹅蛋脸。叶泉水生的是一张高级脸，十分具有辨识度，有一种能够驾驭时尚大片的独特气场，很有味道。

叶泉水继续说：“很多人觉得在国外独立生活过的人，生活能力一定很强，其实不然。父母把我安排住在了他们的朋友家里，严叔叔和赵阿姨是华人，夫妻俩都是哈佛教授，对我非常关心，所有的事都是保姆在打理，而我只需要专心学业。其实那次回国之前，华尔街的一家公司已经给了我 offer（录用信），薪水很可观，如果没有发生连环车祸案，我会在大洋彼岸的美国生活下去。可是，恰恰就在那时候，惨案发生了……”说到这里，她停顿了一下，跟那蓝碰杯，喝了口酒，稳定了一下波动的情绪，“我从昏迷中醒过来的时候，失去了所有可以依靠的亲人，还多了个小尾巴。我很庆幸我的生活里有了这个小尾巴，不然我可能不知道要多久才能从失去亲人的痛苦中走出来。有句话说得很好，‘女子本弱，为母则刚’。我把小蛋蛋当成了自己的孩子，我告诉自己，我是个母亲。小时候他体质弱，动不动就生病，我听说把男孩子当作女孩子养会好养活，所以我就跟人说他是我女儿。”

那蓝望着她。她原以为叶泉水提到这件事会哭，起码会伤心，但没想到，她云淡风轻地笑着讲完。

叶泉水问：“你说逗不逗？到现在老季提起小蛋蛋还是会说，那是老叶的闺女。”

那蓝会心一笑。受她的感染，心情放松了一些，举杯跟她碰了一下。

叶泉水顿了一下，深吸一口气，说：“你别看我现在这么轻松，当时可一点都不轻松，经历了痛苦、煎熬再到接受的过程。人生经历告诉我，我们永远不知道下一秒会发生什么，或许是天赐洪福，或许是飞来横祸，但是不管怎么样，这就是我们人生的精彩之处。”

那蓝点点头，望着叶泉水，叶泉水也望着她：“其实回头想想，我们从一出生就在不停地告别，告别了母体来到这个世上，告别家人进入幼儿园，然后小学、中学、大学，告别一批又一批的朋友。我们生而为人，一个人来到世上，一个人离开人世，我们要学会坦然接受。”

那蓝重重地点了点头，仰头喝干杯子里的酒。她跟叶泉水认识有段时间了，经历了比别人更多的痛苦却从不卖惨，智商情商双高，兢兢业业工作，完美的技术处理，是警航高精尖的代表，除了小蛋蛋是她的 bug（缺陷）之外，其余堪称完美。

叶泉水对那蓝有一种特殊的感情，那蓝身上的拼劲像极了二十二岁时的自己，而她此刻的迷茫和痛苦，也和四年前的自己一样。所以无论从哪方面来说，叶泉水都非常想要帮助她解开心结。

“那蓝，往前看。”

“谢谢你，老叶。”

说完，两人相互理解地对视一笑。

“叮咚”，门铃响了，外卖到了。叶泉水小心翼翼地端着小龙虾放在茶几上，戴上手套，认认真真地剥起了小龙虾。她剥虾速度很快，剥完一只就放到那蓝面前。

有了刚刚的谈话，加上红酒，那蓝的心情放松了很多，拿起虾肉放进嘴里，不由自主地感慨了一句：“沈队要是错过你，他一定会后悔一辈子。”

叶泉水说：“你要是错过了老季，可能也会后悔一辈子。”

那蓝不理，继续道：“老沈……好像挺喜欢你的。”

叶泉水也不理：“老季其实也挺喜欢你。”

那蓝一时语塞，埋头剥虾，过了一会儿问："你是怎么想的？"

"什么？"

"老沈。"

叶泉水说："在你这个年纪的时候，我觉得爱情来得很快，遇到稍微顺眼的，心就会怦怦跳。"

"哇，原来学霸也是这样。"那蓝感叹。

叶泉水笑："你不会是从来没有对哪个男生心动过吧？"

那蓝点点头。

叶泉水有些失望地看着她："那老季可要头疼了，够他喝一壶的。"

那蓝反问："沈队喝了几壶了？"

叶泉水苦笑，接着两人各自埋头吃虾。

过了一会儿，叶泉水说："现在，我已经到了开始认为爱情是奢侈品的年纪了，尤其是在现在这个社会，女人的年纪一旦靠近三十，爱情可能就成了传说一般的存在。紧接着，朋友一个个都步入了婚姻殿堂，见面的时间越来越少，各自都在为生活为家庭打拼，越来越孤单，于是身边的人都劝你：结婚吧，遇到合适的就嫁了吧。再于是，结婚就成了妥协，找一个各方面都差不多的人，买了房子，有了车子，就这么凑合在一起生活。"她扭过头望着那蓝，"但我不想过这样的生活，或许说，我已经有了小蛋蛋，对婚姻和家庭的渴求没那么大了。我认为，对女人来说，压力不是来源于结不结婚，而是来源于生育，错过了生育的年纪，就不能有孩子。但是如果克服了生育的压力，那么对她来说，结不结婚都只是选择而已……"

那蓝问："现在呢？你还是这么想的吗？"

叶泉水想了一会儿，摇摇头："我现在想法跟以前有些不一样。"

那蓝问："爱上沈队这样的男人，会不会特别有幸福感？"

叶泉水笑着说："我跟你说，他是我第一次感觉到心动的男人。"

"啊？不会吧？"

"你以为我三十了，就一定有恋爱经验？"

那蓝说："我以为你起码恋爱过一次。你长得这么漂亮，肯定很多人追你，又在美国读书生活，那边应该比国内开放。”

叶泉水说：“你说得没错，但是我骨子里是个传统的女人。其实，也不是没人追，就是没有遇到特别心动的人。当时有个哈佛的师兄追我，长得很帅，双商很高，可不知道为什么，就是没有怦然心动的感觉。就在我犹豫不决的时候，连环车祸案发生了，于是我决定回国生活、工作。从那之后，我对爱情越来越抗拒，也不再敢去奢望有一天爱情降临在我的身上。后来遇到了老沈，不是那种一见钟情的心动，而是他的身上有一种特别的力量，或者说是让人容易产生一种安全感。”

那蓝问：“你会主动表白吗，还是等他表白？”

“我当然希望他主动了，我说过，我骨子里是个传统的女人，但是如果他一直不主动，我也不介意我主动。”叶泉水说完笑起来，“其实真正喜欢一个人，谁先主动不重要，重要的是在一起。”

那蓝佩服地点点头，过了一会儿问：“可如果你喜欢的那个人心里有放不下的人呢？”

“你肯定是在说老季。”

那蓝矢口否认：“我只是随便举个例子。”

“既然你这么在意，就应该亲口问他。不过，老实说，老沈心里也有别人，我能感觉到，你信不信？”

“你会介意吗？”

叶泉水脱口而出：“我不介意。你呢？老季有个放不下的人，叫夏若，而且坦白告诉你，跟你长得有一点相像。”

那蓝很尴尬：“老叶，你误会了，我跟季队其实就是同事关系，碰巧住在一起，成了邻居，然后可能见面会稍微多一些……”

叶泉水打断她：“那蓝，你解释得有点太多了，这更让我觉得你俩不可能是普通的同事关系。”

那蓝有点着急：“老叶，事情真不是你想的那样，我跟季队见面就互怼，根本就不是一路人，性格不合，气场不对……”

叶泉水说：“可他就喜欢你这一款。”

“怎么可能？况且你也是知道的，他的心里就只有夏若。”

“也许以前是夏若，现在可不一定。我外公是军人，我小时候住在外公家里，打小就跟季烈在一起玩儿，我能感觉到他跟以前不太一样了，我想他自己也感觉到了。”

那蓝愣住。

叶泉水躺在沙发上，举着酒杯问那蓝：“要不要我跟你讲一讲季烈小时候的事？”

那蓝说：“好啊。”

“老季的妈妈是一个长得很漂亮的女人，她做的饭特别好吃，这源于老季外公是上海赫赫有名的厨师。老季的妈妈只要一做饭，整个院子里的小朋友都会闻着香味跑过去。但是她脾气很不好，她不跟季伯伯吵，却总是跟老季的小姨吵，小姨的脾气你知道的，很温和，有一回她正在厨房做饭，手里的菜刀直接摔在了小姨身上……”

那蓝听得正出神，被吓了一跳，问：“然后呢？”

“然后小姨受了伤，被送去医院，缝了十几针。”

那蓝松了口气：“季队那时候还小吧？他一定很害怕吧？”

“嗯！”叶泉水说，“你别看老季现在很强悍，像一头桀骜不驯的豹子，其实他小时候是一个很孤僻、不爱说话的小孩，一直到后来考上了军校，认识了夏若，性格才渐渐开朗起来。”

那蓝似乎明白了，说：“我想，夏若一定是一个与众不同的女孩。”

叶泉水点头：“很乐观，很爱笑，活泼开朗。老季曾经说过，初见她的时候，她就像一道光，瞬间点亮了黑暗。是不是很二次元的画面？”

那蓝笑了一声：“我现在对夏若更加好奇了，到底是怎么样的一个人，才能让另一个人分开十年之后依然念念不忘？”

叶泉水喝完杯子里的酒，从沙发上坐起来：“等将来你见到她的时候就知道了。不过那蓝，人无法改变人生的出场顺序，所以不要计较太多。”她看了看墙上的时钟，起身，“好了，时间不早了，我该回家了，你也早点休息。”

那蓝没有说什么，送叶泉水出门，跟她挥手道别。

与叶泉水的这通谈话，让那蓝的心情放松了不少。第二天早上，她照常起床，去季烈家敲门的时候，想起他在医院陪床，举起的手又放了下来。

这时，门开了，季烈站在门口，若无其事地对她说："进来吧，跟以前一样，两百个俯卧撑，一小时跑步，十五分钟器械……"

那蓝打断道："你今天不去医院？"

季烈一边往卫生间走，好像没有听见她的话："左手边是健身房，自行进去，自行完成。"

那蓝进健身房的时候，季烈洗漱完毕，跟之前一样，出门跑步去了，顺道买了早餐回来，刚好那蓝做完了全套的锻炼。

季烈将早餐摆在桌子上，切了水果，头也不抬地对着空气说："请坐，请用餐。"

那蓝觉得他今天怪怪的，吃饭的时候，低着头一言不发。

她冷不丁地问："是不是发现凶手的行踪了？"

季烈吃饭的动作停顿了一下，然后点了点头。

那蓝追问："在哪？"

"市区。"

"抓到了吗？"

"没有。"

那蓝一拳砸在了桌子上："太嚣张了，他们竟敢在市区出现，我不能接受，他们这是挑衅！"

季烈说："是一个刚装的民用摄像头拍到的一段购买医疗器材的短片，跟凶手接触过的医疗器材销售人员称，凶手购买的是有关辅助透析的医疗器材。"

那蓝的情绪冷静了下来，道："凶手冒着极大的风险进入市区购买这款医疗器材，极有可能是给陈琼音使用，也就是说，陈琼音还活着，并且病情已经到了极度危险的地步……也就意味着，他们会继续犯罪。"

"很有可能在三天之内。"季烈说完，加了一句，"凶手主要针对单身女性下手，你要保护好自己。"

那蓝摇摇头："千万不要让我遇见他们，否则，拼了命也要抓住他们。"

季烈快速抬起头，望着她：“我不容许你这么做。听清楚了那蓝，我绝不容许你冒险。”

那蓝下意识地移开目光。她已经吃完了，端起碗筷去了厨房。

季烈快速喝掉杯子里的牛奶，一把将剩下的培根塞进嘴里，端着杯碟快步走进厨房。

那蓝脑后生眼般说：“放着，我洗。”

季烈放下杯碟，望着她的后脑勺，张开嘴想和她说话，可是尝试了几次也没有说出口。

那蓝发觉他没有走，回头看了他一眼，两人视线在空中相撞，顷刻之间，她便已经转过头继续洗杯碟去了。

季烈咽下没说出口的话，走到阳台上，迅速点上烟，狠狠地抽了一口，透过烟雾望着远处的滨湖。湖面波光粼粼，有快艇如箭矢般穿过。

他有很多关心的话想跟她说，但是不知道为什么，面对她的时候，怎么也说不出口。就像昨天在病房里，突然有了吻她的冲动，但却因为她的一个眼神被刹住。现在回忆起来，那个眼神像极了夏若……

手机传来微信的声音，他走进客厅，拿过手机看了一眼，来自小姨：你夏伯伯的航班，晚上七点十分到达滨江。

季烈吐出一口烟雾，飞快找出了微笑的表情发送过去。昨天如果不是小姨的提醒，他不会想到已经有很长一段时间没有想起过夏若了，而这在以前是完全不可能的……烟烫到了手他才清醒过来，走进卫生间，将烟头丢进马桶里冲掉，打开水龙头，捧起水泼在脸上。

“季队。”门外传来那蓝的说话声，季烈不知道她什么时候出的门，“我走了。”

“等等，我换个衣服跟你一起下去。”季烈扯过毛巾擦了擦脸，回到卧室快速换上衣服，拿起车钥匙出门。

那蓝站在电梯旁等他，低头在看手机。光从身后的窗子投射过来，她的脸很白，短发很黑，耳朵粉粉的，军绿色的真丝衬衫被光穿透，隐隐约约看见里面的黑色蕾丝文胸和平坦的小腹，线条很美。

季烈走过去，按下电梯，头也不回地说："你以后不要站在光穿过的地方。"

那蓝没说话，低头看了看自己的衣服。

"还有……工作之外，不要叫我队长。"说完电梯到了，他走进电梯，回头望着她。

那蓝跟随他走进电梯，在离他稍远的地方贴着墙壁站好，才问："那叫你什么？"

"季烈。"

那蓝望着他的侧脸："为什么不让我跟他们一样？"

"哪样？"季烈淡淡的口气。

"叫你老季。"

季烈说："我不老。"电梯停下，率先走出电梯。

那蓝顿了一下："季烈。"

"嗯？"

其实她想说她不是这个意思，但想了想又觉得没有必要画蛇添足说这句话，只好说："没事。"

季烈在前面走得飞快："那从明天开始，你搭我的车上班。"

那蓝以为听错了，犹豫了一下。

季烈回头瞪着她："我都自愿做你的司机了，你怎么还犹豫不决的？你以为……我这是共享汽车？"

那蓝随口道："你这车体积太大，耗油量太高，放共享专区会被环保主义者喷死。"

"你别喷我就行。"

那蓝经过他的车边，伸手拍了拍车身："挺好，够大，够宽敞，比我的小破车好多了。"

季烈笑了："今天我要接人，明天早上开始……放心，这次是我首先违反约定，你有什么惩罚我都接受。"

那蓝说："我不是这个意思。"

季烈说："那就这么说定了，副驾的位子给你留着。"

那蓝愣住，停下脚步望着他。"嘟嘟"两声，是邻居在按车喇叭，那蓝回过神让开。

季烈的车子很快冲出了地下车库，忽然间，那蓝有点烦躁，倒不是因为季烈，而是如本的案子不知道几时才能有进展。她在车里坐了会儿，沉沉地出了口气。

清晨会议上，韩东风要求加强巡逻，着重提到了案件。为了尽快抓捕两名凶手，滨江警方动用了警用直升机、卫星巡逻车以及地面巡逻等多种"黑科技"，对重点区域、商圈、进出城通道等进行巡查、联防。

那蓝的心一刻都不能平静，所有人的心情都很沉重。

会议结束后，季烈叫住了往外走的那蓝："上午方杰请假，你负责直升机巡逻，我带你一圈。"

那蓝应了声，下意识地握了握拳头，跟在季烈的身后。季烈故意放慢了脚步，跟她并肩朝机库走去。她内心不是没有抱怨过，到了警航那么久，还没正式在天上飞过。可这是必需的阶段，从学员到飞行员，需要学习，也需要时间。积累经验是必需的，直到被认可，哪怕她在基地时的成绩各项都是第一。所以，她很紧张，也很兴奋。

巡逻机配置为飞行员两名，后舱任务员两名，季烈担任此次巡逻任务的驾驶员。

巡逻机稳稳地上了天。按理说，平时的巡逻只有半个小时，但是季烈想多教那蓝一些飞行技巧，于是多绕了一圈。

由于当天是周六，地面情况十分拥堵，为了示范如何拍摄到更加清晰的地面照片，直升机飞得很低，飞得很慢。这也是警航飞行员必须掌握的操作技巧，根据拍摄到的交通情况，由后舱任务员分别承担图像传输和空中警戒观察任务，为交管部门研判、改进拥堵路段的疏导方案提供有力依据。

季烈的飞行技巧自然是不必说的，飞行时候的专注力、坚毅的眼神、流畅的动作，都让那蓝服气，坐在他身旁，内心有种莫名的踏实。

“地面指挥部，我是警航01，人民路南北双向人流量大，车流集中，请通报地面人员及时赶赴现场疏导。”

“地面收到。”

巡逻机继续往前，悬停在平湖新村上。

“地面指挥部，我是警航01，平湖区平湖新村有明显着火点，请通报地面人员及时赶赴现场。”

“地面收到。”

季烈一边操控着直升机一边向地面报告情况，详细介绍操作流程。

那蓝认真学习，眼睛偷偷打量着季烈，季烈发现了，淡淡地瞅了她一眼，她赶紧扭过头去。

季烈问：“记住了吗？”

“记住了。”那蓝说。她对整个流程早就了然于胸了，这是她必须要掌握的。

季烈切换到全自动飞行模式，起身：“你试试飞一圈。”

“好！”那蓝起身跟季烈换了个位置。

“注意路线，注意飞行高度，注意地面情况……”季烈一连串地讲道。

那蓝没说话，切换成手动模式，全神贯注地驾驶直升机。

季烈直视前方，问：“飞行高度？”

“三百米。”

“可以再降。”

“两百米。”

季烈望了她一眼：“前方立交桥上空悬停，拍照。”

“是。”那蓝说完快速执行悬停任务。

季烈眯着眼睛望着下方，确认悬停位置准确无误后，无声地笑了笑，连同后方的任务员也暗暗吃了一惊。

那蓝无意中看见了他的笑，明白这是对自己的认可，稍稍松了口气，然后驱动巡逻机继续飞行，模仿季烈刚才的示范，向地面通报情况。

“地面指挥部，我是警航07，滨北路南北双向人流量大，车流集中，请通报地面人员及时赶赴现场疏导。”

季烈双手抱胸，身体靠在椅背上望着远方，想起了那蓝刚入警航时，方杰带她第一次飞的情形。那天他整个人都是紧绷的，一直到他引导她安全降落之后从地面指挥中心出去，看见她若无其事地在巡逻机里自拍就哭笑不得。想发怒，想骂她，但是不知道为什么骂不出口，想到二十岁的自己执行完危险区飞行任务后也是这样浑然不觉危险。他认为，这是一个飞行员应该有的素质。

飞机徐徐下行，缓缓停在停机坪上，季烈回过神，从直升机上下来，摘下头盔走了几步停下，忽然回头看着那蓝，张了张嘴，想表扬她几句，却欲言又止。那蓝跟着他下来，摘下头盔，发觉季烈望着自己，朝他投去一个疑问的眼神。

季烈抬起手，顿了一下，说：“今天晚上……高桥夜市美食节开幕，你负责巡逻。”

那蓝愣住，眼里闪闪发光。

季烈继续说道：“别害怕，方杰给你做副驾驶。”

那蓝松了口气。她倒不是害怕，而是紧张。

季烈换上严肃的语调：“这可是你第一次执行巡逻任务，别给我出差错，听见了吗？”

“队长放心，保证完成任务。”她顿了一下，反问：“你觉得我会出什么差错？”

“你只要别脑子一热……”季烈说了一半，停住说不下去了。

“队长，请放心，我会严格执行巡逻任务。”

季烈往前走，头也不回地说：“希望你说到做到。”

那蓝对这种警告不屑一顾。她认为自己是合格的学员，所以不再说话了，脚步飞快地从季烈眼前走开。

吃午饭的时间到了，食堂餐厅里坐满了人。那蓝刚坐下，就听身后传来一个轻快的叫声：“那蓝。”

她往后看了一眼，见是方杰端着餐盘走了过来。她用手指了指对面的位子，然后问道："你不是上午请假了吗，怎么来得这么早？"

方杰开玩笑道："对啊，这不是中午了嘛，踩着饭点回队里蹭饭吃来了。"

那蓝笑了笑，不作声。

方杰坐下来，拿着筷子刚要吃饭，扭头看见坐在窗口的季烈，眼珠一转，低声对那蓝说："你有没有发现，最近咱们队长变了？"

那蓝愣了一下，问："哪里变了？"说完也扭头朝季烈看去，刚好看见季烈对着窗外微笑。她探头朝窗外看了一眼，外面静悄悄的，并没有人经过，不由诧异了一下。

方杰凑过脑袋，说："你看看他一副神思不属的模样。"

那蓝收回目光，没说话，继续吃饭。

方杰又凑近了一点，低声道："这种表现就充分说明了一件事。"

距离太近，那蓝有点不自在，身子往后撤了点，目光平静地示意他说下去。

方杰头头是道地分析："据资料显示，当一个男人爱上了一个女人之后，他的神经就变得失常了。简单说，就是以前是一只豹子，后来变成了一只猴子，并且还会莫名其妙地微笑，像个傻子。你看咱们队长现在就是这种情况。"

"你的意思是？"

方杰一字一字道："他——恋——爱——了。"

那蓝夹了一块鱼肉往嘴里送，手一抖，鱼肉掉在了餐盘里。她平复了一下狂跳的心，竭力表现出平静的样子："方杰，我也好奇一件事。"

"什么？"

"你上辈子舌头大概被捆过吧？"

"啥？"

"真长！"

方杰不害臊地嘿嘿笑了一声，直起身夹起一块红烧肉丢进嘴里，故意说道："队花你怎么了？队长有喜欢的人不是好事吗，我怎么感觉你不高兴？"

那蓝不屑一顾地指着自己的鼻子："我不高兴？"

"对呀。"

“我为什么不高兴？我哪里不高兴了？你怎么就觉得我不高兴了？”

方杰故意附和道：“对呀，为什么呢？难不成……你喜欢队长？”

正在喝汤的那蓝猛然被呛了一口，连忙拿起餐巾纸擦拭餐桌掩饰自己的慌乱，一边没好气地反问：“你胡说吧你，我喜欢他？是游戏不好玩还是电影不好看？再说了，跟我有什么关系啊？”

宋智刚好端着餐盘经过，坐在方杰旁边问：“你们聊什么呢，这么神神道道的，谁喜欢谁啊？”

“你猜。”方杰说完朝宋智使了个眼色，宋智明白了过来，忽然想起了什么似的问方杰：“你们不会是在聊传说中的队长前女友吧？又有新进展了吗？啥新闻啊？不是都过去十年了吗，还没忘记呢？这是不是就是传说中的旧情难忘、死灰复燃啊？”

方杰顺着他的话，深深地点头，“嗯”了一声。

宋智也望着那蓝，跟方杰一唱一和：“这么说来，队长这是要在一棵树上吊死的节奏啊。我现在有点好奇，到底是个什么样的女人，能让咱们队长魂牵梦萦了十年还放不下，天仙、女神、维纳斯？”

方杰笑了笑，说：“听说那姑娘可漂亮着呢，比咱们队花还要高，身材还要好，皮肤还要白，脸蛋还要好看……”说完，两人心照不宣地一起看着埋头吃饭的那蓝。

那蓝感觉到一股气直冲脑门。方杰和宋智聊天的时候她看似埋头吃饭，实则竖着耳朵偷听，想起昨天他对自己的举动，有那么一瞬间，她甚至以为他是喜欢自己的，现在看来，是自己误会了。她忍无可忍地抬起头，手里的筷子敲了敲餐盘，纯粹为了提醒他们：“你们怎么回事，故意的是吧？说别人的时候，能不能不要带上我？”

宇宏此时刚好又端着餐盘经过，听到这话探头盯着那蓝，问：“那蓝姐，你怎么看起来不高兴？”

不高兴吗？她哪有资格不高兴？她马上换上坦然无所谓的神态：“哦，今天的鱼有点咸。”

方杰尝了一口自己餐盘里的鱼：“不咸啊，这是西湖醋鱼，明明是酸的。”

宋智也夹起了一块丢进嘴里，附和道："嗯！太酸了。"

那蓝有点急了，想丢筷子，但是忍住了。

宇宏到底年纪小，没听懂这两人话里的意思，在邻桌坐下来，小声打探道："听说咱们队长今天晚上要去机场接人，刚好我也要去，不知道能不能蹭他的车。"

方杰说："自己打车去，队长那是接准岳父呢。"

"啊？"

"前女友的父亲。"

"队长跟前任复合了？"

"这还不是眨眼之间的事。你们知道不？听说队长刚来我们队里的时候，别的部门喜欢队长的女同事都追到办公室了。"

"队长跟准岳父见面是不是就意味着感情稳了？接下来就是订婚期、拍婚纱照、结婚、蜜月、生娃……"

那蓝真的坐不住了，站起身："你们慢慢吃，我吃完了。"说完端着餐盘走了。

众人见状不说话了，方杰隔空踹了宇宏一脚："你小子有没有点眼色，怎么结婚生娃都蹦出来了，你要逼死队花啊？"

宇宏瞬间明白过来："啊？！你们不会是说，那蓝姐和队长……"扭头看了看窗边的季烈，又望了望那蓝快速离开的背影，轻轻抽了自己一耳光，"我怎么就没看出来呢，都怪我！"

那蓝在餐厅门口不远处停住脚步，心里莫名有些烦躁。她仰头望了望天空，天上白云朵朵，微风浮动，吹得她的心情更加浮躁了。

季烈望着门口不远处的那蓝，眉头紧紧拧在了一起。军营里多年的生活习惯养成了他吃饭的速度非常快，但今天却破例吃得特别慢，那蓝走远了，他的目光还一瞬不眨地跟着她，直到背影消失才收回。

他拿起手机，打开微信对话框，按了一句话，删掉，又按了一句话，又删掉，尝试了几次之后，将手机扔在一边。就在这时候，对话框出现了"对方正在输入"的提示，季烈愣了一下，目光死死地盯着手机。

那蓝站在楼顶的天台上吹着风，对着微信对话框按了一句话，删掉，又按了一句话，又删掉，反复尝试，始终组织不出一句满意的话：

季队，恭喜。

季队，听说你要结婚了，恭喜。

季烈……

“啪!”手机扔在了一边，双手揉了揉头发。今天到底是怎么了？如本的案子还没有结果，怎么能为无关紧要的事情烦恼！一定是疯了！

身后传来一个喊声：“那蓝。”

回头看见沈天梵和季烈走了过来。看到季烈的一瞬间，她有片刻的恍惚，不过很快便恢复了平静：“沈队、季队，你们……怎么来了？”

沈天梵逗她：“我们来看看你啊。”

“看我？”那蓝扯了扯嘴角。

“有人想你啊……”沈天梵说完，故意望了一眼季烈。

季烈尴尬过度，叫起来：“说谁呢？不是你要来天台的嘛。”说完狠狠瞪了沈天梵一眼。他侧着身子，那蓝看不清他们之间的眼神来往。

“没说你，行了吧？”沈天梵说罢，走到天台边望着远处，问那蓝：“看过《无间道》吗？”

“小时候看过。”

季烈说：“这是属于我们这个年纪的人看的电影，你这么年轻怎么也看过？”

那蓝直起身，望了他一眼，没回答。

“经典影片不分观众的年龄，”沈天梵眺望着远处，“刘德华和梁朝伟的经典场景就是发生在天台上。天台是个神奇的地方，很多事情都在这里商讨，能聊的不能聊的，最后都在这里聊出了结果，并且还有人在这里流过眼泪……”

季烈又开始瞪眼，沈天梵装作没看见，对那蓝说：“俗话说男儿有泪不轻弹，不过某人刚来队里的时候，就在这里弹过一次。”

季烈作势要拿手机往沈天梵身上砸：“老沈，你的糗事我可没跟老叶说啊。”

沈天梵一副恍然大悟的模样：“老季，你似乎在提醒我什么？”

“没有！”季烈浑身汗毛都炸了，不过沈天梵也没在意，对那蓝道：“我跟你讲讲咱们这位季大队长。刚来队里的时候，第一次参与山体滑坡的救援，协同救援的搜救犬被埋了，挖出来的时候已经死了，搜救犬的教导员抱着搜救犬的尸体在直升机上哭了一路，回到警航，他跑到这里也哭了。”

那蓝一时间不知道该说些什么，望了望季烈，想起某天晚上他喂龙猫的场景，温柔、专心，就像呵护一个孩子，嘴角一弯笑了，问季烈：“季队以前是不是养过宠物？”

“一只德国黑贝。”

“养了多久？”

“五年。”说到这件事，季烈眼神变得伤感，“五岁的时候，有一回我带着它出门，遇到飞车贼正在抢包，它就追了出去……”

他点了支烟，吸了一口，吐出之后才接着道：“等我找到它的时候，在一条胡同里，它浑身是血，已经奄奄一息，但是嘴还死死地咬着飞车贼的腿……”

沈天梵伸手拍了拍他的后背，他眨了眨发红的眼睛，吸了口烟，说：“所以从那之后，我就再也不养小动物了，承受不住那份分离的痛苦啊。”

沈天梵难得开了个玩笑：“但你现在可以谈个女朋友。”

那蓝趴在天台的栏杆上，无意间回头望着季烈：“季队不是早就有女朋友了？”

季烈瞳孔猛地一缩，放到嘴边的烟掉在了地上，他快速弯腰捡起来，扔进垃圾箱：“嘿，你这话听谁说的？谁在背后胡说八道？”他真的很愤怒。

沈天梵问：“老季，你女朋友是谁？”

季烈急了：“没有的事！我单身狗一只，哪有什么女朋友？”

沈天梵附和解释说：“对对对，单身狗。”

季烈憋住不说话了。转眼，午间的休息时间结束，三个人从天台上下来，沈天梵走在前头，那蓝走在最后，季烈故意放慢了脚步。沈天梵见状，加快脚步走开了。

那蓝屏住呼吸跟季烈并肩往办公室走，季烈一副若无其事的神态：“第一次巡逻，注意安全。”

“嗯。”

顿了一会儿，季烈用特别无所谓的口气说：“晚上……带你吃夜宵。”

那蓝扭头望着他。

季烈问：“看什么?”

那蓝答：“看你。”

季烈问：“答应还是不答应?”

那蓝反问：“什么?”

“吃夜宵。巡逻结束你也该饿了。”

那蓝淡淡道：“吃。”

“那就去之前跟你去过的那家，我记得他家的肥肠还不错。”季烈一脸意味深长，手插在裤袋里，“不过，事先声明啊，巡逻的时候千万别出差错。”

“我没有自带GPS（全球定位系统）属性，不像你。”

“你这个人爱意气用事，别头脑一发热，飞到别的城市上空去。”

“我心里有数。”

“我还要提醒你，上了天之后，如果有险情发生，一切行动都要听地面指挥，不要擅自行动。”

那蓝看了他一眼：“季队，我还没进队之前就听说过有关你的不少事迹。”

“我那是救援需要，地面指挥部毕竟不在现场。”

那蓝低声轻怼：“那你还要求别人。”

“这点别跟我学。再说了，我还在天上飞了一万多小时呢，你怎么不跟我比这个?”那蓝噎住。

季烈劲儿劲儿地走在前头，声音浑厚有力：“怎么说不出话了？无言以对了？你别不服气，我告诉你，你现在就是一个小菜鸟，你必须一切行动听指挥。再回答我一遍，能不能做到?”

“能。”

季烈松了口气：“你要是做不到，明天就别来了。”

那蓝对这种挑衅不屑一顾：“保证能做到。”

季烈依然有些担忧，望着她，语气突然变得冷静了下来：“但愿如此吧。”

他的口气激怒了她，她忍无可忍地快走两步，怼上去，站在季烈的面前，仰起头直视着他，问："为什么你会觉得我会像你一样？"

"哪样？"季烈停住脚步，刚对上她的目光，马上自动避开了。他想起第一次见面时也是这样的场景，那次美林大厦救援归来，他从救援机上下来，她站在停机坪上等他，一言不合就拦住他的去路，也是用这样的目光笔直地看着自己，大概也就是因为那样无所顾忌的目光，才让他过目不忘。

那蓝答："不听地面中心的指挥，擅自行动。"

她还真是一点没变。季烈轻轻嘘出一口气，用特别无所谓的口气说道："你要跟我比？"

"比不了，我只是想知道原因。"

"算你还有点自知之明。"季烈说，"因为直觉，直觉你懂吗？就是没有理由。"

那蓝睨了他半秒："如果你的直觉错了呢？"

季烈答："要是那样的话，我向你道歉。但是……如果我的直觉准了，你打算怎么办？"

"我向你道歉。"

季烈摇摇头："如果你第一次执行任务就违抗命令，可不是一个道歉就能解决的。"

那蓝干脆道："那我辞职。"说完这句话，转身便走，脚步飞快。

季烈望着她的背影"切"了一声，大声道："别尽跟我瞎扯。辞职？这里是你想来就来想走就走的地方吗？张口闭口便赌上职业生涯，你知道你这举动是什么吗？幼稚！无知！莽撞！"

那蓝耸耸肩，懒得跟他辩解。

季烈放慢脚步，手摸着下巴想了想。她这个倔强的样子，跟自己刚进部队时简直一模一样嘛，想到这里，禁不住淡笑了一声。那蓝走到拐角处，回头刚好望见。

季烈见她扭头，马上恢复了严肃的表情，先发制人地问："看什么看？"

那蓝扭头走了。

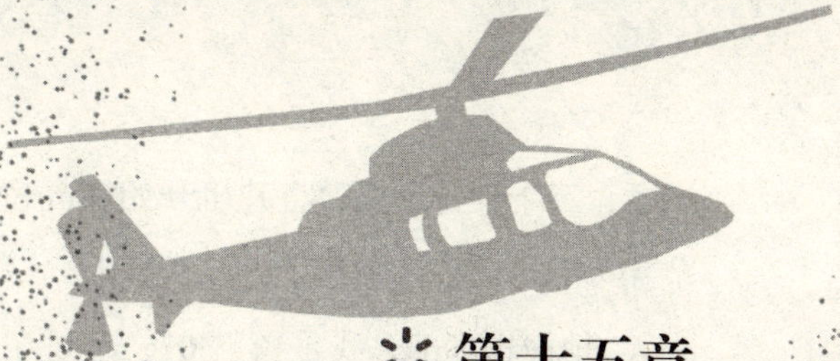

※第十五章 荒村遇险

晚上七点整，那蓝和方杰准时进入机库，摘掉进气罩和空速管套，检查电压、油量，测试任务载荷性能，打开发动机整流罩测试发动机性能……

七点三十分，准备完毕，那蓝担任此次巡逻任务的驾驶员，方杰任副驾驶，另外还有两名任务员。

巡逻机滑出机库，停在停机坪上准备起飞，通话器里传来叶泉水稳稳的声音："动力？"

"正常。"

"油路？"

"正常。"

"通信？"

"正常。雷达正常，请求起飞。"

"准许起飞！"

那蓝目视前方，感觉手心有些冒汗。巡逻机缓缓离地冲入天空。

外面的天空已经黑了，天气有些闷热，不过据气象部门显示，大雨要在零点左右才至，所以那蓝对天气并不担心。况且，她在航空基地学习时，曾经在雷雨天气飞行过一次，所以即便现在遇到了，她也不会紧张。

巡逻机从警航基地出发，一路向高桥夜市飞去，经过青上桥、德茂桥、环志桥，三十分钟之后，直升机开始在高桥夜市上空盘旋。今天是高桥夜市美食节开幕的日子，每年这个时候都是人气爆棚，这也是这次空中巡逻的重点地区。

“地面指挥部，我是警航07，高桥东西双向人流拥挤，车流集中，请立即通报地面人员及时赶赴现场疏导。”那蓝操控着巡逻机，冷静地向地面报告情况。随后，在距离地面三百米的高空，沿着东南西北四个方向的环线，顺时针地对滨江重点交通枢纽、主要道路，以及各高速公路收费站，进行空中巡逻监控。经过西环路时，一家新店开业，因燃放烟花引发火情，通报完情况之后，直升机继续往前。突然，八辆高速行驶的摩托车出现在环滨湖大道的西段。那蓝打开光电吊舱，路面上的画面清晰地出现。那些人全都是二十上下的年纪，赛车服、头盔、手套、护膝，全副武装，一旁的路上还有穿着短裙的女孩在挥舞着小旗。由于环滨湖大道靠近凤凰山，到了晚上人烟稀少，是这些飙车党的最爱，看车速起码有一百码。

“地面指挥部，我是警航07，环滨湖大道西段，靠近凤凰山地区，有八名飙车党在此路段进行‘零四赛’（0—400米直线加速赛），请立即通报地面人员及时赶赴现场查处。”

那蓝降低了飞行高度，一边向指挥中心通报，一边驾驶巡逻机在上空盘旋严密监控，并且通过航拍画面实时传回地面指挥中心。突然，凤凰山脚下停着的一辆摩托车吸引了那蓝的目光，一个人从旁边的树林里方便完毕，突然发动了摩托车飞驰而去。电光石火之间，她猛然想起疑犯被小蛋蛋和网约车司机联手送到派出所后骑车夺路而逃的场景，也是这个动作。她毫不犹豫地跟了上去，虽然看不见他的脸，但是直觉告诉她，这个人就是疑犯。

那人似乎发现直升机在跟踪自己，抬头望了一眼，然后竖起了中指，摩托车掉头朝清流机场方向驰行。

那蓝察觉出了对方在挑衅，快速打开通话器：“地面指挥部，我是警航07，环滨湖大道西段，靠近凤凰山地区发现疑犯驾驶一辆铃木摩托车正在朝机场方向驰行。”同时任务员已经将拍摄到的画面传到了指挥中心。

一旁紧锁眉头的方杰突然转头盯着那蓝说道：“07，前方是机场区，我们没有报备申请过航线，所以……”

“所以不能强行从这里飞过去，必须停止飞行。但是不行，我必须跟上他。”那蓝态度强势。

方杰脑门冒汗了，不敢相信她第一次飞行居然就要违反规定，只好再次表明利害关系：“07，你要清楚，这里不是我们的航线，你再往前的话，就是违规飞行。07，你冷静一点，现在不是意气用事的时候。”

那蓝目视前方：“我必须要抓到凶手。”

方杰的头嗡一下大了，不可思议地望着她：“小姐，我们现在是在执行任务，我们所有的航线都是跟空军提前一天报备好的。现在，前面是机场区，每天有很多航班起落，如果出现任何意外，谁都担当不起，你明不明白？我求求你了，别做冒险的事行吗？”

那蓝不作声。整个机舱里诡异般安静，所有人的目光都盯着那蓝。

后方的任务员顿了一下，很快说道：“07，传输图片任务我们已经完成，缉拿凶手不属于我们的工作范围，我们能做的就是巡逻监控，但是必须在我们的航线范围内。”

那蓝根本听不进去：“别说了。”

“07……”

“别再说了！”

此刻，地面指挥中心一片忙碌。韩东风正在和市局通话，放下电话之后，转过头，发现大家的目光都盯着显示屏。韩东风看了一眼，脸色变了：“这是怎么回事？她要违反规定吗？疑犯这是故意引她往清流机场方向飞，她难道不明白吗？”

叶泉水马上对着通话器提醒：“07，前面即将通过的是清流机场区，请立即修改航线。”

通话器传来回复：“07 请求立即报备。”

此言一出，地面指挥中心一片安静。

韩东风的眉头拧成了“川”字，快步走到通话器前：“我是韩东风，你听好了，你即将通过清流机场区，严令你立即返航。”

“总队长，07 要求……”

韩东风打断她的话："我再重复一遍，严令你立即返航。"

"总队长……"

"执行命令。"

那边停顿了一下，妥协："07 收到！"

韩东风严厉的声音让那蓝稍微清醒了一些。她内心其实很清楚，虽然根据规定，遇到紧急情况是可以边起飞边报备的，但是如果说警航要穿越清流机场区，民航的飞机则要根据需要停飞或者绕飞。换句话说，警航的直升机也不是不能说飞就飞的。

而另一边的指挥中心，所有人听到了这句话都松了一口气。

那蓝迫于压力改变飞行航线，她垂眸看着地面。下方正在飞驰的摩托车突然熄火，那人发动了两次没有成功，抬头望了望天上的直升机，准备弃车。

那蓝稍作犹豫，直升机突然悬停在半空，一瞬间，机舱里的所有人又一齐将目光集中在她身上。

那蓝转眸，关掉通话器，对后方的任务员不容置疑地道："放吊索。"

方杰紧张地问："07，你要干什么？"

"方杰，你驾驶巡逻机执行返航任务，我要下去盯紧疑犯。"

"你疯啦，太危险了，我不同意。再说疑犯已经被定位，市局和附近派出所的人很快就会赶过来，咱们现在是在执行巡逻任务。"

那蓝没有理会他，回头："放吊索，快点。"

"07。"

"放吊索。"

"谁都不许动，07，你下去的话，要是出了事怎么办？"

"我自己负责。"

"那……"方杰盯着她，"要么你自己跟总队长说，只要总队长同意你下去，我们都没意见。"

那蓝突然吼了起来："疑犯害死的是我最好的朋友！换作是你们，你们会让他就这么眼睁睁地跑了吗？"声音带着一丝懑闷，眼眶发红。

一瞬间，众人都沉默了。

那蓝沉了口气，继续道：“你们也看到了，这里靠近机场，到处都是树木、荒地、村庄，疑犯一旦跑进了树林里就很难找到踪迹，谁都不知道他下一次出现会是什么时候。并且，很有可能他会继续犯罪，我们难道真的要坐视吗？”

任务员发出一声沉重的叹息，随后开始放吊索。

那蓝迅速起身，方杰拦不住，眼睁睁地看着那蓝顺着吊索滑了下去，无奈地喊了一声：“那蓝！”

那蓝没理会，双脚稳稳地落在了地面上，朝疑犯弃车而去的方向追去。

方杰坐在驾驶室里，深吸一口气，打开通话器，尽量保持语调平常，说道：“我是05，现在由我执行返航任务，07现在已经下了直升机追踪犯罪嫌疑人，实时定位图片已经发送。”

这句话传输到地面指挥中心的一瞬间，所有人都屏住了呼吸。

叶泉水抬眸望着韩东风，这位久经沙场的老将眼窝深沉，眼睛黑亮，他将双手放在控制台上，少顷吩咐道：“给市局打电话。”

那蓝从直升机上下来，看见疑犯的身影从眼前跑了过去，追上去才发现前面是一处面临拆迁的村庄，村子里的人几乎全部搬空了，只有一处亮着昏暗的灯光。刚一跑进来，她就感觉周围有一种古怪的气息，而那名疑犯进了村子之后就不见了踪迹。她倒抽了口凉气，四处张望了一会儿，警觉地朝有灯光的地方走去。刚走了没几步，一阵“沙沙”的脚步声传来，她循着声音的方向追了过去，刚追了几步，又发现声音突然不见了。一瞬间，她感觉头皮发麻，浑身鸡皮疙瘩暴起。

冷静了一下，脚步声又出现了，且越来越近，她迅速藏了起来，从藏身的地方向外望去。来人身材高大，弯着腰，脚步走得飞快。她屏住呼吸，待那人走到跟前的时候突然蹿起来，抬脚踢在了那人的膝盖上，那人应声跪倒在地。

那蓝原本以为对方起码会有反击，没想到一击即中，刚要上去按住他，却见一团东西朝她面部直袭而来。

她灵活地闪身避开，飞起一脚踢在了对方的胸口处，那人闷声跌倒在地上，开始哀号：“啊！杀人啦！我跟你无冤无仇，为什么要杀我啊？啊——救命啊！杀人啦——”

那蓝这才发现对方根本不是疑犯，而是一个年纪四十上下，胡子拉碴，衣服破旧，痛哭流涕，精神看起来不太正常的疯子。情况紧急，她来不及多想，弯腰拍了拍疯子的肩膀：“对不起，我认错人了，抱歉伤到了你。”

她想走，没想到疯子听见声音却伸手抱住了她的腿：“打了我就想跑，没门儿。”

那蓝有些着急：“对不起对不起，我正在执行公务，我是警察。”

“你是警察阿姨啊。”疯子抱着她的腿哀号，“警察阿姨，你为什么打我，我又没犯法，我是好人，你为什么要打我啊？”

那蓝真的有点着急了，疑犯就在附近，很可能稍作耽误就再也找不到了：“你没犯法，你是好人，但是如果你再不让我走的话，那你就犯法了。”

“我腿痛，胸口痛，警察阿姨救救我吧。”疯子哭得特别凄惨，“他们把我骗到这里，还不给我东西吃，不让我乱跑，我肚子饿，好不容易找了个馒头，你还打我，警察阿姨救救我吧。”

那蓝低头看了看刚才疯子扔向自己的东西，原来是一个发了霉的馒头。她蹲下去，好声问道：“谁把你骗到这里来的？”

“是两个大爷！他们说这里有肉吃，有烟抽，我就跟他们来了，结果什么也没有。我要走，他们还不让我走，我偏要走，他们就打我，我也打他们，可我打不过他们，呜呜呜……”

那蓝看见疯子腿上有几处血痕，应该是被虐待时留下的，忙问：“你说的那两个人长什么样？”

疯子说：“两个大高个，又高又壮，还会功夫，我打不过他们。”

“他们是怎么把你骗来的？”

“小丑，是小丑把我骗来的，是假小丑。”

那蓝想了想问：“小丑叫小七是不是？”

“嗯嗯。”疯子点头。

到了这，那蓝基本可以确定将疯子骗到这里的两个人就是疑犯小七和罗宾。她从口袋里摸出手机准备发送定位，就在这时，她突然听见远处传来摩托车巨大的轰鸣声，心下一惊，立即回头，就见刚才那辆铃木赛车突然从巷子尽头冲了过来。她瞬间明白，原来刚刚疑犯的摩托车不是坏了，而是假借弃车引她下直升机。她暗暗倒吸了一口凉气，不得不相信，疑犯不但聪明，而且利用了她和如本之间的友谊引她入套。

眨眼之间，摩托车已经狂驰而来，她立即回神，猛地推开了疯子，站在巷子中间，冷静地盯着直奔自己而来的铃木赛车。

刺目的灯光直射她的眼睛，她一瞬不眨地注视着前方，寻找出手的机会。

车子在疯狂加速，那蓝依旧不躲不闪……

“去死吧！”车子上的疑犯咬牙切齿地骂了一句，双眼通红。

就在铃木赛车飞驰到跟前的一瞬间，那蓝猛然撤身，身体紧贴着墙壁站好。铃木赛车风驰电掣般掠过，那蓝找准机会，飞身而起，扑向了疑犯。

就听“哐”一声巨响，向前飞驰的铃木赛车撞在了墙上，轰然倒地，车轮还在飞速旋转，车灯还亮着，轰鸣声戛然而止。

那蓝在落地的同时就地一滚，按住疑犯，伸手摘掉他的头盔。

果然是小七！那蓝恨不得拆了他，但她还是理智地拿出手机，发送定位给地面指挥中心，随后抓住小七的衣领，咬牙切齿地问：“说，是不是你们害死了如本？”

小七没说话，龇牙咧嘴地望着她。刚刚那一下，他的腿撞在了墙上，骨头已经裂了。

那蓝抬手一记耳光扇在了他的脸上，斥道：“为什么要杀她？”

小七咬着牙，抹了抹嘴角的鲜血，冲她邪魅一笑，声线轻飘飘地道：“我不告诉你，你猜啊。”

“王八蛋！”那蓝歇斯底里地大吼，“你的同伙在哪？”

“你自己去找嘛，警花小姐。”还是轻飘飘的声音，连眼神都写满了不屑。

那蓝有点控制不住自己，抓住他的衣襟“啪啪”连扇了几个耳光。

小七吐掉嘴里的鲜血，毫不胆怯地望着她：“警花小姐，你这是虐待你知道吗？”

那蓝站起身，对着他受伤的脚踝狠狠一踢。

小七疼得惨叫了一声：“你他妈怎么还打啊？我告诉你啊，你这样虐待我，你求爷爷告奶奶千万别落老子手里，否则老子非搞死你不可！”

那蓝伸手抓住他的衣襟：“你说不说？”

“不说！不说！不说！你去查啊，查不到是吧？老子告你虐待！”

那蓝又一耳光扇了过去：“这里除了被你们骗来的疯子没有别的人，也没有摄像头。你是罪犯，我是警察，你袭警，我抓捕罪犯。你们两个丧心病狂的杀人犯，人人得而诛之，你还敢说我虐待你？”

“你说我是杀人犯？你们有证据吗？”

“证据确凿！”

“可那又怎么样？老子不认罪！”

那蓝又一耳光抽了下去，小七凶狠地笑了：“你以为就凭你真的能抓住我？你也不看看这是什么地方。”

“王八蛋！假装摩托车坏了，骗我下直升机追你，真是狡猾。”

“你骂人的样子和你闺蜜如本一点都不像。”小七咂了咂嘴，“啧啧，你总是一脸的假正经，而她呢，浑身一股骚劲……”

那蓝不等他说完，又一耳光抽过去，小七不怒反笑：“生气啦？你和你闺蜜生气的时候一点都不像……”

那蓝不想听见他侮辱如本，连抽他十几个耳光，抽完之后，手都麻木了。

小七被抽得嘴角鲜血直流，看着那蓝那双通红的眼睛，终于有点儿害怕了，语气不似刚才那么狂妄：“你冷静点啊，你不要知法犯法。并且……并且就算你杀了我也没有用，我死了，如本也活不过来。”

“在你没有交代罗宾的下落之前，你可千万别死。”那蓝森冷地望着他，对着他的脚踝用力一踢。

剧烈的疼痛让小七“嗷”地惨叫了起来。他真的有点害怕了，他发现自己低估了她。他原以为她不敢对自己真的下手，可现在觉得，她疯狂起来，很可能会不顾一切弄死自己为如本报仇。

躲在一旁的疯子悄悄走了过来，递了块砖头给那蓝，小心翼翼地道："用这个打他，狠狠打他。"

那蓝没接，逼着自己冷静了下来，平息了一下情绪。

疯子将砖头塞进她的手里："他……他拿这个打过我……疼，很疼的，你打他，打他……"

那蓝捏住小七的下巴："听见没有，这里就有一个你的仇人。你虐待一个病人，如果是他杀了你，我会当作什么都没看见。"

小七听她这么一说，彻底怕了，眼神里透露出一丝恐惧。这点出乎那蓝的意料。一个杀人不眨眼的刽子手，居然也怕死？

那蓝继续问他："罗宾在哪儿？"

小七抿着嘴不说话。

"到底说不说？"

小七闭上眼睛哀求："你别再逼我了，再问也没用，我是不会告诉你的，你死心吧。"

那蓝捏住他的下巴，扬起手。站在她身后的疯子突然叫了起来："救命啊，他来了，好可怕啊……魔鬼来了……"叫完扔了砖头撒腿冲进夜色深处。

那蓝心头一惊，抬头望了望，深巷里静悄悄的，除了疯子跑远的脚步声和远处唧唧的虫鸣声，别的什么声音也没有。不知为何，一股危险的直觉兜头袭来，她慢慢站起身，警惕地四处张望。

静！死一般的静。她静待了两分多钟，扭过头时无意中瞥见小七嘴角浮起一个古怪的微笑，她全身紧绷，再次环视四周。

小七躺在地上望着她，冲她扬了扬下巴，叫了一声："喂！"

那蓝没有理会，小七又叫了声："喂！"

那蓝回过头，就在一刹那，她看见落在地上的影子——一个高大的身影站在自己的背后。她浑身都凉了，刚要转身，那人突然出击，用手帕捂住了她的口鼻。那蓝拼命挣扎，一股奇怪的气味冲进了鼻子，刹那间，意识开始模糊，全身感觉无力，恍惚中，她看见了一张熟悉的面庞出现在眼前。

罗宾摘下口罩，居高临下地，木然地看着她。

“你……你……”那蓝喃喃了一声，身子慢慢倒在了地上，随后缓缓闭上眼，晕了过去。

八点二十分，季烈第五次看手表上的时间。他已经等了将近一个小时，北京飞往滨江的航班延误，夏教授此时还在行李区等待。不知为何，季烈突然打了个喷嚏，站在他身边的宋惠美望着他，轻声说道：“这里空调的温度有些低，要不你去旁边休息会儿，等你夏伯伯出来了，我再叫你。”

季烈说：“不用，我在这儿跟你一块儿等他。”

宋惠美满足地笑了笑，从包包里拿出一瓶水递给他。

季烈说：“不渴！”

宋惠美拧开水，季烈只好接过来喝了一口，说：“今天不知道怎么回事，心里总觉得不踏实。”

宋惠美赶紧道：“要是有事的话你就先回去，我跟你夏伯伯打车。”

“不用，也说不上有什么事。”

宋惠美望着他，没再说话了，过了一会儿又说：“要不你打个电话问问。”

季烈点点头，刚拿出手机，就听一个低沉浑厚的声音响起：“小宋，季烈。”

季烈飞快收起手机，上前一步迎上夏教授，接过他手里的行李箱，语气平静，带着一丝久违：“夏伯伯，好久不见。”

夏教授年过半百，身形高大，举止儒雅，身上穿了件白衬衫，戴着眼镜，笑眯眯地望着季烈：“一转眼快十年不见，你成熟了。”

季烈笑笑。宋惠美上前打了招呼，三个人一齐往外走去。

夏教授一边走一边询问季国诚目前的精神状态、生活习惯等等，宋惠美一一作答，十分详尽。季烈心不在焉地走在前面。

周医生穿着高跟鞋噔噔噔地跑了过来，直奔夏教授：“老师，对不起对不起，我来迟了。”

夏教授一愣，停下脚步：“小周，你怎么也来了？”

周医生双手交叉做鹌鹑状放在面前："恩师大驾光临，我这个做学生的理应放下一切来接您，可惜不巧的是早就安排下了手术。幸好后来得到消息，说您的航班晚点了，所以，学生下了手术台之后就赶紧赶了过来，不然恐怕想接您都没有机会呢。虽然是紧赶慢赶，可您也知道滨江现在私家车太多，今天又是高桥夜市美食节开幕，高桥段交通几乎瘫痪，所以还是来迟了，请恩师见谅。"

夏教授说："医生的天职就是治病救人，手术大过天，老师不会怪你。"

宋惠美朝周医生淡淡一笑，转向夏教授："原来你们是师生，那我就不介绍了，周医生是国诚的主治医生，国诚的病情她最了解。"

夏教授目光中透出赞许："小周是我的学生，我对她非常了解，她的技术在滨江乃至全国都是名列前茅的。走，咱们边走边说。"

到了停车场，周医生自去开车，季烈和宋惠美、夏教授上了他的悍马，车子刚刚发动，还没开出停车位，季烈手机突然响了起来，是方杰打来的。他刚按了免提，就传来方杰凄惨的叫声："队长，你在哪呢？出大事了，人命关天!"

宋惠美和夏教授惊讶地看着季烈，季烈连忙戴上蓝牙耳机，问："出什么事了？"

"那蓝不见了，她被疑犯劫持了。"

季烈大叫："放屁！疑犯劫持了她？你是想告诉我疑犯长了翅膀飞上天，劫持了警航的巡逻机吗？"发觉自己失态，马上调整情绪下了车，关掉车门，"今天又不是愚人节，谁信谁脑子有病。"

方杰说："真的！我没骗你。"

季烈没好气："我还没说你们呢，你们怎么巡逻的？我人就在机场，半个小时前，我眼睁睁地看着巡逻机往机场方向飞。你们脑子都让僵尸吃了吗，这里不是咱们航线不清楚吗？幸好没越界，不然你们两个等着处分吧。"

方杰说："队长，我们巡逻的时候发现了疑犯，我们为了跟踪疑犯才到了机场附近。"

季烈诧异："你刚刚说的那蓝被疑犯劫持到底是怎么回事？我警告你方杰，你要拿我当愚人节过，你小子等着吧。"

方杰带着哭腔说："队长，我没有骗你，都什么时候了我怎么还能骗你！当时我们正在监视一伙飙车党，其中一名疑犯突然开着铃木赛车出现，把我们往机场带，后来他竟然还假装摩托车坏了，弃车逃走……”

季烈不可思议地反问：“她不会因为这个原因就下巡逻机去追疑犯了吧？”

“队长你猜对了，就是这样的。”

季烈暴怒：“荒谬！你是副驾驶，你不会拦住她吗？”

“她的性格，我哪里拦得住啊！”

不用方杰解释，季烈也明白，那蓝多犟的一个人，她认定的事，八匹马都拉不回。他捏紧了拳头问：“她下了飞机之后，你执行巡逻任务，就没有在空中继续监视吗？”

“我监视了，可是机场周围都是树木……所以我就申请返航了。”

季烈气坏了，简直想痛揍他一顿：“方杰，我发现你……你……平时挺聪明的一个人，关键时刻总是不带脑子！”

季烈简直不知道该怎么说他，愤愤地挂断电话，回身看见车门开了，宋惠美走下车子：“出什么事了吗？你还是赶紧回单位吧。”

夏教授从后备厢中取出行李：“对，你快回去，别管我们，我们可以自己打车离开。”

季烈点点头，冷静了一下，拨了周医生的电话。

周医生车子刚开出停车场，就见一个陌生号码打了进来，她稍作犹豫按了接听键：“喂？”

季烈快速说道：“我是季烈，我有急事要处理，你来接夏教授……”

不知几点，那蓝渐渐清醒了，她感觉头昏脑涨，浑身无力，一股消毒药水味冲进了鼻孔。四周很静，一丝丝声响也没有。她费力地睁开了眼睛，白墙，头顶一盏白炽灯静静地照着。

她努力转动着眼睛，打量了一下周围的环境：空荡荡的房子，只有一张床，门窗紧闭，窗子很高，墙上写了一串电话号码……一瞬间，她想起了小蛋蛋描述的被劫持时的环境，跟这里几乎一模一样。她回想了一下昏倒前发生的事情，认定自己被疑犯劫持了。对方是心狠手辣、丧心病狂的杀人犯，如果不及时离开，很可能下一个被抛尸荒野的就是自己。现在疑犯还没发现自己已清醒过来，是逃脱的好时机。想到这里，她摸了摸口袋。让她感到惊喜的是，手机竟然还在口袋里，她马上取了出来，为了避免惊动疑犯，她没有选择通话，而是编辑了一条求救微信发送出去。

一个红色感叹号跳出屏幕，她这才发现手机上根本没有信号，愣了一下。据她所知，整个滨江目前没有信号覆盖不了的地区。

她略作思索，从床上下来。左边腿还是麻木的，无法行走，她跳到窗子边，举着手机在窗口晃了晃，还是没有信号。她马上踮起脚尖想要拉开窗子，可怎么也没有想到的是，这扇窗子竟然是假的，窗口已被水泥封死了。

“妈的!”她终于明白为什么没有信号了，极低声地骂了一句。随后，轻手轻脚地走到门口拉拉门，拉不动，怀疑铁门从外面被锁住了。

说不害怕是不可能的。她慢慢退回到床边，冷静了一下，重新打量了一下房间，发现后方的墙壁有缝隙，走过去才发现是一扇门。推开门，里面是一个浴室，很简易的浴室，十平方米左右，有一个非常老式的浴缸和一只生锈的水龙头。这个浴室也是封闭的，甚至连窗子都没有。她用手机系统自带的手电筒照了照，忽觉眼前强光一闪，光点很小，但是光很强，她眨了眨眼，走了过去。

浴池边的肥皂盒上放着一条项链，中间有一颗钻，光就是钻石发出来的。她拿在手里看了看，眼泪一下子就涌了上来。她记得这条项链，这是如本的项链，她曾经说过，这条项链是罗宾送给她的，她非常珍惜，不会轻易摘下来。

那蓝感觉双腿发软，无力地坐在浴缸边沿，目光又被地漏处的一团头发吸引了。她蹲下身子，慢慢用手将头发抠了出来。是一团女人的头发，长度和如本的一样，头发里还有褐色的凝结的血块。

那蓝瞬间明白了是怎么回事——这里就是如本被分尸的地方。她崩溃了，一寸一寸地跌坐在了地上，眼泪顺着眼角疯狂地流了下来。

季烈的车子在公路上狂驰，脑子里一片空白。他一边开车，一边拨打那蓝的电话，明知道不可能拨通，还是坚持一遍一遍地反复拨着，电话那头也一遍一遍地重复着让他绝望的声音："对不起，您拨打的电话不在服务区，请稍后再拨。"

滨江投入几乎所有的警力在搜寻那蓝，季烈跟方杰他们会合的时候已经是晚上九点了。信号消失的附近地区已经全部搜索过了，没有发现线索，猜测疑犯很有可能已经将人劫持到了其他地方。

季烈深深地皱着眉头，脸色很难看。从那蓝最后发送消息到民警到达现场只有短短十分钟的时间，他不相信疑犯带着那蓝能轻易从民警眼皮子底下溜出去，一定就在附近。

孙队长看了看手表，说："我们在现场发现了一块手帕，上面有七氟烷。疑犯是迷昏了那蓝，然后将她带离了这里。时间已经过去了一个小时，从药量上分析，她应该已经在一刻钟前醒过来了。"

沈天梵拧着眉头，想了想，说："我们再找一遍吧，这里比较偏僻，有散落的住户，也许有人看见凶手经过。"

季烈点点头，一行人继续搜寻。

夜已经深了，寂静的树林中传出一束束灯光，警犬冲在最前面，所有人的心情都很紧张。

宇宏自我安慰道："那蓝姐很聪明，就算遇着危险，她也会想办法跟我们取得联系。"

方杰附和："没错，况且她人那么好，就连老天爷也会保佑她平安无事的。"

叶泉水没说话，望了季烈一眼。

季烈忍着气。真是无法理解这个女人，他反复交代了多少遍第一次执行任务千万不要违反规定，她也满口答应了，可最后还是这样的结果。

叶泉水小声安慰道："老季，你也别太着急。"

季烈没吱声，一边疾步走一边问孙队长："具体失踪了多长时间？"

孙队长说："一个小时十五分钟。"

"通知她家人了吗？"

孙队长说："通知了，她母亲叶海蓝女士原本今日在海南开会，接到消息之后，已经立即赶往机场了。”

过了一会儿，孙队长又说：“根据现场留下的痕迹来看，当时应该有四个人。”

方杰问：“什么意思？”

孙队长说：“除了两名犯罪嫌疑人和那蓝，另外还有一个人。”

“是他们的同伙吗？”

孙队长说：“不能确定。”

季烈沉思了一下，说：“也有可能是受害人。”

方杰瞪大眼睛：“还有受害人？太猖狂了！”

疾走的孙队长突然放慢了脚步，他发现路边有滑倒的脚印和草木被压弯的痕迹：“这个脚印和现场留下的脚印极为相似，嫌疑人很可能从这里经过时被路面的青苔滑倒了。”

季烈点头：“这么看来他们就在附近，快，继续找。”

这个发现让大家情绪亢奋了起来，可是没走几步脚印便消失不见了，前面出现了两条岔路，一条向左，一条向右。

几个人决定兵分两路，季烈、宇宏、方杰以及驯导员和警犬朝左边的路寻找，孙队长带着另外的人顺着右边的路寻找。

夜更深了，树木上的露水打湿了衣服。季烈等人大概走了十分钟，突然前方的警犬狂叫着向前冲去。

驯导员喊道：“这边有发现。”

众人闻言迅速跑了过去，只有路边的草丛里横七竖八地丢着一堆衣服。

方杰一见就慌了：“那蓝是不是已经……出事了？他们把她……丧心病狂的畜生！”

宇宏急眼了：“王八蛋！找到他们定杀了他们为那蓝姐报仇！”

宋智一拳打在了树上，眼泪迅速蒙上了眼睛。

叶泉水的心也提到了嗓子眼，但很快就松弛了下来，紧皱眉头走过去，仔细查看周围的环境。

季烈始终没有说话，弯腰仔细检查衣物。

宇宏吓傻了，冲到路上愤怒地大叫了一声。他不敢相信那蓝才消失了不到两个小时，竟然就遭到了疑犯凶残的侮辱。

“闭嘴!”季烈冲他的背影大吼了一句，“你叫什么叫，是怕嫌疑人发现不了我们吗?”

宇宏哭了：“队长，那蓝姐出事了……我受不了，我叫两声发泄一下心里的愤懑。”

“放屁!”季烈怒吼了一声，眼神特别冷，声音特别凶狠。

宇宏也算是见识过季烈发火的样子，但这次和以往任何一次都不同，吓了一跳，声音立即小了，辩驳道：“队长，你都已经看到了，事情都这么清楚了……”

季烈发觉自己失态，尽量控制着自己，但是铁青的脸色还是让人看得出他的怒气。他克制着，尽量用平静的声音问道：“清楚什么?”

“这不很明显嘛，那蓝姐被那两个畜生……”

“我警告你，你给我闭嘴!”季烈不等他说完，直接打断，“你瞎了啊，没看见吗?这里就只有外衣，嫌疑人在这里换装之后带着那蓝逃走了，胡咧咧什么啊?”

宇宏终于明白了过来，眼泪还没干就笑起来了，语无伦次地说着：“我明白了，我明白了，谢天谢地，谢天谢地，那蓝姐没事就好，没事就好。”

方杰和宋智也都恍然大悟，双双松了口气。

方杰手按着胸口，回头瞪了宇宏一眼：“我说你成天一惊一乍的，害我差点信了你的话。”

“我紧张啊，不过现在听说没事，那就好!”

“好什么呀?高兴个屁啊!还不知道那蓝被嫌疑人带去哪里了。”

方杰一句话，又让气氛掉到了冰点。

季烈心情很复杂，嫌疑人很可能进行了伪装，那样的话，摄像头将无法识别。而换装也掩盖了现场留下的气味，增大了警犬对嫌疑人气味识别的难度。

宇宏小心翼翼地问：“队长，你说那蓝姐会有危险吗?”

季烈张了张嘴，最后什么也没说。他已经由得到消息时的愤怒渐渐换作了无尽的担心，这无组织无纪律、让人牙根发痒的女人，简直让他头疼。他又开始后悔了，或者本来就不应该同意她入队。不同意她入队，应该就不会遇到这样的危险了吧？

随后，几个人加快步伐继续往前寻找，走了大概一刻钟，前方的密林深处有微弱的灯光传来。

方杰叫起来："队长，那边有人家。"

季烈说："过去看看。"

平整的山丘里出现了一户房子，这个房子的造型很奇特，类似于陕西的窑洞，这种结构在陕西一些偏远的地方还有保留，但是在滨江极为罕见。

走到跟前，看得更清楚了，门口有一堆废弃的垃圾，空的饮料瓶和易拉罐等等。

方杰上去敲门："有人吗？"

"没有人。"里面传来一个瓮声瓮气不耐烦的声音。

"我们是警航的警务人员，请开一下门，有事情向您询问。"方杰自报身份。

里面没声音了。过了一会儿，里面传来一阵嚓嚓的脚步声，一个苍老的声音传了出来："谁呀？大晚上的，是迷路的游客吧？"

众人闻言面面相觑。不一会儿门开了，开门的是个步履蹒跚的老人，老人满头华发，皱纹横生，驼着背，手里拿着一个老式的手电筒。

让人始料不及的是，门一打开，警犬便朝老人扑了过去，幸好驯导员及时拉住。众人大惊，倒是那个老人不慌不忙地"嘘"了两声。季烈这才发现，老人手里还有个吃了一半的包子。

老人颤颤巍巍地道："原来你们不是游客啊……你们是派出所的。"

"老大爷，我们是警务人员。"方杰说。

"咋啦，又有游客走丢了？"

季烈问："老大爷，这里常有游客走丢吗？"

季烈说着探头朝里面看了看，院子里点着油灯，放着一张简易的木桌子，一个满脸胡楂、年纪四十上下、看起来脏兮兮神经有问题的男子正在埋头吃饭，像饿了很久似的，狼吞虎咽。

老人背对着众人转身，唠叨：“不常有，但是每年都有那么几个。你们累了吧？进来喝口水吧，我们这儿只有山泉水。”

方杰拉了拉季烈，说：“队长，老人家耳聋眼花的，我看他也没什么发现，咱们还是赶紧去找那蓝吧，别在这耽误工夫了。”

季烈没有回应，他从老人开门起就总觉得有种古怪：这个年代，一个老人带着一个疯子在一个荒无人烟的山林里居住，事情没那么简单。

他快步走进了院子，发现疯子的脸上肿了一块，身上还有瘀痕，像是被人打过。他立即回头看了一眼老人，老人正在拿着水瓢舀水。

季烈问疯子：“喂，你脸怎么回事？”

疯子没搭理他，端着饭碗转过头去，嘴里塞着满满的食物，“呜呜”了两声。

季烈又问：“你身上怎么了？谁打你了？”

疯子低下头继续大口吃饭。

老人端着水瓢步履蹒跚地走过来，一边走一边说：“没人打他，下午的时候他跑出去抓野兔，不小心滚下山崖。幸好山崖不高，让树给挡了一下，不然骨头准得断。不过这小子抓兔子有一套，愣是把兔子给我抓回来了，我折腾了一晚上，可算把野兔给炖了，不然咱爷俩怎么会这么晚才吃饭，平时这个点早就睡了。喏，警察同志，您喝水。”

季烈接过水瓢。

老人絮絮叨叨地说：“咱们的山泉水好啊，比你们城里的自来水养人。喝，喝吧。”

季烈盛情难却，勉强喝了口，放下水瓢道了声谢，继续问道：“老大爷，他……是您什么人？”

老人又要去舀水，被季烈拦住了。老人说：“他是我捡来的，捡来的时候他已经年纪不小了，要说关系，他叫我叔，我叫他侄，我一孤老头子，他一个呆子，我俩相依为命，做个伴儿。”

季烈问：“老人家，您是怎么住到这里来的？”

方杰真的有些着急，搞不懂这么紧急的时刻，队长怎么还有闲心管这些闲事。

老人说：“很多年前的事了。1997 年的时候，我老婆子病了，我听说滨江有医生能治好她的病，就砸锅卖铁，带着老婆子来了滨江瞧病。谁承想，火车站人太多了，我就把我的老婆子弄丢了，钱也让小偷给偷了。我找不到老婆子也找不回钱，没脸回去，就留了下来，后来年纪越来越大，没地方去……”

方杰急得直转圈，直接打断了他的话，问道：“老大爷，您有没有见到三个人从这里经过？两个男的一个女的。”

老人慢悠悠地坐在了板凳上，眯着眼睛，大声问道：“您说什么？”手指指自己的耳朵，“我听不见啊。”

方杰生气了。刚才还好好的，怎么突然耳朵听不见了？不过他还是重复了一遍：“您有没有见到三个人从这里经过？其中两个男的，一个女的。”

老头自顾自地说道：“年纪大了，耳朵时好时不好的，眼睛也时好时不好的，您问的啥？有没有人经过这里？大晚上的，没瞧见啊。”

季烈径直朝屋子里走去，里面很矮也很乱，一股馊味儿实在难闻，他点了支烟。

一共有三间房，他一间间看，并没发现什么异常情况，手敲了敲墙壁，黄土墙壁夯实得很紧。在敲击第三下的时候，他隐约听见了“呜”的一声响，再仔细听时，外头传来猫头鹰“咕咕”的叫声，他有些失望。

“队长，走吧，不能再耽误了。”宇宏急促地在院子里踱步，忍无可忍地叫了起来。

季烈又在屋子里走了一圈，还是没有发现任何异常情况。

时间不能耽搁，他扭头大步走了出去。

院子里，老头坐在桌子边吃东西，警犬一个劲地冲着他狂叫。老人捡起桌子上疯子啃完的骨头扔给警犬，警犬没吃。老人又喋喋不休地唠叨……

季烈再次打量了一下疯子。疯子吃饱喝足了，打了个饱嗝，见季烈盯着自己，就也望着他。

季烈刚要跟他讲话，步话机就响了，孙队长的声音急促地响了起来：“老季老季，有情况，夏教授你认识吗？”

季烈一愣：“你说的是今天刚从北京过来的心胸外科专家夏清元夏教授？”

“对，就是他。”

季烈警觉了起来，紧张地问：“他怎么了？出了什么事？”

“刚刚传来的消息，他回酒店时被人劫持了。”

“什么？你是在跟我开玩笑吗？”

“是真的！你别急，我已经赶过来了，慢慢跟你说。”

一波未平一波又起，众人都傻眼了。

一群人快步走出老人的家里。很快，脚步声急促地远去，凌乱的手电灯光也消失不见了。

老人长长出了口气，突然恢复了年轻的说话声，自言自语道：“妈的，总算走了。”拿起电话拨通：“哥，你在哪儿……警察已经说了，你把夏教授劫持了，干得好。”

电话那边传来罗宾的声音：“我正在往回赶，那个地方不能待了，赶紧离开，去妈那儿。”

季烈的心里总是觉得不踏实，靠近小院时，他有一种强烈的直觉，感觉那蓝就在附近，所以他仔细检查了一遍房子，可怪就怪在，那房子里面一目了然，根本藏不住人。

实际上，那蓝确实就在附近，跟他仅仅一墙之隔，院子里说的每一句话，季烈进屋时的脚步声，甚至是用手敲击墙壁的声音，她都听得清清楚楚。可她被反捆住手脚丢在浴缸里，脸贴在浴缸底部，嘴上贴着胶布，只能发出轻微的“呜”声。季烈听到的那声就是她传出来的，那是她用尽全身力气才发出来的声音。季烈一路上都在反复想那声奇怪的“呜”，到底是自己的错觉还是真的？但由于当时大家都在院子里，只有他一个人听见，所以无从求证。他想抽支烟冷静冷静，一边快走一边摸出烟放在唇间，找打火机的时候发现打火机没了，摸遍了口袋也没找到，回想了一下，他在老人的屋子里抽过一支烟，好像就随手放在了桌子上。他立刻停住脚步转过身对大家说：“我丢了个东西，你们在这等我，我跑回去取一下，马上回来。”

宇宏自告奋勇道："队长，我跟你一起去。"

"不用。"说完，人已经跑远。

众人面面相觑，停下来等他。

季烈在门口敲了很长时间的门，老人才慢悠悠地出来开门，劈头盖脸地问道："警察同志，怎么又回来了？"

"大爷，我丢了东西在您这儿。"

季烈往里走，小院还是静悄悄的，他发现疯子不见了，问道："老人家，您侄儿呢？怎么没看见他？"

"吃饱了就睡下了。"

才不过短短几分钟，这么快就睡着了？季烈犯了个疑，说："老人家，我丢了东西在您屋子里，我自己进去找找。"

屋子还是刚才的样子，疯子侧着身子躺在床上，床紧贴着墙边放着，床上方吊着一顶老式的麻布蚊帐。刚才他见过这顶蚊帐，但并未引起注意，可现在再看，总觉得透着一股古怪。

季烈不假思索地靠近了蚊帐，伸手想要敲击墙壁。

忽地，他发现墙壁上出现了一个高大的人影，那影子举手似要袭击他，他警觉地握起拳头，倏地转过头，只见老人不知什么时候站在了自己的身后，见他转身，便道："你是在找这个吗？"老人摊开手，掌心躺着季烈的打火机。

季烈松了口气，接过打火机："谢谢您，老人家。"

他往外走的时候，假装脚被绊了一下，朝老人撞去。根据人的本能，遇到突发危险会条件反射做出自我防卫动作，如果这个老人有问题，那么他一定会露出破绽。可是季烈很失望，老人根本没有任何反应，所以他在即将撞到他的一瞬间及时收住了脚步。

老头看样子吓得不轻，手按在胸口处咳嗽了好几声："年轻人当心点。家里乱，又脏，你还是出去吧……"

季烈收起打火机，在老人絮絮叨叨的说话声中走出了院子。

听着外面的脚步声走远，那蓝失望地闭上眼睛，她明白，下面要靠自己了。

不一会儿门开了，小七穿着老人的衣服走了进来，在浴缸边坐下，低头望着那蓝，那蓝的头发、嘴角上全是血迹。

小七笑眯眯地撕掉那蓝嘴上的胶布，问：“他走了，你现在害怕吗？”

那蓝没说话，扭过头去。

小七抓住她的头发，捏住她的下巴，逼着她望着自己：“说话啊，警花小姐。你害怕吗？”

那蓝依旧没有说话，小七的脸上忽然露出了狰狞的微笑：“你要是愿意做哑巴，那我就割了你的舌头，你以后就再也不用说话了，而且这房子里有老鼠，它们很想吃肉。”

那蓝知道他早已没有了人性，平静了一下，道：“现在满世界都在通缉你们，你呢，你怕不怕？”

小七夸张地撤回手，按在胸口处：“怕！我好害怕！所以一会儿我们要跟你们玩一个有趣的游戏。”

“游戏？”

“捉迷藏游戏！”

“不应该是警察与小偷的游戏吗？这个游戏的结局是小偷被警察绳之以法。”

小七被她的冷静给惊到了，他不相信她能一直这么冷静，突然说道：“那蓝，你好久没见到你的好闺蜜如本了吧？想她吗？”

那蓝顿时如遭雷击，眼睛瞬间红了，胸口剧烈起伏着。

这就对了！小七得意地拍了拍她的脸，声线平静地娓娓道来：“她就不像你这么冷静，她被带到这里来的时候，先是大喊大叫，后来一直哭，一直求饶，说想家，想回家……哦，对了，你想家吗？警花小姐，你想回家吗？”

那蓝憋住胸中的愤懑、痛苦，还有怒气。理智告诉她，这个时候，任何的情绪都帮助不了她，而小七摆明了就是在刺激她，而她也几乎失控了。

小七将她的头按在浴缸底部：“怎么，你生气了？”

她咬牙切齿地念着两个字：“畜生。”

“你想知道如本临死前说过什么吗？”小七弯腰贴近了她的耳朵，“她说，她想活，她不想死。”

那蓝再次被刺激了，但是在爆发前一秒控制住了自己，眼神凶狠地望着他，吐出两个字："恶魔!"

小七不屑一顾地摇摇头："恶魔？恶魔应该这样笑吗？"他摆出一个阴险的微笑。

那蓝望着他丧心病狂的脸，明白了一句话——上帝欲使其灭亡，必先使其疯狂。她一字一句地说："你疯了，你是个丧心病狂的疯子。"

小七靠近了那蓝，语气轻蔑："不不不！那些女人都叫我男神。"说罢，双手紧握，身上的肌肉线条顿时紧绷了起来。

那蓝不吭声。

"你呢？警花小姐，你想活下去吗？"

那蓝已经彻底冷静了下来。她不但想活下去，还要亲手抓捕这个十恶不赦的罪犯。一定不能慌，一定不能乱，要冷静!

她很平静地反问："你呢？你想活下去吗？"

小七说："放心，我会活得很好。"

"有句话叫'邪不压正'，你信吗？"

"我信命，八字说我得天助，意思就是连老天都会帮助我，所以天底下的正压不住我，你们抓不到我。"

这大概是她听过的最无耻的回答。但还是不能表露情绪。那蓝压了压怒气，调整心态，冷不丁地问："你妈妈陈琼音女士还好吗？"

小七被突如其来的问题问得一愣，不知那蓝葫芦里卖的什么药。

"我听说过你妈妈，她年轻时长得很漂亮，有一头长发，黑亮黑亮的，眼睛很大，笑起来有酒窝，是远近闻名的美女。并且她很善良，所有跟她相处过的人都夸她贤惠，是这样吗？"

小七亢奋的情绪突然低落下来，表情僵硬地眯着眼睛看着她。

那蓝继续说道："我听说你两岁那年，有一回夜里病倒了。那是一个冬天，天上下着雪，你妈妈背着你走了两个小时的路才走到镇上的医院。你还记得吗？那天夜里超级冷，她穿了双雨靴，靴子踩在雪地上发出吱吱的声响，还滑倒了两次，但是她紧紧地护着你，宁可自己受伤，也要保护好你。"

她刻意将语气放轻，能勾起人的回忆，也让人能沉浸其中。小七低着头，不吭声。

那蓝说："第二天，你的病好多了，你跟你妈妈说，你饿了，你想吃肉，你好久没吃过肉了。你妈妈流泪了，因为她的钱都给你看病了，实在是没钱。但她又不想让你失望，于是趁你睡着的时候，就偷偷出去给工厂洗衣服，手泡在冰冷的水里，水里还有冰碴，她的双手都冻伤了。她忙了大半天，可挣来的钱只够给你买半只烤鸡。她自己一口都舍不得吃，揣在怀里带给你。外面的天那么冷，烤鸡到你手上还是热的。你撕了块鸡肉给她，但是她跟你说她不饿，她吃过了……"

小七面色很克制，可发红的眼眶却让那蓝看到了他片刻间流露出的一点人性。

那蓝陡然话锋一转："她那么善良，连一只蚂蚁都不愿意踩死，十里八村的人个个都夸她有爱心，尊老爱幼，简直就是典范。可是如果让她知道她最爱的儿子做了那么多违法的事，还杀了人，我想，依照她善良的个性，一定无法接受，一定会非常痛苦、矛盾、自责、悔恨……"

小七惶恐了。他和罗宾相依为命，带着母亲从鹿岛来到滨江，所做的一切从来不敢让母亲知道，甚至……他不敢想下去，眼神开始躲闪。

那蓝冷静地观察着小七面部表情的细微变化。小七这个人，只要抓住他母亲这个软肋，还是可以突破的。

"天不藏奸，纸包不住火，即便她现在不知道，迟早也会知道。你和罗宾不一样，他没有亲人，没有牵挂，但你有，你是你妈妈在这世上唯一的亲人，唯一的牵挂。小七，你有那么好的妈妈，我想你也一定不是一个十恶不赦的人吧？你自首吧，跟我回去，争取宽大处理。我会帮助你的，相信我。"

小七撑不住了，咆哮起来："我没有罪，我为什么要自首？车祸那天，什么团雾！如果不是陈雅琪在车上哭闹着要看什么明星演唱会，他父亲就不会因为跟她吵架而不小心撞到我们的车。不撞到我们的车，后面的车就不会撞在一起，熊叔和他的两个孩子就不会死，阿香婶也就不会疯。这一切都是陈雅琪造成的，她是罪魁祸首，她是杀人犯！可就因为她是未成年人，没有受到任何惩罚。她侥幸捡了条命，却活得连条狗都不如。你知道她每天都怎么过的吗？她白天睡觉，晚上在酒吧买醉，跟不同的男人上床，拿着不同男人的钱花，还沾沾自喜。婊子！烂货！她夺走了别人的生命，就这么作践自己，就这么活得连只老鼠都不如，她不该死吗？”小七一把抓住那蓝的头发，眼神凶狠地望着她，“你回答我，她不该死吗？”

那蓝发觉他暴躁了，克制着怒气，说道：“她该不该死不该由你们决定，你们有什么资格决定别人的生死？”

“我们是替天行道！”

“所以你们假意接近她，然后杀了她？”

“不用接近，她自己就主动送上门了。第一次见到我哥就说什么一见倾心，愿意付出生命去爱她，越是不理她，她越是主动，真是贱！她既然都愿意付出生命来爱我哥，死了不正是得偿所愿？”

那蓝咬牙问道：“那如本呢？她对你们那么好，还深爱着罗宾，你们为什么连她也要残害了？”

小七放开手，直起腰。说到如本，他的面色平静了许多：“本来我们也不想伤害她的，要说错，就错在她真的爱上了我哥。天底下的女人都一样愚蠢，她竟然查我哥的手机，发现了我哥和陈雅琪没来得及删除的聊天记录，还扬言要报警。女人啊，说什么情情爱爱都是骗人的，她要是真爱我哥，她就应该想方设法地帮我们隐瞒才对。”

那蓝道：“所以你们就杀了她？”

“她必须死，她不死我们就得死。我们要是出事了，我妈怎么办？她不能没有人照顾。她这辈子受了太多的苦，我不能失去她。所以如本必须死。”

那蓝气得恨不得杀了他。

小七不想再继续说下去，估计季烈他们已经走远了，看了看手机上的时间，割开绑在那蓝脚上的绳子：“警花小姐，现在，我带你去另一个地方。”

第十六章

将计就计

季烈跟孙队长会合后，一边往回走，孙队长一边和他讲述了夏教授被劫经过。原来，季烈离开之后，夏教授乘上周医生的车，从机场出来直奔滨大附属医院看望季国诚，并在病房跟季国诚一起简单用了餐，之后由周医生送他去酒店入住，时间是晚上九点十分。

酒店就在医院附近，由于酒店旁边一辆垃圾车侧翻造成堵塞，夏教授拎着行李自行回酒店，周医生驾车离开。夏教授经过酒店门口时，被一名戴着鸭舌帽的黑衣男子叫住。据酒店门童介绍，该名男子身材高大，自称是医学院的学生，想向夏教授请教医学问题，两人交谈片刻之后，夏教授上了黑衣男子的车，车子驶离酒店，时间是九点十五分。

九点半，周医生回到家中，致电夏教授报平安时，发现夏教授电话打不通。她有些紧张，给酒店打了电话，酒店方面称夏教授并未入住。周医生随即报警，警方根据监控，在一处建筑工地附近发现了夏教授乘上的那辆黑色小轿车，后经过证实，该车为报废车。最让人气闷的是，自称为医学院学生的男子一直站在摄像头的盲区，以致只拍到了车内模糊的画面。图片传给了“鉴图专家”小蛋蛋，经由小蛋蛋确认，该男子正是罗宾。

听完孙队长的介绍，季烈感到很诧异，问：“罗宾是怎么知道夏教授的航班和入住酒店信息的？”

孙队长说："只有一种推断，就是他一直在关注夏教授的行踪和动态。"

季烈想了想："如果我们把那蓝和夏教授两起劫持案放到一起……"

孙队长脱口而出："那一定就是陈琼音某个器官衰竭快撑不住了，劫持夏教授为陈琼音做器官移植手术。"

季烈整个人都不好了，那蓝失踪，夏教授被劫持，嫌疑人的目的是取那蓝的器官移植给陈琼音，他接受不了。夏教授是夏若的父亲，此次前往滨江又是为季烈父亲的病情而来，同样让他心急如焚。

不知不觉走到了车子边，季烈上了车，手机突然响了起来，是小蛋蛋的视频请求。他叹了口气，按了接通键："这都几点了，你怎么还不睡？我们这儿有事，没空跟你聊天，挂了啊！"

"你别挂啊，我有事跟你说。"

孙队长要跟季烈聊案子，不想被打扰，跟季烈站在一起："小蛋蛋，你快睡吧，我跟你季叔叔要聊案子。"

"老孙，我被劫持的案子就不算案子啦？"

季烈心不在焉："别捣乱，有话快说有屁快放，不然我挂了。"

小蛋蛋生怕他真挂了，急切地大叫起来："我知道凶手在哪！"

什么？大家全都沉默了。季烈将信将疑地问："在哪？事先警告你，事关重大，不要提供错误消息耽误我们的时间。"

小蛋蛋说："没错！保证正确！我刚刚终于把他的游戏账号给找到了，并且已经查到了他的 IP 地址（网络协议地址），就在凤凰山附近！"

季烈和孙队长对视了一眼，异口同声地问："具体地址？"

"我把定位发到你手机上了。对了……"

季烈不等他说完，按断了视频。打开定位，孙队长的脸绿了，季烈的脸白了，周围的人也都目瞪口呆。因为从地点看，正是季烈检查了两次的小院。

不可能这么巧吧？季烈感觉头皮发麻，大叫了一声："走，再回小院仔仔细细检查一遍。"

顺着导航一口气跑回小院，小院的门开着，疯子还躺在床上，季烈用手推了推他，推不醒，用力拍了拍他的脸，他睡得很沉。方杰在地上找到了一个安眠药的瓶子，孙队长马上叫人将疯子送去医院洗胃。

季烈扯下蚊帐，后面出现了一扇门。

“那蓝！那蓝！”季烈用力将门踹开，可里面并没有人，只在床下发现了那蓝的手机。他的手有些发抖，按了几下才按开，微信上有一条没有发送成功的求救信息和一条还没来得及发出去的短信，是发给自己的：如果这次我能活着回去，你给我做葱爆肥肠好不好？

他感觉嗓子发干，快步冲了出去。外面一片漆黑，他在心底对她说：只要你回来，我给你做一周一个月一年十年二十年五十年一辈子的葱爆肥肠，你快回来吧！

“老大，西南方距此地两公里处的山林里发现一辆受损车辆，据分析很可能是疑犯留下的。”季烈听见孙队长通话器里传来的声音，瞬间加速跑了出去。孙队长简单交代了几句，也赶忙朝事发地点跑去。

季烈一路狂奔，脚下不停，一直跑到了破损的车辆跟前，几名办案民警正在拉警戒线。

孙队长戴上手套，拉开车门，里面并没有人。他仔细检查了一遍，退了出来，简单询问了发现的经过，然后说：“车内有打斗的迹象，驾驶座位上有少许血迹，提取血样送去检测。根据地面留下的痕迹初步推测，车子在行驶过程中，后座上的人袭击了驾驶车辆的疑犯，两人在搏斗中车子冲进沟里，最后疑犯不得已弃车逃走，并且押走了那蓝。”

季烈想象着那蓝躺在幽闭的房间里，一个字一个字按下那句给他的留言。她一定也发现了那里是如本最后被分尸的地方，她一定感觉到了恐惧。一直以来她给人展现的都是倔强、逞强的一面，可实际上，她也很脆弱。她应该手和脚都被绑了，直接从后座撞向了驾驶座上的疑犯。

方杰咬牙切齿：“驾驶座上的血是疑犯留下的？”

孙队长说：“血迹应该是那蓝留下的，疑犯手上有凶器。”

宋智着急地直转圈：“太危险了，就算没有凶器，那蓝也不一定是他的对手。”

宇宏气坏了：“他要是伤了那蓝姐，我非弄死他不可！”

方杰理解地拍了拍他的肩膀。

季烈一直没有说话，他在仔细观察。突然，他发现地上有一条用脚画出的横线。想起第一次在山路上发现的滑倒痕迹处也有这样一条横线，仔细回忆，细的那头指的就是小院的方向。他明白了，大叫了一声：“往那边去了，追!”

孙队长看了一眼，随即跟上，方杰和宇宏、宋智也都追了出去。

前方两公里的地方是十字路口，到了这里，季烈又发现了横线，果断向右追去。又追了一公里，前方又出现了十字路口，地面却找不到标记，很有可能是嫌疑人带着那蓝上了车。

他狠狠一拳打在了路边的树上，两分钟之后孙队长和方杰等人才追了上来，气喘吁吁地问：“怎么样?”季烈摇摇头，沉默地坐在路边。

孙队长正在联系交警中心调查经过的车辆，时间已经是凌晨两点多，季烈颓然地望着茫茫山林。寂静深夜，猫头鹰的叫声从远处传来，而遥远的夜空中一颗星也没有，像无尽的深渊。

风，从山林吹来，树叶乱响，如同暴雨来袭，带来无尽凉意。

季烈没有任何表情，他现在理解那蓝为什么要从巡逻机上下去追疑犯了，并不完全是因为冲动。就如现在，如果发现疑犯的踪迹，他也会毫不犹豫地追过去。她不是盲目自大逞个人英雄主义，而是有计划地把自己扔进险境，然后留下线索给办案人员。她很谨慎了，可疑犯同样很谨慎，也很凶残。她跟踪疑犯到了荒村，第一时间发出了定位，也早就察觉到疑犯使用了七氟烷，屏住呼吸假装晕倒，然后设法在路上让疑犯摔倒，留给警方线索，不过很快就被疑犯发现了，于是第二次直接将她打晕。

季烈点了支烟，孙队长借着他的打火机也点了支烟，两人谁都不再说话了。

等！只能等交警部门的消息。

可是现在那蓝在哪呢？季烈的呼吸突然紧了一下。

那蓝的手臂被匕首划伤之后，动作明显慢了下来。小七将她扯下车，胡乱找块布包扎了一下，匕首放在她的后腰上，逼着她往前走。

那蓝的目的就是让他弃车，现在目的达到，便没有再挣扎。

不久走到了一条村用公路边停下，小七在发短信，用的是老式的手机。大约三分钟之后，一辆破旧的夏利车自左向右开来，缓缓停下，小七押着那蓝上了车。那蓝上车时，谨慎地在地上留了一个标记。

夏利车的驾驶座上坐着一个身形高大健硕的男人，虽然看不清容貌，但那蓝确定是罗宾。看到他的一瞬间，她有一种压抑不住的冲动，但是理智一再提醒她，不要以卵击石。

目光一转，看向副驾驶座位上的人。此人五十多岁，戴着一副金丝边的框架眼镜，衣着干净清爽，气度不凡，一声不吭，十分冷静，既没有被捆住手脚，嘴上也没有被贴上胶布，上车时闻见的淡淡的医院消毒药水的味道，就是从他身上散发出来的。虽然看不清他的长相，但那蓝判定此人是医生。而根据他的年纪和出现的时间，她猜测此人应该正是特意从北京飞来滨江接手季国诚手术的夏教授。

“哥……”小七望着夏教授，埋怨，“你怎么没把他绑上？”

罗宾说：“夏教授以前在部队医院待过，是心胸外科方面的专家，在国际上享有很高的声誉。夏教授是个有情怀的医生，当然跟普通医生不一样。小七你不用担心，夏教授已经答应给妈治病了，在没有见到妈之前，即便遇到危险，他也会帮我们渡过难关。”

“真的假的？可是万一遇到了警察，他故意做出点小动作，那我们不就功亏一篑了？”

罗宾提醒道：“你也太夸张了，如果夏教授是这样的人，我能顺利地把他带到这儿吗？”

罗宾说话的声音很平静，可那蓝却听得惊心动魄。他最后一句话很明显是在威胁夏教授，如果他被捕，陈琼音必死无疑。他是在利用夏教授的仁慈。

罗宾不像小七，小七偶尔会有情绪波动，但罗宾，从第一眼看到他到今天，他始终给人的感觉都是四平八稳，城府极深，他才是真正的狠角色。

那蓝留心观察着外面的情况，乡间道路会有一些民用摄像头，只要拍到了，哪怕是一个模糊的身影，对破案也有极大的帮助。她是飞行员，视力极好，即便是夜里，视力范围也非常人能及，前方五百米有红点闪烁，是摄像头。

“咝——”那蓝故意假装很疼，按住手臂。

夏教授警觉地回头看了看那蓝，出于医生的本能，立即对罗宾道：“停车，她受伤了，需要立刻止血，我要给她止血。”

小七反击道：“多此一举，流这点血算什么，不会有生命危险的。”

夏教授严肃地提醒：“停车，如果你们不想让她出事的话，现在就停车，把后备厢里我的行李箱取出来，里面有医疗包，我要给她止血。”

“不用了，她死不了的……”

夏教授声线严厉地打断：“我是医生，我比较了解伤者。医生的天职是救死扶伤，我不管你们是什么人，我只在意现在后座上有人受伤了，必须马上止血。”

“你……”

“小七！”罗宾声线低沉，“不要跟夏教授吵架。”

“哥，他多事……”

“闭嘴，夏教授答应给妈治病，所有的要求我们都答应。”罗宾说完，看了看外面的环境，一脚刹车。

车子停下，罗宾快速下车打开后备厢，取出里面的行李箱。

夏教授也已经下了车，接过行李箱打开。

那蓝也想下车，却被小七给扯住了，低叱了一声：“你不许动！”

那蓝没动了，望了望摄像头的范围，刚好可以拍到车子。夏教授取出放在箱子里面的小型医疗包进了后座，给那蓝消毒包扎。罗宾并没有停留，放好了行李箱，重新上了车，车子又发动起来，往鹿镇开去。

季烈坐在路边抽着烟，另一只手下意识地按着打火机，火光明明灭灭地映在脸上。他已经几天没有好好休息了，疲惫地看着跳跃的火焰，又想起了那蓝手机里那条没发出去的微信，心一抽，随后仰起头望着夜空，有风吹过，吹干了眼睛里涌出来的泪花。

不管怎么样他都相信她，相信她一定会留下线索，一定会平安归来。

孙队长的手机一直在通话，突然，他站了起来，将烟头摔在地上，用脚用力踩灭。

“怎么样了？”方杰紧张地问道。

“消息说，上一个路口的摄像头坏了，根据附近路口的车辆统计，十五分钟内通过该段路的车辆一共有三十几辆。妈的，怎么回事，大半夜的居然那么多车辆通过。”

方杰说：“因为今天晚上高桥夜市美食节开幕，零点还有一个狂欢，车流多也是情理之中。”

“偏偏是今天晚上，偏偏路口的摄像头坏了。现在无法确认他们到底上了哪一辆车，并且这些地方都是乡村公路，用的都是民用摄像头系统，辨识度太低了，只能识别基本车型。”

宇宏说：“咱们不是还有小蛋蛋嘛。”

“他不是警方的工作人员，而且又是个孩子，才五岁，现在是夜里，老叶又不在，所以只能等明天。”

“可时间不等人啊，凶手也不会等我们啊……”

“他睡得迷迷糊糊的，万一弄错了不是更麻烦，所以就没叫他。”

“那就让老叶打电话叫他。”

季烈说：“那蓝是个聪明人，她沿途都留下了标记，一定还会想方设法留下其他线索。”

孙队长想了想：“刚才交警方面说，有一辆车曾停下来取过行李箱。”

季烈噌一下站起来：“立刻监视那辆车，问清楚路口方向。”

宇宏激动地抹着眼泪：“队长，是不是说那蓝姐没事？我们什么时候能把她救出来就好了。”

季烈摁灭烟头，上车，问孙队长：“路口问到了吗？”

“问到了，走。”

几个人快速上了开过来的警车，五分钟后到达了该路口，随后根据车辆行驶方向继续往前追了一段，有了发现——一辆车停在路边。

季烈下车看了看，敲了敲车窗，里面没有人。孙队长拍了照片发给交警部门，得到的回复是：经过技术处理和比对，确实就是刚才的那辆车。

“车里怎么还有血迹啊，那蓝姐到底受了多重的伤？”宇宏急坏了。

季烈也发现了后座上的血迹，眉头再次拧了起来。

方杰慌了：“那两个畜生又跑哪儿去了？”

季烈观察着车辆，没有说话。

孙队长看了看表：“老季，时间不早了，要不这样吧，我们继续找，你们先回去，有消息立即通知你们。”

宇宏急忙摆手拒绝：“我们不回去，多个人多个帮手，也许很快就找到了呢。”

“就是！让我们留下吧，回去了我们更担心，反正睡不着，留下来起码可以安心。”

季烈一直沉默着，他观察完周围的环境，终于道：“你们回去吧！”

“那蓝姐还没找到呢。”

“我留下来找，你们回去休息。”

“队长！”

“明天都不用上班吗？”季烈斩钉截铁地说。

宇宏和方杰他们走了之后，季烈和孙队长坐在路边又抽了一支烟，季烈站起身：“走，继续找。”

孙队长也站起身，跟季烈并肩往前走，伸手安慰地拍了拍他的背。

季烈始终没有说话，但是眼圈有点发红。

这时，孙队长的通话器响了：“老大，有发现！”

那蓝和夏教授被罗宾和小七押着，沿着曲曲折折的田间小路往前走，终于走到了一个村子。天已经隐约亮了，那蓝看到村口有早起的老人在散步，离着老远喊道：“罗啊，我家的电视这两天没信号了，你哪天有空了给我修修。”

“好！我空了就去给您修电视。”

“谢谢你啊，罗，真是个好人啊，这样的年轻人不多了。”老人满意地笑着，背着手哼着歌走了。

那蓝心口一惊，抿着嘴唇看了一眼罗宾。他是凶残的恶魔，可在老人的眼里，他竟然是善良的天使。

那蓝停下脚步，蹲下来假装系鞋带，同时在村口悄悄留下“终点”的标记。小七立刻警觉地扯了她一下，她生怕被小七看到自己的小动作，引起不必要的麻烦，只得跟小七道：“我渴了。”

老人连忙招呼道：“姑娘，你来我家里喝水啊。”

小七马上接口：“她说着玩呢，大清早的喝什么水？不渴。”

老人听完望着那蓝。

那蓝冲老人笑着说：“他说得对，大清早的喝水不利于养生，谢谢您，大爷。”

老人好奇地看了她一眼，背着手继续往前散步去了，一边摇着头，一边嘴里嘟囔：“懂什么！早上喝水那是清理肠胃……”

小七看着老人走远了方松了口气，警告地瞪了那蓝一眼。那蓝假装没看见，继续跟着他们往前走去。现在她对小七的了解又深了一些，小七这个人有些鲁莽，沉不住气，但是涉及自身安全时，又过分谨慎。

可让她万万没想到的是，进了村子之后，罗宾就换了装，戴了草帽，穿上干农活的衣服，完全是一副庄稼人的打扮，并且借了辆三轮摩托车出来。那蓝来不及留下记号就被小七拉扯上了车子，门从外面锁住了，车子继续往前开去。

这种农用三轮摩托车是一体车篷的结构，类似于快递车，人坐在后面，外面什么情况也看不见。狭小的空间里只有她和夏教授两个人，缝隙中透进来一丝光线，刚好落在那蓝的手臂上。

那蓝盯着夏教授看了一会儿，他闭着眼睛，面色非常平静，看不出任何的情绪波澜。她也有些困倦了，打了个哈欠，刚想要休息一会儿，忽听对面的夏教授淡淡地问道：“你手臂上的伤是怎么回事？”

那蓝没回答，手指放在唇边轻轻“嘘”了一声。

夏教授蹙眉，指了指外面。那蓝点点头，又指了指他的手。

夏教授摊开手掌，那蓝在他手心写下“警航”两个字，然后指了指自己，又指了指外面，写下“疑犯”两个字。

夏教授依旧是很平静的表情，沉默了好一阵子才吐了口气，在她手心写下：“怕吗？”

那蓝直起身摇摇头，夏教授没再说话了，轻轻拍了拍她的手背。

那蓝下意识地看了他一眼，微弱的光线下，夏教授的目光慈祥而又温和，像极了小时候父亲看向自己的眼神，莫名地伤感了一下。

夏教授看了她一会儿，欲言又止，用极低的声音说道：“你让我想起了……我的女儿。”

那蓝心里咯噔了一下，脱口而出问道：“她还好吗？”

“好。”

“她……在国内吗？”

夏教授觉得这句话问得有些蹊跷，不过还是老老实实地回答道：“她在美国。”

“那……她还回来吗？”

夏教授说：“回来。”

“经常回来？”

“三年前回来过一次。”

那蓝又问：“她做什么工作？”

“跟我一样，是一名医务工作者。”

那蓝沉默了一会儿，说：“救死扶伤，白衣天使。”

夏教授笑了笑，笑完直直地看着她。说到女儿时，他的表情带着骄傲。

有风从缝隙里吹进来，吹得那蓝的心忽然有些乱了。

外面万物初醒，旭日初升，光芒笼罩着沉默的原野。一辆颠簸的三轮摩托车轰隆隆地从乡间小路穿过之后，只剩下无边的沉寂。

季烈在前面走得飞快，一边走，目光一边四下搜索，生怕错过那蓝留下的记号。

孙队长开着车在后面徐徐跟着，从车窗里探出头来望着他。他看起来很紧张，呼吸急促，表情凝重。孙队长稍微犹疑了一会儿，冲着季烈的背影喊了声：“老季。”

季烈无暇顾及，头也不回。他又叫了一声：“老季。”

季烈只好停下来，回头望着他。

一夜没睡，季烈的双眼熬得通红，脸色因为高度紧张不见半丝疲倦，简单地吐了一个字：“说。”

“上车休息会儿。”

季烈说：“就跟我说这个？我不累。”

孙队长点了烟从窗口递给他：“喏。”

他接过。现在确实需要烟来冷静一下自己。

“这么多人在，不会错过任何线索，相信我。”

季烈的眉头皱得更紧了，手轻颤了一下，抽了口烟，透过白色的烟雾望着远方的天空，淡淡地像是自言自语：“她其实很聪明。”

孙队长赞同：“沿途留下线索，不被疑犯发现，确实很不容易，而且她还很年轻，又是个女孩，我以前小看她了，原来她这么勇敢。”

“她爸爸曾经也是一名刑警。”

孙队长说：“嗯，我前两天刚刚听说的这个事，她父亲那志国，了不起。”竖起大拇指，“英雄！”

季烈点头重复了一句：“英雄！”

“我以前跟他共事过，那时刚从警校毕业，他是我的第一任队长，特别好的人，外表看起来斯文儒雅，做起事来却雷厉风行，对我们新人很照顾，教了我们很多实用的东西，我到现在都忘不了他。后来……收到他殉职的消息，我们整个队的人，连后厨的人都哭了。”孙队长说完，眼眶有些发红，“这么好的人，那么年轻就走了。”

季烈默默地抽烟。孙队长揉了揉眼睛，说：“俗话说虎父无犬女，她一定会平安的。”

季烈抬头望着天上的云朵，说：“她不像她父亲那么沉稳，她很任性，刚进队的时候为所欲为。我一开始很反感她，我想我怎么这么倒霉遇到这么一个眼高手低的女队员。”刚见面时的种种回到眼前，季烈不经意地笑了，随即眼里流露出一丝伤感，“那时候……我真是分分钟恨不得掐死她。”

孙队长说：“听说了，你们两个那是针尖对麦芒，谁都知道警航的刺儿头队长遇到了个刺儿头女队员。”说完笑了。自那蓝出事之后，他整个人都是紧绷的。

“上车吧。”孙队长推开车门，季烈上了车，坐下之后，孙队长又递给他一支烟，他伸手阻止了：“抽了一晚上的烟，嗓子疼。”

孙队长递了水给他，说：“说起这个事，让我想起了我刚进队时的情景。那会儿我也是个刺儿头，谁都不服气，上蹿下跳的，净给队里添乱。那队是个很沉稳的人，平时话不多，有时候被我气得冒烟，还是很耐心地给我讲道理。可我呢，只会逞口舌之能，全是书本上的知识，一套一套的。他是实干家、经验派，理论派遇到经验派，那注定是要被打脸的，于是我就经常被打脸，脸打得多了，人也就踏实下来了。不久之后，他主动要求去一个境外贩毒集团做卧底，有一段时间他失联了，队里什么消息都没有，当时就有传言说他叛变了，闹得沸沸扬扬。”

季烈一口气喝了半瓶水，放下瓶子，问：“后来呢？”

孙队长意味深长地说：“时间是个好东西，能证明一切。他没有叛变，一个人冒着很大的风险，成功抓捕了贩毒集团的首脑，可惜毒枭的弟弟跳海逃走，对他怀恨在心。”

季烈：“我听说那个弟弟在东南亚恶名昭彰。”

孙队长点头：“打黑市拳得满贯，打残过很多对手，非常毒辣。三个月之后，他通过各种手段悄悄返回复仇，那志国同志在战斗中牺牲了，临终前把自己和凶手铐在了一起，阻挠凶手撤离，才让警方成功抓住了凶手。”

两人不说话了，默默地望着远处。好一会儿，季烈的声音很平静很清晰地说：“我想，那蓝一定能拖住疑犯，一定会等到我们来救援。”他的眼皮下意识地抖了一下，眉头皱了起来。当年那志国的牺牲就是因为线索断断续续，等找到的时候，他已经牺牲了。

孙队长点头：“一定能。”

“所以我们要抓紧了，她在等我们救她，不能让她等得太久。”时间拖不起，疑犯不会给他们充足的时间，“我有种直觉，他们一定在前方的村子里逗留过，走！”

孙队长果断摁掉手里的烟头，驾车朝村庄开去。三分钟后，车子停在了村口。太阳已经缓缓升起，风吹散了雾霭，宁静的小村里一片祥和。

季烈和孙队先后下了车，他们在村口找了一下，看到了那蓝留下的终点的标记。对视了一眼，拿出罗宾和小七的相片问村里的人：“您有没有见过这个人？”

被问的是一个老大娘，分别打量了季烈和孙队长一眼，语气特别不友善：“没见过。”

季烈直言不讳：“大娘，您肯定认识，他们俩就住在你们村吧？”

老大娘脾气上来了，将眼珠子一瞪：“你什么意思啊？你说我骗你吗？”

“不是……”

“不是，你跟我啰唆什么？怎么回事，都说了没见过了，怎么还没完没了的？走走走！我们村不欢迎你们！”

“你……”

孙队长拉了季烈一下，示意他别再说下去。

老大娘翻了个白眼，嘟嘟囔囔地走开了。

更让两人想不到的是，他们进了村子一连问了几个人，全都是同样的反应同样的回答。季烈感觉事情有些蹊跷，两人在村里找了一圈，并没有什么发现。不知不觉间，两人走到了疑犯借三轮摩托车的那户人家门口，季烈敏锐地停住了脚步，看了看周围的环境，随后直奔过去敲门。很快，里面传来一个声音：

“谁啊？来了。”

门打开，一个年纪六七十岁的老头探出头来，打量了季烈一眼。

季烈拿出罗宾和小七的照片问：“老人家，认识这两个人吗？”

老人打量了他一眼，瞧见了在不远处抽烟的孙队长，马上变了脸色，语气特别不耐烦：“走走走，问什么问，不认识！”

老人要关门，季烈伸手挡住，老人顺手操起锄头，急赤白脸地吼道：“你管我认不认识，你还想强闯民宅啊？”

孙队长过去扯住季烈，一边跟老人道歉：“对不起！对不起！都是误会！误会！”

老人气咻咻地嘟囔：“警察了不起啊，就能冤枉人啊？种了几株虞美人，谁承想是罂粟花，还要抓人啊？”

孙队长听得没头没脑，当即给当地派出所打了电话。原来上个月派出所接到举报说有人种罂粟，在十余户村民后院发现了五至三十棵数量不等的罂粟，民警当场予以铲除销毁，并依法对违法行为人予以行政处罚。村民都是老人，以为种的是花，没想到是罂粟，遭到处罚心里有情绪，所以以为季烈他们又是来查罂粟的。

弄清了真相，季烈稍稍松了口气。时间紧迫，强行去问也问不出结果，反而拖延了时间，他决定跟孙队长分头行动，以免节外生枝。

刚分开不久，季烈就看见了前面有个老人赶着鸭子归来。老人的裤脚让露水打湿了，看样子是一早就出了门。季烈想了想，立即迎上去，很随意地打了个招呼，问他：“鸭子卖不卖？”

老人说：“还小，不卖。”

季烈又问：“大爷，村里经常有外地人来吗？”

老人摇头：“不多，春天秋天来的人多点。”

季烈拿出手机，打开朋友圈找了张那蓝的照片，转过去给老人看：“大爷，您见过这个人没有？”

老人随意地瞥了一眼：“没有。”

季烈把手机凑近了一点：“您再看看。”

“这么漂亮的姑娘，一看就不是我们村的，没见过。”

季烈说：“她今天早上来的村里，您没见过吗？您好好想想。”

老人挥了挥手，赶着鸭子走了。

季烈失望了，烦躁地抓了抓头发。原本看到终点标记的时候，他以为很快就可以抓住疑犯，救出那蓝和夏教授，可村里人的态度反而让追踪变得更加扑朔迷离。人都是多面的，罗宾和小七或许给这些留守的老人和孩子带去过很多帮助。他们有人性，也有魔性。一念天堂，一念地狱。而法律是公正的，执法人员也是公正的。

季烈一边往回走，一边寻找渺茫的线索。

“她是你什么人啊？”身后忽然响起老人的问话声。

季烈回头，看见老人望着自己，想了一下，回答说：“朋友。”

“女朋友？”

季烈觉得嗓子一干，抿着嘴不回答。

老人说：“我想起来了，今天早上天还没亮的时候，在村口确实见到过照片上的姑娘，说渴了，还说大清早的喝水不利于养生……”

追踪又陷入了迷局，罗宾几个人从村里离开之后，去向无人知晓。

时间一分一秒地过去，孙队长在不停地打电话，打完最后一通上了车，看了一眼季烈。季烈坐在车子里，一根接一根地抽烟，脸上的表情很冷静。

孙队长叫了他一声：“老季。”

“你那边情况怎么样？”

“各部门都在工作，所有路段的监控全部调出，根据村民提供的情况，并未发现三轮摩托车的踪迹，初步认定凶手是在乡间小路上行驶，并未离开鹿镇。”

“跟我想的一样。”

孙队长打开手机上的电子地图，季烈盯着地图上的画面，用手指着一处：“这是哪儿？”

孙队长锁眉：“怎么？”

季烈说：“你看这个地方，背靠岷山，三面是河，只有一座桥可以通过。如果我是罪犯，我会把这里作为根据地，一旦发现可疑情况，立即撤入岷山——

给我详细的地图。”

孙队长快速打开电脑，调出电子地图。季烈快速浏览，指着该区域的一幢白色建筑问：“这是什么？”

“这里原先是一个农家乐，春夏之际主要经营野生河豚，生意火爆，五年前因一名食客食用野生河豚中毒险些致命，农家乐被依法查处，后来店主转给了别人，成了汽修店，不是真正的修车厂，而是以改装车辆为主，有人举报过他们违规改装车辆，来查过几次，但一直没有确凿的证据。”

“我推断陈琼音就被他们藏在这里。这里环境宜人，适合病人居住，又有三条河经过，汇入晟江。而且这里比晟江河面高，属于上游，河水湍急。如本的尸体是在晟江发现的，很有可能，凶手在第一案发现场杀人分尸之后，将尸块带到此处投入河中。”

刚说到这儿，孙队长的手机响了，是队里打来的。他立即下车，听完电话，又连番打了几个电话才回到车里，神色紧张地对季烈道：“刑侦队集合了滨江所有实验室进行数据模拟，最后得出的结论就是这里。”他的手指按在了地图上。

季烈紧张地看着电子地图，还未看完，手机也响了起来，是警航地面指挥中心打来的，他按了个接听，韩东风的声音传进了耳朵：“我是韩东风，你现在在哪儿？”

“我在鹿镇。”

“季烈同志，根据上级部门指示，滨江警航联合特警空中突击队营救两名被劫持人员以及抓捕犯罪嫌疑人的行动现在开始。资料显示，岷山海拔四百米，山势险要，树木杂乱，是滨江地形最为复杂的地区。为了确保万无一失，将由你执行此次飞行任务”

“是！”

“下面，听我指示……”

“收到。”

上午十时十五分，警航直升机由方杰驾驶，机上搭载沈天梵、宇宏、曹文、宋智以及六名特警空中突击队队员离开警航基地直奔鹿镇而来。与此同时，公安部门派出的地面警察乘车前往白色建筑所在地，孙队长已驱车先行前往。

季烈选了一处空旷地带，一边等待直升机到来，一边飞快地浏览电子地图。他在部队时就有“人形GPS”之称，对各种地形、地图高度敏感，但这次，即便他已经反复看了好几遍，心中还是有些忐忑，生怕错过一个细节，影响到对那蓝和夏教授的营救工作。他从不迷信，但这一次，他默默地在心中念了句：老天保佑！

十时二十二分，警航直升机到达季烈所在地，采取空中悬停方式，宇宏放下吊索，季烈快速抓住，顺着吊索上到直升机上，而方杰已经换到了副驾驶座位上，季烈进入直升机驾驶舱，执行飞行任务。直升机朝岷山飞去。

为免打草惊蛇，地面行动人员联合执法部门假装对白色建筑内的改装车辆进行检查，拖住疑犯，而特警空中突击队队员将从岷山的另一侧实施空降营救。

那蓝和夏教授从三轮摩托车上下来时，车子已经进入了白色建筑的内部，里面静悄悄的，那蓝查看了一下周围的情况。这是很普通的汽车修理厂，放着各种维修器材、几辆进口摩托赛车和两辆正在改装的小汽车，两名看起来年纪十七八岁的年轻人正在埋头干活，看到罗宾和小七，简单地打了声招呼：“老板好。”听口音是外地人。

小七见她东张西望，瞪了她一眼，示意她顺着楼梯往上走。径直走到第三层，也是顶层，环顾整个建筑都是封闭的，玻璃窗全部密封，外面有防盗窗。窗外，满目苍翠，此处背靠岷山，周围三面环水，一座桥连通此处，可谓世外桃源。

罗宾走在前面，小七走在后面，那蓝故意走得很慢，想着一旦刑侦队发现了线索追到此地，从桥面经过时疑犯便会发现，然后将她和夏教授藏起来，让警方扑一个空，而唯有天降神兵才能瓮中捉鳖，但如果白天行动，则很难不被疑犯发觉。她推测，警航参与行动的可能性很大，而季烈会执行飞行任务。

想到季烈，她心里暗暗叹了口气。自己首次执行巡逻任务就违背飞行条例擅自下机，他心底一定已经骂自己八百次了。不过转念又想，不管他怎么样生气，始终会为自己担心，想到这又有点开心。

很快走到了尽头，罗宾敲了敲门，不一会儿门开了，一股消毒药水的味道传进了鼻子里。从里面走出来一个五十上下的女人，穿了件白色护工服，戴着口罩、帽子，打扮得和负责重症病房的特护一模一样。

女人朝罗宾比了个手势，罗宾也朝她比了个手势。那蓝明白了过来，这是一个聋哑人，里面一定住着陈琼音，女人是负责照顾陈琼音的医护人员。

果不其然，进了门之后，发现里面一片洁白，似进入了病房一般。房间很大，再往里走，被一扇玻璃窗隔开，透过玻璃窗看到里面的房间，是按照医院ICU病房打造的，全套的医疗设备，应有尽有。

那蓝感觉一阵毛骨悚然，远远地看了一眼，看见一个人毫无生机地躺在病床上，推测应该就是陈琼音。她的头发已经掉光，戴着呼吸器，身边各种监控器正在工作。另一边，小七打开了衣柜，夏教授正在换装、消毒，同时询问陈琼音的病情。罗宾拿过来厚厚的一摞病历给他，他快速地翻了翻，问："这些病情记录都是她做的？"

罗宾说："是，她原先是一家知名三甲医院的护士长，七年前支援藏区医疗，在一次外出时得了一场怪病，因为当地医疗水平有限，加上耽误了最佳治疗时间，致使病情加重失聪，声带损坏失语。"

夏教授皱皱眉，叹了口气，继续翻着病历："嗯，做得很详尽。病人的大概情况我已经了解了，不过我还要对病人进行一些检查。"

"请进。"罗宾和夏教授走进了病室。

那蓝一夜不曾合眼，人实在是累了，坐在椅子上打算休息片刻。她估计夏教授的检查需要很长时间，便索性闭目养神。不知过了多久，被"砰"的一声巨响震醒，她感觉眼皮很沉，用力睁了几次也睁不开，透过眼皮的隙缝，她隐约看见房间里面没有光，窗帘是拉上的，周围"嘀嘀"的医疗仪器运转声传入耳中。她心里一惊想要起身，却发现手脚根本动不了，整个人像是被固定在了床上，似乎还在吸着氧气。最让她感觉恐怖的是，脖子以下的部分，一点知觉也没有。一瞬间，脑子蒙了，她忽然意识到，自己被麻醉了。她睡着了之后发生了什么？一片空白。那么现在是什么情况？活体摘取器官，还是谋杀，还是她已经死了？紧接着，她听见有人叫她，是季烈的声音，很焦虑："那蓝，那蓝，07，你在哪？"还有沈天梵、宋智的声音。她想应声，可嗓子里发不出一丝声音。她竭力让自己冷静下来，又想，如果已经被摘取了器官，可能根本就醒不过来。夏教授应该不会被疑犯胁迫，他说过，医者是救死扶伤的，至少不会因为救一个人而活体取另一人的器官，他绝对不会那么做。

很快，她听到了踹门声，一连串人影冲了进来。第一个进门的人是季烈，他快步冲到了病床前。紧跟着进门的是沈天梵，他直奔窗前，拉开窗帘。光线瞬间照亮了房间，类似医院手术室一般的房间里，原先以为的病床其实是一张手术台，上面躺着那蓝，身上用蓝绿色的无菌布盖住，只露出一个头，静静地躺着，吸着氧气，一动不动，身边各种医疗仪器正处于工作状态。

众人的心一下子揪了起来，季烈的脸因为紧张而变得苍白，手指在微微颤抖。对于一向冷静的他来说，这种情况从未出现过。

沈天梵迅速浏览了所有仪器的数据，朝季烈递了个眼神。

季烈稍稍松了口气，站在手术台前，低低叫了一声："那蓝？"

那蓝听见了叫声，也感觉到了季烈离自己好近，可她睁不开眼，说不出话，也做不出任何反应。

最后一个进门的宇宏一下子就受不了了，冲到手术台前看了看，转身一拳重重地砸在墙壁上，吼了起来："妈的，我要给那蓝姐报仇！"

"瞎喊什么？着什么急？"季烈瞪了他一眼。

宇宏说："队长，你看那蓝姐都这样了，我能不着急吗？我他妈恨不得立即撕了那两个畜生给那蓝姐报仇！"

"你他妈给我冷静点！"季烈头也不回地斥了一声。然后，抬手，慢慢掀开了那蓝身上的无菌布。

那蓝不知道自己发生了什么，心也跟着怦怦跳。下一秒无菌布就被放下了，她感觉到了周围一阵尴尬的气息，随即是一片诡异的安静，然后是季烈尴尬的咳嗽声。她猛然明白了是怎么回事，恨不得跳下床夺门而去，不过她一个念头还没转完，就听宇宏又吼了起来："那俩畜生到底对那蓝姐做了什么？"

季烈有点窒息，气势汹汹地吼道："胡说什么？"

"你自己看。"

"看什么看？"

宇宏几乎不敢置信："队长你怎么这么冷静？你看那蓝姐……"

"宇宏，你冷静点，她没事!"沈天梵淡淡地说。

"啊?"宇宏蒙住，喜极而泣，"妈的吓死我了，要是那俩畜生敢动那蓝姐，我非剁了他们不可。"

"一惊一乍。"季烈回头，眉头拧成了"川"字。

房间里一时间又陷入了安静。那蓝感觉眼皮没那么沉了，身上的麻药似乎也消失了，她睁开眼睛，挣扎了一下，裹着无菌布从床上坐起来，看见季烈背对着自己，低低地说了句:"找我的衣服给我。"

季烈、沈天梵、宇宏闻言，齐齐地看着她。

那蓝觉察出他们的表情有些古怪，眼睛扫了一下，发现周身还接着医疗仪器的各种数据线，皱皱眉，缓缓伸手，用力一个个地扯下，然后深吸了一口气，赤着脚放在地上想要站起来，可腿还是麻的，根本支撑不住身体的重量，季烈及时将她抱住。

"怎么了?"季烈语调尽量显得很平常，但微微颤抖的尾音出卖了自己。

"腿麻。"那蓝的声音有些低，但是却很冷静。她想到了睡着前，夏教授进了病室，忙问道:"夏教授呢?他怎么样了?"

"他很好，没事。"

"陈琼音呢?"

季烈盯着她，没说话。

那蓝急切地问:"两名疑犯呢?"

季烈看着那蓝，说:"疑犯还在追捕中，暂时还没有被捕的消息。"

"他们逃进岷山了?"

季烈没说话，沈天梵接口:"警方封锁了唯一出口，并在后山设下了埋伏，可万万没想到，两名疑犯事先从这栋房子的地下挖了通向岷山的秘道，他们是从秘道逃走的。"

"百密一疏。"季烈说。

那蓝抬头迎上他的视线，又看了看沈天梵，压抑不住地吼起来:"这是纵虎归山，知不知道?"

季烈、沈天梵、宇宏面色齐齐一僵，有些沮丧。

宇宏低声替那蓝辩解："季队，沈队，不怪那蓝姐这么生气，她都深入虎穴置之死地而后生了，可现在的结果却不能令人满意。牺牲那么大，却白白地让那两个畜生跑了，这事放到谁的身上都会生气的。"

沈天梵没说话，季烈也没说话，盯着她看了几秒。他的眼睛很黑，夹杂着一股说不清的感情，非常淡定。过了一会儿，他轻声问道："你为什么会躺在这里？他们对你做了什么？"

那蓝望着他，季烈在她眼里看到了愤怒的火苗，只好移开视线。

那蓝看他避开目光，顾及不了身上裹着无菌布，抓住季烈的肩膀，大声问："你回答我，现在到底什么情况？"

她一放手，身上的无菌布掉了下来，季烈迅速抓住无菌布将她裹好，沉默片刻，才淡淡地说："那你知不知道你有多危险？你知不知道所有人都很紧张？你知不知道……"

那蓝没有心情听这些，烦闷地皱着眉："我自己的生命我自己会负责。"

这句话惹怒了季烈，他的声音忽然大了起来："我告诉你，你的命不仅仅是属于你自己的……"那蓝的声音也拔高了："如果我的死能换取两名疑犯落网，那也是值得的。"

"你……"季烈冷冷地望着她，平复了一下怒气，用力裹了裹她身上的无菌布，声音又放平了，"不需要再多牺牲你一个。"

"现在他们跑了，以后会发生什么事谁都不知道，我宁愿牺牲我自己，只要能抓住疑犯。"

那蓝的情绪很激动，季烈还未说话，沈天梵走过来劝道："那蓝，现在警方还在追捕，并不是说他们已经逍遥法外了。"

宇宏附和："对对，那蓝姐你别着急啊，沈队说得没错，滨江调了几乎一半的警力进岷山搜捕，一定不会再让他们逃了的，这笔账一定要跟他们算清。"

那蓝渐渐冷静了下来，目光缓缓垂了下去，一只手托着额头，头有点疼。

季烈扶着她，抿着嘴唇，担心地问："你怎么样？"

"我没事，不用担心我。"

房间里又陷入了沉寂，这时外面传来了救护车通过桥面的声音。

众人情绪低落，那蓝已经穿好了衣服，随着众人往外走。忽然，门口人影一闪，冲进来一个人，冲着季烈大声道："季队，夏教授出事了。"

所有人一惊，面面相觑，随后一起跑了出去。

另一个病室里，一名身穿无菌服的警察将昏倒的夏教授背到外面，季烈上去帮忙，将夏教授平放在沙发上。

那蓝靠着墙站着，这里她来过，她就是在这里睡着的。透过玻璃窗望着里面的病室，病室的无影灯开着，看样子是刚刚做完手术，手术器具还在旁边。陈琼音身上盖着蓝绿色无菌布，聋哑女特护正在做最后的整理。

沈天梵上前掐着人中，问："怎么回事？"

身穿无菌服的民警着急地说道："原本这台手术就已经进行了三个多小时，加上他昨天夜里一夜没睡，一定是又累又困，我在玻璃窗外眼看着他最后做缝合的时候手都在颤抖，可夏教授依然坚持到手术全部做完才晕了过去。"

民警话说完，夏教授醒了过来，吐出一口气，缓缓睁开眼睛。

季烈紧张地问："夏伯伯，您感觉怎么样？"

夏教授吐出两个字："没事。"他试图坐起来，季烈和沈天梵一左一右扶着他朝病室走去，隔着玻璃窗看着病床上的陈琼音叹了口气。

季烈问："病人的情况怎么样？"

"不好。"

沈天梵拿起一旁的病历简单翻了翻，眉头也皱了起来。

夏教授说："我从来没有遇到过情况这么糟糕的病人。"

沈天梵放下病历，说："她已经病入膏肓了，现在能做的也就是尽量让她多活几天而已。"

夏教授点点头："胸腔一打开……哎，这么严重这么复杂的病情竟然能延续四年的生命，病人的意志力很了不起。"

话音刚落，医护人员走了进来，准备将陈琼音转入医院治疗，但由于她刚刚做完手术，情况还不稳定，只能暂时留在此处。

夏教授被前来的周医生等人扶上了担架，众人也都走下了楼。刚要上救护车，夏教授忽然想起了那蓝，回头望着她，脸色很平静很从容地问："你还好吗？”

那蓝点点头，冲夏教授微微一笑，说：“夏教授，我有个问题想问你。”

“说。”

“我睡着之后到底发生了什么，为什么醒来之后会躺在手术台上，却没有被手术？”

夏教授说：“我进去给陈琼音做检查的时候发现她情况已经恶化，尤其是肝部。”

“他们强行将我麻醉，想要逼迫您做活体移植手术？”

夏教授微微一笑点点头：“我不但是医生，曾经还是一名军人，做的都是为人民服务的工作，我不是美剧里的变态杀人狂。”

“那您在酒店门口为什么跟疑犯上了车？”

“因为他告诉我有一个疑难病例，并且告诉了我致病的原因，还告诉我他们绑架了一名人质，如果我不去，或者我中途有任何反抗的话，他们会杀了人质。”夏教授说完，被医护人员抬进救护车。又有医护人员上前询问那蓝的情况，那蓝表示自己一切正常，随后救护车离开了。

警方考虑到陈琼音一直是聋哑特护在照顾，不宜将她带回去做笔录，于是找了懂手语的老师做完了笔录。孙队长拿着笔录走了出去，迎面看到那蓝披着衣服坐在台阶上，季烈站在不远处抽着烟。

那蓝整个人还有些恍惚，一天之内发生了那么多的事情，有些问题还没理出头绪。不过说实话，她从心底里佩服夏教授，从见到他的那一刻起，他始终冷静、有原则，甚至说出来的每一句话都充满了智慧，偶尔还带着幽默。

孙队长走过来，说：“你们怎么还在这儿？”

那蓝拧着眉：“我还有事情没弄明白。”

孙队长道：“你还是想知道你昏倒了之后到底发生了哪些事？”

那蓝点点头。

孙队长说：“简单说就是陈琼音的肝已经衰竭，但夏教授不同意活体取器官，因为这是犯罪行为，他提出了另外的手术方式，实际上是在拖延时间。犯罪分子佯装同意，趁着夏教授准备手术的时候将你送上了手术台，而夏教授早已料到疑犯会出尔反尔，于是将计就计，提出要对你进行全面体检，但必须在你麻醉醒来之后。”

“后来呢？凶手为什么没有劫持人质？”

孙队长望着远处：“陈琼音突然病情加重，必须立刻进行手术。手术过程中，警方赶到。疑犯原本想劫持你，但是夏教授说手术需要大量血浆，疑犯储备的血浆不够，而你的血型和陈琼音相同，所以必须留下你，并且承诺如果将你留下，他保证此次手术能顺利完成，并且他会作为陈琼音的主治医生进行后续的治疗。”

那蓝沉默了，不知道该说些什么。当时她从巡逻机上下来，一意孤行深入虎穴，想靠一己之力力挽狂澜，甚至不惜赌上生命。之后如果没有夏教授对疑犯的阻挠，没有季烈对线索的追踪，没有警方的及时营救，那么现在，或许躺在手术台上的已经是一具冰凉的尸体了。她想了数秒，转身朝工作人员鞠躬感谢，然后走到季烈的身后，停住脚步。季烈回头望着她。

那蓝说：“对不起，队长，我违反了飞行条例，我错了。”

季烈“嗯”了一声，说：“我不接受这样的道歉。”

那蓝说：“我会写检查，并且深刻反省自己的行为。”

季烈反问：“你觉得写个检查就能解决问题了？”

那蓝问：“那要怎么样？”

季烈想了想，说：“一万字。”说完看了看她的反应，又抽完最后一口烟，摁灭，用很平淡的口气说：“行了，五千字就行，以后别再犯这种个人英雄主义的低级错误了。”

那蓝无话可说，过了一会儿，点点头。随后两个人都不说话了，季烈从口袋里掏出那蓝在小屋床下留下的手机还给她。

那蓝接在手里，点开微信，发现那条微信还在，那是她在封闭的小屋里绝望时按下的一句话。她从昏迷中醒来，意识到那里是如本被杀害的案发现场，紧张、害怕、不安一齐袭来。那个时候，她想到的人竟然是他，于是编辑了那条明知道发不出去的微信。后来，小七进门，她来不及删除，为了留下线索，就把手机藏在了床下。没想到，发现手机的人，竟然是他。

她思索了一下，想到季烈有可能看到了这条微信，心里有点慌，想要删掉。

季烈说："别删!"从她手里拿过手机，果断地按下发送。

"叮"的一声，微信传到了他的手机上，季烈晃了晃手机："本来就是发给我的。"

孙队长望着他们俩，忽然想起了一件事想要和那蓝说，手机却突然响了，他按了接听键。电话听完，一转身看见那蓝站在身后，正在整理陈琼音的病历，是他随手放在车后座上的，连忙上去帮忙。

那蓝理好了病历，一边往文件袋里装一边说："其实我一直很好奇，疑犯为什么不把陈琼音送去医院治疗，而选择放在这么一个偏僻的地方?"

孙队长说："以前是当地的医院治疗的，后来随着病情越来越严重，当地医院的医疗水平受限，就劝他们转院。陈琼音这辈子苦惯了，不愿到市里的医院住，嫌花钱太多，宁愿相信江湖郎中的话，用什么祖传药方治疗，结果一来二去就耽误了最佳的治疗时间，等他们发现时已经迟了。再加上一些民营医院为了不降低治愈率，不愿意接收像陈琼音这种情况复杂的病人，一再推托，导致他们对医院产生反感情绪。而且本身这两个人从小受到亲人的虐待就已经形成了反社会人格，所以就自建了医疗室，还邀请过国外的医生过来给陈琼音进行手术和治疗。"

那蓝装好了病历，说："他们虽然作恶多端，对母亲却有人性，弄了那么多的医疗器械过来，建成这么好的医疗室，要花很多心血。"

孙队长说："是啊!陈琼音能续命到今天，他们两个人可谓费尽心思。那些医疗器材有一部分是从国外黑市上买的，通过拆分快递到国内，然后对方再派技术工人过来组装，还有一些是通过非法手段从医疗机构取得的。"

那蓝问："他们哪来的那么多钱?"

孙队长说："罗宾这个人据说从小对赌博就十分精通，后来经常去澳门。都说他是运气好，十赌九赢，其实归根到底还是因为他聪明，懂得见好就收的道理，所以几乎没怎么输过。而那个小七，从九岁开始就被迫在汽修店里给老师傅打下手赚取生活费，擅长改装车辆，国内不少赛车手都认识他，不少赛车都是经过他的手改装的，通过这种方式，赚了不少钱。另外，他们在镇上有一处老宅，几年前拆迁，一共获得了八十万的拆迁款，这也是他们当初杀害罗阚的动机之一。”

那蓝不解：“既然不缺钱，又有那么多挣钱的渠道，他们为什么还要去内衣公司做模特？”如果他们不做模特，如本不会认识他们，不认识他们，如本也就不会出事。

“做模特是他们的表面职业，也是他们的伪装，来获取社会的认同。”孙队长用手按了按眉心，“说不清，人性是很复杂的东西。”

那蓝没听清楚，问：“什么？”

孙队长没说话。他从滨京高速连环车祸案开始接手，追查了那么久，这两个人是他遇到过的最棘手的犯罪分子，十分谨慎，并且擅长伪装，有强烈的反侦查能力，警方展开过无数次追踪，消耗了大量的警力，却一无所获。曾经距离最近的一次，跟他们只有一步之遥，甚至交过手，最后还是让他们逃了。交手四年，现在已经处变不惊了。

第十七章

一反常态

孙队长上了警车，关门之前，忽然想起刚才想跟那蓝说的事情，找到那蓝的微信号发了资料给她。

“这些是我以前搜集的有关你父亲的资料，后面一些只言片语是从你父亲微博小号里找到的，上面有账号信息，你自己搜索，我还有事，先走了。”

那蓝快速打开微博，只见最后一条是父亲出事那天早上发的：蓝蓝，对不起！

她的心都要碎了。“对不起”这三个字，可能是对她说的，也可能是对母亲说的。她听外公讲过，当初她父亲给她取名字时，刻意从母亲的名字里取了一个“蓝”字。外公竭力反对，但父亲一直坚持。后来是母亲说服了外公，因为父亲跟母亲说，她们一个是他的大情人，一个是他的小情人，两个都是他生命中最重要的女人，“蓝蓝”这两个字，他要刻在心上，记到下辈子。

眼圈唰一下红了，再往前翻，只有寥寥的几条，只言片语里透着对妻子和女儿的思念之情……

季烈走过来，递了瓶水给她，她一口气喝完，蹲在路边开始掉眼泪。季烈见状，点了根烟在她旁边坐下。他知道她心里有个死结，考虑了一下说：“想哭就哭，肩膀借你。”话音没落，那蓝的头就搁在了他的肩膀上。

季烈总算明白为什么说女人是水做的了。以前倔强得要死的女人，现在说哭就哭，而且哭起来没完没了，把他的衣服都哭得湿透了还丝毫没有停下来的打算。周围来来往往的同事不时投来的会意的眼神，让他觉得如芒在背。那些会说话的眼睛似乎在说：看吧，傲娇的飞行大队大队长把女队员给折磨哭了吧。

算了，看就看吧，她都不怕，他一个大老爷们儿难为情什么？哭吧哭吧，难得见她柔弱无助的一面。

就这样听她哭了好半天，季烈的肩膀有点酸，却不舍得推开她。抬头活动了一下，看见一辆黑色奔驰商务车开了过来，看车牌，是叶海蓝的座驾，肩膀动了动，说：“好啦，别哭啦，我说大小姐，你都已经哭了半小时了。”

那蓝没理会，季烈又说：“你看看谁来了。”

“谁？”那蓝带着哭腔问。

“你自己看啊。”

那蓝疑惑了一下，缓缓抬头，看见了母亲的车子，顿时止住抽泣。

车子还未停稳，叶海蓝已经推开车门快步走了下来，整个人因为紧绷的动作显得僵硬，伸手拉着一名经过的警务人员询问有没有看见那蓝，警务人员朝这边指了指，叶海蓝的目光穿过人群找到了那蓝。那一瞬间，她整个人都松懈了下来，脸抽搐了一下，手捂着嘴，下一秒快步朝她跑了过来，一把抱住了她，唤了声：“蓝蓝。”

那蓝身体僵直了一下。母亲已经有好多年没有抱过她，没有叫过她“蓝蓝”了。她记得，母亲上一次抱住她是在父亲葬礼结束的时候。但那一次，母亲刚一抱住她就被她推开了，然后她在母亲错愕的目光中说了句：“我永远不会原谅你。”也是从那之后，她再也没叫过她一声“妈妈”。时至今日，她依然忘不了父亲去世之前两个人的争吵，父亲去世时，母亲一滴眼泪都没流过，她无法说服自己原谅她。但这次，大概是因为看了父亲的资料，让她没有勇气推开母亲，可她周身散发出的冷淡气息，让叶海蓝意识到了隔阂，放开了手。两人相对沉默着。

季烈找了个借口走开之后，那蓝不自觉地往后退了一步，坐在路边，随口问了句：“你怎么来了？”

叶海蓝没回答。她不想告诉她，接到警方通知说她被疑犯劫持之后，她紧张得走路都崴了脚，连酒店都来不及回去便立即购买机票回滨江，可到了机场之后，得知飞机居然大面积延误，所有班次起飞时间均不确定。她等不了那么久，她连一分钟都等不了。最后逼不得已，她连夜驱车赶往深圳，买了飞上海的机票，再驱车赶回滨江，马不停蹄地过来看她。一路上是如坐针毡，眼睛一直盯着手机，期盼有警方的消息，又生怕是不好的消息，战战兢兢。不过一切从看到她的那一刻起，都烟消云散了。

叶海蓝贴着她的身边坐了下去，说："那蓝，我一直想找个机会跟你好好谈谈，可一直都没有这样的机会，每次我想找你谈话的时候你就关上了门，把我拒之门外。"

"嗯?"那蓝抿了一下嘴唇，她从小就有个毛病，一紧张嘴唇就发干，"过去的事，就不要再提了。"

"不，那蓝，已经十年了，我们母女之间有十年没有好好聊过天了，今天趁这个机会，我有些话想跟你说。"叶海蓝放缓了声音，"那蓝，我承认你父亲最后一次离开家之前，是我主动跟他吵架，是我的错，我一直后悔到现在。那时候我年轻，脾气也大，不懂得隐忍，而他当时正在做一件极其危险的事，他在贩毒集团做卧底，他为了我们母女的安全，什么都没有告诉我。他一走就是几个月，音信皆无。恰好那个时候，你外公突然脑溢血去世，我联系不上他，打出去的电话、发出去的消息全部石沉大海，那时候我很无助，我真的有些恨他。"叶海蓝顿了一下，"直到后来，突然有一天，我接到一个电话，是刑警队打来的，告诉我他牺牲了。我跑到太平间，看到的是一具冰冷的尸体，那时候我几乎崩溃了，我不敢相信那具面目全非的尸体是他的。他就这么牺牲了，一个解释都没有就丢下我们孤儿寡母，我没办法理解他！那蓝，你现在长大了，也到了恋爱的年纪，你也会爱上一个男人，你很信任他，会跟他结婚，跟他生活在一起，会有孩子，可他什么都不告诉你，什么都不说，连他去世的消息也要别人通知你，你会怎么办?"

那蓝沉默了一会儿，说："如果我爱他，他做什么我都相信他。如果我事先知道他的职业需要面对危险，我会理解和支持他，永远不怀疑他，不伤害他。"

"你说得没错，所以后来我一直都很后悔，从他去世之后到现在，我心里始终放不下他。虽然这些年有很多人追求我，可我从没想过再婚这件事，我也不可能再婚了。”叶海蓝说得有些动容，那蓝沉默着。

“你知道我那一次为什么和他吵架吗？因为他跟我说，万一他不幸牺牲了，让我千万不要难过，要好好生活，忘记他，然后找个真心对我、对你都好的男人再婚。”

那蓝心里一酸，眼神复杂地看着叶海蓝，现在她终于理解了母亲。

“你刚才那句话说得很对，如果爱上一个男人，就理解、支持他，不要怀疑、伤害他。今天我过来的路上，孙队长把你父亲的资料发给了我，我看完心里很难受，但也很欣慰。”

“欣慰什么？”那蓝问。

叶海蓝说：“欣慰我终于有勇气来面对我们母女之间十年的矛盾，妈妈要重新爱你，重新给你一个温暖的家。”

那蓝意外地望着她：“你是说，你同意我在警航工作？”

叶海蓝点点头：“上次在医院，我不是就让你往后安心工作了吗？再说，我要是真的不同意的话，你也不会成功入职。”

那蓝苦笑。叶海蓝这句话说得没错，叱咤商场多年，她想做的事还没有失败过，若她真的不同意自己做一名警务工作者，可能自己连上警校的机会都没有，更不要说后来去了航空基地学习，以及入职滨江警航了。

叶海蓝说：“其实这些年，只要是你想做的事，我都在背后支持你，包括当时你们队参加滑翔伞大赛，海蓝餐饮集团是赞助商。”

那蓝叹了口气：“我以为你纯粹是为了挣钱。”

叶海蓝说：“不管怎么样，你是妈妈唯一的亲人，妈妈始终都是你最坚强的后盾和港湾，也是你最可以信赖的人。”

那蓝一时不知道说什么。

叶海蓝站起身：“看到你安全，妈妈也就放心了。你继续工作，妈妈回去了。”说完，转身朝车子走去。

那蓝望着她的背影走远，缓缓站起身，考虑了一会儿，终于张嘴叫了一声：“妈……”

叶海蓝身体一震，停下脚步，未曾转身眼眶已经红了。十年了，终于又听到她叫这一声“妈”。她缓和了一下情绪，转过身望着那蓝，尽量用很平和的语气问：“什么事？”

“明天晚上……你有空吗？”

“有空。”

“我回家吃饭。”

“好。妈妈亲自下厨给你做你小时候爱吃的红烧肉。”叶海蓝微微一笑，意味深长地说，“还是你爸教我的，好久没有亲手给你做饭了。”

“明天晚上见。”

“好。”

季烈恰好从白色建筑里走出来，迎面看见那蓝母女相视而笑的画面，忽然觉得很温馨，停下脚步望着她们。

叶海蓝转过身，略略松了一口气，嘴角不自觉地笑了。

那蓝看她要走，背影比以前消瘦了许多，鼻子一酸，忍不住又叫了一声：“妈……”

叶海蓝回头，那蓝突然朝她跑了过去，叶海蓝张开手臂轻轻抱住了她。那蓝也紧紧回抱着她。

好多年她们母女没有这样拥抱了。叶海蓝看着那蓝，不知不觉间她竟然已经比自己高出半个脑袋，心中感慨万千。

那蓝的下巴轻轻搁在叶海蓝的肩膀上蹭了蹭，忍住眼泪低声说了句：“妈，对不起。”

叶海蓝的眼泪在眼眶里打着转，偷偷擦掉，说：“真是傻孩子！跟妈说什么对不起，不论你做什么，妈妈永远不会怪你。”

“其实我已经知道你一直在默默支持我，甚至连我的朋友你也在默默支持，你借钱给如本的事我已经知道了，谢谢妈。”说完用手背悄悄抹了抹眼睛。

叶海蓝松开手，摸了摸她的脸，语重心长地说：“谢什么，是妈应该做的。”

“妈……”

“好了，去工作吧，妈先走了，明天晚上等你回来吃饭。”

"嗯，明天晚上见。"

叶海蓝转过身时，看到季烈笑眯眯地看着这边，打量了他一会儿，想起他是谁来，主动打了个招呼："是那蓝的队长，季烈同志吧？你好，季队。"

"伯母好。"季烈听见叶海蓝叫他，连忙大步走过来，尽量显得很亲切地微笑着，"别叫我季队，叫我小季就行。"

叶海蓝说："早就听说过你，上次只匆匆打了个照面。"

季烈伸手跟她的手轻轻握了一下："本该是晚辈登门拜访的，可那蓝同志就是不带我过去。"

那蓝瞪了他一眼，说："这可怪不着我。"

叶海蓝看了看两个人，笑了，说："明天晚上那蓝回家吃饭，我亲自下厨，小季你也来吧。"

"好啊，伯母可是滨江餐饮界的楷模，能吃到伯母亲手做的菜，荣幸之至。谢谢伯母，明天准时到。"

那蓝愕然。平时没见季烈说话这么中听啊，这些话说得，让她听着浑身起鸡皮疙瘩。她马上阻拦："妈，季队工作繁忙……"

"不忙，不忙。"季烈说。

叶海蓝颔首微笑。

方杰刚好经过，听见"吃饭"两个字立马双眼放光，凑了上去："伯母好，我是那蓝的同事，我叫方杰。"

叶海蓝微笑，冲他点点头："听说过。"

方杰说："那真是太好了，我听见你们在说明天晚上有饭吃，能不能加我一双筷子？伯母的连锁餐厅在我们滨江那是赫赫有名，每次过去吃饭都要排很长很长的队。哎呀，说起你们店里的那道招牌红烧肉，啊，真是太好吃了，好吃得简直要咬掉舌头。"

季烈侧目，咳嗽了一声。方杰假装没听见，继续跟叶海蓝说："还有腌笃一桶鲜，那个味道，啊，鲜美；那个色泽，啊，诱人，吃了一次终生难忘。"

叶海蓝被他夸张的表演惹得笑起来，说："你这么喜欢这两道菜，我都准备下，明天晚上你一定要来。"

“谢谢伯母，保证准时到。”方杰原地转了个圈，手指比了个V。

叶海蓝对那蓝说：“叫上你所有同事，明天晚上有空的话，都来家里吃饭。”那蓝“哦”了一声。

叶海蓝的车缓缓开走，季烈目送车子远去，抬脚踹向旁边的方杰。方杰像早就料到一般，灵活地闪开了。

季烈在他身后喊道：“你别跑，你给我站住！我告诉你啊，明天晚上你哪都不许去，老老实实在单位加班！”

方杰已经跑进了白色建筑，身后留下一句话：“队长你说什么？我听不见啊，劳烦你再说一遍。”

季烈指着他的背影：“我告诉你，跑也没用！我再重复一遍，明天晚上必须加班！”

“你说什么？队长，我听不见啊。”方杰故意扯着脖子问。

季烈骂了一句：“滚！”

“好嘞！”方杰跑远了。

季烈气得笑起来：“兔崽子，这句话听得倒是清楚。”

那蓝望着他，“扑哧”一声笑了。

回到警航，气氛突然就压抑了，大家都不说话，目光齐齐看向那蓝。那蓝的情绪也低落了下去，众人一个个从她身边走过，伸手拍了拍她的肩膀。

季烈最后一个从直升机上下来，看了一眼，脚步稍稍停滞，没好气地问：“你们干吗呢？”

方杰说：“没干啥啊，队长。”

“睁眼说瞎话！没干啥？没干啥你们干吗整得跟遗体告别似的？”

方杰噎了一下，众人也都噎了一下。

方杰说：“那蓝说要去跟总队长亲自解释事情的经过，队长，你是没看到，总队长今天脸都黑了……”

季烈“哦”了一声，轻描淡写地道：“他哪天脸不黑啊？江湖人称‘黑面包公’。”

“可是这次事情有点大，违规脱离航线飞行，差点飞到机场上空，我听说是上级领导……”

季烈不耐烦地打断：“方杰你给我闭嘴，你听说你听说，你都从哪听说的？听谁说的？整个队就你话多。再说了，我是队长，要解释也是我去解释，轮得到她去吗？瞎操什么心。”

那蓝愣了一下，仰头望着他，说：“队长……”

“你闭嘴！第一次执行任务就给我惹出那么大的事情，说你是事儿精，真是一点不冤枉你。都给我回去！你……”季烈用眼睛一扫那蓝，“好好写你的检讨书去，五千字，一个字不许少。”

“总队长那……”

“我去解释。”季烈说完径直走了，众人望着他的背影面面相觑。

季烈去了更衣室换好了衣服之后，走进了韩东风的办公室。

韩东风站在窗口，拧着眉眺望着远处，表情严肃。季烈进了门，站在他身后不远处，简要说完了经过。

韩东风听完，好久没说话，背对着他问：“你觉得她没有错？”

“她有错，但是主要责任在我。作为她的队长，是我疏忽了对她的安全意识培养。”

韩东风打断：“不关你的事，你不用替她解释，我现在完全同意你当初对她的判断。”

季烈说：“我之前对她的判断完全是从主观出发的。”

韩东风扭头望着他，没说话，眼神疑惑。

季烈的声音低了下去，问：“您……打算怎么处理她？”

韩东风转过头继续望着窗外。

季烈有些着急，叫了声：“老韩……”

“行了，你不用担心，我不会让她离开警务部门的工作岗位，她还是警航的人，我打算调她去地面指挥中心工作。你以前跟我说过，让她负责地勤，现在地面指挥中心刚好缺人，调她过去正合适……”

季烈断然拒绝：“不行！我不同意。”

韩东风转过身：“为什么不同意？”

“队里需要她。”

“你以前跟我说她没有团队意识，现在我亲眼看到了，她确实是一个没有团队意识，甚至没有安全意识的人。警航工作首先要求的是什么？你回答我。”

“安全。”

“安全第一！我一直反复强调，而在这一点上她已经违背了警航的工作原则。”

“老韩，如果调她去地面工作的话，那就白白浪费了她作为一个飞行员的价值。”

韩东风打断：“我知道，在对飞行员的挑选上，你的眼光比我好，比我准。可我们警航刚刚成立不久，我不能让她毁掉整个团队，更不想让我最看好的飞行队长为她背锅。”

季烈说：“她是我的队员，背锅也是我作为队长应当做的。”

韩东风怒了：“季烈你怎么回事？你……着魔了？”

季烈说：“我只是在维护我的队员。”

韩东风更气了：“你疯了吧？”

季烈平静地反驳：“我只是做了我该做的事。”

韩东风不可思议地看着他，季烈也不甘示弱地望着他。过了一会儿，韩东风放缓了语气问：“你老实回答我，你小子是不是喜欢上她了？”

季烈没说话。

韩东风没那么生气了：“我就料到是这样，要是因为这个你坚持维护她，那我能理解你。不过，我声明一下，我不反对你们恋爱，但是千万不要把私人问题带到工作中来。”说完走到沙发前坐下，示意季烈也坐下说话。

季烈犹豫了一下，坐到了韩东风的对面，韩东风倒了杯水推到他的面前，推心置腹地道：“季烈，组建警航的时候，咱们一起面对了无数的困难和挫折才走到今天。我们在挑选队员的时候，谨慎小心，不敢有半点差错，最怕遇到的就是个人主义。你是年轻人，喜欢一个女孩，有时候身不由己也情有可原……不过，我想问问你，你们到底发展到哪步了？你是不是对人家承诺过什么？”

季烈连忙说：“没有！”

“那你坚持什么啊？”韩东风不解地望着他，“再说了，我并不是让她离开，只是让她换一个部门而已，你们还是可以天天见面的嘛，不耽误你们谈恋爱。”

季烈见他误会了，也不想过多解释，说：“我跟她还没到恋爱那一步。”

韩东风苦笑：“是还没挑明吧？我知道你小子倔强，脸皮薄。这样吧，你只要答应让她离开飞行大队，调去地面指挥中心工作，你们之间的这层窗户纸，我给你们戳破了，怎么样？”

季烈笑眯眯地给韩东风也倒了杯水，推到他的面前：“求求你了，就别替我操心了好不好？我自己的事我自己搞定。再说了，这么简单的事你就想收买我，让我放弃这么有天赋的一个队员，我就一句话——没门儿。”

韩东风刚刚端起来的杯子又重重放了下去：“季烈，我说你到底想怎么样？”

“老韩，我觉得吧，总得给她一个成长的机会吧。我可记着呢，当时你让我来警航的时候可是跟我说了，到了这儿，你绝不管我的事，在飞行人员的选择上，你无条件听从我的，现在到了你兑现诺言的时候了。”

韩东风想起当初挖季烈来警航时的谈话，端起杯子喝了口水，无奈放低了声音：“你非要维护她？”

“不是我要维护她，是她确实有这方面的天赋。”

“坚决不同意她调去别的部门？”

季烈说：“没有比飞行大队更适合她的地方。”

韩东风不再说话了，站起身，一言不发地从沙发边离开，坐到办公桌后的椅子上，眉头紧皱。季烈起身离开。

季烈走后，韩东风拿起桌子上的电话，拨通号码：“喂……”

从韩东风的办公室出来，季烈深吸了一口气，径直上了顶楼的天台。

远处，天高云淡，夕阳西下，好一派安静祥和的景象。

他也不知道自己站了多久，忽然很想抽烟，手从裤兜里摸出烟盒，抽出一支放在唇间，找打火机的时候，翻遍口袋也没找着，郁闷地取下烟，在指间转了转。身后“啪”的一声响，火苗亮了，一只手伸了过来，火苗被风吹得微微跳动。

季烈看了看那只手，凑上去点着了烟，透过烟雾，看见叶泉水站在身后，问道：“你不是不抽烟吗，装着打火机在身上干什么？别告诉我是留着点蚊香用的。”

叶泉水一言不发地将打火机放到他的面前，他看着眼熟，笑了笑揣进了自己的口袋。

叶泉水站在护栏边，极目远眺，语气极其平淡地道：“刚刚去你办公室找你，结果你不在，我看到打火机留在桌子上，想到你肯定在这儿，于是就带着它来这儿找你了。”

季烈吐了口烟雾，说：“是老韩叫你来找我的吧？”

叶泉水反问：“你去找过老韩了？”

“这不刚从他办公室出来嘛。”

叶泉水盯着他，落日在他脸上镀了一层淡淡的金光，他眼睛微微眯着，呈月牙状。

“吵架了？老韩……冲你发火了？”

季烈没说话，抽着烟，半天说：“你猜猜看。”

叶泉水了然一笑：“那一定是你把老韩给逼急了。”

“何以见得？”

“这不明摆着的事嘛。你季烈是谁啊？韩总的爱将，捧在手心怕摔了，含在嘴里怕化了，全队上下谁不知道？”

“有那么明显吗？”

叶泉水点头：“就差在你脑门刻上三个字——我的人。”

季烈笑了，被烟呛得咳嗽了一声。

叶泉水没笑，说：“你找他是给那蓝求情去了吧，并且还很坚持，对吗？”

季烈反问：“她是我的队员，我不该坚持吗？”

叶泉水没有回答他的话，而是说：“政委让我找你谈谈。”

季烈一听，声线立即拔高了：“打住啊，如果是让我同意将那蓝调去地面指挥中心的话，那你就不用开口了。我谢谢他，可我不需要他为我考虑。”

“谁说他是为你考虑了？别自作多情！”

“不都打着这个旗号嘛。”

“政委是为了那蓝考虑。那蓝的父亲去世前，把她托付给了政委……现在出了那么大的事，着急也在情理之中。”

“他着急，就要剥夺别人的理想吗？”季烈带那蓝飞过，知道她对飞行的热爱，他不能扼杀了她的追求。

叶泉水从口袋里摸出一盒烟，往他面前一拍。

季烈看了一眼：“什么意思？贿赂我？”

“幼稚！”

“大姐，我马上要三十岁了，在你眼里我就不能成熟点吗？”

“你活到多大，在我眼里也是当年跟在我后面跑的小屁孩。”

季烈“切”了一声，拿起烟看了一眼，一脸嫌弃：“电子烟啊？不要！”

叶泉水突然严肃起来：“让她来指挥中心报到吧。”

“她成香饽饽了？”季烈说，“凭什么你说要人，我就要给你？”

“就凭我跟你这么多年的交情。”

“交情归交情，工作归工作，一码归一码。我知道你在想什么，不就是想把她调走嘛。你想得美，她是我的人。”

“我就知道你是这个态度。”叶泉水转过身直直地望着他，“政委让我问问你，你不放她走，就不怕她拖累整个飞行大队？”

季烈想要说话，忽听身后传来脚步声，两人一起转过头。

那蓝出现在天台上，向他们走了过来。她眼神有些闪躲，少了平时的锐气，态度也很谨慎。她这小心翼翼的态度，让季烈心里生出一丝怜悯。

“季队。”

“干什么？你怎么来了？”季烈看了看手表，“不是已经下班了吗，你怎么没回家？”

“我听说，要……调我去别的部门，我过来问问，是不是有这么回事？”

季烈没吱声，过了一会儿，反问："你想离开飞行大队吗？"

那蓝摇摇头。

季烈盯着她，大声说道："回答我，别跟我演哑剧。"

那蓝坚决地道："我不想离开。"

"大点声！"

那蓝提高了嗓音："我不想离开！"

"再大点！"

那蓝冲到天台边，大声喊道："我不想离开！我想留下来！我想做一名合格的飞行员！"

季烈丢掉烟头，良久拍拍手，转头对叶泉水说："老叶，你听见了吗？这就是答案。"

叶泉水点点头，转身离开，一边走一边说："那我先下去了，政委那边我去谈。"

季烈吐了口气往楼下走去，走到楼道口时，回头望了一眼那蓝，那蓝站在那儿怔怔地望着他。

"发什么呆啊，走啊，既然不想回家，那就跟我来。"

季烈带着她朝机库走去。机库的门开着，沈天梵正带着方杰对直升机做维护与保养，听见脚步声，探头望了一眼，然后若无其事地继续工作。

保养的工作很简单，站在梯子上，先将直升机表面的灰尘擦拭干净，随后对核心部位进行保养。那蓝清洁完了外部，很自然地进到了内部进行清洁。

那边季烈做完了保养便出去透了口气，结果刚进门就看见直升机在滑动，而里面的那蓝毫无知觉。他整个人都惊呆了，冲过去一跃而起，猛拍直升机的门，大叫："那蓝！"

那蓝戴着耳机正在清洁后座，听见响声，扭头看了一眼，发觉直升机在滑动。她愣了一下，皱眉，迅速丢下手里的清洁布，异常冷静地冲进驾驶舱，按下自动刹车。然而想不到的是，自动刹车解除指示灯亮，自动刹车不能工作。

速度在加快，螺旋桨在加速，离墙面越来越近。

季烈跟着直升机奔跑，他看不见机舱里那蓝的动作，只看见她异常冷静的侧脸。他不顾一切地飞奔，撞在了铁架上，顾不上疼，快速奔跑。

那蓝来不及害怕，快速选择使用人工刹车，可手还是有点抖。再往前，刹车还不成功的话，要么撞在对面的墙壁上，要么离开地面撞在顶棚上，无论哪一种，都是重大损失。

“手刹！”季烈朝她做动作。

就在即将要撞上墙壁的一瞬间，那蓝操纵刹车踏板而进行的刹车成功，直升机紧贴着墙壁停了下来。

紧张难耐，她大口喘着气，听见耳边传来拍打的声音，扭头看见季烈的脸出现在机窗外，一双眼睛冷冷地看着她。

她打开舱门一步步走下直升机，忽然看见季烈的手臂在流血，忙问：“你怎么受伤了？”

季烈低头看了一眼，又抬起头冷淡地看着她，脸上一丝感情都没有地问：“直升机为什么会滑动？你想干什么？制造机毁人亡事故吗？”

“我没有。”

“你没有？直升机好好地停在那儿，为什么会突然滑动？”

“我不知道。”她戴着耳机一边听歌一边做保养和清洁，清洁完仪表清洁后座，不小心撞了一下，不知道撞到了什么。

季烈冷漠地看着她：“没错，队里的确是想把你调去地面指挥中心工作，可被我拦下来了。你知道你擅自离开飞行航线是多大的错吗？你知道你擅自离开直升机还被疑犯劫持有多危险吗？那蓝，刚刚你在楼上还跟我说了，你不想离开，你想留下来，你想做一名合格的飞行员，你他妈是在跟我闹着玩吗?!”

那蓝静静地站着，没有分辩，也没有动。

沈天梵和方杰一前一后走过来，沈天梵检查了一下季烈胳膊上的伤口，拉着他说：“她不是故意的。”

季烈说：“你见过给直升机做保养的时候戴着耳机听歌的吗？”

那蓝低下头，季烈望着她：“你真让我失望。”

沈天梵拉着他说：“好了，别说了，你流血了，我带你去清理伤口。”

所有人都走了，机库里只剩下那蓝一个人，她颓然地坐在地上，忽然感到了茫然，无边的茫然……

也不知坐了多久，管理员走进来关灯，看见她还坐在里面，叫她赶紧回家。那蓝从地上站起来，发现已经是晚上九点。

回家的路上一共闯了三个红灯，被交警拦住教育了一番。那是一个刚入职的小交警，一脸嫌弃地对她说：“你是警务工作者，怎么连基本的交通法规都不懂？红灯停绿灯行，连小学生都知道……”

她道了歉，小交警还是不依不饶地教训了她一刻钟。

驾驶车子到了小区门口，又差点跟出去的一辆车撞在一起。副驾上冲下来的一个中年妇女狠狠地骂了她一通，她什么辩解都没有，甚至听不见她在说什么。后来女人被车上的男人拉扯着走掉了，她还是没有动，保安跑过来敲了敲车窗，问她需不需要帮忙，她才回过神，摇了摇头，将车子停进了地下车库。

她在车里坐了半个小时，理了半天的头绪，最后从车里下来，步履蹒跚地上楼，还按错了楼层，电梯停了三次，才在十二层停稳。

楼道里一片漆黑。黑暗对她来说是最好的保护色，她不在意，摸黑走到家门口，叹了口气，伸手去按密码锁。突然，一只手抓住了她的肩膀，对方的力气很大，猛地将她按在了墙上。

身体撞在墙壁上，“咚”的一声，过道里的灯亮了，她看见面前的人是季烈。原来，新来的物业把过道里坏掉的灯换成了声控灯。

季烈眼神很冷地盯着她。

他因为手臂受伤，随沈天梵出去包扎。处理完，经过飞机库的时候看见那蓝埋头坐在地上一动不动，他没有过去，想让她冷静一下。那蓝什么心思，他不是不明白，就跟他当年经历过的一模一样，受挫、紧张、害怕、慌张，甚至是恐惧。可这个错误是她自己造成的，他懒得跟她较真。真要是跟她较真的话，她已经从警航滚蛋了。结果她倒好，丧气满满一晚上，连主动承认错误的勇气都没有。

季烈抓着她的手腕，冷冷地盯着她，过了一会儿，又放开了手。她垂头丧气的样子，真让他心烦。

那蓝见他转身要走，叫了声：“队长。”

季烈背对她停下脚步。

“手臂还疼吗?”

季烈看了一眼手臂上包扎的纱布，没说话。

那蓝声音很轻地道：“对不起!”

季烈打断：“闭嘴，我不是来听你说对不起的。”

短暂的沉默之后，那蓝轻轻吐出一口气，鼓起勇气问道：“你会让我离开警航吗?”

季烈再次打断，声音生硬：“我不想回答你。”

那蓝感到胸口有些堵得慌，小心翼翼地解释道：“我知道，我今天犯了很大的错……我知道我也没办法弥补……可我……”

“可什么可?”季烈背对着她始终没有转身，但是声音却一次比一次冷，一次比一次生硬。

那蓝感觉心灰意冷，慢慢蹲在了地上，过了一会儿，抬起头小心翼翼地问：“把我留在警航，是错误的吧？你已经后悔了吧?”

季烈简直无语了，冷笑，声音很清晰地回答：“时间会证明一切。”

他每一句回答都干净利落，不带感情。那蓝的心很寒，但有些话，她必须要在今晚说清楚，不吐不快：“我知道，过去的这段时间，我给队里带来了很多很多的麻烦……”

说到麻烦，季烈真的忍不住了，转身望着她。她蹲在地上，头埋在膝盖里，这个样子，他真是想一把掐死她。

“是，你说得没错，你的麻烦确实很多，所以我说你是事儿精嘛，你承不承认?”

那蓝不说话。

季烈冷笑了一声：“还有，我告诉你，你不要胡乱猜测我的想法，这样不道德。”

“可这是事实啊。”

季烈的眼神极冷，转身朝她走去，在距离她只有半步之遥的地方停了下来，脸色铁青地望着她：“什么是事实？你这是在怀疑我的判断？你是认为我在队员的选用上没有基本的眼光和原则是吗？”

那蓝不敢抬头，感觉到了他的愤怒。

季烈说：“我现在明白你为什么这么讨人厌了，你就是自以为是，自大，狂妄，个人主义……”

那蓝的头埋得更深了。季烈弯腰抓住她的肩膀将她从地上拉起来，她挣扎着想要推开。季烈怒了，一把将她按在了墙上，手指着她，怒气冲冲地说：“我告诉你，你别给我玩颓废这一套，我瞧不起这样的人……”

季烈说完松开了手。可那蓝腿软，又往地上蹲下去，被他一把捞住，扯到跟前，丝毫不把她当成女人，用力压在了墙上，手指点了点她，又压抑地放下，冲她低吼道：“老韩对我就像对儿子，我直接跟他翻脸了。还有老叶，我发小，从小一起长大，我都没听她说完就拒绝她了。我谁的话都不听，就是想把你留下来，可你呢？给直升机做个清洁保养都能差点弄出事故，你他妈跟我开玩笑呢？”

他见那蓝不说话，只顾把头埋得更低，怒气冲冲地命令：“给我把头抬起来！”

那蓝无言面对他，不敢抬头。他单手将她的下巴往上一抬：“看着我。”

那蓝被迫抬起头，却垂下眼皮。

季烈眼眸冷沉：“我让你看着我，听见没有？”

那蓝始终没有勇气，她想逃，却无处可逃。

“我告诉你，你别想逃，事情出了，你连面对的勇气都没有吗？”季烈真是想一巴掌拍死她。

那蓝慢慢抬起眼眸望了他一眼，他的脸很白，嘴唇都在发抖。那蓝声音很低，说：“队里不是想让我离开吗？”

“想让你离开你就要离开了？”季烈反问。

她到了嘴边的那个“是”字又吞了回去，又垂下了眼皮。

“当初我不想要你，你不是没走吗？半个月前，队里不想要你了，你不也没走吗？今天傍晚，就在队里的天台上，你还死乞白赖地跟我说你要留下来。我就问你，你说过的那些话你还记不记得？”

那蓝不敢听，双手紧紧捂着耳朵。

“你不要告诉我，那些都是你在扯淡。”

那蓝要跑，季烈再次将她按在墙上。那蓝抬脚就踢，季烈抬起膝盖将她的腿压了下去，她又抬起另一条腿，同样被压了下去。

“你想干什么？”

他的身体几乎贴着她的身体，手肘按在墙上，将她圈在了墙壁上。强烈的鼻息近在咫尺，那蓝别开了脸，他的下巴几乎贴在她的耳边。

“放开我！”

“不放！”

“叮”，电梯的门开了，从里面走出来两位老人，探头望了望，看见是他们，两位老人相互对视了一眼。那是会意的眼神。

季烈认得他们，两位老人也认得他们。

老奶奶说：“我们刚散步回来，发现楼道里的灯没有开，听到楼上有响声，所以就上来看看。”

季烈气呼呼地松开手，没说话。

老奶奶接着道：“你们小两口又吵架了？别总是吵架，吵架伤感情，遇到事情要好好商量，总有个解决的办法不是？”

“没错，吵架解决不了问题。”老爷爷对季烈道，“男人要大气，别跟自家媳妇置气。”

那蓝低声反驳了句：“我不是他媳妇。”

两位老人对视了一眼。

季烈本来不想反驳，听她这么说，马上道：“她不是我媳妇。”

老奶奶笑眯眯地看着他们。老爷爷说：“又这么说了。好了，你们看，都已经这么晚了，赶紧回家休息吧。”

季烈望了那蓝一眼，那蓝梗着脖子看着别处。

季烈收回目光，冲两位老人扯了扯嘴角，说：“对不起，打扰到你们了。我们这就回去了。”

“赶紧的。”老爷爷冲他使了个眼色。

那蓝按了密码开了门，那边两位老人也进了电梯，电梯的门刚一关上，季烈就扯着那蓝的胳膊将她拖进了门，用力一甩，差点又撞在墙上，还没站好，季烈已经走到了跟前。

那蓝转开头望着窗外，天很黑，远处有昏黄的路灯。她心灰意冷，没什么想要说的。

季烈看了她一会儿，抽出一支烟，又没摸到打火机，从嘴里取下烟，转身往门口走去，手放在门上，脚步又停了下来，头也不回地叫了声："那蓝。"

那蓝顿了一下，目光慢慢地转向他。

他站在门口，背对着她，语调有些压抑，声音很低沉："你三番五次惹事，我无所谓，我替你扛着，一直到现在，我才发现是我看走眼了，我看错你了。"

这句话就像一记耳光，打得那蓝脸生疼，她慌乱地垂下头。

季烈转过身望着她，语调上扬："别人觉得你不行没关系，问题是你自己也觉得自己不行。这就是你的问题，你就是这么一个随随便便的人，随随便便地开始，随随便便地认输，口号随随便便地喊，打鸡血的话随随便便地说。这就是你，一个随随便便的人。"

那蓝被刺痛了，抬起头。

季烈眯着眼睛看着她："怎么了，我说错了吗？你喜欢滑翔伞，练了那么久，就因为一点小伤就放弃了。然后你去航空基地学习飞机驾驶，来到了警航，就因为出了点小状况，被人打击了几句，你就又要放弃了。你到底能坚持什么？"

那蓝感觉像是被人闷头打了一棍，目光生冷地看着他。

季烈用一种嘲讽的口气说："你不用这么看着我，你注定就是一个失败者，一个 loser。你以为你在警航待着，穿着警航的制服，你就是警务人员了？你就是飞行员了？不是！说得好听点，你是一名飞行学员；说得难听点，你连一个飞行员的基本心理素质都没有！"

那蓝几乎要崩溃了，一双眼憋得通红，拳头捏得紧紧的。

"干什么？我说错了吗？你就是一个 loser！不服气是吗？不服气，那就好好练习技术！"

季烈猛地走回去，抓起她的手腕。那蓝想要挣扎，被他毫不怜惜地拖进了卫生间，强迫她看着镜子里的自己："你看看你自己，你现在一副什么㞞样。"

那蓝看着镜子里的自己。狼狈，她从来没见自己这么狼狈过。

季烈放开手，走到门口，停下来，说："你要是想放弃，明天自己跟老韩说。如果想留下来，就好好努力，别再让我瞧不起你。"

季烈走出去，关上门。那蓝闭上眼，努力忍住夺眶而出的眼泪。

一个警务人员的基本心理素质和一个飞行员的基本心理素质，这两样她想具备，很想具备。而季烈耿耿于怀的就是自己缺失的乐于奉献精神和团队荣誉感。特立独行惯了，现在要找回来。

季烈从那蓝家出来，迎面看到两位老人还站在过道里，携手望着他，停下脚步。

老爷爷说："小伙子，我们又回来了，想跟你聊两句。"

季烈愣了一下："聊什么？"

老奶奶说："你得好好照顾那个姑娘，对待姑娘，这么大嗓门可不好。"

"对不起，我很抱歉，打扰到了你们……"季烈见两位老人目不转睛地看着自己，重新组织了一下措辞，放低了声音，"你们说得没错，我得适应一下对待……姑娘的态度。我保证，不会再发生刚刚那样的事。"

老奶奶笑了一下："你不用道歉。我们听说了，你以前是一名军人，现在在警航，都是跟小伙子在一起工作，缺少跟姑娘打交道的经验，但是我对你今天的态度感到遗憾。"

季烈耸了耸眉："说实话，我也是。"

老奶奶说："你想过在你们警航这样一个以男性为主导的行业里工作，对于女性来说压力有多大吗？"

季烈一时间不知道该如何回答。

老奶奶说："她要承受的不仅仅是心理压力，你们的团队也很重要，不要……"

季烈接口："不要歧视女性。老人家，我们没有歧视女性。我们是一个平等的团队。我也在调整自己，正在学习如何与女性相处。"

两位老人点点头，老爷爷抬手拍了拍季烈的手臂："我们俩是滨大研究社会学的退休教授，希望没有打扰到你。"

"谢谢你们。"

两位老人说完之后，走进了电梯。

季烈看着电梯缓缓下行，想了想，回头望了望那蓝紧闭的大门，轻轻吐了一口气，朝自己家里走去。

第二天早上，那蓝没有过来健身。吃早餐时，季烈发现自己不小心做了两人份的早餐，拿起手机点开那蓝的微信，然后又默默丢开。驾车来到警航，离着好远就看见方杰几个人站在机库门口。那蓝正在检测直升机，给它做最后的清洁和保养。她做得很认真，仔仔细细地按照程序检查。

方杰听到脚步声，回头叫了声："队长。"宇宏几个人也都回过头。

那蓝抬头看了一眼，手上的动作停了一下。

季烈若无其事地走过去，看了看。这时他的手机响了，他拿起来看了一眼，接通，叫了声："韩总。"

几个人全都看过去，那蓝虽在继续干活，耳朵却在留心那边的通话。

不知道韩东风说了什么，季烈握着手机，眼睛不由自主地瞟了一眼那蓝，手蹭了一下直升机的外壳，很干净。他笑着说："我刚到单位，在机库呢……我的队员凭什么给他们……不给，让他们都死心吧……"

大家都心知肚明，这是又有部门来要那蓝了。

"你跟他们说，让他们别瞎操心了，想从我队里挖人，门儿都没有。"稍微停顿了一下，"还有，这个月的进步奖，我想给她……就这么定了。"季烈说完，不等那边的回应，已经挂断了电话。

方杰几个人一扫脸上的阴霾，相互击掌，然后一拥而上，扑过去想要将季烈抬起来。

季烈闪身避开，一拳拳捶在了几人的胸口处："你们几个要翻天了是吧？"

“队长。”宇宏举起大拇指。

季烈扭头望了一圈，问：“这月的进步奖，我做主给了那蓝，你们几个没意见吧？”

几个人连连点头，小鸡啄米似的。

“嗯？”

几个人又连忙摇头，拨浪鼓似的，然后互相使了个眼色，一窝蜂地跑了出去，机库里只剩下那蓝和季烈两个人。

季烈看见那蓝眼睛红红地看着自己，马上抬手制止道：“别哭哭啼啼的，也别说感谢的话，实在想说的话就换个我能接受的措辞……还有，我们飞行大队就你一个女的，其余都是大老爷们儿，你别指望我们把你当成国宝那样保护着，自己要适应，尤其像我这样的大嗓门。”

对于这种别开生面的致歉，那蓝理解，轻声问：“你的手臂还疼吗？”

季烈垂眸看了看，说：“不疼了，早就不疼了。”

“队长。”

“嗯？”

“以后我不会再想要离开，我会努力学习，记住自己是一名警务工作者，为人民服务……”

季烈望着她，笑了：“你终于记起自己的身份了？看见没，咱们警航一进门那么大的八个字——不忘初心，牢记使命。不过我还是很欣慰，你有了这个意识。”

那蓝无言，问：“我有你说的那么自私吗？”

季烈动手跟她一起检修别的直升机，看了她一眼，没说话。

那蓝点点头：“我要学会自我检讨。”

季烈无声地笑了笑。

这时门外响起了一阵脚步声，一个稳稳的女中音传了过来：“老季。”

季烈抬头，看到叶泉水双手插在裤袋里大步走进了机库，朝她扬了扬下巴：“你怎么来这儿了？”

那蓝回头看了一眼，叶泉水已经走到了跟前，冲她点了个头，算是打了招呼。然后叶泉水停下脚步，对季烈说：“我怎么就不能来这儿了？”

“上班时间擅离职守啊，叶泉水同志。”

叶泉水看他惟妙惟肖地学着韩东风的说话方式和动作，咧嘴一笑：“我可是专程为你而来。”

“洗耳恭听。”

“你让我帮你的那个事，刚刚那边有消息传过来了。”

季烈突然想起了什么，表情严肃起来，快步从直升机上下来，领着叶泉水朝门口走去，不忘回头叮嘱那蓝：“你好好检查，每一个细节都别放过，要全部检查维护保养到位，最近空中事故可不少。”

那蓝应了声“是”，站在架子上扭头看着他们。

两人站在门口，不知道聊着什么，季烈的表情很模糊，隐约听到他说什么“天意”……

中午吃饭的时候，季烈的情绪看起来还是不太高。方杰几个人识相地坐到了另一桌，把那蓝也拉过去坐下，小声推测队长脸色阴沉的原因。季烈听见他们在窃窃私语，扭头看他们一眼，几个人立即不说话了。

季烈看到那蓝低着头在吃莲藕，忽然想起以前在军校的时候，夏若坐在他对面吃莲藕的样子。他掏出手机，打开搜索引擎，输入某国际医疗救援组织的名字，数十页的消息跳了出来。

早上叶泉水告诉他，她美国那边的朋友查到了夏若的消息，称夏若在华盛顿大学读完医学博士之后去了该国际医疗救援组织。

他一条一条地翻完，并没有找到他想要看到的人。

一个身影走过来，坐到他对面，他连忙收起手机，若无其事地抬起头。

来的人是叶泉水，她问：“你还好吗？”

季烈反问：“我说好，你信吗？明知故问！”

叶泉水扬了扬眉毛，道：“我刚刚看见你盯着餐盘里的莲藕，是睹物思人吗？”

季烈没说话，看方杰等人吃完饭已经离开了餐厅，餐厅里现在也只剩下稀稀拉拉的几个人，并且都离他较远，松了口气，实事求是地点点头，说：“有点。”

叶泉水意味深长地一笑，语重心长道：“老季，十年过去了，她的消息还是能带给你这么大的震撼？”

季烈又点点头。

叶泉水半趴在餐桌上，眼睛盯着他：“你不要告诉我，你现在还是会经常想起她。”

季烈犹豫了一下，说：“有时会。”

“No！”叶泉水本能地拒绝听到这样的回答，表情复杂地摇着头，“老季，你知道吗？每次谈起她的时候，我都有种恍惚感，觉得时间有时候在你身上是静止的，你知道这多么恐怖吗？”

“恐怖？”季烈说，“老叶，你有没有在年少的时候谈过一场刻骨铭心的恋爱？”

叶泉水摇头：“我没有这样的经历，我有心理咨询师资格证，我知道你想说那时候的感情很纯粹，喜欢就是喜欢，爱就是彻底、就是固执，对吗？”

“没错。”

“据统计，初恋的成功率只有百分之一。”

“我猜，你是想说年少无知。”

叶泉水沉默了。

季烈说：“我们的想法不一样。”

过了一会儿，叶泉水说：“最好的选择是埋藏在心里，不然，对后来的人不公平。”

季烈望着她。她说：“我是说那蓝。”

“她……”

“你别跟我说你不喜欢她，跟你认识这么多年，这点我还是看得出来的。你要问我怎么办，那我用一部电影里的台词回答你——爱你所爱，行你所行。”

第十八章

她的守护者

晚上，那蓝直接上了季烈的车，带领众人来到了位于城中心别墅区的家。这里闹中取静，绿荫华盖。

保姆开了门，说叶海蓝正在厨房里做饭，众人一拥而入。

足有五十平方米的美式厨房间里，叶海蓝正在娴熟地炒着菜。那蓝闻见熟悉的味道，勾起了回忆，脚步停下，而方杰等人拥堵在门口。

叶海蓝一边煲着汤一边说：“马上就好，等着吃就行了。”

方杰问：“一进门就闻到香味了，都是啥好吃的？”

叶海蓝说：“都是家常菜，秘制东坡肉、龙井虾仁、腌笃鲜、鲟鱼龙筋汤……”

宇宏吞起了口水，对走过来的那蓝说：“那蓝姐，我真羡慕你。”

那蓝晃了晃肩膀：“还行，继续羡慕我。”然后招呼大家去客厅。

不一会儿菜上了桌，叶海蓝招呼大家就座。

大家各自做了自我介绍，方杰不等季烈说话，隆重介绍道：“伯母，这是我们的队长，季烈！”

叶海蓝微笑：“见过。”

季烈抬手去拍方杰后脑勺：“要你小子多嘴。”

众人一起笑了。

保姆端着腌笃鲜过来，叶海蓝说：“今天的菜是我亲手做的，尝尝味道怎么样。”

方杰吃了一口腌笃鲜，竖起了大拇指：“太好吃了，比你们餐馆大厨做的还要好吃。伯母，我申请天天来你家吃饭。”

宇宏附和：“没错！我也申请天天来吃饭！”

宋智举手：“加我一个，我吃过那么多餐馆，从来没吃过这么好吃的菜，简直死而无憾。”

叶海蓝笑而不语，跟众人举杯喝了口果汁之后，放下杯子：“你们先吃着，我去看看锅里的汤，还差最后一道工序。”

叶海蓝去厨房的时候，方杰故意道：“伯母肯定没时间，那蓝，要不你学习一下，以后我们去你那吃饭。”

季烈道：“你们几个就别做白日梦了。”

方杰意味深长道：“队长，你干啥那么着急替那蓝拒绝我们？”

众人一听这句话，都笑了。

那蓝想起自己和季烈住隔壁的事队里除了叶泉水和沈天梵，别人还不知道，连忙低下头。

季烈说：“听说赵琳琳做饭也不错，要不去你家吃？”

方杰撞了撞旁边的宇宏，众人一起将目光放到了季烈的身上。

方杰问：“队长你今天不太对劲啊，是不是不舍得我们队花下厨？”

季烈冲他翻了个白眼：“那蓝是我们队友，你们几个不是天天喊着保护队花吗，就这么保护啊？我都看不下去了。”

那蓝端起酒杯：“来来，喝酒，我妈亲手酿的杨梅酒。”

季烈强行从她手里夺下酒杯：“不能喝酒就别逞能。”

那蓝说：“我就喝一口。”

季烈换了杯果汁递过去：“一口也不许喝，喝醉了怎么办？”

那蓝猛然想起那日喝醉误入季烈家的情形，看了季烈一眼，季烈也正看着她，她的脸唰一下红了。

端着汤过来的叶海蓝捕捉到了两人的眼神，脚步停顿了一下，别有深意地望了望那蓝，坐下来之后，亲手给季烈夹了块红烧肉："来，尝尝我亲手做的红烧肉，味道怎么样？"

季烈吃完赞不绝口："和我外公做的红烧肉口味有些相似。"

叶海蓝笑着说："十几年前，我和那蓝的父亲在上海吃过一次你外公宋老先生亲手做的红烧肉，至今记忆犹新。"

季烈一惊："您跟我外公认识？"

叶海蓝说："还得过他的指点，才有了今天的味道。实际上还是没有宋老先生做的好，我倒是跟你小姨有过交流，这道菜也是几经改良，最初这道菜的名字就叫宋先生红烧肉。大家都来尝尝。"

吃完了饭，众人去露台上休息。季烈去厨房，叶海蓝正在做点心，两人寒暄了几句，叶海蓝问："你晚上怎么没喝酒？不合口味吗？"

季烈说："味道非常好，但是晚上我要开车回去。"

叶海蓝一笑："司机可以送你回去，或者叫代驾。"

"是！但是……我认为自己驾驶最安全。"

季烈说完要走，叶海蓝忽然叫住了他："季队，我们可以聊聊吗？"

季烈停住脚步，转身，点点头："当然。"

"最近在看什么书？"

"《浮生六记》，我喜欢看有年代感的著作。"

"世事茫茫，光阴有限，算来何必奔忙？人生碌碌，竞短论长，却不道荣枯有数，得失难量。"

季烈点头，叶海蓝接着问："跟那蓝相处得怎么样？"

"他是我的队员，我是她的队长，我们是一个团队。"

"你单身，是吗？"

"是。"

"你们队里就她一个女孩子？"

"是。"

"那蓝是一个要强的女孩子，有时候会很固执……并且，她从来没有恋爱过，不太懂得如何跟异性相处。"

季烈愣了一下：“我是她的队长，我会尽力帮她，让她融入团队，成为优秀的飞行员。”说到这儿他略微停顿了一会儿，“实际上我是从军队里出来的，习惯了跟男性的相处模式，对于跟女性的相处之道，我可能能力有限，但我会努力。”

叶海蓝半晌没有说话，过了一会儿点了点头：“我相信你，把她交给你，我很放心。”

“把她交给你”这几个字让季烈莫名心动了一下，悄悄捏紧了拳头。

叶海蓝从锅里将酒酿圆子盛在一个水晶容器里交给季烈，季烈端着酒酿圆子上露台。那蓝正在给一棵发财树浇水，夜风微凉，楼道里传来熟悉的脚步声，抬头看见走来的季烈，有那么一瞬间，她有一点恍惚。这个人，有太多面了。第一次见面时，他将她从美林大厦2204室里救出来，扛在肩膀上，至今她还记得当时的速度和力度。后来，落霞山老虎峰飞定点，他拒人于千里之外。再后来，他有时很温柔，有时很冷漠，有时候感觉心灵相通，有时候分明近在咫尺却又远隔千里，捉摸不透。但几次危险时刻，他抱着她的一瞬，温暖、舒适、安全、踏实，她无法忘怀……一直到水浇在了脚上她才恍然醒神，脑子里有个声音在问自己：那蓝，你在想什么？

身后有脚步声传来：“喂。”

那蓝吓了一跳，回头看见季烈端了碗酒酿圆子给她，连忙放下浇水壶接过。

“咳咳咳——”那蓝扭头瞧见方杰几个人正挤眉弄眼地看着他们，脸唰一下红了，好在露台上灯光较暗，看不清楚。

季烈回头瞪了几人一眼，几人立即佯装什么都没发生，七嘴八舌地对酒酿圆子赞不绝口。

季烈懒得搭理他们，转过身和那蓝一起趴在露台边吃酒酿圆子，一边吃一边问：“一直想问你一个问题，那天追疑犯的时候从直升机上索降，害怕吗？我记得你平时训练的成绩可不怎么好。”

那蓝说：“当时脑子一发热，根本就没在意怕不怕这件事，不过事后想想，挺后怕的。”

季烈望着她：“你还挺诚实嘛。”

“实话实说。”

过了一会儿，季烈问：“月底警航联合特警演习，需要进入山林缉拿歹徒。其中有个五十米高空索降，在没有保护措施的情况下，依靠绳索滑降到地面。想不想参加？”

“想！”那蓝毫不犹豫，说完又有点犹豫了，“可我只试过三十米，而且，其实那天一多半是被放下去的。”

季烈早就问过了方杰，所以丝毫不感到吃惊，淡然道：“想就好，你行的。”

“可是，五十米高空，我从来没试过啊，我动作慢，会不会给队里拖后腿？”

“所以才问你愿意还是不愿意。”季烈顿了一下，鼓励道，“其实快慢不是问题，刚开始的时候总是会慢一点，适应了就好。”

“我……行吗？”

“行啊！”季烈说，“你是女子汉啊。”

那蓝笑了，纠正道：“是女汉子。”

季烈点点头：“对，女汉子。”

“真让我参加啊？”

“嗯。”

那蓝喜上眉梢，信誓旦旦：“我一定不给警航丢脸。”

季烈不屑一顾：“不丢脸就行了？”

那蓝一愣：“我保证给警航争光。”

季烈转过头笑了，笑着笑着看见那蓝盯着自己，马上又收起笑脸，换上严肃的表情。

那蓝歪着头，压低了声音说：“别藏了，我都看见了，你笑了。”

“瞎说，我哪有笑？”

“我刚刚明明都看见了。”

季烈说：“你看见了吗？那一定是你眼花了。”

那蓝撇了撇嘴：“笑就笑了，还不好意思承认。”

季烈沉默了几秒，妥协："好吧，我笑了。"

那蓝也笑了，过了一会儿，抬头盯着他，很认真地道："你放心，我一定会努力的。"

"嗯。"季烈吃着酒酿圆子，"我相信。"

接着两个人又都不说话了，默默吃完了碗里的酒酿圆子。季烈看到了刚刚那蓝浇水的那棵树："这是一棵发财树吧？挺大的，有些年头了吧？"

"嗯，十几岁了。这是我十岁生日那天我爸送给我的生日礼物。"那蓝说完也扭头看向发财树，"你一定好奇，我爸爸为什么会送一棵发财树给我。"

季烈顺着她的话问："为什么？"

那蓝说："其实那天，他忙得忘记了我的生日，回到家的时候，已经是夜里十一点多了，我等他回来吃蛋糕等得睡着了，他看到蛋糕才想起来那天是我的生日，就赶紧出去买礼物。可是实在太晚了，附近的店都关门了，有一家花店的门还开着，他走进去才发现，店里空荡荡的，原来花店老板把店给转出去了，店里只剩下一棵发财树，于是我爸就把它买回来了。买回来的时候还是很小的一株，叶子都枯黄了，在他的精心侍弄下又鲜绿了起来。"

季烈安静地听她说完，道："长得很好，花盆都快装不下了。"

"是啊，其实我想把它栽进花园里。"

"嗯，自由生长，可以活得更久。"

那蓝放下碗，冲方杰等人叫道："BRO（兄弟）们，吃完了甜品，过来帮个忙。"

宇宏回过头，说："BRO，我们听到对话了，把发财树种到楼下花园里的对话。"

季烈说："耳朵挺灵，还不快过来干活。"

发财树抬到楼下的花园，几个人动手栽树。季烈拿着水管过来浇水，保姆站在水池边，没等他发话就开了水龙头，水管里的水刚好冲在了那蓝的腿上，那蓝毫无准备，瞬间打了一个激灵。

季烈看了她一眼，憋着笑，手一抬，水柱冲在了方杰的身上，方杰噌一下蹦起来老高。

宇宏和宋智也都中了招。几个人一对眼色，谁都没吱声，避开了。

季烈心里嘀咕了一下，继续给发财树浇水，弯着腰回头，迎面一盆水泼在了头上……季烈淋得一身湿，呆立了两秒之后，用很平淡很若无其事的语气说："收工，回家。"

众人憋不住了，哈哈大笑。

季烈甩甩头，潇洒地走了，那蓝在他身后定定地看着他，无声地笑了。

夜风吹过，吹起小楼上的薄纱窗帘，房间里没有开灯，黑暗中站着一个纤长的身影。

"叶姐，给那那带回去的粉蒸肉好了。"

"来了。"黑暗中的身影应了一声，随后快步从窗帘后离开。

大约晚上十点半，众人陆陆续续地离开，叶海蓝叫司机找了套干净的衣服给季烈换上。换完衣服，季烈坐在客厅的沙发上，电视里正在放当日新闻。

叶海蓝在厨房给那蓝打包食物，保姆和那蓝在卧室收拾衣服。

保姆一边叠好衣服放进行李箱，一边和那蓝聊天："那那，往后经常回来吃饭吧？"

那蓝听出了试探的味道，说："她让问的？"

保姆犹豫了一下，说："其实你妈妈很关心你，今天你和同事过来吃饭，她可高兴了，一大早亲自去的乡下菜地里摘了最新鲜的蔬菜和水果，其余的食材也都是她亲自去市场里挑选的……而且，从早上开始就在和我说你以前的事。"

那蓝轻笑了一笑："她和你说我以前？她跟我相处的时间，都没你跟我相处的时间多。"

保姆说："再怎么说你们是母女，她虽然没有我跟你相处的时间多，但是她比我更关心你。"

那蓝一时不知道说什么，"哦"了一声。

过了一会儿，保姆问："你一个人住在外面，平时不会只点外卖，或者吃方便面吧？"

那蓝一边往箱子里放衣服一边说："单位还有食堂。放心啦，饿不着我的。"

"外面的饭菜又不安全卫生，电视新闻总是强调食品安全。要不……往后周末都回家住吧，我给你把吃的做好了你带回去，放冰箱里。"

那蓝又没说话。

保姆小声道："你要是回来啊，叶姐指定高兴坏了。"

那蓝说："我下周末看看能不能回来。"

"好好，下周末回来。"

叶海蓝打包了食物，端着一盘子切好的水果走进客厅，看见季烈一动不动地坐在客厅的沙发上，双手抱在胸前，眼睛望着窗外出神。

叶海蓝叫了声："季队。"

季烈连忙站起来："阿姨，还是叫我小季，或者季烈，都可以。"

叶海蓝示意他坐下吃水果，然后问："吃得习惯吗？"

"当然！"

叶海蓝笑了："对了，你会做饭吗？你外公和你小姨可都是高手。"

"会一点，做得不好。"

叶海蓝喝了口水，突然话锋一转，道："听说你和那蓝是邻居。"

"是！"

叶海蓝说："她年纪小，有叨扰到你的地方，还望见谅。"

季烈见她说话淡定礼貌，一时间拘谨了起来。

叶海蓝继续道："以前我担心过那蓝能不能融入到你们这个集体里，但是，今天晚上，我看到你们队的人在一起植树……我就完全放心了。"

季烈说："我们是一个团结的队伍。"

"你说得没错，你是一个优秀的队长。但是……"

季烈问："怎么了？"他突然感觉到一种奇怪的氛围，双手不自然地停了下来，抬头望着叶海蓝。

夜风从客厅的阳台上吹进来，有点凉意。

叶海蓝用牙签挑起一块西瓜递给他，目光意味深长地看着他，说："我知道，你是一个很有能力、很优秀的年轻人，家境优越，人很努力，将来会前途无量……"

季烈抬头对上叶海蓝看似柔和实则咄咄逼人的目光，这个目光与刚才的完全不同。他尽量掩饰着自己的紧张和压力，接过西瓜，说："谢谢伯母夸奖。"

叶海蓝说："我是一个商人，也是个母亲，虽然可能是个失败的母亲。小时候我给那蓝的关心不像别的母亲那么多，但是，我能看出来，她喜欢你。"

季烈心口被什么东西撞了一下，嘴角动了动，注视着她，什么也没说。

叶海蓝声线冷静地道："前面我说了，我是一个商人，我给女儿做人生规划的时候，我要清楚地知道她未来的发展。虽然警航这个工作是她自己的选择，但我把她交给你，我要确保她不会受到伤害。"

季烈换上职业的态度："伯母放心，我会尽我一切努力，让她成为优秀的飞行员……"

叶海蓝打断："我相信你，你是顶级的战斗机飞行员，也是优秀的教官，但我说的不是这个。"

季烈疑惑道："您的意思是？"

"那蓝没有恋爱经验，她涉世不深，对爱情抱着很大的希望和幻想。"

季烈直视叶海蓝的目光，轻轻呼出一口气："伯母……您有话不妨直说。"

"好，那我就直说了。我就这么一个女儿，这些年她想做什么，我即便不同意，暗地里也在帮她完成心愿。自从她父亲去世之后，我们母女的关系一直不和睦，直到现在才稍微缓和一点，我很珍惜，我不希望她受到感情上的伤害。季队，如果你心里还有别的人，最好不要招惹她。"

季烈的脸色发白，手抖了一下，牙签掉在了地上，弯腰捡了半天才捡起来，过了很久，才问："您是怎么知道的？"

"我给你们政委打过电话，稍微了解了一下……很抱歉，我这么做是出于一个母亲对女儿的保护，希望你能理解……"叶海蓝放缓了声音，"我刚刚去露台给你们送点心的时候，看见你和那蓝站在一起。那蓝长得漂亮，从十二三岁开始就经常有男孩子给她发信息、打电话，甚至是追到我们家楼下。但她高傲，谁都不搭理，我从来没见过她看谁的眼神像刚刚看你时那样。”

季烈脑海中电影画面般闪过那蓝看向自己的目光，埋着头，过了一会儿抬起头来，说：“我想您误会了。”

叶海蓝不置可否，说：“我从你们这个年纪经历过。”

“我们只是普通的同事、邻居。”

“那是因为你还没发觉自己的情感方向。”

季烈心里咯噔了一下。

叶海蓝顿了一下，说：“人的感情是无法控制的，爱上不能爱的人，是人生极苦的事，如果放任发展，将来她对你的感情越来越深，但是你，我想你不是善于放弃的人，假设夏若回来，你依然会选择夏若，那么到时候，她会遭受打击，承受痛苦，我不希望我的女儿承受感情上的伤害和打击。”提到夏若，季烈的表情僵住了，冷冷地坐着，过了一会儿说：“对不起，我还没有想过这个问题，并且……”交叉握着的手慢慢松开，“伯母，人生是没有假设的。”

叶海蓝反问：“那你心里放下夏若了吗？”

自然是放不下忘不了的。季烈的喉咙有些干，声音低沉地道：“伯母，您心里有没有放不下的人？”

叶海蓝没说话，双手防御性地放在胸前。

季烈说：“心底深处放着一个不可能的人，但并不影响现在的生活，是不是这样？”

叶海蓝沉默了两秒，放缓了声线：“如果你真这么自信，你早就接受那蓝了。季烈，你刚刚那句话的前提是‘不可能的人’，可如果夏若还爱着你，你们之间的误会消除了、融解了，那就成了可能的人。”

“不！”季烈摇摇头，语气坚定地站起身，“不可能！她不可能回心转意，我们也不可能破镜重圆。”

叶海蓝说：“别把话说得太绝对，世界上没有不可能的事。”

楼上传来脚步声，两人停止了谈话。季烈忽然意识到刚刚的态度太过激动，连自己什么时候站起来的都没发觉。叶海蓝定定地坐在沙发上望着他，暖黄色的灯光下，她的表情极其冷静。

季烈沉沉地吐出一口气，说了句：“对不起!”叶海蓝耸耸肩。

那蓝从楼梯上下来，看见季烈和母亲坐在沙发上，而季烈的脸色有些白。他们聊了什么？她感觉到客厅里凝结的气氛，脚步不由自主地停了下来，抿着嘴，看了一眼母亲，见母亲笑盈盈地站了起来：“收拾好了？”

“嗯。”

“我送你们出门。”

“噢。”那蓝随口应着，望着季烈。

季烈半眯着眼睛，长长吐出口气，上前接过保姆手里的拉杆箱：“给我。”

那蓝上了季烈的车，车门一关上，季烈就从口袋里抓出烟盒、打火机，迅速点上烟，狠狠地吸了一口。透过烟雾看着远处，脑子里回响着刚刚和叶海蓝的对话：十年？回心转意？破镜重圆？直到烟烧到了手指他才回过神来，扔掉烟头，扭头望了一眼沉沉看着自己的那蓝，然后一言不发地发动车子。

季烈开着车，那蓝坐在副驾上，一路上两个人都默默无语。季烈神情黯淡，眼神幽深地注视着前方。那蓝反复想起下楼时，母亲和季烈的表情，隐约已经明白了。那种场景，中学时就曾遇到过一次。那时候她数学不好，母亲给她请了一个家教补课，家教是滨大数学系的大一男生，长得很帅，教学的方式也很独特，她的数学成绩突飞猛进。后来，男生喜欢上了她，每天早上骑着车子去很远的地方给她买她喜欢吃的包子送来。这件事被母亲发现之后，他们就那样在客厅里谈过一次。自那之后，男生就辞去了家教的工作，再也没有见过……没想到多年之后，场景再现。

红灯前一个紧急刹车让那蓝醒过神来，手里的矿泉水瓶子都被她捏扁了。她冷笑了一声，一口气喝完了瓶子里的水，闭上眼睛，头靠在靠背上，深吸了一口气。季烈扭头看了她一眼，不小心对上了她复杂的视线。前方绿灯亮起，车子继续向前行驶。

那蓝定定地看着季烈，犹豫了一会儿，斩钉截铁地道：“我不知道她刚刚和你说了什么，总之，不管她说了什么，你都不要放在心上!”

季烈没说话。

那蓝飞快地问：“她到底跟你说什么了？”

季烈还是没说话。

那蓝沉默了一会儿，望着车窗外："其实你不说我也知道。她太自私了！我替她向你道歉。"

季烈淡淡道："你别多想，她说话直白，直白挺好的。"

那蓝急切地道："她到底怎么说的？"

"其实也没说什么。"

那蓝痛苦地捂住脑门："你还是不愿告诉我。我了解她，她说话一向都不考虑别人的感受。"

季烈依旧是淡淡的口气："我挺感激她的，跟我说了一个很实际的道理。"

那蓝苦笑："她说的那些都是普罗大众的道理，只适合普罗大众。"

季烈说："我就是普罗大众中的普罗大众。"

那蓝愣住，难以置信地盯着季烈。

季烈不与她的目光对接，直直地看着前方。

过了一会儿，那蓝扭过头去，自语："你不是普罗大众。"

"谢谢你这么看我。"季烈忽然说，"那蓝，能陪我喝一杯吗？前面有酒吧。"

那蓝点头。

酒吧里面的人很少，空荡荡的，电视里传来嘈杂的音乐声。

老板认得季烈，见他进门，上去打了个招呼。

季烈指着窗边的位置叫那蓝坐下，随后径直走上了台，疯狂地敲起了架子鼓。那蓝坐在角落里看着他。他低着头用力敲着架子鼓，鼓点很急，他的动作刚开始还有点生疏，后面越来越娴熟。老板送酒过来，意外地望着季烈，小声询问道："他出什么事了？"

那蓝摇摇头。

老板自言自语："那就奇怪了，他多少年不碰架子鼓了，怎么又打上了？"

那蓝望着季烈，漫不经心地问："多少年是多久？"

"好远了，十年前。"老板开了啤酒，"还是他刚失恋那会儿，跑到我店里……不是这个店，是以前的老店，疯狂地打了一天的架子鼓。"

那蓝对老板的说法产生了强烈的兴趣，脑海中幻想出十年前的场景……

老板见她盯着台上的季烈，回头看了一眼，问："你是他朋友啊？"

那蓝说："是。"

"女朋友？"

那蓝摇摇头。

老板松了口气，说："我和你说，几天前我在大街上还看到过他前任，挽着一个外国小鲜肉。"

那蓝放下手里的酸奶瓶，脸上的表情凝固。

老板说："我没骗你，不过这事我还没跟他说过呢，可我看他这样子，说不定已经知道了。"

"为什么？"

"不然也不会又跑来打鼓啊。"

那蓝扯了扯了嘴角，慢吞吞地回应了一句："会不会是你看错了？"

"错不了！好几个人都看见了呢。不过大家都很默契，决定瞒着老季……"老板说到这儿，有客人进门来，他忙着张罗去了。

那蓝心烦意乱地看着窗外，嘴角的笑容凉了。

季烈终于打完了鼓，从台上下来，走到那蓝的对面。那蓝看见他额头亮晶晶的，起了一层汗。

季烈一言不发，端起一杯啤酒，仰头一饮而尽，喝完抓起另一杯，又咕咚咕咚喝完，然后点上烟深吸一口，头也不抬地对那蓝说："等会儿送我回家。"

那蓝说："行！"

季烈抓起酒杯又喝了一杯，一屁股坐了下来。

那蓝给他倒酒："喝吧，喝醉了回去睡一觉，明天醒来又是新的一天。"

季烈想了想，笑了，摇摇头，继续喝酒。

那蓝默默地看着他，回想着老板刚刚说过的话，手不自觉地抓住了酒瓶。

几杯冰啤下肚，缓解了身上的燥热，季烈摁灭烟头，端着酒杯，望了一眼那蓝，又望了望远处的老板，说："他刚刚是不是跟你说，十年前我在他以前的店里打了一天的架子鼓？"

那蓝不紧不慢地道："谁还没个丢脸的时候。"

"我不觉得丢脸。"

那蓝手里的酸奶瓶从唇边移开，抬起头望着他。

他脸上一丝笑容都没有，仰起头喝酒，脖子上的喉结一动一动，喝完放下杯子，定定地望着那蓝。

"你要不介意的话，聊聊夏若吧？"那蓝放下酸奶瓶，目不转睛地说。

这个话题总是不能避免，不过季烈听到夏若的名字从那蓝的口中说出来，脸上的肌肉还是抽搐了一下，双手放在膝盖上，十指交叉在一起，淡笑一声，问："你是不是觉得很可笑？十年了，还会为了一个抛弃我的女人痛苦。"

"我不会！"那蓝说。季烈望着她。

那蓝解释道："以前我确实理解不了，但是现在，跟以前想法不一样了。感情的事只有自己知道，外人无权干涉。再说了，这就是你啊……十年了，还是会对一段感情耿耿于怀，念念不忘。"这也正是他吸引她的地方。现在这个年代，还有几个人能这样等待着另一个人？

季烈吸着烟，什么也没有说。

过了一会儿，那蓝问："她出国前，你挽留过她吗？"

季烈摇头。

那蓝又问："那你后悔过吗？"

季烈毫不避讳地道："说实话，后悔过。我不止一次想过，当初如果我挽留她，或许她就不会走了。甚至有时候我还会幻想，一觉睡醒又回到了十年前，那我一定毫不犹豫地挽留她。"

那蓝默默地继续给他倒酒。

过了很久，季烈说："可惜，人生没有假设。我们只能活在当下。"

他坐在玻璃窗前，身后的夜空繁星点点，光从一侧打在他的脸上，像文艺复兴时期的大师手中雕刻出来的艺术品。

季烈感觉到她炽热的目光，抬起头毫不避讳地看着她。见她静静地看着自己，眼眸像夜空里的星辰，季烈浮躁的内心忽然间安静了下来，也舒服多了。

半个小时之后，他放下酒杯站起身。那蓝站起来想要扶着他，他摆摆手说：

“我没事，旁边是个公园，陪我出去走走好吗？”那蓝点头。

开放的公园里，只有稀稀拉拉的灯光。那蓝穿着高跟鞋，不小心踩在了窨井盖上，她动了动脚，卡得太紧，一用力，“咔”一声，鞋跟断了。她“扑哧”一声笑了，抬脚看了看，脱了鞋子，赤着脚走在地上。

季烈走在她身后，望着她的背影。白色的裙子被风吹起，裙裾飘飘，短发被风吹乱，她张开双臂，缓缓地走在花坛边，有一种别具一格的味道。那一刻，他感受到了从未有过的平静。

他们从公园这头走到那头，一共花了半个小时。该回家了，她要穿上鞋子，被季烈叫住：“别穿了。”

“啊？”那蓝愣了一下，少顷，毫不犹豫地将鞋子丢进了旁边的垃圾桶里，拍了拍手，“你说得对，鞋子坏了就该丢掉。”一语双关。

季烈说：“我的意思是，我背你回去，我们乘公交回家。”

那蓝诧异：“你背得动我？”

“上来。”季烈拍了拍后背。

夜2线，从公园门口刚好到瀚汀花园。

夜里，车上一个人也没有，司机见怪不怪地望着公交站台上的那对男女，说：“小伙子，背着女朋友上车，可要小心点啊。”

那蓝有些尴尬，但是心里挺高兴。

季烈将她放在后排的座位上，在她身边坐下来。

那蓝问：“你怎么知道这里有夜2线？”

季烈说：“你以为我跟你似的，路盲一个？”

“忘记了，你是自带GPS属性的活地图，就凭这本事，将来放路口给人指路，保管赚钱。”

季烈给她逗笑了，说：“怎么着，你还打算把我圈起来收门票啊？”

那蓝扬起眉，伸出一根指头：“问一次路一块钱，扫码付款，概不赊欠。”

季烈笑着说：“看不出来，你还有经商头脑，挺好！”他喝多了酒，公交车颠簸，打起了瞌睡，靠在椅子上迷迷糊糊，“那我们以后……”

那蓝听见“我们”两个字，感到开心，问：“以后什么？”

季烈没作声，睡着了。

那蓝扭头看着季烈，忽然间，她很想把自己的肩膀给他。

公交车兜兜转转，在深夜的城市里穿行，猛然晃了一下，季烈的头歪了歪，靠在了那蓝的肩膀上。她笑了。深夜的风温柔地从窗口吹进来，她望着窗外，城市灯光璀璨，从来不曾这样温和美好。

第二天，在训练场上，那蓝再次遇到了季烈。

今天的练习科目是十米高空倒滑，季烈示范了几个动作，一气呵成，但里面最难的是头朝下倒滑。季烈给那蓝讲解了基本要领："降落过程中，重心放在背部，双手呈虚握状态，要保持两腿端平。"

那蓝定定地看着季烈，想起昨天晚上的情形，嘴角不由浮起微笑。

"笑什么笑？"头顶传来一声大喝，那蓝马上收起笑容站直了身体，几名同事全都直直地看着她。

季烈说："问你话呢。"

那蓝硬着头皮，说："没笑什么。"

"这是训练场，我们是在训练，没什么好笑的。"季烈严厉地望着她，"我刚刚说的基本要领是什么？你来重复一遍。"

那蓝想了想，朝众人求助。季烈一个冷眼扫过去，大家都不敢说话了。那蓝嗫嚅道："动作规范，做得好看。"

"动作好看？我刚刚是这么说的吗？你以为我们在做什么？摆花架子吗？"

方杰见那蓝低着头，季烈虎目圆睁，几个人你看看我我看看你，会意地笑了。季烈一扭头瞪着他们："笑什么？有什么好笑的？这是训练，但是我们的训练是和实战挂钩的。"

那蓝偷瞄了一眼季烈，说："我的意思是每一个动作都要标准，力求完美。"

季烈头也不回地吼道："让你说话了吗？"

那蓝闭嘴。

季烈深吸了一口气，手一指那蓝："上模拟机。"

"是！"那蓝应声完毕，顺着梯子爬上了训练用的模拟机，季烈也爬了上来。

那蓝朝下看了看，十米不算高，可头朝下的动作还是让她手心出汗。

季烈说："怕吗？"

"不怕！"

"不怕就往前走，手抓住绳子。索降你已经有了经验，现在是头朝下滑降，听我指挥。"

"是！"

季烈抓住她的安全腰带，一边说："身体前倾。"

那蓝深吸一口气，听从指挥，抓着绳子，慢慢前倾。

"继续前倾。"

她又往下倾了一些，突然脚下一滑，被季烈眼明手快地抓住。

第二次，她又站在了模拟机的门口，手抓着绳子，一点点地身体前倾，双手交叉抓住绳子，慢慢滑了下去。

脚落在地上，周围响起了一片掌声。那蓝抬头望着模拟机上的季烈，季烈戴着墨镜，双手抱在胸前，歪着头看她。

"报告，07 滑降完毕。"

"训练得不够。继续训练。"

"是！"那蓝说完，再次爬上了高台。一次又一次。速度一次比一次快，动作一次比一次稳，那蓝一次比一次自信。

等到又一次站到模拟机上的时候，那蓝问季烈："我的滑降怎么样？"

季烈点点头说："很好！"

那蓝冲着他灿烂一笑，比了个 V："滑降很辛苦，但是很有意思。"

季烈笑了："继续训练还是休息？你自己选。"

那蓝目光停留在他脸上："继续训练！"

"好！继续！"

那蓝的动作已经非常完美，速度非常快了。季烈站在模拟机上望着她标准的落地姿态，点头。方杰望着他，手里拿着计时器，说："队长，07的成绩非常快了，你要不要比赛一下？"

季烈看着底下那蓝流汗的侧脸，说："那就试试吧！"说完，快速滑降，精准落地。

方杰盯着计时器，咂了咂嘴："哎呀，你俩相差无几啊。"

季烈看了看那蓝："不错，明天上直升机训练！五十米索降，别给我丢脸啊。"

"是！"

从训练场离开，方杰追上前面的季烈，问："队长我有个问题，咱们是飞行员，为什么对索降要求这么高？"

季烈说："我们虽然是飞行员，但是警航的飞行员并不是单单只要求飞行技术达标，而是各个方面的基本技能都要学习。"

方杰又问："那你对我的要求咋没那么高呢？"

季烈这才发现原来这小子是故意的，瞪了他一眼，说："你小子这是故意挖了个坑给我跳啊。"

方杰嘿嘿一笑，去找一旁的宇宏和宋智八卦了。

那蓝从洗手间出来，快步追上了前面的季烈，笑眯眯地叫了一声："队长。"

季烈听见那蓝叫他，扭头看见她额头上带着亮晶晶的汗珠，落日余晖下皮肤呈健康的小麦色，露出一口洁白的牙齿，笑眯眯地盯着自己，顿时心情又愉悦了起来："干什么？"

"我今天表现得怎么样？"

季烈说："还行吧，怎么着，你这是要我夸你啊？"

"那你就夸我两句呗。"

季烈抓了抓头皮，说："夸你？正式演习还没开始，要是演习的时候你露脸了，再夸你不迟，我要的是实用。"

"队长，您什么意思？"

“训练成绩还可以不算什么，真正运用到实战上才叫本事。”说罢，季烈大步往前走去，走了几步又放慢了脚步，“你刚刚对我说什么？让我夸你两句？两句有点多，不过今天真要夸你一句，这次先进个人的评选……你评上了。”

那蓝有点恍惚，盯着季烈没说话。

季烈回头，见她停住脚步，站在那一脸诧异的神情，吸了口气，说：“怎么了？你不是让我夸你吗，这不比夸你强啊？”

那蓝说：“我还是个新人，我觉得，我做得还不好，配不上先进……”

“那你以后要更加努力。”

“嗯！”那蓝郑重其事地点头。

季烈笑了。那蓝也笑了。

季烈说：“明天是高桥夜市美食节闭幕，直升机巡逻任务由你执行。”

那蓝愣了一下。

季烈盯着她：“你这是什么表情？”

那蓝说：“我以为我会被禁飞……”

“哦？”季烈说，“我原先也是这么打算的，但是，队里人手不够，主要你还是新人，要以训练为主，要是不让你飞的话，那留你在队里干什么？吃闲饭吗？”

那蓝明白过来，感激地望着他。

季烈说：“别用你那双无辜的大眼睛望着我。其实还有个原因，滨江警航，不，具体说是我个人的喜好。我不喜欢弱者，所以我手下出来的飞行员，必须是强者！我不是用一个普通飞行员的标准来要求你们，我的队员，必须都是全能型人才。”

“是，队长！”

季烈往前走了两步又回头，手指点了点她：“给我记住了，不要再脑子发热出现上一回的情况。”

“保证严格执行巡逻任务。”

季烈盯着她，淡淡吐出两个字：“加油！”然后快步走远。

那蓝心里乐开了花，宇宏几个人经过她身边时，每人都学着季烈的口气对她说了一句："加油！"

西边的太阳渐渐落山，训练场上一片静寂，那蓝从未觉得人生中有哪一个时刻像此刻这样充满了幸福感。她双手握拳，自己对自己也说了句："加油！"

等到真正上了直升机，从五十米高空往下索降的时候，那蓝还是胆怯了一下。季烈站在她身后，不停地给她加油打气，最后她还是不顾一切地下去了。五十米高空，风有点大，吹得人像荡秋千，最后勉强顺利到达地面。季烈也紧跟着降了下来。

那蓝有点晕，呕了几声，但是忍住没有吐出来。她问季烈："队长，我这次的成绩是不是很差？"

季烈只笑不说话。

宋智说："很不错了，比方杰厉害多了，方杰第一次索降的时候，三十米高，风没今天的大，吐得稀里哗啦。"

季烈说："确实不错，你都训练结束了，才这么点反应。"

中午吃饭的时候，季烈跟大家坐在一起，夹了块肉放在方杰的碗里，郑重地说："方杰，你今天驾驶直升机悬停的时候，比以往有很大进步。"

方杰挠挠头，说："我最近一直都在模拟室里学习悬停技术，主要还是队长教得好。"

季烈说："俗话说，'师傅领进门，修行在个人'，我只是老师傅，进步多大，还是看个人努力和天赋。"

方杰马上问："队长，您看我有天赋吗？"

季烈望了一眼正在吃饭的那蓝："天赋这个东西不是人人都有的，不过你也别泄气，大家有目共睹，你的进步非常大。"

那蓝突然抬起头说："等会儿我也去模拟室练习。"

吃完饭，几个人就进了模拟室。季烈二话没说上去就给大家演示了模拟悬停，毫厘不差，看得大家目瞪口呆。

那蓝惊叹不已，说："怎么能这么准？"

季烈说："模拟和实际运用还是有一定的差距，模拟有固定的公式，但是实际飞行要应对更多的突发事件。模拟飞行出了差错，结束之后还能重新开始，但是实际飞行不容许出一点点差错，这对飞行员的心理素质要求是不一样的。不过，多做模拟还是好的，技巧上多练习练习，到了实际飞行中还是有一定的帮助。”

那蓝点头问：“这个怎么模拟？”

季烈把方杰叫了过来：“你教她。”

方杰愣了一下，盯着季烈。季烈说：“看什么？你的模拟成绩已经很厉害了。”说完头也不回地走了出去。

那蓝笑眯眯地看着方杰，方杰也笑：“我给你演示一遍，你注意看技术要领……”

季烈站在天台上吹风，看见沈天梵坐在天台的椅子上，手里拿着手机正在视频通话。听见脚步声，回头注意到了季烈，对着视频说：“老季来了，你们要不要聊几句？”

季烈张口刚要拒绝，沈天梵手里的手机已经塞进了他的手里，季烈无奈地看着视频那头的小蛋蛋，说：“臭小子，我说最近怎么没来烦我了，原来是跟老沈玩去了啊。怎么，跟老沈玩游戏比跟我玩有意思是吧？”

小蛋蛋托着腮看着镜头：“我这是把时间给你腾出来，让你和你的女神恋爱。这都不懂，难怪奔三了还是单身狗。”

季烈没料到被他将了一军，说：“你个小屁孩懂什么叫单身狗啊？你看看你，成天烦着老沈，你就没为你小姨着想着想？她都奔四了，还带着你这个小拖油瓶，再不恋爱，黄花菜都凉了。”

小蛋蛋说：“我不正在为她着想，跟沈叔叔培养感情嘛。”

“你跟他培养感情有屁用！”

小蛋蛋特不屑地翻了个白眼：“我要是不撮合撮合，估计等我成年了，他俩还在玩暧昧呢。唉，都什么年代了，怎么还玩暧昧那一套，我们班的小朋友都不会这么幼稚。”

季烈朝他竖起大拇指。

小蛋蛋说到这，突然压低了声音说：“我不跟你说了，老师来检查午休了。”说罢，视频那边退出了。季烈将手机还给沈天梵，在他的对面坐下来，盯着沈天梵左看右看："果然长得一表人才。"

沈天梵淡然一笑："使劲看，反正我不收你钱。"

季烈又看了他两眼，说："就你这身材，得迷死多少小女生！幸亏我是男的，不然我已经倒了。"

沈天梵哈哈一笑，说："你是在夸你自己吧？谁不知道咱们队里要说身材、五官，各方面，你都是No.1啊。你平时照镜子，会不会也对着镜子说刚刚的话？"

"什么话？"

"'就你这身材，得迷死多少小女生！幸亏我是男的，不然我已经倒了。'"

"不不不！"季烈摆摆手，"一般我都会对着镜子说：'你值得拥有。'"

"自恋！"

季烈笑了起来，过了会儿说："咱们队最近有个宣传片要拍，一男一女，你和老叶刚好合适，我已经向老韩推荐你们了。"

沈天梵望着他说："巧了，我也向老韩推荐了人，你和那蓝。"

季烈连忙摇头："不不不！我不行，长得太帅，广大人民群众会以为咱们滨江警航的警务人员都是从电影学院毕业的。不行不行不行……"

他俩讨论了半天也没讨论出一个头绪来，后来，小蛋蛋又打了个电话过来，说他犯了点错，老师让家长过去一趟，央求老沈去，沈天梵二话不说就去了。

晚上下班的时候，季烈知道了事情的经过。原来小蛋蛋上课的时候，把班上的一个熊孩子给揍了。那是堂绘画课，常跟小蛋蛋一起玩的小女孩凌灵画了一幅抽象画，熊孩子章磊嘲笑她画得难看，还把她的画涂花了，于是小蛋蛋上去就把章磊给揍了一顿。不过，幼儿园的老师倒也不是不讲道理的人，叫家长过去是因为另外的事情。园长表示小蛋蛋非常聪明，智商明显超出普通儿童，尤其是数学，普通奥数题他三两下就给出了答案，所以园长建议将他送去天才儿童俱乐部。

沈天梵跟叶泉水商量了一下，两人的想法一样，不赞同小蛋蛋从小就跟别的孩子区别开来。但是小蛋蛋对天才儿童俱乐部很感兴趣，最后他们尊重了小蛋蛋的决定。因为天才儿童俱乐部的事，沈天梵和叶泉水进行了一次深入的探讨，无形中增加了对彼此的了解。

这天下午，那蓝一直待在模拟室里练了一次又一次，但模拟训练丝毫不比实际操作容易。宋智有点看不下去了，说：“你这样不行，你得这样。”他操作了一把，成绩比那蓝还要差。

方杰得意地笑了，从模拟飞行器上下来，说：“哪有一口吃成胖子的人，慢慢练，总有一天能追上我。”

那蓝正要悬停在山坡上，紧张地示意：“小声点，我要停了。”

大家呼啦一下都围了过去，结果那蓝再次失败。众人七嘴八舌地说了起来。

“这得凭感觉，感觉神经发达的人一步到位，比如我们队长。”

“我们队长手从来不抖，队花，你再看看你的手，抖得跟帕金森似的。”

宇宏说：“说啥呢？啥帕金森？紧张的时候，手不都会抖一下？谁觉得自己行，上啊，真到实际操作的时候，看你们手会不会抖！”

“对不起对不起，习惯了跟老爷们儿的说话方式。”

接着大家都不说话，各干各的去了，只剩下那蓝一个人还在一遍一遍地模拟练习。

四点时，季烈过来了一趟，看她专心致志地用着模拟器，可每次总是差那么一点点，说：“你的视点要正确，不要总盯着一个大面积，你要盯着一个点。来，再试一次。”

那蓝按照季烈说的方法又试了一次，这一次，果然停得准多了，自己都被吓了一跳：“队长，这个方法果然好。”

“你还可以更准，毫米不差。”

那蓝听出来季烈是在鼓励她，有点感动：“我会争取做到。”

季烈不以为然地道：“我说的不是模拟器。”

那蓝一愣。

“是实战。”季烈说。

当晚的巡逻任务，季烈任副驾驶。例行检查完毕之后，季烈趁等待起飞的空闲时间考了那蓝几道飞行问题，那蓝对答如流。季烈心里很满意，但是脸上却表现得很平淡，抬手看了看手表，发现还有十五分钟才到起飞时间，两名任务员还没到，于是故意考了一道战斗机飞行操作的技巧。好巧不巧，那蓝恰好在书上见到过，张口就来。季烈惊得瞪大了双眼，纳闷地问："这道题你是怎么知道答案的？"

那蓝诚实地道："书上看来的。"

"书上看来的？不会这么凑巧吧？"季烈瞥着她，过了一会儿笑了，"你行啊，这可是战斗机飞行员才学的东西，你跟我说说，你在哪本书上看来的？"

那蓝犹豫了一下，没说话，回头看了看方杰和宋智，见两人都直勾勾地看着自己。

方杰和宋智也都被那蓝的表现惊到了，不过他俩内心都为她感到高兴。

方杰说："队花，你真厉害，我服你了。我来队里的时间比你长，这几个问题，我有的都回答不出来，你全都知道。厉害！"

那蓝谦虚道："碰巧了。"

季烈说："哪来那么多的碰巧，问你的问题还没回答呢，最后一个问题你是在哪里看来的？"

那蓝犹豫了一下，眼一闭，说："你家书架上。"

方杰和宋智对视了一眼，然后一起将目光投向了季烈。季烈骑虎难下，只能硬着头皮说："那什么……以后你们有需要的话，欢迎都来我家借书，早日成为真正的飞行员。"

季烈一扭头看见带着学员讲解直升机养护知识的沈天梵正对着自己笑，于是走过去问："我说你笑什么啊？"

沈天梵叫学员自行学习，然后压低声音说："现在终于相信那蓝不是你原先以为的花瓶了？"

季烈望了一眼那蓝，方杰正在追着她问最近看了哪些关于飞行方面的书籍。

沈天梵小声道："我可记得那蓝刚进队里来的时候，你对人家是横挑鼻子竖挑眼，恨不得分分钟把人退了。"

季烈说："初次见面的时候她什么样你还记得吧，太离谱了，公开对抗救援人员。"

沈天梵说："那说不定人家还想试试咱们够不够专业呢。"

“得了，我不想跟你争这个，陈芝麻烂谷子的事。再说了，我不爱翻旧账。我是队长，我要看见手下队员的进步，这才是最重要的。”

沈天梵笑了，看着正在跟方杰、宋智聊天的那蓝：“你看，那蓝现在跟咱们队的人关系越来越好了。以前听说队里要来个女的你还担心过，说队里全是男的，女的能合群吗？事实证明，挺合群的。以前队里一片阳刚之气，她来了之后，明显柔和了很多。”

季烈说：“怎么着，你是不是心动了，也想招个女飞机师？”

两人正说话，执行此次巡逻任务的两名任务员走了过来，季烈见快到起飞时间了，结束了和沈天梵的谈话。

所有准备程序结束，巡逻机缓缓滑出机库，稳稳上了天。那蓝的耳边传来叶泉水稳稳的说话声：“据气象部门报告，目前滨江地区气温二十六摄氏度，局部地区有短时雷雨天气，阵风六到七级，短时阵风八到九级……预计十五分钟后，市区有雨。”

“十五分钟后有雷雨，紧张吗？”季烈问那蓝。那蓝声音有点小：“队长，这是我第二次执行巡逻任务，我确实有点紧张。”

季烈不禁笑了，扭过头做了个鼓励的手势，说：“怕也没用，轮到你执行任务，天上就是下刀子，你也有责任安全执行完任务，安全飞回去，将巡逻机安全停进机库。”

“是，队长！”

季烈说：“你别刚拿了个先进就掉链子，你就一门心思地好好执行任务，打雷下雨，跟你没关系，别打了闪电就哆嗦。”

季烈话音刚落，一个闪电划破天际，倾盆大雨提前到来。

天空已经暗沉了下来，闪电如巨龙之爪，撕裂夜空。电光石火之间，那蓝想起了当日在鹿岛救援时，阿香婶从柜子上掉下去的场景。“砰”的一声巨雷在脑海中炸开，她整个人都被震撼了，一双手不由抖了一下，操纵的巡逻机也跟着抖动了一下。

季烈扭头看去，见她神色不对，两眼无神，呼吸急促，大概明白了是什么原因，刚要说话，忽又发现那蓝已经猛然清醒了过来，额头瞬间起了一层细密的冷汗。

“对不起!”她对季烈说。

季烈脸色铁青，冷沉地问：“可以吗?”

“可以!”话音未落，又是一道闪电划破长空，那蓝的眼前再次出现了那晚的场景，但顷刻之间她已经集中起精神，操纵着巡逻机。

大雨敲击着机身，巡逻机在暴风雨中颠簸飞行，但总体还算稳。

季烈起初担心外面的电闪雷鸣风雨交加会影响到那蓝的飞行，担心她不能顺利完成任务。可当他再次看向那蓝时，悬着的心又落下了：那蓝面色沉着，稳稳地操纵着巡逻机，丝毫不紧张，让巡逻机用极低的高度在雷雨大风中穿行的同时，镇定自如地向地面指挥中心报告：“我是警航07，高桥到苏虹南路路段，由于大雨造成交通拥堵，车流密集，请及时疏导。”

季烈安心多了，回头对任务员说：“上次雷雨天气，方杰飞了多长时间?”

任务员答：“来回一共是一个半小时。”

另一名任务员说：“那天的雨没有今天的急，但是风力跟今天相当，准确地说，是一小时三十二分七秒左右落地。”

直升机在大风雷雨天气飞行难度很大，不过那蓝很快就掌握了极端天气下操纵直升机的窍门，并且越飞越稳。季烈对她出色的飞行技术暗暗吃惊，安心地靠在了靠背上，看了看手表。巡逻机已经在返程，时间跟正常天气下几乎没有区别，看到这个成绩，他很高兴。

那蓝全神贯注地操纵着巡逻机，忽然问道：“队长，雷雨天气，要不要向地面指挥中心要求再飞一圈?”

“不用!”季烈说，“我都已经看到了，所有路面交通的情况你已经全部通知给了地面指挥中心。返航!”

巡逻机缓缓降落在警航停机坪上，退入机库。

那蓝刚从巡逻机上下来，就见方杰等人呼啦一下冲了过来。

方杰大叫一声：“07，你太牛啦，比我上次雷雨天气巡逻整整缩短了一半的时间。”

那蓝愣了一下，望了一眼季烈。

季烈说："没错啊，我给你掐着时间，是他那天飞行的一半，还要再快……两分十五秒。"

那蓝笑了，摘下头盔，说："这么晚了，你们怎么都还没回家啊？"

宇宏说："因为你啊。大家都知道今天晚上是雷雨天气，都在为你担心，你从天上下来，我们的心才能踏实。"

宋智凑过去，双手举过头顶，接过那蓝手里的头盔。

那蓝问："宋智，你干什么呢？"

宋智语气夸张地道："王者归来，臣跪地迎接，臣给女王捧着冠冕。"

此言一出，众人都笑了。

宇宏一脸吃惊："哎呀妈呀，宋智，看不出来，你也太能拍马屁了吧。"

宋智说："你要是这么厉害，我也叫你一声陛下。"

"哎！"宇宏应了声。大家又都笑了。

后面的方杰都呆了，嘴里喃喃地说着："我的天啊，比我快那么多啊！她是怎么做到的啊？我的天啊……"

宋智抱着头盔一边走一边笑眯眯地扭头问季烈："队长，咱们队花厉害吧？"

季烈白了他一眼："要你说啊？我就在她边上。"顿了一下，"都给我听着，以后就以这个为队里的标准，别一遇到打雷下雨就手抖肝颤的。"扭头冲着方杰说了句："方杰听到了吗？"

"啊？"方杰一脸茫然地看着季烈。

第二天那蓝再上模拟机的时候，已经完全超越了方杰，方杰简直不敢相信自己的眼睛，就连季烈也对她的进步感到吃惊。队里所有人现在对那蓝是心服口服，连季烈也当着大家的面夸起了那蓝。不过他的夸奖方式很单一："以后就以这个为标准。"

那蓝的进步确实很大，不论是模拟还是实际操作都是队里成绩最好的，悬停几乎不会出现偏差。韩东风对她赞不绝口，他承认，那蓝确实有天赋。虽然原计划与特警的联合演习由于天气原因推迟了，但原本由季烈代表滨江警航出去跟其他地方的警航进行友谊比赛的任务最后也交给了那蓝，那蓝不负众望，拿了第一的成绩回来。没过多久，那蓝家里已经放了好些奖杯和证书，连季烈偶尔过来串门的时候，看着那些奖杯和证书，内心深处都会觉得骄傲。

韩东风跟季烈谈起那蓝时，毫不掩饰自己对这名女队员的喜欢。他说："老季啊，那蓝在警航拿的奖杯和证书马上要赶上你在警航这段时间拿的了。我这么夸她，你小子不会吃醋了吧？"

季烈大手一挥，说："吃醋？别搞得我跟你是在恋爱似的，肉麻！"

韩东风哈哈大笑："皮一下很开心是吧？"

季烈不以为然地说："奖杯和证书那些没用，真正有用的是为人民服好务。再说了，真正到了实战中，老百姓又不看你得过多少奖杯和证书。"

"你能这么想，我很欣慰。"韩东风伸手拍了拍他的肩膀道，"不管怎么说，那蓝是你带出来的，她给队里添了荣誉，功劳有你一半。"

季烈连连摆手："跟我没关系，换个别的人做她的队长，她成绩一样也是这么好。"

韩东风明白季烈的意思，不过他不这么认为。他说："俗话说得好，千里马常有，而伯乐不常有。你就是她的伯乐，如果没有你几次三番的挽留，她可能已经调去了别的部门。"

季烈趁机说："队里的进步奖，下月还是她，你没有意见吧？"

韩东风当即表示没意见。

第十九章

消失的人

由于天气原因推迟的联合演习还是到来了，这也是那蓝进入滨江警航后的第一次联合演习。演习是在晚上进行，地点在栖云山，联合特警进入山林缉拿歹徒。栖云山对那蓝来说并不陌生，是滨江地区地势最为崎岖陡峭的一座山，曾经，她和季烈以及警航的同事在栖云山参与过救援滨大登山队的行动，尤其让她记忆深刻的是，在进入山洞时，在那里遇到过巨型蝙蝠。

这次只是小规模的演习，季烈任此次任务的驾驶员，那蓝为副驾驶，沈天梵任观察员，宇宏任绞车手。除了警航的人员之外，还搭载了八名特警。但是由于特警人员受到限制，那蓝要随同特警一起索降到山地上接应。

晚上八点，演习正式开始，编号310002的直升机搭载特警冲上云霄，十五分钟之后到达栖云山地区，在歹徒可能出现的地方，直升机实施悬停。由于山地陡峭，树木众多，特警要从将近五十米的高空索降。这比起平时在平地上的练习，危险系数要大很多。

那蓝一出机舱，腿就软了一下，只见直升机下方一片漆黑。

一名特警队长朝她喊了一声："准备！"

那蓝立即进入了紧张状态，深吸一口气，降了下去。虽然她平时做了很多训练，身体素质也不差，但是跟男特警队员比起来，还是稍显逊色。到了地面之后，那蓝留在原地待命。山林里一共有两名伪装的歹徒，其余特警队员根据线索穿越林地追捕歹徒。

那蓝刚要坐下来休息，突然发现大树后头藏着人，便也不动声色地藏了起来。果不其然，特警过去之后，那一条黑色的身影慌慌张张地从大树背后蹿了出来，那蓝抓住时间猛然一跃，手里的棍子狠狠打在了那人的膝盖上。

歹徒遭到突袭显然是蒙了，低声骂了句："你他妈的……"

那蓝一听就怒了，当胸一脚将歹徒踹翻在地："你他妈的！"

歹徒一听是女人的声音，来劲了，蹦起来就打。

那蓝跟他对打了几个回合。歹徒腿被打了几下，见占不了上风，撒腿就跑。前面就是斜坡，歹徒一脚踩滑，骨碌碌滚到斜坡下头去了。

那蓝二话不说，抓着藤蔓下到斜坡下方，可到了下方才发现，人不见了。

这就怪了，明明看着人掉下来的，怎么就不见了？她找了一会儿，打开通话器刚要通报情况，就听通话器里有人在喊："抓住了，两名歹徒被抓住了。"

那蓝连忙顺着藤蔓又攀了上来，迎面就见八名特警押着两名歹徒走了过来。

这俩歹徒也都是特警伪装的，身材壮实，比刚刚那名歹徒要矮半个头，看身形也略有差别，说话声音也不一样，一听就是北方口音："哥们儿，歹徒也是人，下手轻点儿。"

一名特警说："可别再说了，这可是演习，能不能认真点？一个藏在树上，一个藏在草丛里，一眼就识破了。歹徒要都像你们这么笨，不早就被抓到了？不过瘾，太不过瘾了。"

歹徒道："兄弟们觉着不过瘾的话，那就把咱哥俩放了，重新再玩一次。告诉你们，咱哥俩可是特种兵出身。"

另一个歹徒道："这回是咱哥俩大意了，才让你们这么轻松给抓了，真是阴沟里翻了船。你们要是不服的话，咱们再来一次。"

"来啥来啊，行动都结束了……"

那蓝越听越觉得奇怪，等众人到了跟前，她更加确定了，刚才跟她交手的那个人跟这两个人完全不一样。她又回忆了一遍，越想越觉得那人有些眼熟，可一时间又想不起来具体在哪里见过。

特警押着两名歹徒顺着吊索上了直升机，那蓝也紧跟其后，直升机朝基地飞去。

那蓝心中疑团未解，但也没有跟众人提起，目光一直望着外面，反反复复回忆着刚才交手时的场景。

十五分钟后，直升机在停机坪上降落，众人陆陆续续下去了。

季烈见她呆呆地坐着，问："想什么呢?"

那蓝没说话。

飞机退入了机库，大家也都走了，只有那蓝还坐在驾驶舱里。季烈换了身衣服走过来，发现她还坐着不动，说："你都待了半个多钟头了，有心事啊?"

那蓝说："没有。"

季烈笑了一声，自言自语一般道："没心事就怪了。"

那蓝没说话，手托着腮。

"你不是一个藏得住心事的人，你的心事都写在了脸上。"季烈走过去，像拍孩子似的敲了敲那蓝头上的头盔，"走吧，回去了，开飞机的舒克。"

那蓝取下头盔，起身往外走，走得很慢。

季烈回头望了她一眼，说："快点啊。"

回去的路上，那蓝一句话不说，满脑子都在想着晚上的情形。

行驶中的车辆突然一个急刹车，旁边的季烈打开车窗对着外面的人吼了一嗓子："没看见这是红灯吗? 闯什么闯!"

那蓝这才发现原来是一名行人在闯红灯，二十来岁的年纪，穿着一件白色的外套，瞬间让他想起了栖云山上遇到的那个身影。她朝季烈喊道："我想起来那个人是谁了!"

季烈一愣："啥玩意儿?"

"是小七! 没错，就是他，肯定是他!"

季烈一头雾水："到底怎么回事?"

那蓝把经过说了一遍。

季烈有点怀疑："栖云山是登山胜地，不乏驴友，你可能遇到的只是一个驴友。"

"我确实看到了，并且跟他交了手，你要是不信的话，我现在就带你到事发地点验证！”

季烈看着那蓝，说：“那蓝，你知道任何一条线索对警方来说都非常重要，可警方每天都会接到无数个举报电话，基本上都被排除了。据科学研究，人在特殊情况下，大脑会产生出一种虚假记忆，你有没有可能是太想要抓到那两名凶手，所以产生出了虚假记忆？”

“我绝对没有看错！我以我的职业前途担保。”

季烈不高兴了，将车往路边一停：“你再说一遍？”

那蓝意识到说错话了，没吱声。

其实季烈能理解她的心情，他只是无法接受她的说话方式：“你不要动不动就赌上职业生涯，这样的话说出口就显得你很愚蠢你知不知道？”

那蓝也怒了，说：“我就知道你不会相信我说的话。”

“我相不相信你那是我的事，你记住了，你的身份是一名警务工作者。”

那蓝委屈地朝季烈喊道：“我只是想要早点抓住凶手，为如本报仇，为所有无辜的人报仇而已，有你说的那么夸张吗？”说完直接开锁下车，大步往前走去，“你不相信就算了，我这就去跟孙队说。要是所有人都不信我，那我就自己去栖云山，就算翻遍了大山我也要把他揪出来。”

那蓝的执拗劲又上来了，季烈叫了她几声她都不搭理，只好跑上去拦在她的面前，斩钉截铁地说：“我不是不相信你，我是太懂你想要抓住凶手还如本公道的心了。可你现在是在干什么？你是一名警务人员！你必须收起你身上的那份自我。”

“我现在哪还有什么自我？”那蓝憋着眼泪朝他吼道。

季烈看她的眼泪在眼眶里打转，有点慌了，声音很轻地说：“别这样啊，怎么眼睛还红了呢？你看看你，好像多么委屈似的。来来来，那蓝，我要跟你好好聊聊。”

“没什么可聊的。”那蓝想要绕过他往前走。可她向左，季烈向左；她向右，季烈向右，死死拦在她的面前。

那蓝更气了，停住脚步，语气生硬地问：“你干什么？你到底想要干什么？”

“不干什么，聊聊。”

“好，聊聊就聊聊，你让我收起自我，自从我进入警航之后，我已经很压抑自我了。”

季烈面色严肃了下来，一本正经地道：“那蓝，你不要觉得你委屈，你要明白，你身上穿着制服，那就是一种责任。如果你想放飞自我，你想任性妄为，想干什么就干什么，让你脱掉制服你愿意吗？”

那蓝急了：“只要能抓住凶手，干什么我都愿意。”

季烈有些失望，叹了口气，让开了路，回身往车子走去。

其实刚才话一出口那蓝就后悔了，她愣怔地望着季烈的背影，果断转身回到车上，小声道：“对不起啊！我刚刚情绪激动，我不该说那样的话。”

季烈出人意料地平静，望着她，声线很平地问：“你不用跟我道歉。那蓝，你来队里已经有段时间了，我想问问你，你后悔过吗？”

那蓝愣住。季烈接着道：“上次你问过我同样的问题，我说若不后悔是假的。那会儿悔得我半夜挠墙、抓心挠肝。我无数次地想，如果上天再给我一次选择的机会，我肯定选择继续留在军营里。”

“你现在还后悔吗？”

“你猜猜看。”

那蓝心虚了一下：“你不会……现在还在后悔吧？”

季烈故意做出一个惊讶的表情，然后才用异常平淡的语气说道：“早就不后悔啦……”过了一会儿，看似自言自语地补充了一句：“多亏有你。”

一语双关！多亏有你，才不后悔！

那蓝心里一暖，眼神有点慌，见季烈盯着自己，马上又恢复了平淡的表情，心不在焉地说：“其实……后悔也是人生的组成部分，有遗憾的人生是艺术。”

季烈指了指自己说：“我权当你在夸我是艺术品。”

那蓝说：“我没有夸你，我说真的。”

季烈说：“这话我爱听。”

那蓝笑了笑，问：“你还爱听什么？”

季烈没回答，发动了车子，继续往前开。

那蓝说："听拍马屁的话，还是忠言逆耳的话？"

季烈光是笑，就是不说话。

那蓝说："你笑什么？"

季烈注视着前方，说："你说的我都爱听。"

气氛莫名就变得暧昧了。那蓝伸手去开音乐，翻了一遍，都是纯音乐，于是打开手机，连接蓝牙，音乐响了起来。

季烈发觉歌手的声音有点熟悉，旋律却从来没有听过，问："谁唱的？"

那蓝反问："好听吗？"

季烈没说话，专心开车。

那蓝问："词和旋律怎么样？"

季烈说："都很好，到底谁唱的？"

那蓝没回答，跟着音乐哼了起来。

季烈不说话了，默默地打开车窗。

那蓝的短发随风飞扬，像黑夜的精灵，在车子经过的地方，留下一连串清晰的歌声。

回到家之后，那蓝在客厅的沙发上坐了半宿，一会儿想到季烈，一会儿又想到跟她交手的黑衣人，到了凌晨才勉强睡着。刚睡了没多久，就被一阵夺命般的手机铃声惊醒，她睁开眼睛，从预留的窗帘缝隙往外看去，天还是黑的。

电话是警航打来的，出于职业的警觉，她陡然间清醒了过来，立刻按了接听键："喂？"

"速回警航基地，执行紧急救援任务……"

隔壁的季烈也在同一时间接到了队里的电话，他一边听电话，一边迅速翻身下床，快速整装完毕。刚跑到电梯口，看见隔壁的那蓝也跑了出来，两人对视了一眼，无须多言，迅速下楼，冲进地下车库。"砰——砰——"两声，车门关闭，车子冲出地下车库，朝警航基地飞驰而去。

天依旧是黑的，东方隐约有曙光撕开黑暗。道路上空空荡荡，偶尔飞驰过一两辆车。

那蓝几乎没怎么睡，眼睛有点肿，季烈一言不发地递给她一瓶水和一包饼干。到了基地，所有人集合完毕。

韩东风坐镇指挥："根据消息，栖云山在靠近德村地区发生较大森林火灾，火险等级四级，德村地区的天气情况和地质资料已经传给了你们。另外，有一个十八人的旅游团就住在发生火灾这片区域的栖云山旅馆里，现在该旅馆通往山下的道路已经被大火封死，目前消防队员已经到达现场，要求救援人员立刻乘坐直升机紧急出动。你们务必要小心搜索营救，力求不让任何一个人的生命受到威胁。"

"是！"

季烈、那蓝、沈天梵、宇宏快速冲进机库，直升机稳稳上了天，朝栖云山地区飞去。

那蓝看完电子地图，心情很复杂。火灾区域离昨天演习的地方只有两公里的距离，她不止一次地怀疑昨天跟她交手的那个人就是小七，如果真的是他，那么罗宾很可能就在附近……

季烈稳稳地操纵着直升机，通话器里传来韩东风的声音："01，01。"

"01 收到。"

"现在有个情况通知你，栖云山地区风力加大，火势蔓延，行动必须小心。"

"是！"

"还有一个情况，你通知老鹰。栖云山旅馆里有一名游客哮喘发作，该游客二十七岁，女性，患有先天性哮喘。必须小心，无论如何一定要把病人安全送到医院。我们已经联系了滨大附属医院，开通了生命通道。"

"明白！"

直升机迎着曙光飞往栖云山，十五分钟之后到达了火场附近。飞机从侧面的山峦贴着山头飞过，穿过黑色的烟雾，到达上空，打开了光电吊舱。

通话器里传来叶泉水稳稳的说话声："目前火场附近气温二十八摄氏度，风力五到六级。"

"收到，我是警航 01，目前直升机已经到达火场上空，发现着火点共八处，其中一处刚刚被扑灭，但有死灰复燃的迹象，请立即通知消防部门。"

在季烈通话的过程中，沈天梵迅速将火场的图片传输给了地面指挥中心。地面指挥中心收到之后，又迅速传输给了消防指挥部门。

直升机在空中盘旋了一圈，朝预设地点飞去。山上浓烟滚滚，季烈只能凭感觉朝旅馆飞去，在到达旅馆附近时，光电吊舱出现了旅馆的影子，随后他迅速将直升机高度下降，寻找合适的地点降落。

刚一接近旅馆，就见下方人群混乱，推推搡搡。

季烈气不打一处来："情况这么危险，有什么事不能等安全了再商量？火都烧到眉毛了，怎么都不着急？"话音未落，那蓝从光电吊舱中看到了一个黑色的身影消失在树林中，她下意识地朝下方看去。

"怎么了？看到什么了？"季烈问。

那蓝说："我看到昨晚跟我交手的那个人了。"

季烈刚要说话，这时通话器里传来了韩东风的声音："01，你在说什么？现在不是发脾气的时候。"

季烈知道这样不对，应了声："是！"

栖云山在靠近德村的这片山区只有一条山路直通山顶鹤来峰，鹤来峰也是栖云山观日出的绝佳之地，距离栖云山旅馆大约一百米。

由于现在是淡季，来鹤来峰旅游的游客并不多，加上六名旅馆工作人员，这里一共有二十四人。

凌晨三点半，前台打瞌睡的工作人员闻到了浓重的烟味，发现山林起火，随即打电话报警，并迅速通知了旅游团。由于起火原因不明，火势蔓延迅速，再加上夜间山路一片漆黑，导游在无法提供安全保证的前提下，选择等待救援。其间一名旅客哮喘发作，导游称如果强行脱团下山，遇到危险自行负责。游客怒了，跟导游发生了冲突。山下火势凶猛，浓烟越来越大，躁动、不安、愤怒、恐惧等情绪也越来越强烈……

千钧一发之际，空中传来直升机巨大的轰鸣声，导游不顾一切地扒开众人冲向一处高地，朝直升机挥手，叫了起来："有救了！有救了！"

众人也都蜂拥了过去。

"我们是滨江警航的救援人员，我是01季烈，大家不要紧张，滨江警航将会把大家送去安全的地方。”季烈沉稳的声音在空中响起，像一针兴奋剂，让绝望的游客顿时兴奋了起来。

季烈驾驶着编号310002的救援机在空中盘旋了一圈，随后在一处空地缓缓降落。刚一着地，游客呼啦一下全部围了上来。

季烈看了看人群，打开扩音设备，对外面的游客说：“针对本次救援，滨江警航一共出动了两架直升机，机上有八个空位。根据国际救援惯例，妇女和儿童先上飞机……这里有一个病人，也要先上，另外一架直升机将在五分钟后到达。”

机舱门打开，沈天梵和宇宏快速下了直升机，那蓝站在舱门口，安排妇女和儿童登机。不一会儿，沈天梵背着哮喘病人在宇宏的护送下也上了直升机。

一切顺利，那蓝轻轻呼了口气。

“大家不要紧张，下一架直升机马上就到。”安抚完众人，那蓝刚要回到座位，不料，就在舱门将要关闭的一瞬间，一个健硕的身影快速扑向了舱门口，挡住了将要关闭的舱门。

季烈怒了，回头严厉地斥了一声：“你想干什么？”

门边坐着的一个大妈扯着一对年轻夫妇急吼吼地说：“就耽搁一分钟，这是我儿子和儿媳，你们行个方便，让他们也上来，这儿还有空余的地方，挤挤就进来了……”

季烈憋着气刚要说话，沈天梵轻轻咳嗽了一声。季烈知道自己态度不够好，交给沈天梵处理去了。沈天梵公事公办，态度严厉地拒绝了。

大妈硬着头皮说：“你们刚刚不是说了妇女和儿童先走？我儿媳怀孕了，这可是一家三口。”

沈天梵盯着女方看了一眼，说：“话已经说得很清楚了，另外一架救援机马上就到。”

大妈盯着他，不相信，说：“我怎么知道你的话是真是假？这可是一家三口……”

“我们的救援行动从来不是儿戏，请你配合。”

周围的人也都议论纷纷，指指点点。

大妈说："那我下去行不行？让他俩上来。"

沈天梵做了个请的动作，说："你下去可以，但是空间有限，他们只能上来一个。"

那蓝冷静地听了一会儿，说："我下去，让他们上来。"

季烈气不打一处来："你去哪？飞行守则里怎么说的？直升机起码要有两名飞行员，位子你说让就让？"

那蓝说："特殊时期……"

"什么特殊时期？平常怎么跟你说的？执行任务的时候要严格遵守飞行守则！你给我坐好了，你现在是一名飞行员，位子说让就让，你以为这是地铁还是公交？"话音未落，通话器里传来韩东风的说话声："01，你发什么脾气？那么多双眼睛看着你，收收你的臭脾气！"

季烈不说话了，过了一会儿应了声："是！"

韩东风道："特殊时期特殊对待，你记住，一切以老百姓的安全撤离为重，不要耽误了营救时间。07 原地待命，将宇宏换到副驾，01 立刻执行飞行任务。"

"是！"季烈扭头，"叫他们两个立刻上机！"

季烈操纵着直升机缓缓向山外飞去，同一时间，方杰驾驶的救援机从相反方向飞来，朝栖云山旅馆方向飞去……

季烈的直升机缓缓停在滨大附属医院的停机坪上，趁着医护人员将哮喘病人抬下去的时间，连接那蓝的通话器，问："07，我是 01，听到请回答。"

他等了两秒那边并没有回答，他再次呼叫："07，听到我说话了吗？"

还是没有回应，季烈下意识地提高了声音："07，你那边出什么事了？听到立即回答。"

"07 收到，现在有一个紧急情况，我在栖云山旅馆后院发现了小七和罗宾。"

季烈紧张了："你要干什么？"

"我这次决不能让他们跑了。"通话器那边传来那蓝坚定的话语，紧接着是紧张的喘息声。

季烈毫不犹豫地喊道："别追了！"

“这次算我个人的行动……”

“眼下山林大火情况危险复杂，撤离旅客和工作人员是我们唯一要做的事情。在这种情况下，警方不可能投入警力，你清醒一点……”

季烈的分析还没说完，那边传来那蓝的声音：“队长，求你。”

季烈简直无语了：“算我也求你了，行吗？不要擅自行动，你一个人不是他们的对手……”话到这里，吐出一口气。他知道那蓝不会听他的警告，只好换了个语气冷沉地问：“现在到底什么情况？”

那蓝远远地躲在墙角后头，将身子掩藏好，再起身望着正在给小七包扎伤口的罗宾，继续压低声音说：“小七受伤了，我猜是跟我交手的时候掉下山坡伤的。”

罗宾似乎听到了异常的声音，猛然抬头四处张望。那蓝立即关了通话器，屏住呼吸，用力将身体紧贴在墙角，山林里一瞬间异常安静。

罗宾观察了一圈，旅客已经全部撤到了外面，只有一两个旅馆的工作人员还在检查物品，而工作人员理所当然地以为他们是游客，还提供了紧急药箱，并未过多在意。除了这些，四周只有浓烟和摇晃的树木，并没有发现其他人。

罗宾在军校是尖子生，又是军迷，被军校开除之后至今仍过着军营一般训练有素的生活。

“怎么了？”小七头也不抬地问。

罗宾没说话，低头继续给他处理伤口。

小七龇牙咧嘴地痛骂道：“他妈的，那女的估计上辈子跟我有仇吧，我躲在树丛后头都能被她给发现了。妈的，咬死老子不松口，害得老子掉到山坡下面。真他妈的背，也不知谁他妈扔了一把叉子在山坡底下，正好扎在我腿上了。哥，你说这是怎么了，最近咱们怎么这么倒霉啊？”

罗宾将小七伤口的污血全部清理消毒完毕，一边包扎一边说：“这不算什么倒霉，这是老天爷在考验我们。小七，别忘了，妈还在他们手上。”

“忘不了……后来我才知道他们在山上演习，我猫在山洞里，好不容易躲过了那女的，等她上去之后，顺着那山坡走了一里多路，好不容易爬上来，就坐在那抽了根烟，扔了个烟头，结果谁能想到，烟头又掉了下去，竟然还烧起来了……真是他妈喝口凉水都塞牙。”

罗宾冷不丁地问：“你说这是好事还是坏事？”

“坏事啊。”

“不见得。”

“好事？”

罗宾望了望远处的两名工作人员，小七顺着他的目光看了过去。那两名工作人员都是二十几岁，身高跟他们差不多。

小七小声嘀咕了一句：“体形没咱们好。”

“如果是两具烧焦的尸体呢？”

“那肯定没人在意。”

“小七，记得我跟你讲过的释迦牟尼佛割肉喂鹰的故事吗？”罗宾用一副悲天悯人的口气说道，“释迦牟尼没有成佛之前，修行时遇见一只老鹰要吃一只鸽子，释尊要挽救鸽子，鸽子活下来，那老鹰就会饿死。释尊既不忍心鸽子被吃掉，也不忍心老鹰饿死。所以，为了挽救两者，释尊救下鸽子的同时，要割下自己身上的一些肉喂老鹰，让两者都活下来。鹰要求释迦牟尼给他与鸽子等重的肉，可是无论释迦牟尼怎么割，肉总是比鸽子轻，直至割尽全身的肉，才与鸽子等重。当释尊割下最后一片肉的时候，天平终于平衡了。正是因为释尊肯把自己所拥有的最珍贵的生命都布施掉，才圆满修成佛。”

小七心领神会。

罗宾说：“普度众生，你我都是众生，今日我们助他们修行圆满。”

那蓝打了个寒噤，再看他时更觉得犹如恶魔。

罗宾的计划很巧妙，先瞒天过海，利用两具烧焦的尸体和伪装让警方误认为他们已经葬身火海，放松警惕，然后利用这个机会，神不知鬼不觉地将母亲从医院偷走，而等到警方发现之后，他们已经逃之夭夭。然而计划赶不上变化，沉寂的山林忽然又传来直升机的巨大轰鸣声，两人均是一愣，连那蓝都暗暗吃了一惊，心想，方杰的飞机刚刚飞走，来的一定是季烈。

那蓝猜得没错，此刻直升机上的操纵者正是季烈，他在收到那蓝的消息之后以最快的速度飞了过来。

那蓝暗暗高兴，对于罗宾和小七来说却不是什么好消息，必须速战速决，一旦两名工作人员乘机离开，计划将前功尽弃。正在前台检查物品的两名工作人员听到了直升机的声音，已经加快了速度。

罗宾脸色沉了下去，用手势指挥，微声道："你从那边过去。"

直升机刚刚停稳，季烈便一跃而下，动作连贯，快如猎豹。这个动作让沈天梵吃了一惊。

宇宏目瞪口呆地望着季烈的身影消失在不远处的旅馆里，一边组织剩余人员上救援机，一边小声问沈天梵："沈队，队长这是平地飞啊？"

沈天梵说："他曾经名列全集团军越野前三。"

宇宏震惊："这么快，他是不是让尿给憋急了……"

宇宏话没说完就听沈天梵说："他是什么人？斗战胜佛，能在飞机上不吃不喝持续飞行十六个小时，尿能让他脱离原则？"

宇宏更感兴趣了："那这是怎么回事？"

沈天梵望了一圈，没发现那蓝，严肃地说："那蓝不见了，我估计遇到危险了。"

宇宏看了一圈，确实没发现那蓝，有点急："你说那蓝姐又出事了？沈队，咱们是不是得过去帮忙？"

沈天梵压低了声音说："我们要是再走了，受灾群众怎么办？"

"那咱俩留下来也没用啊，我们又不是飞行员。"

沈天梵望见周围的人齐刷刷地看着他们，微声说道："保持冷静，上机。"

季烈跑进去发现了两名被绑在椅子上的工作人员，嘴上贴着胶带。他马上联系沈天梵进来救人，随后从后门跑了出去，看到两个身影消失在山林深处。

季烈追了过去，追到跟前发现人不见了，地上有只鞋子，是那蓝的。弯腰去捡，手还没碰到鞋子，忽听浓烟中传来那蓝的喊声："队长，小心！"

季烈突然一个侧身旋踢，踢在了罗宾的胸口上。

"他妈的给我闭嘴！"小七恼火地吼道，"啪"一巴掌将那蓝嘴上的胶布拍好，抓着她的头发一瘸一拐地往树林里拖去。

季烈看着被捆住双手的那蓝，刚刚小七那一巴掌和揪头发的动作让他恼火了，径直朝小七狂奔了过去。

“站住！”罗宾大叫一声追上，但他发现自己的速度根本跟不上季烈，马上朝小七大喊：“小七，当心！”

季烈跑得飞快，三跃两跃冲进了树林。罗宾从侧道追过去，动作迅猛。

季烈冲到跟前发现小七和那蓝不见了，他收住脚步，回身到处寻找。

罗宾朝他扑了过来，手中的匕首也刺向他，两人交起手来，用的都是狠招，招招致命。

罗宾虽然握着匕首，可并不占上风。季烈想要救那蓝，也并不与他缠斗，打算速战速决，徒手夺下匕首。罗宾的胳膊被划伤了，鲜血直流，转身想逃，但是季烈并不给他机会，手上全是致命的招，匕首几次贴着罗宾的要害蹭过去。罗宾怕了，这根本就是不留活路了。

匕首终于贴在了罗宾的脖子上。

“放了我哥！”身后传来小七的声音，一瘸一拐地押着那蓝，匕首同样放在那蓝的咽喉上，睚眦欲裂地吼道。

季烈扭头看了一眼，那蓝脸色平静。她知道，一旦季烈松开手，再想捉他们就难了，阻止道：“队长，别放他。”

小七冷笑：“你要不放了我哥，我可就给她放血了。”

对方语气生硬，可季烈更硬：“你要是敢动她一下，我立刻割了他！”然后冲那蓝问：“07，你怕吗？”

那蓝说：“不怕！”

季烈点点头：“好样的。”

小七气急败坏，罗宾却笑了，声线特别平静地说：“学长果然厉害，军校铁人不是白叫的，离开部队那么久，手底下还是这么硬。”

“我没你这么不要脸的学弟。”季烈连个正眼都不看他，“你早就被军校开除了，杀人凶手，作恶多端，你根本不配提军校的名字，给军校抹黑！”

罗宾不怒反笑：“行，不提就不提，不过……我还是要提一句，我记得你比我高了几级，我进学校第一天就听说了你的名字，还听说过……你有一个女朋友，叫夏若，校花啊，长得漂亮，半个学校男人的梦中情人。”

季烈的情绪微微变化了一下，有些说不出话来。这点并没有逃过罗宾的眼睛，故意继续说道："季大队长，你跟夏若现在怎么样？我听说当年暑假你们去卡拉麦里旅行的时候跟当地的盗猎者遇上了，她被抓走了三天才回来，后来就去了美国，有这回事吧？那三天发生了什么事，你知道吗？"

季烈整个人如遭雷击。这件事是他的死穴，他一直觉得欠着夏若，十年来始终无法释怀。并且这件事他和夏若非常默契，他没问，她也没说。罗宾为什么会知道？

他眯着眼睛看着罗宾，眼底是深不见底的黑暗："你认识老鬼？"

"一面之缘。"

季烈情绪激动了，一把抓住罗宾的领子："他在哪？说！"

罗宾哼哼了两声："你放了我，我就告诉你。"

季烈断然拒绝："没门儿！"

罗宾不以为然地说："那你就不会知道老鬼到底在哪了。"

季烈咬牙切齿，却不为所动。

罗宾知道继续用夏若的话题已经不能迷惑住季烈，于是笑了起来，说："季大队长铁面无私。仇你不想报了不要紧，我可以理解，毕竟夏若去美国已经十年了。但我不能理解的是，你要眼睁睁地看着那位飞行员小姐跟我一起死吗？看看她吧，花一般的年纪，要陪着我一个丧心病狂的杀人凶手上路，你舍得吗？反正我很满足！来，给我一刀子！"扭头冲小七说："小七，注意了，他下手的时候，你可别手软了！"

那蓝看着罗宾。他眼露邪光，嘴角乌青，颧骨上流着血，十足一副人间恶魔的形象。知道他在用激将法故意刺激季烈，那蓝立刻挺直了腰板，说："季队，你别听他的。人固有一死，但人跟人不一样，我爸就是因公殉职，我这次要是死了，那也是因公殉职，光荣！"

罗宾把目光投到那蓝的身上，脸色突然阴沉了下来，问："你是那志国的女儿？"

那蓝不觉一愣："你知道我的父亲？"

罗宾苦笑一声："真是冤家路窄！"

“你什么意思？”

“十多年前，他曾经从偷渡船上把我和小七救了下来。”

小七突然有了怒气：“当年要不是因为他，我们早就去了东南亚。他以为是救了我们，实际上是把我们害了，回家之后罗阚差点把我们兄弟俩打死。”

那蓝这才知道有这么一回事，忙问道：“是十一年前的事对不对？深秋的时候。”

小七说：“差不多吧。”

罗宾眯着眼睛看着她，忽然笑了：“这事我记得，就是秋天的时候。他亲自把我们送回的家，那时候地里地瓜刚熟，走在路上小七说饿了，他跟路边的老农买了地瓜烤给我们吃。小七吃了，后来半夜拉肚子，他又送小七去医院挂水。小七小时候身体不好，病倒了，连着昏睡了四五天……”他盯着那蓝，“你还想知道什么？叫他放了我，我全都告诉你。”又看着季烈：“放了我，我帮你联系老鬼，让你手刃仇人。”

小七说：“对，你们就当作没有见过我们，各取所需。”

季烈听完就乐了，说：“说了半天就是想让我放了你们啊，没门儿！”

罗宾不笑了。他知道季烈曾经是一名军人，是面对过流血和牺牲的战士，有钢铁一般的意志力，哪怕他用能击中他心理防线的致命武器，也毫无用处。

其实季烈太明白凶手的心理了，只有表现得那蓝对他毫无价值，她才是最安全的。

小七用手指着季烈对那蓝说：“他放弃你，你听到了吗？你的队长放弃你了，他要抓我哥邀功，不管你的死活。”

季烈说：“你说得没错。反正我一个人也带不走你们俩，她你爱怎么处置就怎么处置。”说完押着罗宾要走。

那蓝瞬间明白了是怎么回事，奋力挣扎了一下，朝着季烈气势汹汹地吼道：“季烈，你他妈给我站住！”

小七按着她，吼道：“妈的，老实点！”

“松开！”

小七愣了一下，那蓝扭头望着他，双眼通红，嘶吼道：“我他妈都已经是弃子了，你按着我干什么？”

充满杀气的眼神和极具爆发力的声音将小七镇住了，他的手僵了一下，还来不及反应，那蓝已经挣脱了控制。小七回过神来，手中的匕首下意识地朝她刺去，她早有准备，快速向后滑倒，双腿一剪将小七绞倒在地上，两人绞杀在了一起。那边，罗宾终于找着了机会挣脱开控制，被季烈一个过肩摔摔在地上，两人又缠斗了起来。

小七奋力将那蓝按住，举起手里的匕首朝她刺去。那蓝伸手抓住他的手腕，用力想要掰开。这是一场拉锯战，匕首在那蓝眼前忽远忽近……她不是不怕的，毕竟稍有大意便会香消玉殒。她一鼓作气，掰开小七的手，将他掀翻在地。两人刚好在一个斜坡上方，小七被掀翻之后，骨碌碌滚了下去，那蓝毫不犹豫地从山坡上滑下去追赶。小七脸上挂了彩，一骨碌爬起来，一瘸一拐地朝山上跑去，那蓝翻身而起，追了过去。

季烈按住了罗宾，胳膊肘用力一撞将罗宾撞晕，快速抽下他的腰带将他捆住，转头营救那蓝。

小七虽然受了伤，可他熟悉地形，三下两下就蹿上了一块大石头，石头旁是山壁，不远处是一条早已废弃的崎岖古道，直通山顶，大石头后面是悬崖。他准备徒手攀岩，刚一跃起，那蓝已经追到了跟前，不顾危险地往前一跃，扯住他的腿。小七站立不稳，朝悬崖下滚去。顷刻之间，那蓝看见了小七脸上的恐惧，那种对死亡的恐惧。千钧一发之际，那蓝毫不犹豫地伸手死死抓住了小七的手臂。然而，奇怪的是，身体落下去的小七脸上没有了刚才的恐慌，身体也不似成年人应该有的重量。那蓝不知道，但是小七知道，这块大石的斜下方是隐秘的羊肠古道。那蓝立即明白过来了，原来这小子根本不是不慎滑倒，是故意为之。

小七挣了两下挣不开，龇牙咧嘴地冲着那蓝说：“你就不能放了我吗？”

那蓝说：“你杀害如本的时候想过放过她吗？”

“不能怪我们心狠手辣，要怪就怪她知道得太多，必须死！”

“你们就必须受到法律的制裁！”

说话间，季烈已经跑了过来，追踪而来的沈天梵也到了跟前，三人合力将小七拖了上来，抽下他的腰带捆住了他的双手。

那蓝坐在大石上，林间的烟雾让人剧烈地咳嗽了两声，大口大口地喘着气。

季烈也咳嗽了两声，扭头望了她一眼。她的身上和脸上都沾了灰，样子有些狼狈，眼神却流露出百感交集的复杂情感。很明显，虽然抓住了凶手，但并不令人愉快。

目光相接的一刹那，两人默契地笑了。季烈走到她面前，伸出手，将她从地上拉了起来。他的手很温暖，可她的手却很凉。那是因为她想到了如本。

沈天梵的通话器几乎被韩东风喊炸了，他推了推耳麦，对季烈说："老季，立即打开你的通话器，老韩都要疯了。"

季烈刚一打开通话器，韩东风的声音就炸雷般响了起来："季烈，指挥中心的投诉电话都要被打爆了！我不管你现在是什么情况，你必须立即搭载受灾群众返航，立即执行！听到没有？"

季烈连忙应了声："是！"

韩东风"哼"了一声，气得都要说不出话来了，在通话器里大声嚷道："等你回来再跟你算账！"

"是！立即返航。"

几个人押着两名犯罪分子加快了步伐朝直升机大步走去，刚接近直升机就看见受灾群众正围着宇宏情绪激动地声讨，宇宏耐心地解释，却无济于事。

宇宏望穿秋水，终于看见了归来的众人，激动地叫起来："来了来了，大家有序上直升机，马上返航！"

山上的明火已经扑灭，直升机腾空而起，朝山外飞去。

为了保证机上众人的安全，那蓝和沈天梵留下来押解小七和罗宾。

此刻，接到任务的方杰驾驶直升机，和特警正在赶来的途中。

任务结束了。所有人在会议室召开完了总结会议，韩东风把季烈单独叫进了办公室。

季烈进门，发现政委陈向琣也在。

韩东风正在发脾气："作为飞行员，擅自离开直升机，顾此失彼，现在那几名受灾群众联名投诉你，说你玩忽职守！"

季烈一反常态地道歉："老韩，我错了！"

韩东风"哼"了一声，说："你说说你怎么错了？"

季烈说："我没想到我错在哪。"

"你……"气得韩东风说不出话来。

陈向琣打圆场道："好了好了，老韩，你也别生气了。"

韩东风愤愤不平地望着季烈："你说你，三番两次，关键时刻关闭通话器，拒绝和我交流。上次海上救援时我就批评过你，你说你会改，结果呢？变本加厉。"接着跟陈向琣诉苦："老陈，我管不了他了。"说完朝季烈使了个眼色。

季烈唱起了双簧，说："下次我一定改，一定不关闭通话器，这次是我错了。"

韩东风马上跟陈向琣说："政委你看看他，我是拿他没办法了，你批评批评。"将难题扔皮球一样扔给了陈向琣。

陈向琣心知肚明，可问题还得解决，总结性地说了句："救援很及时，但是总体是失败的。"

这个话说得太微妙了。韩东风没说话。

季烈有点不服气："人要救，犯罪分子要抓，投诉我我没意见。我承认，当时的情况确实危险，烟雾确实容易对人体造成伤害，但是已经给大家发放了湿毛巾捂住口鼻，减少了有害气体对身体的伤害。而且大家也都知道，当时风向改变，吹向了另一边，实际烟雾减少……"陈向琣想要说话，但季烈并不给他说话的机会，挥手打断，"并且我们比正常撤离也只拖延了十分钟的时间。但也就是这十分钟的时间，我们抓住了两名凶手，这两名凶手对社会危害度极高，这个不用我多说了。再说，即便是拖延了时间，但是没有造成受灾人员的损失，所以我不认为这是失败的救援。"

韩东风附和了一句："他说的也有一定的道理。"

陈向琣看了看韩东风，又看了看季烈，忽然就笑了，说："队里都说你俩是什么 CP（配对），今天我算是见识了。我实话跟你说吧季烈，是受灾群众投诉到上级领导部门那儿了。"他把目光转向了季烈，"今天，我和老韩挨了一通批评，这都是小事，最让人头疼的是有人把这个事用手机录下来放到网上去了。山林大火，警航救援飞行员不见了。这事闹大了，已经上了网站头条了，影响很恶劣。当然，我们也正在进行辟谣，但你也明白，负面消息远比正面消息传播得快。另外还有那蓝……”

季烈问：“跟她有什么关系？”

韩东风说：“你这个学员学上你了，关通话器，不听指挥。”

季烈干脆把责任揽到自己身上：“这事不能怪她，是我叫她关的。”

“你胡说。”

季烈说：“我还不了解你吗，所以我就叫她关了通话器。”

韩东风无话可说。

陈向培说：“季烈，你要做好心理准备，在上级部门处理意见还没出来之前，从明天开始，你休假一段时间，消除掉影响再通知你上班。”

“行！”季烈站起身，“那我先出去了。”

季烈没有回办公室，直接上到了天台。陈向培把“休假”这个词用得很微妙，没有具体说多长时间，也就意味着复工遥遥无期。他想再看看天台上的风景，等下一回再看到它，不知道需要多久。

季烈被叫走之后，那蓝就很紧张，午休的时候，她跑到了天台，果不其然在那儿看到了季烈。

季烈听到了脚步声，说：“看，从这个角度看滨江，是不是很美？”

那蓝跟他并肩站着，说：“美！”

“明天开始，这个绝佳观景台就留给你了。”

那蓝听出了他话中的意思，扭头望着他，以为季烈要离开警航，眼圈唰一下红了，想哭。

季烈一下子慌了起来，说：“你怎么还哭了？别哭别哭，我不是要离开警航，只是上面给我放了个假。明天这个时候，当你们还在苦哈哈地上班时，我已经悠闲地身在别处了。”

那蓝不知道说什么好，她知道这个休假是另外一个意义上的休假。

回到办公室，季烈交代完了工作，大家一听说他要休假，都沉默了。

季烈倒是很轻松："晚上酒吧，我请，所有人，一个不许少，听到了吗?"

大家都不说话。

季烈说："你们给点反应啊。"

方杰勉强鼓起笑脸带头说了个"好"，季烈一巴掌拍在了他的头上，看起来跟平常一样，很用力，其实很轻很轻："飞行大队，我休假了，你资历最老，做个榜样。"

一句话，说得方杰鼻子发酸："是！队长!"

"晚上八点，X酒吧，不见不散。"

七点五十五分，警航几个部门的人基本都已经到齐。那蓝特意化了个妆，一进酒吧的门就听见乐队正在演出，主唱兼贝斯手是个女人，穿着牛仔外套、热裤、牛皮短靴，头发高高扎起，长条耳坠随着身体的摆动一晃一晃的，飒爽帅气，尤其是声音特别富有感染力，正在唱外文歌。那蓝盯着她看了两秒，愣住——她是叶泉水。再看后面的鼓手是季烈，键盘手是沈天梵，更加目瞪口呆。

宇宏看见了她，连忙叫她："那蓝姐。"

那蓝走过去，方杰递了瓶啤酒给她。明明是庆功，可大家却怎么也高兴不起来。

那蓝盯着台上的季烈，心里五味杂陈。

叶泉水唱完了外文歌，音乐换成Beyond的《不再犹豫》，所有人都站起来，跟着音乐的节奏在摇摆。

"无聊望见了犹豫，达到理想不太易，即使有信心，斗志却抑止。谁人定我去或留，定我心中的宇宙，只想靠两手，向理想挥手……"

这首歌被他们仨演绎得金戈铁马，令人热血沸腾。一曲唱完，最后一个鼓点落下，季烈举着啤酒看着大家，所有人也都在看着他，他忽然不知道该说些什么了。

"警航的兄弟们!"季烈喊了一声。

"队长!"所有人一起大声应着。

"这次山林大火救援，政委说救援很及时，但总体是失败的。我跟他说，我们比正常撤离只拖延了十分钟的时间，但也就是这十分钟的时间，我们抓住了两名凶手，也没有造成受灾人员的损失，所以不是失败的救援。可是现在……”季烈说，“就刚刚，我在台上又想了一遍。政委说得没错，失败就是失败，没有借口。滨江警航成立一年多的时间，从无到有，队员也从最开始的几个人到现在这么多的人，难道我们连失败都不敢面对吗？”

“敢！”所有人齐声应道。

季烈说：“这就对了！所以今天晚上的不叫庆功酒，叫士气酒。来，喝酒！”说完仰起头一杯啤酒下肚，大家全都举杯互碰。

季烈接着说：“今天这个错，是我的问题，自我检讨一下。我不是一个合格的队长，但我绝对是一名合格的飞行员！”

全队一起鼓掌，朝季烈举起杯。

那蓝被感染了，她不能喝酒，可现场的气氛太好了，她也忍不住喝了半杯。

季烈还在台上讲话：“为滨江警航更好的明天，干杯！”他已经醉了，拿着一瓶啤酒走了过来。大家全都站了起来。

季烈一把搂住方杰的肩膀，叫了声：“方杰。”

方杰喝得有点多，两眼发直：“嗯？队长。”

“其实你小子啊，飞得不错，尤其是这次单独行动，令我刮目相看。”

“谢谢队长。”

“别谢我，你得谢你自己。还得再练。”

“是，队长。”方杰乐开了花。

“还有……咦，队花呢？”

那蓝半杯酒下肚，已经是天旋地转的状态，听见有人叫她，噌一下从沙发角落里站了起来，举手：“我……我在。”

季烈指着那蓝说：“今天我们队花在山上抓凶手的时候，干净、利落，有点帅！”

方杰说：“咱们队花哪天都很帅。”

宇宏说：“女神！”

宋智说：“来，咱们为女神干一杯。”

大家举杯，那蓝也举杯，这次她喝得少，只有一小口。

季烈盯着她忽然笑了，说：“你知不知道，你第一天来队里我好烦你。我看你跟他们相处得很融洽，就更烦你。我真是恨不得分分钟把你弄走，眼不见为净。但是我没想到，你居然留下来了，并且一次又一次让我对你刮目相看……”

方杰笑弯了腰，说：“队长，我记得美林大厦救援回来，从飞机上下来，你那脸拉得那么长。”他用手比画了一下。

季烈哈哈大笑，指着几个人说：“你们几个哪个的脸没拉得那么长？你们几个哪个没在背后嘀咕？我都知道。”

方杰指着宇宏：“他嘀咕得最多，说队里怎么来了个娘儿们，还特凶，带刺的玫瑰花。”

宇宏挠着头，呵呵笑着说：“以前不是不了解嘛，反正现在带刺的玫瑰花在我心里早就已经是无敌霸王花了。”

大家互相看着彼此，全都笑起来。那蓝也跟着笑，笑着笑着，心里突然很感动。此刻，在警航的兄弟们的身上，她看到了队魂。

季烈扬起手里的酒瓶摇了摇，酒瓶空了，他扭头冲老板喊了一嗓子：“再搬两箱来！”

老板指挥服务员搬着酒，端着小龙虾进门。

季烈说：“酒管够，小龙虾管够！”

方杰又塞给他一瓶，他转身对那蓝说：“那蓝，我要敬你。”说完，一仰脖子整瓶喝完，“你是我见过的最牛的女飞行员。”

“啊？！”那蓝蒙了。这个夸奖来得太突然，让她始料不及。

“你要是在部队里练两年，你不比我差……”

“啊？！”

“跟你说句实话，其实，你第一天来队里，就是……方杰那王八羔子带你上天飞了一圈那次，其实……从那时候起，我就开始喜……喜欢你了！”

那蓝听见自己的心脏咚咚跳得飞快，掩饰似的喝完了杯底的酒，缩进了沙发里。

周围的人也都喝大了，方杰问：“队长，你说什么？”

那蓝也想确认一下是不是听错了，眼睛盯着季烈。

季烈早已经喝大了，又说了一遍："其实，你第一天来队里，我就喜欢你了！"

这次大家都听清了，你看看我，我看看你，然后一起看着季烈，刚要起哄，季烈忽然发现说错话了，吓得酒醒了一大半，连忙解释："我的意思是……喜欢她这个队员……"

那蓝没说话，若无其事地站起来，脸上挂着笑，晃晃悠悠地朝洗手间方向走去。

"队长，你这是此地无银三百两。"

"画蛇添足。"

"队长，你也是90后，别玩暗恋，喜欢就表白啊……"

季烈酒全醒了，疑惑着问："我刚刚说什么了？"

那蓝在洗手间洗了把脸，酒劲古怪得全都过去了，整个人异常清醒。然后她从后门走出了喧闹的酒吧，她也不知道要去哪，就想透透气。看见叶泉水坐在外面的椅子上，便走了过去。

叶泉水听见脚步声抬头，笑了笑说："你怎么也出来了？"

那蓝在她旁边的椅子上坐下："里面太闹了。"

"是季烈刚刚跟你说了什么吗？"

那蓝点点头，说："他喝多了。"

叶泉水回头从酒吧的玻璃窗里望了望季烈说："他只是酒后吐真言。"

那蓝愣住，过了一会儿，说："他不是酒后吐真言，他只是说错话了，后来又改口了。"

叶泉水笑笑，她不喜欢跟人争辩。过了两秒，问："你没事吧？"

"我没事。"

"那就好。"叶泉水望着她，"你是不是对老季有兴趣？"

那蓝没料到叶泉水问得这么直接，好半天没说话，最后笑了笑，表示默认。

"他跟夏若分手之后就一直单身到现在，你跟他合适。"

那蓝说："不不，夏若跟他合适。"

叶泉水望着远方，口气淡淡的："你怎么知道?"

"说实话，我不知道，我觉得她跟他合适，是因为他们曾经相爱过。"

"你吃醋了。"

"有点。我不认识夏若，也没见过她，但我从小蛋蛋的手机里看到过她的相片，跟我有点像。我觉得季队之所以刚刚跟我说他喜欢我，我想，可能他喝多了，把我错当成了夏若。"

叶泉水脸上挂着笑，望着她。

那蓝说："他如果看清楚是我，肯定不会说那样的话。"

叶泉水说："可偏偏'喜欢你'这三个字他是对你说的，说的时候一定是用心在说，即便你不承认，那也是真的，起码那一刻是脱口而出的。"

听了这个话，那蓝有些高兴。叶泉水早就看出来了，她说："那蓝你别介意，你没有真正恋爱过，不知道感情的作用有多大，有时候它能成全一个人，有时候也能毁灭一个人。没真正爱过的人，会轻易把山盟海誓说得感天动地，其实那是盲目自大，甚至带有表演性质，是吹牛。真正爱过的人，说一句'喜欢'，说一句'爱你'，那是经过无数次深思熟虑才说出口的，因为他们知道沉默守护比语言表达更重要。"

那蓝沉默了一会儿，说："老叶，你是有故事的人。"

叶泉水不觉笑了："活到我这个年纪，没点故事的话，等将来老了追忆岁月的时候那就该后悔了。反正我该恭喜你，因为你心动了，你为他吃醋了。你看，你的青春又增添了色彩。"

那蓝想了想，觉得叶泉水的话很对，仰头望着天空，深吸了一口气，说："老叶，今晚夜色真好。"

"嗯，可不，夜色真好!"

那蓝开始发觉，敞开心扉去谈话，远比别扭着说话要舒服很多。叶泉水的身上就有这种能量，让人愿意跟她倾诉的能量，豁达、通透、从容不迫。

第二天，那蓝早上起床，按惯例去季烈家用他的健身房。敲了半天的门，没开，失望地回到家，拿起手机发现微信上有季烈的留言，留言是凌晨五点发的，上面是一串数字。那蓝猜那是他家门上的密码，于是试了一下，门果然开了。家里干干净净，收拾得整整齐齐，像是要离开很久。

之后季烈就消失了。丁晟也不再找她去参加滑翔伞大赛了，看样子是找到了更合适的人。她猜是季烈。

那蓝开始疯狂地训练和看书，季烈家里书柜上的书一本接着一本地看。她的训练成绩持续第一，巡逻的时候也很稳，没有出过丝毫差错，参加比赛也都是拿华东地区第一的成绩，还执行了一次跨省的救援任务，圆满完成。

她每一项都尽力做到最好，她只有一个目标，那就是等季烈休假结束归队的时候，看到一个成熟优秀的自己。

第二十章

穿越罗布泊

就这样过了一个半月。这天，韩东风把那蓝叫进办公室，一进门，韩东风就笑着站起来招呼她坐下，亲手给她倒了杯绿茶，说：“今年的新茶，碧螺春，三月初采的头春茶，女孩子喝绿茶好，平时我不给别人喝的。”

那蓝受宠若惊，连忙道了谢。她对韩东风有一些了解。这位总队长看起来冷面，实际上面对喜欢的队员瞬间就变成弥勒佛。

韩东风接着说：“这段时间我接到好几通电话，都是在表扬你，好几处警航还有民航想要挖你……”

她说：“我是滨江警航的人，哪都不去，我只留在这里。”

韩东风说：“那我要恭喜你，你从明天开始，就是滨江警航的正式飞行员了。”

那蓝高兴坏了，两人又聊了几句，那蓝起身准备离开，走到门口的时候回头望着韩东风问：“季队什么时候回来？”

韩东风语气突然有点沉重，说：“还要等上面的通知。”接着问：“那蓝，你对季烈怎么看？”

那蓝说：“他是我的队长，我的飞行技术除了在飞行基地学的那些基本技术外，其余的都是跟他学的。”

“嗯，作为飞行员，季烈是顶级的，这个毋庸置疑，并且带出了你和方杰。”韩东风说，“这段时间，你的成绩有目共睹，过不了多久又要有新的飞行学员到队里来，你有没有信心挑起教官的担子？”

那蓝的脸色一下子就沉了下去，站在门口好半天没说话。

韩东风走过去拍了拍她的肩膀，问：“怎么了，没这个信心？”

那蓝还是没说话。

韩东风想了想说：“你不要多想，我也就是随口这么一问。”

韩东风越是这么说，那蓝就越慌，她往外走去，身后的门关上。

韩东风望着她的背影叹了口气。“咣当”一下门又开了，那蓝站在门口望着他，眼神有点慌，问：“韩总，季队是不是不回来了？”

韩东风苦笑：“谁说的？”

那蓝说：“他离开是不是因为我？”

“跟你无关！”

“跟我有关！那天不听指挥要追两名凶手的人是我，他劝我，我不听，我跟他说这是我的个人行动，然后我就关了通话器。他是为了救我才犯的错，应该走的人是我！不是他！”

韩东风关上门，回身看着她，说：“那蓝，你现在跟我说这个想要干什么？这事我早就知道了，可问题的关键不是这个。”

“除了这个还能有什么？韩总，要不这样，我自己去上级部门解释清楚。”

韩东风有点晕头，说：“你想要干什么？你以为我想让他这么无限期地休假吗？那蓝，我跟季烈不是这一两年的交情，我是看着他成长起来的，我喜欢他，全队上上下下哪个不知道？”

那蓝一时间说不出话。韩东风说得没错，他一定是竭尽全力去争取过了，可季烈的回归还是遥遥无期。

韩东风见那蓝没话说了，换了个语重心长的口气：“既然他已经帮你扛了，你难道还不懂这是什么意思吗？”

“我不要他扛！是我做错了，我自己承担。”

韩东风叹了口气，有些无奈，有些不忍心，可还是告诉她了：“那蓝，你是他的学员，他是你的队长和教官。学员犯错，是教官的责任；队员犯错，队长有责任。你们犯错了，我也有责任。”

那蓝被怔住了，她感到后悔了，深深地后悔了。

韩东风拿了烟想点。他已经戒烟很久了，把烟咬在唇间半天，又拿了下来，说：“其实不瞒你说，我曾经想把你调到别的部门去，可季烈拦住不让，那是因为你是他的学员，又是那么优秀的学员，他不能眼睁睁地看着你浪费掉天赋。现在你明白了吗？”

明白是明白了，可后悔就像一根针，狠狠扎着那蓝的心。鲁莽、任性、执拗，以前这些统统被称为个性的东西，从来没有像此刻这样令她感到痛悔。她从韩东风的办公室里出来，没有回去，而是上到了天台。她站在季烈站过的地方眺望远处，这是警航的最高处，可以远眺整个滨江。忽然想到，从明天开始，她就是滨江警航的正式飞行员了，顷刻间明白了季烈每次站在这里的心情：守护这个城市。

她想哭，可她没有哭的理由。她不再是学员了，她是正式飞行员了，她现在唯一想要与之分享这个喜悦的人是季烈！可她的队长，现在人在哪里？他“休假”之后，就像凭空消失了一样。队里的人说从酒吧出来的第二天，他的手机就一直处于关机状态。他们一起探望过季烈的父亲季国诚，季国诚的手术很顺利，已经出院了，但他也不知道季烈去了哪里。

那蓝忽然感到无边的落寞和无尽的思念。这一个半月来，她努力撑着不去联系他，可现在她有点撑不下去了。

下班之后，她没回家，而是直接去了季烈家。黑暗中，她在客厅的沙发上静静地坐着。九点的时候，她听见门外响起了脚步声，接着按密码的声音传来，她整个人都绷紧了，不由自主地站了起来，激动得都要哭了。她想，一定是季烈回来了。

“哗”，门开了，灯亮了，丁晟站在门口瞪着一双眼睛诧异地看着她，说：“那蓝，你怎么在这儿？”

忽然间，那蓝脸上的笑容消失了，又坐回沙发，过了一会儿说：“我来这儿坐坐，你怎么也来了？”

丁晟说：“这不老季也不晓得去哪了嘛，我今天刚好经过这附近，就上来看看，别趁着他不在的时候，房子让老鼠给占了。谁承想，嘿，开门一看，你坐在里头，吓我一跳。”

那蓝说：“你不是找他去参加滑翔伞大赛吗？他应该在你那训练吧，你怎么会不知道他去哪了？”

丁晟盯着她看，没说话。

那蓝说：“你看着我干什么？”

“谁告诉你他在我那训练了？他告诉你的？”

那蓝摇摇头，过了一会儿，幡然醒悟一般，问：“他不在你那？那他到底去哪了？”

“你问我？我还想问你呢。”丁晟说，“你们既是邻居又是同事，关系又……”他看那蓝瞪着他，只好换了个说法，“你都不知道，那我就更不知道了。他的性子你还不清楚吗？独断独行，有时候就像一头荒野里的孤狼，他要干什么，不会告诉别人。”

丁晟说得很中肯，他对这位老战友老同学，始终有一种敬佩，甚至是敬畏的心态。

那蓝叹了口气，说：“你说得对，他是一头荒野孤狼，我已经四十五天没有这头孤狼的消息了。”

丁晟简直不敢相信，说：“多久？四十五天？你就一点不着急？”

那蓝说：“我一直以为他在你那。”

丁晟盯着她看了半天，说：“你们到底有没有在谈恋爱？”

那蓝说：“没有！”

丁晟一拳敲在了自己的脑袋上，自言自语了一句：“闹半天他妈的他是单恋，还他妈暗恋啊，都他妈要三十的人，怎么连追个女孩子的勇气都没有！”

那蓝搞不懂丁晟这话什么意思，也没问。

丁晟忽然坐在她旁边的沙发上说：“看来这事还得我帮你们挑明。”说了一半，他又停住了，挥挥手，“算了算了，我就不瞎掺和了，我说算怎么回事，还是等他回来自己跟你说吧。时间不早了，我回去了。”趁那蓝还没反应过来，大步跑了出去，可刚一进电梯，他又后悔了，拿出手机，编辑了一句话。

“叮”的一声，有微信进来，那蓝拿起手机打开丁晟的微信留言，只有几个字：那小子……说爱上你了。

那蓝看着看着，慢慢地，那几个字变得模糊了。她想笑，可一笑，眼泪就掉下来了。心里难受，身子沉，头埋在膝盖上，突然，她哭了出来。

那小子……说爱上你了。

她也早就爱上他了，可是自尊心比天还要高，她不停不停地控制着自己的感情，努力训练，假装若无其事，装得太辛苦，太累了！

“其实，你第一天来队里，我就喜欢你了。”

原来这句话是真的。她睁开眼，拿过手机，小心地找到季烈的号码。虽然所有人都告诉她手机一直是关机状态，但她还是决定拨一下试试。

“嘟嘟……”

那边并未关机，她的心瞬间狂跳了起来。

“嘟嘟嘟嘟……”

电话一直响到最后，始终无人接听。她想，这个时间，或许他在洗澡，或许他开了静音没有听到，于是隔了一会儿又拨了号码，从“嘟嘟”到“嘟嘟嘟嘟”，还是没人接听。

她打开微信，编辑信息，可一个问候来来回回编辑了好几次，编了删，删了编……正要放弃的时候，屏幕上闪了一下，跳出季烈的名字。

电话刚响了一声，她就按了接听。

“喂？喂？”对方的口音很重，是个苍老的声音，不是季烈的声音。

“喂？”那蓝捧着手机，紧张得头皮有点发麻，“你是哪位？”

电话里的风呼呼地刮着，那边叽叽咕咕说了老半天，那蓝一句都听不懂，接着电话就断了，再打便是关机。

那蓝的汗冒出来了，直觉季烈出事了，她仔细回忆了一下刚刚的说话声，是新疆口音。她猛然想起那天在山上罗宾说的话，说当年暑假，季烈和夏若去卡拉麦里旅行时跟当地的盗猎者遇上了，夏若被抓走了三天……季烈很有可能去了卡拉麦里复仇。她了解了一下卡拉麦里，那是一个象征着死亡的沙漠，无人区，晚上零下二十多摄氏度，白天三四十摄氏度，没有水源、电力，也没有基站，一切的资源都必须自带。卡拉麦里秋天的自然景观很美，是野生动物的天堂，珍稀动物众多，人进入卡拉麦里除了来自大自然的危险，更大的威胁是来自心狠手辣的偷猎者。

外面已经夜深人静，她在客厅里走了一圈，走上了阳台，阳台的茶几上还放着季烈留下的一盒烟和打火机。她拿起烟和打火机，黑暗中火光亮起。

这是她第一次抽烟，她以前从来不抽烟的，第一口就呛得眼泪直流。她想，这么苦涩的味道，季烈为什么会喜欢？想着想着，烟灰掉在了脚上，烫了一下，回过神来，扔掉了半截烟，不知不觉泪流满面。

这时，电话又响了，她看到屏幕上“季烈”这两个字时，整个人都是麻木的，快速拿过手机，按下接听键。零点整，电话接通，艰难呼出一个字：“喂?”

“……那蓝。”是季烈的声音，虚弱、无力、沙哑，像是历经生死归来的人，充满了沧桑。

那蓝一听他的声音就又哭了，想说话，又怕他听见自己的哭声，于是用手紧紧捂着嘴。

季烈的声音很低很低，隔了好久，才说：“我想你了。”

之后她听见“咚”的一声，声音消失了，过了不久，之前接电话的那个苍老的声音响了起来，说了什么她听不明白，紧接着是一阵杂乱的脚步声。她对着手机“喂喂”了好几声，没有任何反应，电话自动断了。一瞬间，她觉得整个人都麻木了，几百个不好的念头从心头闪过。她在椅子上坐了一会儿，然后又拿起了手机快速拨通丁晟的电话。她知道丁晟的蓝空救援队里有个电脑高手，让他立刻去查季烈最后一个电话的定位。十分钟后，定位传给了那蓝——罗布泊镇。她心中只有一个信念，无论他在何方，她一定要找到他。行李已经准备好了，只有一个背包，里面装着两件换洗的衣服。她不打算睡了，连夜将罗布泊的资料浏览完毕，并且订好了飞往乌鲁木齐的机票。就这样，她坐在季烈家的阳台上，迎来了黎明。

天一亮，她背着背包准备出发。刚要出门就接到了丁晟的电话，远远地看见小区的门口停着一辆越野车，是丁晟的车，来送她去机场。她背着背包上了车，丁晟扔给她一只小包，里面放着卫星定位仪、基础药物和一个便笺本，上面有几个电话号码，说："到了乌鲁木齐之后，会有人去接你。"随后发动了车子。

那蓝收起了东西，问："你怎么知道我要去乌鲁木齐？"

丁晟目视前方，平稳地驾驶着越野车，用淡淡的语气说道："你让我查号码定位的时候我就猜到了。我最近有事走不开，不然就跟你一起去了，不过你去更好，他需要你。"

那蓝的嗓子忽然干了一下。丁晟并未感觉到任何异常，继续说："那边我都已经安排好了，但是罗布泊是无人区，气候恶劣，生存困难，你知道过去那边有多么危险吗？"

那蓝说："知道。那里是生命禁区。"不管是什么样的地方她都要过去见他，刀山火海绝不畏惧。

她在机场办理值机的时候给韩东风打了个电话。韩东风刚刚出门晨跑，接到那蓝的来电之后当即准了她的休假请求，然后顿了一下，说："不论如何，请把季烈带回来。"

那蓝愣住了，问："您怎么知道我去见季队？"

韩东风说了一句特别有意思的话："我知道，我不知道。"

那蓝挂了电话站在巨大的玻璃窗前望着窗外的天空。天色微蓝，身后很吵，她的心情很复杂，因为要去的地方有他，因为不知道他到底是怎样的情况。但她有个执念，一定会找到他，一定会把他平安带回来。

飞机冲入云霄的一刻，她闭上了眼睛。醒来的时候，飞机已经在下滑的过程中，她从窗口向外望去，外面晴空万里，太阳很刺眼。她戴上了墨镜，从天空向下望去，底下一片昏黄和荒凉。

飞机终于落地，缓缓停在了跑道上，她背着背包快步走下飞机，在出口处看到一个身材高大、浑身黝黑、年纪三十上下的男人朝她漫不经心地走过来，叫了声："喂，你是不是叫那蓝？"

那蓝回头看了看他，说："是！"

那人说："我叫玉南，丁晟招呼我来接你。怎么就你一个人啊？连个行李都没有？"

那蓝说：“没有。”

“哦！那就走吧。”玉南行动倒是很快，走在前面健步如飞，头也不回地跟那蓝说，“我们先去吐鲁番，再从吐鲁番到鄯善，进入库木塔格沙漠到海道。大海道一天穿不出来，要在里面扎营一夜。然后到白龙堆，最后抵达罗布泊镇。”

听完，那蓝有点焦虑：“也就是说，去到罗布泊镇起码还有两天的行程？”

玉南面无表情地说道：“对。路上一切听我的安排，餐饮补给、帐篷我都准备好了。特别注意，所有军事禁区严禁拍照。”说完领着那蓝上了车，上车之后，那蓝才发现车里还有一个人，二十二三岁的样子，长得很精壮，皮肤很黑，笑起来很憨厚朴实。玉南叫他天木，是玉南的搭档。

天木开车，玉南在副驾的位子上，那蓝坐在后头。这辆越野车已经很老旧了，但车里很干净，跑起来很快。一出乌鲁木齐，手机的信号就变弱了，断断续续时有时无，再过了一会儿，信号彻底消失了。

那蓝是在都市中长大的人，对手机有依赖，手机不能用了，不由就产生了一种恐慌。但是很快这种恐慌就消失了，她也明白了季烈为何在这一个半月里手机一直关机的原因。

为了尽快到达罗布泊镇，她问玉南能否让自己跟他们轮流开车，中间不休息，玉南同意了。车子在空荡荡的戈壁滩上飞驰。路程很远，中间没有休息，全靠毅力在支撑。庆幸的是一路上都很顺利，没有遇到大的风沙，小的风沙说来就来，说走说走。

那蓝的毅力倒是让玉南和天木很佩服，这样一个看起来柔弱的女人，居然一声苦没叫过。夜里气温下降得很快，那蓝带的衣服不够，躲在后座上瑟瑟发抖。玉南把睡袋给了她，她裹着睡袋躺在后座上，外面是呼呼的风声。

她一点都不困，脑子里跑马灯似的闪过这几个月发生的一幕幕。到了第二天早上，太阳出来，气温开始回升，没到中午就已经热得人汗流浃背，为了降低油耗，车里没有开空调。

炙热的气浪一浪接着一浪，三人在第二天傍晚到达了罗布泊镇。暮色下的罗布泊伫立在戈壁滩上，堪称荒漠奇镇。玉南说它面积五万多平方公里，总人口只有几千人。镇区只有一个镇政府、一个派出所、一个公路养护站，没有街道，几间土坯房，几个简易棚，开了一家超市、几家小饭馆，从屋里推开窗就是一望无际的戈壁滩。

车子停下，那蓝从车子上下来，脚踩在了白茫茫的盐壳地上。在那蓝的眼里，这里虽然荒凉却有不同的意味。她打开手机的时候，突然发现手机上显示了一格信号，不过很快就消失了。她激动了，拿着手机，眼睛死死地盯着信号格。玉南停好了车，告诉她这里早就已经有信号覆盖了，但是信号很弱很不稳定。天色将晚，她收起手机，希望在天黑前能找到季烈，那就谢天谢地了。

玉南经常来这里，跟这里的人很熟，带着她挨家挨户地询问，可所有人都说没见过照片上的人。玉南提议吃点东西再找，说这里的大盘鸡非常好吃。那蓝没胃口，胡乱吃了几口便丢下了筷子。玉南和天木见她心事重重，也加快了吃饭的速度。

繁星已经升空，夜晚气温又降了下来。玉南给了她一件羽绒服，建议先在旅馆里住下。可那蓝摇摇头，她说一定要找到季烈再去旅馆。

深夜的风很大，夹杂着细小的沙砾像刀子一样割得脸生疼。她不知道季烈在不在这里，那通只说了一句就断掉的电话，把她从千里之外带到了这里。

她突然意识到，如果他已经离开，他能去哪里？她又该去哪里找他？她开始急躁了，看了看手表，九点。

玉南没有催促她去旅馆，但是很明显已经不抱希望，她自己也失望了。

前面是最后一家。她捂着口鼻，裹着羽绒服，敲了很久才敲开这户人家的门。里面的灯光亮了，传来一个苍老的问话声：“谁？”这个声音一冲进那蓝的耳朵，她整个人都亢奋了。

门拉开，一个苍老的妇人探出头来，左右瞧了瞧，以为是求宿的背包客。

那蓝进了门，迫不及待地拿出手机点开照片。

老妇人拿着手机凑在面前看了半天，又叽叽咕咕跟玉南说了半天的话。

玉南脸色越来越阴沉，眉头拧紧了。

那蓝迫不及待地问：“说什么？”

玉南说：“他走了。”

“你的意思是他来过？”

“对！”玉南想了想问，“是你男朋友？”

那蓝犹豫了一下，她推测之所以玉南这么问，可能跟事情缓急有关，于是点点头说：“是！”

玉南眯起眼睛，盯着她看了几秒说：“走吧，回旅馆再说。”

那蓝后退了一步，加重了声音：“请你告诉我，到底发生了什么？”

“回去再说。”

她摇头：“我等不了那么久，我有权利知道真相，请你现在就告诉我。”

玉南吸了口气，说：“几天前阿婆的儿子在戈壁滩上的一辆车里发现了他，他受了枪伤，在左腹下方，浑身都是血，已经晕死过去了。阿婆的儿子把他送去了诊所，他在诊所里昏迷了三天之后才醒过来……”

那蓝盯着他，一连串地问道：“受伤了？枪伤？他身上怎么会有伤枪？伤得多重？怎么受的伤？”

玉南不知道从哪一个问题开始回答她，非常笼统地说：“可能是遇到了偷猎者。新疆这边的野生动物很多，盗猎猖獗，这些人在利益的驱动下无恶不作，丧心病狂，并且这些人都有枪。”

那蓝又想起了那天在栖云山上罗宾和季烈的那番对话，她说：“我大概猜到了，他是从卡拉麦里过来的，他现在人在哪里？”

“阿婆说昨天早上他已经从这里离开了。”

那蓝眼神乱了。他走了，他竟然走了。她追他追到了罗布泊镇，他竟然带着伤离开了。她顿了一会儿，用自己都不敢相信的声音问：“他不会是去……穿越罗布泊了吧？”

玉南面色严肃，艰难地点点头。

那蓝愤怒了。带着伤穿越罗布泊，他到底是怎么想的？她冷静了一下，问：“带向导了吗？”

“没有！”

那蓝更加生气了。她追他追到新疆，眼睛不合地从乌鲁木齐辗转颠簸到了这里，没想到他竟然连命都不要了，独自穿越罗布泊。

她骂了一句：“他妈的，他有病！”

那蓝和玉南、天木在旅馆里住下，三个人都没有睡，连夜研究穿越罗布泊的路线。那蓝望着玉南手里那张都快被他揉烂了的地图发呆，天木出去准备穿越罗布泊的必需品和补给。罗布泊被称为生命禁区，即便是玉南、天木这种常年跟罗布泊打交道的人，也是十分小心谨慎。最后，玉南站起来，离开了。

那蓝整个晚上都盯着那张地图，牢记在心，不为别的，只为了尽快找到季烈。从旅馆老板那里拿来的资料上有各种各样穿越罗布泊发生的灾难事件，她又想，季烈遇到危险会怎么处理？

第二天，那蓝睁开眼睛，窗帘拉开，戈壁滩一览无余。她没有心思欣赏美景，快速洗漱完毕，下去吃了早饭。这个时候玉南和天木早已做完了穿越的准备，大家默默无言地吃完饭，玉南驾车，三人快速朝罗布泊腹地驶去……

夜晚，罗布泊的湖心地异常安静。一个湖心纪念碑静静地伫立在星空之下，在它旁边，有许多穿越者立的纪念碑。举目四望，一片苍茫，无边无际，褐色的地表死气沉沉，如同进入了死亡之地。

其实从踏入罗布泊之后，这种感觉就一直存在，茫茫的戈壁滩，没有水，没有植物，没有动物，连鸟都飞不过去。只有无边的干燥，好像所到之处都是一样的，没有参照物，行走只是理论上的前进，视觉上就好像是静止的。

走到这里，他已经筋疲力尽了，席地而坐。自从进入花土沟之后，季烈总觉得周围好像有人，有车队，有羊群、牛群、野骆驼群和飞奔的藏羚羊……每次他下意识回头去看时，却什么都没有。这是在罗布泊这个地方常常出现的幻觉。他从背包里拿出最后的半瓶水，一口气喝了一半。渴……还是渴，伤口在疼，他吃了止疼片，他想他可能走不出去了……这句话一跳出脑海，便被他硬生生压了下去。

不，要走出去，还没有完成穿越，不做失败者。一个意念告诉他，不能在这里停歇，要继续往前走，一旦停下来，很可能就永远留在了这里。幸运的是，他在罗布泊的湖心找到了半瓶水，那是之前的穿越者留下来的，他如获至宝，背着那半瓶水，吃了点东西，继续上路。

凌晨两点，天空忽然暗了，伸手不见五指。远处传来毛骨悚然的鬼哭狼嚎声，那是大风刮起沙尘暴的声音。一时间飞沙走石，遮蔽天地，沙石抽打得他睁不开眼睛。他被什么东西绊了一下，摔倒了，趴在地上。风很大，伤口很疼，他再也走不动了。周围到处都是黑，那一刻，他感觉就像掉入了无边的黑洞，一直一直往下掉……绝望中，他想起了自己小时候，想起了军校，想起了新兵入伍，想起了母亲、父亲，还想起了夏若……最后，他想起了一个半月以前，从警航离开，在卡拉麦里单枪匹马追踪老鬼，用了整整四十天的时间，拿到了老鬼猎杀野生保护动物藏羚羊、野骆驼等的所有罪证。四十天，他追踪老鬼从卡拉麦里到可可西里再到卡拉麦里，一路上跟偷猎者斗智斗勇、九死一生。

最后的决斗是在茫茫无际的戈壁滩上。老鬼朝他开枪，他中弹倒地，而老鬼也被他甩出去的匕首插中了要害部位。两人开始了不死不休的纠缠，戈壁滩都被鲜血染红了。

他想起了在卡拉麦里的最后一幕，他和老鬼精疲力竭地躺在地上："老鬼，咱俩都快死了，你能不能告诉我，十年前，你到底对她做了什么？"

"你是在问那个白白嫩嫩的一看就是城里来的女孩吗？"老鬼扭头望着他，目光特别意味深长，"她，是你的女人吗？"

季烈怒目，老鬼轻蔑的语气触痛了他。过了好久，他挣扎着站起来，身子摇晃了一下，步履蹒跚地走过去，抓住他的衣领，狠狠道："说！"

"噢，那个女孩啊，年轻、漂亮，皮肤像丝绸一样，可惜就是小了点……早就被我睡了，她没告诉你吗？"

一字一句犹如晴天霹雳，季烈周身的血都似凝固了，眼神如嗜血的狼，伸手一把抓住老鬼的衣领，举起刀。那一刻，季烈只有一个念头：杀了他！

老鬼嘴角挂着满意的笑："恨我吗？给我一个痛快吧！"

就是这句话提醒了季烈。他幡然醒悟，即便他对他仇深似海，亦无权剥夺他的生命，哪怕是在这空无一人的戈壁滩上，这是一个警务工作者应有的原则和底线。他颓然地垂下了手。

"怎么不动手了？"老鬼急了，骂道，"你他妈还是个男人吗？要不要我描述一下？那个女孩……肌肤雪白，身体柔软……”

季烈知道老鬼是在激他，这个左脸一道疤痕从右眼穿过的男人，曾经是无人区的魔鬼，来无影去无踪，如同戈壁滩的黑风暴。他手下的干将号称十三阎罗，个个彪悍。就是这样的一群人，在卡拉麦里、可可西里为非作歹。

季烈用了四十天的时间，联合保护区的警察和巡逻队，动用了各种侦查手段，一个个将他们干掉。现在，只剩老鬼一个人。这些年，老鬼在保护区猎杀了无数野生保护动物牟取暴利，甚至还曾数次和保护区的警察、巡逻队交火，抓住他，够他死上十回了。现在，他自知逃不了了，想要痛快地死。可季烈偏不让他死得痛快。季烈看着他，一拳打在了他的脸上，打得老鬼整个人都缩了起来，缩在他的脚下，翻滚扭曲。尽管如此，老鬼的心情却很好，嘴里流着血，笑得特别大声：“你睡过她吗？你想不想知道她有多……”

季烈面色阴沉地看着他，抓起一块石头塞进了他的嘴里。季烈不想听他说话，侮辱夏若，脏了耳朵。一拳，这是夏若的；又一拳，这是被他杀害的野生动物的；再一拳，这是被他无辜枪杀的人的……最后打了多久，他也不记得。不打死他，是他的底线。

他在寒风中迎来了保护区的警察。老鬼被押上了车，他也被警察抬上了车。他和老鬼并排躺着，相隔不远，他从余光中看到老鬼被他打得鼻青脸肿，整个脑袋大了一圈。

一路上，季烈一句话也没有说。下车时，一名警察扶着季烈，两名警察押解着老鬼。突然，老鬼叫住他：“喂。”

季烈没有回头，背对着他，停下脚步。

老鬼仰头叹了口气，说：“你叫季烈啊？我记住你了。”

季烈往前走去，一脸冷漠。

老鬼在他身后，有气无力地说：“季烈，我刚刚骗你了，我没有碰过她。”

那一刻，理应是一颗心落地，可季烈却流泪了。当晚，他带着伤，强行驾车离开了派出所。他的伤说重不重，说轻不轻，但是卡拉麦里的医疗水平有限，顶多也就是消炎止血。他往罗布泊方向驶去，警察把自己的补给给季烈填了一车，可季烈只坚持拿了几块馕、一箱纯净水和几罐黑咖啡。

他在大海道看过极其美丽的星辰，他躺在帐篷中彻夜难眠，他在小南湖东西两个坑区看过风蚀的沙石，随后进入南湖大峡谷……他每经过一个地方，便在地图上画去一个地方。那张地图已经很旧了，还是十年前买的，用红色笔圈出的地方，是他和夏若计划经过的地方，蓝色画叉的是他完成的地方。

红色圈的最终目标是穿越罗布泊。这还是十年前的计划，但那次的计划终止于卡拉麦里。他们刚到卡拉麦里就遇到了偷猎者，遇到了正在猎杀野骆驼的老鬼。那时候他们太年轻，完全不是老奸巨猾的老鬼的对手。在正面碰撞中，夏若被抓走，一直到三天之后才回到旅馆。回来的时候，衣衫破了，精神颓靡，几乎崩溃的状态。那三天到底发生了什么，季烈没有问，也不敢问。夏若也没有说过。随后她的母亲来到卡拉麦里，将她带回了滨江，过了没多久，夏若便去了美国……十年了，这件事在他心底结了疤，长了茧，发出了毒芽，长出了毒蔓，死死地将他捆住。十年，他用疯狂的训练、拒绝身边所有的女人来对抗这株毒蔓。现在，老鬼被捕，十三阎罗被灭，总算结束了这场困了他十年的噩梦。他刻不容缓地想要穿越罗布泊，完成当初未达成的心愿，为了十年前的约定，为了……夏若！

他觉得，这是他欠她的，今生再无机会跟她一起徒步穿越罗布泊，他要用眼睛去替她看她未曾看到的风景，独自完成十年前的约定。他原本可以等伤好之后再去，可罗布泊就像是魔鬼，在远方呼喊着他，刻不容缓。终于，他在靠近罗布泊镇时，因失血过多昏了过去。幸运的是，被经过的人救了。

他在罗布泊镇上的小诊所里昏睡了三天，是在手机铃声中醒来的。他艰难地从大娘手里接过手机，不敢相信地发现，多日没有信号的手机，居然出现了一格信号。他以为那是梦，他已经分不清是梦还是真实，他拨通了那蓝的电话，对着电话说了最想说的话，然后电话断了，手机信号消失了。

他躺在小诊所的病床上，望着窗外，目光到哪里，那蓝就在哪里远远地望着他，对他笑。他不再像以前那样想要避开，他也对她笑。他发现自己从没有这样想念过一个人，想她的时候，嘴角会不由自主地扬起。那个一开始让他头疼到抓狂的、事情特别多的女人，可现在想起来，好像每一个表情每一个动作都那么可爱和美好。如果还能活着，他要告诉她，他喜欢她，从心底深处喜欢她。她不完美，她莽撞，她任性，有时候还矫情，可她努力，她拼搏，她坦率，她真实……如果还能活着，那多好！

风沙渐渐小了。迷糊中，他感觉有车经过，他想一定又是幻觉。然而，车停下来了，有人朝他跑了过来，有个声音在叫他："季烈……季烈……"

听声音很像她，果然是幻觉，但这幻觉也令他珍惜，他艰难地张开干裂的嘴唇，说："那……那蓝……"吐出这两个字之后，便彻底晕了过去。

不知昏睡了多久，醒来的时候，他听见有人在他耳边唱《生日快乐》，轻轻的、柔柔的，像从极遥远的地方传来，声音虽然好听，可惜全都不在拍子上。

他想起来了，他马上也要过生日了。老天，怎么会有人这样唱生日歌？他很想纠正她，他竭力挣扎，终于从一片黑暗中挣脱出来。头顶是一片白色的墙壁，第一个进入他眼帘的人是那蓝，他盯着她看了五秒，张了张干裂的嘴唇，哑着嗓子问："那蓝，真的是你吗？这是哪里？"

"是我。"那蓝忍住眼泪说，"这里是楼兰保护站。"

季烈目不转睛地望着她，说："你掐我一下。"

那蓝没动。

季烈说："我怕是我又出现了幻觉。那蓝，掐我一下，让我相信这是真的……不，还是不要掐了，万一掐完了梦醒了……"

那蓝不等他把话说完，掐了他一下。他咧嘴笑了，说："疼！"那蓝的眼泪哗一下就掉下来了。

季烈抬抬手，问："怎么哭了？"

那蓝抹了一下眼泪，说："我是高兴得哭了。你都昏睡两天两夜了，再不醒来，我就只能请求救援了。"

季烈望着她笑了，说："原来今天就是我的生日，那你再给我唱一遍生日歌吧。"

那蓝又开始唱《生日快乐》，唱着唱着眼泪又掉下来了。季烈就那么怔怔地望着她，眼睛都不舍得移开，一直等她唱完了，才哑着嗓子说："真难听，原来你唱歌这么难听。"

那蓝一听，破涕为笑："你真矫情，给你唱就不错了。"过了一会儿，说：

“我看过你的资料，知道今天是你的生日，本来想给你做蛋糕的，可是这里没有材料，就只能给你采点野花啦。”说完，从身后捧出一把野草出来，野草中间盛开着两朵瘦小的野花。

季烈明白在戈壁滩上要找这样一把野草和两朵野花，很难很难，她应该花了很多时间，不免心里感动，说：“谢谢啊，我已经好久没见到花了。”

那蓝笑了。季烈还是望着她，说：“今天，真是一个奇特的日子，我刚从鬼门关里出来，所以，不但是我的生日，还是我的重生之日，往后每年想起今日今时，想到这里，想到九死一生、鬼门关外，想到楼兰古城，想到你的这把野草和野花，还有你唱的生日歌，我一定会觉得特别幸福。”

“生日快乐，年年岁岁，平平安安。”

季烈望着她，感激的话不必多言。她从千里之外来到这里，为他做的一切，救了他的命。她不是事儿精，她是天使。

“那蓝……我有一句话，想跟你说……”

“嗯?”

“我想我……”

“吱呀”一声，门被推开了，一个年纪四十余岁，看起来饱经风霜的中年男子走进门来，他是楼兰保护站的站长老崔。老崔从十年前开始驻守楼兰保护站，是在这里工作最久的人，他抓过盗墓贼，救援过探险者。

老崔早就从送补给的工作人员口中听说了季烈智斗十三阎罗的英雄事迹，早就想见他，现在看见季烈醒了，脸上乐开了花，兴高采烈地走上去，说：“太好了，季烈，你终于醒了。”他上去握住季烈的手，朴实地笑着，自我介绍道，“我是这儿的站长，大家都叫我老崔。鬼门关前走了一圈，不管感觉怎么样，总之祝你生日快乐。对了，过生日要吹生日蜡烛，你等等，我这里有蜡烛，我去给你找出来。”

老崔一溜烟地跑了出去，季烈笑了笑，然后一本正经地望着那蓝。一本正经的话要一本正经地说：“那蓝，我想跟你说……”他刚说了一句，老崔拿着一小截蜡烛一溜烟又跑了进来，“啪”地打着了打火机，点燃了蜡烛：“吹吧，吹蜡烛，许愿!”

面对这张朴实憨厚的笑脸，季烈只能笑着点头，礼貌地说："老崔，你等一下。"他转过头认真地看着那蓝，那蓝也望着他。四目相视，话却又说不出口了。老崔看看他，又看看那蓝，说："你俩就别磨叽了，我替你们说了吧，他喜欢你，她也喜欢你，我说完了。"老崔手握着一截快烧到手的蜡烛送到季烈面前，"快，吹蜡烛吧。"

一周之后，季烈的身体已经养得差不多了。这天傍晚，那蓝坐在保护站不远处的高坡上，目光随意地眺望着远方。据说一亿年前，这里曾是无边无际的湖泊，无数的恐龙在这片大地上奔跑栖息，经年累月，随着地壳运动、时空巨变，湖水消失，陆地升起，湖底的礁石经风沙和岁月的雕琢成了今天特有的雅丹地貌，鬼斧神工，苍凉美丽，静静伫立在这片戈壁滩上。

正是日落之际，夕阳西沉，万顷沙海，满眼赤金，无比壮阔。而另一边，是曾经繁华的楼兰古城，城郭岿然，人烟断绝……而更远处的塔克拉玛干，无边无际，缥缈于云天之间……明天一早，她就要和季烈从这里离开，回到喧闹的都市。此刻，她眺望着这片大地，生出了依依不舍的情绪。

季烈走过来，挨着她坐下。

太阳一下山，天就开始冷了，那蓝还不想回保护站，搓了搓手取暖。季烈什么也没说，很顺手地把她揽在了身边，于是，她的头很随意地落在了他的肩上，他的体温顷刻便传递给了她。那一刻，她感受到了从未有过的温暖、踏实。

如此良辰美景，季烈不想浪费了，很自然地托起那蓝的下巴，低头，吻住了她。周围没有风，只有静，静得只有彼此的心跳声，在这片古老的戈壁滩上怦然跳动。

※第二十一章

最后的战役

夜幕降临，从乌鲁木齐飞往滨江的航班抵达滨江上空，刚从戈壁滩上走出来的那蓝望着窗外的辉煌灯火，有点恍惚。

飞机徐徐降落在清流机场，刚刚停稳，一道闪电划过苍穹，大雨砸在窗玻璃上。季烈望着窗外，脱口而出：“这雨来得真急。”

那蓝起身取下行李柜里的背包，这时就听见有人在议论：“天啊，S 市发生 7.5 级地震。”

“两小时前的新闻，是真的，地震……”

那蓝闻言一惊，和季烈对视了一眼，两人不约而同地快速拿出手机开机，新闻跳了出来。尚未浏览完毕，突然，两只手机同时响了起来，来电显示是警航中心，两人同时按下接听键。

韩东风的声音快且急：“我是韩东风，查到你们的班机刚刚落地，闲话不多说。两个小时前，G 省 S 市发生 7.5 级地震，S 市向我发出救援请求。季烈、那蓝，请你们现在立即回到警航指挥中心。季烈，你的休假结束，立即归队执行救援任务。”

“是!”“是!”挂断了电话，季烈和那蓝快速冲下了飞机，直奔停车场。

方杰的车子直接停在车道上，朝他们按了按喇叭。两人快速上车，屁股还没坐稳，车子已经狂驰了出去。

车子闪着警报在马路上疾驰。天色已晚，大雨如注。不到半个小时，车子冲进滨江警航中心的大门，急急刹车，季烈和那蓝跳下车直奔地面指挥中心会议室。所有人员已经到齐，二人进门，所有人没有任何客套，直接切入正题。

韩东风说：“归队人员，立即观看相关资料。”

屏幕上闪过电视新闻画面：“今天下午四时三分三十二秒，S市发生7.5级地震，目前已造成数万名群众无家可归……尤其是边远山区，由于房屋老旧，余震频繁，以及地震造成的山体滑坡等问题，导致救援难度大，救援困难……”屏幕上出现了发生地震时街道、大楼晃动的场面以及惊慌的人群，还有军队进入S市开展救援的画面。

韩东风示意切断画面：“S市已经向全国空中救援机构发出救援请求，我们在一个小时前接到了请求救援的电话。但是由于S市距离我们较远、难度较大，滨江警航决定派出一架直升机参与此次地震救援活动，参与人员为驾驶员季烈，副驾驶那蓝，观察员及救生员沈天梵，救生员宋智，绞车手宇宏。其余人员留下待命。”韩东风双手撑着桌面，面色沉重地看着几个人，“这是一场硬仗，山区地形原本就很复杂，加上最近S市气候异常，比以往提前了一个月突降大雪，山顶积雪很厚，余震频繁，很有可能造成雪崩，你们要随时做好心理准备。”说完韩东风直起身，“时间紧迫，你们几个就不要回去了，在此待命，随时做好紧急升空的准备。”

“是!”五个人一起应声。

其余人员出去了，只留下地面指挥中心主任叶泉水跟他们一起研究地质地形、最近一周天气状态以及山体的岩层情况、事情可能发生的进展……有人送饭过来，几个人一边吃一边研究，累了就在旁边的沙发上躺一会儿。

晚上十一点时，那蓝在沙发上躺下。她想休息一会儿，可怎么也睡不着，眼睛睁得很大，脑海中不停翻滚过各种各样的地震灾难现场的惨状以及世界各国飞行员驾驶直升机在山区遇到乱流或其他特殊情况造成的坠落画面。越想越感到惴惴不安，正辗转反侧之时，一条毯子搭在了她的身上。她扭头，看见季烈站在沙发前望着自己，翻身坐了起来，给季烈腾出一个位子。

季烈坐下之后，问：“这次救援难度很大，怕吗?”

那蓝反问：“你呢？”

季烈说：“以前不怕，现在有点。”

“为什么？”

“以前对我来说，生命是我自己的，可是现在……”季烈望着她，语气平静，“现在多了一个你。”

那蓝笑了，说：“现在我不怕了。”

季烈问：“为什么？”

那蓝说：“因为，你在。”

季烈也笑。

那蓝说：“真的，我要是怕的话，就看看你，看到你我就不怕了。”

季烈又笑了，这次是发自内心的笑，他说：“那我要再仔仔细细地研究一下资料。”他搬着资料过来，身体给那蓝当作了枕头。后半夜的时候，他也睡着了，坐在沙发上睡着了。

凌晨四点，警报响了起来。韩东风的声音传进众人的耳朵：“立即换装，机库集结，前往S市M山区执行救援任务。”

几个人早已穿好了服装，戴上头盔往外冲去，直奔机库，登上直升机。

通话器里传来叶泉水稳稳的声音：“动力？”

季烈一边快速检查，一边应道：“正常。”

“油路？”

“正常！”

“通信？”

“正常！”

“雷达正常。”

“绞盘？”

“正常！”

“副驾驶那蓝，观察员及救生员沈天梵，救生员宋智已经到位，绞车手宇宏到位，救援物资到位，请求搭载人员起飞。”

“准许起飞！”

编号310002的救援直升机飞上苍穹。大雨已经停了，直升机以最快的速度朝S市方向飞去。

直升机经过将近三个小时的长途飞行抵达了S市上空，救援物资投放到指定地点之后，韩东风的声音再次从通话器中响了起来："最新消息，两天前，某国际医疗救援组织的一支国际医疗队在S市召开医疗救援国际会议，地震发生时，该医疗队共三人正在S市M山区进行医疗救助活动。山体塌方，三名医疗人员被困山中，现在M山区余震不断，根据航拍器传回来的画面，我们发现山顶积雪已经出现断层，很可能随时发生雪崩。我要求你们不惜一切代价，救出三名医疗队员。"韩东风话音未落，季烈的手指不自觉地颤抖了一下，那蓝疑惑地看了他一眼。

韩东风在通话器中吼道："01，听到请回答。"

季烈冷沉地道："01收到。"

通话结束，那蓝小声地问："没事吧？"

季烈深吸一口气，说："没事。"

那蓝伸手轻轻地握了握他的手，他的手很冰。他用眼神回望她，她朝他微笑，他又放松了下来，说："放心吧。"

M山区的山顶积雪很深，余震仍在继续，从直升机上能看到不时有石头滚落下去，树木倾倒，通往山外的多处道路已经被堵死。

季烈熟练地驾驶着直升机，尽量降低飞行高度，贴着山体飞行，尽可能更快地搜救被困的三名医疗队员。

观察员沈天梵从望远镜中快速搜索，突然，他的视线聚焦在了半山腰。从望远镜里，他看见了身穿有国际救援组织护士服的三名医疗队员在大雪中艰难跋涉。他快速将定位给了季烈，季烈护目镜后的双眼看到了那三人的身影，光电吊舱同时拍好了三人。

他驾驶着直升机快速朝他们靠近，这时，耳边的通话器里传来韩东风严厉的疾呼："01，我是韩东风，显示山区余震加剧，山体裂缝更加明显，很有可能马上发生雪崩。季烈同志，你必须在雪崩之前救出三名医疗队员，要快……"

韩东风的话还没说话，季烈突然发现眼前的山体在剧烈晃动，这种情形他并不陌生，几年前他参与珠峰救援时就曾遇到过这种情况——那是雪崩前三十秒钟发生的，他曾经眼睁睁地看着一架国外的救援机被扑下的大雪击中坠落。当时的情形跟眼前几乎一模一样。

雪崩了！瞬间，他快速拉升直升机的飞行高度，与此同时，漫天的大雪伴随着震耳欲聋的轰隆声，铺天盖地地从山顶砸了下去！

直升机高度在上升，地面一片白茫茫，他眼睁睁地看着刚才近在咫尺的三名医疗队员顷刻间被埋在了大雪深处。

“地面指挥部，我是警航01，我机组在M山区发现雪崩，三名医疗队员被大雪掩埋。现目标已经锁定，我机组将抢在黄金十五分钟之内，全力救出三名医疗队员，完毕。”

季烈知道，通常雪崩发生后，被埋的人在十五分钟之内被救出的话，存活率可达90%；超过四十五分钟，存活率降低为20%—30%；而两小时后，几乎没人能够幸存。

叶泉水的声音稳稳地从通话器里响起：“地面指挥部全力配合你们的救援行动。根据山体地质构造等相关数据处理的结果，我分析很可能发生二次雪崩，行动时务必小心，收到请回答。”

“收到。”季烈马上将情况传达给机上众人，众人都很平静，没有人产生犹豫，也没有任何怀疑。

季烈快速将直升机悬停在刚才发现三名医疗队员的上空十五米高度：“直升机悬停，绞车手准备。”

“绞车手准备完毕。”

季烈朝沈天梵投去珍重的目光：“老鹰，行动要小心，谨防二次雪崩。”

沈天梵点点头，背上铲雪工具，随后被钢索放了下去。雪崩过后，山体的大雪很厚，沈天梵的脚踩在大雪上，一直落到了齐腰那么深方踩到了实处。他打了手势，解开身上的钢索，接着宋智顺着钢索下到了地面。

时间只有十五分钟，事急从权，两个人行动力有限，那蓝紧跟着也下到了地面。可谁也没料到，二次雪崩说来就来，那蓝的脚还没有站稳，就感觉脚下的地面在震动，钢索尚未解开，大雪铺天盖地扑了下来……

季烈发觉不对，一边就叫宇宏往下放钢索，同时在通话器里喊道："老鹰，宋智，抓住那蓝。"

直升机在缓缓上升，刚好避开扑下的大雪。几个人配合得恰到好处，雪崩过后，安然无恙。只不过沈天梵、宋智和那蓝的头发、眉毛以及身上全白了，三人对视了一眼，会意一笑，随后再次下到了地面，连身上的雪都来不及拍掉便开始了搜救工作。

时间一分一秒过去，每过去一分钟，三名医疗队员的危险就增加十分。

沈天梵利用生命探测仪最先救出了一名医疗队员。男，四十岁，外籍人士，头上脸上都是血，嘴巴高高肿起。从他双腿扭曲的程度判断已经断了。

很快，宋智发现了第二名医疗队员，女，三十八岁，外籍人士。她跪在地上，双手紧紧抱着一块山石，满脸鲜血，身上多处划伤。宋智将她从大雪里挖出来，她刚刚站立起来，却又一头栽倒在雪地上……

那蓝还在找，可另外一名队员却始终没有找到。她用英语喊道："We are the police，please answer." 她叫了三次，从不远处的大雪深处隐约传来回应。她顺着声音，蹚着齐腰深的大雪快速走过去，挥舞铲雪工具将埋在大雪底下的人挖了出来。这是一名女队员，一看就是受过雪崩遇险训练的。她躺在一个山坳里，两臂交叉在胸前，尽可能营造出口鼻与胸部呼吸所需要的范围。那蓝把她拉出雪坑，用英语紧张地问："Are you hurt?"

她站了起来，抖了抖身上的雪，抬手抹掉脸上眉毛上的雪，抬起头，黑色眼眸盯着她，眼神冷静而又笔直，用中文回答道："我没有受伤。"说完朝她微微一笑，利落的齐耳短发，微笑时嘴角微微扬起，还有那张曾经在小蛋蛋手机里出现过的，她看过一眼便不能忘怀的，跟她有几分神似的脸。

对方伸出手，礼貌地握了一下，说："谢谢你救了我，我是 X 国际医疗救援组织工作人员，我叫 Phoenix，中文名夏若。"

如果不是见到真人，那蓝绝对不敢相信居然在这个地方、这种场景下遇见夏若。她盯着夏若有片刻的失神，不过很快便回过神来，冷静地道："你好，我是滨江警航的警务人员，我叫那蓝。"

夏若看了看她身上的制服，又抬头看了一眼天上的直升机，摸出打火机点了一支烟，快速吸了两口，然后丢掉烟头，说："走吧。"

从地面到直升机是一条钢索的距离，需要一分多钟的时间，季烈望着她，恍如隔世。

夏若上到直升机上，沈天梵和宋智已经给另外两名队员做了紧急处理。

季烈头也不回，冷静地问："为什么会在这儿？附近是否有其他的受灾群众？"

夏若说："我们有一个病人住在山上，眼部需要手术，我们要过去看望她。路上发生地震，我们弃车徒步，但是……我们迷路了。"

季烈还要说什么，被沈天梵打断："01，情况紧急，2号病人头部受伤严重，必须马上送去医院治疗。"

那蓝望了一眼季烈，他声音听起来虽然很平静，脸上却血色全无。她试图想抓住他的手，他却下意识地避开，手调整了一下通话器，说："我是警航01，三名国际救援组织医疗队的医护人员已经救援完毕，其中两名人员受伤情况较为严重，01即将前往S市安置点。"

"地面收到，安置点紧急救生通道已经开启，诸位同事，辛苦。"

直升机朝着S市方向飞去。夏若眯着眼睛望着季烈的背影，他的背影看起来似乎并没有太大的变化，声音也没有变。他越是竭力保持冷静，却越透露出不安，并且他和那蓝的关系似乎不同寻常。夏若双手抱肩，轻轻吐出一口气。

很快，直升机便到达了安置点，平缓地落地，医护人员抬着担架快速将两名受伤人员抬走治疗。季烈一行人接到通知，将在安置点用餐，用餐完毕后还有新的救援任务在等着他们。

季烈是最后一个下的直升机，他的脚刚落到地上，迎面就看见了站在不远处望着她的夏若。她点了一支烟在抽，修长的手指夹着烟，吐出一口烟雾。季烈又恍惚了一下，没有说话，望着她。她似乎比以前更高了，也更瘦了，皮肤没有以前那么白，脸颊多了几颗晒斑，但是气质却更好了。脸上戴了个框架眼镜，黑色的镜框，镜片裂开了。人还是像以前的那个人，感觉却跟以前完全不一样。她掐灭了烟头，朝他抬了抬下巴，问："没想到在这儿遇见我吧？"

季烈的心跳得飞快，他有些语无伦次，说："是，完全没想到……"

夏若淡淡一笑："你不知道我回国？"季烈点点头。

有工作人员过来分发盒饭，他们坐在路边打开饭盒，夏若一边吃一边说："听说有人在美国那边打听我的消息，我以为是你。"

季烈愣了一下，笑了笑。她还是像以前那样，坦白、直率、毫不掩饰。他吃不下，用筷子拨了拨里面的菜，问："这十年，你过得还好吗？"

"很好，满世界地飞，今天在洛杉矶，下个月有可能在非洲，下下个月有可能在日本……"

"挺好！"季烈说。

夏若回头看着他："你黑了，皮肤粗糙了，最近过得不好吗？"

季烈沉默了，过了一会儿说："好，挺好的。"

夏若笑了："你还是老样子。"突然换了个语气，问道，"我没变！你呢？"一语双关，我没有变，你呢？你有没有变？

季烈的手明显抖了一下，筷子险些掉在地上，额头上紧张出了一层汗珠。曾经深爱的人，原以为永远不会再见面，他在漫长的等待中一点点死心，谁料十年之后又再重逢？原本已经建设好的内心，此刻犹如地震过后的S市，一片废墟。他爱她，哪怕没有丝毫消息，依旧坚定地等了她十年。十年没有人攻破他的内心，直到遇到了那蓝……感情没有对和错，错在了错过。

夏若说："当初的约定，我没有食言，我在约定的日期回来过，但是飞机出了点事故，中途停在了第三国，推迟了一天回到滨江。"

季烈又恍惚了，他特意请假回来，但她没有回来，随后他便赴新疆参加演习。他什么也没有说，筷子停顿了一会儿，埋头开始吃饭，一口气吃了半盒，伸手拿水，一瓶纯净水放在了他面前，季烈接过，扭头看了她一眼，道谢，问："这次是什么时候回国的？"

"一周前。"夏若说，过了一会儿又道，"我还是一个人，你呢？"

季烈的筷子又顿住了，好半天没有说话。

夏若笑了，点了支烟，望着远处的那蓝，呼出烟雾，对季烈说："骗你的，其实我早就不是一个人了，恋爱分手好几回了。这是他的照片，帅吧？"

季烈看着照片上干净、帅气、阳光的外国小伙，脸僵住了，抽了抽嘴角，说：“很好！”

夏若起身要离开，走了两步又停住脚步，说：“我听老叶说，你去了卡拉麦里？”

季烈愣怔地低着头。

“我看到新闻，十三阎罗被各个击破，老鬼被抓……你干的？”

季烈心中百感交集，张了张口，却什么也没说，最后点点头。

夏若说：“干得好。”

季烈抬起头望着她。他的眼圈是红的，嗓音有些沙哑，哽咽了半天说：“对不起，夏若，当初我不该带你去卡拉麦里，我不该把你留在客栈，我应该把你带在身边，那样你就不会被老鬼抓走。”

夏若微笑：“你并没有错。”

“可我原谅不了我自己。”

夏若说：“你不用内疚，我被老鬼抓去后，他把我扔在一个帐篷里，让我去照顾一个怀孕九个月的女人。那个女人是老鬼的情人，名字叫奈奈。老鬼之所以抓我过去是因为他看到过我给客栈里的一个孩子看病，以为我是护士。”说到这里，她又点了支烟，眼睛望着天空，“奈奈是个苦命的女人，年纪不大就被一个大她二十岁的男人强暴了，父母嫌她丢人，就把她嫁给了那个男人。那男人天天打她，怀孕六个月被男人打到小产，险些丢了命。老鬼救了她，后来她就跟着老鬼，东躲西藏颠沛流离，两年后怀上了老鬼的孩子，九个月时快要生了。戈壁滩上没有医生，老鬼让我给她接生。虽然我爸是医生，我耳濡目染，也给家里的猫接生过，但却是第一次给人接生，难产，一尸两命……”夏若声音哽咽，“老鬼没有刁难我，他说他不欺负女人……可我眼睁睁地看着一个鲜活的生命在我眼前消失……我永远也忘不了……那天我做了一个决定，我要学医，我要去美国，我要做一名优秀的医生。”夏若说完，抹了抹眼泪，转身朝临时医疗处走去，手很自然地按了一下屏幕上的照片，照片退回到了“病人”一栏。

她骗了他。她看出来了，他已经和叫那蓝的女飞行员相爱了。错过的十年，是她的原因，应该让他放下了。

季烈望着她的背影，天上的乌云疾走，阳光冲破黑云，投下的光芒照着夏若的身影，她一边走，一边接过护士递过来的白大褂快速换上……十年来的心魔，所有的内疚与不安，那一刻，全部烟消云散。他现在感觉到饿了，端着盒饭朝那蓝他们走去，挨着那蓝坐下。那蓝就像什么都没有发生过那样，将盒饭里的五花肉一块一块地夹到他的饭盒里。

“干什么？”季烈问。

“把你养胖啊。”

“别夹了，累不累啊？”

“不累！”

季烈突然转头望着她，很认真地说：“你一天天地在我心里跑，真的不累啊？”

“噗——”宇宏没忍住，喷了。宋智笑弯了腰，沈天梵憋着笑，朝四周看了看，筷子敲了敲桌面，说：“你们严肃点好不好？我们是救援人员，别笑了！别笑了！忍住！”

两人看了看周围，不笑了。宇宏压低了声音说：“队长，你这土味情话也太肉麻了，我都听不下去了。队长你今天怪怪的。”

“嗯？哪怪了？”季烈若无其事地望了他一眼，筷子换到左手，右手从桌子底下拉着那蓝的手，十指紧扣。

“怪可爱的！”宇宏说，仰天长叹，“队里又少了一只黄金单身犬。”

“幼稚！”宋智叹气，“恋爱中的人，真幼稚！”

沈天梵的手机响了起来，屏幕上跳出“叶泉水”三个字，他很自然地放下筷子，拿着电话走到远处接听去了。

宇宏和宋智对视了一眼，然后一齐将目光投向了沈天梵，从他少见的笑脸上可以断定，也是处于恋爱状态。

宇宏愤愤地扒拉着盒饭：“今天是什么日子？”

宋智说：“秀恩爱的日子。”

沈天梵对着电话“喂”了半天，那边传来小蛋蛋的说话声：“喂，沈叔叔。”

“怎么是你啊？”

“老叶说她想你……哎呀，沈叔叔，你管管你女朋友吧，她拎着我的耳朵，哎哟喂，她虐待儿童。”

沈天梵笑了。电话那边传来叶泉水稳稳的说话声：“是我。”

“我知道。”他说。

“学校放了半天假，他来队里蹭午饭。”

“老叶……”

“嗯?”

“没什么了。”

短暂的休息结束，韩东风的声音再次响起：“我是韩东风，M 山区位于陈塘口附近的罗家村，东经……北纬……山体多处滑坡，政府已经组织村民转移，前方传来的消息称目前还有七名村民滞留在村中，现在要求你们立即前往该地执行救援任务，确保万无一失。”

“01 收到。”直升机起飞，夏若刚刚诊断完一例病人，从帐篷里走出来，听见直升机的轰鸣声，若有所思地目送着机身上写有“滨江警航”几个大字的直升机飞远。她摸出烟和打火机，刚要点燃，忽然意识到自己身上穿着白大褂，又放回了兜里。她想，这应该是他们最后一次见面。

“再见，季烈。”再见，曾经深爱的人。

“夏医生，夏医生……下一台手术马上就要开始了。”身后传来小护士的叫声。

“就来。”她应了声，然后留恋地望了一眼天空中远去的直升机，毫不犹豫地转身，“把病人的资料给我……”

M 山区，罗家村。

山体滑坡导致山林大面积被摧毁，没有机降点，直升机勉强停在一处山地上。

直升机的轰鸣声将余下的几名村民吸引过来，四男两女，神色惊慌。

沈天梵看了一眼，问道："还有一名村民未到，他在哪，你们知道吗？"

村民罗星说："还在村里呢，我们劝了他了，他说不走，要留在村里……"

"带我们过去。"

罗星道："我还是劝你们不要浪费时间了，他是我们村的老人了，八十多了，出了名的老顽固，没人劝得了他。"

"走！"

话音未落，从山上滚下的巨石砸在了水塘中，溅起巨大的水花。地面都在颤抖、摇晃，灰尘和碎石落在了众人的身上，接下来是一片死寂。

罗星问："还……还去吗？"

沈天梵说："去。"

罗星带着他们开始朝村里狂奔。

那蓝这次没有随同他们一起执行撤离任务，时间一分一秒地过去，山上不时有石头滚落下来。为了避免直升机被石头砸中，季烈操纵飞机升到一个高度之后，冷静地对着通话器问："老鹰，你在哪里？位置告诉我，我来接应你们。"

沈天梵的声音依旧很平静："刚才位置的两点钟方向，四百米处。"

季烈操纵着直升机飞了过去，飞到跟前向下望去，见一个老人抱着一条狗坐在院子里，面色淡定。

季烈问："老鹰，怎么回事？"

"老人家是抗美援朝的军人，说什么也不愿离开。并且年纪大了，我们也无法强制执行离开。"

通话器里又有老人的说话声传来："我不走，我家世世代代都生活在这里，我活了八十多年了，死也要死在这里，你们走吧，不用管我。"

季烈问："老人家有子女吗？"

"没有！"

罗星想起了什么，在沈天梵耳边说了一句话，沈天梵转脸问老人："老人家不等美宣了？"

老人一听，眼泪掉下来了，颤颤巍巍地从怀里拿出一张发黄的照片："你说美宣啊，她在呢。”

“老人家给我讲讲呗。”

“那年我十五岁跨过鸭绿江参加抗美援朝，我是彭总司令的直属部下，美宣是女护士，护士学校的，还没毕业呢，长得可漂亮了，是天底下顶顶漂亮的女护士。当时我们连在一个山谷里遭遇了美国兵的袭击，几乎全军覆没。炮火连天，美宣一点都不像女学生，背着医药箱冲进战场救伤员。后来她被美国兵包围了，被俘虏了。都怪我，在被美国兵包围之前，我应该冲上去救她，如果我救了她，她就不会被俘，之后就不会再没有消息，都怪我……”

老人还在说，沈天梵呆呆地看着白发苍苍的老军人，似乎被一只无形的手扼住了咽喉，忽然开始呼吸急促，悄悄往后退了半步。

老人抹着眼泪说：“我已经老了，风烛残年，美宣知道我住在这里，我要等她回来，我不能走……”

沈天梵的眼前出现了一个身影，一个穿着迷彩服的身影，那是她的初恋女友，青梅竹马，名字叫辛绿。她是野生动物保护组织成员，致力于保护非洲大草原上的野生大象。然而，三年前，她驾驶直升机在草原上巡逻时，不幸坠机身亡……怪他！他那时候是全军最优秀的飞机机械师之一，当时他获得审批利用探亲假去非洲探望辛绿。他不止一万次地懊恼过，那天她驾机出行之前，他为什么没有检查飞机，如果他检查一遍，辛绿就不会出现意外……

那蓝感觉沈天梵不对劲，她马上起身，转头对季烈说：“老鹰有状况，我下去。”季烈点头。

速降是非常快的，那蓝双脚稳稳落在地上，朝沈天梵走去。

恍惚中，沈天梵听见有人在叫他，是那蓝：“老鹰……老鹰……”

接着从通话器里传来叶泉水的声音：“老鹰，我是叶泉水，你怎么样?”

“还好，完毕。”他擦了擦额头上的汗珠。那蓝看了他一眼，快步朝老人走去：“老人家，我们是滨江警航的警务工作者，我叫那蓝，我向您承诺，我们会立即想方设法联系美国驻华大使馆，调查当年朝鲜战场上女护士美宣被俘情况以及她的下落，请相信我们，我们会利用一切手段获得她的消息。”

老人将信将疑，那蓝又做了几番保证，老人动摇了。他稍微犹豫了一会儿，说："我眼睛不好了，快要看不见啰，就靠这只狗和我相依为命，我能把它也带走吗？"

那蓝毫不犹豫地说："当然能。"

宋智递了眼神给她，将她拉到一边小声道："那蓝姐，直升机就只有一个人的位置，没办法再带上狗了。"

宇宏也说："那是一条中华田园犬，体形又大，万一在直升机上伤到人怎么办？"

那蓝看了看趴在老人脚边的狗，说："把我的位子让出来。"

"不行！"宋智和宇宏异口同声地拒绝，季烈的声音从通话器中传出来，严肃地道："就按 07 说的。"

宇宏和宋智有点傻眼。宇洪说："队长，山体马上就滑坡了，那蓝姐留在这里太危险了。"

"有我。"季烈声线平静，"老人家是参加过抗美援朝的老英雄，他的心愿，我们无论如何也要实现。相信我，我一定会把 07 平安带回去。"

宋智还是有些担忧。沈天梵道："就按 07 说的，准备起飞。"

随后老人和狗被送上了飞机。老人问道："座位够吗？"

季烈说："老人家放心吧，座位够，您坐在副驾驶的位子上，看看底下的山川大河。"

老人显得惊喜："我也想看哩，可是眼睛看不清啰。"

那蓝站在山坡上，山脚的郁郁葱葱、溪水淙淙、百花盛开，和之前在戈壁滩上完全是两番景象，但是她毫无心情欣赏眼前的美景。直升机已经飞远，通话器里传来季烈的说话声："怕吗？"

那蓝说："不怕。"

季烈说："这个时候你应该说怕。我再问一遍，怕吗？"

那蓝说："怕啊。"

"想着我就不怕了。"季烈说得很认真。通话器里已经有人憋不住了，有隐约的笑声传来，刚开始是一两个人，后来好多个，接着传来轻轻的咳嗽声，是韩东风的声音，说："01，这个时候就不要谈恋爱了。"

季烈心情好得很，完全不似以前那番冰冷，而且话也多起来：“插一个行动以外的话，介绍一下我的女朋友，07，那蓝，我现在已经脱离了你们单身狗的行列，不用羡慕我，单身的同志们，继续加油。”

通话器里没有声音，大家都在笑。

过了一会儿，韩东风说：“好了，我代表滨江警航恭喜两位。下面继续工作。”他换了个严肃的声音，“地面指挥中心已经联系了距离你所在区域最近的一个安置点，受灾群众放下之后，季烈立即回援那蓝。”

顿了一下，韩东风的声音又严厉了起来：“最新资料，罗家村在一分钟前再次发生余震。根据最新拍回来的卫星照片显示，山体横向的裂缝在加深，山体隆起，山上的植被已经变形。”

那蓝站在村口的开阔地上，一动不动。余震造成的山石滚落和山体滑坡，顷刻间就将前方的池塘给填了，但她很冷静，抬头看了看，山体已经扭曲，崩塌很有可能发生在瞬息之间。

首先要保护好头部，她抬手按了按头上的头盔。这时，远处传来轰隆隆的声音，山体崩塌了。她来不及做出反应，迅速抱着身边的大树，往前一跃跳进一条地沟里，快速脱下衣服包裹住头部。巨石滚落将大树折断，大树轰然倒下遮住了地沟，山上的泥土和沙石一同滚落，将罗家村填埋……

季烈驾驶着直升机在天空盘旋，一分钟前还只是断壁残垣，现在已是一片废墟。他在通话器里喊道：“07，07……那蓝……听见回答……”他一遍一遍地喊着，可那边什么回音也没有。他忽然意识到自己犯错了，是他自负了，他以为凭着自己驾驶直升机的水平和能力，一定能抢在山体崩塌前将那蓝带走，可大自然瞬息万变，当初如果是他留下来就好了。

“07……07……”他一遍一遍地对着通话器喊话，直升机在废墟上盘旋。

地面指挥中心一片沉默，所有人都站了起来，呆滞地看着屏幕上的一片废墟。一切发生得太快，无力挽救，并且画面显示二次滑坡很可能马上发生。一向冷静的沈天梵此刻按捺不住了：“01，直升机悬停，我下去找那蓝。”

“对！我也下去。”这是宋智。

“还有我。”这是宇宏。

季烈没有回应，依旧对着通话器一遍一遍地喊着：

“07，听到回答……”

“07，听到回答……”

“那蓝，我是季烈，听到回答……”

沈天梵突然朝他喊道：“老季，直升机悬停，听到没有？”

通话器里，韩东风的声音传了出来：“老鹰，滑坡发生的时候，画面上看不清那蓝到底被冲到了哪里……况且，二次坍塌很可能就在眼前……”

沈天梵阴沉着脸：“我不想老季重蹈我的覆辙，我不想他以后跟我一样，每一天都生活在愧疚之中。”

“什么意思？”

“我女朋友就是因为我没有检查直升机所以出了事故，死在了非洲大草原上，我恨死了我自己。”沈天梵吁了口气，“我每天都在后悔，每天都在自责。我不是什么优秀的飞机机械师，我连我深爱的女人都保护不了。现在我说出来了，我觉得很痛快……”

沉默，死一般的沉默。可季烈并没有悬停，而是继续对着通话器呼叫：“那蓝，我是季烈，我知道你活着，我知道你不会有事，你是我遇见的最有天赋的女飞行员，我爱上你了，听到回答我……”

过了许久，通话器里传来沙沙的声响，所有人都紧张了，全都屏住了呼吸。

一片沉寂中，传来那蓝虚弱的声音：“老季……你又在对我表白吗？”

季烈一个铁骨铮铮的汉子，眼泪都快掉下来了，哽咽着说：“废话！全队人都在听着呢。”从那蓝发出第一个声音起，他便立即采取悬停，沈天梵根据声音方向迅速判断出所在位置，和宋智滑降下机，实施救援。

可季烈并没有因此松一口气，目光紧盯着山体。那蓝刚从地沟里被挖出来，她便感觉脚下的大地在颤动，轰隆隆的声音再次传来。

季烈对着通话器大喊了一声：“快！”

宋智和沈天梵架着那蓝，玩儿命般朝直升机跑去。

山体已经崩塌，那蓝焦虑地看了一眼，示意沈天梵在前。山石滚动，转瞬到了跟前，她玩儿命一跃抓住了钢索，直升机稳稳升空。

真是狼狈，浑身都是泥，身上的衣服也破了，额头上还蹭伤了，不过幸运的是，人平安。在大家七手八脚的帮助下，那蓝上了直升机。宇宏递给她一条毛巾，季烈头也不回地说：“不愧是我女朋友啊，快得像头小豹子。”那蓝瞪了他一眼，坐到了副驾的位子上。季烈不笑了，望着她，说：“吓死我了。”

那蓝看他那副紧张的模样，不由笑了。

季烈对着通话器说道：“我是01，我机组在罗家村救援完毕，现请求返航。”

“同意返航。”

五天四夜，从S市救援归来，全队在停机坪上迎接。

那蓝刚刚从直升机上下来就接到了叶海蓝的电话。叶海蓝正在办公室里，刚刚将一份合同签完递给秘书：“你和季烈的事我都听说了，什么时候带着他来家里正式介绍给妈妈？”

那蓝说：“妈，你们不是见过嘛，再说了，哪有您这么着急的？”

季烈刚好从飞机上下来，顺手拿过她的手机，刚要说话，被那蓝夺了过去，按掉。季烈说：“干什么？一听就是找我的，为什么不让我说话？”

“自作多情。”

“你再说一遍。”

“自作多情。”

季烈缓缓神，圈住她，吻了下去。那蓝往后一退，撞在了飞机上，“咚”的一声，让已经走到机库门口的宇宏和宋智等人一齐回头。宇宏瞪圆双眼：“他们也太目中无人了吧，亲上瘾了。”

方杰仰天长叹：“队长变了！说好的高冷呢？说好的铁血无情呢？”

宋智一脸的呆滞：“上机小狼狗，下机小奶狗，队长这是要完啊。”

季烈回头望着他们：“喂，你们几个人背后说我什么呢？”

方杰摇摇头：“没说什么啊！”

宇宏摊摊手："没说什么啊！"

宋智一脸无辜："真的没说什么啊！"

季烈大手一挥："睁眼说瞎话。滚！"

几个人哈哈大笑着跑出去了，那蓝也笑了，伸手搂住他的脖子。季烈说："虽然你是我的女朋友，但是主动这个事，不要跟我争。"他刚要吻下去，手机响了，他没理，继续吻。手机不小心从口袋里掉在了地上，他瞥了一眼，来电显示是小姨。他不由停下了动作，弯腰捡起手机，按了接听键。

"喂！"宋惠美的声音传进了耳朵里，"小烈，你爸爸住院了，马上要进行二次手术。"季烈的脸色变了。

原来两天前，病情已经趋于稳定的季国诚早上出门晨练时遇见了一个正在盗窃行人财物的小偷，便上前阻止。小偷见他孤身一人便威胁他，被他撂倒在地。小偷招来同伙，他以一敌二，虽然小偷被抓了，但他也因此进了医院，医生诊断完毕，建议马上手术。

季烈听完冲出了机库，驾车赶往医院，推开病房的门，走到床边。

季国诚看着一脸憔悴的儿子："五天四夜，没吃好没睡好，辛苦了。"

季烈低着头没有说话，看着病床上的父亲，鬓角的白发又多了。父子俩对视了一会儿，季国诚示意宋惠美先出去，他有事要和季烈谈。宋惠美会意，搬了凳子叫季烈坐在病床前，然后深深地看了他们父子一眼，带上门走了出去。

季国诚说："季烈，我一直想和你好好谈谈，关于你妈妈和我还有你小姨的事，可又不知道从何说起。"

季烈不愿提这个事，内心有些抗拒："过去的事就别提了吧。"

季国诚说："可我马上就要进手术室了，医生说手术风险很大，我怕我不说出来，以后会没有机会。"

季烈一时无言。

季国诚又说："季烈，爸爸也年轻过，十八岁参军入伍，二十三岁成了排长。军人生活让我有铁一般的意志，直到遇到了她——你小姨。那是一次演习结束的慰问演出，你小姨是文艺兵，那年她刚刚十八岁，花一般的年纪，跳了一支《天鹅湖》，现在想起来都是很美的画面。我对她一见钟情，我们恋爱了，因为在不同的连队，只能靠书信和电话往来。后来，在一次抢险救灾中，我救了一个女大学生，那就是你妈妈。”

季烈愣了一下，抬头看着季国诚。

季国诚接着说：“她当时刚刚失恋，情绪崩溃要割腕自杀，我救了她，把她安排进了部队医院住着。为了给她排解苦闷，我经常过去看望她，可不承想，一来二去，她竟爱上了我。当我知道之后，我果断地拒绝，并且向她坦白我已经有了深爱的女人。她想不开，对人生失望，爬上了医院的楼顶。我前去劝她，权宜之计只好同意跟她结婚。可我万万没想到，她竟然是你小姨的亲姐姐，荒唐啊！我对不起你妈妈，我从来没有爱过她，但我竭力去做一个称职的丈夫。我也对不起你小姨，她为了我至今未婚。季烈你正年轻，我想你能明白爸爸说的，当你真正爱上一个女人，你会不舍得伤害她，哪怕是一点点。可我始终觉得对不起你妈妈，在你妈妈去世之后，我跟你小姨虽然住在一个屋檐下，却相敬如宾，从未僭越。”

季烈有些意外地看着他。

季国诚说：“一个男人无论有多少借口，既然他选择了一个女人，跟她结婚，就要一心一意地爱护她。所以，我不是一个好丈夫，我这辈子都欠着你妈妈的。”

季烈沉默了，很久没有说话。

季国诚说：“我听老韩说你有女朋友了，我很欣慰。季烈，爸爸用过来人的经验告诉你，真心爱一个女人，就一心一意地对她，给她一个家，永远不要伤害她。”

季烈好半天，低头艰难地叫了一声：“爸。”

这一声“爸”，叫得季国诚眼圈红了：“你长大了！成熟了！果然，爱情是男人成长的学校。”

医生进门宣布马上进手术室。护士推着手术车上的季国诚往外走去，季烈追上去又叫了一声：“爸。”

季国诚望着他。季烈弯下腰在他耳边说：“爸，我理解你了，你不要再为难自己了。医生说，这次手术风险很大，之前的命就算给了妈了，手术结束后，跟小姨在一起吧。”

季国诚吃惊地望着季烈，没有说话，护士推着他朝手术室走去……

五个小时的手术让人望穿秋水，“手术中”的灯终于灭了，季烈站了起来，坐在他旁边的那蓝也站了起来。

宋惠美最先冲到手术车前，轻轻地唤了声：“国诚。”

季烈问：“医生，我爸怎么样？”

医生疲惫地摘下口罩：“手术很成功，以后要多注意，不要再这么剧烈地打斗了！”

季烈终于松了口气。

季国诚康复得很快，季烈的心情也好了很多，他现在会主动让宋惠美来医院陪伴父亲，弄得宋惠美倒是不好意思了。还是季国诚大方，说：“儿子都发话了，要不等我出院了咱们就把证给扯了。”

这番话刚好被准备进门的季烈听到，他笑了笑，然后退了出去。晚上他跟那蓝约好了去她家里吃饭，那蓝在别墅楼下等他，他特意穿了一身休闲西服，看起来帅气又清爽。他从后备厢里拎出的礼品简直要把自己给淹没了。

那蓝说：“你也太客气了吧。”

季烈微微一笑：“第一次正式见岳母，礼节不可少。”

那蓝领着他进了客厅，季烈放下礼品，取出一个盒子，双手捧上：“伯母，虽然不是初次上门，但是第一次以那蓝男朋友的身份上门，也不知送什么礼物合适，听说伯母喜欢付老先生的书法，家中刚好有一幅，我就带了过来。”

叶海蓝闻言双手接过，打开那幅字，仔仔细细欣赏了一会儿，满脸惊喜：“来就来嘛，还送这么贵重的礼物，你有心。”

保姆凑上去看了一眼：“蓝姐，这字很值钱吧？”

叶海蓝说：“付老先生的字求不到的，而且这幅书法这么大尺幅，这么行云流水，价格不可估算。前年苏富比拍卖会拍出去的那幅远不如这幅，价格都已经七位数了。”保姆嘴里“啧啧”了几声。

那蓝愣怔地看着季烈：“这么贵？当了身家啊？”

季烈说：“伯母好眼力，其实好的作品能陶冶情操，文物的价值要看是不是落在懂它的人手上。伯母喜欢它，那就是跟它有缘。”

叶海蓝爱不释手地看着，捧着她进了书房。

那蓝等叶海蓝走了之后，拿起一颗葡萄送进季烈的嘴里：“想不到你还挺有心，送我妈那么贵的礼物，说吧，有什么狼子野心？”

季烈含笑望着她：“我把身家都拿出来孝敬丈母娘了，目的……就是要你以身相许。”

那蓝幽幽地问：“你怎么知道我妈喜欢付老先生的字？那幅字到底哪来的？”

“哦，是我外公收藏的，他听说我未来的岳母喜欢付老先生的字，非常高兴，所以我就求来了。”

那蓝心里一暖：“让你费心了。”

季烈微微一笑：“能不能给我一个奖励？”

那蓝在他脸上亲了一下，然后灿烂地笑了。

叶海蓝亲自下厨准备了一大桌子的菜，还开了一瓶珍藏多年的红酒。季烈给叶海蓝倒上酒，给自己也倒上，担心那蓝喝酒过敏，给她倒了杯果汁。

叶海蓝端起酒杯，道：“咱们第一次在一起吃饭，来干一杯。”

“妈……”季烈发觉叫错了，马上改口，“伯母，我敬您。”

叶海蓝喝了口酒放下杯子，给季烈夹了一块清蒸鲈鱼，问：“你父亲身体好些了吗？”

“半个月前做的手术，马上就可以出院了。”

“嗯，那就好。上次你们去S市救援，多亏有你，那蓝才没有受伤。你们的新闻我都看了，我想牵头成立一个基金会，帮助需要帮助的人。”

“那太好了，有什么需要我帮忙的，一定全力以赴。”

叶海蓝说：“我以前不能理解‘为人民服务’这句话的意思，我想不通，想不通他为什么要为了别人舍弃了自己的家庭。可看到S市的地震纪录片我震撼了。一个月前，我刚刚去过那里，繁华的城市变成一片废墟，无数人流离失所。看到你们出生入死，一次又一次地救人，我感动。很多人问我：‘你女儿是警航飞行员啊？’眼神是羡慕的，我感到骄傲……”叶海蓝低下头，双手盖在脸上揉了揉眼睛。

“妈……”

叶海蓝将手放在那蓝的后背上，轻轻顺了顺：“你父亲忙于工作，在你外公去世的时候没能到场，后来以身殉职，我心里始终有个结，我不希望我唯一的女儿也走上警务工作者这条路。可你太喜欢这个工作了，我想那就让你去吧，人这辈子能做自己喜欢的事，总比没做上要好。”

那蓝悄悄拉起叶海蓝的手，又叫了一声：“妈……”

叶海蓝轻轻握住她的手：“好好干，妈妈相信你会成为像季烈那样优秀的飞行员。”

那蓝很想告诉她，她已经是队里正式的飞行员了，可她没有说，因为距离“优秀”这两个字，她觉得自己还差得很远。她举起杯，跟叶海蓝和季烈碰杯。

客厅的电视新闻突然传来播音员紧张的声音：“现在插播一条新闻，爱米菲酒店遭遇恐怖分子袭击，警方提醒市民不要从附近路口经过……”

那蓝和季烈一个箭步冲向了客厅，同时手机响了起来，电话是指挥中心打来的：“季烈，那蓝，速回警航。”

“是！”“是！”

叶海蓝还没反应过来，两人已经冲向了车库。

滨江警航，地面指挥中心会议室。电子大屏上正在播放电视里播放过的画面，韩东风面色沉重：“今天下午五时十五分，一帮有组织的境外恐怖分子进入滨江，在爱米菲酒店各处安放了大量炸药。警方于六时赶到现场，与恐怖分子僵持，并且发生战斗。”

电子大屏在播放实时的爱米菲酒店周围的交通情况、建筑结构等等，酒店周围已经被警察包围。

韩东风说：“据了解，该酒店共二十二层，入住旅客二百三十名，集餐饮娱乐于一体。恐怖分子共六名，目前他们已经将酒店的电源切断，电梯不能运行。入住旅客中有二十余名儿童和五名孕妇，警方刚刚接到一名酒店员工偷偷打来的电话，说恐怖分子劫持了一名怀孕八个月的孕妇。”

那蓝紧张地看着画面。

韩东风看着众人：“恐怖分子的目的就是要扰乱正常的社会秩序，引起社会恐慌。我们接到通知，要求警航搭载特警空降顶楼。此次行动飞行员……”他的目光从季烈身上转到了那蓝身上，“那蓝，副驾驶方杰。”

季烈刚要说话，被韩东风严肃地打断：“此次任务非常重要，季烈，听说你喝酒了，你必须留在指挥中心，不能参与此次行动。”

季烈无话可说，靠在椅子上，双手盖在脸上。

韩东风继续说道：“救生员沈天梵、宋智，绞车手宇宏，特警已经到达机库，听我指挥，立刻行动！”

直升机在爬升，用最快的速度朝爱米菲酒店飞去。机舱里的特警携带了全副战斗装备，他们都是特警中的佼佼者。

第一次执行这样的任务，那蓝的手心在冒汗。五分钟后，直升机到达爱米菲酒店上空，通话器里传来韩东风的声音：“直升机悬停楼顶，全体人员待命。”

直升机在贴着楼顶的地方放下了八名特警，然后飞走，在爱米菲酒店上空盘旋。那蓝从直升机上看到下面的特警在向楼下推进。

爱米菲酒店周围全都是全副武装的武警，救护车、警车充满街道。他们如临大敌，紧张的气氛是那蓝从未见过的。

有人受伤了，从酒店里被抬了出去，迅速抬上了救护车，救护车开走了。刚才下去的八名特警从顶楼向下速降，击破玻璃进入大楼。接着，即便是在直升机的巨大轰鸣声中，那蓝还是听到了隐约的枪击声。她不知道下面会接到什么样的命令，沉稳地操纵着直升机，在楼顶一圈一圈地飞着。

底下的战斗还在继续，通话器中传来韩东风的声音：“07，两分钟之内在爱米菲酒店楼顶采取悬停，被劫持孕妇受伤，大出血，必须马上送往滨大附属医院，紧急通道已经开启。”韩东风顿了一下，“请你们务必注意安全。”

“收到。”直升机悬停，沈天梵和宋智顺着钢索下到了地面，一名特警背着孕妇狂奔而来。突然身后传来“砰”的一声响，特警摔倒。沈天梵快速冲了过去，背起孕妇朝直升机狂奔。他将孕妇送上绞盘之后，抓住钢索双脚刚刚离地，忽然发现周围不对，回头看见一名恐怖分子手持着枪对准直升机。

沈天梵下意识地做出判断，他向宇宏做了一个划脖子的手势。

宇宏愣了一下，立刻就执行了他的请求，割断救生索，扔下了沈天梵。直升机快速升空，与此同时，沈天梵将手里的手套朝恐怖分子甩去，往前一跃，快速抓住了枪管。“砰——”枪响了……

“地面指挥部，我是警航07，我机组在爱米菲酒店救援完毕，救生员沈天梵滞留，警航07即将返航。”

“地面收到。”叶泉水稳稳的声音中带着一丝颤抖，“诸位同事，大家辛苦了。”

直升机在城市上空飞行，底下灯火阑珊。那蓝用力地咬着嘴唇，忍住即将掉下来的眼泪。

二十三岁，她在罗布泊经历过黑风暴迷失过方向；在S市的地震中经历过雪崩和山体滑坡，险些丢命；刚刚她在布满了炸药的酒店上方一圈又一圈地飞行，下方是一群恐怖分子，他们手中有致命的武器，他们狠毒、疯狂、贪婪，和她朝夕相处的同事切断了救生索，或许他永远都回不来了……

她经历过的危险，是她这个年纪的普通年轻人想都不曾想过的，但是，她不后悔！并不是因为荣誉，而是因为热爱。她只是一个平凡的95后女孩，她是警航的飞行员！

图书在版编目（CIP）数据

紧急升空 / 桑甜著. —杭州：浙江文艺出版社，2019. 5

ISBN 978-7-5339-5646-2

Ⅰ. ①紧… Ⅱ. ①桑… Ⅲ. ①长篇小说-中国-当代 Ⅳ. ①I247. 5

中国版本图书馆 CIP 数据核字（2019）第 064788 号

责任编辑　徐　旼
封面设计　荆棘设计
版式设计　吕翡翠
责任校对　许龙桃
责任印制　张丽敏

紧急升空
桑甜　著

出版　浙江文艺出版社
网址　www.zjwycbs.cn
经销　浙江省新华书店集团有限公司
制版　浙江新华图文制作有限公司
印刷　杭州杭新印务有限公司
开本　710 毫米×1000 毫米　1/16
字数　441 千字
印张　30. 75
插页　2
版次　2019 年 5 月第 1 版　2019 年 5 月第 1 次印刷
书号　ISBN 978-7-5339-5646-2
定价　78. 00 元（上、下册）